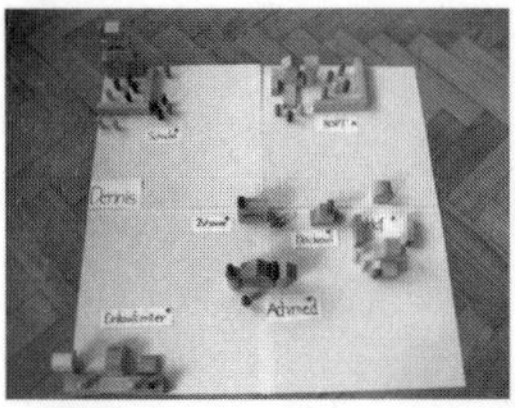
Dennis
Ahmed
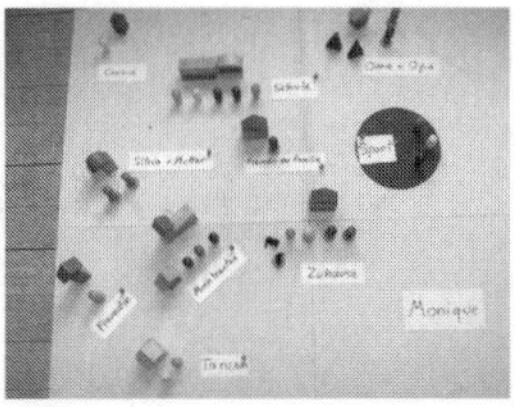
Monique
Zuhause

Kevin
Westpark
Zuhause
Freund
Vater
Schule
Kirche

Fabio
Kirche
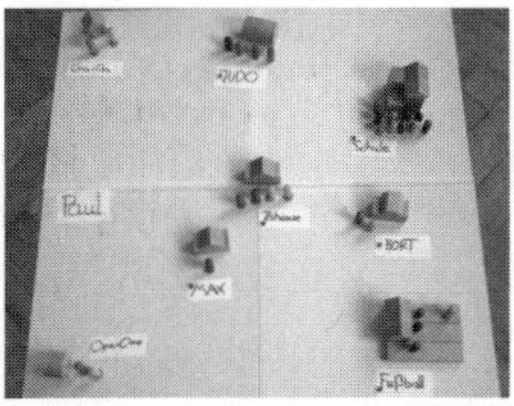
Paul
Schule
Zuhause
MAX
HORT
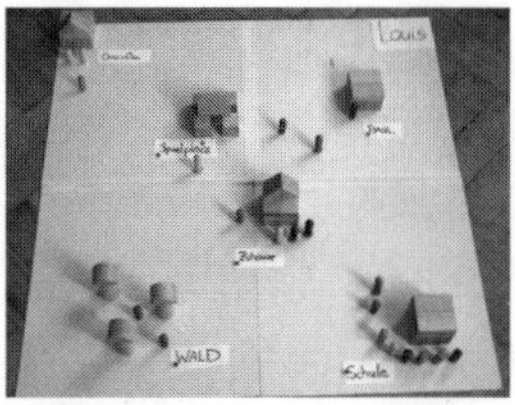
Louis
Zuhause
WALD
Schule
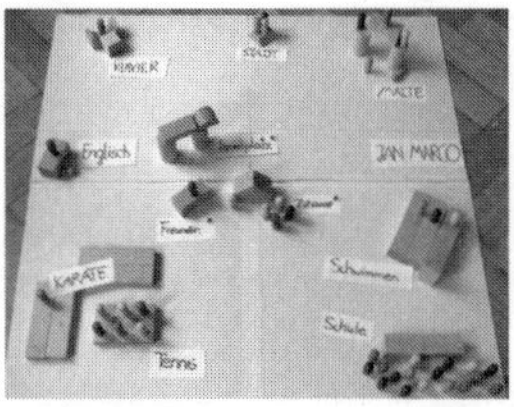
XAVIER
MALTE
Englisch
JAN MARCO
KARATE
Schwimmen
Schule
Tennis
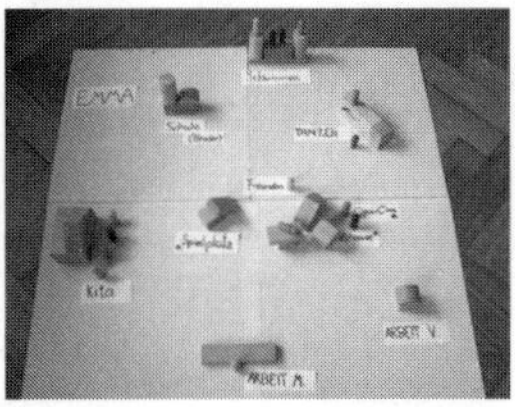
EMMA
Spielplatz
Kita
ARBEIT V.
ARBEIT M.
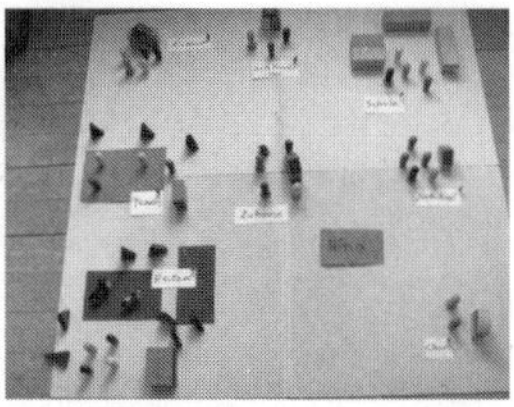
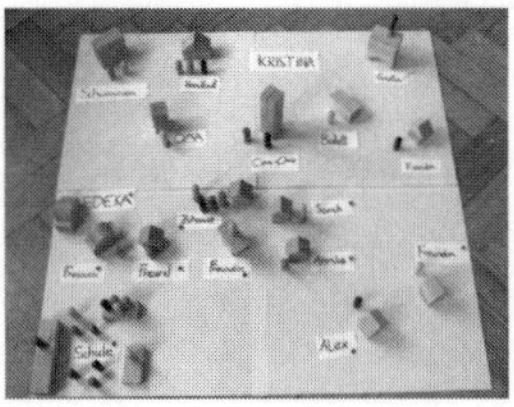
KRISTINA
OMA
EDEKA
ALEX
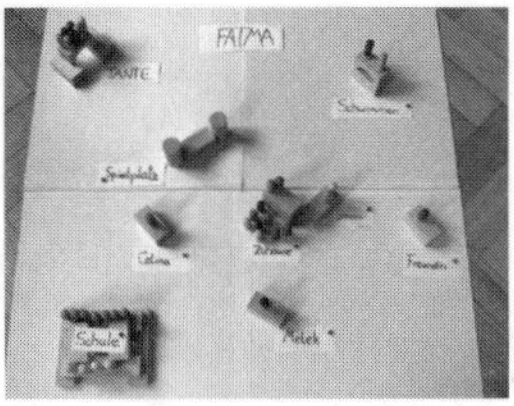
FATMA
TANTE
Schwimmen
Spielplatz
Zuhause
Schule

World Vision Deutschland e.V. (Hg.)

Kinder in Deutschland 2007

1. World Vision Kinderstudie

Konzeption & Koordination:
Klaus Hurrelmann,
Sabine Andresen &
TNS Infratest Sozialforschung

Fischer Taschenbuch Verlag

Konzeption & Koordination:
Klaus Hurrelmann,
Sabine Andresen &
TNS Infratest Sozialforschung

Autorinnen und Autoren:
Sabine Andresen, Universität Bielefeld
Klaus Hurrelmann, Universität Bielefeld
Ingo Leven, TNS Infratest Sozialforschung
Sibylle Picot, TNS Infratest Sozialforschung
Ulrich Schneekloth, TNS Infratest Sozialforschung
Daniel Schroeder, TNS Infratest Sozialforschung

2. Auflage: Dezember 2007

Originalausgabe
Veröffentlicht im Fischer Taschenbuch Verlag,
einem Unternehmen der S. Fischer Verlag GmbH,
Frankfurt am Main, November 2007

Typografie und Satz:
Farnschläder & Mahlstedt Typografie, Hamburg
Herstellerische Betreuung: Christiane Grosholz
Druck und Bindung: Clausen & Bosse, Leck
Printed in Germany
ISBN 978-3-596-17720-2

Unsere Adressen im Internet:
www.fischerverlage.de
www.lehrer.fischerverlage.de
www.hochschule.fischerverlage.de

Inhalt

Geleitwort von WORLD VISION Deutschland e.V.

»Unsere Vision für jedes Kind,
Leben in Fülle,
unser Gebet für jedes Herz,
Tatkraft und Wille.«

Mit dieser Vision als Motivation setzt sich das Kinderhilfswerk World Vision weltweit für die Belange der Kinder ein und versucht, ihre Lebengrundlagen nachhaltig zu verbessern.

Um die Bedingungen für Kinder in einer Gesellschaft zu verändern, bedarf es immer im Vorfeld einer genauen Analyse. Unseren Projekten geht eine umfassende und intensive partizipatorische Planungsphase voraus, in der sowohl die Konfliktpotenziale von Interventionen als auch die Bedürfnisse der Bevölkerung ausgiebig eingeholt und analysiert werden. Als Anwältinnen und Anwälte der Kinder versuchen wir, die Welt aus der Perspektive von Kindern zu sehen und dadurch ihre spezifischen Bedürfnisse zu verstehen.

Nicht nur in Afrika, Asien und Lateinamerika, sondern auch in Deutschland ist Anwaltschaftsarbeit auf der Basis fundierter Daten für Kinder notwendig.

Eine repräsentative Studie zu Kindern in Deutschland lag zu unserer eigenen Überraschung bisher noch nicht vor. Deshalb haben wir die jetzt vorliegende erste World Vision Kinderstudie in Auftrag gegeben. Dabei stand die Shell Jugendstudie Pate. Denn sie spiegelt auf eindrucksvolle Weise die aktuelle Lebenssituation Jugendlicher im Alter zwischen 12 und 25 Jahren in Deutschland wider. Die Shell Jugendstudie beleuchtet insbesondere die Sorgen und Hoffnungen, Nöte und Ängste, aber auch die Zukunftsvorstellungen der jungen Generation.

Keine vergleichbaren Erkenntnisse gibt es bislang jedoch über die Wünsche, Wertorientierungen und Zukunftspläne der jüngsten Generation unserer Gesellschaft – der Kinder.

Nicht nur strukturell, auch personell hat die World Vision Kinderstudie von den Erfahrungen der über 50-jährigen Tradition der Shell Jugendstudie profitiert: Prof. Klaus Hurrelmann von der Universität Bielefeld und Ulrich Schneekloth, Ingo Leven und Sibylle Picot von TNS Infratest Sozialforschung knüpfen hier an; zum Team dazu konnten wir Prof. Sabine Andresen aus Bielefeld und weitere Mitarbeitende von TNS Infratest Sozialforschung mit ihren spezifischen Expertisen gewinnen.

Über Kinder wird in Deutschland seit einigen Monaten zwar verstärkt geredet, jedoch noch lange nicht mit ihnen. Kinderpolitik und Angebote für Kinder können aber nicht ohne sie verändert und gestaltet werden.

Die World Vision Kinderstudie soll einen Baustein für eine fundierte Debatte in unserer Gesellschaft über die Bedürfnisse und Belange von Kindern liefern.

Wir wünschen eine anregende Lektüre, die zum Eintreten und Handeln motiviert, denn Kinder sind die Zukunft unserer Gesellschaft!

Dr. Hartmut Kopf,
Director Communications and Advocacy
Dr. Silja Joneleit-Oesch,
Projektleiterin World Vision Kinderstudie

Vorwort der Autorinnen und Autoren

Wir freuen uns, von der international renommierten Kinderhilfsorganisation WORLD VISION Deutschland den Auftrag zur Studie »Kinder 2007« erhalten zu haben. Es ist die 1. World Vision Kinderstudie, der in regelmäßigen Abständen weitere folgen sollen.

Es gibt ein gutes Vorbild für die Unterstützung wissenschaftlich abgesicherter Untersuchungen durch private Unternehmen, nämlich die Shell Jugendstudien, die schon seit über 50 Jahren durchgeführt werden. An diesem Vorbild haben wir uns – im Einvernehmen mit dem Auftraggeber – bei der vorliegenden Kinderstudie orientiert.

Ziel der Studie ist es, ein repräsentatives Bild von der Lebenssituation und den Wünschen, Bedürfnissen und Interessen der jüngsten Generation in Deutschland zu gewinnen. Den Kindern soll eine Stimme gegeben werden. In einer Gesellschaft, die immer mehr von älteren Bevölkerungsgruppen dominiert wird, möchten wir uns der Möglichkeiten der Forschung bedienen, um ein unvoreingenommenes Porträt der jüngsten Generation zu zeichnen. Was bedeutet es, heute ein Kind zu sein? Welche Einschätzung haben Kinder von Familie, Kindergarten, Schule und Freizeiteinrichtungen? Wie sehen ihre Freizeitbeschäftigungen aus, und inwieweit interessieren sie sich für gesellschaftliche Entwicklungen und Politik? Welches sind ihre Zukunftsperspektiven?

Diesen Fragen gehen wir mit den Mitteln und Möglichkeiten der empirischen Sozialforschung nach. Unsere Studie zeigt: Kinder sind sensible und wache junge Gesellschaftsmitglieder, die tastend, aber durchaus selbstbewusst eigene Lebensperspektiven entwickeln. Im Alltag von Familie, Kindergarten und Schule, Freizeiteinrichtungen und Medien, aber auch in der »großen« Politik werden ihre Wünsche aber nicht immer ernst genommen. Allzu oft müssen sie ihre Bedürfnisse zurückstellen, werden ihre Sichtweisen übergangen oder sogar gezielt vernachlässigt. Kinder sind aber, wie unsere Studie dokumentiert, selbständige Individuen mit eigenen Interessen. Wir wünschen uns, mit dieser Studie dazu beizutragen, dass aus dieser Erkenntnis endlich die angemessenen bildungs- und gesellschaftspolitischen Konsequenzen gezogen werden.

Die vorliegende 1. World Vision Kinderstudie baut auf einer repräsentativen Befragung von 1592 Kindern der Altersgruppe von acht bis elf Jahren auf, zusätzlich wurden auch die Eltern befragt. Um lebendige Porträts von einzelnen Kindern zu gewinnen, wurden Einzelinterviews mit Kindern der Altersspanne von sechs bis elf Jahren geführt. Die Altersabgrenzung nach unten wurde gewählt, weil es methodisch sehr schwierig ist, aussagekräftige Befragungen von vier- bis fünfjährigen Kindern durchzuführen. Wir streben aber an, auch diese Altersgruppe durch geeignete Verfahren in den nachfolgenden Studien zu berücksichtigen. Die Altersgrenze nach oben wurde gezogen, weil die Lebensphase Kindheit in den hochentwickelten Ländern ständig kürzer wird und die Geschlechtsreife (Pubertät) immer früher einsetzt. Kindheit verkürzt und verknappt sich dadurch. Im Alter von 12 Jahren beginnt für junge Frauen und junge Männer heute bereits das Jugendalter, weil die Geschlechtsreife und damit der Eintritt in die Lebensphase Jugend sich im Lebenslauf nach vorne verlagern. Obwohl die gesamte menschliche Lebensspanne länger wird, umfasst das Kindheitsalter heute fast nur noch das erste Lebensjahrzehnt.

Kinder sind in der sozialwissenschaftlichen Forschung, der offiziellen Sozialberichterstattung und der amtlichen Statistik bisher nur wenig berücksichtigt worden. Einer der Gründe liegt in der Vorstellung, Kinder seien noch nicht in der Lage, als Experten Auskunft zu geben. Die vorliegende Studie soll dieses Defizit überwinden, das Potenzial von Kindern als genauen Kennern ihrer eigenen Lebenslage aufgreifen und ihre Sichtweisen für die Gewinnung von Erkenntnissen über Kindheit und Kindsein nutzen.

Mit einer vergleichbaren Absicht gehen auch zwei andere Forschungsteams in Deutschland daran, auf sorgfältige Weise die Sicht der Kinder auf ihre Lebenssituation zu erfassen. Das LBS-Kinderbarometer Deutschland 2006/2007 wird fast zeitgleich erscheinen. Es bezieht zum ersten Mal Kinder aus mehreren Bundesländern ein, wobei die Informationen duch eine schriftliche Befragung in Schulklassen gewonnen werden. Das Kinderpanel des Deutschen Jugendinstituts nimmt eine Längsschnittbefragung von Kindern vor, um auf dieser Grundlage die Entwicklungsdynamik in wichtigen Persönlichkeitsbereichen nachzeichnen zu können. Zu beiden Foschungsteams wurden gute kooperative und kollegiale Beziehungen hergestellt. Die Ergebnisse aller drei Kinderstudien ergänzen sich gegenseitig.

Die 1. World Vision Kinderstudie ist in neun Kapitel gegliedert.

- Im ersten Kapitel geben wir einen Überblick über die aktuellen Entwicklungen der Kinder- und Kindheitsforschung und fassen Trends aus den bisherigen wissenschaftlichen Untersuchungen zusammen.
- Im zweiten Kapitel geht es um die Bedeutung der Familie, die sich nach wie vor als Zentrum des Lebens für die jüngste Generation erweist.
- Im dritten Kapitel werden Schulen und andere öffentliche Bildungsinstitutionen aus dem Blickwinkel der Kinder vorgestellt.
- Im vierten Kapitel geht es um die Gleichaltrigen und Freunde und ihre Schlüsselrolle für die Gestaltung des Alltags.
- Im fünften Kapitel wird die Sichtweise von Kindern zur Freizeitgestaltung und zur Mediennutzung vorgestellt.
- Im sechsten Kapitel stehen Wünsche und Ängste und erste politische Vorstellungen der jüngsten Generation zur Diskussion.
- Im siebten Kapitel geht es um die »Kinderpersönlichkeiten«. Hier werden ausführliche Einzelinterviews mit 12 Mädchen und Jungen verschiedener Altersstufen als Porträts ausführlich vorgestellt.
- Im achten Kapitel ziehen wir Konsequenzen für eine den Bedürfnissen und Interessen von Kindern angemessene Kinderpolitik, die nach unseren Vorstellungen aus einer anwaltschaftlichen »Politik für Kinder« und einer direkten »Politik von Kindern« bestehen sollte.
- Im neunten Kapitel wird abschließend die Methodik der Studie erläutert.

Die 1. World Vision Kinderstudie wurde von Wissenschaftlerinnen und Wissenschaftlern der Universität Bielefeld und des Forschungsinstituts TNS Infratest Sozialforschung in München erstellt.

Klaus Hurrelmann und Sabine Andresen waren für die konzeptionelle Grundlegung und inhaltliche Ausrichtung der Studie verantwortlich. Sie wurden in Bielefeld von Elena Bütow und Daniela Kloss bei wissenschaftlichen Recherchen und Untersuchungen unterstützt.

Bei TNS Infratest Sozialforschung lag die Verantwortung für methodisches Design, Durchführung der Befragung und Auswertung bei Ulrich Schneekloth und Ingo Leven. Einen wichtigen Teilbeitrag leistete Johannes Kleibl, der während der Laufzeit der Studie bei Infratest als studentischer Praktikant beschäftigt war. Für die qualitative Studie war Sibylle Picot verantwortlich, die von Daniel Schroeder unterstützt wurde.

Das Autorenteam bedankt sich bei allen Kindern, die sich für die Befragungen und Interviews zur Verfügung gestellt haben. Nach unserem Eindruck hat es den meisten Kindern Spaß gemacht und richtig gutgetan, von Interviewerinnen und Interviewern mit einem ernsthaften Interesse an ihrer Lebenssituation angesprochen und befragt zu werden.

Wir hoffen, die Wünsche und Interessen unserer jungen Interviewpartner einfühlsam und angemessen darzustellen. Ihr Votum ist für alle Gesellschaftsmitglieder überlebenswichtig. Denn: Kinder stellen nur noch zehn Prozent der Bevölkerung, aber sie sind einhundert Prozent unserer Zukunft.

Zusammenfassung

Kinder haben ihren eigenen Kopf. Sie nehmen aufmerksam und sensibel ihre Umwelt wahr und kommen zu ihren eigenen Bewertungen. Die große Mehrheit ist mit ihren Lebensverhältnissen in Familie, Schule, Freizeit und Freundeskreis zufrieden und fühlt sich wohl. Bemerkenswert ist allerdings, wie nachhaltig wirksam bereits im Kindesalter die sozialen Unterschiede sind und wie maßgeblich die soziale Herkunft den Alltag prägt.

Kinder haben je nach Schichtzugehörigkeit unterschiedliche Gestaltungsspielräume. Die schlechteren Startchancen von Kindern aus den unteren Herkunftsschichten ziehen sich wie ein roter Faden durch den Alltag und wirken wie ein Teufelskreis. Armutsrisiken und fehlende häusliche Ressourcen führen zu geringeren Teilhabemöglichkeiten: in der Familie, in der sich materieller Druck und existenzielle Sorgen auswirken und die dann häufig überfordert ist, in der Schule, in der meist die notwendige Zeit und die Möglichkeiten für eine individuelle Förderung zum Ausgleich von Nachteilen fehlt, sowie im Wohnumfeld oder hinsichtlich der Möglichkeit, in Vereinen mitzumachen oder sonstige Kreativangebote zu nutzen. Kinder aus den unteren Schichten sind häufiger auf sich allein gestellt. Es fehlt ihnen an Rückhalt, an Anregungen und an gezielter Förderung. In der Konsequenz ist der Alltag dieser Kinder häufig einseitig auf Fernsehen oder auf sonstigen Medienkonsum ausgerichtet. Auffällig ist, dass insbesondere Jungen für diese auch sozial eher ausgrenzende Form der Freizeitgestaltung anfälliger sind.

Kinder aus den gehobenen Schichten können hingegen von Anfang an ihre besseren Chancen nutzen. Sie verfügen im Vergleich betrachtet über mehr Gestaltungsspielräume, und ihr familiärer Bildungshintergrund eröffnet ihnen viel selbstverständlicher den Zugang zu einer vielfältigen und kreativen Form der Freizeitgestaltung. Fernsehen ist hier weitaus häufiger nur eine Aktivität neben anderen, und auch das Selbstvertrauen in die eigene Lernkompetenz ist höher ausgeprägt.

Im Folgenden möchten wir die wichtigsten Ergebnisse des Repräsentativteils der 1. World Vision Kinderstudie zusammenfassen. Die Befunde des qualitativen Teils sind den in Kapitel 7 dokumentierten Porträts vorangestellt.

Familie heute hat viele Gesichter

Die Familie stellt für Kinder die primäre Sozialisationsinstanz dar. Sie basiert auf engen und emotional gewachsenen persönlichen Beziehungen. Familie bietet im Normalfall Rückhalt, Schutz und Sicherheit und bleibt als »Heimathafen« auch dann bestehen, wenn im Prozess des Aufwachsens andere Sozialisationsinstanzen wie etwa Schule, sonstige institutionelle Umwelten sowie der Freundeskreis, immer mehr an Bedeutung gewinnen.

Die heutigen Familien können allerdings sehr unterschiedliche Formen annehmen. Fast ein Viertel der von uns befragten Kinder im Alter von 8 bis 11 Jahren wächst nicht zusammen mit beiden leiblichen Elternteilen auf. 17 % leben bei einem alleinerziehenden Elternteil und weitere 6 % zusammen mit einem Stiefelternteil. In einer klassischen Kernfamilie zusammen mit den miteinander verheirateten Eltern leben 70 % der Kinder. Hinzu kommt eine kleine Minderheit von 3 %, die in einer Drei-Generationen-Familie zusammen mit den Eltern und Großeltern wohnen. 4 % der Kinder leben bei leiblichen Eltern, die nicht miteinander verheiratet sind. Mit 24 % wächst darüber hinaus ein Viertel der Kinder ohne Geschwisterkinder im Haushalt auf. 50 % haben ein Geschwister, und 26 % wohnen zusammen mit mehreren Geschwistern. Regelmäßigen Kontakt zu Großeltern haben 18 % ein- bis zweimal im Monat, 33 % ein- bis zweimal pro Woche und 23 % sogar so gut wie täglich.

Noch wichtiger sind die Veränderungen, die sich hinsichtlich der Erwerbsbeteiligung der Eltern vollzogen haben. Mit 42 % lebt inzwischen nur noch die Minderheit der Kinder im Alter von 8 bis 11 Jahren in einer traditionellen »Ein-Mann-Verdiener«-Familie. Bei 45 % sind beide Elternteile oder das alleinerziehende Elternteil regelmäßig erwerbstätig (25 % vollzeit und teilzeit oder beide Eltern teilzeit, 10 % beide Eltern vollzeit, 10 % alleinerziehend und in Vollzeit oder Teilzeit). 8 % der Kinder leben bei arbeitslosen Elternteilen und weitere 5 % in Familien, in denen beide Elternteile aus sonstigen Gründen keiner regelmäßigen Erwerbstätigkeit nachgehen.

Herkunftsschicht und Armutsrisiko

Je nach Herkunftsschicht unterliegen auch in Deutschland nicht wenige Kinder dem Risiko, in Armut aufzuwachsen. Laut der UNICEF-Studie »Child Poverty in Rich Nations 2005« leben in Deutschland 10,2 % aller Kinder in Armut, wenn man als Kriterium dafür heranzieht, dass die Kinder in Haushalten leben, die weniger als 50 % des durchschnittlichen Nettomedianeinkommes verfügbar haben. In der World Vision Kinderstudie haben wir hierzu die subjektive Selbsteinschätzung erhoben. 13 % der von uns hierzu befragten Eltern geben an, dass sie nur schlecht oder sehr schlecht mit dem verfügbaren Einkommen zurechtkommen. Besonders häufig wird hierbei von Eltern, die arbeitslos (44 %) oder die aus sonstigen Gründen nicht erwerbstätig sind (45 %), von Alleinerziehenden (34 %) sowie von Eltern aus den neuen Bundesländern (19 %) auf subjektiv empfundene Armut verwiesen.

In der Regel handelt es sich dabei um Kinder aus den unteren Herkunftsschichten. Wir haben in unserer Studie die soziale Herkunft der Kinder anhand der Bildungsposition der Eltern sowie auf Basis der Einschätzung zu den verfügbaren materiellen Ressourcen gruppiert. Nach diesen Ergebnissen entstammen 9 % der Kinder aus der untersten Herkunftsschicht (Unterschicht), 19 % aus der unteren Mittelschicht, 32 % aus der Mittelschicht, 28 % aus der oberen Mittelschicht und 12 % aus der Oberschicht. Niedrige soziale Herkunftsschicht, ein alleinerziehendes Elternteil sowie fehlende Integration der Eltern in den Arbeitsmarkt sind die klassischen Risikofaktoren für ein Aufwachsen in Armut. Familien, in denen möglichst beide Eltern einer regelmäßigen Erwerbstätigkeit nachgehen, sind hingegen, ganz unabhängig von der Zahl der Kinder im Haushalt, vergleichsweise gut geschützt.

Migrationshintergrund: nicht mehr wegzudenkender Teil des deutschen Alltags

76% der in unserer Studie befragten Kinder haben die deutsche Staatsbürgerschaft und dabei ebenfalls Eltern, die in Deutschland geboren wurden (einheimische deutsche Kinder). 11% der Kinder haben nicht die deutsche Staatsbürgerschaft (ausländische Kinder), und weitere 13% haben Eltern, die selber nicht in Deutschland geboren wurden (deutsche Kinder mit zugewanderten Eltern). Zusammengenommen beträgt der Anteil der Kinder mit Migrationshintergrund 24%. Am häufigsten kommen die Eltern dieser Kinder aus der Türkei, aus dem Gebiet des ehemaligen Jugoslawiens, aus Russland oder der ehemaligen Sowjetunion, gefolgt von Griechenland, Italien sowie dem sonstigen Osteuropa.

Im Vergleich leben Kinder mit Migrationshintergrund mit 77% etwas häufiger in Kernfamilien bei den verheirateten leiblichen Eltern. Immerhin 14% wachsen bei einem alleinerziehenden Elternteil und ebenfalls 5% in einer Stieffamilie auf. Hinzu kommt eine kleine Minderheit von 2% mit Eltern in nicht-ehelicher Lebensgemeinschaft sowie weitere 2%, die in Drei-Generationen-Familien leben. Mit 34% wächst immerhin ein Drittel der Kinder mit Migrationshintergrund zusammen mit zwei oder mehr Geschwistern im Haushalt auf. 45% haben ein Geschwister und 21% keine Geschwister im Haushalt. Familien mit Migrationshintergrund haben demnach im Schnitt etwas häufiger mehrere Kinder im Haushalt.

Kinder mit Migrationshintergrund gehören mit einem Anteil von 17% deutlich häufiger zur untersten Herkunftsschicht. Mit 27% ist auch der Anteil, der zur unteren Mittelschicht gehört, höher ausgeprägt. 30% entfallen auf die Mittelschicht, 21% auf die obere Mittelschicht und nur 5% auf die Oberschicht. Die Familien dieser Kinder sind mit einem Anteil von 13% entsprechend höher von Arbeitslosigkeit betroffen, und mit 21% ist der Anteil derjenigen, die mit dem Einkommen nicht zurechtkommen, überproportional ausgeprägt.

Bemerkenswert sind die folgenden ethnisch-kulturellen Unterschiede. Zum einen berichten, gefragt nach der Umgangssprache in der Familie, 52% der Kinder mit nicht-deutscher Nationalität, dass sie zu Hause eher in der Muttersprache der Eltern reden. Bei deutschen Kindern mit zugewanderten Eltern sind es hingegen nur 22%, die darauf verweisen. Zusammengenommen sind es 35% der Kinder mit Migrationshintergrund, bei denen die Muttersprache der Eltern die Hauptsprache ist. Im Freundeskreis benutzen hingegen nicht mehr als 7% der nicht-deutschen Kinder sowie 5% der deutschen Kinder mit zugewanderten Eltern eher oder mal so, mal so die Muttersprache. Deutsch ist demnach auch bei Kindern mit Migrationshintergrund die gängige Umgangssprache. Die Muttersprache der Eltern ist hingegen insbesondere bei Kindern mit nicht-deutscher Nationalität bei einer nicht unerheblichen Anzahl die Alltagssprache der Familie. Gelebte Zweisprachigkeit ist hier ein konstitutives Element der eigenen Lebenswelt und für diese Kinder identitätsstiftend im Bezug auf ihre Familie.

Religiosität und ihre Bedeutung: die drei Kulturen

Als weiteres Charakteristikum von Kindern mit Migrationshintergrund erweist sich die hier deutlich höhere Bewertung von Religiosität und Glauben. Gefragt haben wir die Kinder, wie wichtig bei ihnen zu Hause Religion ist und an Gott zu glauben. 17% der Kinder bezeichnen dies als sehr wichtig und 29% als wichtig.

37 % gaben hingegen an, dies sei nicht so wichtig, und weitere 17 % sagen, dass Religion und Glauben zu Hause überhaupt nicht wichtig seien. Wir finden in diesem Fall in Deutschland drei unterschiedliche Kulturen: den religionsfernen Osten mit nicht mehr als 22 % an Kindern, die berichten, dass Religion zu Hause wichtig oder sehr wichtig sei, den eher pluralen Westen mit zusammengenommen 49 % sowie die Welt der Kinder mit Migrationshintergrund, von denen mit 67 % zwei von drei Kindern berichten, dass Religion und Glaube zu Hause wichtig oder sehr wichtig sind.

66 % der Kinder in Deutschland besuchen selten oder nie einen Gottesdienst. Im Osten sind es sogar 87 % und im Westen ebenfalls 64 %. Bei Kindern mit Migrationshintergrund ist dies für 65 % ebenfalls so gut wie nie oder nur selten der Fall, was jedoch vorrangig darauf zurückzuführen sein dürfte, dass entweder keine Gotteshäuser in der unmittelbaren Nähe sind oder aber der Besuch von Gottesdiensten je nach Religionszugehörigkeit einen geringeren Stellenwert hat.

Elterliche Zuwendung: keine Frage des Verzichts auf eine eigene Erwerbstätigkeit

Die Verlässlichkeit der außerfamiliären Kinderbetreuung endet in Deutschland nach wie vor pünktlich zur Mittagszeit. 75 % der Kinder gehen zum Mittagessen nach Hause, weitere 5 % gehen zu den Großeltern. Nicht mehr als 18 % der Kinder essen in einer (Nachmittags-)Betreuungseinrichtung oder in der Schule zu Mittag. Hinzu kommen 2 %, die sich in sonstiger Form selber mit Essen versorgen. In den alten Bundesländern sind 80 % der Kinder mittags zu Hause, in den neuen Bundesländern hingegen nur 39 %. Jeweils 5 % gehen zu den Großeltern. In einer Einrichtung oder in der Schule essen 50 % der Kinder aus den neuen Bundesländern zu Mittag. In den alten Bundesländern sind es hingegen nur 14 %. Die Unterschiede zwischen alten und neuen Bundesländern hängen vor allen Dingen mit dem unterschiedlichen Versorgungsgrad im Bereich der Betreuungseinrichtungen zusammen. Eine Ganztagsschule besuchen 22 % der Kinder aus den neuen Bundesländern im Vergleich zu 11 % aus den alten Bundesländern. Einen Hort, eine Mittagsbetreuung oder eine sonstige Gruppe zur Nachmittagsbetreuung nutzen in den neuen Bundesländern weitere 26 % der Kinder im Vergleich zu gerade einmal 10 % in den alten Bundesländern.

Auf den ersten Blick könnte es den Anschein haben, dass diese Service-Funktion der Familie mit »privater Vollpension« ursächlich für die vergleichsweise hohe Zufriedenheit der Kinder mit der elterlichen Zuwendung ist. Mit 78 % geben vier von fünf Kindern an, dass entweder beide Elternteile hinreichend (33 %) oder ein Elternteil – in der Regel die Mutter – hinreichend und das andere mal so, mal so Zeit für sie hat (45 %). 9 % berichten, dass nur ein Elternteil genügend, das andere jedoch nicht hinreichend Zeit hat. 13 % klagen hingegen über ein Zuwendungsdefizit der Eltern (kein Elternteil mit hinreichend Zeit). Im Zusammenhang betrachtet sind es dann aber nicht die Kinder, deren Eltern erwerbstätig sind, die häufiger auf fehlende Zuwendungszeit verweisen. Vielmehr sind es mit einem Anteil von 28 % vorrangig die Kinder, deren Eltern arbeitslos sind oder aus sonstigen Gründen keiner Erwerbstätigkeit nachgehen, sowie im Falle von Erwerbstätigkeit zu 35 % die Kinder von erwerbstätigen Alleinerziehenden, die fehlende elterliche Zuwendung beklagen. In Familien, in denen beide Elternteile vollzeit erwerbstätig sind, trifft dies nur für 17 %, dort, wo ein Elternteil vollzeit und das andere teilzeit erwerbstätig ist, für 8 % sowie bei nur einem erwerbstätigen Elternteil nur für 6 % der Kinder zu. Verstärkte Erwerbstätigkeit bei den Eltern und Zuwendung sind kein Widerspruch. Im Gegenteil: eine geregelte Erwerbsbeteiligung der Eltern stabilisiert die häuslichen Verhältnisse und hilft, die gemeinsam verbrachte Zeit intensiver miteinander zu nutzen.

Familienklima: ruhig und eher wenig konfliktträchtig

Gestritten wird in den besten Familien, auch das gehört dazu, wenn starke persönliche Beziehungen das Miteinander prägen. Alles in allem geben 10 % der Kinder an, dass sie zu Hause mit den Eltern so gut wie nie Streit haben, und weitere 51 %, dass es eher nur vereinzelte Meinungsverschiedenheiten gäbe. 33 % verweisen öfters auf Streitereien, und nur 6 % haben in dieser Altersgruppe regelmäßig Streit mit den Eltern. Am häufigsten geht es ums Aufräumen, das bei 25 % immerhin oft zu Auseinandersetzungen führt. Es folgen die Schlafenszeit (14 %) sowie Streit um die Schule (13 %), ums Fernsehen (13 %) und darum, was die Kinder gerne kaufen würden oder gekauft haben möchten (12 %). Am häufigsten berichten Kinder aus den unteren Herkunftsschichten über Auseinandersetzungen. Je niedriger die Schicht, desto größer das Streitpotenzial. Die große Mehrheit der Kinder empfindet die häuslich-familiäre Situation jedoch als ruhig und ausgeglichen.

Fragt man die Kinder nach den typischen Strafen, so dominieren eher kommunikative Formen, mahnende Worte oder Schimpfen. Rund ein Drittel verweist darauf, dass bei Streitereien in der Regel keine Strafen folgen. Verbotsmaßnahmen als Strafe im Fall von Streit in der Familie benennen 11 % mit »oft« und 50 % mit »manchmal«. Über Ohrfeigen oder Züchtigungen berichten 14 % der Kinder, wobei elterliche Gewaltmaßnahmen allerdings auch in dieser Gruppe nur manchmal vorkommen. Kinder aus der Unterschicht sind hiervon mit 37 % sowie ganz generell Jungen mit 19 % deutlich häufiger betroffen. Alles in allem sind die Strafen aber weder von Gewalt noch von sonstiger Repressivität geprägt. Von daher äußert sich mit 85 % die große Mehrheit der Kinder positiv oder sehr positiv zu den gewährten elterlichen Freiheiten. Auch in diesem Fall sind es wieder die Kinder aus der untersten Herkunftsschicht, die vergleichsweise am wenigsten zufrieden sind.

Ein Migrationshintergrund ist hierbei kein differenzierendes Merkmal. Insgesamt betrachtet unterscheiden sich Kinder mit Migrationshintergrund in ihren Bewertungen zum Familienklima nicht wesentlich von einheimischen deutschen Kindern. Unterschiede finden sich höchstens in bestimmten Teilgruppen. So ist zum Beispiel auffällig, dass Jungen mit Migrationshintergrund vergleichsweise häufiger als einheimische deutsche Jungen über Streitereien mit den Eltern berichten, während dies auf Mädchen so nicht zutrifft. Bei der Bewertung der Freiheiten in der Familie finden sich hingegen keine substanziellen Unterschiede. Ohrfeigen erhalten Jungen mit Migrationshintergrund häufiger als einheimische deutsche Jungen. Dieser Effekt erklärt sich jedoch vorrangig daraus, dass Kinder mit Migrationshintergrund im Vergleich betrachtet häufiger als einheimische deutsche Kinder zur untersten Herkunftsschicht gehören.

Die Schule: die soziale Herkunft bestimmt über den Bildungsverlauf

Knapp zwei Drittel der Kinder in der Altersgruppe von 8 bis 11 Jahren besuchen die Grundschule. Das andere Drittel verteilt sich auf die je nach Bundesland unterschiedlichen Schulformen im Sekundarbereich I. Auffällig sind die Zusammenhänge zur Herkunftsschicht. Während gerade mal 1% der Kinder aus der Unterschicht in der Altersgruppe von 8 bis 11 Jahren ein Gymnasium besuchen, gilt dies für 18% der Kinder aus der Oberschicht. 19% der Kinder aus der Unterschicht sind auf einer Förderschule, im Vergleich zu 1% der Kinder aus der Oberschicht.

Noch deutlicher zeigt sich der Effekt der Herkunftsschicht, wenn man die Kinder nach dem von ihnen gewünschten Schulabschluss fragt. 49% der Kinder benennen das Gymnasium oder das Abitur, wobei sich Mädchen und Jungen an dieser Stelle nicht relevant unterscheiden. Kinder aus der Unterschicht benennen nur zu 20%, Kinder aus der unteren Mittelschicht zu 32%, Kinder aus der Mittelschicht zu 36%, hingegen Kinder aus der oberen Mittelschicht zu 68% und Kinder aus der Oberschicht sogar zu 81% das Gymnasium oder das Abitur als Bildungsziel. 15% der Kinder, und dabei 17% der Grundschüler und 10% der Schüler an weiterführenden Schulen, sind sich unsicher und können hierzu noch keine klare Antwort geben. In der Unterschicht sind es 32%, bei Kindern aus der Oberschicht nur 8%.

Die Bedeutung des Schulabschlusses ist den Kindern ganz offensichtlich geläufig. In den gehobenen Schichten findet sich bei den Kindern bereits eine klare Anspruchshaltung, die, wie die Ergebnisse der verschiedenen Schulleistungsstudien zeigen, dann später mit einem größeren Bildungserfolg einhergeht. Auffällig ist die geringe Bildungsaspiration in der Unterschicht, aber auch die Kinder aus der unteren Mittelschicht und der Mittelschicht fallen hier vergleichsweise stark zurück. Sichtbar werden an dieser Stelle die getrennten Bildungswelten.

Mit 69% bezieht sich die große Mehrheit der Kinder positiv auf die Schule. 31% sind neutral bis negativ eingestellt. 59% bezeichnen sich als gute bis sehr gute Schüler. 36% sehen sich eher als mittelgut und 5% als schlecht bis sehr schlecht an. Mädchen sind mit einem Anteil von 76% häufiger positiv eingestellt als Jungen mit 62%, und ebenfalls 64% der Mädchen bezeichnen sich im Vergleich zu 54% der Jungen als gute bis sehr gute Schülerinnen.

Differenziert nach der Herkunftsschicht fällt zum einen der distanzierte Bezug der Kinder aus der Unterschicht zur Schule auf. Mit 51% ist hier nur eine knappe Mehrheit positiv eingestellt. Auch in diesem Fall weisen Kinder aus der Oberschicht mit 76% mit positivem Bezug zur Schule die höchsten Werte auf. Die Kinder aus den sonstigen Schichten machen mit 67% in der unteren Mittelschicht, 72% in der Mittelschicht und 71% in der oberen Mittelschicht im Niveau aber in etwa vergleichbar positive Angaben. Anders verhält es sich bei der Bewertung der eigenen Leistungsfähigkeit. Kinder aus den oberen Schichten bezeichnen sich zu 70% bzw. 74% als gute bis sehr gute Schüler. In der Mittelschicht sind es 57%, in der unteren Mittelschicht 53% und in der Unterschicht sogar nur 28%.

Die Hausaufgaben erledigen 67% der Grundschüler und 51% der Schüler von weiterführenden Schulen in etwa einer halben bis einer Stunde. Zwei Stunden und länger sitzen 12% der Grundschüler und immerhin 21% der Schüler von weiterführenden Schulen pro Tag an ihren

Hausaufgaben. Je nach Herkunftsschicht und bezüglich eines Migrationshintergrundes ergeben sich hier keine nennenswerten Unterschiede. Auffällig ist allerdings, dass nur bei 45 % der Kinder aus der Unterschicht die Eltern regelmäßig die Hausaufgaben kontrollieren. In allen anderen Schichten sind es fast zwei Drittel der Eltern (61 % bis 64 %). Bei Kindern, die eine weiterführende Schule besuchen, beträgt der Anteil derjenigen, bei denen die Eltern regelmäßig die Hausaufgaben kontrollieren, ebenfalls nur 43 %. Die Schule geschwänzt haben nach eigener Auskunft schon einmal 8 % der Kinder (davon 2 % mehrmals oder regelmäßig). Am häufigsten berichten dies ebenfalls Kinder aus der Unterschicht (22 %) sowie bemerkenswerterweise etwas häufiger Kinder aus dem ländlichen Raum (17 %).

Kinder aus den oberen Schichten werden in die gehobene Bildung geradezu hineinsozialisiert. Positiv beziehen sich aber auch die Kinder aus den mittleren Schichten auf die Schule, und auch der Aufwand, der für Hausaufgaben betrieben wird, unterscheidet sich nicht wesentlich. Deutlich geringer ausgeprägt sind bei ihnen jedoch das Selbstbild und die Anspruchshaltung hinsichtlich der gewünschten Bildungsziele. Es ist erstaunlich, wie sicher sich die Kinder aus den oberen Schichten ihrer Sache sind und wie klar die Bildungsaspiration bei ihnen bereits im Kindesalter ausgeprägt ist. Auf der anderen Seite spricht nichts dafür, dass nicht auch die Kinder aus den mittleren Schichten (untere Mittelschicht und Mittelschicht) ähnlich motivierbar sein könnten. Kinder aus der Unterschicht werden hingegen bereits im Grundschulalter nach unten durchgereicht. Ihnen fehlt es sowohl an Selbstbewusstsein als auch an materiellen Rahmenbedingungen und familiärem Hintergrund, um gehobene Bildungsziele für sich zu antizipieren. Solange hier niemand bewusst gegensteuert und hinreichend Zeit und Ressourcen für eine möglichst frühzeitig anzusetzende individuelle Förderung verfügbar gemacht werden, ist eine eher defizitäre Bildungskarriere damit bereits vorprogrammiert.

Halbtagsschule und Verzicht auf Nachmittagsbetreuung: in Deutschland noch immer der Regelfall

Nur jedes neunte Kind (11 %) im Alter von 8 bis 11 Jahren geht in den alten Bundesländern in eine Ganztagsschule. In den neuen Bundesländern ist es mehr als jedes fünfte Kind (22 %). Auch lässt sich ein Stadt–Land-Gefälle feststellen. Kinder aus Ballungsräumen befinden sich deutlich häufiger in Ganztagsschulen (24 %) als Kinder aus dem ländlichen Raum (11 %) oder dem Umland von Städten (7 %). Kinder aus den unteren bis mittleren Schichten sind momentan leicht überrepräsentiert, Kinder mit Migrationshintergrund hingegen weniger häufig vertreten (11 %).

Die einzelnen Bundesländer haben bisher unterschiedliche Schwerpunkte gesetzt, in welchem Umfang und in welchen Schulformen Ganztagsangebote ausgebaut werden. Am häufigsten finden sich Ganztagsformen momentan an Gesamtschulen, an Förderschulen sowie an Schulen mit mehreren Bildungsgängen. Deutlich weniger häufig sind Ganztagsangebote im Grundschulbereich sowie an den Realschulen und Gymnasien vorhanden.

13 % der Grundschüler in den alten Bundesländern und 29 % der Grundschüler in den neuen Bundesländern (Schüler bis 4. Klasse) besuchen eine sonstige institutionelle Nachmittagsbetreuung (Hort, Mittagsbetreuung, sonstige Gruppe). Nimmt man die Ganztagsschüler hinzu (8 % in den alten und 27 % in den neuen Bundesländern), beträgt der Anteil der

ebenfalls am Nachmittag betreuten Kinder (inkl. Mittagsbetreuung) in den alten Bundesländern 21 % und in den neuen Bundesländern 56 %. Die Schüler von weiterführenden Schulen (ab der 5. Klasse) besuchen in den alten Bundesländern zu 4 % eine (Nach-)Mittagsbetreuung, und weitere 18 % sind in einer Ganztagsschule. Zusammengenommen werden 22 % am Nachmittag betreut. In den neuen Bundesländern sind es 15 %, die eine (Nach-)Mittagsbetreuung nutzen, und weitere 12 % sind in einer Ganztagsschule. Zusammengenommen ergibt dies einen Anteil von im Vergleich zum Grundschulalter nur noch 27 %.

Schule ist vormittags, und in den alten Bundesländern gibt es darüber hinaus kaum sonstige freizeitpädagogisch orientierte institutionelle Angebote für Kinder. Im Einzelnen entscheidet in Deutschland momentan vor allem die Lage des Wohnortes darüber, wer die wenigen Ganztagsangebote nutzen kann. In Ballungsgebieten sowie generell in den neuen Bundesländern ist das Angebotsniveau deutlich höher. Etwas häufiger erhalten Alleinerziehende einen Betreuungsplatz, wobei auch in dieser Gruppe nicht mehr als 36 % der Kinder in Deutschland ein Nachmittagsangebot nutzen können. In den neuen Bundesländern fällt auf, dass für Kinder von weiterführenden Schulen (ab der 5. Klasse) im Vergleich zur Grundschule deutlich weniger Angebote verfügbar sind. Trotz des insgesamt besseren Versorgungsgrades zeigen sich insbesondere an dieser Stelle erhebliche Lücken.

Schüler von Halbtagsschulen würden zu 73 % Sport sowie zu 50 % Kunst- oder Theater-AGs und ähnliche Kreativformen als schulische Nachmittagsangebote begrüßen. Projektunterricht könnten sich 44 % vorstellen, eine Hausaufgabenbetreuung nicht mehr als 34 % und normalen Unterricht am Nachmittag sogar nur 14 %. Ganztagsangebote ja, aber bloß nicht den ganzen Tag Schule! Es hängt demnach vom Konzept und von der Ausgestaltung ab, auf welche Akzeptanz die Ganztagsschule bei Kindern stößt.

Hierfür spricht auch, dass sich 70 % der Schüler von Ganztagsschulen positiv zur Schulform äußern, wohingegen 30 % lieber auf einer Halbtagsschule wären. Bemerkenswerterweise gilt dies mit 39 % häufiger für Kinder mit Migrationshintergrund sowie mit 37 % ebenfalls häufiger für Jungen. Es fällt insgesamt auf, das Mädchen an den Schulen offenbar besser zurechtkommen. Sie beziehen sich positiver auf Schule, bezeichnen sich im Vergleich zu den Jungen deutlich häufiger als gute Schüler und erweisen sich an den verschiedenen möglichen Angeboten im Rahmen einer Ganztagsschule als eher interessiert. Eine höhere Bildungsaspiration ist hingegen in dieser Altersgruppe bei Mädchen noch nicht feststellbar.

Die Debatte um die Ganztagsschule in Deutschland sollte von daher viel stärker als bisher um die Sichtweise und die Bedürfnisse der Kinder erweitert werden. Dies bedeutet im Grundsatz nichts anderes, als die Schule insgesamt partizipativer zu gestalten. Die Ergebnisse der 1. World Vision Kinderstudie sprechen allerdings dafür, dass die Mitbestimmungsmöglichkeiten von Kindern in der Schule nach wie vor nicht hinreichend entwickelt sind. Gefragt haben wir danach, ob die Kinder über die Gestaltung des Klassenzimmers, über Ausflugsziele oder Schulfeste sowie über die Themen im Projektunterricht und über die Pausenregeln (also was in der Pause erlaubt ist und was nicht) mitbestimmten dürfen. Üblich ist momentan höchstens die Gestaltung des Klassenzimmers zwischen Schülern und Lehrer gemeinsam abzustimmen. 28 % der Kinder dürfen aber selbst hierbei nie mitbestimmen, 43 % manchmal und 29 % oft. Über die Themen von Projekten dürfen 49 % nie, 37 %

manchmal und nur 14 % oft mitbestimmen. In die Entscheidung über Schulausflugsziele werden 49 % nie und bei der Gestaltung von Schulfesten 41 % nie einbezogen. Die Pausenregeln sind für 63 % kein Diskussionsthema. Eine Ganztagsschule mit ihren flexibleren zeitlichen Abläufen könnte, eine entsprechende konzeptionelle Ausgestaltung sowie hinreichende Ressourcen vorausgesetzt, neue Möglichkeiten zur Partizipation und damit zur stärkeren Orientierung von Schule an den Bedürfnissen von Kindern schaffen. Davon unabhängig lassen sich aber auch in Halbtagsschulen bereits jetzt weitaus stärker als bisher partizipative Elemente umsetzen.

Soziale Integration und Freundeskreis: im Wesentlichen angemessen

Kinder brauchen für ihre soziale Entwicklung genügend Spielfreunde und einen angemessen großen Freundeskreis. Im Durchschnitt verweisen die von uns befragten 8- bis 11-Jährigen auf sechs bis neun Kinder, die sie zu ihrem weiteren Freundeskreis zählen. Nicht mehr als 3 Freunde werden nur von 15 % der Kinder benannt. Mit 73 % sind drei von vier Kindern mit ihrem Freundeskreis zufrieden. 21 % hätten gerne mehr Freunde, und 6 % wünschen sich stattdessen eine gute Hauptfreundin oder einen guten Hauptfreund. Fasst man die Befunde zusammen, so ist mit 65 % die Mehrheit der Kinder angemessen integriert. Latent problematisch, entweder weil die Zahl der Freunde vergleichsweise klein ist oder aber weil die Kinder mit dem Freundeskreis nicht ganz zufrieden sind, ist die Integration bei 28 %, während nur 7 % der Kinder als nicht hinreichend sozial integriert charakterisiert werden können. Nicht hinreichend sozial integriert sind tendenziell eher Kinder aus der Unterschicht sowie solche, die in Wohngebieten leben, in denen sie zu wenig Spielfreunde finden. Je gehobener die Herkunftsschicht, desto besser die soziale Integration. Hierbei verweisen die Kinder vorrangig auf den Wert der so genannten Social Skills: beliebt sind die Kinder, auf die man sich verlassen kann und die immer für ihre Freunde einstehen. Auffällig ist allerdings, dass Kinder aus den unteren Herkunftsschichten die Bedeutung von Äußerlichkeiten und damit von materiellen Dingen tendenziell etwas höher bewerten und gutes Aussehen oder schicke Kleidung eher als Charakteristikum dafür, persönlich beliebt zu sein, bewerten.

Die Freundeskreise der 8- bis 11-jährigen Mädchen und Jungen überschneiden sich, wobei die »kleinen Unterschiede« im Alltag allerdings auch trennend wirken. Fragt man danach, wie viele Freundinnen zum Freundeskreis von Jungen und wie viele Freunde zum Freundeskreis der Mädchen gehören, so verweisen 21 % der Kinder auf mehrere und weitere 42 % auf ein bis zwei gegengeschlechtliche Personen. Sowohl bei den Mädchen als auch bei den Jungen geben 36 % an, dass sie keinerlei gegengeschlechtliche Personen in ihrem Freundeskreis haben. Jeweils knapp 50 % haben keine gegengeschlechtlichen Personen zu ihrem Geburtstag eingeladen. Alles in allem spiegeln diese Ergebnisse die für diese Altersgruppen eher typischen Formen des Wechsels von geschlechtsspezifischer Abgrenzung und von Gemeinsamkeit wider.

Einheimische deutsche Kinder und Kinder mit Migrationshintergrund: dort getrennt, wo man sich gegenseitig nicht erleben kann

Kinder mit Migrationshintergrund sind nicht wesentlich schlechter integriert als einheimische deutsche Kinder. Bezüglich der vorhandenen Gemeinsamkeiten verweisen 59 % der einheimischen Kinder darauf, dass zu ihrem Freundeskreis Kinder mit Migrationshintergrund gehören. 41 % haben Kinder mit Migrationshintergrund zu ihrem letzten Geburtstag eingeladen. Wesentlich ist dabei, dass einheimische deutsche Kinder und Migranten vor allem dort eher getrennt sind, wo sie sich im Alltag weniger treffen können. Dies gilt vor allem für die neuen Bundesländer. Der Anteil der Kinder mit Migrationshintergrund beträgt hier 10 %, und in der Folge berichten auch nur 32 % der einheimischen deutschen Kinder im Vergleich zu 62 % in den alten Bundesländern, dass Kinder mit Migrationshintergrund zu ihrem Freundeskreis gehören. Ähnlich, wenn auch nicht ganz so stark ausgeprägt, wirkt an dieser Stelle das Merkmal Stadt/Land. In Randlagen von Städten sowie in eher ländlich geprägten Regionen sind es etwas über 50 %, die Kinder mit Migrationshintergrund zu ihren Freunden zählen, in Ballungsgebieten hingegen 71 %. Vergleichbares zeigt sich, wenn man die Kinder mit Migrationshintergrund zu ihrem Freundeskreis befragt. 58 % haben vorrangig deutsche Freunde, 10 % vorrangig nicht-deutsche Freunde und die übrigen teils, teils. 86 % geben an, zum letzten Geburtstag deutsche Kinder eingeladen zu haben. Kinder beziehen sich dort, wo sie sich treffen und erleben können, aufeinander, unabhängig vom ethnischen Hintergrund. Sprachbarrieren spielen hier keine wesentliche Rolle, da so gut wie alle Kinder mit Migrationshintergrund im Freundeskreis die deutsche Sprache nutzen. Schichteffekte sind an dieser Stelle ebenfalls nicht signifikant wirksam.

Mobbing und Gewalt im Alltag: kein Massenphänomen

9 % der Kinder berichten, dass sie im letzten Jahr häufiger (manchmal / schon oft) bedroht oder geschlagen wurden, weiteren 16 % ist dies ebenfalls, allerdings nur sehr selten, passiert. 10 % ist häufiger und weiteren 15 % ist sehr selten etwas gewaltsam weggenommen worden. 16 % sind häufiger und weiteren 22 % sehr selten absichtlich Sachen kaputtgemacht und 24 % sind häufiger sowie 23 % sehr selten gehänselt worden. Fasst man die Kategorien zusammen, so verweisen 34 % der Kinder darauf, dass sie im letzten Jahr häufiger als selten Mobbing oder Gewalterfahrungen erlebt haben. Hierbei handelt es sich am häufigsten um Hänseln, und nur der kleinere Teil ist, wie ausgeführt, auch tatsächlich bedroht oder geschlagen worden.

Mit zusammengenommen 60 % erleben hingegen Kinder aus der Unterschicht mehrheitlich und dabei häufiger als selten Mobbing oder Gewalt im Alltag. Vergleichbares gilt für 64 % der Kinder, die in belasteten Wohngebieten leben. Jungen sind mit 41 % im Vergleich zu 29 % der Mädchen ebenfalls deutlich häufiger betroffen. Mobbing und Gewalt erfahren demnach vorrangig Kinder aus den unteren sozialen Schichten und dabei vor allem Jungen, wobei Belastungen und fehlende soziale Bezüge im Wohngebiet problemverschärfend wirken.

Selber bedroht oder geschlagen haben im letzten Jahr 3 % der Kinder manchmal und weitere 6 % sehr selten. 1 % hat anderen manchmal und weitere 4 % haben sehr selten anderen gewaltsam etwas weggenommen. 3 % haben anderen manchmal und weitere 7 % sehr selten etwas mit Absicht kaputtgemacht, und 6 % haben andere manchmal und weitere 17 % sehr selten gehänselt.

Zusammengenommen berichten 10 % der Kinder im Alter von 8 bis 11 Jahren, dass sie im letzten Jahr häufiger als selten andere gemobbt oder Gewalt angewendet hätten. Auch in diesem Fall sind es mit 25 % wiederum überproportional häufig Kinder, die in belasteten Wohngebieten leben, sowie mit 15 % häufiger Jungen, auf die dies zutrifft. Auffällig ist allerdings, dass in diesem Fall mit 16 % signifikant häufiger Kinder mit Migrationshintergrund hierüber berichten. Die Herkunftsschicht bringt in diesem Fall keinen zusätzlichen Erklärungseffekt, sondern wirkt sich vielmehr im Verbund mit den bereits genannten Merkmalen aus. Gemobbt und geschlagen wird nicht per se von Kindern aus den unteren Schichten, sondern vor allem dort, wo das Wohnumfeld bedrohlich und gewaltbelastet ist. Jungen sind hierbei deutlich häufiger als Mädchen involviert. Kinder mit Migrationshintergrund treten – auch unabhängig von den Wohnverhältnissen und der Schichtzugehörigkeit – hierbei ebenfalls etwas häufiger negativ in Erscheinung.

Gruppenaktivitäten und Vereine: Kinder aus der Unterschicht und Migranten bleiben eher außen vor

Mit 73 % gehen drei Viertel der Kinder im Alter von 8 bis 11 Jahren in ihrer Freizeit einer regelmäßigen Gruppenaktivität zum Beispiel in einem Verein, in einer Musikschule oder in einer sonstigen Gruppe nach. Jungen sind insgesamt betrachtet mit 76 % im Vergleich zu Mädchen mit 71 % sogar noch etwas häufiger einbezogen. Im Einzelnen dominieren bei 57 % Aktivitäten in einem Sportverein. Jungen haben hier mit 65 % im Vergleich zu Mädchen mit 50 % die Nase vorn. Immerhin jedes fünfte Kind besucht eine Musikschule. Mit 23 % sind hier Mädchen vergleichsweise häufiger als Jungen mit 18 % anzutreffen. In einer Kirchengruppe sind 11 % und dabei 12 % der Mädchen und 9 % der Jungen aktiv. Eine Tanzgruppe oder Ballettschule besuchen 9 % und hierbei 17 % der Mädchen, aber nur 1 % der Jungen. Hinzu kommen noch eine ganze Reihe weiterer Neigungsaktivitäten, die von einem kleineren Kreis von Kindern genutzt werden.

Regelmäßiges Mitmachen in Vereinen oder die Nutzung von sonstigen Angeboten ist in Deutschland ebenfalls schichtabhängig. Bei Kindern aus der untersten Herkunftsschicht ist es mit 47 % sogar die Minderheit, die in ihrer Freizeit entsprechenden Aktivitäten nachgeht. Je gehobener die Schicht, desto häufiger die Teilhabe. Vergleichbares gilt für Kinder mit Migrationshintergrund. Einheimische deutsche Kinder gehen zu 77 %, Kinder mit Migrationshintergrund hingegen nur zu 63 % regelmäßigen Aktivitäten in ihrer Freizeit nach. Ein vergleichbares Muster findet sich, wenn man sich nur auf die Mitgliedschaft in Sportvereinen bezieht. Auch in diesem Fall sind es deutlich häufiger Kinder aus den gehobenen Schichten, die Sport im Verein betreiben. Kinder aus den unteren Schichten sowie Kinder mit Migrationshintergrund, und hierbei vorrangig Mädchen, bleibt dies hingegen eher verschlossen. Bedenkt man, dass insbesondere Sportvereine einen eher niederschwelligen Zugang bieten, so kann dieser Umstand nur im Sinne von bisher nicht hinreichend genutzten Möglichkeiten zur Förderung von gesellschaftlicher Integration interpretiert werden.

Davon unabhängig gilt allerdings für die große Mehrheit der Kinder, dass sie sich in ihrem Alltag regelmäßig sportlich betätigt. Nur 8 % berichten, sich nur unregelmäßig körperlich zu verausgaben, und weitere 9 %, dass sie dies nur maximal einmal pro Woche tun würden. 83 % sind hingegen regelmäßig sportlich aktiv, jeder Zweite drei- bis fünfmal pro Woche und 11 % so gut wie jeden Tag. Am wenigsten häufig betätigen sich Kinder aus der Unterschicht sowie Mädchen mit Migrationshintergrund. Auf der anderen Seite gehören aber ebenfalls Kinder aus der untersten Herkunftsschicht vergleichsweise am häufigsten zu denjenigen, die angeben, so gut wie jeden Tag in der Woche aktiv Sport zu betreiben.

Kulturell-musische Aktivitäten und regelmäßiges Lesen: insbesondere für Jungen und für Kinder aus den unteren Schichten keine Sache der Gewohnheit

23 % der Kinder berichten, dass sie unabhängig von den Hausaufgaben täglich in ihrer Freizeit Bücher oder in Zeitschriften lesen, weitere 34 % tun dies mehrfach wöchentlich. 17 % greifen nicht mehr als einmal pro Woche in ihrer Freizeit zu einem Buch und 26 % nur unregelmäßig oder so gut wie nie. Auffällig ist an dieser Stelle der Geschlechterunterschied. Mit 35 % liest jeder dritte Junge nur unregelmäßig oder nie in seiner Freizeit. Von den Mädchen berichten dies nur 19 %. 47 % der Jungen im Vergleich zu 66 % der Mädchen lesen regelmäßig mehrfach in der Woche oder täglich. Lesen ist weder eine Frage des Alters noch in irgendeiner Weise davon abhängig, wie häufig sich Kinder in ihrer Freizeit bewegen oder Sport treiben. Maßgeblich ist das Geschlecht der Kinder sowie die Herkunftsschicht: Je gehobener die Herkunft, desto selbstverständlicher ist es für die Kinder, in ihrer Freizeit zu lesen. Einheimische deutsche Kinder und Kinder mit Migrationshintergrund unterscheiden sich hingegen nur wenig in ihrer Lesehäufigkeit.

Noch klarer prägen sich die Unterschiede bei den kulturell-musischen Aktivitäten heraus. 39 % der Mädchen sind im Vergleich zu 21 % bei den Jungen in ihrer Freizeit in einer entsprechenden Neigungsgruppe eingebunden (Musikschule/-gruppe, Tanzen/Ballett, Malen/Zeichnen, Theater/Film). Hierbei handelt es sich vorrangig um Kinder aus den gehobenen Schichten. Je niedriger die Schicht, desto geringer die Wahrscheinlichkeit in Kreativ-Aktivitäten eingebunden zu sein.

Medienwelten und Medienkonsum

Die Nutzung von Medien ist für Kinder inzwischen ein selbstverständlicher Teil des Alltags. 85 % der Kinder haben einen Kassettenrekorder oder CD-Player sowie 76 % ein Radio in ihrem Kinderzimmer. Einen Gameboy haben 57 %. Über einen eigenen Fernseher im Kinderzimmer verfügen 34 %, eine Spielkonsole im Zimmer nutzen 30 %, einen Computer im Zimmer haben ebenfalls 30 %. 23 % der Kinder haben einen eigenen Video- oder DVD-Player im Zimmer.

Fernseher im Kinderzimmer haben mit knapp 50 % und Spielkonsolen mit um die 40 % am häufigsten Kinder aus den unteren Herkunftsschichten. Bei Kindern aus den oberen Schichten hat nur in etwa jedes fünfte ein TV-Gerät oder eine Konsole im Kinderzimmer. Radio und Kassettenrekorder oder CD-Player sind hingegen tendenziell etwas häufiger bei Kindern aus den gehobenen Schichten im Zimmer vorhanden.

Einen Zugang zum Internet – zu Hause oder aber über die Schule oder eine sonstige Gruppe – haben 54 %. Regelmäßig ins Internet gehen allerdings nur 21 % der Kinder dieser Altersgruppe. Kinder aus den unteren Schichten sowie Kinder mit Migrationshintergrund verfügen weniger häufig über einen Internetzugang. Kinder aus den oberen Schichten gehen von daher zu 25 % etwas häufiger regelmäßig ins Internet, wobei die Unterschiede in dieser Altersgruppe im Vergleich zu 18 % in der Mittelschicht und ebenfalls 19 % in der unteren Mittelschicht noch nicht gravierend ausfallen. Einzig Kinder aus der untersten Herkunftsschicht fallen mit 12 % bereits in diesem Alter deutlicher zurück.

Ein eigenes Handy haben 36 % der Kinder und dabei mit 39 % etwas mehr Mädchen als Jungen mit 34 %. In der Regel wird hierfür eine Prepaid-Karte genutzt. Am häufigsten haben Kinder, die bereits eine weiterführende Schule besuchen (5. bis 6. Klasse), Kinder von Alleinerziehenden sowie Kinder, die in Ballungsräumen leben, ein Handy. Kinder aus den unteren Schichten verfügen ebenfalls etwas häufiger über ein eigenes Handy. Dieser Effekt erklärt sich allerdings vorrangig aus den gerade eben genannten Merkmalen.

Fernsehen: ziemlich häufig und ebenfalls schichtgebunden

33 % der Kinder berichten, täglich in etwa eine Stunde, und weitere 10 %, täglich in etwa eine halbe Stunde fernzusehen. 3 % schauen unregelmäßiger oder so gut wie nie. Mehr als jedes zweite Kind, 52 % der Mädchen und 57 % der Jungen, schaut hingegen mehr als eine Stunde regelmäßig pro Tag fern: 37 % ein bis zwei Stunden, 12 % zwei bis drei Stunden und 5 % sogar drei Stunden und mehr.

53 % der Kinder schauen oft und weitere 36 % manchmal Zeichentrickfilme, 48 % beziehungsweise weitere 39 % oft oder manchmal sonstige Kinderfilme oder -serien. Wissenssendungen für Kinder benennen 32 % mit »oft« und weitere 43 % mit »manchmal«. 13 % verweisen darauf oft und weitere 41 % manchmal Shows oder Serien für ältere Jugendliche oder Erwachsene und 9 % oft sowie 29 % manchmal Actionfilme zu schauen.

Die Schichteffekte sind hier ebenfalls markant. 41 % der Kinder aus der untersten Herkunftsschicht berichten, regelmäßig am Tag mehr als zwei Stunden fernzusehen. Bei Kindern aus den gehobenen Schichten trifft dies hingegen nur auf um die 10 % zu. Zwei Drittel der Kinder aus der untersten Herkunftsschicht schauen oft Zeichentrickfilme, und 21 % berichten, oft und weitere 26 % manchmal Actionfilme für Erwachsene zu schauen. Kinder aus den oberen Schichten benennen hingegen neben Zeichentrickfilmen deutlich häufiger Wissenssendungen für Kinder (oft: obere Mittelschicht 35 % und Oberschicht 40 %). Actionfilme für Erwachsene konsumieren 8 % der Kinder aus der oberen Mittelschicht sowie 7 % der Kinder aus der Oberschicht oft und weitere 27 % bzw. 22 % manchmal.

Freizeit: Vielseitige Mädchen – normale Freizeitler – Jungen als Medienkonsumenten

Betrachtet man die Freizeitaktivitäten im Zusammenhang, so steht das Treffen mit Freunden als etwas, was Kinder oft in ihrer Freizeit machen, mit 68 % an der Spitze, gefolgt von Sport treiben mit 59 %, Fernsehen mit 56 %, Musik hören mit 51 % sowie zu Hause mit dem Spielzeug spielen mit 47 %. Diese fünf Aktivitäten werden von den Kindern aus einer Liste mit insgesamt 18 Aktivitäten am häufigsten genannt. Lesen benennen 34 %, Playstation/Computer 29 % und immerhin 17 % auch »draußen rumhängen« als typische Freizeitaktivitäten, denen sie oft nachgehen.

Die von uns erhobenen Freizeitaktivitäten umfassen vier Dimensionen: Sport, Medienkonsum, Kultur sowie häuslich-familiäre Aktivitäten. Typisiert man die Kinder anhand dieser Bereiche, so ergibt sich auf der einen Seite ein Mainstream von Kindern (50%), die in ihrer Freizeit unterschiedlichen Aktivitäten nachgehen. Hierzu gehört sowohl Sport und Bewegung, Freunde treffen, Unternehmungen mit der Familie als auch die Mediennutzung. Je nach Neigung werden hierbei unterschiedliche Aktivitäten ausgeübt, und die Kinder unterscheiden sich natürlich im Einzelnen in ihren jeweiligen Vorlieben.

Abgrenzen lassen sich von diesen »*normalen Freizeitlern*« zwei andere Gruppen, die sich deutlich in ihren Alltagswelten voneinander unterschieden. Zum einen findet sich die Gruppe der »*vielseitigen Kids*« (24%). Hierbei handelt es sich um solche Kinder, die sich neben Aktivitäten mit Freunden und Sport in ihrer Freizeit vor allen Dingen musisch-kulturellen Kreativangeboten widmen. Vielseitige Kids lesen viel, machen selber Musik, basteln oder malen oder sind in den Bereichen Ballett, Tanzen oder Theater aktiv. Fast schon entgegengesetzt hierzu ist das Freizeitprofil der »*Medienkonsumenten*« (26%). Diese Kinder sind zwar ebenfalls häufig mit Freunden zusammen und sportlich aktiv, beschäftigen sich jedoch ansonsten vor allem mit Fernsehen oder Computerspielen. Kulturelle Aktivitäten und Lesen sind bei dieser Gruppe nicht üblich.

Insgesamt sind es die Häufigkeit der Mediennutzung als Beschäftigungsform im Alltag auf der einen Seite sowie die kulturell-kreativen Aktivitäten auf der anderen Seite, die diese Gruppen am eindeutigsten voneinander unterscheiden. Sport und Bewegung spielt hingegen bei allen drei Gruppen eine vergleichbare Rolle. Es liegt an deren hohem musisch-kulturellen Engagement, dass die »*vielseitigen Kids*« zu 89% aus Mädchen bestehen, während die stärkere Medien-Affinität der Jungen dazu führt, dass die »*Medienkonsumenten*« sich zu 82% aus Jungen rekrutieren. Die Gruppe der »*normalen Freizeitler*« ist hingegen nach dem Geschlecht ausgewogen zusammengesetzt.

Auffällig ist darüber hinaus die große Rolle, die bei den »*vielseitigen Kids*« das Lesen als Freizeitbeschäftigung spielt. 63% geben im Vergleich zu 33% der »*normalen Freizeitler*« sowie 11% der »*Medienkonsumenten*« an, dies in ihrer Freizeit oft zu tun. Lesen scheint nicht nur für die schulische Entwicklung, sondern auch für die Vielfalt und den Zugang zu kreativen Formen von Freizeitbeschäftigungen eine Schlüsselrolle zu spielen. Auch hiervon können Mädchen momentan häufiger als Jungen profitieren.

Zu den »*vielseitigen Kids*« gehören vorrangig Kinder aus den gehobenen Schichten. Signifikant häufiger handelt es sich darüber hinaus um solche Kinder, die in ihrem Alltag regelmäßigen Aktivitäten in Vereinen nachgehen oder sonstige Gruppenangebote nutzen. »*Medienkonsumenten*« sind hingegen vorrangig Kinder aus den unteren Schichten, die deutlich weniger in Vereine oder in sonstige Gruppenangebote eingebunden sind. Einheimische deutsche Kinder gehören bemerkenswerterweise sogar leicht häufiger als Kinder mit Migrationshintergrund zu dieser Gruppe. Kinder mit schlechterer schulischer Leistungseinschätzung und mit negativem Bezug zur Schule finden sich häufiger bei den »*Medienkonsumenten*«. Zwischen den »*normalen Freizeitlern*« und den »*vielseitigen Kids*« sind diese Unterschiede hingegen weniger stark und im Zusammenhang betrachtet nicht signifikant ausgeprägt.

Die »*Medienkonsumenten*« verfügen demnach aufgrund ihrer Herkunft über weniger häusliche Ressourcen, sind weniger gut in Vereine oder sonstige Gruppen eingebunden, und ihr Freizeitverhalten ist vor dem Hintergrund ihrer einseitigen Medienorientierung nicht hinreichend anregend und sozial weniger integrativ. Die »*vielseitigen Kids*« und auch die »*normalen Freizeitler*« profitieren hingegen von den Bildungsimpulsen, die mit einer aktiven Freizeitgestaltung verbunden sind: Aufgrund ihrer eher aufgeschlossenen Haltung gegenüber kulturell-kreativ angelegten Angeboten haben Mädchen hierbei im Vergleich zu Jungen Vorteile.

Bedeutung von Politik und Gesellschaft

Kinder sind in ihren gesellschaftlichen Bezügen keine »unbeschriebenen Blätter«. Vielmehr nehmen sie bewusst und sensibel ihre Umwelt wahr und bewerten die jeweiligen Vorgänge. Fragt man nach vorhandenen Ängsten, so verweisen etwas über 50 % der Kinder auf Armut, auf kriegerische Auseinandersetzungen sowie auf schlechte Noten in der Schule. Ängste vor einer möglichen Arbeitslosigkeit der Eltern spielen bei 37 % eine Rolle. Im Vergleich zu den Jugendlichen sind bei Kindern die gesellschaftlichen Risiken und der damit einhergehende Druck erst in einem geringeren Ausmaß spürbar. Bemerkenswerterweise haben Kinder aus der untersten Herkunftsschicht am häufigsten Angst vor schlechten Noten in der Schule (62 %) und vor Arbeitslosigkeit der Eltern (55 %). Kinder aus der Oberschicht artikulieren hingegen mit 59 % am häufigsten Ängste vor Armut in Deutschland und mit 57 % vor der Umweltverschmutzung.

Subjektive politische Kompetenz und eine Meinung entwickeln Kinder zum einen über das Elternhaus und vor allen Dingen über die Medien. 6 % berichten, dass bei ihnen zu Hause oft, und weitere 40 %, dass manchmal über Politik geredet wird. 19 % der Kinder geben an, dass sie oft, und weitere 41 %, dass sie manchmal Nachrichten für Kinder im Fernsehen schauen. Ebenfalls 9 % sehen oft und weitere 34 % manchmal im Fernsehen Nachrichten für Erwachsene.

72 % der Kinder halten den Umgang mit Kindern in unserer Gesellschaft für gerecht oder eher gerecht. Vergleichbares gilt für den Umgang mit alten Menschen, den 69 % der Kinder für gerecht oder eher gerecht halten. Den Umgang mit Behinderten empfinden 58 % und den Umgang mit Ausländern 54 % als gerecht.

Fragt man die Kinder danach, ob sie meinen, dass Politiker viel an Kinder denken und daran, was sie tun müssen, damit es Kindern gutgeht, so glauben dies nur 27 %. 43 % glauben dies eher nicht, und weitere 30 % sind unentschieden und geben an, dies nicht sagen zu können. Die Vorbehalte gegenüber den Politikern sind hierbei in den unteren Herkunftsschichten relativ am höchsten ausgeprägt.

Bezogen auf das politische Interesse bezeichnen sich 90 % der Kinder als wenig oder gar nicht interessiert und nur 10 % als interessiert oder stark interessiert. Man sollte sich allerdings davor hüten, diesen Indikator als Beleg für fehlende politische Einsichtsfähigkeit zu interpretieren. Auch Jugendliche und Erwachsene bezeichnen sich mehrheitlich als eher wenig politisch interessiert. Darüber hinaus kommt an dieser Stelle die von den Kindern wahrgenommene und bereits selber artikulierte Verdrossenheit gegenüber Politik und Politikern zum Ausdruck.

Kinder beteiligen sich

Politische Sozialisation vollzieht sich zum anderen auf Basis von eigenen Aktivitäten und von Partizipationserfahrungen. Mit

59 % ist die Mehrheit der Kinder bereits in der einen oder anderen Weise gesellschaftlich oder für die Interessen anderer aktiv geworden. 27 % berichten darüber, bereits einmal eine Aufgabe in einem Verein übernommen zu haben. 23 % haben sich an einer Hilfsaktion für Kinder in anderen Ländern und 21 % an einer Hilfsaktion für Menschen in Not beteiligt. Das Amt eines Klassensprechers haben 18 % und das eines Streitschlichters schon einmal 16 % ausgeübt. Weitaus weniger genutzt und auch bekannt sind hingegen eher formelle politische Beteiligungsformen. Bei einem Kinderparlament oder einem Kinderforum haben 2 % der Kinder im Alter von 8 bis 11 Jahren schon einmal mitgemacht.

Die Ergebnisse zeigen, dass überall dort, wo Angebote gemacht werden, Kinder bereit sind, Aufgaben zu übernehmen. Besonders gut geeignet hierfür sind solche Räume, in denen Kinder in sozialen Gruppen agieren, also Vereine, Schulen oder sonstige (Nachmittags-) Betreuungsinstitutionen, in denen zum Beispiel die Möglichkeit besteht, Sprecher- oder Vertretungsaufgaben anzubieten. Bemerkenswert ist allerdings die vergleichsweise große Erfahrung, die Kinder mit Hilfsaktionen für andere Kinder oder für Menschen in Not haben.

Aktiv werden häufiger Kinder aus den gehobenen Herkunftsschichten. Fast zwei Drittel der Kinder aus den oberen Schichten haben im Vergleich zu nur einem Drittel der Kinder aus der untersten Herkunftsschicht schon einmal derartige Aufgaben übernommen oder sich an Hilfsaktionen für andere Menschen beteiligt. Ursächlich hierfür dürfte ebenfalls die bereits festgestellte schlechtere Verankerung von Kindern aus den unteren Schichten in Vereinen oder in sonstigen Neigungsgruppen sein.

Die eigene Meinung

56 % der Kinder geben an, dass ihre Mutter im Alltag eher viel Wert auf ihre Meinung legen würde. 39 % sehen das mal so, mal so und 5 % meinen, dass ihre Mutter eher wenig Wert auf ihre Meinung legt. Bezüglich der Väter meinen 47 % der Kinder, dass diese eher viel, 39 %, dass diese mal so, mal so, und 14 %, dass diese eher wenig Wert auf ihre Meinung legen würden. Von den Freunden legen 43 % nach Meinung der Kinder viel Wert, 50 % mal so, mal so und 7 % wenig Wert auf ihre Meinung. Von den Klassenlehrern sind es 26 %, die eher viel, 51 %, die mal so, mal so, und 23 %, die eher wenig Wert auf die Meinung der Kinder legen. Eine vergleichbare Einschätzung findet sich gegenüber dem Personal in den Betreuungseinrichtungen.

Mädchen fühlen sich im Alltag tendenziell etwas ernster genommen. Sie geben für ihre Freundinnen und Freunde zu 46 % im Vergleich zu 40 % der Jungen und für ihre Klassenlehrer zu 30 % im Vergleich zu 23 % der Jungen an, dass diese Personen eher viel Wert auf ihre Meinung legen würden. Bezüglich der Familie sind die Unterschiede nicht ganz so groß.

Kinder mit Migrationshintergrund, und hierbei vor allem Jungen mit 43 %, geben weniger häufig als einheimische deutsche Kinder an, dass ihre Mutter eher viel Wert auf ihre Meinung legt. Bei den Vätern trifft dies generell für Kinder mit Migrationshintergrund zu, die in diesem Fall zu 43 % unabhängig vom Geschlecht im Vergleich zu 49 % bei den einheimischen deutschen Kindern berichten, dass ihr Vater viel Wert auf ihre Meinung legt. Bemerkenswerterweise sind die Ergebnisse außerhalb der Familie entgegengesetzt. Sowohl im Freundeskreis fühlen sich Kinder mit Migrationshintergrund zu 51 % im Vergleich zu 41 % der einheimischen deutschen Kinder als auch von den Klassenlehrern mit 29 % im Vergleich zu 25 % eher gewürdigt.

Grundsätzlich gilt auch in diesem Fall der Zusammenhang: Je niedriger die Herkunftsschicht der Kinder, desto geringer die Würdigung, die diese Kinder bezüglich der eigenen Meinung in Familie, Freundeskreis, Schule und sonstigem institutionellen Umfeld erfahren.

Allgemeines Wohlbefinden

Fasst man die Einschätzung der Kinder zu den Freiheiten in der Familie, zum Bezug auf die Schule sowie zur Größe des Freundeskreises zusammen, so fühlen sich 59 % der Kinder sehr wohl, 29 % wohl und 12 % unwohl. Mädchen artikulieren ein höheres Wohlbefinden. 64 % fühlen sich im Vergleich zu 53 % der Jungen häufiger sehr wohl.

Im Zusammenhang betrachtet sind es zu 14 % ebenfalls die Jungen, die sich im Vergleich zu 11 % der Mädchen häufiger unwohl fühlen. Durchschlagend wirksam ist an dieser Stelle vor allem der Schichteffekt. Kinder aus der untersten Herkunftsschicht fühlen sich zu 31 % sowie Kinder aus der unteren Mittelschicht zu 15 % häufiger unwohl. Bemerkenswerterweise trifft dies mit 20 % ebenfalls überproportional häufig auf die Kinder zu, die keiner Vereinsaktivität nachgehen oder ein sonstiges regelmäßiges Freizeitangebot nutzen. Nicht signifikant für fehlendes Wohlbefinden sind die Merkmale Erwerbsbeteiligung der Eltern, ein Migrationshintergrund, die Schulform (halbtags oder ganztags), das Alter sowie Ost–West und Stadt–Land. Das größere Unwohlsein von Kindern, die eine institutionelle (Nachmittags-)Betreuung nutzen (16 %), erklärt sich vor allem aus deren Empfinden, weniger Freunde zu haben. Die Einrichtungen selber bewertet mit 78 % die große Mehrheit dieser Kinder positiv, und auch die familiären Freiheiten und die Schule werden von dieser Gruppe nicht negativer gesehen.

Alles in allem dominiert bei Kindern in Deutschland eine positive Grundhaltung, so wie sie im artikulierten allgemeinen Wohlbefinden zum Ausdruck kommt. Schlaglichtartig sichtbar werden aber ebenfalls die unterschiedlichen Lebenswelten von Kindern je nach familiärer Herkunftsschicht.

Kinder als kompetente Akteure

Kinder verfügen nicht nur über besondere Lernkompetenzen, sondern haben in Abhängigkeit vom Alter und individuellem Entwicklungsstand auch differenzierte und eigenständige Gestaltungsansprüche. Kompetente Kinder profitieren von stabilen häuslichen Umfeldern, zum Beispiel dort, wo die Elternteile ins Erwerbsleben eingebunden sind, für die Kinder aber verlässliche Formen der (außerhäuslichen) Betreuung sowie genügend gemeinsame Zeit in der Familie zur Verfügung stehen. Sie erhalten kontinuierlich Anregungen für eine abwechslungsreiche Freizeitgestaltung, und ihre Umwelt bietet ihnen die Möglichkeit zu lernen, dass ihre eigene Meinung von Bedeutung ist und ihre Bedürfnisse ernst genommen werden. Sie nutzen bereits frühzeitig unterschiedliche Aktivitätsangebote und beziehen sich offensiv auf ihre sonstigen Lebenswelten außerhalb der Familie. Die Idee eines Schonraumes, der den Kindern zusteht, ehe der »Ernst des Lebens« beginnt, ist da wenig hilfreich. Wichtiger ist, die Umwelten so zu gestalten, dass sich Kinder einbringen und entfalten können. Insbesondere hieran bemisst sich, wie kinderfreundlich eine Gesellschaft ist.

Nötig sind darüber hinaus ein Nachteilsausgleich und eine gezielte Förderung für diejenigen, die in benachteiligte Verhältnisse hineingeboren wurden und dadurch weniger Gestaltungsspielräume haben. Auch diesen Kindern müssen die Möglichkeiten eröffnet werden, Interessen, Neigungen und verborgene Talente entfalten zu können. Der Zeitraum hierfür ist vergleichsweise kurz. Es ist das erste Lebensjahrzehnt, in dem wichtige Entscheidungen fallen, welche Alltagskompetenz die Individuen herausbilden und für sich nutzen können, und es ist auch dieser Zeitraum, in dem die grundlegende Kompetenz zur (lebenslangen) Aneignung von Bildung gelegt wird.

Die Ergebnisse der 1. World Vision Kinderstudie untermauern die Bedeutung, die hierbei auf die Position und Meinung der Kinder gelegt werden muss. Deren sprichwörtliche Begeisterungsfähigkeit ist eine der herausragenden und produktivsten Eigenschaften in dieser Entwicklungsetappe. Umso bemerkenswerter, wie wenig Wert in unserer Gesellschaft noch immer darauf gelegt wird, diese natürliche Kompetenz von Kindern zu nutzen und die Angebote auch daran auszurichten. Kinder sind eigenständige Akteure, die besondere Interessen haben und ihre eigenen Zugänge finden müssen. Kinder brauchen hierfür Regeln und verbindliche Strukturen, um sich zu orientieren, sowie Vorbilder, um am Modell lernen zu können. Genauso dringlich brauchen sie aber auch persönliche Wertschätzung und Gestaltungsspielräume. Aktive Einbeziehung und eine Umwelt, die Kindern die Möglichkeit gibt, ihre Belange vorzutragen und zu Gehör bringen zu können, und die ihnen ebenfalls Raum gibt, selbständig Entscheidungen zu treffen, sind hierbei unverzichtbare Elemente.

Methodik

Die 1. World Vision Kinderstudie 2007 stützt sich auf eine repräsentativ zusammengesetzte Stichprobe von 1592 Kindern im Alter von 8 bis 11 Jahren aus den alten und neuen Bundesländern. Die Kinder wurden von geschulten Infratest-Interviewern zu Hause persönlich-mündlich befragt. Zusätzlich wurde ein kurzer Elternfragebogen zum familiären Hintergrund erhoben. Die Befragung fand auf Grundlage eines standardisierten Erhebungsinstruments im Zeitraum von Anfang Februar bis Mitte März 2007 statt. Darüber hinaus wurden im Rahmen der qualitativen Vertiefungsstudie 12 individuelle Fallstudien mit Kindern im Alter von 6 bis 11 Jahren durchgeführt und anschließend als Porträts präsentiert.

Sabine Andresen und Klaus Hurrelmann

1 Was bedeutet es, heute ein Kind zu sein? Die World Vision Kinderstudie als Beitrag zur Kinder- und Kindheitsforschung

Zur Unterscheidung von Kinder- und Kindheitsforschung

In der pädagogischen, psychologischen, historischen und sozialwissenschaftlichen Forschung kann zwischen einer *Kinderforschung* und einer *Kindheitsforschung* unterschieden werden (Alanen 1997; Honig/Lange/Leu 1999; Andresen/Diehm 2006; Bühler-Niederberger/Sünker 2006; Schweizer 2007). Zu Beginn des 20. Jahrhunderts bezeichnete sich ein großer Kreis von Pädagogen und Medizinern, von Heilpädagogen und Psychologen als *Kinder*forscher (Göppel 2007). Zu den Interessen und Methoden dieser Forscherinnen und Forscher gehörte die genaue Beobachtung der Entwicklung der Kinder und die Beschreibung und Interpretation des alltäglichen Zusammenlebens mit Kindern in der Familie. Angenommen wurden vielfältige Kindernaturen, mit unterschiedlichen Typen, Begabungen oder Charakteren. Vielfach lag das Interesse in der Untersuchung von normalen Verläufen der Entwicklung im Vergleich zu den Abweichungen. Ein wichtiges Anliegen der Kinderforscherinnen und -forscher war deshalb auch der Gedanke, dass das wissenschaftliche Wissen über Kinder für den pädagogischen Umgang mit Kindern in Familie, Kindergarten und Schule nützlich sein könnte.

Der Kindheits- und Erziehungstheoretiker Siegfried Bernfeld trat für eine andere Sicht auf Kinder in der Kinderforschung ein. Er rief dazu auf, Ausdrucksweisen und Äußerungen von Kindern, ihre eigenen Texte, Briefe oder Gedichte zu sammeln und in den Mittelpunkt der Untersuchungen zu stellen. Damit verlangte er die Anerkennung von Kindern und Jugendlichen als eigenständige Menschen und die Betrachtung der Lebensphase Kindheit als eine Phase von eigenem Wert. Kinderforschung bedeutete für ihn, primär den Meinungen und Äußerungen von Kindern nachzuspüren und auszuwerten. Doch darin sollte sich seiner Meinung nach die Forschung nicht erschöpfen. 1926 betonte er in seiner Schrift »Sisyphos oder die Grenzen der Erziehung«, Erziehung sei die »Summe der Reaktionen einer Gesellschaft auf die Entwicklungstatsache«. Bernfeld brachte damit Folgendes zum Ausdruck: Die soziale und kulturelle Gestaltung von Kindheit spiegelt die Vorstellungen einer Gesellschaft von der Entwicklung des Menschen und vom Unterschied der Generationen wider. Nach dieser Blüte vielfältiger und interessanter Forschungen in den ersten drei Jahrzehnten des 20. Jahrhunderts etablierte sich in der zweiten Hälfte des 20. Jahrhunderts der Begriff der *Kindheitsforschung*. In dieser kamen die Einsichten Bernfelds über den eigenständigen Wert der Lebensphase Kindheit und die Möglichkeit und Notwendigkeit, an die Meinungen und Aussagen der Kinder selbst anzuknüpfen, nicht vor.

In der aktuellen Forschungslandschaft hingegen findet sich die Unterscheidung zwischen Kinder- und Kindheitsforschung wieder, ohne dass die Grenzen stets markant hervortreten würden (Markefka/Nauck 1993). Insbesondere aus der Kritik an der erwachsenenzentrierten Sicht in der entwicklungspsychologischen und sozialisationstheoretischen Forschung entstand die neuere internationale und vor allem interdisziplinäre Kinder- und Kindheitsforschung. Sie wollte sich primär mit den eigenständigen Lebensäußerungen von Kindern befassen und aufzeigen, wie Kinder zwar durchaus geprägt werden, aber eben auch selbst die Erwachsenen und die Gesellschaft insgesamt mitgestalten (Alanen 1997; James/Jencks/Prout 1998; Honig 1999).

Man kann heute sagen, dass sich die *Kindheitsforschung* mit der Frage befasst, wie sich die Lebensphase Kindheit entwickelt und verändert hat und welche kulturellen, sozialen und politischen Vorstellungen vom Kind in einer Gesellschaft existieren (Zinnecker 2000a; 2000b). Sie untersucht Vorstellungen vom Kind, Konzepte von Kindheit, das Verhältnis zwischen Kindheit, Jugend und Erwachsenenalter und den Zusammenhang von Kindheit, Erziehung und Entwicklung. Hier geht es insbesondere auch um den Wandel von Kindheit und im Generationenverhältnis sowie um Vorstellungen zur Konstruiertheit von Kindheit (Honig 1999).

Die *Kinderforschung* konzentriert sich hingegen auf Sicht- und Handlungsweisen der Kinder selbst. Sie interessiert sich für die subjektiven Einschätzungen der Lebenswelt und für die Selbst- und Körperwahrnehmungen von einzelnen Kindern. Sie geht davon aus, dass keineswegs nur Erwachsene die Kompetenz beanspruchen können, Auskunft über Kinder und Kindheit zu geben, sondern auch Kinder dazu in der Lage sind. Sie versucht aber auch, die Leiblichkeit und Leibgebundenheit des Kindes in den Blick zu nehmen (Duncker/Scheunpflug/Schultheis 2004).

Beide Ansätze ergänzen sich, und in zwei wesentlichen Punkt stimmen sie überein:

Kinder werden als Akteure verstanden, weil sie die sie umgebenden sozialen Ordnungen z. B. in einer Schulklasse aktiv miterzeugen und ebenso aktiv in das gesamte alltägliche Interaktionsgeschehen eingebunden sind. Die Lebenswelt von Kindern in Familie, Betreuungs- und Bildungseinrichtungen und im Freundeskreis soll deshalb auch mit deren eigenen Augen rekonstruiert werden (Krappmann/Oswald 1995; Breidenstein/Kelle 1998; Breidenstein/Prengel 2005). Sowohl in der neueren Kinder- als auch in der Kindheitsforschung herrscht die Vorstellung vor, dass es sich bei dieser ersten Phase im Leben eines Menschen um einen eigenständigen Abschnitt handelt. Kinder sind mehr als noch nicht entwickelte Erwachsene, und Kindheit ist mehr als eine notwendige Vorstufe zum Erwachsenenalter.

Die 1. World Vision Kinderstudie steht im Schnittpunkt der Kindheits- und Kinderforschung und nimmt die Impulse dieser Ansätze auf: Sie nimmt Kinder als aussagekräftige Expertinnen und Experten ihrer Lebenswelt ernst. Dazu werden die Kinder selbst befragt. Die erhobenen Daten stammen alle aus »Kindermund«, sodass die Ergebnisse der Untersuchung einen sehr guten Einblick geben, wie heutige Kinder sich selbst, ihr näheres und ihr gesellschaftliches Umfeld wahrnehmen und verstehen. Für die Erstellung der Erhebungsinstrumente und die Interpretation der Ergebnisse wurde auf wichtige Erkenntnisse der Kindheitsforschung zurückgegriffen. Nur so ist es möglich, auch die sozialen Rahmenbedingungen, unter denen Kindheit stattfindet und mit denen Kinder leben, im Blick zu haben.

1.1 Historische Bedingungen von Kindheit

Bis zum Ende des Mittelalters gab es, wie aus sozialhistorischen Analysen hervorgeht, keinen Begriff für Kindheit als eigenständiger Lebensphase in der Biografie eines Menschen. Das Wort »Kind« bezeichnete in erster Linie ein Verwandtschaftsverhältnis. Die grundlegende Studie des französischen Sozialhistorikers Philippe Ariès (1978) schildert anschaulich, wie Kinder im frühen Mittelalter als »kleine Erwachsene« ohne besondere Arrangements mit den »großen Erwachsenen« zusammenlebten. Eine pädagogisch und ästhetisch inszenierte Trennung zwischen Kinderwelt und Erwachsenenwelt, eine »pädagogische Kindheit« (von Hentig 1978) gab es nicht. Kinder und Erwachsene lebten in denselben Lebensbereichen, ernährten und kleideten sich ähnlich, verrichteten ähnliche Tätigkeiten. Es gab keine Kinderzimmer, kein spezifisches Kinderspielzeug, keine nennenswerte Kinderliteratur und auch keine besondere Kinderkleidung.

Die Vorstellung von Kindern als »kleine Erwachsene«

Aus historischen Quellen lässt sich ablesen, wie Kinder im Mittelalter gelebt, was sie getan haben und wie sie angesehen wurden. Das Miteinander von Kindern und Erwachsenen beruhte auf einem am Arbeitsalltag orientierten Umgang. Kinder lernten im engen Zusammenleben und in der alltäglichen Beziehung mit Älteren und Gleichaltrigen durch unmittelbare Anschauung diejenigen Dinge, die sie für ihr Überleben wissen mussten. Mit den Generationenunterschieden wurde sehr pragmatisch umgegangen. Jedes Alter und Geschlecht hatte feste, am Arbeitshaushalt orientierte und an die hierarchische Struktur der Gesellschaft angepasste Rollen und Aufgaben. Insgesamt gab es keine Vorstellung davon, dass Kinder besondere Bedürfnisse haben könnten. Man behandelte sie letztlich wie noch nicht voll ausgewachsene Erwachsene.

Die unterschiedlichen historischen Quellen geben auch Auskunft darüber, welche sozialen Funktionen diese »kleinen Erwachsenen« zu erfüllen hatten. Aus dem Mittelalter ist überliefert, wie Kinder mitunter politisch instrumentalisiert wurden, etwa durch ihre Einbeziehung in den so genannten »Kinderkreuzzug«, oder wie sie später den Hexenprozessen zum Opfer fielen. Anhand von Inschriften auf Grabsteinen und künstlerischen Darstellungen kann man etwas über den Umgang mit dem Tod eines Kindes erfahren (Hoof 1999). So dominierte im Europa des späten Mittelalters in der religiösen Kunst die Darstellung von der Vergänglichkeit des Lebens. Daraus bezog man offenbar die Einstellung gegenüber dem einzelnen Kind, das als äußerst verletzlich und deshalb als vorläufig anwesend und ersetzbar galt.

Die christliche Kultur zeichnet sich seit ihren Anfängen durch eine spezielle Herangehensweise an Kinder und Kindheit aus. Schließlich basiert sie auf der Geburt eines Kindes als Inkarnation Gottes, zu dem ebenso wie zu seiner Mutter, der Jungfrau Maria, gebetet wird. Im Mittelalter führte diese Ausgangslage aber noch nicht dazu, dem konkreten »irdischen« und einzelnen Kind besonders wertschätzend zu begegnen (Hoof 1999).

Wachsendes Bewusstsein für die Erziehung von Kindern

Etwa vom 18. Jahrhundert an wurden Kinder in ihrer Individualität wahrgenommen. Dies veränderte auch die öffentlichen Vorstellungen über die Lebensphase Kindheit, was zu grundsätzlichen Kontroversen führte. Zu diesen Kontroversen gehörte die Frage, ob das Neugeborene als unbeschriebenes Blatt oder als vorgeprägtes menschliches Wesen auf die Welt kam. Beide Vorstellungen hatten Konsequenzen für den sozialen und pädagogischen Umgang mit Kindern. Stellte man sich das Kind als unbeschriebenes Blatt vor, so musste Erziehung nur die richtige »Schrifttype« finden, um das Kind zu formen und zu erziehen, ging man hingegen von einer vorgeburtlichen Prägung aus, waren der Erziehung von vornherein Grenzen gesetzt.

Strittig waren auch moralische Überlegungen, die in dieser Zeit zunehmend an Bedeutung gewannen: Zum Beispiel ob man Kinder als prinzipiell gut und unschuldig oder als von Geburt an sündige Wesen ansehen sollte. Betrachtete man die Kindheit als Zeit der Unschuld und Kinder als die besseren Menschen, wie dies im Zeitalter der Romantik der Fall war, hatte Erziehung die Funktion, vor den negativen Einflüssen der Gesellschaft zu schützen (Baader 1996). Ging man hingegen davon aus, dass Kinder von Geburt an sündige Wesen waren und Kindheit primär als eine Phase extremer Unvollkommenheit anzusehen sei, hatte Erziehung in erster Linie die Funktion, die Natur des Kindes zu disziplinieren.

Trotz dieser Auseinandersetzungen war man sich in einem Punkt einig: Vertreter beider Sichtweisen betonten die Bedeutung von Erziehung für die Entwicklung der Kinder, für den Fortbestand der Menschheit und für den Fortschritt der Gesellschaft (Boas 1966). Diese Vorstellung setzte sich allmählich immer stärker durch. Der Bedeutungszuwachs der Erziehung des Kindes und damit der Pädagogik seit dem frühen 18. Jahrhundert resultiert insgesamt aus der Erkenntnis, dass der Mensch an sich, aber insbesondere das Kind erstens der Erziehung bedürfe und zweitens auch eine prinzipielle Fähigkeit zum Lernen mitbrächte. Mit dieser Einsicht verbanden Erziehungs- und Kindheitstheoretiker das Ziel einer Perfektionierung des Menschen, mit der auch die Vervollkommnung der gesamten Gesellschaft erreicht werden sollte. Hierfür fand im 18. Jahrhundert der Genfer Philosoph Jean-Jacques Rousseau eine anschauliche Sprache: Seinen bis heute berühmten Erziehungsroman »Émile oder Über die Erziehung« (1762) eröffnete er mit der gesellschaftskritischen Anmerkung, alles sei gut, wie es aus den Händen des Schöpfers komme, alles entarte jedoch unter den Händen des Menschen.

Die steigende Wertschätzung von Kindern als Subjekte

Rousseau, der in der Pädagogik gerne zum »Erfinder der Kindheit« stilisiert wurde, gab mit seiner Perspektive eine populäre und nachhaltig wirkende Wahrnehmung von Kindern vor: nämlich die, Kinder primär als hilflose Opfer von Erwachsenen und einer schlechten Gesellschaft zu sehen. In der Kindheitsforschung erwuchs daraus eine bis heute anhaltende intensive Debatte: Wie verläuft der Zivilisationsprozess für Kinder? Führt er dazu, dass sie zunehmend aus der interessanten Welt der Erwachsenen ausgeschlossen und in separate Welten wie Kindergarten und Schule eingeschlossen werden, wie dies der Sozialhistoriker Ariès für die französische Gesellschaft deutete? Oder hat erst der allmähliche Fortschritt der Gesellschaft seit dem 18. Jahrhundert dazu geführt, ein Bewusstsein für die kindlichen Bedürfnisse zu entwickeln, was zuerst Lloyd deMause in seinen psychohistorischen Studien hervorhob? Für deMause dominiert in der

Geschichte der Kindheit das unendliche Leid von Kindern. Der Zivilisationsgrad einer Gesellschaft lässt sich nach seiner Auffassung an ihrem Umgang mit den Kindern beurteilen (deMause 2000).

Eine auf den ersten Blick überzeugende Folgerung aus diesen Überlegungen ist die Verstärkung des »Kinderschutzes«. Zweifellos ist die Absicht, gerade Kinder vor Leid, Gewalt und Unterdrückung schützen und ihnen einen »Schonraum« sichern zu wollen, der Ausdruck eines modernen Verständnisses vom Generationenverhältnis (Zinnecker 2000b). Erwachsenen kommt hier im Sinne einer »advokatorischen Ethik« (Brumlik 1992) die Pflicht zu, die körperliche und psychische Integrität des Kindes anzuerkennen und zu bewahren und ihren Bedürfnissen Rechnung zu tragen. Diese Einsicht in die Würde des Kindes und den besonderen Anspruch auf Raum und Zeit für seine Entwicklung hat sich jedoch bis heute nicht in allen Regionen der Welt etabliert. Und auch in wirtschaftlich und politisch hochentwickelten Ländern leiden nach wie vor viele Kinder unter belastenden sozialen Bedingungen in Familie und Gesellschaft. Der hehre Gedanke vom »Schonraum Kindheit« ließ sich in der Praxis nur schwer umsetzen (Andresen 2006).

Diese Diskussion ist bis heute nicht beendet. Zu dem prinzipiellen Verständnis von Kindheit und der Besonderheit der kindlichen Entwicklung haben verschiedene Wissenschaften seit dem 18. Jahrhundert beigetragen. Die Stellung des Kindes in der Gesellschaft ist zudem eng mit der Weiterentwicklung der Menschen- und Bürgerrechte verbunden. Aber die zentrale Frage ist geblieben: Auch wenn wir heute über die Wertschätzung von Kindern sprechen, geht es um die »alte« Frage, in welchem Verhältnis der Schutz des Kindes einerseits und sein Anspruch auf Autonomie andererseits zueinander stehen. Eine »advokatorische Ethik« mit Erwachsenen als Anwälten von Kindern harmoniert nicht automatisch mit dem Respekt gegenüber dem Eigenwillen eines Kindes und seiner Anerkennung als Subjekt. Von diesem Spannungsverhältnis, das Besondere von Kindern als Kinder und das Allgemeine von Kindern als Menschen anzuerkennen, ist das moderne Generationenverhältnis geprägt (Honig 1999). Es bildet sich auch in der UN-Kinderrechtskonvention und in nationalen Kindeswohldebatten ab, wenn es darum geht, einerseits allgemeine Rechte zu artikulieren und anzuerkennen und andererseits besondere Rechte, die auf spezifische Lebens- und Bedürfnislagen von Kindern reagieren, zusammenzuführen. Es geht also grundsätzlich um die Frage, in welchem Zusammenhang das »Kindeswohl« und seine Bestimmung und der »Kindeswille« und seine Anerkennung zueinander stehen (Zitelmann 2001).

Historisch gesehen zeigt sich aber doch eine deutliche Veränderung, nämlich die gewachsene Anerkennung von Kindern als eigenständige und mit Rechten ausgestattete Subjekte. Eine Kinderstudie wie die hier vorliegende, mit dem Anspruch, Kindern eine eigene Stimme zu geben, sie im Generationenverhältnis der Gegenwart partnerschaftlich zu verorten und sie als Experten ihrer Lebenswelt anzuerkennen, sie wäre in der Vergangenheit nicht denkbar gewesen.

Reformpädagogische Konzeptionen von Kindheit

Insbesondere die Pädagogik entwickelte ab dem 20. Jahrhundert eine Kraft, die sich auf die Vorstellung von Kindheit enorm auswirkte. Eine zunehmende Pädagogisierung des Kinderlebens, ein Ausbau vorschulischer Einrichtungen, das reformpädagogische Bemühen um eine »Pädagogik vom Kinde aus«, wie sie reformorientierte deutsche Lehrervereine forderten, oder die US-amerikanische Variante der »Child Centered Education« führten zu einem neuen gesellschaftlichen Bewusstsein (Oelkers 1996).

Dieses Bewusstsein fand in Deutschland seinen Ausdruck in der großen Begeisterung für die reformpädagogische Schrift der schwedischen Pädagogin und Frauenrechtlerin Ellen Key, die in Deutschland unter dem Titel »Das Jahrhundert des Kindes« (1902) erschien. Bedenkt man, dass die Einführung der bis heute noch weitgehend gültigen Grundschulstruktur, einer an den Wohnort gebundenen vierjährigen gemeinsamen Beschulung der Kinder, unabhängig von ihrer Herkunft und Begabung, erst in der Weimarer Republik in den 1920er Jahren eingeführt wurde, so kann man daran ablesen, wie stark neue pädagogische Vorstellungen auch die Gestaltung von Kindheit beeinflussen.

Doch nicht nur in der deutschen Geschichte, auch im internationalen Vergleich ist die Entwicklung wissenschaftlicher Erkenntnisse über Kinder und Kindheit zentral. Die US-amerikanische »Progressive Education« und der Erfolg beispielsweise der amerikanischen Kindergartenbewegung zu Beginn des 20. Jahrhunderts basierten nicht zuletzt auf der wissenschaftlichen Expertise der »Child Studies«. Einer ihrer führenden frühen Vertreter war der Psychologe G. Stanley Hall, der mit einer monumentalen Studie die Differenz zwischen der Kindheits- und Jugendphase markieren konnte und darüber hinaus für die Verknüpfung von wissenschaftlicher Erkenntnisgewinnung und pädagogischer Praxis stand (Andresen 2005).

Die Reformpädagogin Key forderte für den richtigen und fortschrittlichen Umgang mit Kindern ebenfalls eine starke Orientierung an wissenschaftlichem Wissen. Dieses erhoffte sie sich von der experimentellen und verstehenden Kinderpsychologie und Kinderforschung. Durch die Forderung wurde auch die deutliche Unterscheidung zwischen den Lebensphasen Kindheit und Jugend stark bewusst, wodurch die Sensibilität für die Besonderheiten beider sicherlich wuchs.

Studien von William Stern, Martha Muchow, Lev Vygotsky oder Sigmund Freud in den ersten Jahrzehnten des 20. Jahrhunderts und später von Jean Piaget, Anna Freud, Erik H. Erikson oder René Spitz führten zu wissenschaftlichen Erkenntnissen über die menschliche Entwicklung, über den Zusammenhang von Denken und Sprechen, über sozialräumliche Aneignungen, über kindliche Krisen, über die Bedeutung von Anlage und Umwelt für die Persönlichkeitsbildung im Kindesalter. Hinter zahlreiche wissenschaftliche Erkenntnisse, aber auch hinter pädagogische und humanitäre Einsichten etwa von Janusz Korczak über die Achtung der Würde des Kindes, können wir heute nicht mehr zurück (Göppel 2007).

Erste Ansätze zur Sicherung von Kinderrechten

Der Wandel der Kindheit und die sich verändernden Vorstellungen vom Kind hängen demnach davon ab, in welcher Beziehung man die Kindheitsphase zu den ihr folgenden Lebensphasen sieht. Außerdem spielen natürlich auch wissenschaftliche Erkenntnisse und pädagogische Konzeptionen eine Rolle. Heute herrscht die Vorstellung vor, Kinder müssten sorgfältig auf das spätere Erwachsenenleben vorbereitet werden, indem ihnen zunächst ein geschützter Raum der möglichst gut arrangierten

Förderung und ein ausreichendes Maß an Zeit für ihre Entwicklung gegeben wird. Den gesellschaftlich deutlichsten Ausdruck findet diese Idee in der Einrichtung von Erziehungs- und Bildungsinstitutionen für Kinder vom Vorschulalter an.

Zusammen mit der Schulpflicht und der Einsicht, allen Kindern ein ausreichendes Maß an Qualifikation und Schulbildung zukommen zu lassen, wurden weitere gesellschaftliche Veränderungen herbeigeführt. Die Diskussion um Kinderarbeit seit dem 19. Jahrhundert und der Kampf von Ärzten und Lehrern für ein generelles Verbot der gewerblichen und landwirtschaftlichen Kinderarbeit ist dafür ein eindrucksvolles Beispiel. So untermauerten Gesetzesinitiativen, etwa das preußische Gesetz aus dem Jahre 1891, das Kinderarbeit in Fabriken für schulpflichtige Kinder unter 13 Jahren verbot, die Vorstellung von Kindheit als einer besonderen Lebens- und Entwicklungsphase. Dabei unterschieden sich die Interessen durchaus: Während die »Kinderschützer«, etwa der Aktivist und Lehrer Konrad Agahd oder die Sozialwissenschaftlerin Helene Simon, Persönlichkeitsrechte des Kindes im Blick hatten, ging es in der Politik auch darum, für das Militär sowie für die Industrie und die Nachkommen leistungsfähige Erwachsene zu erhalten (Andresen 2003).

Diese Gemengelage von Interessen und Einsichten brachte es letztlich jedoch mit sich, dass man sich mindestens in Westeuropa zunehmend darum bemühte, eine frühe körperliche Ausbeutung von Kindern zu vermeiden. Das Beispiel Kinderarbeit, die Diskussionen um ihr Verbot und schließlich die Gesetzesmaßnahmen verweisen beispielhaft auf einen Deutungswandel. Dieser führte dazu, dass man die Konsequenzen einer möglichen Schädigung beispielsweise durch frühe, körperlich harte Arbeit für das spätere Erwachsenendasein erwog. Damit ging auch ein wachsendes Bewusstsein dafür einher, dass man neue Entwicklungsmöglichkeiten beispielsweise durch eine frühe Förderung im Kindesalter erkannte. Heute diskutieren wir diesen Aspekt ganz aktuell durch die Erkenntnisse der Hirnforschung inspiriert und analysieren sowohl die Risiken als auch die Potenziale der frühen Kindheit.

Aus dieser Gesamtentwicklung lässt sich ablesen, wie stark Kindheit – wie alle anderen Lebensphasen auch – kulturell, wirtschaftlich, pädagogisch und wissenschaftlich gestaltet ist und nicht allein durch biologische Natürlichkeit definiert werden kann. Kindheit ist ganz offensichtlich nicht durch genetische, biologische, anthropologische oder psychologische Kriterien ein für alle Mal definiert, sondern wird auf dieser natürlichen Basis in jeder historischen Epoche neu begriffen und gedeutet (Hurrelmann/Bründel 2003). Ferner zeigt sich, dass die in Westeuropa und in den USA seit dem ausgehenden 19. Jahrhundert angesiedelten Kämpfe um Rechte für Kinder etwa auf Schulbildung oder die Durchsetzung von Arbeitsverboten für Kinder sowie von Kinder- und Jugendarbeitsschutzgesetzen bis in die Gegenwart hinein wichtige Themen der internationalen Kinderschutzbewegungen sind. An diesen Fortschritten haben bislang Millionen von Kindern nicht partizipiert. Im Gegenteil haben sich in vielen Ländern durch Wirtschaftskrisen oder zum Beispiel auf dem afrikanischen Kontinent durch Bürgerkriege, Naturkatastrophen und durch Krankheiten wie Aids die Bedingungen für Kinder immer weiter verschlechtert. Das betrifft ganz besonders ihre Möglichkeiten, zur Schule zu gehen, ausreichend medizinisch versorgt zu sein, gesunde und arbeitsfähige Eltern zu haben (Nolen 2007).

1.2 Aktuelle Bedingungen von Kindheit

Aktuelle, heutige Vorstellungen von Kindheit in Praxis, Politik und Wissenschaft sind ebenso stark von gesellschaftlichen Einflüssen und normativen Vorgaben geprägt, wie dies in früheren historischen Epochen der Fall war. Auch spielen nach wie vor wissenschaftliche Erkenntnisse über Entwicklung und Sozialisation von Kindern eine wesentliche Rolle (Göppel 2007). Sie zeigen ein immenses Potenzial der Entfaltung der kindlichen Persönlichkeit auf, machen aber zugleich auf die Notwendigkeit von Erziehung und Beziehung aufmerksam. Der Diskurs über das Profil von Kindheit ist heute entsprechend anders gelagert als in der Vergangenheit. Er ist durch heftige Spannungsfelder gekennzeichnet, etwa zwischen der richtigen Balance von Selbständigkeit und Eingliederung oder durch konkurrierende gesellschaftliche Werte wie Autonomie und Disziplin. Die immer wieder aufflammende Diskussion darüber ist nicht gerade dazu angetan, Eltern und Erziehern den Umgang mit und die Erziehung von Kindern zu erleichtern. Das seit dem 18. Jahrhundert wachsende Bewusstsein für die Notwendigkeit von Erziehung ist noch weiter angestiegen, die Auseinandersetzungen aber über den »richtigen« Weg haben die Sicherheiten hinsichtlich der pädagogischen und sozialen Gestaltung von Kindheit eher verringert.

In der 1. World Vision Kinderstudie geben Kinder Auskunft über die zentralen Bedingungen, unter denen sie heute aufwachsen. Dazu gehören die Situation in den Familien, die Veränderungen im Bildungswesen und der enorme Einfluss der Freizeit. Interessant an der deutschen Entwicklung ist nach wie vor die Frage nach den historisch unterschiedlichen Sozialisationsbedingungen in der alten Bundesrepublik und der ehemaligen DDR und ihre Wirkungen bis in die Gegenwart (Alt 2001; Andresen 2006). In unserer Studie fallen jedenfalls einige Unterschiede zwischen den neuen und alten Bundesländern auf. In den folgenden Abschnitten wird auf bisherige Erkenntnisse über die wesentlichen Bedingungen des Aufwachsens und ihre Bedeutung für Kinder und Kindheit in der Gegenwart eingegangen. Uns interessiert die Frage, was es bedeutet, heute ein Kind zu sein.

Vorstellungen zwischen Natur und Umwelt

Die Kindheitsforschung kann auf eine lange Reihe von wissenschaftlichen und normativen Auseinandersetzungen über das komplexe Verhältnis von Natur und Umwelt in der Entwicklung eines Kindes zurückblicken. Dabei schlug das Pendel mal nach der einen und mal nach der anderen Seite aus: Von vielen Fachleuten und anderen Diskursteilnehmern wurde entweder die Bedeutung von Umwelt und Sozialisation starkgemacht, von anderen die der angeborenen, genetisch bedingten Begabung, also der Anlage eines Kindes (Göppel 2007; Baader 2007).

Auf der Basis der neueren interdisziplinären Forschung zeichnet sich hier mittlerweile ein Konsens ab. Dieser könnte die Vorstellungen über Kindheit nachhaltig prägen. Immer deutlicher wird die aktive Wechselwirkung zwischen Anlage und Umwelt. Das gilt für fast alle Bereiche der Persönlichkeitsentwicklung. So gehen die Forscher mehrheitlich davon aus, dass etwa 50 % der Unterschiede in der Intelligenz eines Kindes genetisch bedingt sind. Jedoch ist unumstritten, dass die Entwicklung einer genetischen Anlage von guten oder schlechten Umwelteinflüssen abhängt. Wenn Kinder also lernen, so sind daran sowohl genetische als auch soziale Faktoren, die in einem dynamischen Wechselverhältnis zueinander stehen, beteiligt (Stern 2005; Weinert 2000). Sozialisations- und Humanbiologieforschung stimmen hierin voll überein.

Weiterhin zeichnet sich eine starke Auseinandersetzung mit dem Entwicklungspotenzial der ersten Lebensjahre ab. Heute werden insbesondere die Ergebnisse der Hirnforschung herangezogen, um beispielsweise die Einzigartigkeit von Entwicklungsmöglichkeiten und -risiken in den ersten drei Jahren zu beschwören. Sie erscheinen in einigen Diskussionen geradezu als »Mythos der ersten drei Jahre« (Bruer 2000). In dieser frühen Zeit der menschlichen Persönlichkeitsentwicklung ist es zweifellos wichtig, ob den angeborenen Anlagen eine anregende Umwelt zur Verfügung gestellt wird. Diese benötigt ein Kind zur Entfaltung seiner kognitiven, emotionalen, motorischen und sozialen Potenziale.

Mit dieser Erkenntnis und dem wachsenden Bewusstsein für die Bedeutung der frühen Impulse für die Lebensphase Kindheit wächst der Anspruch an eine kompetente Erziehung. Das heißt, die Diskussion um Krippenplätze, um die Erzieherinnenausbildung und Bildungsmöglichkeiten im Kindergarten hängt mit der Vorstellung zusammen, die ersten Jahre des Kindes optimal auszunutzen. Damit zeigt sich eine weitere Kontinuität: Der Bedeutungszuwachs von Erziehung hängt mit der Vorstellung von Kindheit als einer besonderen Lebensphase zusammen. Hinzu kommt heute der Gedanke, dass man in der Kindheit Zeit verlieren könnte, weil wichtige »Entwicklungsfenster« für positive Anregungen verpasst werden könnten (Bruer 2000).

Mit dem Bedeutungszuwachs von Erziehung und Bildung im Kindesalter verändern sich die Vorstellungen vom Kindsein, und ebenso wandeln sich die Institutionen des Aufwachsens wie Familie, Kindertagesstätte und Schule. Sie teilen sich heute die Aufgabe, Kinder zu erziehen. Die neuere Sozialisationsforschung macht deutlich, dass es sich bei Erziehung um eine strukturierte Impulsgebung für den Prozess der Persönlichkeitsentwicklung handelt. Dies ermöglicht Kindern eine produktive Verarbeitung von körperlichen, psychischen und umweltbedingten Vorgaben. Eine der wichtigsten Erkenntnisse der Sozialisationsforschung ist es, dass das Kind selbst ebenso wie Eltern und Erzieher in diesen Prozess eingreift und ihn aktiv mitgestaltet. Im Sozialisationsprozess ist das Kind demnach ein Ko-Konstrukteur seiner eigenen Persönlichkeit (Hurrelmann 2007; Hurrelmann/Walper/Grundmann 2008).

Diese Sichtweise führt in der Forschung zu einem verstärkten Bemühen, die Gestaltungs- und Ko-Konstruktionsleistungen von Kindern ernst zu nehmen und zu ihrem besseren Verständnis genauer zu untersuchen. Das ist auch das Ziel der vorliegenden Studie. Sie macht es sich zur Aufgabe, gerade angesichts des sich abzeichnenden sozialstrukturellen Wandels, der sich auf Familien hinsichtlich ihrer materiellen und sozialkulturellen Möglichkeiten auswirkt, Kinder selbst zu befragen. Der Leitgedanke dieser Studie ist, Kinder als Betroffene, Leidtragende, Profiteure oder Mitgestalter der Umwelt wahrzunehmen und anzusprechen.

Der Zusammenhang zwischen Kindheit und Bevölkerungsstruktur

Der sozialstrukturelle Wandel, der sich in den hochentwickelten Sozial- und Wohlfahrtsstaaten abzeichnet, bleibt auch vor Kindern und vor der Gestaltung von Kindheit nicht stehen. Immer drängender stellt sich die Frage, ob angesichts der gravierenden Veränderungen im Zuge von Globalisierungs- und Ökonomisierungsdynamiken die oben erwähnte Vorstellung von Kindheit als abgeschirmtem Schon- und Trainingsraum, die im 20. Jahrhundert vorherrschte, der heutigen Lebenslage von Kindern noch gerecht wird. Ist es nicht an der Zeit, diese pädagogischen und gesellschaftlichen Deutungsmuster, die immerhin maßgebliche Entscheidungen in Pädagogik und Politik beeinflussen, neu zu überdenken?

Ein wesentlicher Anlass dafür ist der veränderte Stellenwert von Kindern in der Bevölkerungsentwicklung. Gegenüber manchen früheren Epochen werden heute vergleichsweise sehr wenige Kinder geboren. Dadurch hat sich die Altersschichtung der Bevölkerung stark verändert. So hat sich der Lebensbaum der deutschen Bevölkerung seit 1900 von der Form einer Tanne zu der einer Bergkiefer umgewandelt: Die untersten Jahrgänge sind jetzt am schwächsten besetzt, die stärksten Jahrgänge sind in der Altersgruppe der 30- bis 40-Jährigen und 50- bis 70-Jährigen anzutreffen (Birg 2005).

Heute sprechen in den Ländern mit einer niedrigen Geburtenquote eindeutig nicht mehr wie bis zum Beginn der Industrialisierung wirtschaftliche und versorgungsbezogene Kriterien für ein Kind, sondern eher emotionale und auf Sinngebung des elterlichen Lebens ausgerichtete Beweggründe. Der Status der Eltern steigt nicht mit der Anzahl der leiblichen Kinder.

Die Vorstellungen der Eltern über Kinder und Kindheit sind durch identitätsstiftende Motive geprägt. Eltern wollen vom Aufziehen und Versorgen ihrer Kinder etwas haben, sich durch eigene Kinder selbst verwirklichen. Sie rechnen in der Regel für die Sicherung des eigenen Lebensabends nicht unbedingt mit dem Einkommen der erwachsenen Kinder, wenngleich die psychosoziale und materielle Fürsorge im Alter durchaus ein relevantes Thema in Familien ist. Im Unterschied zu kinderlosen Erwachsenen stehen Familien mit Kindern jedoch insgesamt im Durchschnitt wirtschaftlich deutlich schlechter da. Auch in diesem Feld also sind gesellschaftliche und gesellschaftspolitische Faktoren erkennbar, die auf die Gestalt der Lebensphase Kindheit einwirken.

Die veränderte demografische Lage hat Konsequenzen für das gesellschaftliche Bild von Kindheit. Kindheit ist heute durch eine hohe Zuschreibung von Individualität und Subjektivität gekennzeichnet. Nicht zuletzt deshalb, weil man sich für Kinder aus ganz persönlichen Gründen entscheidet, werden Kinder als Persönlichkeiten wahrgenommen (Zelizer 1985). Sie werden potenziell als Menschen mit eigenen Rechten, in der Folge dann aber auch mit eigenen Pflichten angesehen. Ihre wesentlichen Rechte sind die Bürgerrechte, die in den Verfassungen verbrieft sind. Ihre wichtigste Pflicht in einer »individualisierten« Gesellschaft ist die eigenständige Entwicklung ihrer Persönlichkeit, mit einer meist sehr früh einsetzenden Verantwortung für die Sicherung ihrer Leistungsfähigkeit. So paradox es klingt: Mit dem Gewinn an zugeschriebener Individualität und Eigenständigkeit ist für Kinder der traditionelle Schonraum für eine »unverantwortete« Persönlichkeitsentfaltung abhanden gekommen. Kinder tragen heute schon sehr früh Verantwortung für ihre Leistung und ihre soziale Entwicklung.

Der Wandel der Familienstrukturen

Nicht nur durch die Bevölkerungsentwicklung kommt es zum Strukturwandel der Kindheit. Ein weiterer Faktor ist der

Wandel familiärer, verwandtschaftlicher und freundschaftlicher Netzwerke, er gehört zu den zentralen Bedingungen heutiger Kindheit (Alt 2001; Peukert 2002). Es zeichnet sich ab, dass die Mehrheit der Kinder gegenwärtig mit wenigen oder gar keinen Geschwistern aufwächst. Diese Tendenz zur Familie mit wenigen Kindern hat zur Folge, dass sich auch das gesamte verwandtschaftliche Gefüge verändert. Nur noch wenige gleichaltrige Gefährtinnen und Gefährten des Aufwachsens oder Spielkameraden stammen heute aus dem Umfeld der Familie, neben Geschwistern sind nur wenige Cousins oder Cousinen vorhanden.

Wer zur Familie gehört, welche Bedeutung heute ein weit- oder enggespanntes familiäres Netzwerk für Kinder hat, wie sich Familien trotz aller Schrumpfungsprozesse dennoch als Schauplatz alltäglichen Zusammenlebens verschiedener Generationen behaupten, ist im »Kinderpanel« des Deutschen Jugendinstituts (DJI) genau untersucht worden. Hier zeichnen die Autorinnen und Autoren die Formen des Wandels für Kinder nach (Alt 2005a). So skizziert Vorheyer (2005) Größe und Qualität familiärer Netzwerke, in die Kinder eingebunden sind. Insbesondere der Familienstand der Mutter prägt nach ihren Ergebnissen entscheidend die subjektiv empfundene Einbindung in ein Netzwerk ebenso wie die Möglichkeiten, auf familiäre Betreuungshilfen zurückgreifen zu können oder nicht. Insgesamt haben sich die Rolle der Mutter, ihre Erwerbstätigkeit und das Dilemma der Vereinbarkeit von Familie und Beruf erheblich auf Kinder und Kindheit ausgewirkt (Honig 2006).

Die soziale Relevanz von Familiennetzen und Ressourcen

Die heutige Kindheitsforschung konzentriert sich angesichts des Wandels der sozialen Umwelt auf die »Pluralisierung« von Familienformen. Hierunter wird die Ausdifferenzierung von Familie in ihrer »klassischen« bürgerlichen Form verstanden. Zwar hat auch die traditionelle bürgerliche Familie heute noch Bestand, aber daneben gibt es »Patchwork-Familien«, in denen Kinder aus unterschiedlichen Partnerschaften unter einer neuen Verbindung zusammenleben, sowie Stiefelternfamilien oder Familien von Alleinerziehenden. Ferner sind in den letzten Jahren neben der Rolle der Mütter insbesondere die Rolle der Väter, ihr Engagement und ihre Präsenz im Alltag der Kinder in den Blick gekommen (Fthenakis 1999). Es zeigt sich ein deutlich größeres Engagement der Väter im Alltag ihrer Kinder. Doch nach wie vor »verschwinden« Väter auch in vielen Bereichen aus dem Interaktions- und Erziehungsgeschehen der Familien, was ganz offensichtlich zu Problemen für die Persönlichkeitsentwicklung nicht nur von Jungen führt (Schultheiss/Strobel-Eisele/Fuhr 2006).

Insgesamt ist in diesem Kontext die Einbettung des Kindes in »familiale Wahlnetze« von großer Bedeutung (Vorheyer 2005). Hier ist es wichtig zu wissen, zu wie vielen und zu welchen Familienmitgliedern Kinder aus ihrer persönlichen Sicht eine gute Beziehung haben. Dies prägt ihre soziale Integration, die Stabilität ihres Selbstbildes sowie ihre soziale und kognitive Aufgeschlossenheit. Darüber hinaus steht das familiale Wahlnetz im Zusammenhang mit dem Migrationshintergrund des Kindes und mit dem Einkommen der Familie.

Die sozialen und kulturellen Ressourcen einer Familie sind nach wie vor prägend für die individuellen Lebenswege der Kinder (Konrad 2001). So entscheidet sich zum Beispiel zu einem frühen Zeitpunkt, in welchem Ausmaß Kinder in der Schule ihre Potenziale tatsächlich entwickeln können. Die frühe Vergabe von Bildungschancen ist eines der zentralen Ergebnisse der 1. World Vision Kinderstudie. Im DJI-Panel wird herausgearbeitet, dass Kinder aus der Unterschicht und der unteren Mittelschicht über ein kleineres familiales Netzwerk verfügen und auch zu weniger Familienmitgliedern eine gute Beziehung unterhalten als Kinder aus der mittleren und oberen Mittelschicht und der Oberschicht. Zieht man weitere Erkenntnisse über die nicht-familialen Netzwerke von Familien, also etwa stabile Freundschafts- und andere Unterstützungssysteme, hinzu (Lareau 2003), zeigen sich weitere Indikatoren, wie sich soziale Ungleichheit im Kinderalltag manifestieren kann.

Zu diesem Ergebnis kommt auch eine neue Studie des Kinderhilfswerks der Vereinten Nationen (UNICEF 2007). Sie untersuchte anhand von sechs Dimensionen die Situation der Kinder in 21 Industrieländern. Dadurch wurden neue wichtige Vergleichsdaten über das Wohlbefinden von Kindern und Jugendlichen bereitgestellt. Die sechs Dimensionen waren: Die materielle Lage, Gesundheit und Sicherheit, Bildung, die Beziehung zu Eltern und Freunden, die Risiken im Alltag und die subjektive Einschätzung des Wohlbefindens von Kindern selbst. In seiner Auswertung für Deutschland hebt der wissenschaftliche Leiter, Hans Bertram, hervor, wie sehr das Wohlbefinden der in Deutschland lebenden Kinder von den sozialen Unterschieden ihrer Elternhäuser abhängt. Um das Wohlergehen von Kindern zu sichern, um ihnen unabhängig vom Elternhaus Bildungschancen und Lebensperspektiven zu ermöglichen, müssen Kindern neben ihrer Familie verlässliche Lebensumwelten und Institutionen bereitgestellt und Familien insgesamt gezielter als bislang in ihrer Koordinierung des Alltags unterstützt werden (Bertram 2006, S. 28).

Indikatoren für das Wohlergehen von Kindern

Der UNICEF-Bericht zur Situation der Kinder in Industrieländern (2007) hat wohl zum ersten Mal ein international einsatzfähiges Instrument für die Feststellung und Bewertung des Wohlbefindens von Kindern entwickelt. Bisher blieben internationale Vergleiche meist auf die beiden Dimensionen »Bildung« und »materielle Sicherheit von Kindern« begrenzt. Das Wohlbefinden wurde nun folgendermaßen erhoben und systematisch ausgewertet:

- Die materielle Situation von Kindern, bemessen an der Häufigkeit relativer Einkommensarmut der Familie, Arbeitslosigkeit der Eltern und finanziellen Mangelsituationen.
- Gesundheit, bemessen an Säuglingssterblichkeit und Geburtsgewicht, am Anteil geimpfter Kinder an der gesamten Kinderbevölkerung und am Anteil von Unfällen und Verletzungen.
- Bildung, ausgedrückt durch schulisches Leistungsvermögen im Alter von 15 Jahren, Quote des Besuchs weiterführender Schulen und des Übergangs in die Arbeitswelt.
- Beziehungen zu Eltern und Gleichaltrigen, bemessen am Anteil von Zwei-Eltern-Familien, Häufigkeit gemeinsamer Gestaltung des Familienalltags und Qualität der Beziehungen zu Gleichaltrigen.
- Lebensweisen und Risiken, bemessen am Ausmaß von gesunder Lebensweise, risikoreichem Verhalten und Häufigkeit der Erfahrung mit Gewalt.

- Der eigenen Einschätzung der Kinder zu ihrer Gesundheit, ihrer subjektiven Bewertung der Schule und ihrer allgemeinen Zufriedenheit.

Die daraus resultierenden Indikatoren wurden aus internationalen Studien für fast alle Industrieländer zusammengestellt. Im Vordergrund standen dabei die Daten der Studie PISA (Programm for International Student Assessment) und HBSC (Health Behaviour in School Aged Children, wobei die deutschen Daten von der Universität Bielefeld kommen). Unter den 21 in den Vergleich eingegangenen Ländern belegt Deutschland in der Rangliste der Kinderfreundlichkeit, die nach dem jeweiligen Abschneiden beim Anlegen der 36 Indikatoren entsteht, den 11. Platz. Vor Deutschland liegen in dieser Reihenfolge Niederlande, Schweden, Dänemark, Finnland, Spanien, Schweiz, Norwegen, Italien, Irland und Belgien. Hinter Deutschland folgen Kanada, Griechenland, Polen, Tschechien, Frankreich, Portugal, Österreich, Ungarn, USA und Großbritannien. Somit belegt Deutschland zwar einen soliden Mittelplatz, aber befriedigend ist dieses Ergebnis für ein wohlhabendes Land im Zentrum des »alten« Europa nicht.

Die Position von Kindern in Deutschland im internationalen Vergleich

Nach diesen Ergebnissen und Analysen von UNICEF zeigt sich, dass die auffällig starke Fixierung der deutschen Kinderpolitik auf Eltern und Familien zu einem strukturellen Risiko für das Wohlbefinden von Kindern geworden ist. Kritisiert wird, dass Deutschland im Vergleich zu vielen anderen europäischen Nachbarländern nur sehr wenig in die Infrastruktur für Kinder außerhalb von Familien investiert. Die Entwicklung der Chancen und Kompetenzen von Kindern ist nach Auffassung von UNICEF grundsätzlich nur möglich, wenn neben der zweifellos zentralen und ausschlaggebenden Lebensumwelt »Familie« auch die wichtigen anderen Lebensumwelten, nämlich Kindergarten, Schule, Sozial- und Gesundheitseinrichtungen usw., gezielt unterstützt und systematischer als bisher einbezogen werden.

In seiner ausführlichen Hintergrundanalyse für den UNICEF-Bericht hat Bertram den Arbeitsansatz des Kinderhilfswerks der Vereinten Nationen erläutert und auf die 16 Bundesländer der Bundesrepublik Deutschland übertragen. Im Wesentlichen macht er deutlich, dass in hochentwickelten Dienstleistungsgesellschaften Eltern nicht mehr allein einen familiär verlässlichen Kontext für ihre Kinder schaffen könnten. Solange dies erwartet würde, blieben die Entwicklungschancen von Kindern und ihre Entfaltungsmöglichkeiten auf ihre soziale Herkunft beschränkt und Eltern würden permanent überfordert (Bertram 2006). Kommunen, Länder und der Bund müssten stattdessen ihren Beitrag für eine verlässliche Lebenswelt leisten und Kinder sowie ihre Familien nachhaltig unterstützen. Weil eine solche Politik bisher in keinem der 16 Bundesländer konsequent eingeschlagen worden ist, so schlussfolgert Bertram, schneidet Deutschland im internationalen Vergleich nur mittelmäßig ab, insbesondere in der Einschätzung von Kinderfreundlichkeit und dem Wohlbefinden von Kindern.

Bertram macht außerdem explizit auf die Auswirkungen von Armut auf das Wohlbefinden von Kindern und Jugendlichen aufmerksam. Die Konsequenzen, wenn Kinder in Deutschland von Armut betroffen sind, werden durch diese Vergleichsstudie sichtbar. Ausgehend vom relativen Einkommen zeigen sich die unterschiedlichen ökonomischen Lebenslagen und die regionalen Unterschiede.

Deutlich sind ferner die Auswirkungen der Familienform besonders im Falle der Alleinerziehenden und die unterschiedlichen Risikofaktoren für den Arbeitsstatus der Eltern (Bertram 2006). Bertram geht in Anlehnung an das sozial-ökologische Modell von Bronfenbrenner davon aus, dass insbesondere durch eine Kumulation von negativen Effekten die eklatanten Formen von Benachteiligung entstehen. Seine Schlussfolgerungen beziehen sich auf die zwar wichtige, aber allein nicht ausreichende Maßnahme finanzieller Transfers sowie insbesondere auf die Notwendigkeit einer deutlich verbesserten Infrastruktur und einer Überwindung der Zuständigkeitsgrenzen von Bildung, Erziehung und Betreuung.

Neben dem hohen Einfluss von Armut auf das Wohlbefinden von Kindern spielen demnach die Möglichkeiten der institutionellen Betreuung für die Infrastruktur einer Familie eine große Rolle. Insbesondere eine verlässliche Betreuung für Klein- und Vorschulkinder sowie eine Betreuung am Nachmittag für Schulkinder ist hier wesentlich. So hatte bereits der 1. Armuts- und Reichtumsbericht der Bundesregierung auf die Problematik der deutschen Halbtagsschule ohne verlässliche Zeiten aufmerksam gemacht (BMAS 2001). Im 2. Armuts- und Reichtumsbericht wurde noch einmal in Anlehnung an die Ergebnisse von PISA und IGLU auf den kritischen Zusammenhang von Schulleistung, sozialer Herkunft und Migrationshintergrund verwiesen (BMAS 2005). Besonders Kinder, die mit ihren Familien in Großstädten oder belasteten Regionen leben, benötigen dringend ein verlässliches Betreuungsangebot. Dies zeigt die Studie des Deutschen Jugendinstituts (DJI 2005) zur Betreuungssituation in Deutschland. Auch im 12. Kinder- und Jugendbericht wird deutlich, dass neben der schulischen Bildung auch der außerschulischen Bildung ein größerer als bisher angenommener Stellenwert zukommt. Folglich wird es notwendig sein, ganztägige Bildungslandschaften zu schaffen, denen es gelingt, Benachteiligungseffekte auszugleichen und Familien zu entlasten (BMFSFJ 2005). Insofern verfügen wir bereits jetzt über zahlreiche Daten, die die eklatante Benachteiligung von Kindern aus sozial prekären Milieus sowie von vielen Kindern mit einem Migrationshintergrund aufzeigen.

In Kapitel 8 kommen wir ausgehend von den Ergebnissen der 1. World Vision Kinderstudie auf nötige Konsequenzen einer Politik für Kinder als Kampf gegen Armut und Benachteiligung zurück.

Notwendiger Ausbau der Infrastruktur

Insgesamt ist die Infrastruktur für Kinder und ihre Familien noch durch veraltete Betreuungsformen gekennzeichnet, wobei sich erste deutliche Veränderungen abzeichnen. Einflussreich für diese neuen Impulse war allerdings der Anstoß aus der Wirtschaft. Das Festhalten an traditionellen Mustern der Haushalts- und Familienorganisation aus dem 19. Jahrhundert bringt nämlich inzwischen auch für die deutsche Wirtschaft einen riskanten Modernitätsrückstand mit sich. Eine hochentwickelte Dienstleistungsgesellschaft wie Deutschland benötigt zu ihrem Funktionieren gut qualifizierte Arbeitskräfte, die Familien benötigen meist zwei Einkommen, und das erfordert die konsequente Eingliederung von Frauen und Müttern ins Erwerbsleben. Darauf macht auch Bertram aufmerksam: »In einer Dienstleistungsgesellschaft müssen beide Elternteile zur ökonomischen Basis und wirtschaftlichen Sicherheit der Familie beitragen. Weder ist heute eine kontinuierliche Erwerbstätigkeit beider Partner gewährleistet, noch gibt es Sicherheit für die Partner, gemeinsam das gesamte

Leben miteinander zu verbringen. Die Migrations- und kulturellen Wandlungsprozesse haben in allen entwickelten Industriegesellschaften dazu beigetragen, dass heute eine Fülle ganz unterschiedlicher familiärer Lebensformen und Vorstellungen über Familien nebeneinander existieren. Daher kann nicht mehr davon ausgegangen werden, dass alle Kinder in ihrer Familie den gleichen kulturellen Hintergrund vermittelt bekommen, der beispielsweise notwendig ist, um in der Schule erfolgreich zu sein« (Bertram 2006, S. 3). Dieser Einschätzung folgen die sich allmählich abzeichnenden institutionellen Veränderungen.

Neue Bildungsanforderungen an Kinder im Vorschulalter

Wie gesehen, hat nicht nur aus Elternsicht die Forderung nach Vereinbarkeit von Familie und Beruf eine große Aktualität. Verschiedene Maßnahmen wie die Schaffung von Betreuungsangeboten für unter 3-Jährige etwa in Familienzentren, Ganztagsangebote für Kinder im Vorschulalter und die vom Bund hervorgebrachte Initiative »Zukunft für Bildung und Betreuung« (IZBB) zur Einrichtung von Ganztagsschulen in den einzelnen Bundesländern haben die bessere Vereinbarkeit von Familie und Beruf zum Ziel. Dabei waren gerade die frühe Kindheit und Kinder im so genannten »Vorschulalter« in Deutschland lange die letzte Bastion der mütterlichen Fürsorge, des Spiels und der relativen Freiheit vor gezielten und formal curricular gestalteten Lernarrangements. Dies hat sich in jüngster Zeit gravierend verändert, und die Frage nach der »Qualität« von Kindergärten ist neben der Forderung nach Vereinbarkeit auch eine nach Bildungskonzepten (Honig/Joos/Schreiber 2004). Diese Entwicklung geht aus der vielfach geäußerten Kritik an der »verlorenen« Zeit für eine gezielte frühkindliche Förderung im Kindergarten hervor.

Neue Kindergartenkonzepte zielen auf Bildungsangebote zum Fremdsprachenerwerb oder auf die mathematische, naturwissenschaftliche und technische Förderung von 3- bis 6-Jährigen. In diesem Zusammenhang geht es um die »Entdeckung« des enormen Potenzials, das Kinder in diesem Alter mitbringen. Immer stärker setzt sich die Auffassung durch, in einer frühkindlichen Bildung die Anerkennung dieses Bildungspotenzials zu sehen. Daraus wird die Notwendigkeit abgeleitet, dieses Bildungspotenzial der alleinigen Verfügung des Elternhauses zu entziehen und mit öffentlichen Angeboten systematisch zu fördern und langfristig nutzbar zu machen.

Unter dem Gesichtspunkt früherer Bildungsangebote im Kindergarten wird die Kindheitsphase neu gestaltet. Sie richtet sich früher als zuvor auf Aspekte, die mit Schule, mit Lernen, mit Zertifikaten und Qualifikationen und somit erheblich mit Leistungsanforderungen in Verbindung stehen. Viele Kinder im Vorschulalter können von curricular stärker strukturierten Bildungsangeboten profitieren. Zugleich ist mit dieser Entwicklung in ihrem Alltag auch ein Verlust von freier Zeit verbunden.

Insgesamt hat die Kindheitsforschung der letzten Jahre auf den gravierenden Einfluss der Knappheit von Zeit auf Kinder und Kindheit verwiesen. Zeit gehört zu denjenigen kulturell einflussreichen und sozial ausgeprägten Ressourcen, die insbesondere unter dem Diktat einer zunehmenden Ökonomisierung von Lebenswelten zur Disposition gestellt werden. Angesichts dessen ist erstens zu überprüfen, welche frei verfügbare Zeit Kindern im Vorschulalter heute zur Verfügung steht, und zweitens, ob sich die Lebensphase Kindheit zunehmend verkürzt.

Es ist jedenfalls anzunehmen, dass die allgemein zu beobachtende Beschleunigung auch Auswirkungen auf Kindheit und ihre Gestaltung haben wird (Göppel 2007).

Die Knappheit von frei verfügbarer Zeit symbolisiert die im Vergleich zum 19. und 20. Jahrhundert grundlegend andere Kultur der Kindheit. Zeit ist der Indikator, an dem sich die prinzipielle Ambivalenz moderner Phänomene durchgängig zeigt und der das Generationen- und Geschlechterverhältnis prägt. Die 1. World Vision Kinderstudie liefert auch hierzu aktuelle Informationen.

Ganztagsbetreuung und Ganztagsschulen

Seit Jahren richtet sich die Kritik auf das auch nach der deutschen Vereinigung zu beobachtende Festhalten an der etablierten Struktur der Halbtagsschule, die stets darauf basierte, dass alle Kinder zu Hause auf ein warmes Mittagessen und mütterliche Hausaufgabenunterstützung setzen konnten. Dies ist jedoch für immer weniger Kinder in Deutschland, und zwar sowohl in den neuen als auch in den alten Bundesländern, der Fall (Fritz/Klupsch-Sahlmann/Ricken 2006). Das Thema Ganztagsschule hat demnach in den vergangenen Jahren in Deutschland enorm an Bedeutung gewonnen (Holtappels/Klieme/Rauschenbach/Stecher 2007), und aus unterschiedlichen Gründen werden Forderungen nach einem Ganztagsangebot immer häufiger. Aus einer sozialpolitischen Perspektive spricht der Wandel des Familienlebens durch die Erwerbstätigkeit der Mütter oder durch Ein-Eltern-Familien für eine Betreuung der Kinder am Nachmittag. Durch zunehmend ungeeignete Wohnumfelder und mehr Einzelkinder bzw. weniger Kontaktmöglichkeiten mit anderen Kindern muss die Schule kompensatorische Aufgaben übernehmen. Eine pädagogische Ausgestaltung soll über den Unterricht hinaus die Sozialisation der Kinder unterstützen (Radisch/Klieme 2003). Durch den Ausbau ganztägiger Betreuungsangebote besonders der Ganztagsschule mit rhythmisiertem Unterricht sollen vor allem nach PISA auch bildungspolitische Probleme behoben werden. Schulpolitisch setzen die Verantwortlichen neben der Einführung von regelmäßigen Vergleichsarbeiten die Hoffnung auf Ganztagsschulen. Zum einen sollen hierdurch Schülerinnen und Schüler bessere Förderangebote erhalten, zum anderen soll Bildung von sozialer Herkunft entkoppelt werden. Dies soll durch die schulische Kompensation fehlender Unterstützungsmöglichkeiten in Familien geschehen.

Auf die Kultur der Kindheit und den Alltag von Kindern wirkt sich Schule generell (Alt 2007; Strehmel 2007) und insbesondere ihre Teilnahme an Halbtags- oder aber an neueren Ganztagsschulformen erheblich aus. In einer frühen Studie unterschieden die Schulentwicklungsforscher Radisch und Klieme folgende Formen von Ganztagsschulen: Es gibt offene Schulen, teilgebundene und gebundene Ganztagsschulen und Tagesheimschulen (Radisch/Klieme 2003). In der gebundenen Ganztagsschule erfolgt eine Rhythmisierung der Unterrichtszeit im Wechsel mit nicht explizit unterrichtsbezogenen Tätigkeiten, wobei der Besuch für die Schüler obligatorisch ist. In der erweiterten Halbtagsschule findet der Unterricht nur am Vormittag statt. Anschließend können unterschiedliche Angebote in der Schule genutzt werden, diese sind jedoch wahlobligatorisch. Die offene Halbtagsschule stellt die unterste Ebene der ganztägigen schulischen Betreuungsformen dar. Der Unterricht findet am Vormittag statt. Anschließend können Angebote freiwillig genutzt werden, wodurch nur bestimmte Schülergruppen vertreten sind (Radisch/Klieme 2003). Unterschiedliche Formen des ganztägigen Angebotes werden demnach nach dem zeitlichen Ausmaß des Besuchs der Schule unterschieden. Als Ganztagsschule darf sich eine Schule allerdings nur dann bezeichnen, wenn sie an mindestens drei Tagen ein Angebot von mindestens sieben Zeitstunden hat (Holtappels et al. 2007).

Das vom Bund initiierte »Investitionsprogramm Zukunft für Bildung und Betreuung« (IZBB) läuft seit 2003 und soll bis 2009 bestehen bleiben. Es unterstützt den bedarfsgerechten Auf- und Ausbau schulischer Ganztagsangebote. Die seit 2003 neu entstandenen und durch das IZBB geförderten etwa 6000 Ganztagsschulen zeichnen sich vorwiegend durch eine offene Angebotsstruktur aus. Mit dieser Förderung hat sich auch eine vielfältige Angebotsstruktur an Grundschulen entwickelt: Neben der traditionellen Halbtagsgrundschule gibt es die so genannte »verlässliche Grundschule«, in der eine festgelegte Unterrichtszeit garantiert ist, die offene Ganztagsgrundschule mit Betreuungs- und Freizeitangeboten und die »gebundene Ganztagsgrundschule« (Fees 2005; Fritz/Klupsch-Sahlmann/Ricken 2006).

Eine zentrale Frage für Schulen und Eltern ist, ob es im Rahmen der Ganztagsangebote die Möglichkeit zum Mittagessen und zur Hausaufgabenbetreuung gibt. Kinder hingegen haben möglicherweise andere Interessen und Fragen hinsichtlich eines Besuchs einer Ganztagsschule. Dies haben wir in unserer Studie geprüft: Es gibt Kinder, die in einem ganztägigen Angebot einen Gewinn sehen, und Kinder, die die Ganztagsschule eher unter dem Verlust von freier Zeit oder von Familienzeit zur Sprache bringen. Die ersten Ergebnisse der »Studie zur Entwicklung von Ganztagsschulen – StEG« zeigen auf, dass der Lerneffekt bei denjenigen Kindern am größten ist, die nicht nur an drei, sondern an mindestens vier Tagen am Ganztagsangebot teilnehmen. Außerdem wirkt die Einrichtung von Ganztagsschulen offenbar nicht sozial selektiv, das heißt, weder dominieren Kinder aus bildungsfernen Schichten oder Kinder mit Migrationshintergrund noch Kinder aus Akademikerfamilien (Holtappels et al. 2007). Diese Befürchtung war den Ganztagsschulbefürwortern zunächst entgegengehalten worden.

Für die Nutzung institutioneller Lernarrangements und die Bedeutung und Funktion der Ganztagsschule für den Alltag von Kindern ist es relevant, inwieweit auch die außerschulische Zeit zur Verbesserung der schulischen Qualifikationen genutzt wird. Institutionalisierte, schulnahe Beschäftigungen in der Freizeit haben in den letzten Jahrzehnten insgesamt zugenommen. Dieses zeigt sich in Form von Einrichtungen, die inhaltlich mit schulischen Lernangeboten vergleichbar sind. Beispiele hierfür sind der Nachhilfeunterricht, der organisierte Unterricht in Fachgebieten (z. B. Musikstunden) oder der Einsatz von Medien mit Hilfe von Lernsoftware zur Verbesserung schulischer Qualifikationen. Durch diese privat zu organisierenden und vor allem zu finanzierenden Lernmöglichkeiten werden soziale Selektion und Benachteiligung verstärkt. Kinder aus einkommensschwächeren und bildungsfernen Schichten sind auf die Schule als Bildungsinstanz angewiesen, während sich Kinder aus höheren Schichten Inhalte durch privaten Unterricht aneignen können (Fölling-Albers 2000; Wild 2001). Hier zeigt sich demnach ein zentraler Aspekt, der für den Ausbau von Ganztagsschulen gerade auch in ihrer gebundenen Form spricht.

Bedingungen durch die Freizeit- und Medienwelt

In der 1. World Vision Kinderstudie nimmt das Freizeitverhalten von Kindern einen großen Raum ein. Dies korrespondiert mit der thematischen Ausrichtung der Kindheitsforschung der letzten Jahre (Hurrelmann/Bründel 2003) und dem Wandel in der Kindheit. Freizeit ist zentral für den Kinderalltag und seine Gestaltung. Hier zeigen sich die Gemeinsamkeiten innerhalb der Familie, hier treffen Kinder Gleichaltrige, erwerben Kenntnisse, Fähigkeiten und Kompetenzen und machen vielfältige Erfahrungen. Die soziale Herkunft, das Geschlecht, der unmittelbare Lebensraum in Stadt und Land bestimmen jedoch mindestens ebenso sehr die Freizeit wie die individuellen Präferenzen und Neigungen der einzelnen Kinder. Zu den beliebtesten Freizeitaktivitäten gehören neben dem Spiel mit Spielzeugen, in der Natur und mit Freunden, sportliche Tätigkeiten, Veranstaltungen in bestimmten Einrichtungen wie Musik- oder Kunstschulen, aber auch der Medienkonsum.

In der neueren Kindheitsforschung wird in diesem Zusammenhang auch dem Wandel der räumlichen Lebenswelt des Kindes Aufmerksamkeit geschenkt. Ausgehend von der ethnografisch und sozialökologisch angelegten Studie aus den 1930er Jahren über den »Lebensraum des Großstadtkindes« von Martha Muchow (1935/1998) ist der Untersuchung von Streif-, Spiel- und Bewegungsräumen insbesondere in Metropolen neue Aufmerksamkeit zugekommen. Hier waren nicht zuletzt die Raumsoziologie (Löw 2001) und die neue Auseinandersetzung mit Leontjevs Aneignungskonzept von Bedeutung (Deinet/Reutlinger 2004). Auf Kindheit bezogen fehlen nach wie vor umfassende Erkenntnisse darüber, wie Kinder in Metropolen, in größeren Städten und auf dem Land sich einzelne Räume aneignen, sie sich als Spiel- oder Streifraum erobern, ob sie auch außerhalb angelegter und damit kontrollierter Spielflächen Spielkameraden treffen oder kennenlernen können. Die modernisierungstheoretische These der Entwicklung von der »Straßenkindheit« zur »verhäuslichten« oder gar »verinselten« Kindheit hat nach wie vor Gewicht, muss aber weiter systematisch untersucht werden (DJI 1992; Zeiher/Zeiher 1998). Die 1. World Vision Kinderstudie liefert hierzu einige wichtige Erkenntnisse.

Oft wird die Frage gestellt, womit Kinder sich vornehmlich in ihrer frei verfügbaren Zeit beschäftigen. Der amerikanische Kulturforscher Neil Postman hatte in den 1980er Jahren über das »Verschwinden der Kindheit« (1982) geklagt. Postman vertrat die Ansicht, dass Kinder mit ihrer Zeit nichts Vernünftiges anzufangen wüssten und stattdessen der Verführungskraft der Medien erlägen. Das Durchdringen medialer Welten in die Kindersphäre und ihre zunehmende Prägung durch verschiedene Medien sind seitdem als Charakteristikum des sozialstrukturellen Wandels von Kindheiten erkannt worden. Insgesamt könnten die Medien tatsächlich mit dazu beigetragen haben, dass die Grenzen zwischen den verschiedenen Lebensphasen, aber vor allem zwischen der Kinder-, Jugend- und Erwachsenenwelt brüchig geworden oder gar verschwunden sind. Über das Fernsehen, aber mehr noch über das Internet und die mit den neuen Medien verbundene »Spielkonsolenwelt« ragen Themen, Probleme, Handlungen, Aufgaben und Herausforderungen in das heutige Kindsein. Diesen Themenkomplexen sind Kinder aufgrund ihres Entwicklungsstandes nicht immer gewachsen. Ein Indikator für diese Problematik ist die wachsende Anzahl von medien- und insbesondere computersüchtigen Kindern (Bergmann

2007). Die Kulturindustrie, so kritische Stimmen, habe zusammen mit einer eher technokratischen Bildungsreform »Kindheit in Bedrängnis« gebracht (Rittelmeyer 2007).

Unsere Ergebnisse zeigen, dass in diesem Zusammenhang Jungen besonders gefährdet zu sein scheinen. Sie neigen dazu, deutlich mehr Zeit vor dem Fernseher und Computer zu verbringen als Mädchen. Gerade das Ausmaß dieser medialen Freizeitgestaltung wirkt sich jedoch auffällig auf die Leistungsfähigkeit in der Schule aus. Dieses deutliche Phänomen fordert die Kindheitsforschung heraus, weil der häufig übersehene enge Zusammenhang zwischen schulischer Leistung und dem Wohlbefinden in der Schule mit den Gewohnheiten in der Freizeit systematisch untersucht werden muss.

Medienkompetenz

Gerade Medien sind ein schillerndes Phänomen, sie laden auch in der Kindheitsforschung und der Pädagogik häufig zu kulturkritischen, ja -pessimistischen Sichtweisen ein. Zugleich macht jedoch die Medienpädagogik zu Recht darauf aufmerksam, dass Medien auch neue (virtuelle) Räume eröffnen, Bildungsanlässe bieten und vielfach der Anknüpfungspunkt sind, um das eigene Verhalten zu erklären (Barthelmes/Sander 1994). Der Umgang mit Medien erfordert von Kindern eine umfassende Kompetenz sowohl in technischer Hinsicht als auch in der Verarbeitung von dargestellten Bildern, Werten und Handlungsweisen. Diese Kompetenz zu erwerben, erfordert eine umfassende Unterstützung in Elternhaus, Kindergarten und Schule.

Unsere Ergebnisse zeigen, dass Medien aus der Welt der Kinder nicht mehr wegzudenken sind. Selbst sehr junge Kinder, so auch die Ergebnisse einer Bielefelder Vorstudie zu qualitativen Interviews mit Kindern im Vorschulalter, gestalten ihre Freizeit mehr oder weniger selbstverständlich mit Medien (Andresen et al. 2007). Bereits Fünfjährige verfügen über eine große technische Kompetenz, sie haben ausgeprägte Vorlieben für Inhalte und verschiedene Medien entwickelt, sie kennen zahlreiche Figuren und haben persönliche Helden wie »Bibbi Blocksberg«, »Benjamin Blümchen« oder »SpongeBob Schwammkopf«. Aber sie wissen vielfach auch um die Gefährdungen durch einen zeitlich ausgedehnten Medienkonsum. Fünfjährige geben an, dass Fernsehen oder Computerspielen nicht »gesund« für sie sei, und sie verhandeln oft mit ihren Eltern über Zeit und Inhalt des Medienkonsums.

Insgesamt zeigen die vorliegenden Studien die Präsenz und Relevanz von Medien in der Kindheit, dies kann nicht ignoriert werden. Es wäre eine Illusion, zu glauben, man könne Medien gänzlich aus der Welt von Kindern, und sei es aus pädagogischen Gründen, verdrängen. Diese Diskussion bricht immer dann wieder aus, wenn es etwa um die Gewaltbereitschaft von Kindern und um ihren Medienkonsum geht. Neuerdings wird auch ein enger Zusammenhang zwischen der körperlichen Befindlichkeit und der Bewegungsbereitschaft von Kindern und dem Einfluss von Medienkonsum diskutiert. Die Medien sorgen, wie diese Erörterung zeigt, für eine intensive wissenschaftliche, pädagogische, publizistische, politische und oft auch populistische Debatte. Grund genug für uns in der Kinderstudie, die Medienwelt der Kinder in den Blick zu nehmen. Ihr weitreichender Einfluss trägt möglicherweise tatsächlich mit dazu bei, dass sich die Lebensphase Kindheit in den heutigen modernen Gesellschaften zu verkürzen und auf besondere Weise zu intensivieren scheint.

Die Verkürzung der Lebensphase Kindheit

Die These, Kindheit habe sich als Lebensphase verkürzt, verweist ein weiteres Mal auf Beschleunigungsprozesse und die Knappheit von Zeit. In der biologisch und kulturell bedingten Verkürzung der Kindheit sehen wir einen wichtigen Anlass, über die gesellschaftlichen Vorstellungen von Kindheit insbesondere aus der Sicht der Kinder neu nachzudenken. Die meisten Länder der Welt legen den Beginn der Kindheitsphase zeitlich mit der Geburt eines Menschen fest. Damit wird eine Unterscheidung zwischen der vor- und der nachgeburtlichen Entwicklung des Kindes, also den im Mutterleib und außerhalb des Mutterleibes stattfindenden Lebensbedingungen gemacht. Wissenschaftlich ist diese Trennung problematisch, weil viele Entwicklungsimpulse schon während der Schwangerschaft auf das Kind einwirken. Man kann nach neuen Erkenntnissen davon ausgehen, dass es bereits ein vorgeburtliches Lernen gibt (Krens/Krens 2005).

Für das Ende der Kindheit hat sich eine breit akzeptierte Konvention etabliert. Das Ende wird in der Regel mit dem Eintritt der Geschlechtsreife festgelegt. Bei Mädchen also der ersten Regelblutung, bei Jungen dem ersten Samenerguss. Dieser Zeitpunkt markiert biologisch gesehen den Übergang zum Jugendalter, denn mit der Pubertät ist ein Mensch reproduktionsfähig und damit kein Kind mehr. Der Zeitpunkt kann sich von Kind zu Kind stark unterscheiden. Die Streuung zwischen dem am frühesten und dem am spätesten entwickelten Jungen oder Mädchen kann heute sieben oder acht Jahre betragen.

Im Vergleich zu früheren historischen Epochen fällt Folgendes auf: Seit zwei Jahrhunderten hat sich der Zeitpunkt der Pubertät im Lebenslauf immer weiter nach vorne geschoben. Bei Mädchen tritt die Geschlechtsreife heute im Durchschnitt mit 11½, bei Jungen mit 12½ Jahren ein. Noch um 1900 lagen diese Werte um zwei bis drei Jahre höher als heute (Fend 2000). Vermutlich war der Unterschied gegenüber 1800 noch größer und könnte bis zu sechs Jahren betragen haben.

Bei einer sich insgesamt immer weiter ausdehnenden Lebensspanne, die heute bei Frauen schon deutlich über 80 und bei Männern über 75 Jahren liegt, verkürzt sich also der Zeitraum der Lebensphase Kindheit zugunsten der Lebensphase Jugend. Ernährungs- und Lebensbedingungen dürften hierfür den Ausschlag geben. Die Folge: Alle für den ersten menschlichen Lebensabschnitt charakteristischen Entwicklungsimpulse körperlicher, psychischer, sozialer und kultureller Art müssen von Kindern gegenüber früheren historischen Epochen in einem knapperen Lebensabschnitt als jemals zuvor in der menschlichen Lebensgeschichte bewältigt werden. Zugleich nimmt der Umfang kulturell und sozial zu erlernenden Wissens jedoch kontinuierlich zu (Baader 2007).

Eltern und professionellen Erzieherinnen und Erziehern bleibt ein entsprechend kleinerer Zeitraum, um durch Bildung und Erziehung auf die Persönlichkeitsentwicklung von Kindern Einfluss zu nehmen. Erschwerend kommt hinzu, dass der soziale und psychische Ablösungsprozess von den Eltern heute schon im Alter von neun und zehn Jahren einsetzen kann. Mit »Ach und Krach« sind es nur noch die ersten zehn Lebensjahre, die sicher für den Lebensabschnitt Kindheit zur Verfügung stehen.

Ausgehend von diesen Entwicklungen stellen sich Fragen nach möglichen anderen politischen Rahmenbedingungen, worauf in Kapitel 8 ausführlich eingegangen wird. Dies erscheint uns auch vor dem Hintergrund einiger Ergebnisse der

Studie besonders wichtig: Die Daten zeigen, dass aufgrund des sozialen Hintergrundes, in dem Kinder aufwachsen, eine frühe Festlegung der Schullaufbahn erfolgt. Diese Tendenz, in Verbindung mit einer Verkürzung der Phase Kindheit, ist ein gravierender Anlass, Politik für Kinder und Politik von Kindern neu zu denken. Darauf werden wir, ausgehend von unseren Ergebnissen in Kapitel 8, eingehen.

Kinder unter »Entwicklungsdruck«

Auch diese Veränderungen haben Konsequenzen für die gesellschaftliche Vorstellung und Deutung von Kindheit. Die Verkürzung der Lebensphase Kindheit kostet ihren Tribut. Der »Entwicklungsdruck« für Kinder wird höher, zumal sie heute in einer eigenartigen Analogie zum Mittelalter auch wieder an fast allen Lebensbereichen der Erwachsenen beteiligt werden. Sie haben einen vergleichbaren Zugang zu Medien und können sich schon früh am Konsumwarenmarkt beteiligen (Schor 2005), sie werden unter Umständen mit Beziehungsproblemen ihrer Eltern konfrontiert, sie müssen sich spätestens mit dem Schuleintritt mit wachsenden Leistungsanforderungen auseinandersetzen.

So gesehen kann man fast davon sprechen, dass Kinder heute in manchen Lebensbereichen wieder wie »kleine Erwachsene« handeln müssen, wenn sie mit ihrer Lebenssituation zurechtkommen wollen. Natürlich wiederholt sich die Geschichte nicht, und die Ausgangsbedingungen sind heute völlig anders, als sie von Ariès für die Vergangenheit beschrieben wurden. Aber von einem abgeschirmten Schonraum Kindheit, wie er vielleicht zwischen 1850 und 1950 für die bürgerlichen Schichten existiert haben mag, kann man heute für die Kinder nicht mehr sprechen. Die Lebensphase Kindheit ist vielmehr ein Ernstraum, in dem viele Weichenstellungen für alle sich anschließenden Lebensphasen getroffen werden. Kinder werden heute als Akteure wahrgenommen, die sich ihre Welt aneignen und sie nach eigenen Bedürfnissen zu gestalten versuchen. Sie werden als Menschen gesehen, die den ersten Abschnitt einer langen Lebensspanne durchleben und hierbei eine ihrer Entwicklung und ihrem Alter angemessene Befriedigung von Bedürfnissen erfahren wollen.

Die 1. World Vision Kinderstudie zeigt, dass Kinder diesen Entwicklungsdruck unterschiedlich erleben. Je nach dem Unterstützungspotenzial der Familie, der Qualität der Freundschaften und der gelungenen Einbindung in Schule und Freizeit können sie ihre Potenziale entfalten. Ein besonderes Augenmerk wird auf die auffälligen Unterschiede zwischen Jungen und Mädchen zu richten sein, aber auch auf die sozialen Bedingungen, unter denen Kinder aufwachsen (Andresen/Rendtorff 2006).

1.3 Die Erforschung von Kindheit

In Deutschland hat sich neben der breiten sozial- und kulturwissenschaftlichen Forschung über Kinder und Jugendliche sowie der schul- und schulleistungsbezogenen, international und national vergleichenden Studien auch eine empirisch fundierte regelmäßige öffentliche Berichterstattung über Kinder und Jugendliche etabliert. Allerdings ist diese lange Zeit nahezu ausschließlich erwachsenen- und familienzentriert gewesen. Hier hat sich die Datenlage in den letzten Jahren jedoch erheblich verbessert (Nauck 1995; Joos 2001). Sehr aussagekräftig ist auch der »Kinderreport« des Deutschen Kinderhilfswerks (2004).

Auf der gesetzlichen Grundlage des Kinder- und Jugendhilfegesetzes (§ 84 SGB VIII) muss jede Bundesregierung in einer Legislaturperiode eine Expertenkommission mit dem Jugendbericht, seit 1998 umbenannt in »Kinder- und Jugendbericht«, beauftragen. Die Berichte bieten jeweils einen aktuellen Überblick über die Lebenssituation junger Menschen und konzentrieren sich auf gesellschaftliche Problemfelder und Leistungen, Aufgaben und Perspektiven der Kinder- und Jugendhilfe.

Sozialberichterstattung über Kinder

Erst 1998 setzte sich erstmals ein Kinder- und Jugendbericht (1998) explizit mit Kindern und den ihnen zur Verfügung stehenden Hilfen auseinander und reflektierte die Notwendigkeit, sozialpolitisch stärker zwischen Kindern und Jugendlichen zu differenzieren. Dieser 10. Kinder- und Jugendbericht thematisierte die Lebenssituation der Kinder, fragte nach den Leistungen und Herausforderungen der Kinder- und Jugendhilfe und betrachtete systematisch das Verhältnis der Gesellschaft zu ihren Kindern. Angesichts des öffentlichen Auftrages liegt auch im 11. und 12. Kinder- und Jugendbericht der Fokus auf den Interventions- und Handlungsmöglichkeiten der öffentlichen Institutionen der Kinder- und Jugendhilfe. Insbesondere der 12. Bericht befasste sich mit dem Zusammenwirken von Bildung, Erziehung und Betreuung und von verschiedenen Bildungsarrangements mit der Bildungsbiografie von Kindern. Die Autorinnen und Autoren forderten angesichts der unterschiedlichen Ressourcen in Familien eine größere öffentliche Verantwortung für Kinder (BMFSFJ 2005).

Wichtige Daten über Lebenslagen von Kindern in Deutschland liefern auch die Familienberichte sowie die Armuts- und Reichtumsberichte der Bundesregierung. Im 7. Familienbericht (BMFSFJ 2006) etwa werden ausführlich die kulturellen und sozialen Veränderungen in Familien und die Bedeutung von unterschiedlichen Ressourcen für Kinder beschrieben. Wichtige und aufschlussreiche Themen sind hier die Sichtweisen der einzelnen Familienmitglieder und ihre privaten Vorstellungen von personalen Beziehungen. Ferner wird aufgezeigt, dass eine Neuorganisation von Zeitstrukturen nötig sei, ebenso wie eine stärkere Vernetzung zwischen Familien, pädagogischen Institutionen, aber auch Gemeinden, Arbeitsorten und Nachbarschaften. Ein wesentlicher Punkt ist auch hier die vorschulische Kinderbetreuung und Tagesbetreuung von Schulkindern.

In den Armuts- und Reichtumsberichten werden relevante Kinderthemen in den Bereichen Familie und Bildung dargestellt. Im Kontext von Familie werden im Wesentlichen Lebenslagen und Lebensformen untersucht, wobei besonders die Erwerbsbeteiligung als wichtiger Faktor für die soziale Lage und Armut im Mittelpunkt stehen. Wesentlich sind hier die Erwerbsbeteiligung der Mütter, die Situation Alleinerziehender und unterschiedliche Formen der Stieffamilie (BMAS 2001). Die Bedeutung der Bildung wird maßgeblich durch die Analyse von Bildungsbeteiligung in den unterschiedlichen Schulformen betrachtet (BMAS 2005). Die Armutsrisiken werden durch die Armutsberichte in unterschiedlichen Dimensionen dargestellt. Wichtige Faktoren sind die mangelnde Vereinbarkeit von Familie und Beruf und die Möglichkeiten der Ganztagsbetreuung von Kindern, die Auswirkungen von Trennung und Scheidung und die Phase der Familiengründung. Die Folgen sozialer Notlagen von Familien wirken sich besonders auf das Selbstwertgefühl und die eigene Identität von Kindern aus. Themen sind in diesem Kontext auch die Gefährdung durch Gewalterfahrungen im sozialen Nahbereich und durch soziale Ausgrenzung. Kinder sind u.a. von erheblichen Einschränkungen beim Konsum z.B. von Schulmaterialien, von einem unzureichenden Gesundheits- und Ernährungsverhalten sowie von einem häufig extrem beengten Wohnraum betroffen (BMAS 2001).

Die Sozialberichterstattung ermöglicht – wie diese Darstellung knapp skizziert – Einsichten in die Qualität und Effizienz pädagogischer und sozialer Einrichtungen. Der Kinder- und Jugendbericht, der Familienbericht und der Armuts- und Reichtumsbericht der Bundesregierung und die bereits erwähnten internationalen Berichte liefern insgesamt wichtige Hintergrundinformationen, Daten und Erkenntnisse für die Kindheitsforschung. Allerdings basieren sie nur in wenigen Bereichen auf einer direkten Befragung von Kindern.

Befragung von Kindern

Nicht nur Erwachsene sind kompetent, um über Kinder und Kindheit Auskunft zu geben. Im Gegenteil: Die 1. World Vision Kinderstudie geht davon aus, dass gerade Kinder selbst zu den Rahmenbedingungen und Vorstellungen von Kindheit befragt werden müssen und auch befragt werden können. Damit knüpft die Studie an eine sich erst allmählich etablierende Forschungsausrichtung an. Diese versteht sich als kind- und akteurszentrierte Forschung, in der Unterschiede zwischen Kindern und Erwachsenen an Bedeutung verlieren (Qvortrup 1985; Alanen 1997). Somit werden Kinder hier als aktive Mitglieder, als Wissende sowie als Teilnehmende in ihrer sozialen Welt ernst genommen, und sie werden ebenso wie Erwachsene in gesellschaftlich und biografisch relevante Zusammenhänge wie beispielsweise in den Zusammenhang »Arbeit« gestellt (Alanen 1997).

Lange hatten Wissenschaftler die Vorstellung, Kinder seien noch nicht in der Lage, als »Experten« Auskunft zu geben (Hülst 2000). Durch die geschilderten Entwicklungen der jüngeren Kindheits- und Kinderforschung ändern sich jedoch die Ansprüche (Heinzel 2000; Krüger/Grunert 2002; Grunert/Krüger 2006). Erste – auch internationale – Erfahrungen zeigen, dass Schulkinder in der Regel eine hohe Kooperationsbereitschaft bei schriftlichen Befragungen zeigen (Borgers / de Leeuw / Hox 1999; Borgers/Hox 2001). Wichtig sind Erkenntnisse und weitere Untersuchungen, wie sich Kinder durch die Art und Weise der Befragung sowie durch bestimmte Themen- und Fragetypen leiten lassen. Trotz der Relativierung der Unterschiede ist zu klären, ob andere methodische Vorgehensweisen gelten, als sie bei der Befragung von Jugendlichen und Erwachsenen zu beachten sind (Lohaus 1986).

In der Forschung wächst insgesamt die Einsicht, dass man stets nur einen bestimmten Ausschnitt über die Lebenssituation von Kindern, über ihre Handlungsräume und Ressourcen erhält, wenn lediglich Eltern oder Professionelle befragt werden. Von 271 Kindheitsstudien zwischen 1987 und 1998 gab es in etwa der Hälfte der Studien auch Befragungen oder Beobachtungen und Testungen von Kindern (Heinzel 2000a). Ausgehend von dieser deutlichen Trendwende wird weiter nach geeigneten neuen methodischen Instrumenten gesucht, um Kinder trotz ihrer noch in Entwicklung befindlichen Sprach- und Wahrnehmungskompetenzen als Interviewte, Beobachtete und Befragte in wissenschaftliche Untersuchungen einzubeziehen (Fuchs 2004). Dies ist auch das Anliegen des DJI-Kinderpanels, in dem 8- bis 9-jährige Kinder mit einem standardisierten Fragebogen befragt wurden (Haunberger 2007).

Die methodischen Herausforderungen der Befragung von Kindern

Für eine standardisierte, auf repräsentative Ergebnisse abzielende Befragung ist es von Vorteil, wenn Kinder bereits über eine relativ entwickelte und eigenständige Schreib- und Lesekompetenz verfügen. Trotzdem ist auch dann nicht davon auszugehen, dass die Befragungsmethoden für Erwachsene ebenso für Kinder zur Anwendung kommen können. Hier bedarf es einer sorgfältigen Anpassung der Instrumente an die Perspektive der Kinder (Garbarino/Stott 1992; Mayall 1994). Die Erfahrungen zeigen, dass gerade das Machtverhältnis zwischen Kindern und Erwachsenen besonders sensibel behandelt werden muss, damit das interviewte Kind sich nicht gezwungen fühlt, stets eine »richtige« Antwort zu geben. Das heißt, es muss gerade dem Kind deutlich werden, dass es als Experte angesprochen ist. Auch Haunberger (2007) weist auf die Gestaltung der Interviewsituation hin, weil diese maßgeblich für das Gelingen der Befragung verantwortlich sei, eine Erfahrung, die sich auch mit dem Vorgehen für die 1. World Vision Kinderstudie deckt. Ein Weiteres kommt hinzu: Die Fragen an die Kinder müssen im Erfahrungsbereich der Kinder liegen, damit man verlässliche Antworten bekommt. Außerdem besteht die Schwierigkeit für Kinder, in einer Befragungssituation auf mögliche Konflikte im näheren Umfeld reagieren zu müssen, also auf »heikle« Fragen eine Antwort zu geben. Diese Antworten können überdurchschnittlich oft im Bereich der sozialen Erwünschbarkeit liegen, worauf auch die durch die therapeutische Arbeit mit Kindern ausgewiesene Kinderforscherin Delfos (2004) aufmerksam macht und was sich ebenfalls mit den Erkenntnissen aus dem österreichischen Kindersurvey mit 10-Jährigen deckt (Wilk/Bacher 1994; Bacher/Satu/Nagl 1994).

Wichtige Hinweise zu diesen methodischen Überlegungen finden sich auch im DJI-Kinderpanel, das eine Längsschnittstudie ist. Sie repräsentiert sicherlich einen wichtigen Meilenstein in der neueren Forschung und bezieht explizit junge Kinder, nämlich die 8- und 9-Jährigen, mit in die Befragung ein. Der Leiter, Christian Alt, betont die Orientierung der Längsschnittuntersuchung über das Aufwachsen von Kindern in Deutschland an der Perspektive der Kinder (Alt 2005b). Im DJI-Panel stehen dabei die Bereiche Familie, Peers und Schule im Zentrum der Forschung. Damit verbunden ist eine wesentliche Forschungsfrage nach dem Förder- und Gefährdungspotenzial der psychosozialen Entwicklung von Kindern. Die Untersuchung konzentriert sich aus diesem Grund auf die Übergänge, in denen Kinder im besonderen Maße gefordert sind. Zum einen geht es um die Übergänge in Betreuungssituationen zwischen privaten und institutionellen Arrangements, zum Zweiten um den Übergang vom Kindergarten in die Grundschule und zum Dritten um den von der Grundschule in die weiterführende Schule. Im Unterschied zu eher regional orientierten Studien wie etwa dem LBS-Kinderbarometer oder dem Nürnberger Kinderpanel war das DJI-Kinderpanel wie der zeitlich frühere Kindersurvey (Zinnecker/Silbereisen 1996) und wie unsere World Vision Kinderstudie repräsentativ.

Auch die qualitative Befragung von Kindern muss methodisch sorgfältig vorbereitet und auf den spezifischen Entwicklungsstand von Kindern abgestimmt werden (Delfos 2004). Bisher waren Kinder im Vorschulalter selten in qualitative Studien einbezogen (Graudenz 1975). In den letzten Jahren beginnt sich jedoch auch hier das Methodenspektrum der Kinder- und Kindheitsforschung zu erweitern (Heinzel 2000; Grunert/Krüger 2006). Dabei wird häufig der Versuch unternommen, verschiedene Methoden systematisch miteinander zu verknüpfen.

In der 1. World Vision Kinderstudie haben wir uns entschieden, die Fragebogenerhebung der Repräsentativstudie mit dem achten Lebensjahr der Kinder beginnen zu lassen. Bei den Interviews im Rahmen der qualitativen Erhebung sind wir zusätzlich auf die 6- und 7-Jährigen eingegangen. In Kapitel sieben wird die für diese Studie entwickelte Methode ausführlich dargelegt. Ziel des Forschungsteams ist es, daran methodisch weiterzuarbeiten und bei den nachfolgenden World Vision Kinderstudien auch 4- und 5-jährige Kinder in die qualitative Erhebung einzubeziehen.

Zum Methodenspektrum

In der Regel bedient man sich in der Kinder- und Kindheitsforschung klassischer Methoden der Sozialforschung, die jedoch entsprechend modifiziert werden (Heinzel 2000 a; 2003 a). Friederike Heinzel benennt drei allgemeine Probleme, die unabhängig von den Methoden eine Rolle spielen: Dies sind die Macht der Erziehungssituation, die kindtypischen Ausdrucksformen und die Erwachsenenzentriertheit von Forschenden und Forschung. Zum Einsatz kommen Methoden der standardisierten Befragung, der qualitativen Interviewführung, der Beobachtung, der Gruppendiskussion, der Inhaltsanalyse z. B. von Kindertexten und der psychologischen Tests.

Insbesondere qualitative Methoden bieten unterschiedliche Möglichkeiten, die Sichtweisen von Kindern in die Forschung einzubeziehen. So gibt es verschiedene Versionen qualitativer Interviews (Ulich/Oberhuemer 1993; Fuhs 2000 a; Heinzel 2003 b), diese fokussieren entweder die unmittelbar erlebte Situation, bestimmte Tagesabschnitte oder aber Erinnerungen an den Alltag, den Kinder erleben. Auch Gruppendiskussionen sind eine wichtige Möglichkeit, um der Bedeutung von Gleichaltrigengruppen gerecht zu werden (Krappmann/Oswald 1995). Gerade in symmetrischen Gruppen werden bestimmte kollektive Denkmuster ausgebildet. Dies kann auch in Kindergruppen der Fall sein, weshalb die Gruppendiskussion hier einen wichtigen Zugang eröffnet.

Neben Interview-, Gesprächs- und Diskussionsverfahren kommen besonders oft Beobachtungen zum Tragen. Teilnehmende Beobachtung in der Schulklasse und die Konzentration auf die Herstellung des Schülerin-, Schülerseins (Beck/Scholz 2000; Breidenstein/Kelle 1998; Zinnecker 2000 c) oder etwa die Beobachtung des Kinderspiels ermöglichen phänomenologische Einblicke in den Kinderalltag (Heimlich 2000). Außerdem kann man auf vorhandene oder für die Forschung in Auftrag gegebene Selbstzeugnisse von Kindern zurückgreifen und sie hermeneutisch oder inhaltsanalytisch auswerten (Röhner 2000; Kohl 2000). Die Kunstgeschichte kennt außerdem seit der Kunsterziehungsbewegung zu Beginn des 20. Jahrhunderts die Interpretation von Kinderzeichnungen.

Befragung von Kindern im Vorschulalter

Kindheitsforschung über Kinder im Vorschulalter konzentriert sich derzeit im hohen Maße auf die Betreuungssituation von Kindern. Hierzu leistet auch das DJI-Kinderpanel einen wichtigen Beitrag (Alt 2005a), und für die weiterhin anstehenden Diskussionen über Krippenbetreuung ist bislang die Längsschnittuntersuchung aus den USA, die »NICHD-Study of early child care and youth development« (2005), führend. Wie oben angedeutet, liegen allerdings bislang über die Gesprächsführung mit Kindern in diesem Alter kaum systematische Untersuchungen vor (Delfos 2004). Folgende Komponenten haben zu einer weitgehenden Skepsis hinsichtlich der Befragung von Kindern dieser Altersgruppe geführt: 1. Sprachentwicklung, 2. Gedächtnis und Ehrlichkeit sowie 3. die Unterscheidung zwischen Fantasie und Wirklichkeit.

Der erste, am häufigsten angeführte Einwand ist in diesem Zusammenhang die Dominanz von Sprache in der Datenerhebung. Kinder reagieren sehr früh auf Umgebungen, und sie verstehen Situationen, bevor Worte dazu gehört und verstanden werden. Es ist davon auszugehen, dass Kinder im Vorschulalter sich in einer für die Sprachentwicklung besonders sensiblen Phase befinden, aber dass sie für ein Gespräch mit Erwachsenen besonders viel Zeit benötigen (Delfos 2004). Hinzu kommt das Bedürfnis, auch auf andere, für Kinder in diesem Alter gängige Kommunikationswege zurückgreifen zu dürfen, etwa das Zeigen von Bildern und Symbolen oder das Malen von Gedanken und Einschätzungen.

Das, was bislang die Forschung außerdem davon abgehalten hat, junge Kinder zu befragen, war zweitens der Zweifel an der Zuverlässigkeit der Aussagen sowie an der Problematik, dass Kinder zu empfänglich seien für Suggestion. Hierzu gibt es einige experimentelle Studien mit Kindern und Erwachsenen und der prinzipiellen Zuverlässigkeit des Gedächtnisses (Loftus/Davies 1984; Slater 2005). Man kann allerdings davon ausgehen, dass die Empfänglichkeit für Suggestion gerade im Alter zwischen vier und acht Jahren leicht abnimmt (Nurcombe 1986) und letztendlich Kinder im Durchschnitt nicht unehrlicher sind als Erwachsene und nicht weniger zuverlässig bei Zeugenbefragungen. Stellen Erwachsene Kindern im Vorschulalter Suggestivfragen, so wird das Kind jedoch versuchen, diese zu beantworten, weil es nicht davon ausgeht, die Frage selbst in Frage stellen zu müssen. Insofern ist es notwendig, in der quanitativen und qualitativen Befragung von Kindern jede Form suggestiven Fragens zu vermeiden. Erwachsene, die schon einmal mit Kindern »Memory« gespielt haben, wissen, zu welchen Gedächtnisleistungen Kinder im Unterschied zu älteren Menschen in der Lage sind (Delfos 2004). Hieran gilt es bei der Konzeption von Befragungen anzuknüpfen. Im Interview könnte man deshalb dem Kind sowohl Anlässe zum Erkennen etwa durch Fotos oder Gegenstände als auch zum Erinnern bieten, um Erzählungen anzuregen. Die geringere Aufmerksamkeit für Einzelheiten ist in dieser Altersgruppe explizit kein Hinweis auf ein schlechteres Gedächtnis, sondern auf die Hinwendung zu den groben Zügen eines Ereignisses oder Erlebnisses.

Piaget, Montessori und andere haben drittens die Lesart vorgegeben, dass Kinder bis zum Alter von mindestens acht Jahren zwischen Fantasie und Wirklichkeit noch nicht unterscheiden können. Heute geht man davon aus, dass dies durchaus möglich ist, Kinder allerdings einen anderen Umgang mit Fantasie und dem Erfundenen haben als Jugendliche und Erwachsene (Harris 2000). Nicht zuletzt sind ihre Fähigkeit dazu und ihre

Freude am Fantasieren größer. Für eine Interviewsituation selbst und vor allem für die Auswertung eines Interviews steht man durchaus vor einem Problem: Kinder können zwar zwischen Fantasie und Wirklichkeit trennen, die Unterschiede aber sprachlich nicht immer bezeichnen. Hier gilt es, mehr über die unterschiedlichen Kommunikationsstile von Kindern in Gesprächs- und Befragungssituationen zu erfahren sowie nach Wegen zu suchen, die Fantasiefreude konstruktiv in die Forschung einzubeziehen.

Interviews mit Vorschulkindern – Überlegungen aus einer Probeerhebung

Im Rahmen einer Probeerhebung an der Universität Bielefeld zur Befragung von Kindern im Vorschulalter haben wir aufschlussreiche Erfahrungen mit qualitativen Interviews gesammelt und ausgewertet. In diesem Projekt gaben 5-jährige Kinder Auskunft über ihre Familie und Freunde, über ihre Erwartungen an die Schule, über Medienkonsum, Sorgen, Ängste und Wünsche. Der Auswahl der Interviewpartnerinnen und -partner ging eine längere Zeit der teilnehmenden Beobachtung in Kindergärten voraus. Gerade in dieser Altersgruppe scheint es dringend geboten zu sein, weitere Methoden heranzuziehen und insbesondere die Kinder in ihren Lebenswelten zu beobachten.

Forschungsmethodisch haben wir versucht, erste wichtige Hinweise für eine offene Befragung von 5-jährigen Kindern zu erarbeiten. Nach unseren Erkenntnissen muss man bei dieser Altersgruppe neben der sprachlichen Artikulation möglichst auch Gesten, Körperhaltung und -sprache mit aufnehmen und in die Interpretation einbeziehen (Andresen et al. 2007). Hier wäre die Methode der Videografie sicherlich hilfreich (Huhn et al. 2000). Interviews mit Kindern von vier und fünf Jahren können außerdem dann gelingen, wenn zwischen offener Befragung und Spiel abgewechselt wird, weil die jeweiligen Erzählsequenzen selten länger als 5 bis maximal 10 Minuten dauern. In dem Projekt wurde ferner deutlich, wie sehr die Fragen nach Erlebnissen oder Ereignissen im Leben des Kindes anhand von Räumlichkeiten erinnert und erzählt wurden und weniger die zeitliche Dimension eine Rolle spielte. Bei der Schilderung ihres Tagesablaufs orientieren sie sich jedoch außerdem an regelmäßigen Abläufen und Ritualen.

In der Bielefelder Vorstudie wurden die 5-Jährigen in einem offenen Fragegespräch nach Delfos (2004) interviewt. Nach einführendem Gespräch und dem gemeinsamen Probieren der Aufnahmetechnik sowie einem spielerischen Einstieg mit einer Handpuppe wurden die Kinder anhand eines offenen Leitfadens zu Familie, Freunden, Kindergarten, Schule und ihren Freizeitbeschäftigungen befragt. Alle Kinder wurden außerdem aufgefordert, darzulegen, was sie sich zaubern würden, wenn sie zaubern könnten oder einen Wunsch bei einer Fee frei hätten. Diese Frage haben sie mit besonderem Engagement beantwortet, und ihre Erzählungen geben eindrucksvoll Werte und konkrete Wünsche heutiger 5-Jähriger wieder. Ebenso finden sich Hinweise auf das Verhältnis von Fantasie und Wirklichkeit. Neben einem Bastelkindergarten, einer größeren Wohnung oder einem rot gestrichenen Zimmer wünschen sich 5-Jährige zudem mehr Taschengeld und gleichzeitig weniger Armut in der Welt.

Das offene Gespräch wurde von fast allen Kindern zwischendurch für ein gemeinsames Spiel, für das Vorspielen der Lieblingskassette, für das Vorlesen eines Buches oder für körperliche Bewegungen auf dem Fußboden oder im Garten unterbrochen. Noch mehr als bei älteren Kindern, Jugendlichen oder Erwachsenen müssen die Interviewer diesbezüglich eine gewisse Gelassenheit im Umgang mit solchen »Unterbrechungen« mitbringen und zugleich die Kompetenz haben, den Gesprächsfaden nach einer gewissen Zeit wieder aufzunehmen.

Zusammenfassend lassen sich folgende Überlegungen zur Befragung von Vorschulkindern anstellen: Bereits 5-Jährige freuen sich, wenn man sie als Experten anspricht und um ein Interview bittet. Wie bei älteren Kindern, Jugendlichen, aber auch Erwachsenen ist der Verlauf des Interviews in hohem Maße von der Bereitschaft und Fähigkeit, zusammenhängend zu erzählen, abhängig. Vor dem eigentlichen Interview benötigt man viele Informationen insbesondere aus der teilnehmenden Beobachtung in den unterschiedlichen Lebensbereichen der Kinder. Für Forschungen, die diese Altersgruppe einbeziehen wollen, muss deshalb der Zeitfaktor anders bedacht werden. Dies trifft auch auf die Interviewsituation selbst zu: Erstens haben die Kinder ihre Erzählungen mit Spielzeiten unterbrochen und zweitens wurde meistens mindestens ein weiterer Nachmittag für das Interview vereinbart. Auffällig war die unterschiedliche Relevanz von Themen. Während den Kindern zur Familie eher wenig einfiel, artikulierten sie klare Unterschiede zwischen den Aufgaben einer Erzieherin und denen einer Lehrerin, aber die Schule selbst stellten sie sich im Grunde ähnlich vor wie ihren Kindergarten. Aus der Analyse der Interviews ergibt sich das Bild von 5-Jährigen, die sich eher wundern, wenn nach – in ihren Augen – Selbstverständlichkeiten gefragt wird. Trifft die Interviewerin bzw. der Interviewer jedoch ein leidenschaftlich besetztes Thema, so finden sich deutlich längere Erzählpassagen. In unseren Interviews traf dies besonders auf das Thema Medien und die Zugänge zu Fernsehen, Kassetten oder CDs sowie zum Computer zu. Insgesamt sehen wir weiterführende methodische Möglichkeiten für die Einbeziehung von Kindern im Vorschulalter in die Forschung, insbesondere wenn die Datenerhebung nicht nur über eine Befragung erfolgt. Hier haben Sibylle Picot und Daniel Schroeder innovative Instrumente entwickelt, die in Kapitel 7 dargelegt werden.

Befragung von Grundschulkindern

Über Kinder im Grundschulalter gibt es bereits einige erfolgreiche Studien, die Kinder in die Befragung einbezogen haben. Pionierarbeit leisteten hier Rainer Silbereisen und Jürgen Zinnecker mit ihrem »Kindersurvey« (1996). Mit Kindersurveys, so Zinnecker, sollte ein neues Kapitel der Kindheitsforschung aufgeschlagen werden (Zinnecker 1996). Zinnecker und Silbereisen verknüpften in ihrem Survey entwicklungspsychologische und sozialisationstheoretische Perspektiven. 700 Kinder am Ende der Grundschulzeit, zwischen zehn und dreizehn Jahren, wurden einer repräsentativen Befragung unterzogen. Im Kindersurvey ging es im Wesentlichen um die Risiken und Chancen im Entwicklungsprozess und die Sichtweisen der Kinder in dieser Übergangsphase auf ihre kulturelle Umwelt, vor allem auf Familie und Schule. Diese Untersuchung bietet bis heute wichtige Erkenntnisse über die Befindlichkeit von Kindern in der deutlichen Übergangsphase zum Jugendalter.

Das Kinderpanel des DJI setzt im Alter der Kinder deutlich früher an. Hier wurden in drei Intervallen Eltern, insbesondere Mütter von Kindern zwischen fünf und sechs, sowie Kinder ab acht Jahren und deren Eltern befragt. Neben diesen repräsentativen Untersuchungen der letzten Jahre gibt es einige Ergebnisse aus regional angelegten Studien. So hat die Bausparkasse LBS seit 1997 im Rahmen ihrer Initiative »Junge Familien« Befragungen von Kindern zwischen 9 und 14 Jahren in Auftrag gegeben. Diese »LBS-Kinderbarometer« bauen auf Schulklassenbefragungen in verschiedenen Bundesländern in den 4. bis 7. Jahrgängen auf. Die jüngste Erhebung bezieht sieben Bundesländer ein und ist damit annäherungsweise strukturtypisch für das Bundesgebiet (LBS 2007). Die Studien fragen nach Familie, Freunden, Wohnumfeld, Wohlbefinden, Ängsten und Einstellungen, nach Politik und Partizipationsmöglichkeiten. Die Forscher haben beispielsweise herausgearbeitet, woran sich das Wohlbefinden der Kinder festmachen lässt, welche Maßstäbe entscheidend sind. Außerdem gibt das »LBS-Kinderbarometer« Hinweise darauf, dass das Wohlbefinden in der Schule am deutlichsten getrübt ist (s. a. Gisdakis 2007). Dabei ist besonders interessant, zu erfahren, was Kinder als unterstützendes Verhalten vonseiten der Eltern oder der Professionellen erleben.

Diese hervorragend angelegten Studien dokumentieren, dass die Forschungsaktivitäten über Kinder und Kindheit in Bewegung geraten sind. Insofern kann die vorliegende 1. World Vision Kinderstudie zusammen mit den erwähnten Zugängen möglicherweise einen Maßstab für die Befragung von Kindern setzen. Dabei halten wir es für wichtig, dass weiter an den Methoden gearbeitet wird, damit der Expertenstatus des Kindes nicht durch eine Orientierung an der bisher im Vordergrund stehenden erwachsenenzentrierten narrativen Kompetenz unberücksichtigt bleibt.

Die Shell Jugendstudie als Muster der World Vision Kinderstudie

Die 1. World Vision Kinderstudie hat in ihrer gesamten Anlage sowohl theoretisch als auch methodisch die Erfahrungen der Shell Jugendstudien für sich fruchtbar gemacht. Ausgehend von der seit Anfang der 1980er Jahre etablierten Struktur dieser Studien liegt ein ähnliches Studiendesign vor. Neben einer standardisierten quantitativen Erhebung wird eine qualitative, auf Interviews basierende Porträtierung von einzelnen Kindern durchgeführt. Für diese systematische Verschränkung beider Zugangsweisen liegen in der bisherigen Kindheitsforschung noch wenig Erfahrungen vor. Im Unterschied zur Jugendforschung kommt es natürlich besonders darauf an, die entwicklungs- und altersgemäßen Besonderheiten des Kindesalters methodisch zu reflektieren.

Seit den 1980er Jahren ist bei den Shell Jugendstudien neben die Repräsentativbefragung eine Orientierung an der Biografie von Jugendlichen getreten, um Zukunftsperspektiven und jugendkulturelle Ausdrucksformen einzufangen. Nicht zuletzt das zunehmende Infragestellen konventioneller Lebensentwürfe brachte diesen Perspektivenwechsel hervor. Der war insofern notwendig, als die Selbstverständlichkeit, sich alterskonform zu verhalten, vielfach nicht mehr gegeben war oder die Bereitschaft zu alterskonformem Verhalten sank. Damit begannen Altersnormen allmählich ihre Relevanz und Bindung einzubüßen – ein Prozess, der Kinder, Jugendliche, aber auch Erwachsene betraf. Der Perspektivenwechsel zog insbesondere die Verknüpfung quantitativer und qualitativer Methoden nach sich, sodass seither die Porträts einen großen Teil der Studien ausmachen (Shell Jugendstudie 2006).

Aussagekraft der 1. World Vision Kinderstudie

Analog zur Shell Jugendstudie basiert die 1. World Vision Kinderstudie auf einer quantitativen standardisierten Erhebung, die von geschulten Interviewerinnen und Interviewern durchgeführt wird, und einer qualitativen Interviewbefragung, die sich über viele Stunden erstreckt. Die Kinder wurden repräsentativ für das gesamte Bundesgebiet ausgewählt. Aufbau und Sprache des Fragebogens wurden an die intellektuellen, sprachlichen und entwicklungsbedingten Fähigkeiten der 8- bis 11-Jährigen angepasst. Zusätzlich wurden Eltern interviewt.

Nach dem Stand der Kindheitsforschung handelt es sich bei ihnen um Kinder, die erstens über Erinnerungen und Erfahrungen des Kindseins verfügen, in der Regel mindestens zwei zentrale Institutionen des Aufwachsens – Kindergarten und Schule, aber auch Freizeiteinrichtungen – erlebt haben, deren Orientierung an der Familie noch relativ stark ist, aber bei denen gleichwohl die Freundschaften den Alltag strukturieren und die zudem – was methodisch von entscheidender Bedeutung ist – sprachlich artikulationsfähig und von ihrer intellektuellen Entwicklung auch in Ansätzen reflexionsfähig sind. Mit der qualitativen Erhebung bietet sich ergänzend die Möglichkeit, auch jüngere Kinder in die Untersuchung einzubeziehen und umfassend in ihre alltägliche Lebenswelt einzutauchen.

In der 1. World Vision Kinderstudie werden bereits Kinder ab sechs bzw. acht Jahren als Experten in die Untersuchung einbezogen, und die Studie ist repräsentativ, lässt also verallgemeinerungsfähige Aussagen über die Kinder in ganz Deutschland zu. Sie ist zugleich in besonderer Weise authentisch, weil sie Kinder in allen Facetten ihres Lebens dokumentiert.

Ulrich Schneekloth und Ingo Leven

2 Familie als Zentrum: nicht für alle gleich verlässlich

Die Familie bildet im Leben der Kinder einen elementaren Bezugspunkt. Kinder werden in ihre Familie hineingeboren und wachsen in und mit ihr auf. Relevant ist hierbei nicht nur die in modernen demokratischen Gesellschaften auch grundrechtlich garantierte elterliche Fürsorge- und Erziehungsfunktion. Zentral für das Verständnis von Familie als primäre Sozialisationsinstanz ist vielmehr, dass Familien über ein besonderes soziales Kapital verfügen, die so genannten strong ties, also die starken, engen und emotional gesteuerten Beziehungen zwischen den Angehörigen (Coleman 1988). Das Aufwachsen in einer Familie bedeutet für Kinder nicht allein »Wohnen mit Vollpension«, sondern vor allen Dingen Sicherheit und Geborgenheit bzw. Vertrauen und soziale Stabilität. Mit dem Begriff des »doing family« (Morgan 1996) lässt sich dieser Zusammenhang prägnant auf den Punkt bringen. Familie ist dort, wo Kinder und Erwachsene eng und vertrauensvoll mit einer starken emotionalen Bindung untereinander agieren.

Familie beschreibt in diesem Sinne eine soziale Formation, die sich vor allem durch Intimität und intergenerationale Beziehungen[1] auszeichnet (Nave-Herz 1989, 2002, Hill/Kopp 2006, 7. Familienbericht: BMFSFJ 2006). Die Formen sind durchaus unterschiedlich. Eine Familie kann sowohl ein Kind als auch mehrere Kinder umfassen. Die Eltern können miteinander verheiratet oder in einer nichtehelichen Lebensgemeinschaft zusammen sein, und schließlich kann es sich sowohl um leibliche Eltern als auch um Stiefeltern oder Stiefelternteile handeln. Peukert spricht an dieser Stelle von der »Pluralisierung der Familienformen« (Peukert 2004). Familie setzt demnach nicht zwingend eine gemeinsame Abstammung (leibliche Elternschaft) oder eine Ehe zwischen Vater und Mutter voraus, sondern ist vor allen Dingen über eine starke emotionale Bindung und gemeinsame Verantwortung definiert (siehe dazu die Ergebnisse des DJI-Familiensurvey: Bertram 1991, Bien/Schneider 1998, Marbach/Bien 2003).

So gut wie alle Kinder in Deutschland wachsen in Familien auf. Heimunterbringungen sind die Ausnahme. Der Anteil der Kinder, die in Heimen oder in sonstigen nicht-familiären Wohnformen (betreute Wohngruppen u. ä.) leben, liegt in Deutschland bei unter 0,5 % (StatBA 2006a). Auch in unserer Stichprobe finden sich von daher keine Heimkinder.

1 Das Konzept einer Familie als sozialer Einheit mit Intimität und intergenerationalen Beziehungen ist unabhängig vom Alter der Angehörigen definiert. Familie setzt keinen Minderjährigen im Haushalt voraus, sondern ist auch auf solche Haushalte beziehbar, in denen z. B. Eltern ohne ihre Kinder, jedoch mit ihren eigenen Eltern leben. Begrifflich nicht eingeschlossen sind hingegen Alleinstehende oder auch Paarbeziehungen und Ehepaare, die keine Kinder haben oder deren Kinder in einem eigenen Haushalt leben und die andererseits auch nicht mit ihren Eltern zusammenleben. Auch diese Personen haben Familie. Sie leben aber nicht in einer der hier zugrunde gelegten Familienformen.

Im folgenden Kapitel wird viel von Familien die Rede sein. Wir beziehen uns hierbei auf die Familien der von uns befragten Kinder im Alter von 8 bis 11 Jahren. Nicht alle Ergebnisse können von daher umstandslos auf Familien in Deutschland übertragen werden. Gegenstand unserer Studie sind Kinder – und in diesem Fall etwas ältere Kinder im Grundschulalter bis hin zum Übergang in die weiterführende Schule (zweite bis sechste Klasse). Die besondere Situation zum Beispiel von Familien mit Kleinkindern wird hierbei nicht berücksichtigt. Wir geben zuerst einen Überblick über die Familienformen, in denen die Kinder unserer Altersgruppe in Deutschland leben. Uns interessieren hier zum einen die Zusammensetzung der Familie (leibliche Eltern/Patchwork, Zahl der Geschwister im Haushalt, Generationen), der soziale Hintergrund (Herkunftsschicht und wirtschaftliche Lage) sowie auch ein möglicher elterlicher Migrationshintergrund. Zum anderen möchten wir die Situation der Kinder in der Familie, den Grad der Zuwendung und das soziale Miteinander darstellen. Im Zentrum stehen hierbei die Bewertungen und die Sichtweisen der Kinder. Die Bereiche Schule und sonstige institutionelle Betreuung, Gleichaltrige sowie Freizeitverhalten folgen dann in den nächsten Kapiteln.

2.1 Familie heute: ganz schön bunt und vielfältig

2.1.1 Wie Familie heute aussehen kann

Als charakteristische Form des Zusammenlebens hat sich in allen modernen westlichen Gesellschaften im 20. Jahrhundert die so genannte Kernfamilie herausgebildet, bestehend aus in der Regel verheirateten Eltern mit ein oder zwei Kindern. Typisch für das Nachkriegsdeutschland der 50er Jahre war das vorherrschende Muster einer Arbeitsteilung von berufstätigen Männern und Haushalt führenden Frauen. Diese »konventionelle Kleinfamilie« stellte damals das Idealbild dar und prägte auch die sozialen und familienpolitischen Konzeptionen im Nachkriegsdeutschland. Nicht erst die aktuelle Debatte um eine nachhaltige Familienpolitik (7. Familienbericht: BMFSFJ 2006) zeigt allerdings, dass auch die familiären Lebensformen dem sozialen Wandel unterliegen.

Fast ein Viertel lebt nicht zusammen mit beiden leiblichen Eltern

Typisiert man die Familienformen der von uns befragten 8- bis 11-jährigen Kinder anhand des *Familienstandes der Eltern*, der *Vollständigkeit* (leibliche Eltern, Stiefeltern, Alleinerziehende) sowie der *Größe* (Zahl der Kinder, eine oder mehrere Generationen), so präsentiert sich Familie heute mit unterschiedlichen »Gesichtern« (Abb. 2.1). 38 % der Kinder leben zusammen mit ihren verheirateten Eltern und einem weiteren Geschwisterkind in einer klassischen Kernfamilie. Weitere 13 % leben mit ihren verheirateten Eltern in einer Ein-Kind-Familie und 19 % zusammen mit in der Regel zwei weiteren Geschwistern in einer Drei-(und mehr) Kind-Kernfamilie. In einer so genannten unvollständigen Familie, also mit einem alleinerziehenden Elternteil, leben 17 % der Kinder der von uns befragten Altersgruppe. Weitere 6 % leben zusammen mit einem Stiefelternteil im Haushalt. Rechnet man die Kinder von Alleinerziehenden sowie die Stieffamilien zusammen, so zeigt sich, dass inzwischen mit 23 % rund ein Viertel der Kinder dieser Altersgruppe in einer anders kombinierten Familie zusammen

Abb. 2.1 **In welchen Familienformen wachsen Kinder in Deutschland auf?**
Kinder im Alter von 8 bis 11 Jahren in Deutschland (Angaben in %)

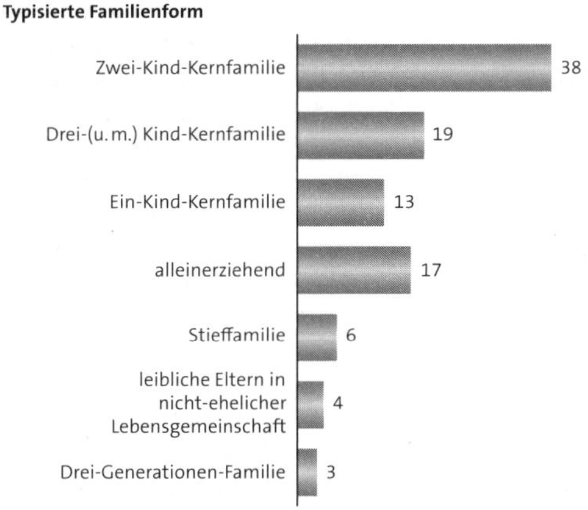

World Vision Kinderstudie 2007 – TNS Infratest Sozialforschung

Tab. 2.1 **Geschwister im Haushalt**
Basis: Kinder im Alter von 8 bis 11 Jahren in Deutschland

Spalten in %	gesamt	8–9 Jahre	10–11 Jahre	West	Ost
Geschwister im Haushalt					
keine weiteren Geschwister	24	25	23	23	29
ein Geschwister	50	53	47	50	50
zwei und mehr Geschwister	26	22	30	27	21

World Vision Kinderstudie 2007 – TNS Infratest Sozialforschung

mit nur einem leiblichen Elternteil aufwächst. Alles in allem 3 % der Kinder leben in Drei-Generationen-Familien zusammen mit einem oder mehreren Großelternteilen im eigenen Haushalt, und 4 % entfallen auf Familien, in denen die leiblichen Eltern unverheiratet in einer nichtehelichen Lebensgemeinschaft zusammenleben.

Ein Viertel wächst zu Hause ohne Geschwister auf

Die hier dargestellte Familienform basiert, wie bereits ausgeführt, auf einer Zusammenfassung der Indikatoren Familienstand und Art der Paarbeziehung bei den Eltern, Zahl der Geschwisterkinder sowie Anzahl der Generationen im Haushalt. Betrachtet man die Indikatoren getrennt (Tab. 2.1 und 2.2), so zeigt sich, dass, bezogen auf die Zahl der Geschwister im

Haushalt, mit 24 % inzwischen rund ein Viertel der Kinder unserer Altersgruppe zu Hause ohne Bruder oder Schwester aufwächst. 50 % wohnen zusammen mit einem Geschwister und 26 % mit zwei und mehr Geschwistern.[2] Auffällig ist, dass in den neuen Bundesländern (inkl. Berlin Ost) der Anteil der Kinder, die zu Hause ohne Geschwister aufwachsen, mit zum Zeitpunkt der Befragung 29 % signifikant höher ausgeprägt ist als mit 23 % in den alten Bundesländern. Bei den 8- bis 9-Jährigen sind es 25 % und bei den 10- bis 11-Jährigen 23 %, die keine weiteren Geschwister im Haushalt haben (Tab. 2.1).

Für die Zukunft muss davon ausgegangen werden, dass sich der Anteil der Kinder, die ohne Geschwister aufwachsen, noch weiter erhöhen wird (Nave-Herz 2002, Bertram/Rösler/Ehlert 2005). Abgesehen von den damit verbundenen demografischen Konsequenzen in Bezug auf die Bevölkerungsentwicklung bedeutet dies, dass ein vermutlich in Zukunft noch weiter ansteigender Anteil von Kindern in der eigenen Familie keine älteren oder auch jüngeren Kinder erleben kann und dass entsprechende Erfahrungen demnach in anderer Form organisiert werden müssen (Schaffung von selbst organisierten Krabbelgruppen bzw. Nutzung von Krippen, Kindergärten etc. zur bewussten Förderung der sozialen Integration).

Zusammengenommen 75 % der Kinder leben mit verheirateten Eltern bzw. mit ihrem ggf. neu verheirateten Elternteil zusammen (Tab. 2.2). Auffällig ist auch an dieser Stelle der signifikante Unterschied zwischen den alten und neuen Bundesländern. Im Westen leben 77 % der Kinder bei (ggf. neu) verheirateten Eltern, im Osten sind es nicht mehr als 61 %. Der Anteil der Kinder bei Alleinerziehenden ist hingegen im Osten mit 19 % im Vergleich zu 17 % nur leicht höher ausgeprägt. Deutlich größer ist hier der Anteil der Kinder, die bei Eltern (oder Elternteilen) aufwachsen, die in einer nicht-ehelichen Lebensgemeinschaft leben. In den neuen Bundesländern sind dies 20 % im Vergleich zu 6 % in den alten Bundesländern.

Kinder in Deutschland wachsen demnach auch heute in der Regel in einer Kernfamilie bei den verheirateten leiblichen Eltern auf (»Normalfamilie«). Rechnet man die Alleinerziehenden, die Eltern in nicht-ehelichen Lebensgemeinschaften sowie die Stieffamilien heraus, so trifft dies immerhin noch auf 69 % der von uns befragten Kinder in der Altersklasse von 8 bis 11 Jahren zu. Bezogen auf die Gesamtentwicklung spricht allerdings auch hier alles dafür, dass sich der Anteil der Kinder, die in anderen Familienformen ohne Trauschein, bei einem allein erziehenden Elternteil oder aber in einem Patchwork mit biologischen und auch neuen sozialen Elternteilen aufwachsen, in Zukunft weiter erhöhen wird.[3] Die Herausforderung für eine kindgerechte Sozialpolitik besteht von daher darin, auch diesen Kindern Versorgungssicherheit sowie vergleichbare Chancen zu garantieren.

Der Begriff der Familie als Lebensform

2 Engstler und Menning ermittelten anhand des Mikrozensus 2000, dass zum damaligen Zeitpunkt 19 % der Kinder in der Altersgruppe von 6 bis 9 Jahren ohne Geschwister, 50 % mit einem Geschwister und 31 % mit zwei oder mehr Geschwistern im Haushalt zusammenlebten und dass im Trend betrachtet der Anteil der geschwisterlos aufwachsenden Kinder stetig zunimmt (Engstler/Menning 2003). Berücksichtigt man, dass mit zunehmendem Alter der Kinder der Anteil derjenigen, die mit keinen Geschwistern im Haushalt wohnen, ebenfalls steigt, so dürften die von uns für das Jahr 2007 für 8- bis 11-jährige Kinder ermittelten Ergebnisse gut damit zusammenpassen.

3 Den Anteil der Kinder, die bei gleichgeschlechtlichen Lebenspartnerschaften aufwachsen, können wir mangels Fallzahl nicht gesondert ausweisen.

Tab. 2.2 **Klassische oder rekombinierte Familien**
Basis: Kinder im Alter von 8 bis 11 Jahren in Deutschland

Spalten in %	gesamt	8–9 Jahre	10–11 Jahre	West	Ost
Familienformen					
Eltern verheiratet und zusammenlebend	75	78	73	77	61
alleinerziehend	17	15	19	17	19
Eltern in nicht-ehelicher Lebensgemeinschaft	8	7	8	6	20
Nachrichtlich					
Stieffamilien[1]	6	4	9	6	9
rekombinierte Familien insg.[2]	23	19	28	23	28

1 Kinder mit Stiefelternteil/neuer Lebenspartnerin oder neuem Lebenspartner eines Elternteils im Haushalt (verheiratet oder in nicht-ehelicher Gemeinschaft).
2 Alleinerziehend oder mit Stiefelternteil im Haushalt lebend

World Vision Kinderstudie 2007 – TNS Infratest Sozialforschung

umfasst alle Personen, die in einem gemeinsamen Haushalt zusammenleben. Fast immer handelt es sich, wie bereits dargestellt, um zwei Generationen, also um Kinder sowie die dazugehörigen (biologischen oder aber sozialen) Elternteile. In Drei-Generationen-Haushalten zusammen mit einem oder auch mehreren Großelternteilen leben nicht mehr als 3% der Kinder dieser Altersgruppe.

Häufiger Kontakt zu Oma oder Opa

Die Großeltern spielen aber trotzdem auch für die heutigen Kinder in Deutschland im Alltag eine wichtige Rolle (Tab. 2.3). Bei immerhin 32% der Kinder wohnen Großeltern in der unmittelbaren Nachbarschaft und bei weiteren 24% in der gleichen Stadt. 37% der Kinder berichten, dass die Großeltern in einer anderen Stadt wohnen, und nur 4% geben an, keine Großeltern (mehr) zu haben. 23% sehen Großeltern so gut wie täglich, 33% ein- bis mehrmals in der Woche und weitere 18% ein- bis zweimal im Monat. 20% geben an, dass sie Großeltern nur ein paar Mal im Jahr oder sogar noch seltener sehen, 2% haben gar keinen Kontakt, und 4% haben, wie bereits dargestellt, gar keine Großeltern mehr.

In den neuen Bundesländern ist die Häufigkeit des Kontaktes leicht höher ausgeprägt, ohne dass an dieser Stelle allerdings von wirklich grundlegenden Unterschieden die Rede sein kann. Über einen etwas häufigeren Kontakt zu Großeltern (65% täglich oder ein- bis mehrmals pro Woche) berichten Kinder, die mit einem weiteren Geschwisterkind im Haushalt leben. Bei Kindern in Drei- oder Mehrkind-Familien, ist der Kontakt hingegen etwas geringer ausgeprägt (52% täglich bzw. ein- bis mehrmals pro Woche), was vor allem darauf zurückzuführen ist, dass es sich in diesem Fall häufiger um Kinder aus Familien mit Migrationshintergrund handelt, deren Großeltern nicht in Deutschland leben.

Bei Alleinerziehenden hängt der Kontakt zu den Großeltern hingegen vom

Tab. 2.3 **Kontakt zu Großeltern**
Basis: Kinder im Alter von 8 bis 11 Jahren in Deutschland

Spalten in %	gesamt	Mädchen	Jungen	West	Ost
Wohnort Großeltern(-teil)					
im gleichen Haushalt	3	3	3	3	6
in der Nachbarschaft	32	33	30	31	33
in der gleichen Stadt	24	23	25	24	27
in einer anderen Stadt	37	37	37	38	31
habe keine Großeltern	4	4	4	4	3
Kontakt					
so gut wie täglich	23	25	21	23	27
ein- bis mehrmals pro Woche	33	31	36	34	31
ein- bis zweimal pro Monat	18	18	19	18	17
ein paar Mal im Jahr	14	15	13	14	15
noch seltener	6	7	5	6	5
nie	2	1	3	2	1
habe keine Großeltern	4	4	4	4	3

World Vision Kinderstudie 2007 – TNS Infratest Sozialforschung

Erwerbsstatus ab. Ist das alleinerziehende Elternteil erwerbstätig, so ist der Kontakt häufiger, ist das alleinerziehende Elternteil hingegen arbeitslos oder aus sonstigen Gründen nicht erwerbstätig, so ist der Kontakt weniger häufig ausgeprägt.

Alles in allem sollte die Bedeutung von Großeltern für das alltägliche Leben von Kindern von daher auch heute nicht unterschätzt werden. Bei 59 % der Kinder in der Altersgruppe von 8 bis 11 Jahren wohnen Großeltern in der gleichen Stadt oder sogar in der Nachbarschaft, und 56 % berichten von ein- bis mehrmals wöchentlichen oder sogar täglichen Kontakten. Obgleich die Drei-Generationen-Großfamilie in unserer modernen Gesellschaft heute faktisch als gemeinsame Wohn- und Lebensform so gut wie nicht mehr anzutreffen ist, ist der Austausch zwischen Großeltern und Enkeln auch heute eine aus dem Kinderleben nicht wegzudenkende Größe. Intergenerationale familiäre Beziehungen können demnach auch auf Distanz bestehen bleiben. Grundsätzlich gilt allerdings: Je kleiner die räumliche Distanz, desto größer die Kontakthäufigkeit.[4]

2.1.2 **Erwerbsbeteiligung der Eltern: was geht, und was nicht geht**

Nicht nur die familiären Lebensformen haben sich gewandelt, auch die Erwerbsbeteiligung und die damit verbundene familiäre Arbeitsteilung sind heute nicht mehr so wie im Konzept der »konventio-

4 Statistisch betrachtet korrelieren der Wohnort von Oma oder Opa sowie die Häufigkeit des Kontaktes der Kinder zu den Großeltern vergleichsweise stark (Korrelation nach Spearman: 0,75).

Abb. 2.2 **Erwerbsbeteiligung der Eltern**
Kinder im Alter von 8 bis 11 Jahren in Deutschland (Angaben in %)

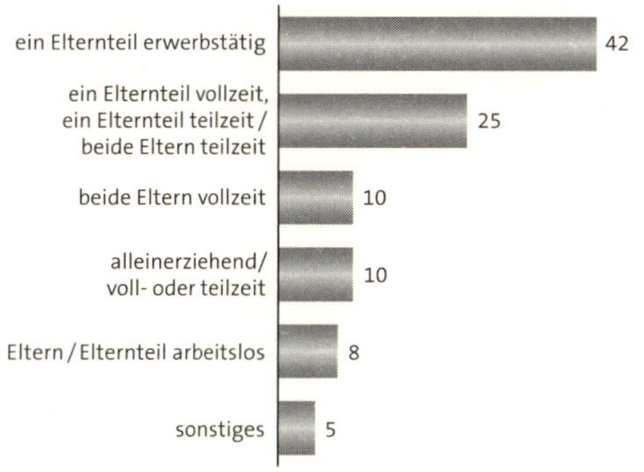

World Vision Kinderstudie 2007 – TNS Infratest Sozialforschung

nellen Kleinfamilie« Anfang der 50er Jahre angelegt (Nave-Herz 1994, Kaufmann 1995).

Abschied von der traditionellen »Ein-Mann-Verdiener«-Familie

Ein Blick auf die Ergebnisse der Elternbefragung zeigt, dass heute nicht mehr als 42 % der Familien mit Kindern im Alter von 8 bis 11 Jahren nach dem Prinzip organisiert sind, dass dort nur eine Person – in der Regel der Mann – einer Erwerbstätigkeit nachgeht (Abb. 2.2). Für 25 % der Familien gilt, dass ein Elternteil vollzeit- und das zweite Elternteil teilzeiterwerbstätig ist oder beide Elternteile teilzeiterwerbstätig sind. Ein Modell mit zwei vollzeitbeschäftigten Elternteilen findet sich in 10 % der Familien, und weitere 10 % bestehen aus Alleinerziehenden, die vollzeit- oder teilzeitbeschäftigt sind. In 8 % aller Familien ist mindestens ein Elternteil arbeitslos, und in weiteren 5 % sind beide (bei Alleinerziehenden das entsprechende Elternteil) geringfügig beschäftigt oder nach eigener Auskunft aus sonstigen Gründen nicht erwerbstätig.

Bringt man Familienform und Erwerbsbeteiligung der Eltern zusammen, so zeigt sich, dass auch in der klassischen Zwei-Kind-Familie heutzutage nur noch in 50 % der Fälle die familiäre Arbeitsteilung so geregelt ist, dass nur ein Elternteil als voll- oder teilzeiterwerbstätiger »Allein«-Verdiener fungiert (Abb. 2.3). Für Familien mit nur einem Kind in der von uns befragten Altersgruppe von 8 bis 11 Jahren gilt heute, dass in zwei von drei Fällen (61 %) beide Eltern erwerbstätig sind. Nur in Familien mit drei und mehr Kindern dominiert zu 64 % das Modell mit nur einem erwerbstätigen Elternteil.

Als prekär erweist sich die Situation von Alleinerziehenden. 56 % der Alleinerziehenden sind (vollzeit- oder teilzeit-) erwerbstätig. 20 % bezeichnen sich hingegen, im Vergleich zum Durchschnittsergebnis von 8 %, als arbeitslos und weitere 24 % der Alleinerziehenden sind nur geringfügig beschäftigt oder gehören zu den sonstigen Nichterwerbstätigen. Zu

Abb. 2.3 **Familienform und Erwerbsbeteiligung der Eltern**
Kinder im Alter von 8 bis 11 Jahren in Deutschland (Angaben in %)

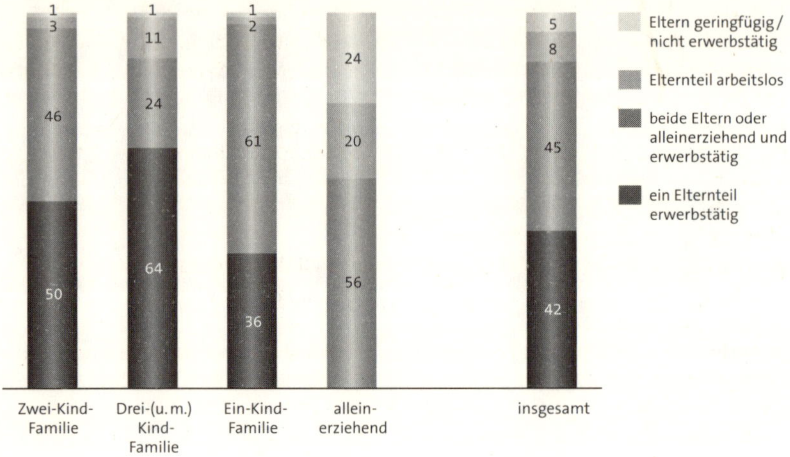

World Vision Kinderstudie 2007 – TNS Infratest Sozialforschung

beachten ist natürlich speziell in diesem Fall, dass die Zielgruppe unserer Erhebung Kinder im Alter von 8 bis 11 Jahren sind. Von daher unterscheiden sich unsere Ergebnisse natürlich von solchen Daten, die sich auf Familien insgesamt oder speziell auf Familien mit kleinen Kindern beziehen. Grundsätzlich gilt: Je jünger die Kinder, desto niedriger ist die Erwerbsbeteiligung der Mütter (StatBA 2007).

Als Trend ist klar erkennbar, dass sich immer dann, wenn sich hierfür Möglichkeiten bieten, beide Elternteile in das Erwerbsleben eingliedern möchten. Von daher überrascht es auch nicht, dass in Familien mit weniger Kindern tendenziell eher beide Elternteile erwerbstätig sind. Eine gute Möglichkeit für eine individuell angemessene Lösung bieten Teilzeittätigkeiten. Teilzeit und flexible Arbeitszeiten erweisen sich insbesondere bei Familien mit mehreren Kindern oder bei Alleinerziehenden als (Wieder-)Einstiegshilfe in den Arbeitsmarkt.

Die traditionelle Familie mit verheirateten leiblichen Eltern und ein oder zwei Kindern, in der das männliche Elternteil erwerbstätig, das weibliche Elternteil hingegen für die Haushaltsführung und Betreuung der Kinder zuständig ist, ist in Deutschland inzwischen eindeutig in der Minderheit. Von den von uns befragten Kindern im Alter von 8 bis 11 Jahren leben zusammengenommen nur 35 % in einer entsprechenden Form. Bezieht man sich allein auf die klassischen Kernfamilien mit ein oder zwei Kindern, so beträgt der Anteil bei den Kindern im Alter von 8 bis 11 Jahren sogar nur 24 %.

2.2 Armut und soziale Ungleichheit: Die Herkunft zählt

Armut und Unterversorgung werden spätestens seit den 1990er Jahren auch in Deutschland sowie in den meisten reichen Industriestaaten als Problemlagen von Familien und hierbei insbesondere für Alleinerziehende oder kinderreiche Familien thematisiert (11. Kinder- und Jugendbericht: BMFSFJ 2002, 1. Armuts- und Reichtumsbericht: BMAS 2001). Die UNICEF-Vergleichsstudie »Child Poverty in Rich Nations 2005« kommt zu dem Ergebnis, dass in den meisten reichen Nationen der Anteil der Kinder, die in Armut leben, im letzten Jahrzehnt weiter angewachsen ist. In Deutschland ist die relative Kinderarmut seit 1990 sogar stärker gestiegen als in den meisten anderen Industrienationen. Mit einer Zunahme der Kinderarmut um 2,7 Prozentpunkte von 1990 bis 2001 liegt Deutschland im internationalen Vergleich auf Platz 18 von 24 einbezogenen Industriestaaten (UNICEF 2007).

Diese Studie folgt dem so genannten Lebenslagenkonzept und geht davon aus, dass Armut nicht allein anhand des im Haushalt verfügbaren Einkommens gemessen werden kann. Armut ist vielmehr eine Lebenslage, die, bezogen auf den gesamten Lebensverlauf, zu einem sich selbst immer weiter verschärfenden »Teufelskreis« eines Ausschlusses von individuellen Gestaltungschancen und von gesellschaftlicher Teilhabe führt (Soziale Exklusion: Siehe dazu die beiden nationalen Armuts- und Reichtumsberichte: BMAS 2001, 2005). Die beiden Schlüsselfaktoren, die die individuell erreichbare Wohlfahrtsposition in Deutschland wie auch international in den reichen Industrieländern maßgeblich bestimmen, sind zum einen das realisierte oder noch realisierbare persönliche Bildungsniveau (Schulabschluss und Berufsqualifizierung; siehe dazu die Analysen im 12. Kinder und Jugendbericht: BMFSFJ 2005) sowie zum anderen die Art der Integration in den Arbeitsmarkt (Erwerbstätigkeit mit zeitlich nur vergleichsweise kurzfristigen Unterbrechungen. Siehe dazu insbesondere die Ergebnisse des 7. Familienberichts: BMFSFJ 2006).

Im Folgenden möchten wir die Lebenssituation der Kinder in Deutschland vor diesem Hintergrund genauer skizzieren.

2.2.1 Bildungshintergrund und Herkunftsschicht

Für Deutschland lässt sich u.a. anhand der Ergebnisse der PISA-Studie zeigen, dass für den späteren Bildungserfolg von Kindern die familiäre Herkunft, insbesondere das Bildungsniveau der Eltern, von maßgeblicher Bedeutung ist (PISA 2004). Deshalb haben wir in der World Vision Kinderstudie auch den familiären Hintergrund der Kinder erhoben (Herkunftsschicht).

Gruppiert haben wir die Kinder zum einen nach dem Schulabschluss der Mutter und, sofern vorhanden, dem Schulabschluss des Vaters (Elternauskunft: Hauptschule/ohne Abschluss, Realschule/mittlere Reife, Fachhochschulreife/Abitur) sowie zur weiteren Differenzierung nach den bei den Kindern erhobenen Einschätzungen zur Zahl der Bücher im Haushalt und zum anderen anhand der Wohnform (Eigentum, Miete) sowie der Bewertung der Höhe des häuslichen Netto-Einkommens (Elternauskunft von 1 = sehr gut bis 5 = sehr schlecht). Der von uns hieraus abgeleitete Schicht-Index ist so konstruiert, dass sich hierbei die Bildungsherkunft der Eltern maßgeblich abbildet.

Kriterium für die Zugehörigkeit zur untersten Herkunftsschicht (Unterschicht) ist, dass in so gut wie allen Fällen

Abb. 2.4 **Der Bildungshintergrund der Eltern als Herkunftsschicht**
Kinder im Alter von 8 bis 11 Jahren in Deutschland (Angaben in %)

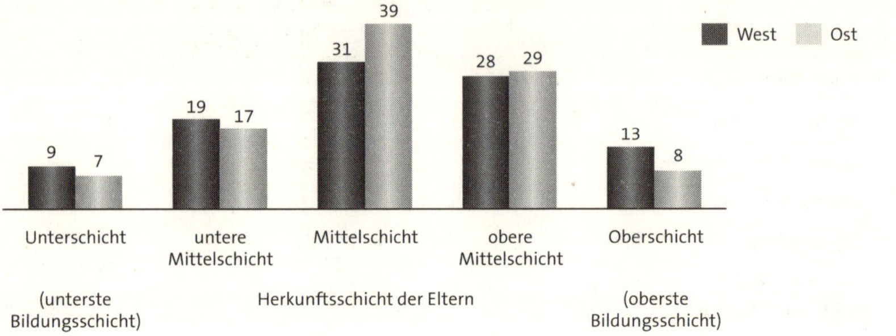

World Vision Kinderstudie 2007 – TNS Infratest Sozialforschung

beide Elternteile, maximal über einen Hauptschulabschluss verfügen (94% der Mütter sowie 95% der Väter). Bei Kindern aus der unteren Mittelschicht trifft dies auf 73% der Mütter sowie 74% der Väter zu. Für Kinder aus der Mittelschicht sind eher die mittleren Abschlüsse in Gestalt des Realschulabschlusses oder der mittleren Reife prägend. 76% der Mütter bzw. 62% der Väter verfügen über einen entsprechenden Abschluss. Bei Kindern aus der oberen Mittelschicht haben hingegen 50% der Mütter sowie 59% der Väter die Fachhochschulreife oder das Abitur. Für Kinder aus der Oberschicht trifft dies für 73% der Mütter und sogar 83% der Väter zu.

Insgesamt ergibt sich, dass 9% der Kinder im Alter von 8 bis 11 Jahren zur Unterschicht, 19% zur unteren Mittelschicht, 32% zur Mittelschicht, 28% zur oberen Mittelschicht und 12% zur Oberschicht gehören. Zwischen den alten und den neuen Bundesländern zeigen sich leichte Abweichungen. Der Anteil der Mittelschichtkinder ist in den neuen Bundesländern mit 39% höher ausgeprägt als mit 31% in den alten Bundesländern. Zur Oberschicht gehören in den neuen Bundesländern 8% im Vergleich zu 13% in den alten Bundesländern. Die Unterschiede bei den anderen Schichten sind hingegen statistisch nicht bedeutsam (Abb. 2.4).

Die Bewertung des häuslich verfügbaren Nettoeinkommens, die Verfügbarkeit über Wohneigentum sowie die Auskunft der Kinder zur Zahl der Bücher im Haushalt ist, wie zu erwarten war, ebenfalls hoch korreliert. Der beschriebene Herkunftsschicht-Index verknüpft demnach Indikatoren, die sowohl das Bildungsniveau der Eltern als auch die verfügbaren materiellen häuslichen Ressourcen abbilden. Wir haben ihn nach dem gleichen Prinzip konstruiert, nach dem wir auch den Schicht-Index in der 14. und 15. Shell Jugendstudie gebildet haben.

Tab. 2.4 **Herkunftsschicht und Familienform**
Basis: Kinder im Alter von 8 bis 11 Jahren in Deutschland

Spalten in % / Mittelwerte	Unterschicht	untere Mittelschicht	Mittelschicht	mittlere Oberschicht	Oberschicht
Familienform					
Ein-Kind-Kernfamilie	9	11	12	17	13
Zwei-Kind-Kernfamilie	18	36	37	41	56
Drei-(u. m.) Kind-Kernfamilie	26	16	21	19	19
alleinerziehend	36	24	19	10	4
leibliche Eltern in nicht-ehelicher Lebensgemeinschaft	5	5	3	5	2
Stieffamilie	6	7	5	6	5
Drei-Generationen-Familie	0	1	3	2	1
Kinder im Haushalt insg.					
Durchschnitt	2,5	2,3	2,2	2,1	2,2

World Vision Kinderstudie 2007 – TNS Infratest Sozialforschung

Alleinerziehende finden sich eher in den unteren Schichten

Vergleicht man die Herkunftsschicht und die Familienform, in der die von uns befragten Kinder leben, so ergibt sich ein eindeutiger Zusammenhang (Tab. 2.4). 36 % der Kinder aus der Unterschicht wachsen mit einem alleinerziehenden Elternteil auf. In der unteren Mittelschicht beträgt der Anteil 24 %, in der Mittelschicht 19 %, während in der oberen Mittelschicht mit 10 % und bei der Oberschicht mit 4 % der Anteil der Alleinerziehenden unterdurchschnittlich ausgeprägt ist. Nicht-eheliche Lebensgemeinschaften sind hingegen eher vergleichbar verteilt, und auch die Unterschiede bei den Stieffamilien sind eher schwach ausgeprägt und ergeben keinen signifikanten Trend.

Betrachtet man nur die Zahl der Geschwister im Haushalt, unabhängig davon, ob es sich um eine Familie mit ein oder zwei Elternteilen handelt (Abb. 2.5), so lässt sich zeigen, dass Kinder aus niedrigeren Herkunftsschichten statistisch betrachtet etwas häufiger mit mehreren Geschwisterkindern im Haushalt leben. Je niedriger die Schicht, desto höher die Wahrscheinlichkeit, dass dort mehr als ein Kind in der Familie lebt. Der auffällig hohe Anteil von zwei und mehr Geschwistern (Drei-[und mehr] Kind-Familie) in den Familien aus der untersten Herkunftsschicht hängt in diesem Fall auch mit dem hier ebenfalls überproportional hohen Anteil an Migrantinnen und Migranten zusammen, in deren Familien ebenfalls mehr Kinder leben als in Familien ohne Migrationshintergrund (mehr dazu im Folgenden in Kap. 2.4).

Abb. 2.5 **Herkunftsschicht und Zahl der Geschwister im Haushalt**
Kinder im Alter von 8 bis 11 Jahren in Deutschland (Angaben in %)

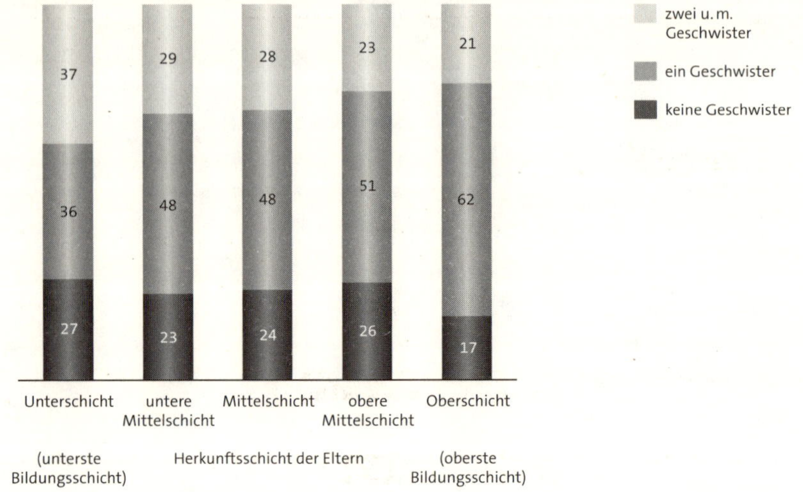

World Vision Kinderstudie 2007 – TNS Infratest Sozialforschung

2.2.2 Unterschiedliche Betroffenheit von Arbeitslosigkeit

Wie bereits angesprochen, sind 8 % der Familien von Kindern im Alter von 8 bis 11 Jahren nach Auskunft der Eltern gegenwärtig von Arbeitslosigkeit betroffen. Hierzu zählen wir die Familien, die angeben, dass beide Elternteile arbeitslos sind, sowie diejenigen, bei denen ein Elternteil arbeitslos ist und das zweite Elternteil – sofern vorhanden – ebenfalls keiner regelmäßigen Vollzeit- oder Teilzeiterwerbstätigkeit nachgeht. Fragt man danach, in wie vielen Familien in den letzten 2 Jahren ein Elternteil mindestens 3 Monate oder länger arbeitslos gewesen ist, so ergibt sich sogar ein noch weitaus höherer Anteil von 23 %. Arbeitslosigkeit in der Familie gehört demnach für fast ein Viertel der Kinder zur Alltagserfahrung.

Arbeitslosigkeit als »Lebensform« in der Unterschicht, bei Alleinerziehenden, bei Migranten und in den neuen Bundesländern

Die Arbeitslosigkeit trifft Familien unterschiedlich. Die damit verbundene soziale Ungleichheit wird dann sichtbar, wenn man das Risiko von Arbeitslosigkeit getrennt für verschiedene Teilgruppen darstellt (Abb. 2.6). Von den Kindern mit Migrationshintergrund sind 14 % gegenwärtig und sogar 34 % in den letzten 2 Jahren von Arbeitslosigkeit in der Familie betroffen gewesen. Bei den Kindern von Alleinerziehenden beläuft sich der Anteil auf aktuell 20 % sowie auf 32 % in den letzten 2 Jahren. Für Kinder aus der Unterschicht gilt, dass hier in 23 % der Familien die Eltern arbeitslos sind und 39 % über entsprechende Erfahrungen in den letzten 2 Jahren berichten.

Abb. 2.6 **Erfahrung von Arbeitslosigkeit**
– Eltern (-teil) gegenwärtig arbeitslos (anderes Elternteil ebenfalls nicht erwerbstätig)
– Vater oder Mutter mindestens 3 Monate arbeitslos innerhalb der letzten 2 Jahre
Kinder im Alter von 8 bis 11 Jahren in Deutschland (Angaben in %)

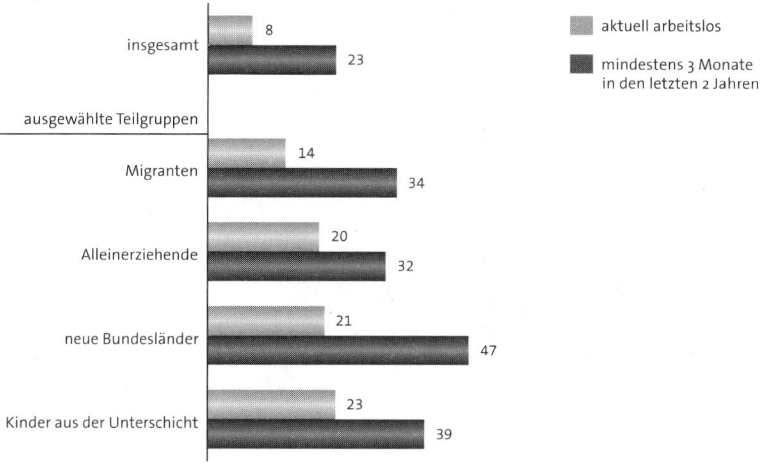

World Vision Kinderstudie 2007 – TNS Infratest Sozialforschung

Eines oder beide Elternteile von Kindern aus den neuen Bundesländern sind in 21 % der Fälle arbeitslos. 47 % sind in den letzten 2 Jahren für mindestens 3 Monate oder länger davon betroffen gewesen. Beim Vergleich alte und neue Bundesländer müssen allerdings auch Unterschiede im Antwortverhalten mit berücksichtigt werden. Frauen aus den neuen Bundesländern bezeichnen sich im Falle einer Erwerbslosigkeit nach ihrem eigenen Selbstverständnis eher als arbeitslos, während Frauen aus den alten Bundesländern etwas häufiger dazu neigen, in diesem Fall die Antwortmöglichkeit »Hausfrau« zu wählen.[5] Insgesamt betrachtet ist die amtliche Arbeitslosenquote in den neuen Bundesländern in etwa doppelt so hoch ausgeprägt wie in den alten Bundesländern. Am Sachverhalt einer höchst unterschiedlichen Risikoverteilung zwischen den alten und den neuen Bundesländern ändert dies aber nichts Wesentliches.

2.2.3 **Armutsfallen**

Der Anteil der Kinder (unter 18 Jahren), die in Deutschland in relativer Armut leben, beläuft sich, je nach Definition, auf 10,2 % (weniger als 50 % des durchschnittlichen Netto-Medianeinkommens) bzw. 16,9 % (weniger als 60 % des Netto-Medi-

5 Zum Vergleich: Mütter aus den neuen Bundesländern bezeichnen sich zu 22 % arbeitslos und zu 9 % als Hausfrau oder als aus sonstigen Gründen nicht erwerbstätig. Mütter aus den alten Bundesländern bezeichnen sich hingegen nur in 5 % der Fälle als arbeitslos, während 26 % Hausfrau oder aus sonstigen Gründen nicht erwerbstätig sind.

Abb. 2.7 **Elternauskunft: Bewertung des verfügbaren Einkommens**
Kinder im Alter von 8 bis 11 Jahren in Deutschland (Angaben in %)

»Mit unserem Einkommen kommen wir in unserer Familie zurecht:«

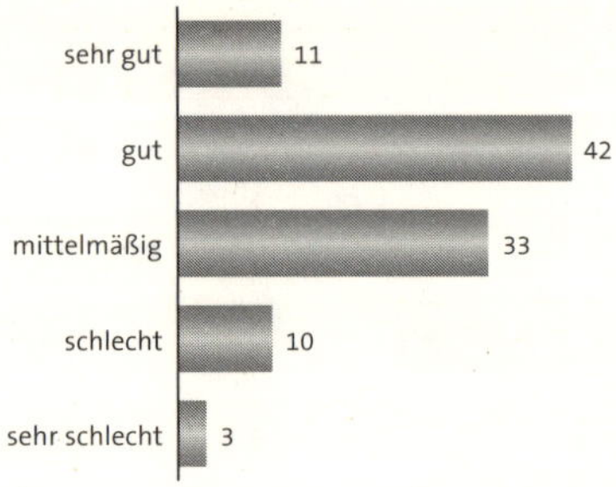

Fehlende zu 100 = keine Angabe *World Vision Kinderstudie 2007 – TNS Infratest Sozialforschung*

aneinkommens) (Corak/Fertig/Tamm 2005). In der World Vision Kinderstudie haben wir im Rahmen der Elternbefragung erhoben, wie die Familien die Höhe ihres verfügbaren Einkommens bewerten (1 = sehr gut bis 5 = sehr schlecht). Nach den vorliegenden Ergebnissen leben 53 % der Kinder in Familien, die ihr monatliches Einkommen als gut bis sehr gut bewerten. 33 % bezeichnen ihr Einkommen als mittelmäßig, während 13 % eher schlecht bis sehr schlecht zurechtkommen (Abb. 2.7).

Interpretiert man diese subjektive Selbsteinschätzung, wie man als Familie mit dem verfügbaren Einkommen zurechtkommt, im Sinne eines Armutsindikators, so zeigt sich, dass auch nach diesen Ergebnissen etwa 13 % der Kinder in Deutschland von Armut betroffen sind.

Alleinerziehend und arbeitslos = Armut

Analysiert man die artikulierte Betroffenheit von Armut im Zusammenhang, so lassen sich auch in unserer Studie die folgenden drei Risikofaktoren identifizieren, die Armut in Deutschland verursachen können (Tab. 2.5). Von Armut betroffen sind überproportional häufig Kinder, deren Eltern arbeitslos sind (44 %) oder die aus sonstigen Gründen keiner regelmäßigen Erwerbstätigkeit nachgehen (45 %), Kinder von Alleinerziehenden generell (34 %) und auch dann, wenn der Elternteil einer Erwerbstätigkeit nachgeht (20 %), sowie etwas häufiger auch Kinder aus den neuen Bundesländern (19 %). Bei den beiden erstgenannten Merkmalen handelt es sich um die klassischen Risikofaktoren für eine potenzielle Betroffenheit von Kinderarmut. Beide Faktoren sind hoch mit dem Merkmal »Untere Herkunftsschicht« korreliert. Nicht signifikant sind hingegen die Merkmale Migrationshintergrund oder nicht-deutsche Nationalität. Die bivariat bei Kindern mit Migrationshintergrund festzustellende höhere Betroffenheit von Armut erklärt sich von daher primär über die hier ebenfalls vorhandene höhere Betroffenheit von Arbeitslosigkeit.

Die stärkere Betroffenheit von Armut bei Kindern in den neuen Bundesländern wird noch immer kontrovers diskutiert.

Tab. 2.5 **Zusammenhangsanalyse[1]: Persönlich artikulierte Betroffenheit von Armut: Risikogruppen**
Basis: Kinder im Alter von 8 bis 11 Jahren in Deutschland

%-Angaben (pro Zeile)	ja	nein
Kinder insgesamt	13	87
Erwerbsbeteiligung		
ein Elternteil erwerbstätig	10	90
beide Elternteile erwerbstätig	5	95
alleinerziehend und erwerbstätig	**20**	80
arbeitslos	**44**	56
sonstiges	**45**	55
Familienform		
Ein-Kind-Familie	10	90
Zwei-Kind-Familie	7	93
Drei-(u. m.) Kind-Familie	12	88
alleinerziehend	**34**	66
Region		
alte Bundesländer	13	87
neue Bundesländer	**19**	81

1 Der Zusammenhang wurde multivariat anhand einer logistischen Regression auf die Kriteriumsvariable »Einkommen schlecht/sehr schlecht: ja oder nein« getestet. Einbezogene Prädiktoren: Alter, Geschlecht, alte/neue Länder, Familienform, Erwerbsbeteiligung, Migrationshintergrund, Siedlungsstrukturtyp.
Da die soziale Herkunftsschicht u. a. auch auf der Einschätzung zum häuslichen Nettoeinkommen beruht, wurde dieses Merkmal hier nicht mit berücksichtigt.
In der Tabelle wurden zur besseren Veranschaulichung die in der Logit-Analyse als signifikant getesteten Merkmalsausprägungen ($p < 0{,}05$) fett dargestellt und bivariat in % ausgewiesen.

World Vision Kinderstudie 2007 – TNS Infratest Sozialforschung

So verweist zum Beispiel auch Bertram in einem im Rahmen der UNICEF-Studie verfassten zusätzlichen Arbeitspapier »Zur Lage der Kinder in Deutschland« (Bertram 2006) darauf, dass bei der Berechnung des Durchschnittseinkommens die unterschiedlichen Niveaus, die zwischen alten und neuen Ländern herrschen, mit berücksichtigt werden müssen. Bei einer getrennten Berechnung würden sich die höheren Armutsquoten in den neuen Ländern dann stärker nivellieren. Die in unserer Kinderstudie subjektiv artikulierte stärkere Betroffenheit von Armut bei Familien aus den neuen Bundesländern deutet hingegen eher darauf hin, dass nach dem Selbstverständnis der Menschen in den neuen Bundesländern keine unterschiedlichen Maßstäbe angelegt werden sollten.

Für eine nachhaltige Verringerung der Kinderarmut müssen demnach vor allen Dingen adäquate Möglichkeiten zur Sicherung einer möglichst kontinuierlichen Erwerbsbeteiligung der Eltern geschaffen werden. Voraussetzungen

Tab. 2.6 **Stadt/Land**
Basis: Kinder im Alter von 8 bis 11 Jahren in Deutschland

Spalten in %	gesamt	Mädchen	Jungen	West	Ost
Siedlungsstruktur (BIK-Typ)					
Ballungsraum	20	18	21	20	19
sonstige größere Stadt	16	16	15	16	11
Stadtumland	27	29	25	28	20
Verdichtungszonen	23	23	24	22	32
sonstiger ländlicher Raum	14	14	15	14	18

World Vision Kinderstudie 2007 – TNS Infratest Sozialforschung

hierfür sind verlässliche Angebote zur Kinderbetreuung, die es den Eltern erlauben, Familie und Beruf unter einen Hut zu bekommen. Mittelfristig wird es allerdings vor allem darauf ankommen müssen, das Bildungsniveau der Eltern in den betroffenen Familien zu erhöhen, da sich letztendlich nur dadurch neue Chancen auf dem Arbeitsmarkt realisieren lassen.

2.3 Wie Kinder wohnen

Stadtkinder und Kinder auf dem Land: welche Unterschiede im Wohnumfeld wirken sich aus der Sicht der Kinder aus?

20 % der Kinder im Alter von 8 bis 11 Jahren leben in Ballungsgebieten (Kerngebiete mit 500.000 und mehr Einwohnern), weitere 16 % in sonstigen größeren Städten (Kerngebiete mit 100.000 bis unter 500.000 Einwohnern) und 27 % im Umland von Ballungsräumen oder größeren Städten. In Gebieten mit kleineren Städten (Regionen mit Verdichtungszonen) leben 23 % und im sonstigen ländlichen Raum 14 % (Abgrenzung gemäß BIK-Stadtregionenkonzept, BIK 2001. Tab. 2.6).

Die siedlungsstrukturellen Unterschiede zwischen den alten und den neuen Bundesländern (inkl. Berlin Ost) finden sich hier ebenfalls wieder. In den neuen Ländern ist der Anteil der Kinder in eher geringer verdichteten Gebieten höher ausgeprägt als in den alten Ländern. Der Trend geht jedoch in die Richtung, dass in den neuen Ländern in den wirtschaftlich eher unterentwickelten, ländlichen Gebieten tendenziell immer weniger Kinder aufwachsen. Typischer Lebensraum für Familien ist hingegen das Umland von Ballungsräumen und von Städten. Nach wie vor geht die Tendenz in die Richtung, dass Familien mit Kindern verstärkt in das Umland von Stadtregionen ziehen, u. a. auch deshalb, da sich hier etwas häufiger familiengerechte Wohnungen finden und auch die Mieten erschwinglicher sind.

Alles in allem 53 % der Kinder im Alter zwischen 8 und 11 Jahren leben in einem Einfamilienhaus. Weitere 36 % in kleineren Häusern mit max. 12 Wohnungen. 11 % der Kinder wohnen hingegen in größeren Wohnblöcken oder in Häusern mit mehr als 12 Wohnungen.[6]

Hierbei ergeben sich ebenfalls deutliche Unterschiede je nach Siedlungs-

6 Die Wohnform wurde ebenfalls in dem kurzen Elternfragebogen erhoben.

Tab. 2.7 **Wohnliche Merkmale**
Basis: Kinder im Alter von 8 bis 11 Jahren in Deutschland

Spalten in %	gesamt	Ballungs-raum	sonstige Stadt-region	Randlage von Städten	Verdich-tungs-zonen	ländlicher Raum
Haustyp (Elternauskunft)						
Einfamilienhaus	53	23	41	69	58	71
kleineres Haus mit mehreren Wohnungen (max. 12)	36	50	42	26	37	27
größeres Haus/Wohnblock (mehr als 12 Wohnungen)	11	27	17	5	5	2
Wohnform (Elternauskunft)						
Miete	48	70	57	38	45	34
Eigentum	52	30	43	62	55	66
Eigenes Kinderzimmer						
ja, allein	80	73	79	81	85	85
ja, mit Geschwister	18	25	18	18	12	14
nein, kein eigenes Zimmer	2	2	3	1	3	1

World Vision Kinderstudie 2007 – TNS Infratest Sozialforschung

strukturtyp (Tab. 2.7). Kinder aus Ballungsgebieten wohnen nur zu 23 % in Einfamilienhäusern. Im Stadtumland beträgt der Anteil hingegen 69 % und im ländlichen Raum sogar 71 %. Im Eigentum der Eltern wohnen 52 % der Kinder, zur Miete hingegen 48 %. Auch an dieser Stelle zeigen sich wieder entsprechende Unterschiede. In Ballungsgebieten wohnen 70 % zur Miete, im ländlichen Raum hingegen nur 34 %.

Über ein eigenes Kinderzimmer verfügen so gut wie alle Kinder unserer Altersgruppe. 80 % haben ein Zimmer für sich, und weitere 18 % teilen sich ihr Kinderzimmer mit ihrem Bruder oder ihrer Schwester.

Eher verhaltene Kritik an fehlender Kinderfreundlichkeit

Uns interessiert in diesem Zusammenhang vor allem, wie die Kinder selber ihr Wohnumfeld bewerten (Tab. 2.8 und Abb. 2.8).

Über zu viel Autoverkehr klagen 31 %. In Ballungsräumen sind es dabei 41 % im Vergleich zu nur 25 % im ländlichen Raum. Auf nicht genügend Ampeln bzw. Fußgängerüberwege verweisen 28 %, dabei jedoch nur 25 % der Kinder aus Ballungsräumen im Vergleich zu 30 % der Kinder aus dem ländlichen Raum. Fehlende Spielplätze bzw. keine Wiese in der Nähe bemängeln hingegen nur 14 %. In Ballungsgebieten beträgt der Anteil sogar nur 11 % und im ländlichen Raum 13 %. Geringfügig höher, wenn auch nicht signifikant, sind entsprechende Kritikpunkte bei 15 %

Abb. 2.8 **Stadt versus Land: Persönliche Bewertung des Wohnumfeldes**
Kinder im Alter von 8 bis 11 Jahren in Deutschland (Angaben in %)

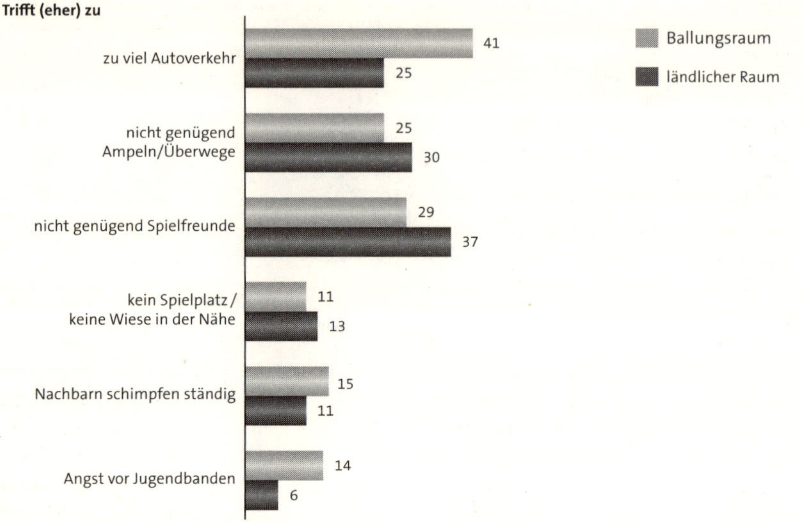

Abgrenzung gemäß BIK-Stadtregionenkonzept *World Vision Kinderstudie 2007 – TNS Infratest Sozialforschung*

der Kinder, die im Umland von Ballungsräumen oder von größeren Städten wohnen. Auf nicht genügend Spielfreunde in der Nachbarschaft verweisen 34% der Kinder. In den Ballungsgebieten sind es 29%, im ländlichen Raum zum Vergleich hingegen 37%. Dass die Nachbarn im Wohnumfeld ständig schimpfen würden, berichten 14% der Kinder und hierbei 15% in Ballungsgebieten und 11% im ländlichen Raum.

Die von uns in der persönlichen Bewertung des Wohnumfeldes mit abgefragten möglichen Kritikpunkte bezüglich einer fehlenden Kinderfreundlichkeit in Deutschland fallen aus der Sicht der Kinder von daher eher verhalten aus. Die große Mehrheit ist eher zufrieden mit dem Wohnumfeld. Der Anteil von insgesamt 11% aller Kinder, dabei 14% in Ballungsgebieten und 6% im ländlichen Raum, die sich vor Jugendbanden im Wohnumfeld fürchten, ist demgegenüber allerdings vergleichsweise hoch ausgeprägt.

2.4 Kinder mit Migrationshintergrund

Grundgesamtheit in unserer Kinderstudie sind alle Kinder, die zwischen 8 und 11 Jahre alt sind und die in Deutschland leben, unabhängig von ihrer Nationalität, ihrem Bildungsniveau oder von sonstigen sozialen oder persönlichen Merkmalen.

76% der befragten Kinder haben sowohl die deutsche Staatsbürgerschaft als auch Eltern, die in Deutschland geboren worden sind und ebenfalls über die deutsche Staatsbürgerschaft verfügen.

Tab. 2.8 **Persönliche Bewertung des Wohnumfeldes**
Basis: Kinder im Alter von 8 bis 11 Jahren in Deutschland

Spalten in %	gesamt	Mädchen	Jungen	West	Ost
Eher ja:					
zu viel Autoverkehr	31	31	32	32	30
zu wenig Ampeln/Fußgängerüberwege	28	28	28	28	31
kein Spielplatz/keine Wiese in der Nähe	14	16	11	13	18
nicht genügend Spielfreunde	34	35	33	33	39
Nachbarn schimpfen ständig	14	10	18	14	12
Angst vor Jugendbanden	11	10	13	11	13

World Vision Kinderstudie 2007 – TNS Infratest Sozialforschung

11% der Kinder haben nicht die deutsche Staatsbürgerschaft (ausländische Kinder), und weitere 13% haben zwar die deutsche Staatsbürgerschaft, jedoch mindestens ein Elternteil, das nicht in Deutschland geboren worden ist (einheimische Kinder mit zugewanderten Eltern). Zählt man die Kinder mit nicht-deutscher Nationalität und diejenigen Kinder, die zumindest ein Elternteil mit Migrationserfahrung haben, zusammen, so findet sich in unserer Stichprobe ein Anteil von 24% Kindern mit Migrationshintergrund im Vergleich zu 76% einheimischen deutschen Kindern.

Dieses Ergebnis liegt nur relativ knapp unter dem im Mikrozensus ausgewiesenen Anteil von 27% an Kindern mit Migrationshintergrund (StatBA 2006b). Der Anteil der Kinder mit nicht-deutscher Nationalität entspricht hingegen relativ exakt den Daten der amtlichen Statistik.[7] Die im Vergleich zum amtlichen Mikrozensus zum Ausdruck kommende leichte Untererfassung von deutschen Kindern mit zugewanderten Eltern dürfte allerdings weniger auf die Stichprobe zurückzuführen sein, sondern eher damit zusammenhängen, dass der amtliche Mikrozensus den Zuwanderungsstatus der Eltern weitaus genauer abbildet, als dies im Rahmen unserer Kinderstudie möglich war.

Die überwiegende Mehrheit der Kinder mit Migrationshintergrund lebt in den alten Bundesländern. Der Anteil beträgt in diesem Fall 26% im Vergleich zu 10% in den neuen Bundesländern (inkl. Berlin Ost). Kinder mit Migrationshintergrund sind zu 80% in Deutschland geboren. Bei denjenigen Kindern mit Migrationshintergrund, die über eine nicht-deutsche Staatsbürgerschaft verfügen, sind es ebenfalls 71%, die in Deutschland geboren worden sind. Bei den Herkunftsländern der Eltern dominieren insgesamt die Türkei, die Gebiete des ehemaligen Jugoslawiens sowie Russland bzw. die ehemalige Sowjetunion. Die Eltern der Kinder mit nicht-deutscher Nationalität kommen ebenfalls vorrangig aus der Türkei, dem ehemaligen Jugoslawien, der ehemaligen Sowjetunion oder auch aus Grie-

7 Im Rahmen der Stichprobenbildung wurde von uns das Merkmal »Nationalität des Kindes« (deutsch oder nicht-deutsch) kontrolliert. Für den elterlichen Migrationshintergrund war dies allerdings nicht möglich.

Abb. 2.9 **Nationalität des Kindes und Migrationshintergrund**
Kinder im Alter von 8 bis 11 Jahren in Deutschland (Angaben in %)

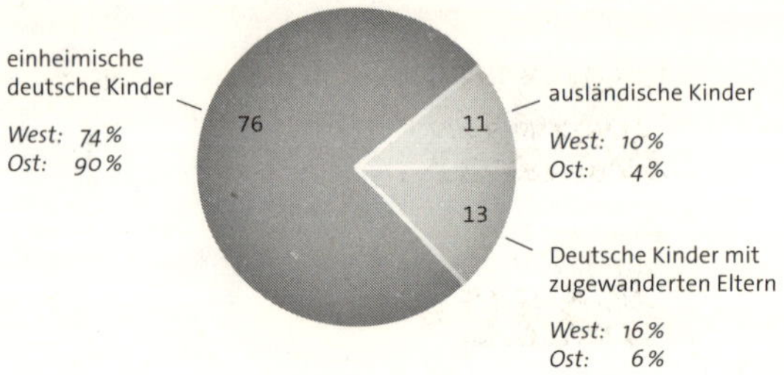

World Vision Kinderstudie 2007 – TNS Infratest Sozialforschung

chenland. Die Kinder von Migranten aus Afrika haben in der Regel ebenfalls keine deutsche Staatsbürgerschaft. Deutsche Kinder mit zugewanderten Eltern kommen hingegen am häufigsten aus Russland oder aus einem sonstigen osteuropäischen Land. In der Regel handelt es sich hierbei um so genannte deutschstämmige Spätaussiedler. Hinzu kommen die Kinder, bei denen nur ein Elternteil zugewandert ist. Insgesamt betrachtet verfügen die Kinder von türkischen Migranten, von Migranten aus Ex-Jugoslawien oder auch Kinder mit griechischen oder italienischen Eltern vergleichsweise weniger häufig über die deutsche Staatsbürgerschaft als die Kinder von Eltern, die aus Osteuropa zugewandert sind.

Kinder mit Migrationshintergrund leben häufiger mit beiden Eltern und haben mehr Geschwister

Vergleicht man die Familienformen von einheimischen deutschen Kindern und von Kindern mit Migrationshintergrund, so ergeben sich einige signifikante Unterschiede (Abb. 2.10). Am auffälligsten ist, dass mit einem Anteil von 28 % Kinder mit Migrationshintergrund deutlich häufiger als einheimische Kinder ohne Migrationshintergrund mit einem Anteil von 17 % in Familien mit drei und mehr Kindern aufwachsen. Mit 14 % ist demgegenüber der Anteil der Kinder mit Migrationshintergrund, die bei einem alleinerziehenden Elternteil aufwachsen, geringer ausgeprägt als mit 18 % bei einheimischen deutschen Kindern. Ähnliches gilt für Kinder, deren leibliche Eltern in einer nicht-ehelichen Lebensgemeinschaft leben. Derartige Konstellationen gelten für 5 % der einheimischen deutschen Kinder im Vergleich zu 2 % bei Kindern mit Migrationshintergrund.

Auch unabhängig von der von uns definierten Familienform betrachtet leben Kinder mit Migrationshintergrund, und dabei insbesondere solche mit ausländischer Nationalität, signifikant häufiger mit Geschwistern im Haushalt zusammen, als dies bei einheimischen deutschen Kindern der Fall ist (Tab. 2.9). Mit 34 % wächst immerhin in etwa ein Drittel der Kinder von Migranten mit zwei oder sogar noch mehr Geschwistern zusammen auf. Bei einheimischen Deutschen trifft dies mit 24 % nur in etwa auf ein Viertel der Kinder dieser Altersgruppe zu. Ur-

Abb. 2.10 **Einheimische deutsche Kinder und Migrantenkinder im Vergleich: Familienformen**
Kinder im Alter von 8 bis 11 Jahren in Deutschland (Angaben in %)

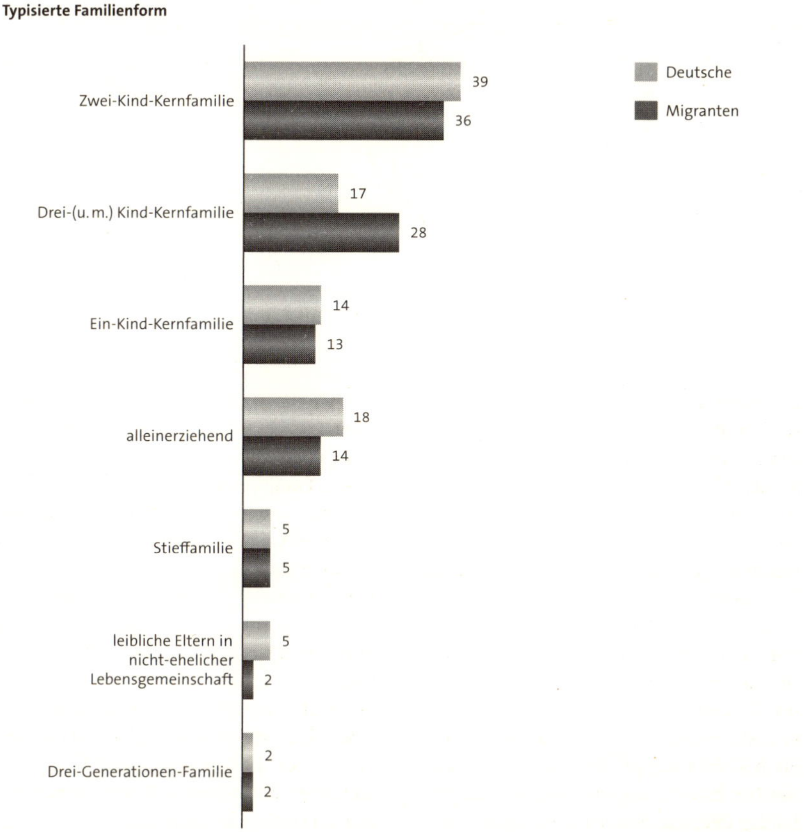

World Vision Kinderstudie 2007 – TNS Infratest Sozialforschung

sächlich hierfür ist, dass Frauen, die zugewandert sind, seltener kinderlos bleiben und auch häufiger mehr als ein Kind bekommen.

Ein weiterer wesentlicher Unterschied zwischen einheimischen deutschen Kindern und Kindern mit Migrationshintergrund ergibt sich bei einem Vergleich des Bildungshintergrunds der Eltern (Herkunftsschicht). Nicht mehr als 5 % der Kinder mit Migrationshintergrund stammen, im Vergleich zu 15 % der einheimischen deutschen Kinder, aus der obersten Herkunftsschicht. 21 % der Kinder mit Migrationshintergrund gehören, im Vergleich zu 31 % der einheimischen deutschen Kinder, zur oberen Mittelschicht und 30 % im Vergleich zu 32 % zur Mittelschicht. Aus der unteren Mittelschicht entstammen hingegen 27 % der Kinder

Tab. 2.9 **Einheimische deutsche Kinder und Kinder mit Migrationshintergrund: Geschwister im Haushalt**
Basis: Kinder im Alter von 8 bis 11 Jahren in Deutschland

Spalten in % / Mittelwerte	gesamt	Deutsch	Deutsche mit zugewanderten Eltern	Ausländer	Migrationshintergrund insgesamt
Geschwister im Haushalt					
keine weiteren Geschwister	24	25	23	18	21
ein Geschwister	50	51	45	47	45
zwei und mehr Geschwister	26	24	32	35	34
Kinder im Haushalt gesamt					
Durchschnitt	2,3	2,2	2,4	2,5	2,4

World Vision Kinderstudie 2007 – TNS Infratest Sozialforschung

mit Migrationshintergrund im Vergleich zu 16% der einheimischen deutschen Kinder, und zur untersten Herkunftsschicht gehören 17% der Kinder mit Migrationshintergrund im Vergleich zu 6% der einheimischen deutschen Kinder (Abb. 2.11).

Die Unterschiede sind markant. Migrationshintergrund und Herkunft aus den eher unteren Herkunftsschichten bedingen sich. Es sind nicht nur die kulturellen Unterschiede, die bedeutsam sind, sondern auch die sozialen Milieus und die damit verbundenen Teilhabechancen, die einheimische deutsche Kinder und Kinder mit Migrationshintergrund unterscheiden. Allzu häufig wird dieser Zusammenhang nicht hinreichend zur Kenntnis genommen. Es ist nicht allein die Zuwanderung und die damit möglicherweise verbundene Verwurzelung in unterschiedlichen Kulturkreisen, die Integration behindert. Probleme entstehen dort, wo aufgrund von fehlender Bildungskompetenz die neue Umwelt überfordernd wirkt und wo deshalb auch Partizipationsmöglichkeiten nicht wahr- oder auch nicht angenommen werden.

Jedes zweite Kind mit nicht-deutscher Nationalität spricht in der Familie vorrangig in der Muttersprache der Eltern

Von daher überrascht es dann auch nicht, dass 52% der Kinder mit ausländischer Nationalität angeben, zu Hause vorrangig die Muttersprache ihrer Eltern zu benutzen (Abb. 2.12). Bei deutschen Kindern mit zugewanderten Eltern sind es hingegen nur 22%, auf die dies zutrifft. Im Freundeskreis wird hingegen, laut Auskunft der Kinder, so gut wie immer deutsch gesprochen. Nicht mehr als 7% der ausländischen Kinder bzw. 5% der deutschen Kinder mit zugewanderten Eltern geben an, dass sie auch im Freundeskreis vorrangig oder mal so, mal so die Muttersprache ihrer Eltern verwenden.

Wir haben in der Kinderstudie darauf verzichtet, die Sprachfähigkeiten der Kinder weiter einzuschätzen oder zu testen. Mit den Ergebnissen der IGLU-Studie zur Schreib- und Lesekompetenz von Viertklässlern (Bos/Lankes/Prenzel/Schwippert/Walther/Valtin 2003) liegen

Abb. 2.11 **Einheimische deutsche Kinder und Migrantenkinder im Vergleich: Bildungshintergrund**
Kinder im Alter von 8 bis 11 Jahren in Deutschland (Angaben in %)

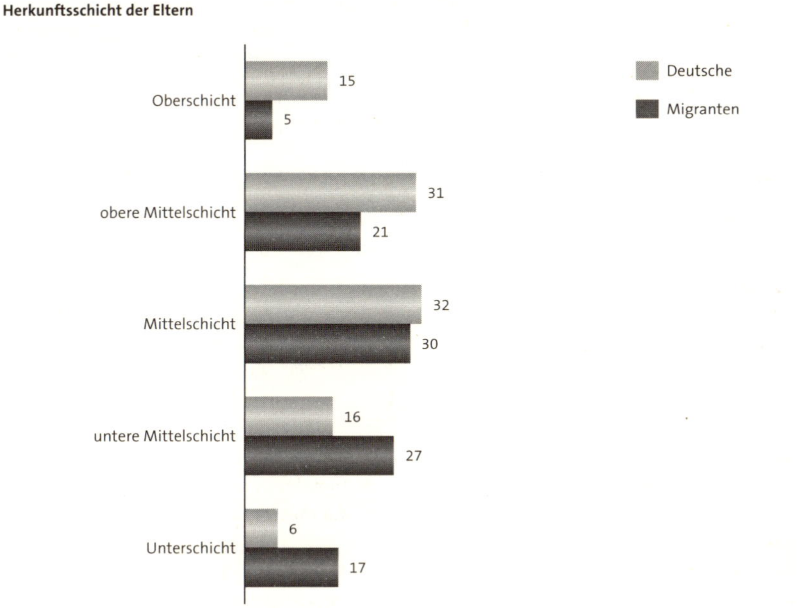

World Vision Kinderstudie 2007 – TNS Infratest Sozialforschung

hierzu eindeutige Befunde vor, die die Notwendigkeit der Förderung der Sprach- und Lesekompetenz bei Kindern aus Familien mit Migrationshintergrund unterstreichen. Wichtig ist uns hierbei Folgendes. Für jedes zweite Kind mit nichtdeutscher Nationalität ist die »gelebte Zweisprachigkeit« die alltägliche Realität. Beide Sprachen haben für diese Kinder eine wesentliche Bedeutung. Die Muttersprache der Eltern steht für das Selbstverständnis der Familie und muss von daher auch als eine mögliche Bedingung zur Aufrechterhaltung eines positiven familiären Zusammenhangs betrachtet werden. Die deutsche Sprache hingegen ist allgemeine Umgangssprache und auch in der alltäglichen Wahrnehmung von Kindern mit Migrationshintergrund die »Eintrittskarte« zum sozialen Leben. Sprachförderung muss von daher kultursensibel gestaltet werden. Sie darf nicht gegen die Familien der Kinder gerichtet sein, sondern sollte helfen zu integrieren.

Grundsätzlich gilt, dass Sprachförderung bei Kindern mit Migrationshintergrund so früh wie möglich ansetzen sollte – in der Krippe, im Kindergarten oder als Bestandteil von sonstigen Angeboten zur Familienförderung. Ganz wesentlich ist in diesem Zusammenhang, nicht nur isoliert die Kinder zu fördern, sondern ebenfalls Anstrengungen zu

Abb. 2.12 **Ausländische Kinder und deutsche Kinder mit zugewanderten Eltern: Umgangssprache zu Hause und unter Freunden**
Kinder im Alter von 8 bis 11 Jahren in Deutschland (Angaben in %)

In der Muttersprache der Eltern reden im Alltag:

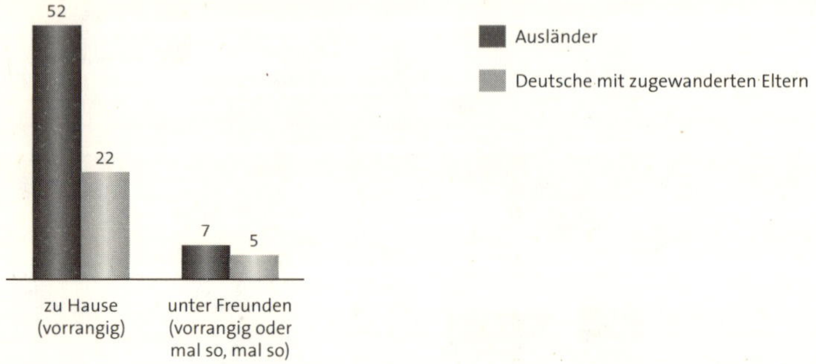

World Vision Kinderstudie 2007 – TNS Infratest Sozialforschung

unternehmen, die Sprachkompetenz der Eltern zu verbessern. Vieles spricht dafür, dass wir hierfür neue und niederschwellig wirksame Angebote brauchen, die überall dort, wo sich Kontaktmöglichkeiten zu Familien mit Migrationshintergrund ergeben, also im Kindergarten, in der Schule, bei Vereinsangeboten und vor allen Dingen innerhalb der Migrantinnen- und Migrantenverbände und -netzwerke, zunehmend angeboten werden sollten.

2.5 Religionsgemeinschaft und Glauben: die drei Kulturen

Die Mehrheit der Bevölkerung in Deutschland gehört einer der beiden großen christlichen Religionsgemeinschaften an. Bezieht man sich auf die Mütter der von uns befragten Kinder, so gehören 37 % der katholischen Kirche, 34 % der evangelischen Kirche und weitere 4 % einer anderen christlichen Religionsgemeinschaft an. Den Islam als Religionsgemeinschaft benennen 8 %, weitere 2 % gehören zu einer anderen, nichtchristlichen Religion. 15 % gehören keiner Kirche oder Religionsgemeinschaft an.

Hinter diesen Gesamtangaben verbergen sich allerdings im Einzelnen deutliche Unterschiede. Vergleicht man die Kinder aus den alten und den neuen Bundesländern sowie diejenigen mit Migrationshintergrund, so lassen sich hinsichtlich der Bedeutung von Religiosität im Alltag drei unterschiedliche Kulturen identifizieren.

Gefragt haben wir die Kinder, wie wichtig bei ihnen zu Hause Religion und an Gott zu glauben ist. 17 % der Kinder bezeichneten dies als sehr wichtig und weitere 29 % als wichtig. 37 % gaben hingegen an, dies sei nicht so wichtig, und weitere 17 % sagten, dass Religion und Glauben zu Hause überhaupt nicht wichtig seien (Abb. 2.13).

Differenziert man diese Angaben nach

Abb. 2.13 **Die 3 Kulturen: Religionsferner Osten, eher pluraler Westen und religiös geprägte Ausländer**
Kinder im Alter von 8 bis 11 Jahren in Deutschland (Angaben in %)

»Wie wichtig ist bei euch zu Hause Religion und an Gott zu glauben?«

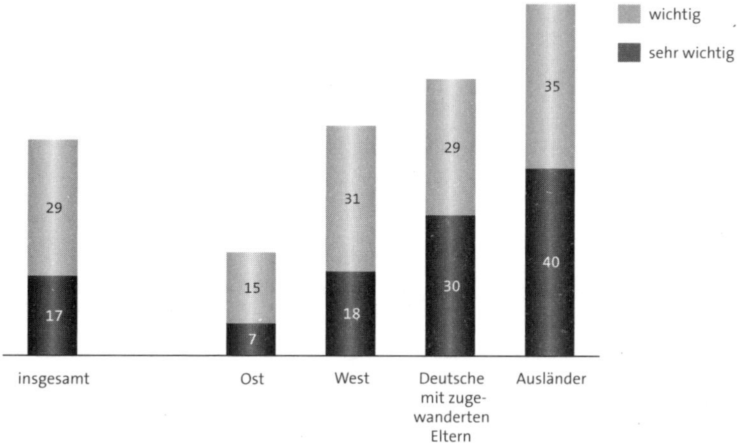

World Vision Kinderstudie 2007 – TNS Infratest Sozialforschung

Ost/West und nach Migrationshintergrund, so ergibt sich, dass 49 % der Kinder aus den alten Bundesländern im Vergleich zu 22 % in den neuen Bundesländern Religion und Glauben zu Hause als wichtig bzw. sehr wichtig bezeichnen. Bei deutschen Kindern mit zugewanderten Eltern sind dies immerhin 59 % und bei Kindern mit nicht-deutscher Nationalität sogar 75 %. Auch aus der Sicht der Kinder reproduziert sich damit das in der 15. Shell Jugendstudie 2006 festgestellte Bild eines eher pluralen Westens, eines religionsfernen Ostens sowie von mehrheitlich religiös geprägten Kindern mit Migrationshintergrund (Gensicke 2006).

Gottesdienstbesuche gehören für zwei Drittel der Kinder nicht zum Alltag

Fragt man danach, wie häufig Kinder in Deutschland einen Gottesdienst in einer Kirche, einer Moschee oder einem sonstigen Gotteshaus besuchen, so geben insgesamt 14 % an, dies wöchentlich, und weitere 20 %, dies ab und an im Monat zu tun (Tab. 2.10). 31 % gehen hingegen seltener und 35 % nie in eine Kirche oder in ein sonstiges Gotteshaus. Kinder aus den alten Bundesländern besuchen nach eigener Auskunft zu 15 % wöchentlich und weitere 22 % ab und an im Monat einen Gottesdienst. In den neuen Bundesländern sind es hingegen nicht mehr als 6 %, die dies wöchentlich und weitere 7 %, die dies ab und an im Monat tun. 75 % geben hier an, nie in eine Kirche zu gehen. Von den deutschen Kindern mit zugewander-

Tab. 2.10 **Besuch von Gottesdiensten**
Basis: Kinder im Alter von 8 bis 11 Jahren in Deutschland

Spalten in %	gesamt	Deutsche mit Migrations-hintergrund	Ausländer	West	Ost
Gottesdienstbesuch					
wöchentlich	14	15	16	15	6
ab und an im Monat	20	21	17	22	7
seltener	31	31	31	34	12
nie	35	33	36	30	75

World Vision Kinderstudie 2007 – TNS Infratest Sozialforschung

ten Eltern besuchen 15 % wöchentlich und weitere 21 % ab und an im Monat einen Gottesdienst. 31 % tun dies seltener und 33 % nie. Kinder mit einer ausländischen Nationalität besuchen zu 16 % wöchentlich und zu 17 % ab und an einen Gottesdienst. 31 % tun dies seltener und 36 % nie. Die Unterschiede zwischen Ost und West werden auch bei dieser Frage mehr als deutlich. Dass sich Kinder mit Migrationshintergrund von einheimischen deutschen Kindern hier wenig unterscheiden, dürfte vorrangig damit zusammenhängen, dass zum einen in vielen nicht-christlichen Religionsgruppen Gottesdienstbesuche in einer Kirche oder einem vergleichbaren Gotteshaus nicht unbedingt obligatorisch sind, sowie zum anderen auch damit, dass für nicht-christliche Religionsgruppen entsprechende Gotteshäuser auch nicht immer in erreichbarer Nähe sind.

Bezieht man sich nur auf Kinder, die aus Familien stammen, in denen ein oder beide Elternteile islamischen Glaubens sind, so geben von diesen immerhin 55 % an, dass Religion und Glaube zu Hause sehr wichtig, und weitere 32 %, dass dies wichtig sei. Für nicht mehr als 12 % ist Religion zu Hause nicht so wichtig und sogar für nur 2 % überhaupt nicht wichtig. Einen Gottesdienst besuchen Kinder aus Familien islamischen Glaubens hingegen zu 44 % nie oder so gut wie nie und weitere 26 % eher nur selten. 19 % der Kinder geben an, einen Gottesdienst ab und an im Monat, und 11 %, jede Woche zu besuchen.

Religion und Religiosität spielen bei Kindern in Deutschland demnach eine sehr unterschiedliche Rolle. Je nach Herkunft ist die Bedeutung von Glauben im Alltag verschieden ausgeprägt. Die Zugehörigkeit zu einer der großen christlichen Religionen ist nur in den alten Bundesländern obligatorisch. In den neuen Bundesländern ist dies nicht der Fall. Sowohl in den alten als auch in den neuen Ländern verweisen die befragten Kinder mehrheitlich darauf, dass Religiosität und Glaube in der Familie keine wichtige Rolle spielen. Bei Kindern mit Migrationshintergrund stellt sich dies deutlich anders dar. Religiosität gehört, insbesondere bei Kindern aus Familien islamischen Glaubens, die in etwa 30 % der Familien von Kindern mit Migrationshintergrund insgesamt sowie 43 % der Familien von Kindern mit nicht-deutscher Nationalität ausmachen, zur Alltagskultur und stellt demnach einen wichtigen familiären Identitätsfaktor dar.

2.6 Familienleben und Betreuung

2.6.1 Wo Kinder sich zu Mittag aufhalten

Die zentrale Bedeutung, die die Familie und das Zuhause für Kinder in Deutschland nach wie vor innehat, zeigt sich auch, wenn man die Kinder fragt, wo sie sich in der Regel während der Woche zum Mittagessen aufhalten (Abb. 2.14). 75 % der Kinder geben an, zu Hause und dabei in der Regel bei der Mutter, zu Mittag zu essen. Nicht mehr als 18 % der Kinder essen in einer Mittagsbetreuung, in einem Hort oder sonstigen Betreuungseinrichtung oder in der Schule (Ergebnisse dazu im folgenden Kapitel 3). Bei Großeltern oder bei sonstigen Verwandten oder Bekannten halten sich 5 % der Kinder zum Mittagessen auf, und nicht mehr als 2 % geben an, dass sie sich selber etwas kaufen oder sich in sonstiger Form selber versorgen.

Bemerkenswert sind in diesem Fall die Unterschiede zwischen den alten und den neuen Bundesländern (Tab. 2.11). In den alten Bundesländern sind 80 % der Kinder mittags zu Hause, in den neuen Bundesländern hingegen nur 39 %. In einer Einrichtung oder in der Schule essen 50 % der Kinder aus den neuen Bundesländern zu Mittag. In den alten Bundesländern sind dies hingegen nur 14 %.

Ursächlich für diese Unterschiede ist das in den neuen Bundesländern deutlich größer ausgebaute Angebot an institutionellen Betreuungsmöglichkeiten (Ergebnisse dazu im Einzelnen in Kapitel 3). Eine Ganztagsschule besuchen 22 % der Kinder aus den neuen Bundesländern im Vergleich zu 11 % aus den alten Bundesländern. Einen Hort, eine Mittagsbetreuung oder eine sonstige Gruppe zur Nachmittagsbetreuung nutzen in den neuen Bundesländern weitere 30 % der Kinder im Vergleich zu gerade einmal 10 % in den alten Bundesländern. Interessant ist in diesem Zusammenhang, dass die Schülerinnen und Schüler, die bereits eine weiterführende Schule ab der 5. Klasse besuchen, in den neuen Bundesländern dann ebenfalls zu 52 % angeben, zu Hause bei den Eltern zu essen. Grundschüler aus den neuen Bundesländern gehen hingegen nur zu 33 % mittags zum Essen nach Hause. Selbst in den mit institutionellen Betreuungsangeboten deutlich besser ausgestatteten neuen Bundesländern ergibt sich offensichtlich nach Abschluss

Abb. 2.14 **Wo Kinder Mittag essen**
Kinder im Alter von 8 bis 11 Jahren in Deutschland (Angaben in %)

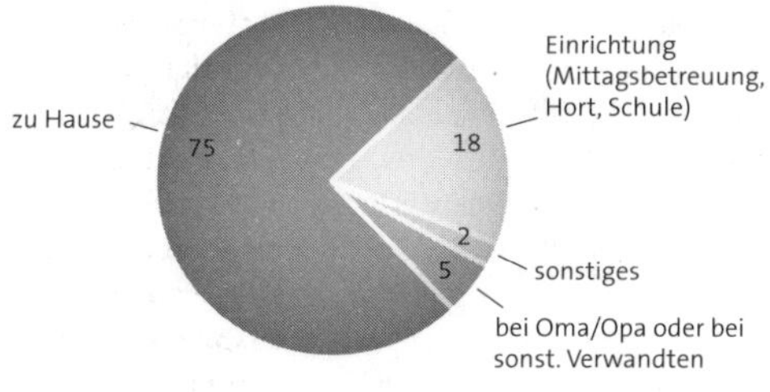

World Vision Kinderstudie 2007 – TNS Infratest Sozialforschung

Tab. 2.11 **Wo Kinder Mittag essen**
Basis: Kinder im Alter von 8 bis 11 Jahren in Deutschland

Spalten in %	gesamt	Mädchen	Jungen	West	Ost
Mittagessen					
zu Hause bei den Eltern	75	79	71	80	39
bei Oma oder Opa oder bei sonstigen Verwandten oder Bekannten	5	5	6	5	5
Schule, Mittagsbetreuung, Hort oder sonstige Betreuungseinrichtung oder Gruppe	18	16	20	14	50
sonstiges (Schnellimbiss, Essen auf die Hand ...)	2	0	3	1	6

World Vision Kinderstudie 2007 – TNS Infratest Sozialforschung

der Grundschule ein Bruch. Die Familie muss auch hier ab der 5. Klasse wieder zur Versorgung einspringen, obgleich die Kinder in ihrer Grundschulzeit mehrheitlich Mittagessen außerhalb der Familie gewohnt waren. In den alten Bundesländern ist der Anteil der Grundschüler, die zu Hause zu Mittag essen, und derjenigen, die eine weiterführende Schule besuchen und die zu Hause zu Mittag essen, hingegen mit 80 % bzw. 78 % vergleichbar »niedrig« ausgeprägt.

2.6.2 **Bewertung der elterlichen Zuwendung**

Mit dem Thema Schule und dem Freizeitverhalten der Kinder beschäftigen wir uns genauer in den Kapiteln 3 und 5. An dieser Stelle steht die Frage im Zentrum, wie die Kinder den Umgang in ihrer Familie und insbesondere den zeitlichen Umfang der elterlichen Zuwendung bewerten. Gefragt haben wir, ob Vater und Mutter nach dem Empfinden der Kinder genügend Zeit mit ihnen verbringen oder ob dies eher zu wenig ist (Abb. 2.15).

Mit 67 % haben zwei von drei Kindern geantwortet, dass die Mutter in der Regel genügend Zeit mit ihnen verbringt. 27 % sind der Meinung, dass dies mal so und mal so ist, und nur 5 % meinen, dass ihre Mutter zu wenig Zeit für sie hat. In Bezug auf die Väter ist das Bild hingegen umgekehrt. Nicht mehr als 34 %, also nur jedes dritte Kind, gibt an, dass der Vater genügend Zeit aufbringen würde. 43 % meinen, dies sei mal so, mal so, und 16 % sind hier der Meinung, dass ihre Väter zu wenig Zeit für sie haben. 7 % geben an, dass kein Vater oder auch ggf. kein neuer Lebenspartner der Mutter vorhanden sei. Auf eine fehlende Mutter verweisen hingegen nicht mehr als 1 % der Kinder.

Es passt schon mit der elterlichen Zuwendung

Gruppiert man diese Angaben, so ergibt sich das folgende Ergebnis: 33 % der Kinder geben an, dass bei ihnen beide Elternteile hinreichend Zeit für sie haben. Weitere 45 % geben an, dass ein Elternteil – in der Regel die Mutter – hinreichend Zeit hat, das andere Elternteil hingegen mal so, mal so. Bei 9 % der Kinder ist die Zu-

Abb. 2.15 **Zuwendung: Bewertung der verfügbaren Zeit der Eltern**
Kinder im Alter von 8 bis 11 Jahren in Deutschland (Angaben in %)

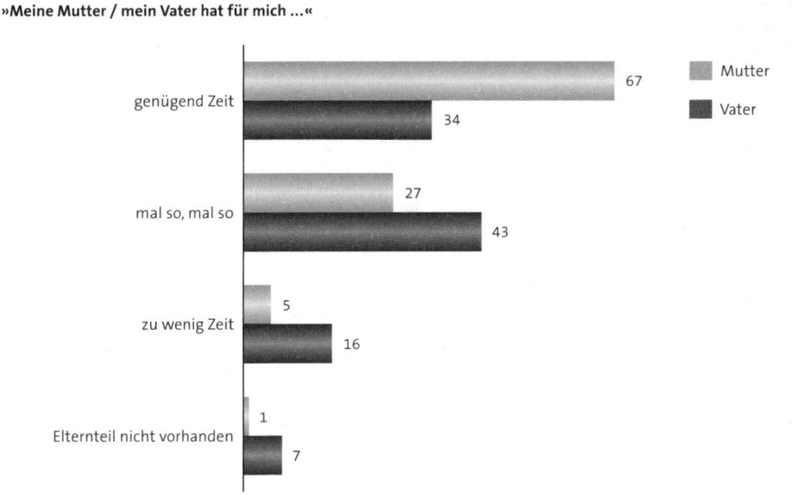

World Vision Kinderstudie 2007 – TNS Infratest Sozialforschung

wendung bei einem einzelnen Elternteil nicht hinreichend. Insgesamt gilt jedoch für alle drei genannten Gruppen von Kindern, dass zumindest ein Elternteil nach eigener Auskunft genügend Zeit aufbringt. 11 % verweisen hingegen darauf, dass ein einzelnes Elternteil nicht hinreichend und das andere nur mal so, mal so Zeit für sie hätte. Bei 2 % ist die Zeit bei beiden Elternteilen nicht hinreichend. Zusammengenommen machen die beiden letztgenannten Gruppen von Kindern, die Zuwendungsdefizite beklagen, 13 % der Kinder im Alter von 8 bis 11 Jahren aus.

Bemerkenswerterweise sind es nicht primär die Kinder, deren Eltern erwerbstätig sind, die mit der Zeit, die die Eltern mit ihnen verbringen, nicht zufrieden sind. Kinder, bei denen ein Elternteil erwerbstätig ist, artikulieren zu 6 % und Kinder, bei denen ein Elternteil vollzeit- und das andere teilzeiterwerbstätig sind, hingegen nur zu 8 % entsprechende Defizite. Selbst von den Kindern, bei denen beide Eltern vollzeiterwerbstätig sind, sind es nicht mehr als 17 %, die über zu wenig Zeit, die die Eltern für sie haben, klagen. Ganz anders stellt sich das Bild hingegen bei Alleinerziehenden sowie auch bei denjenigen Eltern dar, die arbeitslos sind oder die aus sonstigen Gründen keiner Erwerbstätigkeit nachgehen. Mit 35 % verweist mehr als jedes dritte Kind, das bei einem alleinerziehenden und trotzdem erwerbstätigen Elternteil aufwächst, auf Defizite bei der Zuwendung (alleinerziehend insgesamt: 33 %). Kinder, deren Eltern arbeitslos sind oder die aus sonstigen Gründen keiner oder nur einer unregelmäßigen geringfügigen Beschäftigung nachgehen, tun dies ebenfalls zu 29 % (Abb. 2.16).

Abb. 2.16 **Die Sicht der Kinder: Führt verstärkte Erwerbsbeteiligung bei den Eltern zu Defiziten in der Zuwendung?**
Kinder im Alter von 8 bis 11 Jahren in Deutschland (Angaben in %)

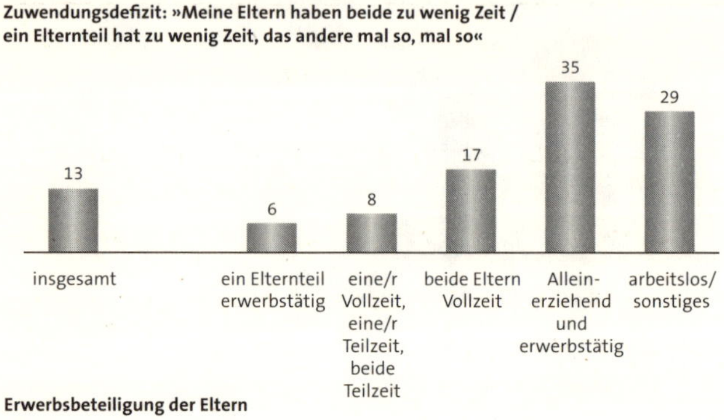

World Vision Kinderstudie 2007 – TNS Infratest Sozialforschung

Verstärkte Erwerbsbeteiligung und Zeit für Kinder sind kein Widerspruch

Auch im Zusammenhang betrachtet ist das Merkmal Erwerbsbeteiligung oder besser gesagt eine fehlende regelmäßige Erwerbsbeteiligung aufgrund von Arbeitslosigkeit oder aus sonstigen Gründen sowie der Status »Alleinerziehend« entscheidend (Tab. 2.12). Für Familien, in denen beide Elternteile vollzeit-erwerbstätig sind, wird zwar ebenfalls ein höherer Anteil an Defiziten benannt. Wie dargestellt, ist der Anteil jedoch deutlich niedriger als bei arbeitslosen oder aus sonstigen Gründen nicht erwerbstätigen Eltern. Merkmale wie die Herkunftsschicht, die Zahl der Geschwisterkinder im Haushalt, ein Migrationshintergrund, das Geschlecht, eine institutionelle (Nachmittags-)Betreuung oder Ganztagsschule und auch Ost/West sind hingegen, statistisch multivariat analysiert, nicht signifikant.

Im Rahmen der von uns durchgeführten Zusammenhangsanalyse erwies sich darüber hinaus das siedlungsstrukturelle Merkmal »Wohnort in den Randlagen von Ballungsgebieten oder von Stadtregionen« als signifikant für Defizite in der Zuwendung. Bivariat betrachtet ist das Merkmal Siedlungsstruktur hingegen nicht signifikant. Da die Randlagen von Städten eher zu den privilegierten Gebieten gehört, führen wir diesen Effekt, der in der Zusammenhangsanalyse sichtbar wird, auf eine mögliche Wechselwirkung von Erwerbstätigkeit und Wohnlage zurück. Familien, die im Umland wohnen, haben ihre Arbeitsplätze häufig in den Kerngebieten und pendeln demnach, was häufig zu stärkeren zeitlichen Belastungen führt.

Insgesamt kann festgehalten werden, dass eine regelmäßige Erwerbsbeteiligung der Eltern aus der Sicht der Kinder nicht zu Vernachlässigung führt. Im Gegenteil, die von uns befragten Kinder im Alter von 8 bis 11 Jahren beklagen Defizite, wenn die Integration der Eltern in den Arbeitsmarkt eher prekär ist oder aber dann, wenn das Elternteil alleinerzie-

Tab. 2.12 **Zusammenhangsanalyse**[1]**: Zuwendungsdefizit**
Basis: Kinder im Alter von 8 bis 11 Jahren in Deutschland

%-Angaben (pro Zeile)	ja	nein
Kinder insgesamt	13	87
Erwerbsbeteiligung		
ein Elternteil erwerbstätig	6	94
ein Elternteil vollzeit, ein Elternteil teilzeit	8	92
beide Elternteile vollzeit	**17**	83
alleinerziehend und erwerbstätig	**35**	65
arbeitslos	**27**	73
sonstiges	**29**	71
Siedlungsstrukturtyp		
Ballungsgebiet	13	87
sonstige Stadtregion	9	91
Randlage von Ballungsgebieten/Stadtregionen	**16**	84
Verdichtungszonen	11	89
ländlicher Raum	14	86

1 Der Zusammenhang wurde multivariat anhand einer logistischen Regression auf die Kriteriumsvariable »Beide Eltern haben zu wenig Zeit/Ein Elternteil zu wenig, das andere mal so, mal so: ja oder nein« getestet. Einbezogene Prädiktoren: Alter, Geschlecht, alte/neue Länder, Familienform, Erwerbsbeteiligung, Migrationshintergrund, Siedlungsstrukturtyp, soziale Herkunftsschicht, institutionelle (Nachmittags-)betreuung/Ganztagsschule, Kontakthäufigkeit zu Großeltern.
In der Tabelle wurden zur besseren Veranschaulichung die als signifikant getesteten Merkmalsausprägungen ($p < 0{,}05$) fett dargestellt und bivariat in % ausgewiesen.

World Vision Kinderstudie 2007 – TNS Infratest Sozialforschung

hend ist und dieses einer regelmäßigen Voll- oder auch Teilzeiterwerbstätigkeit nachgeht. Bei den Alleinerziehenden schlägt an dieser Stelle natürlich das in Deutschland nicht hinreichend vorhandene institutionelle Betreuungsangebot mit durch. Kinder von Alleinerziehenden, die auf keine geeigneten Betreuungsangebote zurückgreifen können, sind geradezu chancenlos. Eine stabile Bindung und das Empfinden, mit dem eigenen Elternteil genügend Zeit verbringen zu können, setzt insbesondere bei Alleinerziehenden eine verlässliche außerfamiliäre Betreuung fast schon zwingend voraus.

2.6.3 Streit mit den Eltern

Zuwendung und Betreuung auf der einen Seite gehören genauso wie Auseinandersetzungen und auch Streitereien zum familiären Alltag mit dazu. Streit und Auseinandersetzungen sind für sich genommen von daher auch kein hinreichendes Indiz für prekäre häusliche Verhältnisse. Gefragt haben wir danach, um welche Dinge im Alltag es aus der Sicht der Kinder zu Hause »oft« Streitereien gibt (Abb. 2.17).

Dabei ist wenig überraschend, dass jedes vierte Kind, und dabei 23 % der Jun-

Abb. 2.17 **Streit im Alltag**
Kinder im Alter von 8 bis 11 Jahren in Deutschland (Angaben in %)

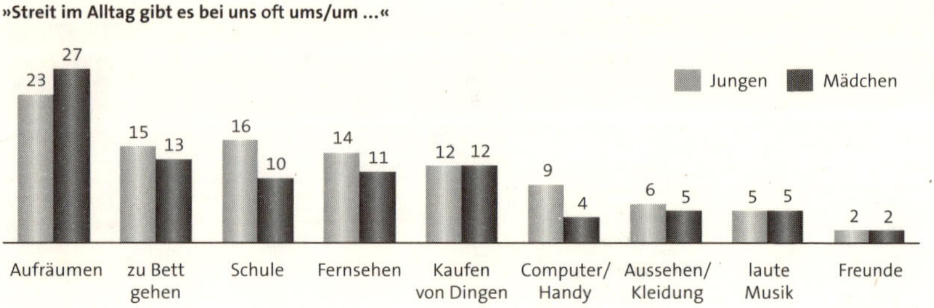

World Vision Kinderstudie 2007 – TNS Infratest Sozialforschung

gen und 27 % der Mädchen, angibt, dass es am häufigsten zu Hause Streitereien ums Aufräumen im Zimmer oder in der Wohnung geht. 20 % der Kinder berichten, dass es bei ihnen zu Hause so gut wie nie Streit darüber gäbe. Weitere 14 % verweisen darauf, dass es »oft« Streit um das Aufbleiben, sowie 13 %, dass es Streit um die Schule und ums Fernsehen geben würde. Bei Jungen ist dies etwas häufiger der Fall als bei Mädchen. 12 % schließlich geben an, dass es öfters zu Hause Auseinandersetzungen darum gibt, was die Kinder kaufen oder gekauft haben möchten. Streitereien um Computer, Handys oder aber auch um das Aussehen und die Kleidung oder um laute Musik kommen hingegen, genauso wie Streit um die Freunde, mit denen die Kinder zusammen sind, nur bei einer Minderheit von weniger als 10 % der Kinder öfters vor.

Die Ergebnisse zu den von uns abgefragten Streitereien im Alltag zeigen, dass die Anlässe zu Hause in den Familien relativ ähnlich verteilt sind. Sieht man einmal davon ab, dass bei Mädchen Streitereien ums Aufräumen häufiger sind, während Auseinandersetzungen um die Schule, ums Fernsehen oder die Schlafenszeiten häufiger bei Jungen vorkommen, gibt es ansonsten keine für bestimmte soziale Gruppen typischen Muster von Streitpunkten. Unterscheiden lässt sich allerdings die Häufigkeit, mit der im Alltag Streitereien vorkommen (Abb. 2.18).

Gruppiert man die Auskünfte der Kinder danach, mit welcher Häufigkeit (»manchmal« oder »oft«) wie viele der von uns abgefragten Anlässe für Streitereien im Alltag vorkommen, so zeigt sich folgendes Ergebnis: Etwa 10 % der Kinder berichten, dass bei ihnen zu Hause so gut wie nie Streitigkeiten um die von uns abgefragten Streitanlässe vorkommen (max. ein Anlass »manchmal«). Für die Mehrheit der Kinder (51 %) sind eher vereinzelte Meinungsverschiedenheiten, die manchmal im Alltag vorkommen, charakteristisch. Darauf, dass es öfter mal zu Streitereien zu Hause kommt, verweisen 33 % der Kinder, und nicht mehr als 6 % geben an, dass es bei ihnen regelmäßig, also »oft« und dabei zu verschiedenen der von uns abgefragten Anlässe, zu Hause zu Streit kommt.[8]

Abb. 2.18 **Streitindex**
Kinder im Alter von 8 bis 11 Jahren in Deutschland (Angaben in %)

Streit mit den Eltern

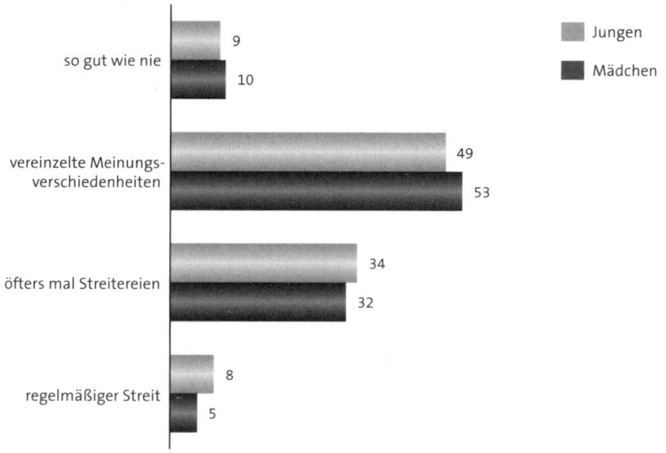

World Vision Kinderstudie 2007 – TNS Infratest Sozialforschung

Gestritten wird häufiger in den unteren Herkunftsschichten

Auf öfters mal Streitereien sowie regelmäßigen Streit im Alltag verweisen 42 % der Jungen im Vergleich zu 37 % der Mädchen. Im statistischen Zusammenhang betrachtet ist dieser Unterschied jedoch für sich genommen nicht signifikant (Tab. 2.13). Bedeutsam sind hingegen drei andere Merkmale. Linear ausgeprägt ist der Zusammenhang zwischen Herkunftsschicht und Häufigkeit von familiären Streitereien. Je niedriger die Herkunftsschicht, desto mehr Streit im Alltag.[9] Signifikant häufiger berichten darüber hinaus Kinder aus Drei-(und mehr) Kind-Familien sowie Kinder von Alleinerziehenden über häufigeren Streit. Dass es bei Familien mit mehreren Kindern häufiger zu Streitereien kommen kann als bei Ein-Kind-Familien, liegt nahe. Mehr Kinder im Haushalt bedeuten

8 Die 9 von uns abgefragten Aktivitäten haben wir zu einem so genannten StreitScore aufsummiert: Manchmal = 1 Punkt, oft = 2 Punkte: Maximal 18 Punkte auf Basis von 9 Streitanlässen. 0 bis 1 Punkt = »Streit so gut wie nie«, 2 bis 5 Punkte = »vereinzelte Meinungsverschiedenheiten«, 6 bis 10 Punkte = »öfter mal Streitereien« und 11 bis 18 Punkte = »regelmäßiger Streit im Alltag«.

9 Der mögliche Einwand, dass Kinder aus den unteren Schichten eher Streit zugeben bzw. Kinder aus der Oberschicht Konflikte in der Familie weniger als Streit wahrnehmen und z. B. mehr Einsicht zeigen, finden wir wenig plausibel. Zum einen könnte man hier auch genau das Gegenteil vorbringen und darauf verweisen, dass Oberschichtkinder in dieser Altersgruppe doch selbstbewusster seien und auch zu Hause mehr Spielräume einfordern müssten. Zum anderen finden sich in unserer Studie auch keinerlei sonstigen empirischen Hinweise dafür. Je höher die Schicht, desto entspannter die häusliche Situation.

Tab. 2.13 **Zusammenhangsanalyse**[1]**:**
Öfters mal Streitereien oder regelmäßiger Streit mit den Eltern
Basis: Kinder im Alter von 8 bis 11 Jahren in Deutschland

%-Angaben (pro Zeile)	ja	nein
Kinder insgesamt	39	61
Soziale Herkunftsschicht		
Unterschicht	**53**	47
untere Mittelschicht	**46**	54
Mittelschicht	**44**	56
obere Mittelschicht	32	68
Oberschicht	25	75
Familienform		
Ein-Kind-Familie	35	65
Zwei-Kind-Familie	37	63
Drei-(u. m.) Kind-Familie	**45**	55
alleinerziehend	**43**	57
Migrationshintergrund		
einheimische deutsche Kinder	**40**	60
Kinder mit Migrationshintergrund	**38**	62

1 Der Zusammenhang wurde multivariat anhand einer logistischen Regression auf die Kriteriumsvariable »Öfters mal oder regelmäßiger Streit mit den Eltern: ja oder nein« getestet. Einbezogene Prädiktoren: Alter, Geschlecht, alte/neue Länder, Familienform, Erwerbsbeteiligung, Migrationshintergrund, Siedlungsstrukturtyp, soziale Herkunftsschicht.
In der Tabelle wurden zur besseren Veranschaulichung die als signifikant getesteten Merkmalsausprägungen ($p < 0,05$) fett dargestellt und bivariat in % ausgewiesen.

World Vision Kinderstudie 2007 – TNS Infratest Sozialforschung

natürlich rein quantitativ auch mehr Anlässe für Streitigkeiten. Bei Kindern von Alleinerziehenden ist dies hingegen keine plausible Erklärung. Hier dürfte sich wohl eher die tendenziell höhere Belastung in diesen Familienkonstellationen auswirken. Schließlich ist auch der allerdings nur relativ schwach ausgeprägte Unterschied zwischen einheimischen deutschen Kindern (40 % mit öfters oder regelmäßigem Streit) und Kindern mit Migrationshintergrund (38 % mit öfters oder regelmäßigem Streit) signifikant.

Hierbei möchten wir jedoch auf eine nicht unwichtige Wechselwirkung zum Geschlecht der Kinder hinweisen. Mädchen mit Migrationshintergrund haben mit einem Anteil von 32 % (29 % öfter, 3 % regelmäßig) nicht nur weniger häufig Streit als Jungen mit Migrationshintergrund (37 % öfter, 8 % regelmäßig), sondern auch weniger häufig familiären Streit als einheimische deutsche Mädchen (33 % öfter, 6 % regelmäßig). Jungen mit Migrationshintergrund geben hingegen am häufigsten häusliche Streitereien

Tab. 2.14 **Taschengeld**
Basis: Kinder im Alter von 8 bis 11 Jahren in Deutschland

Spalten in % / Mittelwerte	gesamt	Mädchen	Jungen	8–9 Jahre	10–11 Jahre
Wöchentliches Taschengeld					
ja, regelmäßig	58	56	60	51	64
eher unregelmäßig	25	27	22	27	23
nein	17	17	18	22	13
Bei regelmäßigem Bezug					
durchschnittliche Höhe in Euro	3,42	3,37	3,47	2,65	4,06

World Vision Kinderstudie 2007 – TNS Infratest Sozialforschung

an (37 % öfter und 8 % regelmäßig). Die Unterschiede zwischen den einzelnen Gruppen sind nicht sehr stark ausgeprägt. Es finden sich auch keine Anhaltspunkte dafür, dass Jungen und Mädchen mit oder ohne Migrationshintergrund, zumindest in der von uns befragten Altersgruppe, systematisch mehr oder eben auch weniger Freiheiten gewährt werden würden. Alles in allem verweisen die Kinder, im Durchschnitt betrachtet, eher auf sehr ausgeglichene häusliche Verhältnisse, und nur bei einem kleineren Teil dieser Altersgruppe kommt es zu Hause zu häufigeren Auseinandersetzungen.

2.6.4 **Thema Taschengeld**

Fragt man die Kinder danach, ob sie Taschengeld bekommen, so geben 51 % der 8- bis 9-Jährigen an, dass sie regelmäßig, und weitere 27 %, dass sie eher unregelmäßig Taschengeld erhalten. 22 % erhalten hingegen gar kein Taschengeld (Tab. 2.14). Bei den 10- bis 11-Jährigen erhalten 64 % regelmäßig, 23 % eher unregelmäßig und 13 % gar kein Taschengeld. Jungen erhalten tendenziell etwas regelmäßiger Taschengeld als Mädchen, die Unterschiede sind jedoch mit 53 % bei den Jungen im Vergleich zu 50 % bei den Mädchen im Alter von 8 bis 9 Jahren und 67 % im Vergleich zu 62 % bei Kindern im Alter von 10 bis 11 Jahren nicht so stark ausgeprägt. Zusätzliche Geldgeschenke z. B. von den Eltern und auch von Verwandten und Bekannten erhalten 19 % der Kinder »oft« und weitere 74 % »manchmal«. Gefragt nach der Höhe des Taschengeldes, geben diejenigen 8- bis 9-Jährigen, die regelmäßig Taschengeld erhalten, pro Woche im Durchschnitt 2,65 € an. Bei den 10- bis 11-Jährigen ergibt sich ein Durchschnittsbetrag von regelmäßigem Taschengeld in Höhe von 4,06 €.

11 % der Kinder leihen sich, allerdings eher nur selten, schon mal für längere Zeit von Freunden oder von Bekannten Geld. 89 % geben an, dies so gut wie nie zu tun. Bei denjenigen, die angeben, sich schon mal für einen längeren Zeitraum Geld zu leihen, handelt es sich bei 63 % um Beträge, die eher geringer sind als das regelmäßige Taschengeld, und nur 6 % geben an, sich regelmäßig mehr zu leihen, als sie selber an wöchentlichem Taschengeld erhalten. Bei 31 % ist es mal so oder mal so. Kinder aus der untersten Herkunftsschicht leihen sich mit 17 % etwas häufiger als der Durchschnitt schon mal für längere Zeit Geld. In der Regel han-

Tab. 2.15 **Zusammenhangsanalyse[1]: Regelmäßiger Bezug von Taschengeld**
Basis: Kinder im Alter von 8 bis 11 Jahren in Deutschland

%-Angaben (pro Zeile)	ja	nein
Kinder insgesamt	58	42
Alter		
8–9 Jahre	51	**49**
10–11 Jahre	64	36
Geschlecht		
Mädchen	56	**44**
Jungen	60	40
Region		
West	60	40
Ost	43	**57**
Soziale Herkunftsschicht		
Unterschicht	35	**65**
untere Mittelschicht	48	**52**
Mittelschicht	57	43
obere Mittelschicht	64	36
Oberschicht	77	23
Migrationshintergrund		
einheimische deutsche Kinder	61	39
Kinder mit Migrationshintergrund	46	**54**
Erwerbsbeteiligung		
ein Elternteil erwerbstätig	56	44
beide Elternteile erwerbstätig	65	35
alleinerziehend und erwerbstätig	59	41
arbeitslos	44	**56**
sonstiges	39	**61**

1 Der Zusammenhang wurde multivariat anhand einer logistischen Regression auf die Kriteriumsvariable »Regelmäßiger Bezug von Taschengeld: ja oder nein« getestet. Einbezogene Prädiktoren: Alter, Geschlecht, alte/neue Länder, Familienform, Erwerbsbeteiligung, Migrationshintergrund, Siedlungsstrukturtyp, soziale Herkunftsschicht.
In der Tabelle wurden zur besseren Veranschaulichung die als signifikant getesteten Merkmalsausprägungen ($p < 0{,}05$) fett dargestellt und bivariat in % ausgewiesen.

World Vision Kinderstudie 2007 – TNS Infratest Sozialforschung

delt es sich allerdings dann immer nur um relativ geringe Beträge. Größere Summen, also mehr als das eigene wöchentliche Taschengeld, leihen sich nur sehr wenige Kinder. Wenn dies vorkommt, so tun dies eher Kinder aus der Oberschicht. Kinder in der von uns befragten Altersgruppe sind von daher in der Regel weder verschuldet noch überschuldet. Es sind die Familien der Kinder, auf die diese Kategorien zutreffen und die dann möglicherweise auch bei den Kindern den Weg in eine »Schuldenkarriere« eröffnen.

Wer kein Taschengeld bekommt

Untersucht man die Frage, welche Kinder eher regelmäßiges Taschengeld und welche Kinder eher keines bekommen, im Zusammenhang, so finden sich hier eine Reihe von signifikanten Merkmalen (Tab. 2.15).

Taschengeld bekommen, wie bereits ausgeführt, häufiger ältere Kinder und häufiger Jungen. Beide Merkmale sind auch im multivariaten Zusammenhang betrachtet signifikant. Hinzu kommt auch hier der Schichteffekt. Je niedriger die Herkunftsschicht, desto eher die Wahrscheinlichkeit, kein regelmäßiges Taschengeld zu erhalten. Gleiches gilt für Kinder aus den neuen Bundesländern und für Kinder mit Migrationshintergrund. Im Osten erhalten 57 % im Vergleich zu 40 % im Westen kein regelmäßiges Taschengeld. Bei Kindern mit Migrationshintergrund sind es 54 % im Vergleich zu 39 % bei einheimischen deutschen Kindern. Schließlich ist noch die Erwerbsbeteiligung signifikant. Kinder aus von Arbeitslosigkeit betroffenen Familien erhalten zu 56 % und Kinder aus Familien, in denen die Eltern aus sonstigen Gründen nicht regelmäßig erwerbstätig sind, zu 61 % kein regelmäßiges Taschengeld. Diese Merkmale deuten auf den ersten Blick darauf hin, dass fehlende materielle Ressourcen in Gestalt von zu geringem Einkommen zur Konsequenz haben, dass kein regelmäßiges Taschengeld gewährt wird. Es kommt allerdings noch ein weiteres Merkmal hinzu. Auch in eher traditionellen Familien mit einem Hauptverdiener erhalten mit 56 % überproportional viele Kinder kein regelmäßiges Taschengeld. Dies spricht aus unserer Sicht dafür, dass neben den Einkommensverhältnissen auch eher traditionelle familiäre Orientierungen und Erziehungsstile hierfür eine ursächliche Rolle spielen.

Kinder sind mit dem ihnen zur Verfügung stehenden Geld zufrieden

51 % der Kinder insgesamt sind mit der Höhe des für sie verfügbaren Geldes sehr zufrieden und weitere 36 % eher zufrieden. Eher nicht zufrieden sind 11 % und nicht zufrieden nicht mehr als 2 %. Zwischen Mädchen und Jungen ergeben sich hierbei keine signifikanten Unterschiede (Abb. 2.19).

Mit 30 % sind überproportional häufig Kinder aus der untersten Herkunftsschicht mit dem ihnen persönlich zur Verfügung stehenden Geld eher nicht zufrieden. Je gehobener die Herkunftsschicht, desto höher die Zufriedenheit, wobei die Unterschiede zwischen den gehobenen Schichten nur relativ schwach ausgeprägt sind. Im Vergleich zu 70 % in der untersten Herkunftsschicht sind in der unteren Mittelschicht 82 % der Kinder, in der Mittelschicht 87 %, in der oberen Mittelschicht 92 % und in der Oberschicht 94 % mit der Höhe des ihnen persönlich zur Verfügung stehenden Geldes eher oder sehr zufrieden.

Abb. 2.19 **Zufriedenheit mit dem im Alltag persönlich verfügbaren Geld**
Kinder im Alter von 8 bis 11 Jahren in Deutschland (Angaben in %)

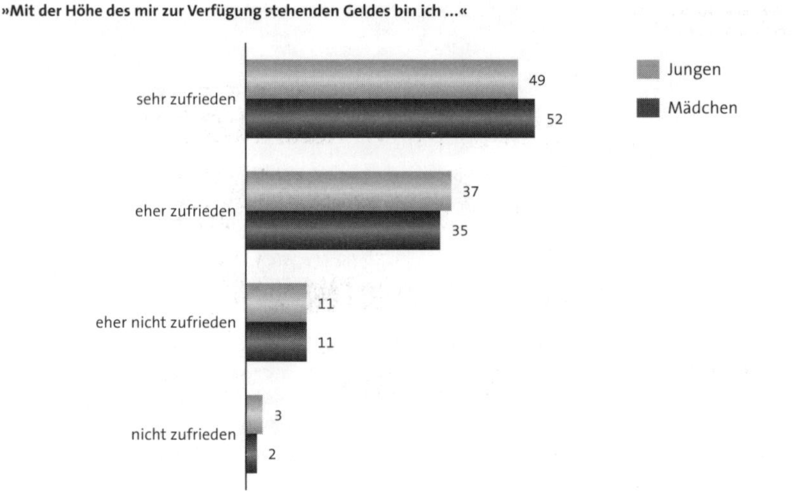

World Vision Kinderstudie 2007 – TNS Infratest Sozialforschung

2.6.5 Strafen

Gefragt haben wir hier danach, wie sich die Eltern verhalten, wenn sie ärgerlich sind und Strafen verhängen (Abb. 2.20). Die Kinder konnten hierbei angeben, ob ihre Eltern die Form der Strafen »oft«, »manchmal« oder »so gut wie nie oder nie« verhängen. Am häufigsten verweisen sowohl Mädchen als auch Jungen darauf, dass die Eltern dann mit ihnen reden, ohne sie zu bestrafen. 46 % geben an, dass dies »manchmal«, und 34 %, dass dies »oft« vorkommt. Nicht mehr als 20 % der Kinder geben an, dass dies bei ihnen so nicht zutreffen würde.

59 % geben an, dass ihre Eltern, wenn sie ärgerlich sind, »manchmal«, und weitere 15 %, dass sie dann »oft« mit ihnen schimpfen. Verbote bekommen 50 % »manchmal« und weitere 11 % »oft« erteilt. Sonstige Strafen, wie etwa dass man dann alleine im Zimmer bleiben muss (33 % »manchmal«, 5 % »oft«) oder dass die Eltern dann mit einem nicht mehr sprechen (13 % »manchmal«, 2 % »oft«), werden hingegen, genauso wie das Kürzen von Taschengeld (10 % »manchmal«, 1 % »oft«), deutlich weniger häufig benannt.

Ohrfeigen zu erhalten geben 12 % der Kinder mit »manchmal« und 1 % mit »oft« an. Auf eine Tracht Prügel verweisen 3 % der Kinder mit »manchmal« und nur eine verschwindend geringe Minderheit von weniger als 1 % mit »oft«. Zusammengenommen geben 14 % der Kinder, davon 19 % der Jungen und 10 % der Mädchen an, als Strafe zumindest »manchmal« eine Ohrfeige oder Schläge zu erhalten. Jungen mit deutschen Eltern geben zu 16 % an, »manchmal« Ohrfeigen oder Schläge zu erhalten, Jungen mit Migrationshintergrund zu 27 %. Mädchen mit Migrations-

Abb. 2.20 **Strafen**
Kinder im Alter von 8 bis 11 Jahren in Deutschland (Angaben in %)

»Was meine Eltern tun, wenn sie sauer auf mich sind«
manchmal/oft (Werte in den Balken: nur **oft**)

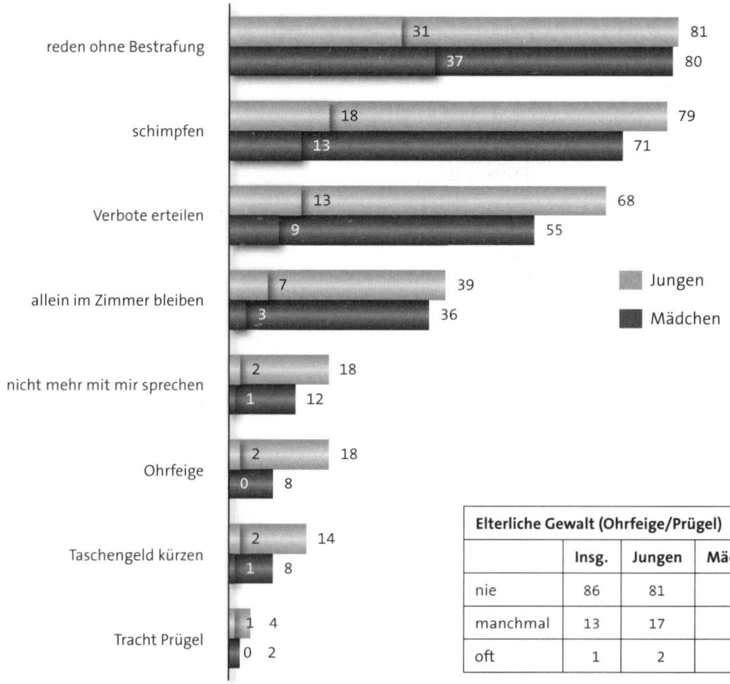

Elterliche Gewalt (Ohrfeige/Prügel)			
	Insg.	**Jungen**	**Mädchen**
nie	86	81	90
manchmal	13	17	9
oft	1	2	1

World Vision Kinderstudie 2007 – TNS Infratest Sozialforschung

hintergrund werden demgegenüber mit knapp 10 % zu Hause deutlich weniger als Jungen mit Migrationshintergrund geschlagen und im Übrigen auch nicht häufiger als Mädchen mit deutschen Eltern (9 %).

Bei den von uns ermittelten Anteilswerten ist zu beachten, dass sich diese auf die aktuellen Erfahrungen der Kinder beziehen. Wir haben gefragt, wie sich die Eltern jetzt in der Regel verhalten (Inzidenz), und nicht danach, wie viel Kinder in ihrem Leben irgendwann einmal geschlagen worden sind (Prävalenz). Nach den Ergebnissen einer Mitte der 1990er Jahre erstellten repräsentativen Studie des Kriminologischen Forschungsinstituts Niedersachsen (KFN) haben rund drei Viertel der heutigen Erwachsenen als Kinder von ihren Eltern irgendwann einmal körperliche Gewalt erlebt, wobei 39 % »häufiger als selten« gezüchtigt und knapp 5 % »häufiger als selten« körperlich misshandelt wurden (Wetzels 1997). Eine DJI-Studie von 1990 kommt allerdings auch zu geringeren Ergebnissen.

Hier hatten etwa die Hälfte aller befragten Eltern erklärt, ihre Kinder zumindest einmal geschlagen oder geohrfeigt zu haben (Wahl 1990).

Es lässt sich nicht eindeutig klären, inwieweit die von uns persönlich-mündlich zu Hause bei den Kindern erhobenen Anteile das Problem der Ausübung von Gewalt in der Erziehung gegebenenfalls unterschätzen.[10] Nach den Ergebnissen einer allerdings nicht repräsentativen Studie des KFN zur Inzidenz elterlicher Gewalt in der Erziehung, die als (anonyme) Klassenzimmerbefragung in neun verschiedenen Städten in Deutschland im Jahr 1998 durchgeführt wurde, berichteten etwa 15 % der befragten Schülerinnen und Schüler der Jahrgangsstufen 9 und 10 über zum Teil sogar schwere Züchtigungen durch die Eltern in den letzten 12 Monaten. 59 % sind nie in irgendeiner Art und Weise geschlagen, gezüchtigt oder misshandelt worden. Weitere 27 % verwiesen darauf, dass ihnen in diesem Zeitraum zumindest »selten« oder »manchmal« »eine runtergehauen« worden ist oder dass »selten« oder »manchmal« »ein Gegenstand nach ihnen geworfen« oder sie »hart angepackt oder gestoßen« wurden (Pfeiffer/Wetzels/Enzmann 1999). Neben den Effekten der andersartigen Erhebungssituation (schriftlicher Selbstausfüller statt persönlich-mündliche Befragung) spielt bei der Höhe der ermittelten Ergebnisse sowohl die Art der Fragestellung als auch die Antwortvorgabe zur Häufigkeit eine zentrale Rolle. Wir haben in unserer Erhebung abgefragt, inwieweit elterliche Gewalthandlungen (»Ohrfeigen« oder »Tracht Prügel«) »häufiger als selten« (Straus 1990) vorkommen, also aus der Sicht der Kinder zum Erziehungsinventar gehören. Seltene Affekthandlungen oder Ähnliches haben wir hierbei nicht mit berücksichtigt.[11]

Ohrfeigen bekommen am häufigsten Kinder aus der Unterschicht – Jungen sind dabei mehr betroffen

Im Zusammenhang betrachtet erleben die folgenden Gruppen signifikant häufiger elterliche Gewalt: Kinder aus der untersten Herkunftsschicht zu 37 %, Jungen zu 19 %, Kinder in Drei-(und mehr) Kind-Familien zu 18 % sowie jüngere Kinder (8 bis 9 Jahre) zu 16 % (Tab. 2.16). Die Schichtzugehörigkeit hat auch in diesem Fall die größte Erklärungskraft. Bemerkenswert ist hierbei ebenfalls, dass mit 48 % nicht nur jeder zweite Junge aus der untersten Herkunftsschicht, sondern mit 21 % auch ein überproportional hoher Anteil von Mädchen betroffen ist. Neben

10 Wie bei größeren persönlich-mündlichen Umfragen bei dieser Altersgruppe kaum zu vermeiden, waren in 70 % der Fälle während des Interviews in der Regel die Mutter oder auch der Vater in der Wohnung mit anwesend. Auch wenn die eingesetzten Interviewer nur für 13 % der Fälle berichteten, dass sich andere Personen auch schon mal in die Befragung eingemischt hätten, muss hier natürlich vermutet werden, dass sich die Kinder mit der offenen Benennung von elterlicher Gewalt insgesamt eher zurückgehalten haben.

11 Bei der Abfrage von Gewalterfahrungen in der Familie haben wir die Antwortkategorien »oft«, »manchmal« sowie »nie oder so gut wie nie« vorgegeben, um auf diese Weise die uns interessierenden systematischen Formen von häuslicher Gewalt in der Erziehung von eher einmaligen Affekthandlungen abgrenzen zu können. Die erwähnte KFN-Studie hat hingegen zwischen den vier Kategorien »nie«, »selten«, »manchmal« und »häufig« unterschieden und exakt danach gefragt, welche der verschiedenen vorgegebenen Gewaltmaßnahmen in den letzten 12 Monaten vorgekommen sind. Wir gehen davon aus, dass neben der andersartigen Fragestellung insbesondere die Einbeziehung der Kategorie »selten« für die deutlich höhere Gesamtprävalenz mit verantwortlich ist.

Tab. 2.16 **Zusammenhangsanalyse[1]: Elterliche Gewalt in der Erziehung**
Basis: Kinder im Alter von 8 bis 11 Jahren in Deutschland

%-Angaben (pro Zeile)	manchmal/oft	nie
Kinder insgesamt	14	86
Alter		
8–9 Jahre	**16**	84
10–11 Jahre	12	88
Geschlecht		
Mädchen	10	90
Jungen	**19**	81
Familienform		
Ein-Kind-Familie	10	90
Zwei-Kind-Familie	14	86
Drei-(u. m.) Kind-Familie	**18**	82
alleinerziehend	13	87
Soziale Herkunftsschicht		
Unterschicht	**37**	63
untere Mittelschicht	13	87
Mittelschicht	13	87
obere Mittelschicht	11	89
Oberschicht	10	90

1 Der Zusammenhang wurde multivariat anhand einer logistischen Regression auf die Kriteriumsvariable »Elterliche Gewalt: Ohrfeigen oder Schläge in der Erziehung: manchmal/oft oder nie« getestet. Einbezogene Prädiktoren: Alter, Geschlecht, alte/neue Länder, Familienform, Migrationshintergrund, Siedlungsstrukturtyp, soziale Herkunftsschicht, Bedeutung von Religion im Elternhaus.
In der Tabelle wurden zur besseren Veranschaulichung die als signifikant getesteten Merkmalsausprägungen ($p < 0{,}05$) fett dargestellt und bivariat in % ausgewiesen.

World Vision Kinderstudie 2007 – TNS Infratest Sozialforschung

den bereits erwähnten Alters- und Geschlechtseffekten berichten davon unabhängig auch häufiger Kinder, die mit mehreren Geschwistern aufwachsen, über Ohrfeigen in der Erziehung. Dieses Ergebnis korreliert damit, dass diese Gruppe auch häufiger auf Streitereien mit den Eltern verweist. Dies scheint uns in diesem Fall auch ausschlaggebend zu sein. Dass in Familien mit mehreren Kindern auch die »Hemmschwelle« für Ohrfeigen oder Schläge sinken würde, halten wir eher nicht für plausibel.

Kinder von Alleinerziehenden sind hingegen nicht signifikant häufiger betroffen. Vergleichbares gilt für einen Migrationshintergrund. Im Zusammenhang betrachtet hat dieses Merkmal, trotz der bereits erwähnten höheren Betroffenheit von Jungen mit Migrationshintergrund, keine zusätzliche Erklärungskraft.

Alles in allem sind die Strafen demnach weder von Gewalt noch von sonstiger Repressivität geprägt. Es herrscht eher, wie bereits beim Thema Streit im Alltag festgestellt, ein kooperatives Miteinander vor. Nicht nur die Familienformen, sondern auch die Erziehungsstile haben sich hin zu einer stärkeren Betonung von Selbständigkeit modernisiert (Hofer 1992, Nave-Herz 2002). Gefordert wird heute eine Erziehung, die sowohl auf Selbstentfaltung als auch auf Grenzen setzt (»Freiheit in Grenzen«: Schneewind 2002). Vorbild hierfür ist der so genannte autoritative Erziehungsstil, der sich sowohl von der autoritären Erziehung mit hoher Kontrolle und harter Bestrafung als auch von permissiven Erziehungsstilen mit Nachsicht, wenig Kontrolle und weitgehendem Verzicht auf Bestrafung unterscheidet (Baumrind 1967, Steinberg et al. 1991, 1994).

2.6.6 **Zufriedenheit mit den gewährten Freiheiten**

Die absolute Mehrheit der von uns befragten Kinder ist mit den innerhalb der Familie gewährten Freiheiten sehr zufrieden. 85 % äußern sich hierzu positiv oder sogar sehr positiv (Abb. 2.21).[12]

Vergleichsweise am geringsten fällt die Zufriedenheit bei Kindern aus der untersten Herkunftsschicht aus (24 % neutral, 4 % negativ, 2 % sehr negativ). Bei allen anderen Schichten finden sich hingegen keine nennenswerten Unterschiede in der positiven oder sehr positiven Bewertung. Auch Mädchen und Jungen weichen in ihrer überaus positiven Einschätzung hier nicht voneinander ab. Ähnliches gilt für Kinder mit Migrationshintergrund, die sich ebenfalls nicht relevant von Kindern mit deutschen Eltern hinsichtlich der Bewertung der Freiheiten im Alltag in der Familie unterscheiden.

Die von den Kindern geäußerte Meinung bestätigt die große Übereinstimmung und den »Familienfrieden«, der auch schon in den letzten beiden Shell Jugendstudien festgestellt werden konnte (Linssen/Leven/Hurrelmann 2002, Langness/Leven/Hurrelmann 2006). Wichtig ist, dass nicht nur die Freiheiten positiv bewertet werden, sondern, wie dargestellt, auch die Zuwendung durch die Eltern nur von einem kleineren Teil der Kinder (13 %) als unzureichend angesehen wird.

Im Zusammenhang betrachtet sind vor allem Kinder aus der Unterschicht mit 30 % signifikant weniger mit den gewährten Freiheiten zufrieden (neutral bis nicht zufrieden). Ähnliches, wenn auch deutlich weniger stark ausgeprägt, gilt für die Kinder von Alleinerziehenden (19 %). Alter, Geschlecht und Region sind hier ansonsten genauso wenig signifikant wie ein Migrationshintergrund oder die Bedeutung von Religion im Elternhaus (Tab. 2.17). Interessant ist allerdings, dass auch Kinder aus Ein-Kind-Familien, die ohne Geschwister aufwachsen, etwas weniger zufrieden mit den ihnen gewährten Freiheiten sind. Es liegt nahe, dies darauf zurückzuführen, dass Geschwisterkinder, vor allem dann, wenn sie ältere Geschwister haben, hier profitieren können. Im DJI-Kinderpanel hatten sich allerdings diesbezüglich zwischen Kindern, die mit oder ohne Geschwister aufwachsen, keine relevanten Unterschiede gezeigt (Teubner 2005).

12 Vorgelegt wurde von uns eine Smiley-Liste mit 5 Ausprägungen, anhand derer die Kinder die Zufriedenheit mit den Freiheiten in der Familie bewerten sollten. Neutral äußerten sich 13 %, und nicht mehr als 2 % bewerteten die Freiheiten in der Familie als negativ.

Abb. 2.21 **Zufriedenheit mit den Freiheiten in der Familie**
Kinder im Alter von 8 bis 11 Jahren in Deutschland (Angaben in %)

»Wie ich die Freiheiten bewerte, die mir meine Eltern im Alltag gewähren:«

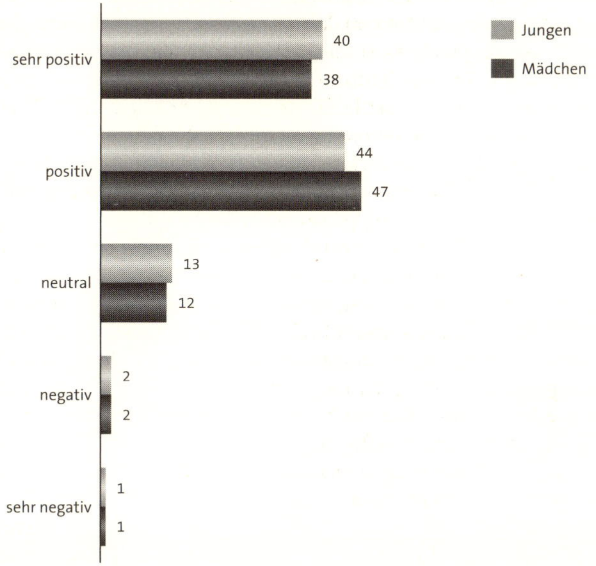

World Vision Kinderstudie 2007 – TNS Infratest Sozialforschung

Gemessen wurde hier allerdings auch das allgemeine Familienklima und nicht die Freiheiten, die von den Eltern gewährt werden.

2.7 Familie und häusliche Ressourcen in der Gesamtsicht

Sowohl die Lebensstile als auch die familiären Strukturen und die Art und Weise, miteinander umzugehen, haben sich in den Familien in Deutschland inzwischen eher plural entwickelt. Es hat nicht den Anschein, dass der soziale Wandel und die Veränderungen weg von den eher traditionellen Familienstrukturen im Leben der Kinder negativ wirksam werden würden. Auch die feststellbaren eher kooperativen Erziehungsstile mit mehr Kommunikation und weniger Strafe – in den Worten von de Swaan »vom Befehlshaushalt zum Verhandlungshaushalt« (du Bois-Reymond 1994) – kommen nicht nur bei den Kindern gut an, sondern fördern auch die Gemeinsamkeiten. Streit mit den Eltern ist zwar für Kinder kein Fremdwort, jedoch, nach Anlass und Häufigkeit beurteilt, vergleichsweise harmlos und eher alterstypisch und wenig konfrontativ.

Für einen kleineren Teil der Kinder sind allerdings auch Armut und Vernachlässigung ein Thema. Es ist nicht der Mainstream, sondern es sind die Kinder

Tab. 2.17 **Zusammenhangsanalyse[1]: Geringe Zufriedenheit mit den Freiheiten in der Familie**
Basis: Kinder im Alter von 8 bis 11 Jahren in Deutschland

%-Angaben (pro Zeile)	**Zufriedenheit: negativ bis neutral**	**Zufriedenheit: positiv bis sehr positiv**
Kinder insgesamt	15	85
Familienform		
Ein-Kind-Familie	**19**	81
Zwei-Kind-Familie	13	87
Drei-(u. m.) Kind-Familie	14	86
alleinerziehend	**19**	81
Soziale Herkunftsschicht		
Unterschicht	**30**	70
untere Mittelschicht	15	85
Mittelschicht	15	85
obere Mittelschicht	12	88
Oberschicht	12	88

1 Der Zusammenhang wurde multivariat anhand einer logistischen Regression auf die Kriteriumsvariable »Zufriedenheit mit den Freiheiten in der Familie negativ bis neutral oder positiv bis sehr positiv« getestet. Einbezogene Prädiktoren: Alter, Geschlecht, alte/neue Länder, Familienform, Erwerbsbeteiligung, Migrationshintergrund, Siedlungsstrukturtyp, soziale Herkunftsschicht, Bedeutung von Religion im Elternhaus.
In der Tabelle wurden zur besseren Veranschaulichung die als signifikant getesteten Merkmalsausprägungen ($p < 0{,}05$) fett dargestellt und bivariat in % ausgewiesen.

World Vision Kinderstudie 2007 – TNS Infratest Sozialforschung

in prekären Verhältnissen, die Anlass zur Sorge haben müssen. Die Befunde lassen klar zutage treten, dass auch in Deutschland Kinder aus den so genannten Risikogruppen von fehlender Perspektive und von Ausgrenzung betroffen sind. Armut folgt auf Arbeitslosigkeit und unzureichende Bildung. Ein Migrationshintergrund wirkt dort als zusätzliches Risiko, wo er sich mit fehlender Bildung, Perspektivlosigkeit und erlebter Ausgrenzung paart. Vernachlässigung und Schläge als zwei Seiten der gleichen Medaille finden sich dort, wo Eltern überfordert sind, weil sie keinen Job haben, und wo Hilfsangebote fehlen oder wo diese keinen Weg zu den Familien finden.

9 % der Kinder gehören zur untersten Herkunftsschicht. Bei 8 % sind entweder beide Elternteile oder aber eines arbeitslos und das andere nicht regelmäßig erwerbstätig. 13 % der Kinder leben in Familien, die nach eigenem Bekunden von Armut betroffen sind. Ebenfalls 13 % der Kinder verweisen auf nicht hinreichende elterliche Zuwendung, 6 % auf regelmäßigen Streit zu Hause, und 14 % berichten, zu Hause von den Eltern zumindest manchmal geschlagen zu werden. Je nach Definitionskriterium dürften sich von daher um die 10 % der Kinder in einer akuten Risikolage befinden.

Es gilt an dieser Stelle allerdings ein mögliches Missverständnis zu vermeiden. Kinder aus prekären Verhältnissen sind nicht per se verwahrlost. Sie leben vielmehr in einer Risikosituation, und sie bekommen zu wenig Unterstützung. Auch diese Kinder brauchen aber ihre Familie als emotionalen Bezugspunkt, um Vertrauen und Stabilität in ihrem Leben aufbauen und bewahren zu können. Kinder- und Familienpolitik müssen deshalb Hand in Hand gehen. Überforderte Familien produzieren überforderte Kinder. Selbstbewusste und zufriedene Kinder wachsen dort auf, wo private Bindung, Verlässlichkeit und auch hinreichende materielle Ressourcen vorhanden sind. Stabile familiäre Paarbeziehungen, egal ob verheiratet oder ob rekombiniert mit neuen Partnern, sowie eine adäquate Erwerbsbeteiligung der Eltern wirken präventiv, sichern Lebenschancen und fördern letztendlich auch die persönliche Stabilität und Zufriedenheit der Kinder.

Ingo Leven und Ulrich Schneekloth

3 Die Schule – frühe Vergabe von Lebenschancen

Der Besuch der Schule stellt im Leben der Kinder und ihrer Familien einen großen Einschnitt dar. In einer geregelten Umgebung beginnt für Kinder hier der so genannte Ernst des Lebens. Hierbei wird der Alltag von Kindern durch die räumliche, zeitliche und institutionelle Struktur der Schule auf eine verbindliche Art und Weise bestimmt, der sich die Kinder durch die allgemeine Schulpflicht nicht entziehen können.

Für die Kinder selber eröffnet die Schule erst einmal die Möglichkeit, Kompetenzen der Erwachsenen zu erwerben. Auf genau diesen Aspekt von Schule freuen sich Kinder ebenso wie auf das Gefühl von Anerkennung, die sie durch den Schulbesuch erwarten (BMFSFJ 1998). Darüber hinaus muss das Kind lernen, sich in einer schwer zu durchschauenden Institution zurechtzufinden (Haunberger/Teubner 2007). Bei Eltern wird daher oftmals von Sorgen bezüglich des Schulbesuchs ihrer Kinder berichtet (Paetzold 1988 und BMFSFJ 1998). Insgesamt gilt, dass der Schulbesuch ein stark den Tagesablauf von Kindern und deren Familien strukturierendes Element darstellt.

Das folgende Kapitel hat hierbei eine doppelte Funktion. In einem ersten Schritt geht es darum, darzustellen, wo wir Kinder im Alter von 8 bis 11 Jahren in der Lebenswirklichkeit Schule finden und welche Ungleichheiten bezüglich sozialer Herkunft und Migrationshintergrund bereits in so jungen Jahren sichtbar werden. Neben der Schule wird auch die Inanspruchnahme von nachmittäglichen Betreuungseinrichtungen berücksichtigt. In einem zweiten Schritt wird die Sichtweise von Kindern auf Schule im Vordergrund stehen. Dabei geht es um die Zufriedenheit mit der Schule und den nachmittäglichen Betreuungseinrichtungen, Leistungsdruck, Bildungsaspirationen, Akzeptanz von Ganztagsschulen und die Frage nach Mitbestimmungsmöglichkeiten in der Schule.

3.1 Die Schule: Die soziale Herkunft bestimmt über die Bildungschancen

Mit der Veröffentlichung der PISA-Ergebnisse (Baumert et al. 2001, 2002) ist im Rahmen dieser internationalen Schulleistungsstudie in einer breiten Öffentlichkeit der Frage nach dem Kompetenzerwerb von Schülerinnen und Schülern in der Schule vermehrt Aufmerksamkeit gewidmet worden. Deutschland hatte im Leistungsranking der OECD-Staaten bei den Schülerinnen und Schülern im Alter von 15 Jahren nur einen Platz im Mittelfeld erreichen können. Erstmals wurde mit PISA im Rahmen einer internationalen Schulleistungsuntersuchung sowohl der Lernstand anhand von Kompetenztests als auch die soziale Herkunft der Schülerinnen und Schüler erfasst. Miteinander in Beziehung gebracht, zeigte sich im Vergleich zu den anderen OECD-Staaten ein besonders enger Zusammenhang zwischen der Schichtzugehörigkeit der Herkunftsfamilie und den Basiskompetenzen der Jugendlichen (Baumert/Schümer 2001). In vertiefenden Analysen (Baumert/Watermann/Schümer 2003) konnte gezeigt werden, wie die Schichtzugehörigkeit in hohem Maße über familiale Prozessmerkmale im Alltag der Familien Wirkung entfaltet hat. Neuere Analysen im Rahmen von PISA gehen daher von der Lebenswirklichkeit der Jugendlichen aus und berücksichtigen in ihren »ganzheitlichen« Modellen neben der alltäglichen Praxis in der Herkunftsfamilie auch die Peergroup und weitere Einflüsse (Baumert/Stanat/Watermann 2006).

Diese Ergebnisse aus der PISA-Schulleistungsstudie bei Schülerinnen und Schülern im Alter von 15 Jahren werfen die Frage auf, ob solche Prozesse bereits in den Grundschulen anzutreffen sind. Im Rahmen der »Internationalen Grundschul-Lese-Untersuchung« (IGLU-Studie) liegen hierfür erste Erkenntnisse vor (Bos et al. 2004, 2005). Auch hier ergibt sich ein bemerkenswerter Zusammenhang zwischen sozialer Herkunft der Schülerinnen und Schüler und den Schullaufbahnempfehlungen der Lehrkräfte. Bei gleicher Kompetenz hatten Kinder aus den oberen Schichten deutlich häufiger eine Gymnasialempfehlung als Kinder aus den unteren Schichten. Aufgabe der World Vision Kinderstudie ist es, diese Tendenzen nachzuzeichnen und die Auswirkungen in der Lebenswelt der Kinder zu kennzeichnen.

3.1.1 Das Gymnasium – fast unerreichbar für Kinder aus der Unterschicht

Die von uns befragten Kinder im Alter von 8 bis 11 Jahren besuchten in der Regel – zum Zeitpunkt der Befragung Anfang 2007 – die Klassenstufen 2 bis 5 (zwischen 21 % und 25 % pro Klassenstufe). Nur ein kleinerer Teil (rund 7 %) war bereits in der 6. Klasse (Tab. 3.1).[13]

Zwischen Mädchen und Jungen und auch nach alten und neuen Bundesländern finden sich keine nennenswerten Unterschiede. Ein Blick auf die Schulstufe der Kinder nach der Herkunftsschicht ergibt allerdings, dass Kinder aus der Unterschicht offenbar erst vergleichsweise später ihre Schullaufbahn beginnen. Während der Anteil der Zweitklässler bei den Kindern im Alter von 8 bis 11 Jahren in unserer Stichprobe 21 % beträgt, besuchen in der untersten Herkunftsschicht noch 32 % der Kinder die 2. Klasse. Die Unterschiede zwischen den anderen Schichten sind hingegen weniger bedeutsam. Der höhere Anteil von Zweitklässlern bei den Kindern aus der Unterschicht ist kein Alterseffekt – Kinder aus der Unterschicht unterscheiden sich mit einem Durchschnittsalter von 9,6 Jahren nicht signifikant von den Kindern insgesamt mit einem mittleren Alter von 9,5 Jahren. Ursächlich hierfür dürfte, da die 1. Klasse in der Regel nicht wiederholt wird (nur etwa 1,5 % der Kinder bleiben in der Grundschule sitzen: Konsortium Bildungsberichterstattung 2006), vor allen Dingen ein späteres Einschulungsalter sein.

13 Wir haben auch einzelne Siebtklässler in der Stichprobe. Der Anteil ist jedoch kleiner als 1 %. Erstklässler im Alter von 8 bis 11 Jahren sind hingegen nicht in der Stichprobe vertreten, was aufgrund des ebenfalls äußerst geringen Anteils auch kaum anders zu erwarten war.

Abb. 3.1 **Kinder nach der besuchten Schulform (Elternangaben)**
Kinder im Alter von 8 bis 11 Jahren in Deutschland (Angaben in %)

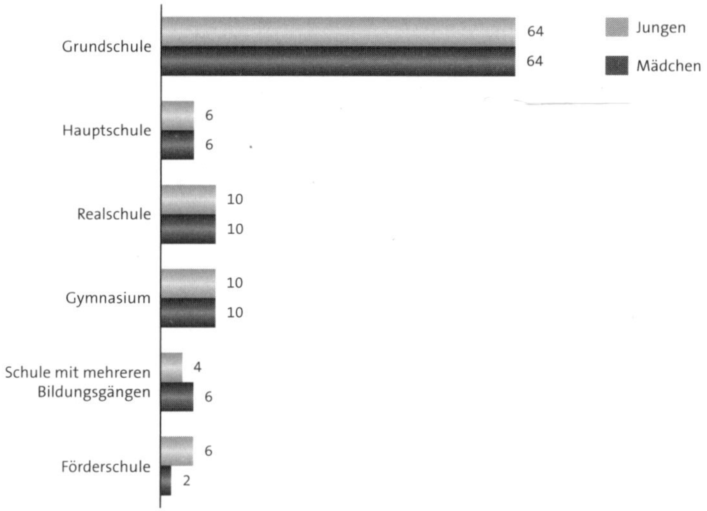

World Vision Kinderstudie 2007 – TNS Infratest Sozialforschung

Laut Auskunft der Eltern besuchen zwei Drittel der Kinder (64 %) die Grundschule. Ein gutes Drittel (31 %) ist bereits auf einer weiterführenden Schule, und 4 % befinden sich in einer Form von Förderschule. Zwischen den Geschlechtern gibt es kaum größere Unterschiede. Jungen besuchen deutlich häufiger Förderschulen, aber ansonsten halten sich die Unterschiede in Grenzen (Abb. 3.1).

Die vorhandenen Unterschiede zwischen alten und neuen Bundesländern basieren vorrangig auf den Unterschieden in den Schulformen der einzelnen Bundesländer (Föderalismus). Während in den neuen Bundesländern Kinder im Alter von 8 bis 11 Jahren kaum an der Hauptschule anzutreffen sind und stattdessen häufiger Schulen mit mehreren Bildungsgängen (Orientierungsstufe, Gesamtschule) besuchen, sind in den alten Bundesländern mehr Kinder (38 %) als in den neuen Bundesländern (15 %) auf das dreigliedrige Schulsystem mit Hauptschule, Realschule und Gymnasium aufgeteilt.

Auf der Suche nach relevanten sozialen und persönlichen Merkmalen, die eine Prognose über die besuchte Schulform erlauben, erweist sich die soziale Herkunft als ausschlaggebend (Tab. 3.2). Im Durchschnitt unserer Stichprobe geht jedes zehnte Kind im Alter von 8 bis 11 Jahren laut Auskunft der Eltern auf ein Gymnasium. Dies trifft aber nur auf 1 % der Kinder aus der Unterschicht zu, während es bei Kindern aus der Oberschicht immerhin 18 % sind. Genau umgekehrt sind die Verhältnisse beim Besuch von Förderschulen. Nur 4 % aller Kinder im Alter von 8 bis 11 Jahren sind an Förderschulen anzutreffen. Bei Kindern aus

Tab. 3.1 **Kinder nach Klassenstufe und sozialer Herkunftsschicht**
Basis: Kinder im Alter von 8 bis 11 Jahren in Deutschland

Spalten in %	gesamt	Unterschicht	untere Mittelschicht	Mittelschicht	obere Mittelschicht	Oberschicht
2. Klasse	21	32	20	21	19	22
3. Klasse	25	19	25	25	25	27
4. Klasse	23	22	19	22	25	23
5. Klasse	25	25	29	25	24	21
6. Klasse[1]	6	2	7	7	7	7

1 Inklusive 7. Klasse (Anteil unter 1 %)

World Vision Kinderstudie 2007 – TNS Infratest Sozialforschung

Tab. 3.2 **Besuchte Schulform der Kinder (Angabe der Eltern) nach sozialer Schicht**
Basis: Kinder im Alter von 8 bis 11 Jahren in Deutschland

Spalten in %	Unterschicht	untere Mittelschicht	Mittelschicht	obere Mittelschicht	Oberschicht
Grundschule	59	56	67	67	71
Hauptschule	8	12	6	3	1
Realschule	8	12	12	10	4
Gymnasium	1	7	6	14	18
Schule mit mehreren Bildungsgängen (Orientierungsstufe, Gesamtschule)	5	6	7	4	5
Förderschule (Sonderschule)	19	7	2	2	1

World Vision Kinderstudie 2007 – TNS Infratest Sozialforschung

Tab. 3.3 **Angestrebter Schulabschluss**
Basis: Kinder im Alter von 8 bis 11 Jahren in Deutschland

Spalten in %	gesamt	Mädchen	Jungen	West	Ost
Hauptschulabschluss	6	5	8	6	5
Realschulabschluss	30	32	28	31	26
Abitur	49	48	49	48	50
weiß nicht	15	15	15	15	19

World Vision Kinderstudie 2007 – TNS Infratest Sozialforschung

der Unterschicht liegt der Anteil bei 19 %, bei Kindern aus der Oberschicht bei 1 %. Diese Strukturdaten zeigen, dass die soziale Herkunft in Bildungsfragen bereits sehr früh deutliche Effekte hat. Die Bildungskarrieren von Kindern im Alter von 8 bis 11 Jahren verlaufen unterschiedlich. Die soziale Herkunft hat einen erheblichen Anteil daran.

3.1.2 **Die soziale Herkunft schlägt bereits im Kindesalter durch**

Diese Tendenz setzt sich fort, wenn die Kinder danach gefragt werden, welchen Schulabschluss sie erreichen möchten (Tab. 3.3). Der Anteil der Kinder, die hier noch nicht so recht wissen, wie sie diese Frage beantworten sollen, ist mit 15 % relativ hoch. Doch fast die Hälfte der Kinder (49 %) ist sich sicher, später einmal das Abitur in der Tasche zu haben. Nur 6 % der Kinder können sich vorstellen, dass der Hauptschulabschluss alles sein soll, was sie erreichen werden.

Zwischen den Geschlechtern und den Altersgruppen gibt es bei der Frage nach den angestrebten Bildungsabschlüssen keine nennenswerten Unterschiede. Die Shell Jugendstudie konnte 2006 zeigen (Langness/Leven/Hurrelmann 2006), dass bei Jugendlichen ab einem Alter von 12 Jahren junge Frauen deutlich höhere Bildungsaspirationen als junge Männer haben. Dies lässt sich bei Kindern im Alter von 8 bis 11 Jahren noch nicht feststellen.

Die soziale Herkunftsschicht hingegen hat, auch im Zusammenhang betrachtet, starken Einfluss auf die Bildungsziele (Tab. 3.4). Nur jedes fünfte Kind (20 %) aus der Unterschicht kann sich vorstellen, später einmal mit Abitur die Schule zu verlassen. Im Gegensatz dazu liegt der Anteil bei Kindern aus der Oberschicht bei überwältigenden 81 %. So passt es auch, dass jedes vierte Kind (24 %) aus der Unterschicht den Hauptschulabschluss als Ziel vor Augen hat und nur für 1 % aus der Oberschicht dies der Fall ist.

Auch die ethnische Herkunft schlägt durch, allerdings in einer bemerkenswerten und in der bivariaten Ausprägung auf den ersten Blick nicht erkennbaren Wechselwirkung. Für sich genommen ist die Bildungsaspiration von Kindern mit Migrationshintergrund nicht anders als bei einheimischen deutschen Kindern: Etwas unter 50 % wollen hier jeweils das Abitur erreichen. Kontrolliert nach der Herkunftsschicht ist die Bildungsaspiration dann allerdings bei allen Kindern mit Migrationshintergrund höher als bei einheimischen deutschen Kindern (Unterschicht: Kinder mit Migrationshintergrund zu 27 % mit Wunsch nach Gymnasium/Abitur im Vergleich zu 14 % bei den einheimischen deutschen Kindern, untere Mittelschicht: 41 % zu 26 %, Mittelschicht: 41 % zu 34 %, obere Mittelschicht: 78 % zu 66 %) – mit Ausnahme der Kinder aus der obersten Herkunftsschicht (75 % zu 82 % mit Wunsch nach Gymnasium/ Abitur). Bei Berücksichtigung der Herkunftsschicht wünschen sich demnach mehr Kinder mit Migrationshintergrund als einheimische deutsche Kinder später das Gymnasium als Schulform oder das Abitur als Schulabschluss.

Für Kinder von Alleinerziehenden lässt sich ebenfalls, sobald der soziale Hintergrund berücksichtigt wird, diese höhere Zielsetzung beim gewünschten Schulabschluss als Wechselwirkung feststellen. Hierbei ist der Zusammenhang allerdings umgekehrt. Je höher bei Alleinerziehenden die Herkunftsschicht ist, desto tendenziell größer im Vergleich zum Durchschnitt die Bildungsaspiration (untere Mittelschicht: 39 % der Kinder von Alleinerziehenden mit Wunsch nach Gymnasium/Abitur im Vergleich zu 32 % insgesamt, Mittelschicht: 46 % zu 36 %, obere

Tab. 3.4 **Zusammenhangsanalyse[1]: Angestrebter Schulabschluss nach signifikanten persönlichen und sozialen Merkmalen**
Basis: Kinder im Alter von 8 bis 11 Jahren in Deutschland

%-Angaben (pro Zeile)	Abitur	Nicht Abitur
Kinder insgesamt	49	51
Soziale Herkunftsschicht		
Unterschicht	20	80
untere Mittelschicht	32	68
Mittelschicht	36	64
obere Mittelschicht	**68**	32
Oberschicht	**81**	19
Familienform[2]		
alleinerziehend	46	54
nicht alleinerziehend	**54**	46
Migrationshintergrund[3]		
ja	48	52
nein	**52**	48

1 Der Zusammenhang wurde multivariat anhand einer logistischen Regression auf die Kriteriumsvariable »Angestrebter Schulabschluss Abitur: ja oder nein« getestet. Einbezogene Prädiktoren: Alter, Geschlecht, alte/neue Länder, Migrationshintergrund, soziale Herkunftsschicht, Familienform (alleinerziehend vs. nicht alleinerziehend).
In der Tabelle wurden zur besseren Veranschaulichung die als signifikant getesteten Merkmalsausprägungen ($p < 0{,}05$) fett dargestellt und bivariat in % ausgewiesen.
2 Merkmalsausprägung ist signifikant und bedeutet, dass mit einer in der Tendenz eher schlechteren sozialen Herkunft Kinder von Alleinerziehenden angesichts ihrer Herkunft signifikant häufiger das Abitur anstreben.
3 Merkmalsausprägung ist signifikant und bedeutet, dass mit einer in der Tendenz eher schlechteren sozialen Herkunft Kinder mit Migrationshintergrund angesichts ihrer Herkunft signifikant häufiger das Abitur anstreben.

World Vision Kinderstudie 2007 – TNS Infratest Sozialforschung

Mittelschicht: 87 % zu 68 %, Oberschicht: 89 % zu 81 %). Einzig Kinder von Alleinerziehenden aus der Unterschicht haben eine niedrigere Bildungsaspiration (10 % im Vergleich zu 20 % mit Wunsch nach einem Gymnasiumsbesuch oder dem Abitur als Schulabschluss).

Es lässt sich demnach festhalten, dass sowohl für Kinder mit Migrationshintergrund als auch für Kinder von Alleinerziehenden in den ersten Schuljahren, wenn man den Effekt der Herkunftsschicht kontrolliert, vergleichsweise hohe Bildungsziele festzustellen sind. Es ist dringend zu untersuchen, welche Barrieren im Verlauf der weiteren Schulkarriere einer Verwirklichung dieser Ansprüche im Wege stehen. Erste Anhaltspunkte liefert hier die bereits erwähnte IGLU-Studie, nach der Kinder, deren Eltern beide in Deutschland geboren sind, bei gleichen Grundfähigkeiten häufiger von Lehrern eine Gymnasialempfehlung bekommen haben als Kinder mit Migrationshintergrund (Bos et al. 2005).

3.2 Der lange Arm der Schule: Die Wirkungen der Institution Schule im Alltag von Kindern

Durch den Eintritt in die Schule vollzieht sich für Kinder ein Wandel in ihrem Alltag. Schule besitzt räumliche, zeitliche und institutionelle Anforderungen, mit denen die Kinder und ihre Familien konfrontiert sind. In der Idee des Stundenplans kommen diese drei Dimensionen zum Ausdruck (Pekrun/Helmke 1993). Dieser strukturiert neben dem Unterricht auch die außerschulische Zeit mit. Kinder und deren Familie müssen lernen, mit diesen Anforderungen umzugehen. Der Rhythmus, den die Schule mit dem Stundenplan vorgibt, liefert den Rahmen für den Alltag der Kinder. Dies fängt mit dem Aufstehen an, geht weiter mit der Frage, wie lange die Schule dauert, und endet mit der Frage nach Betreuung und Freizeitmöglichkeiten am Nachmittag.

3.2.1 Halbtagsschule – in Deutschland noch die Regelschule

Für Kinder im Alter von 8 bis 11 Jahren ist eine Halbtagsschule immer noch der Regelfall. Nur 13 % sind auf einer Ganztagsschule, während die anderen Kinder auf der für Deutschland immer noch klassischen Halbtagsschule anzutreffen sind. Die Ganztagsschule[14] hat dabei in den alten Bundesländern bisher immer noch deutlich weniger Verbreitung gefunden als in den neuen Bundesländern. Nur jedes neunte Kind (11 %) im Alter von 8 bis 11 Jahren geht in den alten Bundesländern in eine Ganztagsschule. In den neuen Bundesländern ist es mehr als jedes fünfte Kind (22 %). Auch lässt sich ein Stadt–Land-Gefälle feststellen. Kinder aus Ballungsräumen befinden sich deutlich häufiger an Ganztagsschulen (24 %) als Kinder aus dem ländlichen Raum (11 %) oder dem Umland von Städten (7 %).

In den frühen Jahrgangsstufen ist die Ganztagsschule seltener. Nur 10 % der Zweit-, Dritt- und Viertklässler sind auf einer Ganztagsschule anzutreffen. Bei den höheren Jahrgangsstufen sind es dagegen 17 %. Zwischen Jungen und Mädchen gibt es hier keine nennenswerten Unterschiede (Abb. 3.2).

Nach den Ergebnissen unserer Studie bei Kindern im Alter von 8 bis 11 Jahren sind mit 15 % Kinder aus der Unterschicht momentan an Ganztagsschulen leicht überrepräsentiert. Mit 16 % ist der Anteil der Kinder aus der Mittelschicht an Ganztagsschulen am größten, während Kinder aus der Oberschicht dort mit 8 % seltener anzutreffen sind.

Kinder mit Migrationshintergrund sind an Ganztagsschulen ebenfalls seltener (11 %). Hier zeigt sich, dass die Möglichkeit, über eine zusätzliche Förderung am Nachmittag sprachliche Defizite von Kindern mit Migrationshintergrund im

14 Die Kultusministerkonferenz definiert Ganztagsschulen als allgemeinbildende Schulen, bei denen im Primar- und Sekundarbereich I – über den vormittäglichen Unterricht hinaus an mindestens drei Tagen in der Woche ein ganztägiges Angebot für die Schülerinnen und Schüler bereitgestellt wird, das täglich mindestens sieben Zeitstunden umfasst –, an allen Tagen des Ganztagsschulbetriebs den teilnehmenden Schülerinnen und Schülern ein Mittagessen bereitgestellt wird –, die nachmittäglichen Angebote unter der Aufsicht und Verantwortung der Schulleitung organisiert und in enger Kooperation mit der Schulleitung durchgeführt werden sowie in einem konzeptionellen Zusammenhang mit dem vormittäglichen Unterricht stehen (Sekretariat der KMK 2007).

In der Kinderstudie haben wir hingegen pauschal gefragt, ob die Kinder eine Halbtags- oder eine Ganztagsschule besuchen.

Abb. 3.2 **Ganztagsschüler in Deutschland**
Kinder im Alter von 8 bis 11 Jahren in Deutschland (Angaben in %)

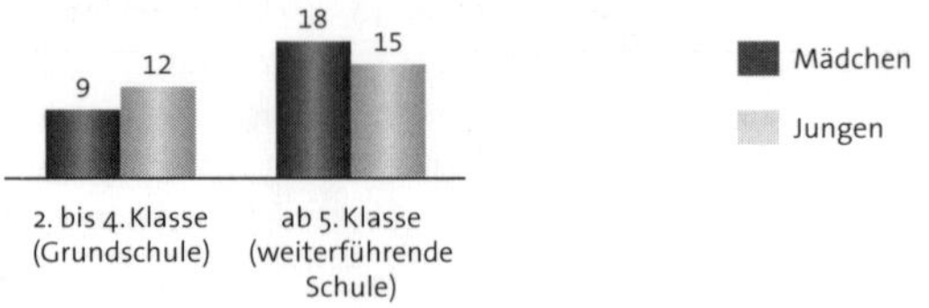

World Vision Kinderstudie 2007 – TNS Infratest Sozialforschung

Laufe der Schulkarriere auszugleichen, bisher nur von einem eher geringen Teil der Kinder mit Migrationshintergrund in Anspruch genommen wird. Im Gegensatz dazu ist der Anteil der Kinder von Alleinerziehenden an Ganztagsschulen relativ hoch. Immerhin 19 % der Kinder von Alleinerziehenden sind an Ganztagsschulen untergebracht (Tab. 3.5).

Aufgrund der regionalen und auch schulstrukturellen Unterschiede im Angebot an Ganztagsschulen können die in den Ergebnissen zum Ausdruck kommenden Tendenzen momentan nur im Sinne einer Bestandsaufnahme ausgewertet werden.

Nach aktuellen Angaben der Kultusministerkonferenz besuchten zum Zeitpunkt 2005 in Deutschland 15,2 % der Schüler von allgemeinbildenden Schulen eine Ganztagsschule. Differenziert nach der Schulform ergibt sich folgende Verteilung: Ganztagsschüler an integrierten Gesamtschulen: 72,8 %, an Sonderschulen: 36 %, an schulartunabhängigen Orientierungsstufen: 17,7 %, an Hauptschulen: 16,4 %, an freien Waldorfschulen: 15,9 %, an Schularten mit mehreren Bildungsgängen: 15,3 %, an Gymnasien: 10,3 %, an Grundschulen: 9,9 % und an Realschulen: 7 %. Am häufigsten besuchten im Jahr 2005 laut KMK-Statistik Schüler in Thüringen zu 37,8 %, in Berlin zu 35,4 % und in Sachsen zu 34,6 % eine Ganztagsschule, gefolgt von Hamburg mit 25,8 % und Brandenburg mit 20,8 %. Es folgen Mecklenburg-Vorpommern mit 19,7 %, Hessen mit 18,6 %, Nordrhein-Westfalen mit 17,8 % und Sachsen-Anhalt mit 16,9 %. Unterdurchschnittlich ist der Anteil in Schleswig-Holstein mit 13,4 %, in Niedersachen mit 13 %, in Baden-Württemberg mit 11,2 %, in Bremen mit 10,7 %, in Rheinland-Pfalz mit 10 %, im Saarland mit 7 % und in Bayern mit 3,2 % (Sekretariat der KMK 2007).

Die Überrepräsentierung von Kindern aus der unteren Herkunftsschicht dürfte momentan vor allem darauf zurückzuführen sein, dass sich Ganztagsangebote eher in Wohngebieten mit einem höheren Anteil von Familien aus weniger gehobenen sozialen Schichten finden. Bei den Kindern von Alleinerziehenden wird sich hingegen der an dieser Stelle zum Ausdruck kommende stärkere Bedarf nach einer Nachmittagsbetreuung mit auswirken.

3.2.2 **Stadt–Land-Unterschiede beim Schulweg auffällig**

Eine weitere nicht zu unterschätzende Dimension ist die räumliche Entfernung von Elternhaus und Schule. Eine der ersten Fragen, die sich hierbei stellt, ist,

Tab. 3.5 **Besuchte Schulart (Halbtags- oder Ganztagsschule) nach ausgewählten persönlichen und sozialen Merkmalen**
Basis: Kinder im Alter von 8 bis 11 Jahren in Deutschland

%-Angaben (pro Zeile)	Ganztagsschule	Halbtagsschule
Kinder insgesamt	13	87
Siedlungsstrukturtyp		
Ballungsgebiet	24	76
sonstige Stadtregion	10	90
Randlage von Ballungsgebieten/ Stadtregionen	7	93
Verdichtungszonen	12	88
ländlicher Raum	11	89
Region		
alte Bundesländer	11	89
neue Bundesländer	22	78
Schulstufe		
Grundschule (Klassen 1 bis 4)	10	90
weiterführende Schule (ab Klasse 5)	17	83
Familienform		
alleinerziehend	19	81
nicht alleinerziehend	11	89
Soziale Herkunftsschicht		
Unterschicht	15	85
untere Mittelschicht	12	88
Mittelschicht	16	84
obere Mittelschicht	9	91
Oberschicht	8	92
Migrationshintergrund		
ja	11	89
nein	13	87

World Vision Kinderstudie 2007 – TNS Infratest Sozialforschung

wie die Kinder überhaupt in die Schule kommen.

Etwas mehr als die Hälfte der Kinder im Alter von 8 bis 11 Jahren (51 %) schafft es aus eigener Kraft – ist also zu Fuß oder mit dem Fahrrad unterwegs. Ein weiteres Fünftel (19 %) ist auf den öffentlichen Personennahverkehr angewiesen. Ein gutes Sechstel (17 %) wird von den Eltern mit dem Auto gebracht, und ein

Tab. 3.6 **Schulweg**
Basis: Kinder im Alter von 8 bis 11 Jahren in Deutschland

Spalten in %	gesamt	Mädchen	Jungen	Grund-schule	ab Klasse 5
zu Fuß	41	42	40	50	21
mit dem Fahrrad	10	8	11	7	16
mit dem öffentlichen Bus oder der Straßenbahn	19	18	21	11	37
mit einem gesonderten Schulbus	13	12	13	11	16
per Auto	17	20	15	21	10

World Vision Kinderstudie 2007 – TNS Infratest Sozialforschung

Tab. 3.7 **Schulweg nach Siedlungsstrukturtyp (BIK)**
Basis: Kinder im Alter von 8 bis 11 Jahren in Deutschland

Spalten in %	Ballungs-gebiet	sonstige Stadt-region	Randlage von Ballungs-gebieten / Stadt-regionen	Ver-dichtungs-zonen	ländlicher Raum
zu Fuß	54	48	37	36	32
mit dem Fahrrad	8	8	12	13	2
mit dem öffentlichen Bus oder der Straßenbahn	21	22	16	16	26
mit einem gesonderten Schulbus	1	5	15	17	27
per Auto	16	17	20	18	13

World Vision Kinderstudie 2007 – TNS Infratest Sozialforschung

Achtel (13 %) benutzt den Schulbus (Tab. 3.6).

Zwischen den Geschlechtern zeigen sich Unterschiede bei der Art und Weise, wie die Kinder zur Schule gelangen. So werden die Mädchen deutlich häufiger per Auto zur Schule gebracht als die Jungen. Diese fahren im Gegenzug dazu etwas häufiger mit dem Fahrrad.

Interessant sind die deutlichen Unterschiede im Mobilitätsverhalten zwischen den Grundschülern und den Schülern auf weiterführenden Schulen. Nur noch etwas mehr als ein Drittel der Kinder auf weiterführenden Schulen kommt zu Fuß oder mit dem Fahrrad in die Schule. Die Entfernungen zu den weiterführenden Schulen haben augenscheinlich so sehr zugenommen, dass Kinder ab einem Alter von 10 Jahren den Weg zur Schule mehrheitlich mit dem öffentlichen Nahverkehr oder einem Schulbus bewältigen müssen. Eltern springen hier auch deutlich seltener mit dem Auto ein. Wird jedes fünfte Kind (21 %) per Auto in die Grundschule gebracht, verringert sich dieser Anteil auf 10 % bei Kindern, die eine weiterführende Schule besuchen.

Abb. 3.3 **Institutionelle Nachmittagsbetreuung (Mehrfachantworten möglich)**
Kinder im Alter von 8 bis 11 Jahren in Deutschland (Angaben in %)

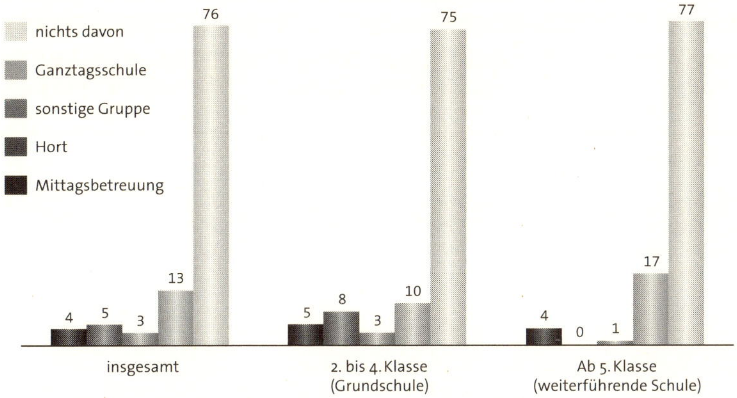

World Vision Kinderstudie 2007 – TNS Infratest Sozialforschung

Es gibt darüber hinaus deutliche Unterschiede zwischen Stadt und Land. Die räumliche Nähe zu den Schulen in den Städten schlägt hier voll durch. Während nur jedes dritte Kind auf dem Land zu Fuß oder mit dem Fahrrad zur Schule kommt, ist es in den Ballungsräumen deutlich mehr als die Hälfte. Schulbusse haben im ländlichen Raum noch eine deutlich höhere Bedeutung als in den Ballungszentren. Während dort Schulbusse zu einer Seltenheit geworden sind, nutzt jedes vierte Kind im ländlichen Raum gesonderte Schulbusse (Tab. 3.7).

3.2.3 **Institutionelle Nachmittagsbetreuung ist immer noch Seltenheit in Deutschland**

Wie bereits festgestellt, ist die Halbtagsschule die Regelschule für Kinder im Alter von 8 bis 11 Jahren. Vor allem dadurch lässt sich erklären, warum – wie in Kapitel 2 bereits dargestellt – die große Mehrheit der Kinder sich nach der Schule bei der Familie aufhält und dort zu Mittag isst.

Betrachten wir die Inanspruchnahme von Angeboten zur Nachmittagsbetreuung, so besuchen 13 % der Kinder eine Ganztagsschule und weitere 11 % werden in sonstiger Form nach der Schule (nach-)mittags institutionell betreut. Im Einzelnen besuchen 5 % einen Hort, 4 % eine in der Regel an der Schule ansässige Mittagsbetreuung und 3 % eine sonstige (institutionelle) Gruppe (Mehrfachnennungen). Zusammengenommen werden demnach 24 % der Kinder unserer Altersgruppe entweder in einer Ganztagsschule oder in einer sonstigen institutionellen Form betreut (Abb. 3.3).

Bezogen auf die Schulstufe (Grundschule bis 4. Klasse, weiterführende Schule ab 5. Klasse) ändert sich hierbei auf den ersten Blick nichts Wesentliches. Der Besuch eines Hortes entfällt in der Regel mit dem Wechsel in eine weiterführende Schule. Dafür steigt dann aber ab der

Tab. 3.8 **Nachmittagsbetreuung (Mehrfachantworten möglich)**
Basis: Kinder im Alter von 8 bis 11 Jahren in Deutschland, die eine Halbtagsschule besuchen

Spalten in %	West			Ost		
	gesamt	bis 4. Klasse	ab 5. Klasse	gesamt	bis 4. Klasse	ab 5. Klasse
eine an der Schule angebotene Mittagsbetreuung	4	4	4	7	7	6
einen Hort	4	5	0	20	27	4
eine sonstige Einrichtung oder Gruppe zur Nachmittagsbetreuung	3	4	1	2	1	6
Ganztagsschule	11	8	18	22	27	12
nichts davon	79	79	78	52	44	73

World Vision Kinderstudie 2007 – TNS Infratest Sozialforschung

weiterführenden Schule der Anteil der Kinder, die eine Ganztagsschule besuchen, entsprechend an.

Differenziert nach alten und neuen Ländern besucht im Vergleich so gut wie jedes zweite Kind aus den neuen Bundesländern entweder eine Ganztagsschule (22 %) oder eine sonstige Form von Nachmittagsbetreuung (26 %). Der Hort nimmt dabei die führende Rolle ein (20 %). In den alten Bundesländern wird hingegen nur jedes fünfte Kind entweder an einer Ganztagsschule (11 %) oder in einer sonstigen institutionellen Form (nach-)mittags betreut (10 %). Mit jeweils 4 % ist der Anteil derjenigen, die einen Hort oder eine Mittagsbetreuung besuchen, hier ähnlich hoch (Tab. 3.8).

Der in den neuen Bundesländern vergleichsweise hohe Anteil von Kindern, die nachmittags betreut werden, erklärt sich vorrangig vor dem Hintergrund des hier bekanntermaßen deutlich höheren Angebots an Betreuungsplätzen (DJI-Kinderbetreuungsstudie: DJI 2005), worin die andere Tradition der Kinderbetreuung in der ehemaligen DDR sowie die nach wie vor höhere Anspruchshaltung von Frauen aus den neuen Bundesländern, trotz Kind eine eigene Erwerbstätigkeit fortzuführen, zum Ausdruck kommt. Bemerkenswert ist allerdings, dass auch in den neuen Ländern ebenfalls 73 % der Kinder ab der 5. Klasse keine institutionellen Angebote einer Nachmittagsbetreuung wahrnehmen. Von daher steigt auch in den neuen Ländern der Anteil der Kinder, die mittags zu Hause essen, von 33 % bei den Grundschülern (bis 4. Klasse) auf 52 % der Schüler von weiterführenden Schulen (ab 5. Klasse) an. In den alten Bundesländern trifft dies hingegen unabhängig von der Schulstufe auf jeweils knapp unter 80 % der Kinder zu (siehe dazu Kapitel 2).

Der Wegfall der Hort-Betreuung nach der Grundschule kann demnach gerade in den neuen Ländern nicht kompensiert werden. Es fehlt auch hier, trotz des insgesamt besseren Versorgungsgrades, an geeigneten Angeboten. Insbesondere an dieser Stelle wirkt sich der fehlende Ausbaustand an Ganztagsschulen markant aus.

Tab. 3.9 **Zusammenhangsanalyse[1]:**
Inanspruchnahme von Nachmittagsbetreuung (Ganztagsschule oder außerschulische Institution) nach signifikanten persönlichen und sozialen Merkmalen
Basis: Kinder im Alter von 8 bis 11 Jahren in Deutschland

%-Angaben (pro Zeile)	Nachmittags-betreuung	keine Betreuung
Kinder insgesamt	24	76
Region		
alte Bundesländer	21	79
neue Bundesländer	**48**	52
Siedlungsstrukturtyp		
Ballungsgebiet	**41**	59
sonstige Stadtregion	24	76
Randlage von Ballungsgebieten/Stadtregionen	15	85
Verdichtungszonen	24	76
ländlicher Raum	21	79
Familienform		
alleinerziehend	**36**	64
nicht alleinerziehend	22	78
Schulstufe		
Grundschule (Klassen 1 bis 4)	**25**	75
weiterführende Schule (ab Klasse 5)	23	77

1 Der Zusammenhang wurde multivariat anhand einer logistischen Regression auf die Kriteriumsvariable »Inanspruchnahme von Nachmittagsbetreuung: ja oder nein« getestet. Einbezogene Prädiktoren: Geschlecht, alte/neue Länder, Migrationshintergrund, soziale Herkunftsschicht, Familienform (alleinerziehend vs. nicht alleinerziehend), Schulstufe.
In der Tabelle wurden zur besseren Veranschaulichung die als signifikant getesteten Merkmalsausprägungen ($p < 0{,}05$) fett dargestellt und bivariat in % ausgewiesen.

World Vision Kinderstudie 2007 – TNS Infratest Sozialforschung

In der Zusammenhangsanalyse (Tab. 3.9) treten neben den bereits erwähten Ost–West-Unterschieden zusätzlich deutliche Stadt–Land-Unterschiede zutage. Während in den Ballungsräumen 41 % der Kinder ihren Nachmittag in einer Institution verbringen, sind es in den anderen Regionen überall weniger als ein Viertel. Am wenigsten häufig werden mit einem Anteil von 15 % Ganztagsschulangebote oder sonstige Formen der Nachmittagsbetreuung bisher von den Kindern unserer Altersgruppe, die im Umland von Ballungsräumen oder von sonstigen Stadtregionen wohnen, genutzt.

Für Alleinerziehende gilt, dass mehr als ein Drittel der Kinder im Alter von 8 bis 11 Jahren (36 %) nachmittags in einer Ganztagsschule oder einem sonstigen institutionellen Rahmen betreut wird.

Der Effekt ist hier eindeutig: Bei den Kindern von Alleinerziehenden, die nachmittags betreut werden, ist mehr als ein Drittel der alleinerziehenden Elternteile (37 %) vollzeitig erwerbstätig. Sobald diese institutionelle Nachmittagsbetreuung nicht gegeben ist, reduziert sich der Anteil bei den alleinerziehenden Elternteilen, die einer Vollzeiterwerbstätigkeit nachgehen, auf ein Sechstel (17 %).

Vergleichbares gilt auch hinsichtlich der Erwerbstätigkeit beider Eltern in einer »Komplettfamilie«. Nur bei 8 % der Kinder, die nachmittags ohne Betreuung sind, gehen beide Eltern einer Vollzeiterwerbstätigkeit nach. Dieser Anteil liegt in den Familien, in denen das Kind eine Ganztagsschule besucht oder nachmittags institutionell betreut wird, bei 18 %.

Der Effekt der Schulstufe erklärt sich, wie bereits dargestellt, vor dem Hintergrund der insbesondere für die neuen Bundesländer charakteristischen fehlenden Kompensation der ab der 5. Klasse normalerweise entfallenden Betreuungsmöglichkeiten in einem Hort.

Sozialpolitisch bedeutsam ist, dass Kinder aus der Unterschicht – unabhängig von den genannten Merkmalen – nicht häufiger nachmittags betreut werden. Von den Kindern aus der unteren Herkunftsschicht werden 26 % in einer Ganztagsschule oder in einer sonstigen institutionellen Form nachmittags betreut. Dieses Ergebnis liegt nur knapp über dem durchschnittlichen Anteil von 24 % und ist nicht signifikant. Dies trifft im gleichen Maße auf Kinder mit Migrationshintergrund zu, von denen 23 % eine Ganztagsschule besuchen oder eine sonstige institutionelle Betreuung nutzen. Damit gilt, dass der mit dem formulierten Bildungsauftrag einer nachmittäglichen Betreuung angestrebte Ausgleich von Kompetenznachteilen momentan nicht flächendeckend innerhalb dieses institutionellen Rahmens geleistet werden kann.

3.2.4 **Hausaufgabenbetreuung bei Kindern ist Familiensache**

Die Institution Schule verlangt von den Kindern, dass sie den Schulstoff auch außerhalb der Schule nachvollziehen. Das Üben und die Hausaufgaben stellen dabei die zwei vorherrschenden Formen dar. Dies bringt eine hohe Anforderung an die Kinder mit sich. Sie sollen außerhalb des verpflichtenden Rahmens Schule in ihrer nicht festgelegten Zeit noch Dinge für die Schule erledigen. Angesichts der Tatsache, dass nur ein Viertel der Kinder am Nachmittag institutionell betreut ist, stellt sich die Frage, wie die Kinder ihre Hausaufgaben erledigen. Hier wird deutlich, dass der Familie, also den Eltern, immer noch eine zentrale erzieherische »Zubringerfunktion« für die Bildungsinstitution Schule zukommt.

Erst einmal muss festgehalten werden, dass das Üben für die Schule und das Erledigen der Hausaufgaben einen nicht unwesentlichen Anteil der freien Zeit der Kinder beansprucht. Nicht ganz ein Viertel der Kinder (23 %) gibt an, Hausaufgaben und Üben für die Schule bereits in ungefähr einer halben Stunde pro Tag erledigen zu können. Jedoch mehr als ein Drittel der Kinder im Alter von 8 bis 11 Jahren (38 %) berichtet davon, mehr als eine Stunde dafür am Tag zu brauchen (Tab. 3.10).

Auffällig ist dabei der Unterschied zwischen den alten und den neuen Bundesländern. Kinder in den neuen Bundesländern geben hier deutlich geringere Zeiten für das Üben und das Erledigen der Hausaufgaben an. Dies hängt direkt damit zusammen, dass Kinder, die nachmittags institutionell betreut sind, gleichfalls geringeren Zeitbedarf angeben. Da nicht davon auszugehen ist, dass Kinder in den neuen Bundesländern weniger Zeit mit dem Üben für die Schule und dem Erledigen der Hausaufgaben verbringen

Tab. 3.10 **Täglicher Zeitbedarf für das Üben für die Schule und das Erledigen der Hausaufgaben**
Basis: Kinder im Alter von 8 bis 11 Jahren in Deutschland

Spalten in %	gesamt	Mädchen	Jungen	West	Ost
ungefähr eine halbe Stunde	23	22	25	21	37
ungefähr eine Stunde	39	40	38	39	41
ungefähr eine Stunde und eine halbe Stunde	23	23	23	24	15
zwei Stunden und mehr	15	15	14	16	7

World Vision Kinderstudie 2007 – TNS Infratest Sozialforschung

(müssen), zeigt sich hier, dass Kinder, die nachmittags institutionell betreut werden, außerhalb dieser Betreuung weniger zusätzliche Zeit mit Schulinhalten verbringen.

Zwischen den Geschlechtern zeigen sich dagegen weniger Unterschiede. Hier geben Jungen nur leicht häufiger an (25 % zu 22 %), dass sie das Üben für die Schule und Hausaufgaben in ungefähr einer halben Stunde erledigen können.

Eine wesentliche Frage ist auch, ob Kinder beim Üben für die Schule und Erledigen der Hausaufgaben in irgendeiner Form beaufsichtigt werden. Mehr als 60 % der Kinder geben an, bei den Hausaufgaben regelmäßig von ihren Eltern kontrolliert zu werden.

Wie die Zusammenhangsanalyse verdeutlicht, ist es eine Frage des Alters der Kinder, ob Eltern sich die Hausaufgaben ihrer Sprösslinge anschauen (Tab. 3.11). Gerade am Anfang der Schulkarriere schauen die Eltern in der Grundschule genauer darauf (69 %). Mit dem Übergang in die weiterführende Schule ist der Anteil der Eltern, die sich regelmäßig mit den Hausaufgaben der Kinder beschäftigen, allerdings rückläufig (43 %).

Augenfällig ist auch, dass Kinder an Ganztagsschulen deutlich seltener bei ihren Hausaufgaben von den Eltern kontrolliert werden (45 %). Hier hat die Institution Schule diese Funktion am Nachmittag übernommen, sodass Hausaufgabenkontrolle zu Hause merklich abnimmt. Ein ähnlicher Effekt lässt sich bei einer regelmäßigen außerschulischen Nachmittagsbetreuung nicht beobachten. Diese Kinder geben sogar häufiger an, nachmittags bei ihren Hausaufgaben von ihren Eltern zusätzlich betreut zu werden (65 %).

Weiterhin ist zu beachten, dass sich Eltern aus der Unterschicht deutlich seltener mit den Hausaufgaben ihrer Sprösslinge beschäftigen (45 %). Gleiches gilt für die Kinder mit Migrationshintergrund (53 %). Hier deutet sich an, dass Eltern ab einer gewissen Klassenstufe oder auch im Falle von Sprachproblemen selber nicht mehr weiterhelfen können und daher diese Kinder bereits früher in ihrem Leben auf sich selbst angewiesen sind.

3.2.5 Schlafenszeiten

Der lange Arm der Schule strukturiert über das Üben für die Schule und das Erledigen der Hausaufgaben einen Teil der freien Zeit außerhalb der Schule mit. Die Schlafensgehzeit ist der alltägliche Kampf in den Familien. Immerhin 47 % der Kinder berichtet hierzu mit »manchmal« und weitere 14 % mit »häu-

Tab. 3.11 **Zusammenhangsanalyse[1]:**
Kontrolle der Hausaufgaben durch die Eltern nach signifikanten persönlichen und sozialen Merkmalen
Basis: Kinder im Alter von 8 bis 11 Jahren in Deutschland

%-Angaben (pro Zeile)	Kontrolle	keine Kontrolle
Kinder insgesamt	61	39
Alter der Kinder		
8 und 9 Jahre	**73**	27
10 und 11 Jahre	48	52
Nachmittagsbetreuung		
keine Betreuung	**63**	37
Ganztagsschule	45	55
außerschulische Betreuung	65	35
Migrationshintergrund		
ja	53	47
nein	**63**	37
Schulstufe		
Grundschule (Klassen 1 bis 4)	**69**	31
weiterführende Schule (ab Klasse 5)	43	57
Soziale Herkunftsschicht		
Unterschicht	45	55
untere Mittelschicht	61	39
Mittelschicht	62	38
obere Mittelschicht	**64**	36
Oberschicht	62	38

1 Der Zusammenhang wurde multivariat anhand einer logistischen Regression auf die Kriteriumsvariable »Kontrolle der Hausaufgaben: ja oder nein« getestet. Einbezogene Prädiktoren: Alter, Geschlecht, alte/neue Länder, Migrationshintergrund, soziale Herkunftsschicht, Familienform (alleinerziehend vs. nicht alleinerziehend), Schulstufe, Nachmittagsbetreuung.
In der Tabelle wurden zur besseren Veranschaulichung die als signifikant getesteten Merkmalsausprägungen ($p < 0{,}05$) fett dargestellt und bivariat in % ausgewiesen.

World Vision Kinderstudie 2007 – TNS Infratest Sozialforschung

fig« über familiären Streit (siehe dazu Kapitel 2). Insgesamt versuchen Kinder gerne ihre Grenzen bei den Eltern auszuloten, wenn es darum geht, möglichst lange aufbleiben zu dürfen.

Wie zu erwarten, ergeben sich deutliche Unterschiede zwischen jüngeren und älteren Kindern. Von den 8- bis 9-Jährigen gehen 82 % bis 20:30 Uhr zu Bett, weitere 15 % bis 21:30 Uhr und 3 % später als 21:30 Uhr. Bei den 10- bis 11-Jährigen sind es dann nur noch 58 %, die bis 20:30 Uhr zu Bett gehen. 37 % gehen bis 21:30 Uhr und 5 % nach 21:30 Uhr zu Bett (Abb. 3.4)

Insgesamt geben 70 % der Kinder im Alter von 8 bis 11 Jahren an, unterhalb der Woche, wenn Schule ist, bis 20:30 Uhr zu Bett zu gehen. Aufgestanden wird während der Schulzeit in der Regel zwischen 6:30 Uhr und 7:00 Uhr (47 %). Nur ein kleinerer Teil steht vor 6:30 Uhr (20 %) oder aber nach 7:00 Uhr auf (33 %).

Darüber hinaus gibt es weitere bemerkenswerte Unterschiede bei der Schlafenszeit (Tab. 3.12). Kinder mit Migrationshintergrund sind deutlich seltener bereits um 20:30 Uhr im Bett (54 %). Das trifft im gleichen Maße auch auf Kinder der Unterschicht zu (54 %). Weiterhin sind Kinder aus Großstädten (35 %) und auf dem Land (34 %) vergleichsweise häufiger noch nach 20:30 Uhr auf als Kinder aus dem Umland von Städten (24 %) und den so genannten Verdichtungszonen (27 %). Schließlich und endlich gehen Kinder, die ältere Geschwister haben (66 %), seltener bis 20:30 Uhr ins Bett als Kinder, die keine älteren Geschwister haben (75 %).

3.3 Schule als Institution

Nach diesem allgemeinen Blick auf die Auswirkungen der Institution Schule auf die Rahmenbedingungen der Lebenswelt der Kinder soll es in einem zweiten Schritt darum gehen, die Perspektive der Kinder auf die Institution Schule zu analysieren. Kinder sind an dieser Stelle die Experten, und ihre Meinung sollte gefragt sein, wenn es darum geht, ob ihnen die Schule gefällt und wie gut sie in der Schule sind.

3.3.1 Positive Sicht auf Schule

Wir haben gefragt, wie es den Kindern in der Schule gefällt. Die Bewertung der Kinder fällt hierzu positiv aus. Immerhin 69 % geben an, dass es ihnen in der Schule

Abb. 3.4 **Übliche Schlafenszeit unterhalb der Woche während der Schulzeit**
Kinder im Alter von 8 bis 11 Jahren in Deutschland (Angaben in %)

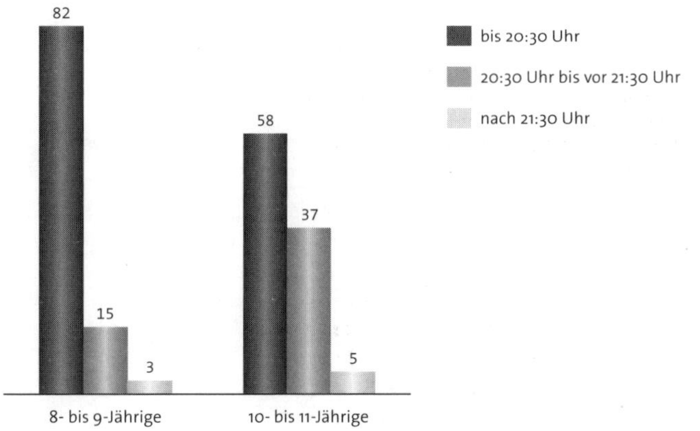

World Vision Kinderstudie 2007 – TNS Infratest Sozialforschung

Tab. 3.12 **Zusammenhangsanalyse**[1]**:**
Schlafensgehzeit der Kinder nach signifikanten persönlichen und sozialen Merkmalen
Basis: Kinder im Alter von 8 bis 11 Jahren in Deutschland

%-Angaben (pro Zeile)	20:30 Uhr und früher	nach 20:30 Uhr
Kinder insgesamt	70	30
Schulstufe		
Grundschule (Klassen 1 bis 4)	**79**	21
weiterführende Schule (ab Klasse 5)	52	48
Migrationshintergrund		
ja	54	46
nein	**76**	24
Alter der Kinder		
8–9 Jahre	**82**	18
10–11 Jahre	58	42
ältere Geschwister		
ja	66	34
nein	**75**	25
Soziale Herkunftsschicht		
Unterschicht	54	46
untere Mittelschicht	64	36
Mittelschicht	70	30
obere Mittelschicht	**76**	24
Oberschicht	**79**	21
Siedlungsstrukturtyp		
Ballungsgebiet	65	35
sonstige Stadtregion	67	33
Randlage von Ballungsgebieten/ Stadtregionen	**76**	24
Verdichtungszonen	73	27
ländlicher Raum	66	34

1 Der Zusammenhang wurde multivariat anhand einer logistischen Regression auf die Kriteriumsvariable »Schlafensgehzeit der Kinder: 20:30 Uhr und früher oder nach 20:30 Uhr« getestet. Einbezogene Prädiktoren: Alter, Geschlecht, alte/neue Länder, Migrationshintergrund, soziale Herkunftsschicht, Familienform (alleinerziehend vs. nicht alleinerziehend), Schulstufe, ältere Geschwister im Haushalt (ja/nein).
In der Tabelle wurden zur besseren Veranschaulichung die als signifikant getesteten Merkmalsausprägungen ($p < 0{,}05$) fett dargestellt und bivariat in % ausgewiesen.

World Vision Kinderstudie 2007 – TNS Infratest Sozialforschung

Abb. 3.5 **Die Sicht auf die Schule**
Kinder im Alter von 8 bis 11 Jahren in Deutschland (Angaben in %)

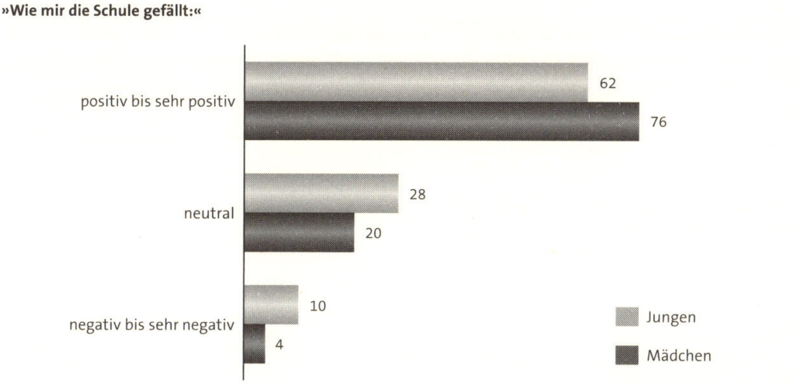

World Vision Kinderstudie 2007 – TNS Infratest Sozialforschung

gefällt oder gar sehr gefällt. Dabei werden auf den ersten Blick Unterschiede zwischen den Geschlechtern deutlich. Mädchen geben mit 76 % im Vergleich zu den Jungen zu 62 % deutlich häufiger an, dass es ihnen in der Schule gefällt oder sehr gefällt (Abb. 3.5).

Ein gutes Zeichen ist, dass es keinen Unterschied zwischen den Schülerinnen und Schülern der Grundschulen (70 % positiv oder sehr positiv) und der weiterführenden Schulen (68 % positiv oder sehr positiv) gibt. Hier gibt es in unserer Studie mit der Weichenstellung, die der Übergang in die weiterführenden Schulen darstellt, keinen relevanten Rückgang zu verzeichnen.

Die Zusammenhangsanalyse verdeutlicht einmal mehr die Bedeutung der sozialen Herkunftsschicht der Kinder (Tab. 3.13). Während fast die Hälfte der Kinder aus der Unterschicht (49 %) angibt, dass es ihnen in der Schule nicht so gut gefällt (»neutral bis negativ«), äußern sich die Kinder aus allen anderen Schichten deutlich häufiger positiv über die Schule. Auch die Unterschiede zwischen den Geschlechtern bleiben relevant. Jungen sind zu 38 % etwas häufiger »neutral bis negativ« gestimmt als Mädchen (24 %). Auch gefällt es Kindern von Alleinerziehenden deutlich häufiger weniger gut in der Schule (39 % »neutral bis negativ«) als den sonstigen gleichaltrigen Kindern. Ältere Kinder sind zu einem Anteil von 34 % im Vergleich zu jüngeren Kindern mit 28 % ebenfalls etwas häufiger hier »neutral bis negativ« eingestellt. Dabei handelt es sich vor allem um ältere Kinder, die noch die Grundschule besuchen. Schließlich sind Kinder, die eine Halbtagsschule besuchen, mit 31 % im Vergleich zu 24 % der Ganztagsschüler etwas häufiger »neutral bis negativ« eingestellt.[15]

15 Auf die Einbeziehung des Merkmals Schultyp: »Halbtags- oder Ganztagsschule« haben wir aufgrund der nicht unabhängigen Verteilung, die sich, wie bereits dargestellt, vor dem Hintergrund des zur Zeit unterschiedlichen regionalen Angebots ergibt, bei den Zusammenhangsanalysen in diesem Kapitel ansonsten verzichtet.

Tab. 3.13 **Zusammenhangsanalyse[1]:**
Gefallen an Schule nach signifikanten persönlichen und sozialen Merkmalen
Basis: Kinder im Alter von 8 bis 11 Jahren in Deutschland

%-Angaben (pro Zeile)	**positiv**	**nicht positiv**
Kinder insgesamt	69	31
Geschlecht		
Mädchen	**76**	24
Jungen	62	**38**
Soziale Herkunftsschicht		
Unterschicht	51	**49**
untere Mittelschicht	67	33
Mittelschicht	72	28
obere Mittelschicht	71	29
Oberschicht	**76**	24
Familienform		
alleinerziehend	61	**39**
nicht alleinerziehend	**71**	29
Alter der Kinder		
8–9 Jahre	**72**	28
10–11 Jahre	66	**34**
Schultyp		
Halbtagsschule	69	**31**
Ganztagsschule	**75**	25

1 Der Zusammenhang wurde multivariat anhand einer logistischen Regression auf die Kriteriumsvariable »Gefallen an Schule: positiv oder nicht positiv« getestet. Einbezogene Prädiktoren: Alter, Geschlecht, alte/neue Länder, Migrationshintergrund, soziale Herkunftsschicht, Familienform (alleinerziehend vs. nicht alleinerziehend), Schulstufe, ältere Geschwister im Haushalt (ja/nein), Schultyp.
In der Tabelle wurden zur besseren Veranschaulichung die als signifikant getesteten Merkmalsausprägungen ($p < 0{,}05$) fett dargestellt und bivariat in % ausgewiesen.

World Vision Kinderstudie 2007 – TNS Infratest Sozialforschung

3.3.2 Bewertung der eigenen Leistungsfähigkeit differenziert

Die Frage, wie sehr einem selber Schule gefällt, stellt einen Indikator für das allgemeine Wohlbefinden von Kindern in der Schule dar. Noten sind mit Schule in der Regel unweigerlich verbunden und stellen eine zentrale Komponente im Schulalltag dar. Damit geht eine Leistungsbewertung der Kinder einher, die lernen, mit dieser sichtbaren Form der Einschätzung der eigenen Leistungsfähigkeit umzugehen. Das Deutsche Jugendinstitut hat in der bereits erwähnten Kinderbetreuungsstudie (DJI 2005) herausgestellt, wie förderlich gute Noten für das Selbstkonzept sind. Gleichzeitig haf-

Tab. 3.14 **Bewertung der eigenen Schulleistung**
Basis: Kinder im Alter von 8 bis 11 Jahren in Deutschland

Spalten in %	gesamt	Mädchen	Jungen	Grundschule	Ab Klasse 5
sehr gut/gut	59	64	54	62	53
mittel	36	33	39	32	44
nicht so gut/überhaupt nicht gut	5	3	7	6	3

World Vision Kinderstudie 2007 – TNS Infratest Sozialforschung

tet den Noten jedoch keine deterministische Funktion in der Herausbildung von Kinderpersönlichkeiten im Schulumfeld an. Der Kinderreport des deutschen Kinderhilfswerks (Wild 2001) hat belegen können, wie ein positives Klassenklima und eine vertrauensvolle Beziehung zwischen Schülern und Lehrern positive Auswirkungen auf die gesamte Klasse haben. Autonomiebestrebungen der Kinder werden gestärkt und leistungsschwächere Schüler auch gefördert.

Deutlich mehr als die Hälfte (59 %) der Kinder im Alter von 8 bis 11 Jahren schätzt sich selber als guten oder gar sehr guten Schüler ein. Als mittelguten Schüler bezeichnet sich ein gutes Drittel (36 %). Als nicht so guten oder gar überhaupt nicht so guten Schüler sehen sich dagegen nur 5 % (Tab. 3.14). Die Zusammenhangsanalyse zeigt, dass sich vor allem Kinder aus der Unterschicht mit nur 28 % besonders selten als eher gute Schüler bezeichnen. Kinder aus der Oberschicht schätzen sich zu fast drei Vierteln (74 %) als gute Schüler ein (Tab. 3.15).

Weiterhin gibt es signifikante Unterschiede zwischen den Geschlechtern. 65 % der Mädchen und nur 54 % der Jungen sehen sich selber als gute Schüler. Obwohl sich anhand des Besuchs der unterschiedlichen Schulformen in jungen Jahren noch nicht ablesen lässt, dass Mädchen in ihrer weiteren Schulkarriere die besseren Schulabschlüsse erreichen werden (Siehe dazu Shell Jugendstudie 2006: Langness/Leven/Hurrelmann 2006), so treten hier doch über die Selbsteinschätzung der eigenen Leistungsfähigkeit bereits relevante Unterschiede zwischen den Geschlechtern auf. Jungen können zwar in den ersten Schuljahren beim Besuch der unterschiedlichen Schulformen noch mit den Mädchen mithalten, aber in der schlechteren Wahrnehmung der eigenen Leistungsfähigkeit treten bereits die Unterschiede zutage, die im weiteren Verlauf der Schulkarriere zu einem geringeren Bildungserfolg der Jungen führen werden.

Ebenso bedeutsam ist der Unterschied zwischen den Grundschülern bis zur vierten Klasse und den Schülern in den höheren Jahrgangsstufen. Bis zur vierten Klasse schätzen sich die Kinder noch deutlich häufiger (63 %) als gute Schüler ein. Dieser Anteil sinkt deutlich auf noch 53 % bei den Kindern in den höheren Jahrgangsstufen. Die in Deutschland fast flächendeckend nach der vierten Klasse einsetzende Zuweisung auf unterschiedliche Schulformen[16] führt zwar nicht zu einem messbaren Rückgang in der Zufriedenheit mit der Schule, doch lässt sich

16 Berlin und Brandenburg sind hier die grundsätzlichen Ausnahmen. In diesen beiden Bundesländern gibt es in der Regel eine gemeinsame sechsjährige Grundschulzeit, an die sich dann die Zuweisung auf die unterschiedlichen Schulformen anschließt.

Tab. 3.15 **Zusammenhangsanalyse[1]:**
Guter Schüler sein nach signifikanten persönlichen und sozialen Merkmalen
Basis: Kinder im Alter von 8 bis 11 Jahren in Deutschland

%-Angaben (pro Zeile)	guter Schüler	mittelguter oder nicht so guter Schüler
Kinder insgesamt	59	41
Soziale Herkunftsschicht		
Unterschicht	28	72
untere Mittelschicht	53	47
Mittelschicht	57	43
obere Mittelschicht	70	30
Oberschicht	**74**	26
Geschlecht		
Mädchen	**64**	36
Jungen	54	46
Schulstufe		
Grundschule (Klassen 1 bis 4)	**62**	38
weiterführende Schule (ab Klasse 5)	53	47

1 Der Zusammenhang wurde multivariat anhand einer logistischen Regression auf die Kriteriumsvariable »Guter Schüler sein: ja oder nein« getestet. Einbezogene Prädiktoren: Alter, Geschlecht, alte/neue Länder, Migrationshintergrund, soziale Herkunftsschicht, Familienform (alleinerziehend vs. nicht alleinerziehend), Schulstufe, ältere Geschwister im Haushalt (ja/nein).
In der Tabelle wurden zur besseren Veranschaulichung die als signifikant getesteten Merkmalsausprägungen ($p < 0{,}05$) fett dargestellt und bivariat in % ausgewiesen.

World Vision Kinderstudie 2007 – TNS Infratest Sozialforschung

bei Kindern im Alter von 8 bis 11 Jahren im Nachgang des Übergangs auf die weiterführenden Schulformen ein deutlich schlechteres Bild von ihrer eigenen Leistungsfähigkeit nachweisen.

3.3.3 Nachhilfe und Schuleschwänzen als Indikatoren für Überforderung

Da bereits in sehr jungem Alter erste Weichen für die weitere Bildungskarriere gestellt werden, bekommt für die Eltern die Frage nach der Leistungsfähigkeit der eigenen Kinder eine hohe Priorität. Bei Kindern im Alter von 8 bis 11 Jahren ist Nachhilfe bereits für 9 % Realität. Und obwohl Jungen sich im Vergleich zu Mädchen seltener als gute Schüler bezeichnen, gibt es keinen nennenswerten Unterschied zwischen den Geschlechtern, was die Inanspruchnahme von Nachhilfe betrifft.

Nachhilfe erhalten bereits Grundschulkinder

Im Einzelnen erhalten ältere Kinder etwas häufiger Nachhilfe, um Anschluss in der Schule halten zu können. Bereits jedes neunte Kind (11 %) ab der 5. Klasse nimmt dies in Anspruch, während es bei den

Tab. 3.16 **Nachhilfeunterricht**
Basis: Kinder im Alter von 8 bis 11 Jahren in Deutschland

Spalten in %	gesamt	Mädchen	Jungen	bis 4. Klasse	ab 5. Klasse
Nachhilfe					
ja, mehrmals pro Woche	2	2	2	2	2
ja, einmal pro Woche	7	6	7	6	9
nein	91	92	91	92	89

World Vision Kinderstudie 2007 – TNS Infratest Sozialforschung

Tab. 3.17 **Zusammenhangsanalyse[1]: Nutzung von Nachhilfe nach signifikanten persönlichen und sozialen Merkmalen**
Basis: Kinder im Alter von 8 bis 11 Jahren in Deutschland

%-Angaben (pro Zeile)	ja	nein
Kinder insgesamt	9	91
Migrationshintergrund		
ja	**13**	87
nein	7	93
Alter		
8–9 Jahre	8	92
10–11 Jahre	**11**	89
Familienform		
alleinerziehend	5	95
nicht alleinerziehend	**9**	91

1 Der Zusammenhang wurde multivariat anhand einer logistischen Regression auf die Kriteriumsvariable »Nutzung von Nachhilfe: ja oder nein« getestet. Einbezogene Prädiktoren: Alter, Geschlecht, alte/neue Länder, Migrationshintergrund, Siedlungsstrukturtyp, soziale Herkunftsschicht, Familienform (alleinerziehend vs. nicht alleinerziehend), Schulstufe.
In der Tabelle wurden zur besseren Veranschaulichung die als signifikant getesteten Merkmalsausprägungen ($p < 0{,}05$) fett dargestellt und bivariat in % ausgewiesen.

World Vision Kinderstudie 2007 – TNS Infratest Sozialforschung

Grundschulkindern bis zur 4. Klasse bereits 8% sind (Tab. 3.16).

In der Zusammenhangsanalyse erweisen sich neben dem Alter der Kinder vor allem der Migrationshintergrund und die Familienform als erklärende Merkmale (Tab. 3.17).

Familien mit Kindern mit Migrationshintergrund organisieren öfter Nachhilfe für ihre Kinder (13%) als Familien ohne Migrationshintergrund (7%). Zusätzlich erweist sich die Familienform als bedeutsam. So findet sich bei Alleinerziehenden signifikant seltener Nachhilfe (5%), als dies bei den sonstigen Kindern der Fall ist (9%).

Tab. 3.18 **Zusammenhangsanalyse**[1]**:**
Schule schwänzen nach signifikanten persönlichen und sozialen Merkmalen
Basis: Kinder im Alter von 8 bis 11 Jahren in Deutschland

%-Angaben (pro Zeile)	ja	nein
Kinder insgesamt	8	92
Soziale Herkunftsschicht		
Unterschicht	**22**	78
untere Mittelschicht	10	90
Mittelschicht	8	92
obere Mittelschicht	6	94
Oberschicht	2	98
Siedlungsstrukturtyp		
Ballungsgebiet	8	92
sonstige Stadtregion	9	91
Randlage von Ballungsgebieten/Stadtregionen	6	94
Verdichtungszonen	5	95
ländlicher Raum	**17**	83
Guter Schüler nach Eigenauskunft		
ja	5	95
nein	**13**	87
Alter		
8–9 Jahre	6	94
10–11 Jahre	**11**	89

1 Der Zusammenhang wurde multivariat anhand einer logistischen Regression auf die Kriteriumsvariable »Schule schwänzen: ja oder nein« getestet. Einbezogene Prädiktoren: Alter, Geschlecht, alte/neue Länder, Migrationshintergrund, Siedlungsstrukturtyp, soziale Herkunftsschicht, Familienform (alleinerziehend vs. nicht alleinerziehend), Schulstufe.
In der Tabelle wurden zur besseren Veranschaulichung die als signifikant getesteten Merkmalsausprägungen ($p < 0{,}05$) fett dargestellt und bivariat in % ausgewiesen.

World Vision Kinderstudie 2007 – TNS Infratest Sozialforschung

Schule schwänzen als Schichtproblem

Nicht alle Kinder kommen insgesamt mit den Anforderungen, die die Schule an sie richtet, klar. Einige von ihnen entziehen sich dabei der Institution, indem sie dem Unterricht ohne Wissen der Eltern fernbleiben. Wir haben deshalb bei den Kindern nachgefragt, wer bereits einmal oder sogar mehrfach die Schule geschwänzt hat.[17]

8 % geben an, dass sie bereits zumindest einmal die Schule geschwänzt haben. Nicht mehr als 2 % geben an, mehr als einmal dem Unterricht ferngeblieben zu sein.

Auffällig ist in der Zusammenhangsanalyse (Tab. 3.18) vor allem, dass es vorrangig Kinder aus der Unterschicht sind, die berichten, schon einmal die Schule geschwänzt zu haben (22%). In allen anderen Schichten liegt der Anteil deutlich niedriger. Hinzu kommt, dass vorrangig Kinder, die sich selber als nicht so leistungsstark einschätzen, vom Schuleschwänzen berichten (13%). Für den weiteren Verlauf der Bildungskarriere wird für die Kinder entscheidend sein, ob sie leistungsmäßig Anschluss halten können und Schulverweigerung hier nicht zum Standard wird.

Ebenso geben Kinder aus dem ländlichen Raum (17%) im Vergleich zu den Kindern aus dem städtischen Raum signifikant häufiger an, sich zumindest schon einmal der Schule entzogen zu haben. Dieses Ergebnis ist sicherlich etwas überraschend, da gemeinhin vorausgesetzt wird, dass im ländlichen Raum die öffentliche soziale Kontrolle höher ausgeprägt ist. Mit einem Anteil von 11% berichten schließlich auch ältere Schüler etwas häufiger, schon einmal die Schule geschwänzt zu haben.

Schulverweigerung ist bei Kindern kein Massenphänomen. Besorgnis erregend sind allerdings die vergleichsweise hohen Anteile von Kindern aus der Unterschicht, die hier über entsprechende Erfahrungen berichtet haben.

17 Auch diese Frage wurde von unseren Interviewern im Rahmen der persönlich-mündlichen Befragung direkt gestellt. Da es sich beim Schuleschwänzen um ein Dunkelfeld handelt, kann nicht ausgeschlossen werden, dass der tatsächliche Anteil hierbei möglicherweise unterschätzt wird. Repräsentative Vergleichszahlen liegen unseres Wissens für Kinder dieser Altersgruppe nicht vor.

3.3.4 **Beschränkte Mitbestimmungsmöglichkeiten von Kindern in der Schule**

Die Beteiligung von Kindern in der Schule ist eher formal geregelt. Üblich ist die Wahl einer Klassensprecherin oder eines Klassensprechers. Sonstige Formen der Partizipation können hingegen von Schule zu Schule sehr unterschiedlich ausfallen.

Im Sekundarbereich haben Studien in den letzten drei Jahrzehnten immer wieder den Zusammenhang von stärkeren Partizipationsmöglichkeiten in der Schule mit subjektivem Wohlbefinden, hoher Unterrichtsqualität, Vertrauen in die Lehrer und als geringer empfundenem Leistungsdruck betont (Holtappels 2004). Im Bereich der Beteiligung von Kindern in der Grundschule konnte im Rahmen des DJI-Kinderpanels nachgewiesen werden, dass Partizipation bereits in der 4. Klasse ansetzt. Es geht hierbei weniger um formal etablierte Beteiligungsstrukturen als um die Organisation von Festen und das Aufstellen von Regeln im Klassenverbund. Sowohl das DJI-Kinderpanel (Bacher/Winkelhofer/Teubner 2007) als auch das LBS-Kinderbarometer (LBS-Initiative Junge Familie 2005) zeigen auf, dass die Möglichkeiten der schulischen Mitbestimmung von den meisten Kindern als sehr beschränkt erlebt werden.

In der World Vision Kinderstudie sollten die Kinder in fünf unterschiedlichen Bereichen einschätzen, ob und – wenn ja – wie regelmäßig sie Mitbestimmung in der Schule erleben. Die fünf Felder umfassten die Gestaltung des Klassenzimmers, die Festlegung von Zielen für Schulausflüge, Vorschläge für Projekte im Unterricht, das Mitreden bei den Pausenregeln und die Mitgestaltung von Schulfesten. Diese fünf Dimensionen sind vorrangig auf die Ausgestaltung des Alltags zwi-

Abb. 3.6 **Wo Kinder in der Schule mitbestimmen dürfen**
Kinder im Alter von 8 bis 11 Jahren in Deutschland (Angaben in %)

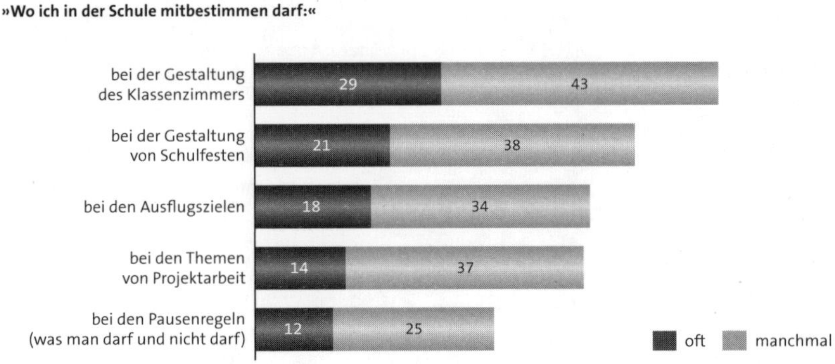

World Vision Kinderstudie 2007 – TNS Infratest Sozialforschung

schen Lehrern und Schülerinnen und Schülern ausgerichtet.

29 % der Kinder geben an, dass sie »oft« und weitere 43 %, dass sie zumindest »manchmal« über die Gestaltung des Klassenzimmers mitbestimmen dürfen. 28 % dürfen dies nach eigener Auskunft »nie«. 21 % dürfen bei der Gestaltung von Schulfesten »oft« und weitere 38 % »manchmal« mitbestimmen. 41 % dürfen dies »nie«. 18 % dürfen »oft« und weitere 34 % »manchmal« über die Ziele von Schulausflügen mitbestimmen. 48 % dürfen dies »nie«. 14 % dürfen über die Themen von Projekten mitbestimmen, weitere 37 % manchmal, hingegen 49 % »nie«. Über die Pausenregeln, also das, was in der Pause erlaubt ist und was nicht, dürfen 12 % »oft« und weitere 25 % »manchmal«, jedoch 63 % »nie« mitbestimmen (Abb. 3.6).

Zwischen den Schulstufen ergeben sich deutliche Unterschiede. Kinder an den Grundschulen geben seltener an, oft über die unterschiedlichen Bereiche mitbestimmen zu dürfen. Während bei den Pausenregeln auch an den weiterführenden Schulen die Kinder kaum mehr angeben (14 % zu 11 %), oft mitreden zu können, sind die Unterschiede in den anderen Feldern deutlicher. Die Kinder an weiterführenden Schulen geben an, deutlich häufiger oft bei der Gestaltung des Klassenzimmers (41 % zu 23 %), den Zielen für Schulausflüge (29 % zu 12 %), bei Projekten im Unterricht (23 % zu 10 %) und der Ausgestaltung von Schulfesten (28 % zu 18 %) gefragt zu werden (Tab. 3.19).

Hier wird deutlich, dass an der Grundschule, die weitestgehend ohne formale Beteiligungsstrukturen von Kindern geregelt ist, Mitwirkung von Kindern oftmals nur unregelmäßig stattfindet. So erlebt fast die Hälfte aller Kinder im Alter von 8 bis 11 Jahren Schule als etwas, in das sie sich auf den fünf Ebenen nicht regelmäßig einbringen kann. Ab der 5. Klasse ändert sich das Bild deutlich, da auf der weiterführenden Schule nur noch ein Drittel der Kinder sich in keinem Bereich regelmäßig eingebunden fühlt (34 %), während es in der Grundschule deutlich mehr als die Hälfte ist (56 %).

Tab. 3.19 **Mitbestimmung in der Schule**
Basis: Kinder im Alter von 8 bis 11 Jahren in Deutschland

Spalten in %	gesamt	Mädchen	Jungen	Grund-schule	Ab Klasse 5
Klassenzimmergestaltung					
oft	29	28	30	23	41
manchmal	43	46	40	44	42
nie	28	26	30	33	17
Schulausflugziele					
oft	18	19	17	12	29
manchmal	34	36	33	30	44
nie	48	45	50	58	27
Projektthemen					
oft	14	14	15	10	23
manchmal	37	38	35	34	42
nie	49	48	50	56	35
Pausenregeln					
oft	12	11	12	11	14
manchmal	25	27	24	25	27
nie	63	62	64	64	59
Gestaltung von Schulfesten					
oft	21	22	20	18	28
manchmal	38	39	38	36	44
nie	41	39	42	46	28
Angabe von »oft«					
kein Bereich	49	49	50	56	34
ein Bereich	25	25	25	25	26
zwei Bereiche	13	14	12	10	19
mehr als zwei Bereiche	13	12	13	9	21

World Vision Kinderstudie 2007 – TNS Infratest Sozialforschung

Es ist also durchaus einiger Spielraum vorhanden, um gerade im Bereich der Grundschule Kindern noch mehr Gelegenheiten zur Beteiligung einzuräumen. Ziel sollte sein, Kindern früh solche Erfahrungen zu ermöglichen, um ihnen in ihrer weiteren Biografie so einen leichteren Zugang zu weiteren Beteiligungsformen zu gewährleisten.

Abb. 3.7 **Welche Nachmittagsangebote Kinder in einer Ganztagsschule begrüßen würden**
Kinder im Alter von 8 bis 11 Jahren in Deutschland, die eine Halbtagsschule besuchen (Angaben in %)

»Gut fände ich als Schulangebot am Nachmittag …«

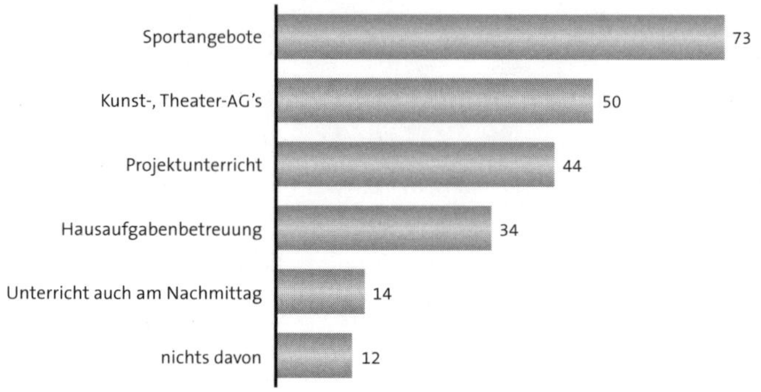

World Vision Kinderstudie 2007 – TNS Infratest Sozialforschung

3.3.5 **Ganztagsschule – »bloß nicht den ganzen Tag Schule«**

In der Diskussion der letzten Jahre wird dem Ausbau der Ganztagsschule besondere Bedeutung beigemessen. Neben Fragen der Ausgestaltung – hier wird zwischen offenen, teilweise gebundenen, voll gebundenen Formen unterschieden (Fees 2005) – bekommt die Ganztagsschule zunehmend eine sozialpolitische Bedeutung. Der Wandel des Familienlebens, der in der häufigeren Erwerbstätigkeit der Mütter und dem Trend zu Ein-Kind-Familien zum Ausdruck kommt, die zunehmend nicht kindgerechten Wohnumfelder und die geringeren Kontaktmöglichkeiten mit anderen Kindern lassen Ganztagsschulen eine kompensatorische Rolle bei der Sozialisation der Kinder jenseits des Unterrichts zukommen. Darüber hinaus soll durch spezielle Unterstützungsangebote, die individuelle Stärken fördern und Schwächen beheben sollen, Bildung von sozialer Herkunft entkoppelt werden, indem Unterschiede, die durch unterschiedliche Unterstützungsmöglichkeiten in den Familien bestehen, ausgeglichen werden (Radisch/Klieme 2003).

Grundlegend ist dabei die Forderung nach einer stärkeren Zusammenarbeit zwischen Familie und Schule. Insbesondere ist die Einbindung der Familien über Mitwirkungsmöglichkeiten und -rechte durch die Eltern im Grundschulbereich wichtig, um einer Entfremdung der Kinder zwischen diesen beiden Lebensbereichen entgegenzuwirken (BMFSFJ 1995).

In der World Vision Kinderstudie haben wir die Kinder im Alter von 8 bis 11 Jahren, die auf eine Halbtagsschule gehen, gefragt, ob sie fünf unterschiedliche Dinge, die an einer Ganztagsschule am Nachmittag denkbar wären, gut oder nicht so gut finden. Diese Gruppe umfasst – wie bereits in diesem Kapitel ausgeführt – 87 % der Kinder in dieser Altersgruppe. Die Felder beinhalten Hausauf-

Tab. 3.20 **Akzeptanz von Ganztagsschulangeboten bei Kindern**
Basis: Kinder im Alter von 8 bis 11 Jahren in Deutschland, die eine Halbtagsschule besuchen

Spalten in %	gesamt	Mädchen	Jungen	West	Ost
Gut fänden					
Sportangebote	73	70	76	72	78
Kunst-, Theater-AGs	50	66	33	50	46
Projektunterricht	44	47	40	43	48
Hausaufgabenbetreuung	34	35	33	33	44
normalen Unterricht	14	12	16	13	21
nichts davon	12	12	12	13	7
Anzahl der Bereiche, die die Kinder gut fänden					
keinen Bereich	12	12	12	13	7
einen Bereich	22	16	28	22	21
zwei Bereiche	25	24	26	25	26
mehr als zwei Bereiche	41	48	34	40	46

World Vision Kinderstudie 2007 – TNS Infratest Sozialforschung

gabenbetreuung, Sportangebote, Kunst-/Theater-AG, Projektunterricht und normalen Unterricht.

Es zeigt sich, dass Kinder in diesem Alter eine sehr differenzierte Vorstellung davon haben, wie die Angebote an einer solchen Schule am Nachmittag auszusehen hätten (Abb. 3.7).

Eine große Mehrheit von fast drei Viertel der Kinder (73 %) kann sich Sportangebote am Nachmittag vorstellen. Kunst- oder Theater-AG (50 %) und Projektunterricht (44 %) folgen auf den weiteren Plätzen und erreichen einen Großteil der Kinder. Während Hausaufgabenbetreuung (34 %) noch ein Drittel der Kinder erreicht, stößt normaler Unterricht (14 %) kaum auf Gegenliebe bei den befragten Kindern.

Ein beachtlicher Anteil von 12 % kann sich mit der Idee, dass auch am Nachmittag etwas im Rahmen von Institution Schule stattfinden soll, nicht so recht anfreunden und gibt an, an keinem der Bereiche Gefallen zu finden. Insgesamt gilt, dass Angebote am Nachmittag im Rahmen der Institution Schule bei der Mehrheit der Kinder aber auf grundsätzliche Zustimmung stoßen. Dabei können nur wenige Kinder allerdings mit Inhalten wie normalem Unterricht oder Hausaufgabenbetreuung, die näher am gewohnten Alltag in der Institution Schule sind, etwas anfangen.

Zu den 12 %, die sich mit keinem der genannten Bereiche anfreunden können, kommt ein gutes Fünftel (22 %), das sich nur für einen Bereich ausspricht. Immerhin ein Viertel (25 %) gibt zwei Bereiche an. Und ein Großteil der Kinder (41 %) kann sich mehr als zwei Bereiche vorstellen.

Zwischen den Geschlechtern fällt auf, dass bei den Mädchen neben der höheren Vorliebe für Kunst- oder Theater-AG auch Projektunterricht etwas beliebter ist

Abb. 3.8 **Ganztagsschüler in Deutschland: Zufriedenheit mit der Schulform**
Schüler von Ganztagsschulen im Alter von 8 bis 11 Jahren in Deutschland (Angaben in %)

»Meine Haltung zur Schulform«

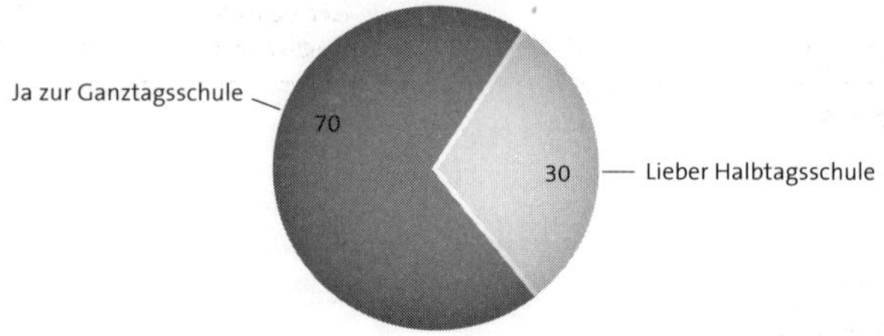

World Vision Kinderstudie 2007 – TNS Infratest Sozialforschung

als bei Jungen, die sich vergleichsweise auch nur wenig häufiger für Sport erwärmen können. Bei den Jungen gibt es – da Kunst- oder Theater-AG nur für ein Drittel etwas wäre, was ihnen im Rahmen von Schule am Nachmittag gefallen würde – auch weniger, die sich mit mehr als zwei Themenfeldern in der Schule am Nachmittag anfreunden können (Tab. 3.20).

Im Vergleich alte und neue Bundesländer gilt, dass die Akzeptanz von Inhalten für die Schule am Nachmittag in den neuen Bundesländern, wo mit 22 % im Vergleich zu 11 % auch relativ mehr Kinder eine solche Schulform besuchen, breiter ist. Sowohl der normale Unterricht wie auch eine Hausaufgabenbetreuung stoßen bei den Kindern hier auf weniger Vorbehalte.

Differenziert nach der Herkunftsschicht findet sich nur ein bemerkenswerter Unterschied. Kinder aus der Unterschicht, die eine Halbtagsschule besuchen, würden es mit einem Anteil von 52 % deutlich häufiger als im Durchschnitt 34 % der Kinder begrüßen, wenn am Nachmittag in der Schule Hausaufgabenbetreuung stattfinden würde. Vergleichbares gilt übrigens auch für 48 % der Kinder mit Migrationshintergrund, die sich ebenfalls überproportional häufig für eine Hausaufgabenbetreuung als Nachmittagsangebot aussprechen. Erwähnenswert ist ansonsten noch, dass Kinder aus der Oberschicht mit 59 % im Vergleich zu durchschnittlich 50 % etwas häufiger an Kunst- oder Theaterangeboten interessiert wären. Die Unterschiede sind in diesem Fall jedoch, wie auch alle anderen noch vorhandenen Abweichungen zwischen den Schichten, nicht übermäßig hoch ausgeprägt.

Ganztagsschüler sind mit dieser Schulform mehrheitlich zufrieden

Ganztagsschüler äußern sich, wie bereits dargestellt, mit einem Anteil von 75 % noch häufiger als Halbtagsschüler mit 69 % »positiv oder sehr positiv« zur Schule. Konkret danach gefragt, ob sie lieber eine andere Schule besuchen würden, berichten 70 % der Ganztagsschüler, mit dieser Schulform zufrieden zu sein. 30 % wären allerdings lieber auf einer Halbtagsschule (Abb. 3.8).

Im Zusammenhang betrachtet (Tab. 3.21) sind es – wie kaum anders zu

Tab. 3.21 **Zusammenhangsanalyse[1]:**
Ganztagsschüler und Wunsch nach einer anderen Schulform
Basis: Ganztagsschülerinnen und -schüler im Alter von 8 bis 11 Jahren in Deutschland

%-Angaben (pro Zeile)	Wunsch nach Besuch einer Halbtagsschule	Präferenz für Ganztagsschule
Kinder insgesamt	30	70
Allgemeine Schulbewertung		
positiv	23	77
neutral bis negativ	**48**	52
Migrationshintergrund		
einheimische deutsche Kinder	28	72
Kinder mit Migrationshintergrund	**40**	60
Geschlecht		
Mädchen	23	77
Jungen	**37**	63

1 Der Zusammenhang wurde multivariat anhand einer logistischen Regression auf die Kriteriumsvariable »Wunsch nach Besuch einer Halbtagsschule: ja oder nein« getestet. Einbezogene Prädiktoren: Alter, Geschlecht, alte/neue Länder, Migrationshintergrund, Siedlungsstrukturtyp, soziale Herkunftsschicht, Familienform (alleinerziehend vs. nicht alleinerziehend), Schulstufe, Bewertung der eigenen Schulleistung, allgemeine Schulbewertung.
In der Tabelle wurden zur besseren Veranschaulichung die als signifikant getesteten Merkmalsausprägungen ($p < 0{,}05$) fett dargestellt und bivariat in % ausgewiesen.

World Vision Kinderstudie 2007 – TNS Infratest Sozialforschung

erwarten war – 48 %, denen die Schule auch insgesamt weniger gefällt, die lieber eine Halbtagsschule besuchen würden. Davon unabhängig geben aber auch deutlich häufiger Jungen mit 37 % im Vergleich zu Mädchen mit 23 % sowie Kinder mit Migrationshintergrund mit 40 % im Vergleich zu einheimischen deutschen Kindern mit 28 % an, dass sie lieber eine Halbtagsschule besuchen würden. Nicht signifikant sind die regionalen Merkmale, das Alter, die Familienform und die Herkunftsschicht sowie auch die Bewertung der eigenen Schulleistung.

Es hat demnach den Anschein, dass sich Jungen von der konkreten Umsetzung der Ganztagsschule etwas weniger angesprochen fühlen. Gleiches gilt für Kinder mit Migrationshintergrund. Die, die eine Ganztagsschule besuchen, wünschen sich etwas häufiger als andere Kinder den Besuch einer Halbtagsschule. Wir können in unserer Studie nicht endgültig klären, ob an dieser Stelle bei Jungen andere Autonomievorstellungen hinsichtlich des Wunsches nach einer dadurch scheinbar freieren Gestaltung des Alltags durchschlagen. Jungen sind in ihrem Freizeitverhalten weniger vielseitig und auch stärker medienkonsumorientiert (siehe dazu Kapitel 5), was auch das vorhin festgestellte geringere Interesse von Jungen an den verschiedenen möglichen Angeboten im Rahmen einer Ganztagsschule erklären würde. Bei Kindern mit Migrationshintergrund könnten möglicherweise auch familiäre Hintergründe retardierend wirken. Schichteffekte spielen hierbei hingegen keine zentrale Rolle.

Insgesamt dominiert, wie dargestellt, bei den Ganztagsschülern jedoch die Zustimmung zur Schulform, und auch Halbtagsschüler fühlen sich von Nachmittagsangeboten angesprochen. Auf Ablehnung stößt allerdings ein Konzept einer Ganztagsschule als »den ganzen Tag Schule«.

Der Wandel des Familienlebens, von der Zunahme von Ein-Eltern-Familien bis hin zur vermehrten Erwerbstätigkeit von Müttern in »Komplettfamilien«, ist sicherlich eine zentrale Argumentation, wenn es darum geht, Forderungen nach einem Ausbau von Ganztagsangeboten zu begründen. Wie aber diese Angebote ausgestaltet sind, ob sie eine Wahlmöglichkeit für Kinder, aber auch deren Familien beinhalten, und welche Gestaltungsmomente in den Schulen gegeben sind, ist und bleibt eine offene Frage. Aktuell gibt es unterschiedliche Ausgestaltungen, die von einer Integration von Hortangeboten bis hin zur Einbindung von Angeboten der Jugendhilfe reichen (Fees 2005). Leitbild in der zukünftigen Diskussion um Ausgestaltung der Ganztagsschule sollte am ehesten eine ganztägig offene und rhythmisierte Schule mit einem entzerrten Angebot von Pflichtunterricht und vielfältigen Wahlmöglichkeiten sein. Bislang standen in der öffentlichen Diskussion familienbezogene Belange wie Vereinbarkeit von Erwerbstätigkeit und Kinderbetreuung sowie stärkere Mitwirkungsrechte der Eltern im Vordergrund (BMFSFJ 1995). Das Meinungsbild der Kinder verdeutlicht, dass die Einführung von Ganztagsschulen viel mehr als bisher die Einbeziehung der Bedürfnisse der Kinder erforderlich macht.

Ulrich Schneekloth und Ingo Leven

4 Die Gleichaltrigen: Gemeinsame und getrennte Welten

Neben der Familie als persönlichem Bezugspunkt und primärer Sozialisationsinstanz sowie der Schule als nach externen Regeln strukturierter Lebenswelt stellt auch der Umgang unter Gleichaltrigen, den so genannten Peers, für Kinder eine eigene Welt dar. Kinder knüpfen bereits im frühen Lebensalter intensive Beziehungen zu anderen Kindern, was auch umgangssprachlich etwa im Begriff der »Sandkastenfreundschaft« seinen Ausdruck findet. Freundinnen oder Freunde zu haben ist mit zunehmendem Lebensalter vor allem für die 6- bis 12-jährigen Kinder in der so genannten mittleren Kindheit von immer größerer Bedeutung (Baacke 1999). Kinder lernen nicht nur in der Familie oder Schule, sondern auch in der Auseinandersetzung mit anderen Kindern (Krappmann/Oswald 1995). Hierbei stellt das Erlernen von sozialem Miteinander im Alltag eine wesentliche Entwicklungsaufgabe dar (Havighurst 1972), deren positive Bewältigung für Kinder in diesem Altersabschnitt genauso wichtig ist wie das Erlernen der zentralen Kulturtechniken (Lesen, Schreiben, Rechnen etc.).

Das Schließen von Freundschaften und ganz generell die Auseinandersetzung mit Gleichaltrigen wird von Kindern als aufregend empfunden und bereitet ihnen Freude. Zum Ausdruck kommt an dieser Stelle das Bedürfnis nach interpersonaler Intimität (Sullivan 1980). Reguliert werden muss hierfür die eigene Affektivität, und es ist erforderlich, die Fähigkeit konsequent weiterzuentwickeln, Perspektivenwechsel weg von sich selber und hin zu anderen Kindern vorzunehmen (Perspektivenübernahme und Empathie). Hinzu kommt ganz generell die Anforderung, sich in wechselnden sozialen Gruppen in unterschiedlichen Umwelten (Wohnumfeld, Schule und sonstige Institutionen, Vereine etc.) zurechtzufinden, Positionen zu besetzen und unterschiedliche soziale Rollen zu übernehmen. Vertrauen, Sicherheit und Stabilität in der Familie sowie soziale Integration in Peergroups und in festen Freundschaften sind demnach zwei sich ergänzende Anforderungen für ein gelingendes Aufwachsen und eine positive Bewältigung der Entwicklungsaufgaben in dieser Lebensspanne.

Wir möchten uns in diesem Kapitel damit beschäftigen, wie gut Kinder in Deutschland heute in Gleichaltrigengruppen integriert sind und welche möglichen Unterschiede zwischen Mädchen und Jungen, zwischen einheimischen deutschen Kindern und Kindern mit Migrationshintergrund sowie in Abhängigkeit von der sozialen Herkunft festzustellen sind. Den Schwerpunkt haben wir auf die soziale Integration gelegt.[18] Gibt es getrennte Lebenswelten, oder

18 Das Thema Freundschaft im engeren Sinne sowie der Grad der Intimität und das Problem der Reziprozität stehen hier nicht im Fokus. Siehe dazu die Ergebnisse des DJI-Kinderpanels (Traub 2005) oder auch Newcomb/Bagwell (1996).

überschneiden sich die Kontakte und Beziehungen der Kinder untereinander? Sind die Kinder in Deutschland nach ihrem eigenen Empfinden gut integriert? Welche Rolle spielt Mobbing oder Gewalt unter Kindern, und wer ist davon vorrangig betroffen?

4.1 Soziale Integration in Peergroups

4.1.1 Zahl der Freundinnen und Freunde

In der 1. World Vision Kinderstudie 2007 hat uns zuerst einmal interessiert, wie die Kinder selber ihren Freundeskreis und ihre Einbindung bewerten. Fragt man ganz allgemein nach der Zahl der Freundinnen und Freunde, so wird von 37 % der Kinder am häufigsten eine Anzahl von 10 oder mehr benannt. Auf 6 bis 9 Freundinnen oder Freunde verweisen 24 %, und eine Anzahl von 4 bis 5 geben 23 % an. Nur 15 % der Kinder benennen hingegen nicht mehr als 3 Freundinnen und Freunde (Abb. 4.1).

Mädchen verweisen noch etwas häufiger als Jungen auf größere Freundeskreise. 40 % geben hier im Vergleich zu 35 % bei den Jungen eine Anzahl von 10 und mehr Freundinnen oder Freunden an.

Andere Studien kommen diesbezüglich zu etwas geringeren Werten. Laut DJI-Kinderpanel benennen 8- bis 9-Jährige im Durchschnitt 3,7 Freunde. Hierbei ist jedoch zu beachten, dass im Kinderpanel zuerst nach Kindern, »mit denen man öfters etwas zusammen macht« gefragt und danach für jedes dabei namentlich zu nennende Kind geklärt wurde, ob es sich um einen »Spielkameraden« (ca. zwei Drittel) oder um einen »guten Freund oder eine gute Freundin« (ca. ein Drittel) handelt (Traub 2005). Die laut Kinderpanel durchschnittliche Anzahl von ca. 5,7 Spielkameraden entspricht dann schon eher den von uns ermittelten Ergebnissen.

Befragt nach der persönlichen Bewertung, halten mit 73 % drei von vier Kindern die Größe ihres Freundeskreises für gerade recht. 21 % wünschen sich mehr Freundinnen und Freunde, während 6 % durchaus auch einen kleineren Freundeskreis bevorzugen würden, vorausgesetzt, dass sie dafür eine wirklich gute Hauptfreundin oder einen guten Hauptfreund hätten. Bei der Einschätzung unterscheiden sich Mädchen und Jungen nicht signifikant voneinander (Abb. 4.2).

4.1.2 Grad der Integration

Zur Bewertung der sozialen Integration haben wir beide Angaben zusammengefasst (Abb. 4.3). Als »normal integriert« bezeichnen wir diejenigen, die einen Freundeskreis mit mindestens vier oder mehr Freunden haben, also nicht weit unter dem Durchschnitt liegen, und die gleichzeitig mit der Größe ihres Freundeskreises auch zufrieden sind.[19] Als »latent problematisch integriert« bezeichnen wir diejenigen, die entweder weniger als vier Freunde angegeben haben oder aber mit der Zahl der Freunde nicht zufrieden sind. »Unzureichend integriert« sind diejenigen, die weniger als vier Freunde angegeben haben und gleichzeitig mit der Zahl der Freunde auch nicht zufrieden sind.

19 Wir haben zur Einschätzung der Zahl nur wenige Kategorien als Antwortmöglichkeiten vorgegeben. Von daher kann der Cut-off an dieser Stelle entweder bei weniger als vier Freunden, wie in diesem Fall auch geschehen, oder alternativ bei weniger als sechs Freunden angesetzt werden. Letzteres erschien uns als Indikator für eine problematische Integration jedoch nicht plausibel.

Abb. 4.1 **Zahl der Freunde**
Kinder im Alter von 8 bis 11 Jahren in Deutschland (Angaben in %)

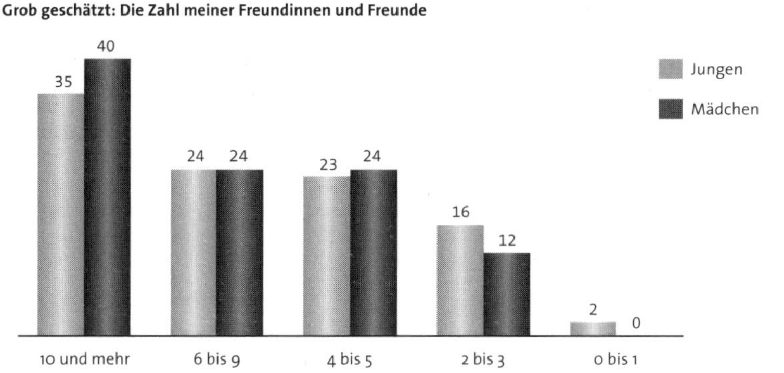

World Vision Kinderstudie 2007 – TNS Infratest Sozialforschung

Abb. 4.2 **Bewertung der Zahl der Freunde**
Kinder im Alter von 8 bis 11 Jahren in Deutschland (Angaben in %)

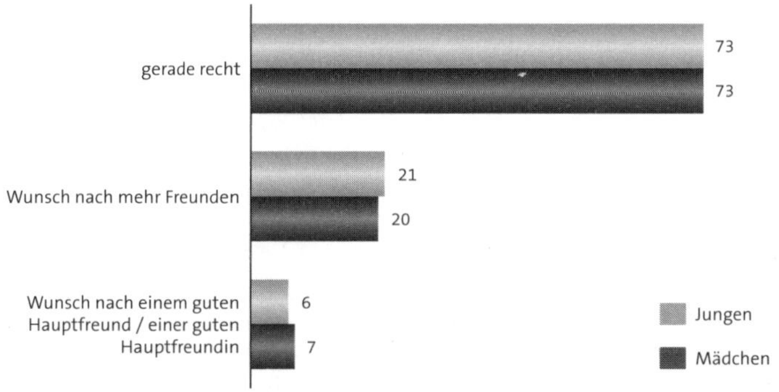

World Vision Kinderstudie 2007 – TNS Infratest Sozialforschung

Die große Mehrheit ist angemessen sozial integriert
65 % der Kinder sind nach dieser Abgrenzung angemessen integriert. Eine latent problematische Integration lässt sich für 28 % feststellen. Unzureichend integriert sind hingegen nur 7 % der Kinder.

Wichtig ist, dass dieser Indikator zur sozialen Integration auf der Selbsteinschätzung der Kinder beruht. Für sich genommen gibt das Ergebnis sicherlich eher weniger Grund zur Beunruhigung. Die Mehrheit der Kinder sieht sich als angemessen integriert. Und auch latent

Abb. 4.3 **Soziale Integration: Zusammenfassende Bewertung**
Kinder im Alter von 8 bis 11 Jahren in Deutschland (Angaben in %)

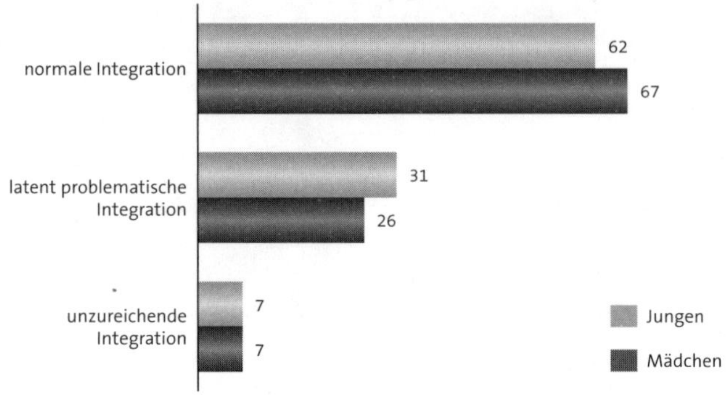

World Vision Kinderstudie 2007 – TNS Infratest Sozialforschung

problematische Konstellationen müssten im weiteren Verlauf nicht notwendigerweise zu einer unzureichenden Integration führen. Die von uns ergänzend erhobene Selbsteinschätzung der Kinder bestätigt diesen Befund. Mit 75 % betonen drei von vier Kindern, dass es ihnen eher leichtfallen würde, Freundschaften zu schließen. Auf genügend Spielfreunde in der Nachbarschaft verweisen 34 %.

Unzureichende soziale Integration ist ein Schichteffekt

Analysiert man die Integration der Kinder im Zusammenhang, so erweisen sich drei Merkmale als signifikant (Tab. 4.1). Deutlich wird auch an dieser Stelle wieder der Schichteffekt. Von den Kindern aus der untersten Herkunftsschicht sind 14 % unzureichend und weitere 48 % latent problematisch integriert. Kinder mit einer angemessenen Integration bilden hier mit nur 38 % die Minderheit.

Hinweise auf eine problematische Integration finden sich darüber hinaus bei den Kindern, die über zu wenig Spielfreunde im Wohngebiet klagen. 12 % dieser Gruppe sind unzureichend und weitere 33 % in dem von uns definierten Sinne latent problematisch integriert. Ein weiterer, wenn auch schwacher zusätzlicher Effekt lässt sich schließlich noch bezüglich des Alters feststellen. Bei den jüngeren Kindern ist der Anteil der unzureichend (8 %) oder der latent problematisch integrierten Kinder (32 %) etwas größer als bei älteren Kindern ausgeprägt. Dieses Ergebnis reproduziert sich übrigens fast deckungsgleich, wenn man statt des Alters die Schulform (Grundschule: zweite bis vierte Klasse, weiterführende Schule: fünfte Klasse und aufwärts) berücksichtigt. Es hat demnach den Anschein, dass der Übergang in eine neue Schulform auch als Möglichkeit zur Ausweitung des Peer-Netzwerks nutzbar gemacht werden kann.[20]

Kinder, die eine Ganztagsschule besuchen oder aber eine institutionelle Nachmittagsbetreuung (Mittagsbetreuung, Hort oder sonstige Gruppe) nutzen, sind hingegen nicht schlechter integriert. Nicht signifikant sind ebenfalls, im statistischen Zusammenhang betrachtet, die

Tab. 4.1 **Zusammenhangsanalyse[1]: Kinder mit problematischer sozialer Integration**
Basis: Kinder im Alter von 8 bis 11 Jahren in Deutschland

%-Angaben (pro Zeile)	**unzureichend**	**latent problematisch**	**normal**
Kinder insgesamt	7	28	65
Soziale Herkunftsschicht			
Unterschicht	**14**	**48**	38
untere Mittelschicht	8	**34**	58
Mittelschicht	6	28	66
obere Mittelschicht	6	23	71
Oberschicht	5	21	74
Spielfreunde im Wohnumfeld			
genügend	4	26	70
nicht genügend	**12**	**33**	55
Alter			
8–9 Jahre	**8**	32	60
10–11 Jahre	6	25	69

1 Der Zusammenhang wurde multivariat anhand einer multinomialen logistischen Regression auf die Konstruktvariable »Soziale Integration: unzureichend, latent problematisch, normal« getestet. Einbezogene Prädiktoren: Alter, Geschlecht, alte/neue Länder, Familienform, Erwerbsbeteiligung, Migrationshintergrund, Siedlungsstrukturtyp, soziale Herkunftsschicht, institutionelle (Nachmittags-)Betreuung/Ganztagsschule, Spielfreunde im Wohnumfeld.
In der Tabelle wurden zur besseren Veranschaulichung die als signifikant getesteten Merkmalsausprägungen ($p < 0{,}05$) fett dargestellt und bivariat in % ausgewiesen.

World Vision Kinderstudie 2007 – TNS Infratest Sozialforschung

20 Die mögliche Interpretation, dass der Alterseffekt auch darauf zurückzuführen ist, dass ältere Kinder ihre soziale Integration anders bewerten, halten wir nicht für plausibel. Zu erwarten wäre vielmehr, dass ältere Kinder eher noch etwas stärker einen Mangel an festen Freunden beklagen, was übrigens in unserer Studie auch der Fall ist: Bei den 8- bis 9-Jährigen geben 5 % an, dass sie lieber einen guten Hauptfreund hätten, bei den 10- bis 11-Jährigen hingegen 8 %. Auf der anderen Seite wünschen sich jedoch 25 % der 8- bis 9-Jährigen im Vergleich zu 16 % bei den 10- bis 11-Jährigen mehr Freunde. Dieser Befund deckt sich damit, dass mit 17 % bei den 8- bis 9-Jährigen im Vergleich zu 12 % bei den 10- bis 11-Jährigen hier auch ein entsprechend größerer Anteil angibt, weniger als vier Freunde zu haben.

Merkmale Familienform, die Erwerbsbeteiligung der Eltern, die Nationalität und ein möglicher Migrationshintergrund, das Geschlecht der Kinder sowie die regionalen Merkmale Ost–West und Stadt–Land.

Eine problematische soziale Integration erweist sich als Wirkung eines Schichteffektes. Es gilt auch in diesem Fall der Zusammenhang: Je gehobener die Herkunftsschicht, desto besser die soziale Integration des Kindes. Die Wirkung des Wohnumfeldes dürfte dies noch verstärken. In Wohngebieten mit nicht genügend Spielfreunden leben nach den Ergebnissen unserer Studie etwas häufiger

Tab. 4.2 **Zusammenhangsanalyse[1]: Es fällt mir eher schwer, Freundschaften zu schließen**
Basis: Kinder im Alter von 8 bis 11 Jahren in Deutschland

%-Angaben (pro Zeile)	ja, eher schwer	nein, eher leicht
Kinder insgesamt	25	75
Soziale Herkunftsschicht		
Unterschicht	**42**	58
untere Mittelschicht	21	79
Mittelschicht	24	76
obere Mittelschicht	23	77
Oberschicht	25	75
Spielfreunde im Wohnumfeld		
genügend	20	80
nicht genügend	**33**	67
(Nachmittags-)Betreuung		
keine Betreuung	23	77
Ganztagsschule	26	74
Hort, Mittagsbetreuung, sonstiges	**38**	62

1 Der Zusammenhang wurde multivariat anhand einer logistischen Regression auf die Kriteriumsvariable »Freundschaften schließen: eher schwer oder eher leicht« getestet. Einbezogene Prädiktoren: Alter, Geschlecht, alte/neue Länder, Familienform, Erwerbsbeteiligung, Migrationshintergrund, Siedlungsstrukturtyp, soziale Herkunftsschicht, institutionelle (Nachmittags-)Betreuung/Ganztagsschule, Spielfreunde im Wohnumfeld. In der Tabelle wurden zur besseren Veranschaulichung die als signifikant getesteten Merkmalsausprägungen ($p < 0{,}05$) fett dargestellt und bivariat in % ausgewiesen.

World Vision Kinderstudie 2007 – TNS Infratest Sozialforschung

Kinder aus den unteren sozialen Schichten. Diese Wohngebiete sind infrastrukturell häufig schlechter ausgestattet und bieten weniger Raum für Kinder in dieser Altersgruppe.

Der Schichteffekt spiegelt sich auch ganz ähnlich in der Selbstwahrnehmung der Kinder wider (Tab. 4.2). Gefragt haben wir, ob es den Kindern eher leicht- oder eher schwerfällt, Freundschaften zu schließen. Insgesamt geben 75 % der Kinder an, dass es ihnen eher leicht fällt, Freundschaften zu schließen. 25 % fällt dies eher schwer.

Im Zusammenhang betrachtet sind es auch hier mit 42 % signifikant häufiger Kinder aus der Unterschicht, die darauf verweisen, dass es ihnen eher schwerfallen würde, Freundschaften zu schließen. Vergleichbares ergibt sich bezüglich des Merkmals Wohnumfeld: 33 % der Kinder mit nicht genügend Spielfreunden im Wohnumfeld geben an, sich in puncto Freundschaften eher schwerzutun.

Sonstige Merkmale wie Alter und Geschlecht, Familienform und Erwerbsbeteiligung der Eltern, Migrationshintergrund und auch die Bedeutung von Religion im Elternhaus sind nicht signifikant. Interessant in diesem Zusammenhang ist, dass mit 38 % ein signifikant höherer

Anteil von Kindern, die eine (Nachmittags-)Betreuungseinrichtung besuchen (Hort, Mittagsbetreuung, sonstige Gruppe), darauf verweisen, dass es ihnen eher schwerer fallen würde, Freundschaften zu schließen. Dieses Merkmal ist auch unabhängig von der Herkunftsschicht und den anderen Merkmalen im Rahmen der multivariaten Analyse signifikant. Auf Kinder, die eine Ganztagsschule besuchen, trifft dies hingegen nicht zu.

Wie bereits dargestellt, unterscheidet sich der von uns gebildete Index zur sozialen Integration sowohl der Kinder, die eine Nachmittagsbetreuung besuchen, als auch derjenigen, die in einer Ganztagsschule sind, nicht voneinander. Die dargestellte Abweichung bezieht sich ausschließlich auf die Selbstwahrnehmung. Geht man davon aus, dass sich die Kinder, die z. B. einen Hort besuchen, in der Regel am Nachmittag länger dort aufhalten, während Kinder mit Ganztagsunterricht im Vergleich etwas früher zu Hause sind, so dürfte dieser Unterschied in der Selbstwahrnehmung auch damit zusammenhängen, dass Hortkinder im Vergleich unterhalb der Woche über die geringste »freie Zeit« verfügen.

4.1.3 **Was Kinder beliebt macht**

Sind Kinder aus den unteren Schichten zurückhaltender oder kontaktscheuer? Wahrscheinlich nicht. Wie der Schichteffekt im Alltag tatsächlich funktioniert, zeigt sich hingegen dann, wenn man das Freizeitverhalten der Kinder näher analysiert. Auch in diesem Fall gilt: je gehobener die Schicht, desto vielseitiger das Freizeitprofil und auch die Beteiligung an regelmäßigen institutionellen Aktivitäten, zum Beispiel in Vereinen oder in sonstigen Gruppen. Kinder aus den unteren sozialen Schichten zeichnen sich durch ein Freizeitverhalten aus, das eher individualisiert und stark medienkonsumorientiert ist (Ergebnisse dazu im folgenden Kapitel 5). Schicht wirkt in diesem Fall als Synonym für weniger kindgerechte Umwelten im Wohngebiet, geringere Teilhabe an Aktivitäten, die die soziale Integration fördern, sowie einen wenig kommunikationsorientierten Freizeitstil.

Beliebt sind die, auf die man sich wirklich verlassen kann

Fragt man danach, was Kinder aus der Sicht der Kinder beliebt macht, so verweisen die Kinder in diesem Fall vor allen Dingen auf die »social skills« (Abb. 4.4). Beliebt sind die, die immer zu ihren Freunden halten und auch anderen helfen. Über 90 % der Kinder stimmen diesen Aussagen zu. Weitere 85 % benennen, dass die beliebt sind, die viel lachen und lustig sind.

Dass Kinder dann beliebt sind, wenn sie gut in Sport sind, sehen hingegen 72 % der Jungen und nur 55 % der Mädchen so. Dass die beliebt sind, die gut in der Schule sind, meinen 58 %, und weitere 53 % sagen, dass die beliebt sind, die gut aussehen. Eine Minderheit von 39 % stimmt der Aussage zu, dass die beliebt sind, die sich nichts gefallen lassen, und nicht mehr als 33 % meinen, dass die gut ankommen, die den Klassenclown spielen. Mit 31 % ist die Zustimmung zu der Aussage, dass die beliebt sind, die teure Klamotten tragen, hier am geringsten ausgeprägt.

Mädchen und Jungen vertreten hier, einmal abgesehen von der Einschätzung der Bedeutung von Sport, ganz ähnliche Auffassungen.

Bemerkenswert sind die auch an dieser Stelle sichtbar werdenden Unterschiede in der Wahrnehmung der Kinder in Abhängigkeit von ihrer Herkunftsschicht

Abb. 4.4 **Was Kinder beliebt macht**
Kinder im Alter von 8 bis 11 Jahren in Deutschland (Angaben in %)

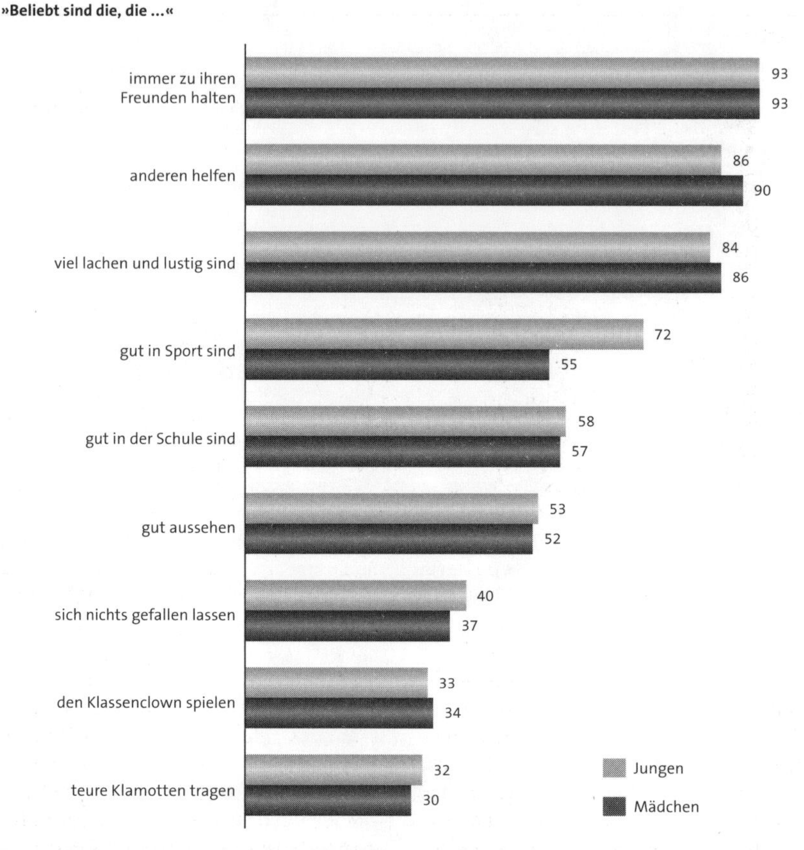

World Vision Kinderstudie 2007 – TNS Infratest Sozialforschung

(Abb. 4.5). Mit 60 % betonen überproportional häufig Kinder aus den unteren Herkunftsschichten, dass diejenigen beliebt sind, die gut aussehen. Bei Kindern aus den oberen Schichten trifft dies hingegen nur auf 47 % zu. Noch deutlicher ist der Unterschied bei der Bedeutung von Statussymbolen. 40 % der Kinder aus den unteren Schichten meinen, dass teure Klamotten tragen und beliebt sein zusammenhängen würden. Bei Kindern aus den oberen Schichten trifft dies hingegen nur auf 24 % zu. Der Aussage, dass die beliebt sind, die sich nichts gefallen lassen, stimmen 43 % der Kinder aus den unteren Schichten im Vergleich zu 34 % der Kinder aus den oberen Schichten zu.

Sichtbar werden hinter diesen Aussagen auch die unterschiedlichen Einschätzungen und Wertorientierungen, die die

Abb. 4.5 **Was Kinder beliebt macht: Schichtunterschiede in den Einstellungen bei ausgewählten Merkmalen**
Kinder im Alter von 8 bis 11 Jahren in Deutschland (Angaben in %)

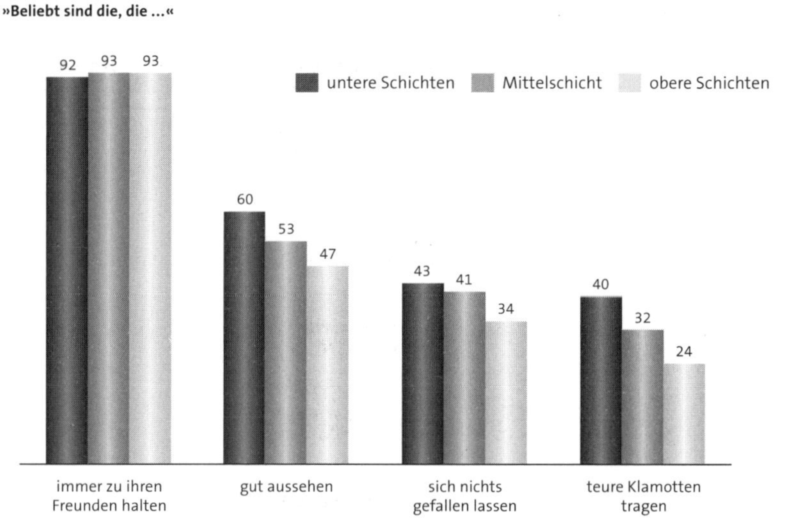

World Vision Kinderstudie 2007 – TNS Infratest Sozialforschung

jeweiligen Herkunftsschichten ebenfalls mitprägen. Materielle Werte und die Betonung entsprechender »Tugenden« (äußere Erscheinung, Besitz von Statussymbolen oder auch Durchsetzungskraft und Robustheit) finden sich verstärkt in den Bewertungsschemata von Kindern aus den unteren Schichten. Kinder aus den oberen Schichten »distanzieren« sich hingegen eher davon und bestreiten mehrheitlich die Wirkung von Äußerlichkeiten.

Auf der anderen Seite sollte aber auch nicht außer Acht gelassen werden, dass diese zum Teil abweichenden Einschätzungen zu dem, was im Leben wichtig ist, auch auf realen Erfahrungen beruhen, die die Kinder aus den unterschiedlichen sozialen Schichten tagtäglich machen. Wer selber über materielle Möglichkeiten verfügt, dem fällt es natürlich leichter, deren Bedeutung zu relativieren. Dass hingegen die eigenen sozialen Kompetenzen und auch die Freude und Aufgeschlossenheit im Alltag maßgeblich dafür sind, beliebt zu sein und Freunde zu haben, ist so gut wie allen Kindern geläufig und dabei auch unabhängig von deren Herkunftsschicht.

4.2 Gleich und gleich ...: Mädchen und Jungen

Die Freundeskreise von Kindern in dieser Altersgruppe sind nicht streng nach Geschlecht voneinander getrennt. Mädchen und Jungen treffen sich nicht nur, sondern beziehen sich auch in den Peers auf-

Tab. 4.3 **Gleichgeschlechtliche und gemischte Peers**
Basis: Kinder im Alter von 8 bis 11 Jahren in Deutschland

Spalten in %	gesamt	Mädchen	Jungen	West	Ost
Gegengeschlechtliche Kinder im Freundeskreis					
ja, mehrere	21	24	19	21	23
ja, ein bis zwei	42	40	44	42	39
nein	36	36	36	36	37
habe keine Freunde	1	0	1	1	1
Gegengeschlechtliche Kinder zum Geburtstag eingeladen					
ja, mehrere	30	30	31	31	27
ja, aber nur eine/einen	18	17	17	17	18
nein	49	50	48	49	49
ich lade niemanden ein	3	3	4	3	6

World Vision Kinderstudie 2007 – TNS Infratest Sozialforschung

einander. Wirksam sind aber auch die »kleinen Unterschiede« zwischen den Geschlechtern. Fragt man danach, wie viel Freundinnen zum Freundeskreis von Jungen oder wie viele Freunde zum Freundeskreis der Mädchen gehören, so verweisen 21 % der Kinder auf mehrere und weitere 42 % auf ein bis zwei gegengeschlechtliche Personen im Peernetz. Sowohl bei den Mädchen als auch bei den Jungen geben 36 % an, dass sie keinerlei gegengeschlechtliche Personen in ihrem Freundeskreis haben.

Wir haben zusätzlich ermittelt, wie viele Jungen oder Mädchen die Kinder zu ihrem letzten Geburtstag eingeladen haben (Tab. 4.3). Etwa 30 % der Mädchen und Jungen berichten, dass sie mehrere, und weitere 18 %, dass sie zumindest eine gegengeschlechtliche Person zu ihrem letzten Geburtstag eingeladen hatten. Knapp 49 % (50 % der Mädchen und 48 % der Jungen) haben hingegen keine gegengeschlechtlichen Freunde zu ihrem letzten Geburtstag eingeladen.

Interessant ist, dass insbesondere ältere Kinder (10 bis 11 Jahre) sogar noch häufiger darüber berichten, keine Jungen oder Mädchen als Freunde zu haben und auch keine Jungen oder auch Mädchen zum Geburtstag einzuladen (Abb. 4.6). Sind es bei den 8- bis 9-Jährigen noch 43 %, die keine gegengeschlechtlichen Geburtstagseinladungen ausgesprochen haben, so sind es bei den 10- bis 11-Jährigen hingegen schon 54 %, auf die dies zutrifft. Die ebenfalls vorhandenen Unterschiede zwischen den alten und den neuen Bundesländern fallen nicht ins Gewicht.

Bei der Interpretation der Ergebnisse sollte berücksichtigt werden, dass für Kinder dieser Altersgruppe die notwendige Ausbildung einer eigenen Geschlechtsidentität noch nicht vollständig abgeschlossen ist und dass für eine entsprechende Identifikation in diesem Alter eben auch eine Abgrenzung gegenüber dem anderen Geschlecht dazugehört. Kinder erlernen in geschlechtshomogenen Gruppen, wie sie sich als Junge oder Mädchen zu verhalten haben (Blank-Mathieu 2004). Hinzu kommt, dass, wie bereits dargestellt, Mädchen

Abb. 4.6 **Mädchen und Jungen: Es sortiert sich, aber keine Trennung in den Kinderwelten**
Kinder im Alter von 8 bis 11 Jahren in Deutschland (Angaben in %)

»Ich habe nur Jungs / nur Mädchen als Freunde«
»Zu meinem letzten Geburtstag habe ich nur Jungs / nur Mädchen eingeladen«

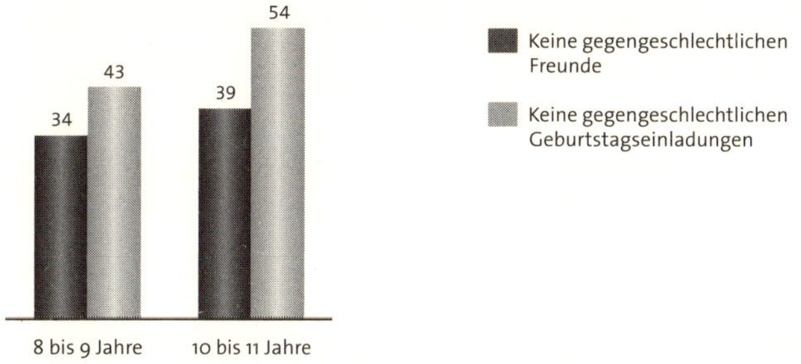

World Vision Kinderstudie 2007 – TNS Infratest Sozialforschung

und Jungen in ihrem Alltag durchaus unterschiedlichen Interessen nachgehen und zum Teil auch andere Aktivitäten bevorzugen. Reine »Jungen- oder Mädchen-Geburtstage« sollten von daher auch kein Anlass sein, sich vor einer sich bereits im Kindesalter (wieder) manifestierenden Geschlechtertrennung zu fürchten. Auf der anderen Seite gilt es allerdings auch zu beachten, dass eine Trennung nach Geschlechtern im Alltag nicht unreflektiert forciert werden sollte, da durch eine zu starke implizite Betonung der Geschlechterdifferenz ansonsten der Aufbau von überflüssigen Geschlechterritualen (»Machos und Zicken«) möglicherweise unabsichtlich gefördert werden könnte (Cremers 2006).

4.3 Gleich und gleich ...: Einheimische deutsche Kinder und Kinder mit Migrationshintergrund

Wie verhält es sich nun bei Kindern mit deutschen Eltern und bei denjenigen mit Migrationshintergrund? Sind deren Freundeskreise eher getrennt, oder gibt es Überschneidungen?

4.3.1 Freundeskreise von einheimischen deutschen Kindern

Fragt man die einheimischen deutschen Kinder (Kinder mit deutscher Nationalität und ebenfalls in Deutschland geborenen Eltern) danach, ob sie auch Kinder mit nicht-deutschen Eltern in ihrem Freundeskreis haben, so geben immerhin 26 % an, dass mehrere Kinder mit Migrationshintergrund zu ihrem Freundeskreis, und weitere 33 %, dass zumindest ein bis zwei Kinder mit Migrationshintergrund dazugehören. 40 % verneinen dies hingegen. Zum letzten Geburtstag haben 16 % der einheimischen deutschen Kinder mehrere und weitere 25 % zumindest ein Kind mit nicht-deutschen Eltern eingeladen. 56 % haben nur einheimische deutsche Kinder eingeladen. Tendenziell haben Mädchen häufiger Kinder mit Migrationshintergrund in ihrem Freundeskreis (Tab. 4.4).

Der Hauptunterschied findet sich jedoch im Vergleich zwischen den alten und den neuen Bundesländern. Mit 37 % gibt in den alten Bundesländern nur etwas mehr als jedes dritte deutsche Kind an, dass keinerlei nicht-deutsche Kinder zum Freundeskreis dazugehören. In den neuen Bundesländern sind es mit 66 % zwei von drei Kindern, auf die das zutreffend ist. 52 % der einheimischen deutschen Kinder aus den alten Bundesländern haben keine Kinder mit Migrationshintergrund zu ihrem letzten Geburtstag eingeladen. In den neuen Bundesländern trifft dies mit 79 % auf vier von fünf einheimischen deutschen Kindern zu.

Einheimische deutsche Kinder und Migrantenkinder: dort getrennt, wo man sich im Alltag nicht gemeinsam erleben kann

Untersucht man die verschiedenen Merkmale ebenfalls wieder im statistischen Zusammenhang, so zeigt sich auch an dieser Stelle die zentrale Bedeutung der regionalen Merkmale (Tab. 4.5). Einheimische deutsche Kinder haben dort keine Freunde mit Migrationshintergrund, wo man sich gegenseitig auch weniger erleben kann. Dies gilt vor allen Dingen, wie gerade ausgeführt, für die neuen Bundesländer, für Randlagen von Städten (47 % ohne Migranten im Freundeskreis), für sonstige Räume mit Verdichtungszonen (45 %) sowie für den ländlichen Raum (49 %), also überall dort, wo der Anteil der Migrantinnen und Migranten an der Wohnbevölkerung auch deutlich geringer ausgeprägt ist. Statistisch signifikant sind auch die Merkmalsausprägungen »Besuch einer institutionellen Nachmittagsbetreuung« sowie »Besuch einer Ganztagsschule«. Im Vergleich haben Kinder, die keinerlei Angebote einer Nachmittagsbetreuung wahrnehmen, mit 43 % im Vergleich zu 37 % der Ganztagsschüler sowie 37 % derjenigen, die einen Hort oder eine sonstige Betreuung besuchen, ebenfalls deutlich häufiger keine Kinder mit Migrationshintergrund im Freundeskreis.

Hinzu kommen als soziale Merkmale zum einen das Geschlecht: Jungen haben mit 45 % im Vergleich zu Mädchen mit 38 % (inklusive Kinder ohne Freunde) deutlich häufiger keine Kinder mit Migrationshintergrund in ihrem Freundeskreis; sowie zum anderen das Alter: 8- bis 9-Jährige haben mit 44 % ebenfalls etwas häufiger keine Freunde mit Migrationshintergrund. Bei den Jungen dürfte dies ein echter »Gender«-Effekt sein. Der Alterseffekt dürfte damit zusammenhängen, dass sich Kinder, wenn sie älter werden, möglicherweise neue Räume auch jenseits ihres Wohnumfeldes erschließen, sodass die Chance steigt, dass sie in ihrem Umfeld dann etwas häufiger auf Kinder mit Migrationshintergrund treffen.

Die ebenfalls signifikante Merkmalsausprägung »Eltern(-teil) arbeitslos« ist in diesem Fall allerdings, bivariat betrachtet, quantitativ überhöht. Dass hier 63 % der Kinder keine Migranten im Freundeskreis haben, hängt natürlich damit zusammen, dass wir in den neuen Ländern mit ihrem deutlich geringeren Anteil an Migranten ebenfalls deutlich mehr Arbeitslose haben. Trotzdem ist der Effekt im Rahmen der multivariaten Analyse aber signifikant. Aus unserer Sicht spricht dies dafür, dass zumindest an

Tab. 4.4 **Einheimische deutsche Kinder und deren Freundschaften zu Kindern mit Migrationshintergrund**
Basis: Deutsche Kinder im Alter von 8 bis 11 Jahren in Deutschland

Spalten in %	gesamt	Mädchen	Jungen	West	Ost
Kinder mit Migrationshintergrund im Freundeskreis					
ja, mehrere	26	27	25	28	8
ja, ein bis zwei	33	35	30	34	24
nein	40	37	43	37	66
habe keine Freunde	1	1	2	1	2
Kinder mit nicht-deutschen Eltern zum Geburtstag eingeladen					
ja, mehrere	16	17	16	18	4
ja, aber nur eine/einen	25	27	24	27	11
nein	56	53	56	52	79
ich lade niemanden ein	3	3	4	3	6

World Vision Kinderstudie 2007 – TNS Infratest Sozialforschung

dieser Stelle Vorurteile und Abgrenzungen gegenüber Kindern mit Migrationshintergrund wirksam sind. Auf der anderen Seite ist es aber auch bemerkenswert, dass das Merkmal Herkunftsschicht hier nicht signifikant wirksam ist.

Die Freundeskreise von einheimischen deutschen Kindern und von Kindern mit Migrationshintergrund überschneiden sich demnach dort, wo sich im Alltag Kontakt ergeben kann. In sozialen Räumen, in denen sich deutsche und nichtdeutsche Kinder treffen, schließen sie auch Freundschaften oder beziehen sich aufeinander. Ausschluss entsteht dort, wo Kinder miteinander keine Erfahrungen machen und sich auch nicht gegenseitig kennenlernen können.

4.3.2 Freundeskreise von Kindern mit Migrationshintergrund

Unsere Einschätzung bestätigt sich, wenn man die Kinder mit Migrationshintergrund nach deren Freunden befragt (Tab. 4.6). 47 % der Kinder mit zugewanderten Eltern geben an, dass sich ihr Freundeskreis vorrangig, und weitere 11 %, dass sich ihr Freundeskreis nur aus einheimischen deutschen Kindern zusammensetzt. Bei 31 % ist dies teils, teils der Fall, und nur 9 % der Kinder mit Migrationshintergrund haben vorrangig nicht-deutsche und 1 % nur nicht-deutsche Freunde.

Kinder mit Migrationshintergrund haben vorrangig deutsche Freunde

80 % der Kinder mit Migrationshintergrund haben mehrere einheimische deutsche Kinder und weitere 6 % zumindest eines zum letzten Geburtstag eingeladen.

Tab. 4.5 **Zusammenhangsanalyse[1]: Deutsche Kinder mit Migranten im Freundeskreis**
Basis: Kinder im Alter von 8 bis 11 Jahren in Deutschland

%-Angaben (pro Zeile)	**keine Migranten als Freunde**	**Migranten im Freundeskreis**
Kinder insgesamt	42	58
Region		
West	38	62
Ost	**68**	32
Siedlungsstrukturtyp		
Ballungsgebiet	29	71
sonstige Stadtregion	31	69
Randlage von Ballungsgebieten/ Stadtregionen	**47**	53
Verdichtungszonen	**45**	55
ländlicher Raum	**49**	51
(Nachmittags-)Betreuung		
keine Betreuung	**43**	57
Ganztagsschule	37	**63**
Hort, Mittagsbetreuung, sonstiges	37	**63**
Geschlecht		
Mädchen	38	62
Jungen	**45**	55
Alter		
8–9 Jahre	**44**	56
10–11 Jahre	39	61
Erwerbsbeteiligung		
ein Elternteil erwerbstätig	38	62
beide Elternteile erwerbstätig	42	58
alleinerziehend und erwerbstätig	41	59
arbeitslos	**63**	37
sonstiges	48	52

1 Der Zusammenhang wurde multivariat anhand einer logistischen Regression auf die Kriteriumsvariable »Migranten im Freundeskreis: ja oder nein« getestet. Einbezogene Prädiktoren: Alter, Geschlecht, alte/neue Länder, Familienform, Erwerbsbeteiligung, Siedlungsstrukturtyp, soziale Herkunftsschicht, institutionelle (Nachmittags-)Betreuung/Ganztagsschule.
In der Tabelle wurden zur besseren Veranschaulichung die als signifikant getesteten Merkmalsausprägungen ($p < 0{,}05$) fett dargestellt und bivariat in % ausgewiesen.

World Vision Kinderstudie 2007 – TNS Infratest Sozialforschung

Tab. 4.6 **Kinder mit Migrationshintergrund und deren Freundschaften zu einheimischen deutschen Kindern**
Basis: Kinder mit Migrationshintergrund im Alter von 8 bis 11 Jahren in Deutschland

Spalten in %	gesamt	Mädchen	Jungen	West	Ost
Freundeskreis					
vorrangig Deutsche	47	44	51	47	54
nur Deutsche	11	9	14	11	21
vorrangig Nicht-Deutsche	9	9	8	9	12
nur Nicht-Deutsche	1	2	0	1	2
teils, teils	31	35	27	32	7
habe keine Freunde	1	1	0	0	4
Deutsche Kinder zum Geburtstag eingeladen					
ja, mehrere	80	81	79	81	62
ja, aber nur eine/einen	6	6	5	5	7
nein	10	11	10	10	26
ich lade niemanden ein	4	2	6	4	5

World Vision Kinderstudie 2007 – TNS Infratest Sozialforschung

Nicht mehr als 10 % laden keine einheimischen deutschen Kinder zu ihrem Geburtstag ein. Jungen mit Migrationshintergrund haben mit einem Anteil von 65 % häufiger als Mädchen mit Migrationshintergrund mit einem Anteil von 53 % vorrangig oder ausschließlich einheimische deutsche Freunde. Mädchen geben demgegenüber mit 35 % etwas häufiger als Jungen mit 27 % an, »teils, teils«, also sowohl einheimische deutsche als auch nicht-deutsche Freunde zu haben.

Auch in diesem Fall zeigen sich Ost-West-Unterschiede. Mit 14 % berichten Kinder mit Migrationshintergrund aus den neuen Bundesländern etwas häufiger als entsprechende Kinder aus den alten Bundesländern zu 10 %, dass sie hauptsächlich nicht-deutsche Freunde haben. 26 % der Kinder mit Migrationshintergrund aus den neuen Bundesländern laden im Vergleich zu 10 % in den alten Bundesländern keine deutschen Kinder zum Geburtstag ein. Die Unterschiede zwischen Mädchen und Jungen mit Migrationshintergrund fallen an dieser Stelle hingegen eher uneinheitlicher aus.

Einheimische deutsche Kinder und Migranten sind in ihren Freundeskreisen nicht getrennt. Dort, wo man sich trifft, bezieht man sich auch aufeinander. Da die überwiegende Mehrheit der Kinder mit Migrationshintergrund der deutschen Sprache nicht nur mächtig ist, sondern, wie in Kapitel 2 ausgeführt, zu 94 % Deutsch auch als Umgangssprache unter Freunden nutzt, sind Sprachbarrieren, zumindest an dieser Stelle, im Grundsatz kein Hindernis. Auf die Existenz von sich gegenseitig ausschließenden, ethnisch strukturierten Lebenswelten bei Kindern in Deutschland finden sich auch in unserer Studie keinerlei quantitativ bedeutsame Hinweise.

4.4 Ärger, Mobbing und Gewalt im Alltag

Streit, Ärger und auch Auseinandersetzungen gehören nicht nur zum Familienleben, sondern auch in den Peers zum täglichen Miteinander. Begreift man Sozialisation als Prozess der Auseinandersetzung mit der inneren und äußeren Realität und als Vorgang der permanenten Bewältigung von Lebensanforderungen (Hurrelmann/Bründel 2003), so liegt es natürlich auf der Hand, dass speziell bei Kindern dieses Alters auch »richtiges Streiten« gelernt sein will und ein geeignetes Verhaltensinventar ausgebildet werden muss. Im Rahmen der Kinderstudie haben wir uns allerdings ausschließlich auf solche Formen von Auseinandersetzungen konzentriert, die im Bereich der Erfahrung von Mobbing oder Gewalt im Alltag liegen und bei denen Kinder zu Opfern oder auch zu Tätern werden.

4.4.1 Kinder als Opfer

Der Begriff der Gewalt ist vieldeutig, und es gibt weder eine klare Definition geschweige denn einen Konsens darüber, was Gewalt von und gegen Kinder umfasst und was mögliche Normvarianten sind (siehe dazu Melzer/Lenz/Ackermann 2002). In der World Vision Kinderstudie haben wir die Kinder zum Bereich der personellen Gewalt befragt, wobei wir hierbei nicht nur physische Gewaltausübung, sondern auch massives Drohen, sonstige Schädigungen (absichtlich Sachen kaputt machen) und auch Mobbing mit einbezogen haben. Bezogen haben wir uns auf die Inzidenz, also die im Zeitraum des letzten Jahres gemachten Erfahrungen (Abb.4.7).

Insgesamt berichten 7 % der Kinder, dass sie im letzten Jahr »oft«, und weitere 17 %, dass sie »manchmal« gehänselt worden sind. Auf 23 % trifft dies »sehr selten« und für 53 % nie zu. 3 % sind »oft« und weiteren 13 % »manchmal« Sachen kaputtgemacht worden. 22 % berichten, dass dies im letzten Jahr »sehr selten«, und 61 %, dass dies nie vorgekommen sei. 2 % ist »oft« und weiteren 8 % »manchmal« gewaltsam etwas weggenommen worden. 15 % geben hier für das letzte Jahr »sehr selten« und 75 % »nie« an. Bedroht oder geschlagen worden sind im letzten Jahr 2 % der Kinder »oft« und weitere 7 % »manchmal«. 16 % ist dies »sehr selten« und 75 % im letzten Jahr nie passiert. Zum Vergleich: 1 % der Kinder hat angegeben, »oft«, und weitere 13 %, »manchmal« Gewalt in der Erziehung, etwa in Form einer Ohrfeige oder sonstiger Schläge, erfahren zu haben (Ergebnisse dazu in Kapitel 2).[21]

Die bisher veröffentlichten Ergebnisse zum Kinder- und Jugendgesundheitssurvey (KiGGS) des Robert-Koch-Instituts (RKI) weisen hierzu folgende Ergebnisse aus (Schlack/Hölling 2007): Einmal oder mehrmals Opfer von Gewalt in den letzten 12 Monaten wurden 10 % der befragten Jugendlichen im Alter von 11 bis 13 Jahren sowie ebenfalls 10 % in der Altersgruppe von 14 bis 17 Jahren.[22]

Der hier ermittelte Befund deckt sich in etwa mit dem von uns erhobenen Anteil von 9 % an Kindern im Alter von 8 bis 11 Jahren, die berichten, in den letzten 12 Monaten »manchmal« oder »oft« bedroht oder geschlagen worden zu sein.

21 Die Antwortkategorie »sehr selten« haben wir bei der Abfrage von elterlicher Gewalt nicht vorgegeben, um auf diese Weise trennschärfer zwischen systematischen Ohrfeigen oder auch Schlägen als Mittel zur Erziehung und eher einmaligen Affekthandlungen unterscheiden zu können.

22 Die Ergebnisse für Kinder unter 11 Jahren lagen zum Zeitpunkt der Drucklegung unserer Kinderstudie noch nicht vor.

Abb. 4.7 **Mobbing und Erfahrung von Gewalt im Alltag: Kinder als Opfer**
Kinder im Alter von 8 bis 11 Jahren in Deutschland (Angaben in %)

»Im letzten Jahr …«

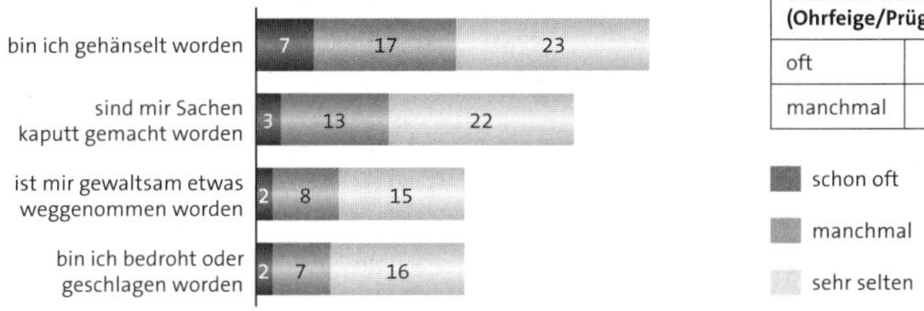

Elterliche Gewalt (Ohrfeige/Prügel)	
oft	1
manchmal	13

Fehlende zu 100 = nie *World Vision Kinderstudie 2007 – TNS Infratest Sozialforschung*

Nimmt man diejenigen, die berichten, dass ihnen dies in den letzten 12 Monaten ebenfalls, wenn auch nur »sehr selten«, passiert ist, hinzu, so ergibt sich bei uns ein Anteil von 25 %. Hierbei muss allerdings berücksichtigt werden, dass im Kinder- und Jugendgesundheitssurvey eine etwas härtere Frageformulierung gewählt worden ist.[23]

Fasst man die von uns erhobenen Kategorien zusammen, so gilt für insgesamt 10 % der Kinder, dass sie im letzten Jahr »oft« und für weitere 24 %, dass sie »manchmal« Mobbing- oder Gewalterfahrungen im Alltag gemacht haben. Zusammengenommen sind dies 34 % der Kinder, die auf eine gewisse Regelmäßigkeit im Erleben von Mobbing oder Gewalt im Alltag hinweisen. Demgegenüber geben 29 % an, »sehr selten« und weitere 37 % nie entsprechende Erfahrungen im letzten Jahr gemacht zu haben.

23 Gefragt wurde im RKI-Survey: »Wie oft wurdest du in den letzten 12 Monaten Opfer von Gewalt?« Die Antwortkategorien lauteten: »nie«, »einmal« oder »mehrmals« (Schlack/Hölling 2007).

Kinder aus der Unterschicht sind am stärksten von Mobbing und Gewalt betroffen und dabei Jungen häufiger als Mädchen

Auffällig sind auch an dieser Stelle wieder die Zusammenhänge (Tab. 4.7). Signifikant häufiger berichten Jungen mit 12 %, dass sie »oft«, und mit weiteren 29 %, dass sie im letzten Jahr »manchmal« irgendeine der von uns erhobenen Mobbing- oder Gewalterfahrungen gemacht haben.

Am prägnantesten wirkt an dieser Stelle wieder der Schichteffekt. Kinder aus der Unterschicht haben zu 27 % »oft« und weitere 33 % »manchmal« Mobbing oder Gewalt erlebt. Gleiches gilt für diejenigen, die über Jugendbanden im Wohnumfeld klagen. 30 % dieser Kinder sind im letzten Jahr »oft« und weitere 34 % »manchmal« Opfer von Mobbing oder Gewalt geworden. Nicht signifikant sind hingegen die Merkmale Familienform, die Erwerbsbeteiligung der Eltern, die Region (Ost–West oder Stadt–Land), die Nutzung einer institutionellen (Nachmittags-)Betreuung oder der Besuch einer Ganztagsschule sowie auch ein Migrationshintergrund.

Tab. 4.7 **Zusammenhangsanalyse[1]: Erfahrung von Mobbing oder Gewalt**
(»gehänselt werden, einem Sachen kaputt machen, einem gewaltsam Sachen wegnehmen, bedroht oder geschlagen werden: habe ich zumindest manchmal im letzten Jahr erlebt«)
Basis: Kinder im Alter von 8 bis 11 Jahren in Deutschland

%-Angaben (pro Zeile)	**manchmal/oft im letzten Jahr**	**sehr selten oder nie im letzten Jahr**
Kinder insgesamt	34	66
Soziale Herkunftsschicht		
Unterschicht	**60**	40
untere Mittelschicht	39	61
Mittelschicht	37	63
obere Mittelschicht	25	75
Oberschicht	27	73
Angst vor Jugendbanden im Wohnumfeld		
ja	**64**	36
nein	31	69
Geschlecht		
Mädchen	29	71
Jungen	**41**	59

1 Der Zusammenhang wurde multivariat anhand einer logistischen Regression auf die Kriteriumsvariable »Erfahrung von Mobbing oder Gewalt im letzten Jahr: oft/manchmal oder sehr selten/nie« getestet. Einbezogene Prädiktoren: Alter, Geschlecht, alte/neue Länder, Familienform, Erwerbsbeteiligung, Siedlungsstrukturtyp, soziale Herkunftsschicht, institutionelle (Nachmittags-)Betreuung/Ganztagsschule. In der Tabelle wurden zur besseren Veranschaulichung die als signifikant getesteten Merkmalsausprägungen ($p < 0{,}05$) fett dargestellt und bivariat in % ausgewiesen.

World Vision Kinderstudie 2007 – TNS Infratest Sozialforschung

Der Schichteffekt kann an dieser Stelle jetzt nicht mehr überraschen. Das von uns in der 1. World Vision Kinderstudie 2007 festgestellte Bild der sozialen Ungleichheit und der damit einhergehenden Ausgrenzung von Kindern aus den unteren Herkunftsschichten verfestigt sich. Das Merkmal Migrationshintergrund liefert darüber hinaus keine zusätzliche Erklärungskraft. Kinder mit Migrationshintergrund erleben mit einem Anteil von 42 % im Vergleich zu 32 % der einheimischen deutschen Kinder häufiger Mobbing oder Gewalt. Dies erklärt sich jedoch vorrangig aus dem dargestellten Schichteffekt sowie vor dem Hintergrund der unterschiedlichen Wohnumfelder (»Angst vor Jugendbanden«).

Bemerkenswert ist schließlich, dass Jungen auch als Opfer etwas häufiger als Mädchen betroffen sind. Es zeigt sich, dass das Motiv des »starken Jungen« sowie das damit einhergehende Verhaltensinventar nicht vor der Erfahrung im Alltag schützen, Opfer zu werden. Wenn der Begriff der Stärke an dieser Stelle überhaupt einen Sinn macht, dann nur im Zusammenhang mit dem Leitbild des

Abb. 4.8 **Mobbing und Erfahrung von Gewalt im Alltag: Kinder als »Täter«**
Kinder im Alter von 8 bis 11 Jahren in Deutschland (Angaben in %)

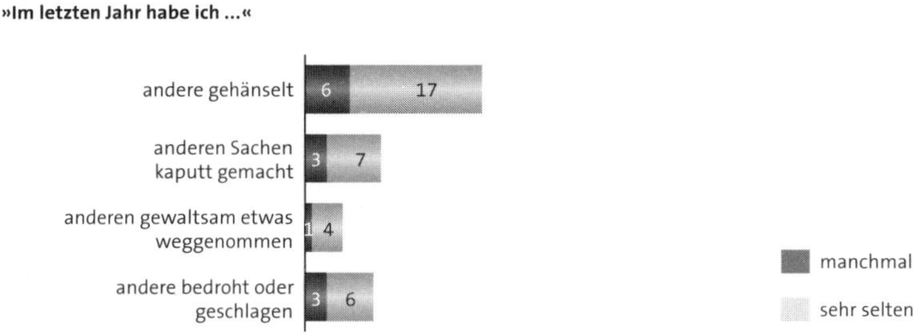

Fehlende zu 100 = nie — *World Vision Kinderstudie 2007 – TNS Infratest Sozialforschung*

»starken Mädchens«, also dann, wenn Stärke weniger für Männlichkeit, sondern eher für Selbstbewusstsein und einen eigenen Willen steht.

4.4.2 **Kinder als »Täter«**

Fragt man hingegen danach, wie viel Kinder selber als »Täter« im letzten Jahr auffällig geworden sind, so fallen die Anteile niedriger aus (Abb. 4.8). Im letzten Jahr »oft« gemobbt oder Gewalt ausgeübt zu haben gibt kein Kind in der Befragung an. 6 % haben zumindest »manchmal« und weitere 17 % »sehr selten« andere Kinder gehänselt. 3 % haben anderen Kindern »manchmal« und weitere 7 % »sehr selten« mit Absicht Sachen kaputtgemacht. 1 % hat anderen »manchmal« und weitere 4 % »sehr selten« gewaltsam etwas weggenommen. 3 % haben im letzten Jahr »manchmal« und 6 % »sehr selten« andere Kinder bedroht oder geschlagen.

Der bereits erwähnte Kinder- und Jugendgesundheitssurvey des RKI weist für 11- bis 13-Jährige einen im Vergleich dann allerdings auffällig hohen Anteil von 20 % aus, die angegeben haben, in den letzten 12 Monaten selber ein- oder mehrmals Gewalt ausgeübt zu haben. Opfer von Gewalt wurden laut Kinder- und Jugendgesundheitssurvey, wie bereits dargestellt, hingegen 10 % der Kinder dieser Altersgruppe.

Fasst man in unserer Studie die Kategorien »oft«, »manchmal« und zusätzlich die Kategorie »sehr selten« zusammen, so berichten 9 % der von uns befragten Kinder, dass sie im letzten Jahr andere Kinder bedroht oder geschlagen haben. Nimmt man den Punkt »anderen gewaltsam etwas weggenommen« dazu, so ergibt sich ein Anteil von 12 %, die darauf verweisen, im letzten Jahr irgendwann einmal Gewalt gegen andere Kinder ausgeübt zu haben.

Bei den Abweichungen spielt sicherlich einerseits eine Rolle, dass es, wie bereits angesprochen, methodisch große Schwierigkeiten bereitet, Mobbing und Gewalt von sonstigen Formen der Auseinandersetzung, die von Kindern nicht als gewaltsam wahrgenommen werden, trennscharf abzugrenzen. Im Falle von unterschiedlichen Frageformulierungen können sich von daher zwischen einzelnen Studien sehr schnell größere Abweichungen ergeben. Auf der anderen Seite sollte bei einem Vergleich der Opfer- und Täteranteile zum einen auch nicht übersehen werden, dass Kinder nicht nur von Kindern, sondern auch von Jugendlichen oder Erwachsenen Gewalt erleben, und zum anderen, dass es sich bei den Tätern häufig um einen harten Kern von Mehrfachtätern handelt. Gemeinhin wird in der Forschung darauf verwiesen, dass die »Gewaltspitze« bei Kindern im Alter von 13 bis 15 Jahren anzusiedeln sei (Tillmann 1999) und dass die von Kindern im Grundschulalter ausgeübte Gewalt demgegenüber sowohl quantitativ als auch qualitativ in Ausmaß und Härte auf einem deutlich niedrigeren Niveau läge (Melzer/Lenz/Ackermann 2002). Unsere Befunde bestätigen diese Einschätzungen.

Mobbing oder Gewalt kommt häufiger bei Kindern mit Migrationshintergrund, bei Jungen sowie in belasteten Wohnumfeldern vor

Betrachten wir auch in diesem Fall diejenigen, die angegeben haben, im letzten Jahr zumindest »manchmal« Mobbing oder Gewalt ausgeübt zu haben (10 % der Kinder), so ergeben sich folgende Zusammenhänge (Tab. 4.8).

Signifikant häufiger haben Jungen mit 15 % im Vergleich zu Mädchen mit 6 % Mobbing oder Gewalt ausgeübt. Gleiches gilt davon unabhängig auch für Kinder mit Migrationshintergrund. Hier berichten 16 % im Vergleich zu 9 % der einheimischen deutschen Kinder über selber ausgeübtes Mobbing oder über Gewalt. Am stärksten schlägt aber auch in diesem Fall das Wohnumfeld zu Buche. 25 % der Kinder, die angeben, dass sie sich in ihrem Wohnumfeld vor Kinder- oder Jugendbanden fürchten, berichten über Mobbing oder Gewalt. Schließlich lässt sich feststellen, dass Kinder, die keine Ganztagsschulen und auch keine (Nachmittags-)Betreuungseinrichtungen besuchen, mit 11 % ebenfalls etwas häufiger Mobbing oder Gewalt ausüben.

Der Gendereffekt deckt sich mit den in der Literatur und auch aktuell im Kinder- und Jugendgesundheitssurvey kommunizierten Befunden. Vergleichbares gilt für die Bedeutung des Wohnumfeldes. In belasteten Regionen sind Kinder nicht nur häufiger Opfer, sondern auch selber häufiger Täter. Institutionelle Ganztagsangebote wirken hingegen eher regulierend und scheinen zumindest tendenziell Gewalt bei Kindern einzudämmen. Bemerkenswert ist allerdings, dass in diesem Fall die Herkunftsschicht keine Wirksamkeit hat. Dafür besitzt hier aber das Merkmal Migrationshintergrund statistische Erklärungskraft.

Gemobbt und geschlagen wird nicht per se von Kindern aus den unteren Schichten, sondern vor allem dort, wo das Wohnumfeld bedrohlich und gewaltbelastet ist. Kinder mit Migrationshintergrund treten dabei – auch unabhängig von den Wohnverhältnissen und der Schichtzugehörigkeit – allerdings etwas häufiger in Erscheinung. Wir vermuten, dass dieser Befund zum einen damit zu tun hat, dass Jungen mit Migrationshintergrund etwas häufiger eher traditionalistisch im Hinblick auf ihre Rolle als »Beschützer« erzogen werden, sodass in diesem Fall die negativen Auswirkungen von »Männlichkeitsritualen« stärker wirksam werden. Zum anderen dürften an dieser Stelle auch mögliche Alltagserfahrungen über eine empfundene Ausgrenzung eine Rolle spielen.

Insgesamt betrachtet spricht jedoch auch nach den Ergebnissen der World Vision Kinderstudie vieles dafür, dass es unter den Kindern in Deutschland tatsächlich nur eine vergleichsweise kleine Gruppe von Tätern gibt, die systematisch und regelmäßig Gewalt anwenden. Sicherlich konzentrieren sich diese Vorfälle in bestimmten Problemregionen

Tab. 4.8 **Zusammenhangsanalyse[1]: Ausübung von Mobbing oder Gewalt**
(»Hänseln, Sachen kaputt machen, Sachen gewaltsam wegnehmen, Drohen oder Schlagen: habe ich zumindest manchmal im letzten Jahr selber gemacht«)
Basis: Kinder im Alter von 8 bis 11 Jahren in Deutschland

%-Angaben (pro Zeile)	manchmal/oft im letzten Jahr	sehr selten oder nie im letzten Jahr
Kinder insgesamt	10	90
Angst vor Jugendbanden im Wohnumfeld		
ja	**25**	75
nein	9	91
Migrationshintergrund		
einheimische deutsche Kinder	9	91
Kinder mit Migrationshintergrund	**16**	84
Geschlecht		
Mädchen	6	94
Jungen	**15**	85
(Nachmittags-)Betreuung		
keine Betreuung	**11**	89
Ganztagsschule	10	90
Hort, Mittagsbetreuung, sonstiges	8	92

1 Der Zusammenhang wurde multivariat anhand einer logistischen Regression auf die Kriteriumsvariable »Ausübung von Mobbing oder Gewalt im letzten Jahr: oft/manchmal oder sehr selten/nie« getestet. Einbezogene Prädiktoren: Alter, Geschlecht, alte/neue Länder, Familienform, Erwerbsbeteiligung, Siedlungsstrukturtyp, soziale Herkunftsschicht, institutionelle (Nachmittags-)Betreuung/Ganztagsschule.
In der Tabelle wurden zur besseren Veranschaulichung die als signifikant getesteten Merkmalsausprägungen ($p < 0{,}05$) fett dargestellt und bivariat in % ausgewiesen.

World Vision Kinderstudie 2007 – TNS Infratest Sozialforschung

und bedingt durch die öffentliche Wahrnehmung hat es häufig den Anschein, als sei auch das quantitative Ausmaß dieser Vorfälle gravierend. Auch wir können hierzu weder exakte Hochrechnungen vorlegen, noch haben wir bereits aussagekräftige Zeitreihen, um Trends zu verfolgen.

Wir möchten allerdings davor warnen, verschiedene Dinge miteinander zu vermischen. Wutausbrüche, Mobben und auch Gewalt sind keine akzeptablen Formen im Sozialverhalten, die bei Kindern jedoch vorkommen. Alternative Verhaltensinventare müssen gerade in dieser Zeit erlernt und verinnerlicht werden. Davon zu unterscheiden sind solche Formen von Gewalt, die systematisch eingesetzt werden, um gesellschaftlich und moralisch nicht akzeptable Ziele zu erreichen (instrumentelles Gewalthandeln: Heitmeyer et al. 1998), und die eine Massivität umfassen, die weit über das hinausgeht, was für Kinder dieses Alters erwartbar ist. Derartige Vorfälle scheinen in den letzten Jahren zugenommen zu haben. Repräsentative Zahlen zu diesem Dunkelfeld sind allerdings nicht verfügbar. Es hat jedoch den Anschein, dass rein quantitativ betrachtet Gewalthandlungen nur für eine kleinere Minderheit von Kindern zutreffen und von daher nach wie vor die Ausnahme und nicht die Regel darstellen.

Ingo Leven und Ulrich Schneekloth

5 Die Freizeit: Anregen lassen oder fernsehen

Das Bild, welches sich bei Freizeit von Kindern im Alter von 8 bis 11 Jahren aufdrängt, ist klar. Nach Hort oder Schule den Ranzen in die Ecke, und endlich kann es losgehen. Die freien Stunden nach den eigenen Interessen und Vorstellungen gestalten. Mit der Zeit eigene Hobbys entdecken, in Vereinen aktiv sein und Freunde treffen. Hiermit wird ein sehr dynamisches und auch zielgerichtetes Bild von Freizeit bei Kindern deutlich. Mit der Zeit entwickeln Kinder in ihrer freien Zeit aber auch Kompetenzen im Umgang mit Medien. Fernsehen, Computer, Handys: Die Mittel der modernen Kommunikationstechnologien sind Kindern ab einem gewissen Punkt so sehr vertraut, dass sie die Erwachsenen alt aussehen lassen.

Das Freizeitverhalten von Kindern ist sicherlich ein sehr buntes und bereits auch gut erforschtes Thema. Richtungweisend für den deutschen Sprachraum war dabei die Studie »Was tun Kinder am Nachmittag?« des Deutschen Jugendinstituts, die sich bereits 1992 mit den außerschulischen Aktivitäten auseinandergesetzt hat (DJI 1992). In der letzten Zeit sind auch im Rahmen des DJI-Kinderpanels (Alt 2007) und aus dem Umfeld des LBS-Kinderbarometers (LBS-Initiative Junge Familie 2005) die Freizeitwelten von Kindern einer genauen Betrachtung unterzogen worden. Dabei lassen sich neue Formen der Kinderkultur beobachten. Die Freizeit hat sich zu einem dritten Sozialisationsbereich neben Familie und Schule entwickelt. Dieser Bereich ist durch ein Spannungsfeld von Eigensinn und Kompetenz der Kinder (Kultur der Kinder) und Angeboten kommerzieller und nichtkommerzieller Anbieter (Kultur für Kinder) gekennzeichnet (Vollmer 2000).

Die zu beobachtende Zunahme von Terminen, die die Kinder in ihrer Freizeit wahrnehmen, bringt dies sehr gut zum Ausdruck. Hier sind inzwischen drei und mehr Termine in der Woche die Regel geworden (Fuhs 2000 a). Diese Termine stellen Fixpunkte im individuellen Freizeitplan des Kindes dar und erfordern weit mehr Planung und Mitarbeit der Eltern als festinstallierte schulische Nachmittagsangebote. Die Kinder müssen solche Termine einhalten und zu den jeweiligen Orten gelangen. Außerdem gibt es oft Konflikte zwischen solchen festen Terminen und anderen Verabredungen, sodass hier eine Feinabstimmung der unterschiedlichen Termine Woche für Woche notwendig wird (Fuhs 2002).

In diesem Kapitel wird in einem ersten Schritt die bunte Vielfalt von Freizeitwelten von Kindern erläutert. Sind Sport und Bewegung in den Alltag von Kindern integriert? Wie sieht es mit Lesen, Kunst und Kultur aus? Welchen Umfang nimmt Fernsehen im Leben der Kinder ein? Wie verbreitet sind neue Medien wie Internet und Handy bereits bei Kindern im Alter von 8 bis 11 Jahren? In einem zweiten Schritt wird eine Typologie des Freizeitverhaltens dargestellt, die unterschiedliche Ausgestaltungen von Freizeitwelten bei Kindern sichtbar werden lässt.

Abb. 5.1 **Wo Kinder regelmäßig mitmachen**
Kinder im Alter von 8 bis 11 Jahren in Deutschland (Angaben in %)

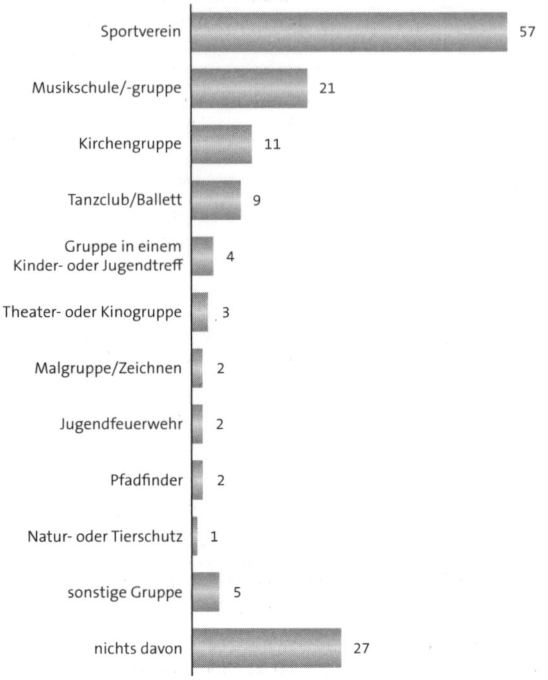

World Vision Kinderstudie 2007 – TNS Infratest Sozialforschung

5.1 Freizeit: institutionelle Einbindung oder außerhalb organisierte Zeit?

Für den Freizeitbereich stellt sich die Frage, ob Kinder diese Zeit in festeren Strukturen wie Vereinen oder Gruppen verbringen oder komplett außerhalb solcher Institutionen ihre Zeit organisieren. Wir haben die Eltern der Kinder im Alter von 8 bis 11 Jahren gefragt, ob ihr Kind in unterschiedlichen Gruppen oder Vereinen mitmacht. Dabei hat sich gezeigt, dass fast drei Viertel aller Kinder (73 %) einen Teil ihrer Freizeit in einem institutionalisierten Zusammenhang verbringen. Jungen und ältere Kinder sind dort häufiger anzutreffen.

Dies liegt vor allem daran, dass Sportvereine unangefochten auf Platz 1 aller Gruppen rangieren (Abb. 5.1). Mehr als die Hälfte aller Kinder im Alter von 8 bis 11 Jahren ist in irgendeinem Sportverein Mitglied. Bei Jungen sind es zwei Drittel (65 %), während es bei Mädchen genau die Hälfte ist. Bei den Mädchen sind dagegen andere Aktivitäten häufiger. Eine Ballettschule oder einen Tanzclub besucht jedes sechste Mädchen (17 %), wäh-

Tab. 5.1 **Regelmäßige Gruppenaktivitäten und Mitgliedschaft in Vereinen (Elternauskunft: Mehrfachmitgliedschaften möglich)**
Basis: Kinder im Alter von 8 bis 11 Jahren in Deutschland

Spalten in %	gesamt	Mädchen	Jungen	8–9 Jahre	10–11 Jahre
Sportverein	57	50	65	56	57
Musikgruppe	21	23	18	20	21
Kirchengruppe	11	12	9	10	11
Tanzclub/Ballett	9	17	1	10	8
feste Gruppe in einem Kinder- oder Jugendtreff	4	4	3	2	5
Theater- oder Kinogruppe	3	3	2	2	4
Malgruppe/Zeichnen	2	3	1	2	2
Jugendfeuerwehr	2	1	2	1	3
Pfadfinder	2	1	2	1	2
Natur- oder Tierschutz	1	1	2	1	1
Trachtenverein	1	1	1	1	1
sonstige Gruppe	5	5	6	6	5
nichts davon	27	29	24	28	25

World Vision Kinderstudie 2007 – TNS Infratest Sozialforschung

rend dieses bei Jungen eine Seltenheit ist (1 %). Ebenso sind Mädchen etwas öfter in Musik- und Kirchengruppen anzutreffen. Insgesamt gilt, dass die Mädchen zwar etwas seltener ihre Freizeit institutionell eingebunden verbringen. Wenn sie es aber tun, dann häufiger in mehr als nur einer Gruppe oder einem Verein. Zwischen den Altersgruppen gibt es kaum Unterschiede. Ballett und Tanzclub ist eher etwas für die jüngere Altersgruppe, und in einer festen Gruppe im Kinder- oder Jugendtreff sind eher ältere Kinder (Tab. 5.1).

Kinder aus den unteren Schichten und auch Migranten machen weniger häufig in Vereinen oder in sonstigen Gruppen mit

Hinsichtlich der Frage, ob Kinder ihre Freizeit in einem institutionellen Zusammenhang verbringen oder nicht, zeigt die Zusammenhangsanalyse bemerkenswerte Unterschiede (Tab. 5.2).

So sind vor allem Kinder aus der Unterschicht deutlich seltener in Vereinen und Gruppen eingebunden. Während hier nur eine Minderheit der Kinder in Vereinen oder Gruppen aktiv ist (47 %), ist eine solche Aktivität in der Oberschicht schon fast die Regel (89 %).

Ebenso sind Kinder mit Migrationshintergrund (63 %) seltener in Vereinen und Gruppen. Auch der bereits beschriebene Unterschied zwischen den Ge-

Tab. 5.2 **Zusammenhangsanalyse[1]: Mitgliedschaft der Kinder im Freizeitbereich (Elternauskunft) nach signifikanten persönlichen und sozialen Merkmalen**
Basis: Kinder im Alter von 8 bis 11 Jahren in Deutschland

%-Angaben (pro Zeile)	ja	nein
Kinder insgesamt	73	27
Soziale Herkunftsschicht		
Unterschicht	47	53
untere Mittelschicht	63	37
Mittelschicht	69	31
obere Mittelschicht	**86**	14
Oberschicht	**89**	11
Region		
alte Bundesländer	**75**	25
neue Bundesländer	61	39
Migrationshintergrund		
einheimische deutsche Kinder	**77**	23
Kinder mit Migrationshintergrund	63	37
Geschlecht		
Mädchen	71	29
Jungen	**76**	24
Guter Schüler nach Eigenauskunft		
ja	**78**	22
nein	66	34
Siedlungsstrukturtyp		
Ballungsgebiet	74	26
sonstige Stadtregion	69	31
Randlage von Ballungsgebieten/Stadtregionen	72	28
Verdichtungszonen	75	25
ländlicher Raum	**79**	21
Schulart		
Halbtagsschule	**75**	25
Ganztagsschule	63	37

1 Der Zusammenhang wurde multivariat anhand einer logistischen Regression auf die Kriteriumsvariable »Mitgliedschaft in Vereinen, Gruppen, etc.: ja oder nein« getestet. Einbezogene Prädiktoren: Alter, Geschlecht, alte/neue Länder, Migrationshintergrund, Siedlungsstrukturtyp, soziale Herkunftsschicht, Familienform, Schulart (Ganz- oder Halbtagsschule), institutionelle Nachmittagsbetreuung, Schulstufe, guter Schüler nach Eigenauskunft.
In der Tabelle wurden zur besseren Veranschaulichung die als signifikant getesteten Merkmalsausprägungen ($p < 0{,}05$) fett dargestellt und bivariat in % ausgewiesen.

World Vision Kinderstudie 2007 – TNS Infratest Sozialforschung

schlechtern ist signifikant, da Jungen häufiger in Vereinen und Gruppen einen Teil ihrer Freizeit verbringen. Mädchen haben hier inzwischen offenbar etwas aufgeholt (Fuhs 1999), ohne allerdings in einem vergleichbaren Umfang in Vereinen oder in sonstigen Gruppen mitzumachen.

Interessant ist auch, dass Kinder, die angeben, in der Schule gut mithalten zu können, häufiger einen Teil ihrer Freizeit in Gruppen und Vereinen verbringen. Daran zeigt sich, dass ein Zurechtkommen mit den Leistungsanforderungen der Institution Schule ein Gelingen von Integration in außerschulische Institutionen begleitet. Kennzeichnend sind auch die Unterschiede zwischen städtischen und ländlichen Regionen. Es sind vor allem Kinder im ländlichen Raum (79 %) in Vereinen und Gruppen anzutreffen, am wenigsten häufig gilt dies für Kinder in mittelgroßen Städten (69 %). Darüber hinaus fällt auf, dass in den neuen Bundesländern (61 %) Kinder seltener einen Teil ihrer Freizeit in Vereinen und Gruppen verbringen, als dies in den alten Bundesländern (75 %) üblich ist. Dieser Befund schreibt fort, was bereits in den 90er Jahren (Krüger/Kötters 1998) festzustellen war. Eine Angleichung der Freizeitmuster hat demnach zwischen den alten und den neuen Bundesländern in dieser Hinsicht noch nicht stattgefunden.

In der Diskussion um die Ausbreitung von Ganztagsschulangeboten muss sicherlich der Umstand berücksichtigt werden, dass die Eltern von Kindern, die eine Ganztagsschule besuchen, signifikant häufiger (37 %) angeben, dass die Kinder in ihrer Freizeit nicht Mitglied in einem Verein oder einer Gruppe sind. Bei Kindern, die eine Halbtagsschule besuchen, ist das nur bei 25 % der Fall. Die Nutzung einer sonstigen institutionellen Nachmittagsbetreuung hat übrigens keinen Effekt. Kinder, die einen Hort oder eine Mittagsbetreuung besuchen, machen nicht weniger häufig in Vereinen oder in sonstigen Gruppen mit. Damit deutet sich an, dass Vereine und Gruppen bei einer Ausweitung von Ganztagsschulangeboten Schwierigkeiten bei der Gewinnung von jungen Nachwuchsmitgliedern bekommen könnten. Dies muss bei einer inhaltlichen Ausgestaltung von Ganztagsschulangeboten Berücksichtigung finden. Schließlich kann festgehalten werden, dass weder Kinder von Alleinerziehenden noch Kinder aus Ein- oder Mehr-Kind-Familien seltener oder häufiger in Vereinen oder Gruppen organisiert sind.

Insgesamt zeigt sich, dass eine große Mehrheit der Kinder neben der Institution Schule und Formen der Nachmittagsbetreuung auch einen Teil ihrer Freizeit in einem institutionellen Zusammenhang verbringt, der über die eigene Familie hinausreicht. Daher bestätigt sich die in den 90er Jahren gemachte Beobachtung (Fuhs 1996), dass Terminkindheit auch heute Vereinskindheit ist.

5.2 Sport: Bewegungsarmut kein Massenphänomen bei Kindern

Wie bereits bei der institutionellen Eingebundenheit von Kindern im Freizeitbereich deutlich wird, kommt dem Sport eine zentrale Rolle im Freizeitverhalten der Kinder zu (Brinkhoff/Sack 1999). Eine wesentliche Funktion besteht darin, anhand von kindgerechten Sportformen die motorischen Kompetenzen zu entwickeln und zu fördern. Sportliche Fähigkeiten vermitteln darüber hinaus aber auch Selbstbewusstsein und fördern die soziale Integration. Auf die Frage, an wie vielen Tagen in der Woche Kinder Sport treiben oder sich für mindestens eine Stunde körperlich anstrengen, gibt die Hälfte (51 %)

Abb. 5.2 **Wie häufig Kinder Sport treiben**
Kinder im Alter von 8 bis 11 Jahren in Deutschland (Angaben in %)

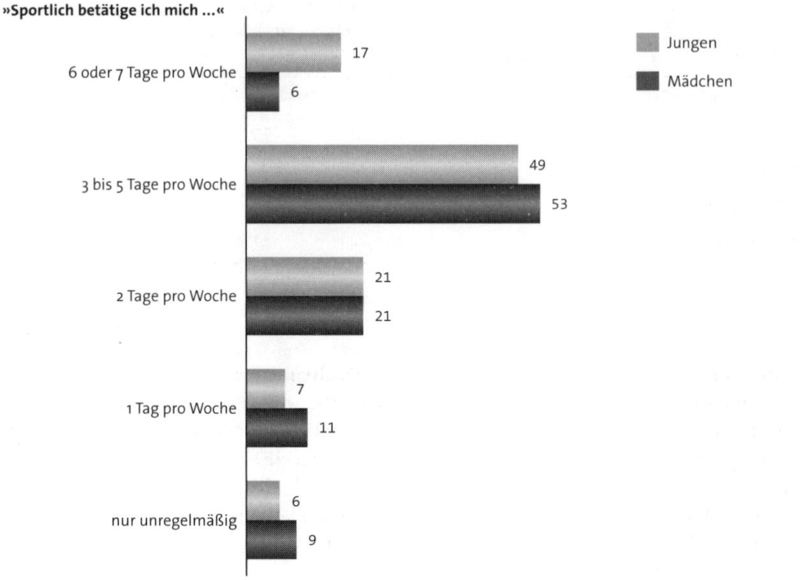

Sport oder min. 1 Stunde körperliche Anstrengung *World Vision Kinderstudie 2007 – TNS Infratest Sozialforschung*

an, dies an drei bis fünf Tagen pro Woche zu tun. 21 % sind an zwei Tagen pro Woche aktiv. 11 % treiben nach eigener Auskunft so gut wie jeden Tag pro Woche Sport, 9 % hingegen nur an einem Tag, und 8 % geben an, sich nur unregelmäßig oder nie sportlich zu betätigen (Abb. 5.2).

Zwischen den Geschlechtern fällt auf, dass mit 9 % nur unwesentlich mehr Mädchen als Jungen mit 6 % nur unregelmäßig oder nie Sport treiben. Im Gegensatz dazu sind aber Jungen mit 17 % deutlich häufiger als Mädchen mit 6 % sechs oder sieben Tage die Woche sportlich aktiv. Hinsichtlich des Alters der Kinder oder im Vergleich alte und neue Bundesländer gibt es keine nennenswerten Unterschiede (Tab. 5.3).[24]

Einheimische deutsche Kinder und

24 Der neue Kinder- und Jugendgesundheitssurvey des RKI (KiGGS) weist etwas geringere Häufigkeiten aus. Für 82 % der Kinder der Altersgruppe von 7 bis 10 Jahren wird angegeben, dass sie regelmäßig mindestens einmal pro Woche Sport treiben (davon 47 % mindestens dreimal pro Woche). So gut wie nie betätigen sich 9 % der Kinder, und weitere 9 % sind mehrmals im Monat, jedoch weniger als einmal pro Woche aktiv. So gut wie jeden Tag treiben 12 % der Kinder Sport. Hierbei ist allerdings zu beachten, dass die Angaben für diese Altersgruppe im Kinder- und Jugendgesundheitssurvey nicht direkt bei den Kindern erfragt wurden, sondern auf Elternauskünften beruhen. Kinder setzen ihre sportliche Aktivität offenbar im Schnitt etwas höher an, als Eltern dies tun. In beiden Studien vergleichbar ist hingegen der Anteil derjenigen Kinder, die entweder so gut wie nie oder aber so gut wie jeden Tag Sport treiben (Lampert/Mensink/Rohman/Wolf 2007).

Tab. 5.3 **Sport treiben in der Woche nach der Herkunftsschicht**
Basis: Kinder im Alter von 8 bis 11 Jahren in Deutschland

Spalten in %	Unterschicht	untere Mittelschicht	Mittelschicht	obere Mittelschicht	Oberschicht
nur unregelmäßig	15	9	7	6	4
1 Tag	15	7	10	10	7
2 Tage	20	26	22	20	11
3 bis 5 Tage	29	46	50	54	70
6 oder 7 Tage	21	12	11	10	8

World Vision Kinderstudie 2007 – TNS Infratest Sozialforschung

Kinder mit Migrationshintergrund unterscheiden sich auf den ersten Blick ebenfalls nur unwesentlich voneinander. Bezieht man allerdings die Gender-Aspekte mit ein, so zeigt sich, dass bei den Mädchen mit Migrationshintergrund immerhin 16 % im Vergleich zu 6 % der einheimischen deutschen Mädchen angeben, nur unregelmäßig oder nie Sport zu treiben. Bei den Jungen mit Migrationshintergrund verhält es sich umgekehrt. Hier sind es 24 % im Vergleich zu 15 % der einheimischen deutschen Jungen, die berichten, fast jeden Tag pro Woche (6 bis 7 Tage) sportlich aktiv zu sein.

Besondere Erklärungskraft, ob und in welchem Umfang sich Kinder sportlich betätigen, besitzt die soziale Herkunftsschicht. So sind Kinder aus der Unterschicht zum einen besonders häufig sportlich nur unregelmäßig oder gar nicht aktiv (15 %) und auf der anderen Seite aber auch besonders häufig sechs oder sieben Tage (21 %) sportlich tätig. In der Oberschicht gibt es dagegen besonders wenige inaktive Kinder (4 %) und ebenfalls wenige, die sechs oder sieben Tage Sport treiben (8 %). Die meisten (70 %) sind hier drei bis fünf Tage pro Woche aktiv.

Sport besitzt für einen ausgewählten Teil der Kinder aus der Unterschicht augenscheinlich auch kompensatorische Funktionen. Durch häufige sportliche Aktivität an fast allen Tagen der Woche erfahren sie eine Art von Selbstbestätigung, die ihnen unter Umständen in anderen Lebensbereichen verwehrt bleibt.

5.2.1 Schwimmen können: mit zunehmendem Alter immer selbstverständlicher

Schwimmunterricht in der Schule oder aber der schöne Badesee im Urlaub sind Gelegenheiten, wo sich zeigt, wer in der Gruppe von Gleichaltrigen in der Klasse oder am Urlaubsort bereits schwimmen kann. Mehr als 90 % der Kinder geben an, dass sie schwimmen können. Zwischen Mädchen und Jungen gibt es keinen Unterschied in dieser Frage. Mit zunehmendem Alter verringert sich der Anteil der Nichtschwimmer von 12 % bei den 8- und 9-Jährigen auf 5 % bei den 10- und 11-Jährigen (Tab. 5.4).

Darüber hinaus sind Schwimmabzeichen bei den Kindern sehr verbreitet. Mehr als zwei Drittel aller Kinder verfügt über ein solches Abzeichen. Mit 31 % ist die erste Stufe der Abzeichen, das See-

Tab. 5.4 **Schwimmen können und Schwimmabzeichen**
Basis: Kinder im Alter von 8 bis 11 Jahren in Deutschland

Spalten in %	gesamt	Mädchen	Jungen	8–9 Jahre	10–11 Jahre
Nichtschwimmer	9	9	8	12	5
kein Abzeichen	22	19	24	24	18
Seepferdchen/Frühschwimmer	31	31	31	35	28
bronzenes Abzeichen/Freischwimmer	22	23	21	19	25
silbernes Abzeichen/Fahrtenschwimmer	13	14	13	8	19
goldenes Abzeichen	3	4	3	2	5

World Vision Kinderstudie 2007 – TNS Infratest Sozialforschung

pferdchen (Frühschwimmer), am häufigsten unter den Kindern vorzufinden. Immerhin etwas mehr als jedes fünfte Kind verfügt auch über das bronzene Abzeichen (Freischwimmer), das schon bessere Schwimmfähigkeiten verlangt. Das silberne Abzeichen (Fahrtenschwimmer) hat ungefähr jedes achte Kind (13 %), während bereits 3 % der Kinder im Alter von 8 bis 11 Jahren angeben, das goldene Abzeichen zu besitzen.

Unterschiede bei der Frage nach den Abzeichen lassen sich zwischen den Geschlechtern nicht feststellen. Mit zunehmendem Alter erhöhen sich hingegen erwartungsgemäß die Anteile der bessere Schwimmfähigkeiten verlangenden Abzeichen deutlich.

Bei der Zusammenhangsanalyse zeigt sich, dass die Schulstufe die größte Erklärungskraft dafür besitzt, ob jemand schwimmen kann (Tab. 5.5). Hier wird deutlich, dass neben dem Alter auch der Übergang auf die weiterführende Schule eine zusätzliche Rolle spielt. Auf der weiterführenden Schule scheint das Schwimmen schon eher zu den Kompetenzen zu gehören, bei denen erwartet wird, dass die Kinder sie besitzen.

Wie die Schulstufe erklärt auch die soziale Herkunft der Kinder, ob sie zu den Nichtschwimmern oder zu den Schwimmern gehören. Kinder aus der Unterschicht geben signifikant häufiger an (22 %), nicht schwimmen zu können. In der Oberschicht sind es dagegen nur 3 %. Ebenfalls besitzt der Migrationshintergrund Erklärungskraft bei dieser Frage. Kinder mit einem Migrationshintergrund (15 %) geben häufiger an, dass sie nicht schwimmen können. Mit 17 % ist der Anteil der Nichtschwimmer bei Mädchen mit Migrationshintergrund besonders hoch ausgeprägt. Jungen mit Migrationshintergrund können mit 12 % allerdings ebenfalls vergleichsweise häufig nicht schwimmen.

Ebenso fällt auf, dass Kinder aus den neuen Bundesländern (12 %) etwas häufiger berichten, Nichtschwimmer zu sein. Vergleichsweise weniger häufig gehören hingegen Kinder aus Ballungsgebieten sowie aus dem ländlichen Raum zu den Nichtschwimmern. Schließlich ist auch die Bewertung der eigenen Schulleistung signifikant. Kinder mit schlechteren Leistungen gehören tendenziell auch eher zu den Nichtschwimmern (12 %). Die letztgenannten Anteile fallen allerdings nicht besonders hoch aus. Im Vergleich zur Schulstufe, zur Herkunftsschicht und auch zum Migrationshintergrund liefern

Tab. 5.5 **Zusammenhangsanalyse[1]:**
Schwimmen können nach signifikanten persönlichen und sozialen Merkmalen
Basis: Kinder im Alter von 8 bis 11 Jahren in Deutschland

%-Angaben (pro Zeile)	ja	nein
Kinder insgesamt	91	9
Schulstufe		
Grundschule (Klassen 1 bis 4)	88	12
weiterführende Schule (ab Klasse 5)	**98**	2
Soziale Herkunftsschicht		
Unterschicht	78	22
untere Mittelschicht	90	10
Mittelschicht	90	10
obere Mittelschicht	94	6
Oberschicht	**97**	3
Migrationshintergrund		
einheimische deutsche Kinder	**93**	7
Kinder mit Migrationshintergrund	85	15
Siedlungsstrukturtyp		
Ballungsgebiet	**94**	6
sonstige Stadtregion	87	13
Randlage von Ballungsgebieten/Stadtregionen	89	11
Verdichtungszonen	93	7
ländlicher Raum	93	7
Guter Schüler nach Eigenauskunft		
ja	**93**	7
nein	88	12
Region		
alte Bundesländer	**92**	8
neue Bundesländer	88	12

1 Der Zusammenhang wurde multivariat anhand einer logistischen Regression auf die Kriteriumsvariable »Schwimmen können: ja oder nein« getestet. Einbezogene Prädiktoren: Alter, Geschlecht, alte/neue Länder, Migrationshintergrund, Siedlungsstrukturtyp, soziale Herkunftsschicht, Familienform (alleinerziehend vs. nicht alleinerziehend), Schulstufe, guter Schüler nach Eigenauskunft.
In der Tabelle wurden zur besseren Veranschaulichung die als signifikant getesteten Merkmalsausprägungen ($p < 0{,}05$) fett dargestellt und bivariat in % ausgewiesen.

World Vision Kinderstudie 2007 – TNS Infratest Sozialforschung

Tab. 5.6 **Schwimmabzeichen nach sozialer Schicht**
Basis: Kinder im Alter von 8 bis 11 Jahren in Deutschland

Spalten in %	Unterschicht	untere Mittelschicht	Mittelschicht	obere Mittelschicht	Oberschicht
kann nicht schwimmen	22	10	10	6	3
kein Abzeichen	38	28	19	18	13
Seepferdchen/Frühschwimmer	18	36	33	33	27
bronzenes Abzeichen/Freischwimmer	18	16	25	21	26
silbernes Abzeichen/Fahrtenschwimmer	3	9	10	18	26
goldenes Abzeichen	1	1	3	4	5

World Vision Kinderstudie 2007 – TNS Infratest Sozialforschung

diese Merkmale nur noch relativ wenig zusätzliche Erklärungskraft.

Hinsichtlich der Verbreitung von Schwimmabzeichen ist ebenfalls die soziale Herkunft zentral (Tab. 5.6). 40 % der Kinder aus der Unterschicht verfügen über ein Schwimmabzeichen. In der Oberschicht hingegen liegt dieser Anteil bei 84 %. Dies dürfte zum einen damit zusammenhängen, dass Kinder aus gehobeneren Schichten häufiger Mitglieder in Sportvereinen sind. Zum anderen ist nicht auszuschließen, dass in diesem Fall auch die möglichen Kosten, die bei der Abnahme der Prüfung anfallen, eine Rolle spielen.

Kinder im Alter von 8 bis 11 Jahren verfügen in der Regel über die Fähigkeit, sich hinreichend gut über Wasser halten zu können. Auffällig ist auch eine weite Verbreitung von Abzeichen, die auch nach außen sichtbar für andere dokumentieren, dass man selber sicher und gut schwimmen kann.

5.2.2 Mitgliedschaft im Sportverein: ebenfalls eine soziale Frage

Abschließend soll der Frage nachgegangen werden, wer Mitglied in einem Sportverein ist. Wie bereits eingangs des Kapitels festgestellt, macht mit 58 % die Mehrheit der Kinder in einem Sportverein mit. Sucht man nach erklärenden Faktoren für eine Verankerung in einem Sportverein, so erweisen sich hierbei die gleichen Merkmale als signifikant, die auch generell das Mitmachen von Kindern in Vereinen oder in sonstigen Gruppen maßgeblich beeinflussen (siehe dazu Tab. 5.2).

Entscheidend ist auch in diesem Fall die Herkunftsschicht. Mit 40 % ist bei den Kindern aus der Unterschicht laut Elternauskunft nur eine Minderheit Mitglied in einem Sportverein. Ähnliches gilt mit 49 % für Kinder aus der unteren Mittelschicht. Mittelschicht-Kinder betätigen sich zu 52 %, Kinder aus der oberen Mittelschicht zu 67 % und Kinder aus der Oberschicht sogar zu 72 % regelmäßig in einem Sportverein (Abb. 5.3). Hinzu kommt, dass mit 50 % auch Mädchen signifikant seltener in einem Sportverein sind als mit 66 % ihre männlichen Altersgenossen.

Abb. 5.3 **Herkunftsschicht und Mitgliedschaft in einem Sportverein**
Kinder im Alter von 8 bis 11 Jahren in Deutschland (Angaben in %)

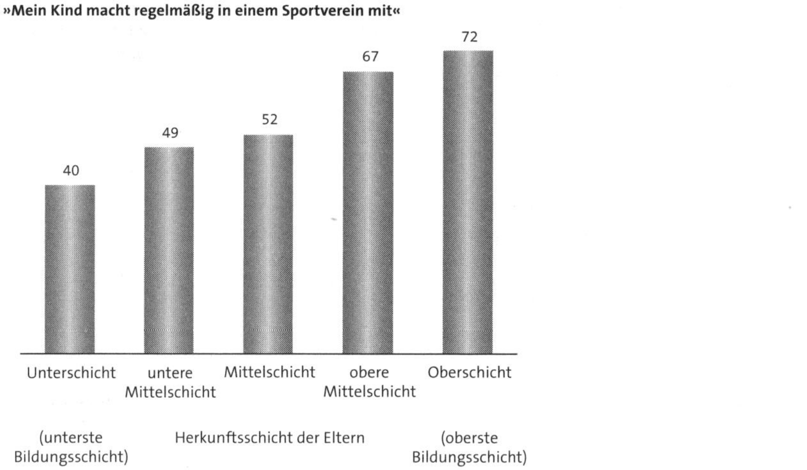

World Vision Kinderstudie 2007 – TNS Infratest Sozialforschung

Gesellschaftlich relevant ist auch der Umstand, dass Mitgliedschaften im Sportverein in den neuen Bundesländern bei Kindern im Alter von 8 bis 11 Jahren mit 38 % deutlich weniger verbreitet sind als mit 59 % in den alten Bundesländern. Das Gleiche trifft auch auf Kinder mit Migrationshintergrund zu, die laut Auskunft ihrer Eltern mit 47 % ebenfalls seltener Mitglied im Sportverein sind als einheimische deutsche Kinder mit einem Anteil von 60 %. Dies begründet sich vor allem dadurch, dass Mädchen mit Migrationshintergrund mit 34 % im Vergleich zu einheimischen deutschen Mädchen mit 55 % dort viel seltener mitmachen. Jungen mit Migrationshintergrund sind mit 63 % nur etwas weniger häufig als einheimische deutsche Jungen mit 65 % in Sportvereinen.

Bedenkt man, dass Sportvereine einen eher niederschwelligen Zugang zu Kindern aus den unteren Schichten haben, so ist der an dieser Stelle trotzdem erkennbare tendenzielle Ausschluss besonders bedrückend und auch gesellschaftlich eine ungenutzte Chance. Wir gehen davon aus, dass Kinder aus den unteren Schichten über weniger Potenziale verfügen, sich selbständig in Vereine einzubringen. Abgesehen von möglichen ökonomischen Barrieren (Höhe der Mitgliedsbeiträge, Kleidung und Ausstattung etc.) dürfte hier ebenfalls eine große Rolle spielen, dass es im Milieu dieser Kinder weniger üblich ist, von Freunden oder Bekannten einfach mal zum Training mitgenommen zu werden. Hinzu kommt, dass die Eltern auch über geringere logistische Möglichkeiten verfügen, um den Kindern eine regelmäßige Teilnahme zu ermöglichen (pünktliches Holen und Bringen etc.). Bei Kindern mit Migrationshintergrund dürften darüber hinaus auch kulturelle Barrieren eine Rolle spielen. Aus unserer Sicht spricht

Abb. 5.4 **Wie häufig Kinder in ihrer Freizeit lesen**
Kinder im Alter von 8 bis 11 Jahren in Deutschland (Angaben in %)

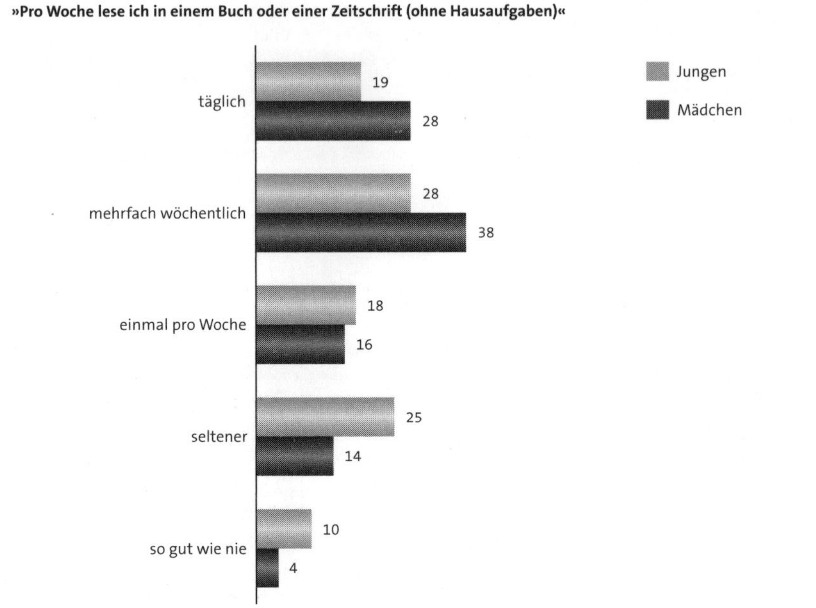

World Vision Kinderstudie 2007 – TNS Infratest Sozialforschung

jedoch alles dafür, dass zugehende Aktivitäten auf der Straße und im Wohngebiet als Varianten eines aktiven Einbindens bereits in kurzer Zeit Erfolg versprechend sind, was bisher jedoch aus unterschiedlichen Gründen von den Vereinen noch nicht hinreichend umgesetzt worden ist.[25]

5.3 Der kulturell-musische Freizeitbereich – für Jungen oftmals ein Buch mit sieben Siegeln

Der kulturell-musische Bereich hat für die Entwicklung der Kinder neben den sportlichen Aktivitäten eine vergleichbar hohe Bedeutung. Neben dem bloßen Hören von Musik gehören dazu aktivierende und kreativitätsfördernde Elemente wie zum Beispiel Malen, Werken und Basteln oder das Erlernen von Instrumenten. In solchen Feldern können sich die Kinder selber ausprobieren und erleben. Mit der notwendigen Geduld und Konstanz bei der Sache bleibend, erfahren

25 Voraussetzung hierfür ist, dass die Vereine hierzu auch geeignete Rahmenbedingungen vorfinden und kommunal entsprechend eingebunden, gefördert und unterstützt werden.

Tab. 5.7 **Zu Hause in Büchern oder Zeitschriften lesen (ohne Hausaufgaben) nach sozialer Schicht**
Basis: Kinder im Alter von 8 bis 11 Jahren in Deutschland

Spalten in %	Unterschicht	untere Mittelschicht	Mittelschicht	obere Mittelschicht	Oberschicht
täglich	11	18	17	27	46
mehrfach wöchentlich	17	28	40	38	28
einmal pro Woche	26	20	15	16	13
seltener	23	26	21	15	10
nie	23	8	7	4	3

World Vision Kinderstudie 2007 – TNS Infratest Sozialforschung

Kinder dabei Erfolge wie das gekonnte Spielen eines Musikinstruments, die von Eltern begeistert verfolgte Aufführung eines Bühnenstücks, die Erstellung eigener kleiner Kunstwerke oder aber das die eigene Fantasie anregende Eintauchen in die fantastische Welt von Kinderhelden. Wir haben uns in unserer Kinderstudie hierbei auch etwas genauer mit dem Lesen als basale und für die Entfaltung der eigenen Kreativität zentrale Aktivität befasst.

5.3.1 **Zu Hause lesen: (k)eine Sache der Gewohnheit**

Danach gefragt, wie häufig Kinder zu Hause lesen, ohne dabei etwas für die Schule zu erledigen, ergibt sich ein durchaus differenziertes Bild. Für etwas mehr als die Hälfte gehört es irgendwo dazu, auch jenseits von Schule zu lesen. Entweder täglich (23 %) oder mehrfach wöchentlich (34 %) greifen sie zu Büchern oder Zeitschriften. Auf der anderen Seite gibt ein Viertel der Kinder an, selten (19 %) oder nie (7 %) zu lesen (Abb. 5.4).

Dabei ist es keine Frage des Alters, ob und wie häufig Kinder lesen. Zwischen den 8- bis 9-Jährigen und den 10- bis 11-Jährigen finden sich keine signifikanten Unterschiede. Dagegen spielt das Geschlecht eine große Rolle. Mehr als ein Drittel der Jungen (35 %) berichtet, selten oder nie zu lesen. Unter Mädchen ist dies mit 18 % deutlich weniger häufig der Fall. Täglich lesen 28 % und mehrfach wöchentlich weitere 38 % der Mädchen. Von den Jungen lesen hingegen nur 19 % täglich und weitere 28 % mehrfach wöchentlich in ihrer Freizeit ein Buch oder in einer Zeitschrift.

Eine große Erklärungskraft besitzt einmal mehr die soziale Herkunftsschicht der Kinder (Tab. 5.7). Während nur ein gutes Viertel der Kinder aus der Unterschicht (28 %) angibt, regelmäßig pro Woche zu lesen, gehört es für fast drei Viertel der Kinder aus der Oberschicht zum Alltag dazu (74 %). Im Gegenzug dazu gibt mit 46 % fast jedes zweite Kind aus der Unterschicht an, seltener oder nie zu lesen. Von den Kindern aus der Oberschicht lesen nicht mehr als 13 % in ihrer Freizeit selten oder nie.

Interessant ist in diesem Zusammenhang, dass Kinder, die eine Ganztagsschule besuchen, ebenfalls signifikant häufiger angeben, selten oder nie neben der Schule zu lesen (35 %), als dies von Kindern, die eine Halbtagsschule (25 %)

Tab. 5.8 **Aktivitäten der Kinder im musisch-künstlerischen Bereich laut Auskunft der Eltern (Mehrfachmitgliedschaften möglich)**
Basis: Kinder im Alter von 8 bis 11 Jahren in Deutschland

Spalten in %	gesamt	Mädchen	Jungen	8–9 Jahre	10–11 Jahre
Musikgruppe/Musikschule	21	23	18	20	21
Tanzclub/Ballett	10	17	1	11	8
Malgruppe/Zeichnen	2	3	1	2	3
Theater-/Kinogruppe	3	3	2	2	4
nichts davon	70	61	79	70	70

World Vision Kinderstudie 2007 – TNS Infratest Sozialforschung

Tab. 5.9 **Aktivitäten der Kinder im musisch-künstlerischen Bereich laut Auskunft der Eltern nach sozialer Schicht (Mehrfachmitgliedschaften möglich)**
Basis: Kinder im Alter von 8 bis 11 Jahren in Deutschland

Spalten in %	Unter-schicht	untere Mittel-schicht	Mittel-schicht	obere Mittel-schicht	Ober-schicht
Musikgruppe/Musikschule	4	10	17	28	41
Tanzclub/Ballett	4	10	8	11	14
Malgruppe/Zeichnen	0	2	2	4	2
Theater-/Kinogruppe	5	2	2	4	4
nichts davon	87	79	74	62	50

World Vision Kinderstudie 2007 – TNS Infratest Sozialforschung

besuchen, berichtet wird. Es zeigt sich, dass bei Kindern, die den ganzen Tag in der Institution Schule verbringen, die Lust auf Lesen über die Schule hinaus offenbar seltener anzutreffen ist. Ein Migrationshintergrund ist hingegen kein relevantes Merkmal. Einheimische deutsche Kinder und Kinder mit Migrationshintergrund unterscheiden sich nicht darin, wie häufig sie pro Woche in ihrer Freizeit lesen.

Alles in allem haben die Merkmale Geschlecht und Herkunftsschicht die höchste Erklärungskraft. Jungen lesen deutlich weniger als Mädchen. Der Zusammenhang zwischen Herkunftsschicht und Häufigkeit des Lesens ist dabei linear. Je niedriger die Schicht, desto weniger häufig lesen Kinder in ihrer Freizeit.

5.3.2 Kulturell-musische Interessen: eine Sache von Mädchen aus der Oberschicht

Betrachten wir die Frage nach Mitgliedschaften im kulturell-musischen Bereich genauer, so zeigt sich, dass fast ein Drittel der Kinder (30 %) in einem der von uns abgefragten institutionellen

Bereiche einen Teil der Freizeit verbringt (Tab. 5.8).

Eine Musikgruppe oder eine Musikschule spielen hierbei die zentrale Rolle (21 %). Im Tanzclub oder im Ballett (10 %) ist immerhin jedes zehnte Kind im Alter von 8 bis 11 Jahren anzutreffen. In einer Mal- oder Zeichengruppe macht hingegen mit 2 % oder in der Theater- oder Kinogruppe mit 3 % nur eine Minderheit regelmäßig mit. Während es auch hierbei zwischen den Altersstufen keine größeren Unterschiede gibt, treten zwischen den Geschlechtern deutliche Unterschiede hervor. Mit 18 % sind zumindest noch annähernd so viele Jungen wie Mädchen mit 23 % in einer Musikschule anzutreffen. Beim Ballett oder in einer Tanzgruppe ist dies nicht der Fall. Hier dominieren die Mädchen (17 %). Weiterhin ist auffällig, dass die Eltern von jedem siebten im kulturell-musischen Bereich aktiven Mädchen angeben, dass ihr Kind in mehr als einem der vier Bereiche Teile seiner Freizeit verbringt. Bei den Jungen trifft dies nur auf jeden Zwanzigsten zu.

Als weiterer zentraler Erklärungsfaktor erweist sich erneut die soziale Herkunft. Während jedes zweite Kind aus der Oberschicht (50 %) in einem dieser kulturell-musischen Bereiche aktiv ist, ist es in der Unterschicht nur jedes achte Kind (13 %). Und während jedes fünfte hier aktive Kind aus der Oberschicht in mehr als einem der Bereiche einen Teil der Freizeit verbringt, ist eine Mehrfacheingebundenheit bei Kindern aus der Unterschicht faktisch nicht anzutreffen (Tab. 5.9).

5.4 Die Mediennutzung von Kindern – selbstverständlicher Umgang mit moderner Technik

Moderne Technik bestimmt immer mehr den Alltag in der westlichen Welt. So symbolisieren Internet und Handys die in den letzten 10 Jahren für weite Teile der Gesellschaft selbstverständlich gewordenen modernen Kommunikationsmittel. Technische Weiterentwicklungen wie z. B. DVD, haben in den letzten Jahren darüber hinaus für eine weitere Durchdringung der Haushalte gesorgt. Dieser Abschnitt soll neben einer Bestandsaufnahme bei der Technikausstattung auch den alltäglichen Umgang der Kinder mit den neuen Medien verdeutlichen. Dazu gilt es, den Umfang und Inhalt von Fernsehkonsum genauso zu durchleuchten wie die Frage nach der Nutzung von Handys und der Bezahlung der hierbei anfallenden Kosten zu beantworten.

5.4.1 Die Ausstattung von Kinderzimmern mit modernen Technikgeräten – bereits in jungen Jahren ein breites Spektrum

Ob CD-Player, eigener Computer, der Gameboy oder ein DVD-Player – zur denkbaren Grundausstattung eines Kinderzimmers können zahlreiche technische Geräte gehören. Es zeigt sich, dass Kinder im Alter von 8 bis 11 Jahren auf die Frage, was sie in ihrem eigenen Zimmer denn alles so an technischen Geräten besitzen, im Durchschnitt bei mehr als drei Geräten mit ja antworten. Dabei sind erwartungsgemäß die Zimmer der 10- und 11-Jährigen etwas umfangreicher ausgestattet als die der jüngeren Kinder. Auch verfügen Jungen über etwas mehr Geräte als Mädchen.

Abb. 5.5 **Die Medien-Ausstattung der Kinderzimmer**
Kinder im Alter von 8 bis 11 Jahren in Deutschland (Angaben in %)

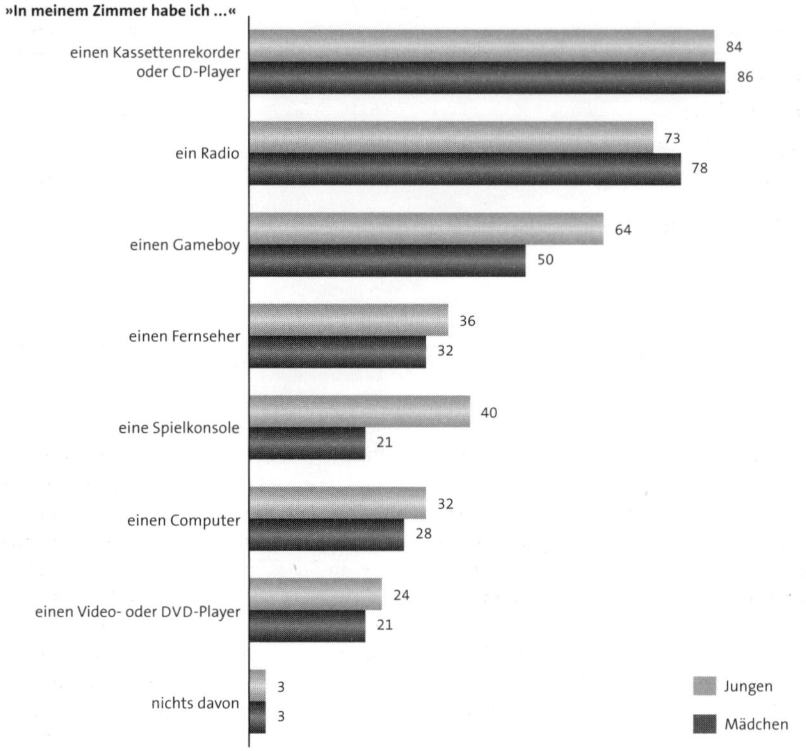

World Vision Kinderstudie 2007 – TNS Infratest Sozialforschung

Im Einzelnen hat der CD-Player oder Kassettenrekorder die Nase bei den Kindern vorne. In deutlich mehr als drei Viertel (85%) aller Kinderzimmer findet sich ein solches Gerät. Ebenso lässt sich bei fast drei Vierteln (76%) der Kinderzimmer ein eigenes Radio finden. In etwas mehr als der Hälfte der Kinderzimmer (57%) befindet sich ein Gameboy. Der eigene Fernseher ist bei einem Drittel der Kinderzimmer (34%) Realität. Eine eigene Spielkonsole (30%) oder ein eigener Computer (30%) gehört bei nicht ganz einem Drittel der Kinderzimmer zur technischen Ausstattung dazu. Schließlich verfügt bereits mehr als ein Fünftel der Kinderzimmer über einen eigenen Video- oder DVD-Player (Abb. 5.5).

Betrachtet man die Unterschiede zwischen den Geschlechtern, so fällt auf, dass die Kinderzimmer von Mädchen leicht häufiger über CD-Player oder Kassettenrekorder und Radios verfügen. Bei allen anderen technischen Geräten liegen die Jungen vorne, wobei die Unter-

Tab. 5.10 **Was Kinder in ihrem Kinderzimmer besitzen**
Basis: Kinder im Alter von 8 bis 11 Jahren in Deutschland

Spalten in %	gesamt	Mädchen	Jungen	8–9 Jahre	10–11 Jahre
eigener CD-Player oder Kassettenrekorder	85	86	84	85	85
eigenes Radio	76	78	73	72	79
eigener Gameboy	57	50	64	53	61
eigener Fernseher	34	32	36	31	37
eigene Spielkonsole	30	21	40	28	33
eigener Computer	30	28	32	26	34
eigener Video- oder DVD-Player	23	21	24	22	24
nichts davon	3	3	3	3	3

World Vision Kinderstudie 2007 – TNS Infratest Sozialforschung

schiede beim Gameboy und der eigenen Spielkonsole größer als beim Fernseher, Computer und dem Video- oder DVD-Player ausfallen. Erwartungsgemäß sind die Kinderzimmer der älteren Altersgruppe mit allen technischen Geräten häufiger ausgestattet. Beim Radio und Video- oder DVD-Player sind die Unterschiede äußerst gering, während sie sonst deutlicher ausfallen (Tab. 5.10).

Schicht entscheidet bei der Ausstattung von Kinderzimmern mit Mediengeräten

Im Folgenden soll es darum gehen, für die einzelnen technischen Geräte genauer zu analysieren, welche sozialen und persönlichen Merkmale einen Einfluss auf die Ausstattung des Kinderzimmers mit dem jeweiligen Gerät haben.

Die soziale Schicht, aus der die Kinder stammen, besitzt bei fast allen Geräten nachweisbare Erklärungskraft. So lassen sich in Kinderzimmern der Unterschicht CD-Player oder Kassettenrekorder zu 70 % im Vergleich zu durchschnittlich 89 % und Radios zu 65 % im Vergleich zu durchschnittlich 74 % signifikant seltener finden als in den Kinderzimmern der Oberschicht. Diese Gerätschaften beinhalten auch eher positiv besetzte Formen des Medienkonsums, da sie die Chance auf eine kindgerechte Anregung der Fantasie durch das gesprochene Wort verkörpern. Im Gegensatz dazu sind die Kinderzimmer der Kinder aus der Unterschicht bei denjenigen anderen Gerätschaften, die eher nur passive Formen des Medienkonsums ermöglichen, deutlich besser ausgestattet. Selbst die vergleichsweise hohen Anschaffungskosten stehen dem nicht im Weg. Über einen Gameboy verfügen 58 % der Kinder aus der Unterschicht im Vergleich zu 57 % insgesamt. Mit 46 % hat hingegen nur eine Minderheit der Kinder aus der Oberschicht einen Gameboy. Einen Fernseher im Zimmer haben 49 % der Kinder aus der Unterschicht im Vergleich zu 34 % insgesamt sowie 16 % der Kinder aus der Oberschicht. Eine Spielkonsole haben 44 % im Vergleich zu insgesamt 30 % sowie 14 % der Kinder aus der Oberschicht. Einen Videorekorder oder DVD-Player

Tab. 5.11 **Medienausstattung der Kinderzimmer nach der Herkunftsschicht**
Basis: Kinder im Alter von 8 bis 11 Jahren in Deutschland

Spalten in %	Unterschicht	untere Mittelschicht	Mittelschicht	obere Mittelschicht	Oberschicht
eigener CD-Player oder Kassettenrekorder	70	82	86	88	89
eigenes Radio	65	74	78	77	74
eigener Gameboy	58	61	60	55	46
eigener Fernseher	49	48	37	25	16
eigene Spielkonsole	44	39	34	24	14
eigener Computer	27	33	28	32	26
eigener Video- oder DVD-Player	36	31	25	16	10
nichts davon	2	4	2	3	7

World Vision Kinderstudie 2007 – TNS Infratest Sozialforschung

können schließlich 36 % im Vergleich zu 23 % insgesamt sowie 10 % der Kinder aus der Oberschicht nutzen.

Die Ausstattung mit einem eigenen Computer kann anhand des sozialen Hintergrundes der Kinder hingegen nicht eindeutig erklärt werden. Kinder aus der Unterschicht haben zu 27 % einen eigenen Computer im Zimmer und Kinder aus der Oberschicht ebenfalls zu 26 %. Bei den anderen Schichten ist die Ausstattung hingegen etwas höher (Tab. 5.11).

Darüber hinaus besitzen auch noch weitere Merkmale zusätzliche Erklärungskraft. Kinder mit Migrationshintergrund verfügen seltener als einheimische deutsche Kinder über CD-Player (77 % zu 87 %) und Radios (69 % zu 78 %) im Zimmer. Beim Fernseher (43 % zu 31 %) und Videorekorder oder DVD-Player (31 % zu 20 %) ist es hingegen umgekehrt. Kinder mit Migrationshintergrund verfügen häufiger über diese Medien. Aus der Reihe fällt der Besitz eines Gameboys. Hier geben nur 48 % der Kinder mit Migrationshintergrund an, so etwas ihr Eigen zu nennen. Bei einheimischen deutschen Kindern trifft dies auf deutlich mehr als die Hälfte (60 %) zu. Bezogen auf Spielkonsole und Computer gibt es keine Unterschiede zwischen einheimischen deutschen Kindern und Kindern mit Migrationshintergrund.

Außerdem liefert das Verhältnis zwischen Schulstufe und Alter bei der Frage nach der Ausstattung der Kinderzimmer mit Mediengeräten aufschlussreiche Erkenntnisse. Mit dem Übergang in die weiterführende Schule lässt sich die zunehmende Ausstattung der Kinderzimmer besser erklären als mit dem Alter selbst. Bei Radio, Fernseher, Spielkonsole und Computer ist dies der Fall. Nur beim Gameboy erklärt das Alter die Ausstattung besser. Dies lässt den Schluss zu, dass mit diesem symbolischen Übergang von der Grundschule in die weiterführende Schule zwei Dinge zusammenkommen. Die Eltern erlauben Kindern, sobald diese nicht mehr die Grundschule, sondern eine weiterführende Schule besuchen, zum einen dann häufiger die unbeaufsichtigte Nutzung dieser Geräte in den Kinderzimmern; zum anderen kommt darin die soziale Erwartungshaltung zum Ausdruck, dass im Vergleich zu den Gleichaltrigen und Älteren an der neuen Schule auch die eigenen Kinder mithalten sollen.

In den neuen Bundesländern verfügt jedes zweite Kind über einen Fernseher im Zimmer (50%), während dies nur auf knapp jedes dritte Kind in den alten Bundesländern zutrifft (32%). Damit einher geht eine ebenfalls häufigere Ausstattung mit DVD-Playern/Videorekordern (32% zu 21%), während beim CD-Player/Kassettenrekorder eine geringere Häufigkeit in den neuen Bundesländern festzustellen ist (77% zu 86%).

Bemerkenswert ist der Umstand, dass Kinder, die sich selber als nicht so leistungsstark einstufen (»mittelgut oder nicht so gut«), signifikant häufiger (42%) einen Fernseher im Kinderzimmer haben als Kinder, die sich als »gut oder sehr gut« einstufen (28%). Der Zusammenhang zwischen Selbsteinschätzung der Schulleistungsfähigkeit und dem Besitz eines Fernsehgeräts im eigenen Zimmer sollte allerdings nicht vorschnell als kausal eingestuft werden. Wahrscheinlicher ist, dass der Besitz eines eigenen Fernsehgerätes im Zimmer von Kindern eher ein Symbol für eine möglicherweise geringere familiäre Förderung ist, die dann entsprechend wirksam werden kann.

Alles in allem schlägt bei der Ausstattung von Kinderzimmern mit modernen Mediengeräten die soziale Herkunft als bedeutsamster Faktor durch. Sind Kinderzimmer aus den besseren sozialen Schichten bei sozial akzeptierten technischen Geräten wie Radio, CD-Player oder Kassettenrekorder signifikant besser ausgestattet, so ist dies bei den für Kinder umstrittenen Geräten wie Fernseher, DVD-Player oder auch Gameboy nicht der Fall. Hier entscheiden sich die Eltern aus den höheren sozialen Schichten häufiger gegen die Anschaffung dieser Geräte. Dies heißt jedoch nicht, dass die Familien insgesamt nicht über solche Geräte verfügen[26] und die Kinder von daher auch keinen Zugang zu diesen Geräten hätten.

5.4.2 **Fernsehen: Umfang und Inhalt im Alltag von Kindern**

Das Fernsehen lässt sich als das bedeutsamste Medium im kindlichen Alltag kennzeichnen. Mehr als zwei Drittel der Kinder im Alter von 6 bis 13 Jahren (70%) gibt laut der KIM-Studie 2006 an, den Fernseher für das Medium zu halten, das unverzichtbar für sie geworden ist. Computer (16%) – die deutlich auf Kosten des Fernsehers in den letzten Jahren an Bedeutung gewonnen haben – und Bücher (5%) folgen abgeschlagen auf den weiteren Plätzen (Feierabend/Rathgeb 2007).

Am Beispiel des Fernsehens wird deutlich, wie sehr sich auch Kindheit bereits kommerzialisiert hat. Ein gut auf Kinder abgestimmtes Merchandising hat zu der Entstehung eines Marktes für auf diese Medieninhalte abgestimmte Produkte und Konsumartikel geführt (Bründel/Hurrelmann 1996).

Wie sich bei der Ausstattung mit Technik bereits zeigt, setzt sich das fort, was sich in den anderen Bereichen von Familie und Schule ergeben hat. Kinder aus sozial schwächeren Familien unterliegen auch angesichts ihres Medienkonsums häufiger der Gefahr einer kommunikationsarmen Ausgestaltung ihres Alltags. Um über die Ausstattung mit Geräten weitere qualitative Aussagen zum Umgang mit Technik treffen zu können, sollen jetzt Umfang und Inhalt von Fernsehen im Alltag von Kindern analysiert werden.

26 Die KIM-Studie berichtet zum Beispiel von einer Quasi-Vollausstattung der Haushalte mit Fernsehgeräten (Feierabend/Rathgeb 2007).

Tab. 5.12 **Wie lange Kinder pro Tag fernsehen**
Basis: Kinder im Alter von 8 bis 11 Jahren in Deutschland

Spalten in %	gesamt	Mädchen	Jungen	8–9 Jahre	10–11 Jahre
höchstens eine halbe Stunde	10	12	8	12	8
eine halbe bis eine Stunde	33	32	33	35	30
ein bis zwei Stunden	37	38	36	35	40
zwei bis drei Stunden	12	10	14	11	13
drei Stunden und mehr	5	4	7	4	6
schaue so gut wie nie Fernsehen	3	4	2	3	3

World Vision Kinderstudie 2007 – TNS Infratest Sozialforschung

Tab. 5.13 **Wie lange Kinder pro Tag fernsehen nach sozialer Schicht**
Basis: Kinder im Alter von 8 bis 11 Jahren in Deutschland

Spalten in %	Unterschicht	untere Mittelschicht	Mittelschicht	obere Mittelschicht	Oberschicht
höchstens eine halbe Stunde	8	9	6	13	18
eine halbe bis eine Stunde	23	26	31	37	43
ein bis zwei Stunden	28	42	43	36	24
zwei bis drei Stunden	27	15	13	7	4
drei Stunden und mehr	14	6	4	3	4
schaue so gut wie nie Fernsehen	–	2	3	4	7

World Vision Kinderstudie 2007 – TNS Infratest Sozialforschung

Jedes sechste Kind schaut mehr als zwei Stunden pro Tag fern

Beim Umfang des alltäglichen Fernsehkonsums zeigen sich beträchtliche Unterschiede, welchen Raum das TV im Alltag von Kindern einnimmt. So geben nur 3 % der Kinder an, dass sie so gut wie nie fernsehen. Maßvoll mit weniger als einer halben Stunde pro Tag kommt jedes zehnte Kind aus. Auf der anderen Seite sind es aber 12 %, die zwischen zwei und drei Stunden, und 5 %, die gar mehr als drei Stunden pro Tag das Fernsehen laufen haben. Die große Mehrheit schaut entweder zwischen einer halben Stunde und einer Stunde (33 %) oder zwischen ein und zwei Stunden (37 %) pro Tag. Zwischen den Altersstufen wird mit zunehmendem Alter ein wachsender Fernsehkonsum sichtbar. Fast jedes fünfte Kind im Alter von 10 oder 11 Jahren (19 %) schaut mehr als zwei Stunden pro Tag fern, während es bei den Jüngeren »nur« 15 % sind. Zwischen den Geschlechtern finden sich noch deutlichere Unterschiede. Jeder fünfte Junge (21 %) schaut mehr als zwei Stunden pro Tag TV, während

Abb. 5.6 **Was Kinder im Fernsehen schauen**
Kinder im Alter von 8 bis 11 Jahren in Deutschland (Angaben in %)

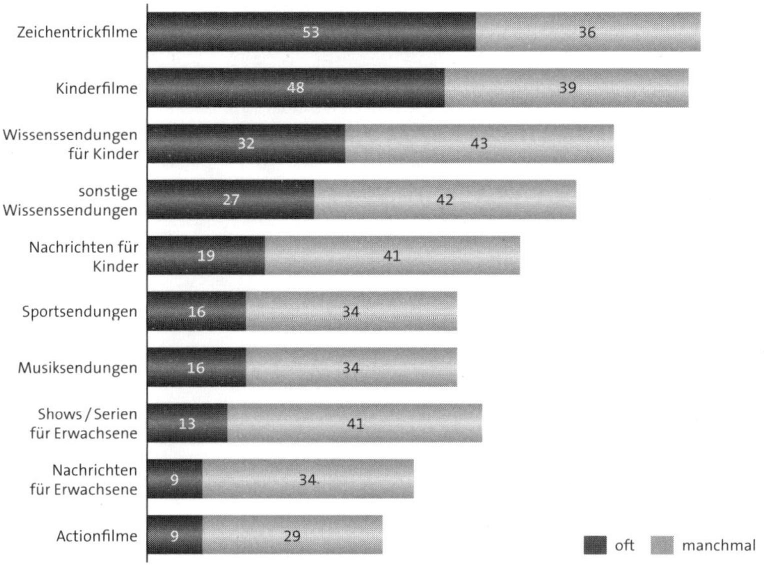

World Vision Kinderstudie 2007 – TNS Infratest Sozialforschung

dies nur für jedes siebte Mädchen (14 %) zutrifft (Tab. 5.12).

Bedeutsame Erklärungskraft besitzt erneut die soziale Herkunftsschicht. Zum einen hat in der Unterschicht kein Kind im Alter von 8 bis 11 Jahren angegeben, dass es so gut wie kein TV schaut, während es in der Oberschicht immerhin 7 % sind. Darüber hinaus unterscheidet sich auch der Umfang des Fernsehkonsums substanziell. Während in der Oberschicht (8 %) mehr als zwei Stunden TV pro Tag sehr selten vorkommt, ist dieses in der Unterschicht auffällig häufig (41 %) der Fall (Tab. 5.13).

Was Kinder im Fernsehen schauen

Neben der Frage des Umfangs sollten Kinder für zehn unterschiedliche Inhalte angeben, wie häufig sie Sendungen aus diesen Bereichen anschauen. Die von uns vorgelegte Liste umfasst sowohl eher kindergerechte Inhalte wie Zeichentrickfilme, Wissenssendungen und Nachrichten für Kinder als auch Musik- und Sportsendungen oder Actionfilme, Shows sowie Serien für ältere Jugendliche und Erwachsene (Abb. 5.6).

Insgesamt berichten die Kinder, dass sie vorrangig Kindersendungen im Fernsehen schauen. Zeichentrickfilme (53 % »oft« und 36 % »manchmal«), Kinderfilme (48 % »oft« und 39 % »manchmal«), Wissenssendungen für Kinder (32 % »oft« und

Tab. 5.14 **Was Kinder oft im Fernsehen anschauen**
Basis: Kinder im Alter von 8 bis 11 Jahren in Deutschland

Spalten in %	gesamt	Mädchen	Jungen	8–9 Jahre	10–11 Jahre
Oft schaue ich:					
Zeichentrickfilme	53	45	62	63	43
Kinderfilme/Kinderserien	48	49	47	52	44
Wissenssendungen für Kinder	32	30	34	34	30
sonstige Wissenssendungen	27	21	34	23	31
Nachrichten für Kinder	19	18	20	18	20
Sportsendungen	16	5	29	13	20
Musiksendungen	16	21	11	10	22
Shows/Serien für ältere Jugendliche/ Erwachsene	13	15	12	8	18
Nachrichten für Erwachsene	9	8	10	6	12
Actionfilme für ältere Jugendliche/ Erwachsene	9	5	14	6	13

World Vision Kinderstudie 2007 – TNS Infratest Sozialforschung

43 % »manchmal«), sonstige Wissenssendungen (27 % »oft« und 42 % »manchmal«) und Nachrichten für Kinder (19 % »oft« und 41 % »manchmal«) belegen die ersten fünf Plätze. Danach folgen Sportsendungen (16 % »oft« und 34 % »manchmal«), Musiksendungen (16 % »oft« und 34 % »manchmal«), Shows und Serien für ältere Jugendliche und Erwachsene (13 % »oft« und 41 % »manchmal«), Nachrichten für Erwachsene (9 % »oft« und 34 % »manchmal«) und schließlich Actionfilme (9 % »oft« und 29 % »manchmal«).

Bedenkt man, dass Kinder, wie dargestellt, im Schnitt pro Tag in etwa ein bis eineinhalb Stunden fernsehen, so ist der Umfang an Sendungen für Erwachsene, den Kinder nach eigenem Bekunden »manchmal« schauen, bemerkenswert hoch ausgeprägt.

Zwischen den Altersgruppen zeigen sich beachtliche Unterschiede. Während die kindgerechten Inhalte mit zunehmendem Alter deutlich rückläufig sind, verdoppeln sich die Anteile der anderen Inhalte. Ebenso finden sich Unterschiede zwischen den Geschlechtern. Im Folgenden betrachten wir die Sendungen, die Kinder nach eigener Auskunft »oft« anschauen (Tab. 5.14).

Während Mädchen im Gegensatz zu Jungen mehr auf Musiksendungen stehen (21 % zu 11 %), verfolgen die Jungen häufiger Sportsendungen (Mädchen: 5 % zu Jungen: 29 %), sonstige Wissenssendungen (Mädchen: 21 % zu Jungen: 34 %) sowie Actionfilme (Mädchen: 5 % zu Jungen: 14 %). Alle sonstigen Unterschiede sind nicht so hoch ausgeprägt. Hierbei ist auch zu berücksichtigen, dass Mädchen, wie bereits dargestellt, pro Tag weniger fernsehen als Jungen.

Auch was die Inhalte des Fernsehens

Tab. 5.15 **Was Kinder oft im TV anschauen**
Basis: Kinder im Alter von 8 bis 11 Jahren in Deutschland

Spalten in %	Unterschicht	untere Mittelschicht	Mittelschicht	obere Mittelschicht	Oberschicht
Oft schaue ich:					
Zeichentrickfilme	66	59	55	47	45
Kinderfilme/Kinderserien	58	58	50	41	38
Wissenssendungen für Kinder	25	31	29	35	40
sonstige Wissenssendungen	27	28	27	27	30
Nachrichten für Kinder	21	13	17	20	28
Sportsendungen	22	18	14	18	14
Musiksendungen	15	26	18	11	8
Shows/Serien für ältere Jugendliche/ Erwachsene	23	15	13	11	10
Actionfilme für ältere Jugendliche/ Erwachsene	21	11	8	8	7
Nachrichten für Erwachsene	11	8	11	8	8

World Vision Kinderstudie 2007 – TNS Infratest Sozialforschung

betrifft, erweist sich die soziale Herkunftsschicht einmal mehr als bedeutsam (Tab. 5.15). Insgesamt finden sich bei Kindern aus der Unterschicht die häufigsten Nennungen. Es hat den Anschein, dass diese Kinder, die auch insgesamt pro Tag am meisten fernsehen, quer über alle Bereiche fernsehen. Dies gilt jedoch nicht für die Wissenssendungen für Kinder. Hier geben nur 25 % der Kinder aus der Unterschicht an, dass sie solche Sendungen »oft« schauen, während Kinder aus der Oberschicht dies zu 40 % benennen. Auch bei Nachrichten für Kinder und sonstigen Wissenssendungen haben Kinder aus der Oberschicht leicht die Nase vorne. Im Gegensatz dazu fällt auf, dass Kinder aus der Unterschicht neben Zeichentrickfilmen (66 %) und Kinderfilmen (58 %) deutlich häufiger auch die Inhalte der Erwachsenen schauen. Mehr als ein Fünftel schaut hier »oft« Actionfilme (21 %) und Shows oder Serien für ältere Jugendliche oder Erwachsene (23 %).

Mit dem Umfang und den Inhalten des Fernsehkonsums zeigt sich, dass TV für Kinder aus der Unterschicht bereits im Alter von 8 bis 11 Jahren eine den Alltag strukturierende Funktion übernommen hat. Was sich im Freizeitbereich bereits durch eine geringere Beteiligung von Kindern aus der Unterschicht in Vereinen oder an sonstigen Gruppen gezeigt hat, setzt sich mit einem höheren Umfang am Frensehkonsum sowie häufigerem Anschauen von Inhalten für Erwachsene fort.

Tab. 5.16 **Kinder und der Zugang zum Internet**
Basis: Kinder im Alter von 8 bis 11 Jahren in Deutschland

Spalten in %	gesamt	Mädchen	Jungen	8–9 Jahre	10–11 Jahre
Zugang zum Internet					
regelmäßig	21	22	20	13	29
unregelmäßig	33	32	34	31	35
kein Zugang	46	46	46	56	36
Umfang der Nutzung pro Woche					
unregelmäßig/nie	79	78	80	87	71
bis 1 Stunde	8	9	7	6	10
bis 2 Stunden	5	5	5	3	7
bis 5 Stunden	6	6	6	3	9
mehr als 5 Stunden	2	2	2	1	3

World Vision Kinderstudie 2007 – TNS Infratest Sozialforschung

5.4.3 Das Internet: Umfang und Nutzung bei Kindern

Das Internet mit seinen Möglichkeiten von E-Mail, Informationssuche, Einkäufen und Chats hat in den letzten zehn Jahren immer mehr Einzug in den Alltag der westlichen Industriegesellschaften gehalten. Während die Verbreitung des Internets bei der älteren Bevölkerung in den letzten Jahren kaum merklich angestiegen ist, gerät Internet bei Jugendlichen im Alter von 12 bis 25 Jahren immer mehr zu einer Selbstverständlichkeit. Wie die Shell Jugendstudie für 2006 nachweisen konnte, verfügen mehr als 80 % der Jugendlichen dieser Altersgruppe über einen Zugang und nutzen ihn mit 9 Stunden pro Woche recht ausgiebig. Vor allem aber Jugendliche aus der Unterschicht berichten hierbei deutlich seltener über die Möglichkeit, im Internet zu sein (Langness/Leven/Hurrelmann 2006). Die Frage ist, wie sich das bereits bei den Kindern im Alter von 8 bis 11 Jahren darstellt.

Mehrheit der Kinder hat Zugang zum Internet – regelmäßige Nutzung seltener

Zu diesem Zweck sollten die Kinder in zwei Fragen angeben, ob sie grundsätzlich über einen Computer Zugang zum Internet haben, und wenn ja, ob sie diesen auch regelmäßig nutzen. Diejenigen Kinder, die angaben, das Internet regelmäßig zu nutzen, erhielten die Nachfrage, wie umfangreich die Nutzung pro Woche ausfällt.

Bereits mehr als die Hälfte der Kinder im Alter von 8 bis 11 Jahren hat einen Zugang zum Internet (54 %). Allerdings wird auch offensichtlich, dass insgesamt nur etwa jedes fünfte Kind (21 %) regelmäßig im Internet ist (Tab. 5.16).

Dabei ist auffällig, dass es zwischen den Geschlechtern quasi keine Unterschiede gibt. Hinsichtlich der Altersstufen ergibt sich dagegen der erwartete Unterschied. Jüngere sind deutlich seltener regelmäßig im Netz (13 %) im Vergleich zu den 10- und 11-Jährigen (29 %). Auch hinsichtlich des Umfangs der Nut-

Tab. 5.17 **Zusammenhangsanalyse[1]: Zugang zum Internet nach signifikanten persönlichen und sozialen Merkmalen**
Basis: Kinder im Alter von 8 bis 11 Jahren in Deutschland

%-Angaben (pro Zeile)	ja	nein
Kinder insgesamt	54	46
Alter		
8–9 Jahre	44	56
10–11 Jahre	**64**	36
Soziale Herkunftsschicht		
Unterschicht	26	74
untere Mittelschicht	48	52
Mittelschicht	53	47
obere Mittelschicht	**62**	38
Oberschicht	**66**	34
Migrationshintergrund		
einheimische deutsche Kinder	**57**	43
Kinder mit Migrationshintergrund	43	57
Schulstufe		
Grundschule (Klassen 1 bis 4)	47	53
weiterführende Schule (ab Klasse 5)	**68**	32

1 Der Zusammenhang wurde multivariat anhand einer logistischen Regression auf die Kriteriumsvariable »Zugang zum Internet: ja oder nein« getestet. Einbezogene Prädiktoren: Alter, Geschlecht, alte/neue Länder, Migrationshintergrund, Siedlungsstrukturtyp, soziale Herkunftsschicht, Familienform (alleinerziehend vs. nicht alleinerziehend), Schulstufe, guter Schüler nach Eigenauskunft.
In der Tabelle wurden zur besseren Veranschaulichung die als signifikant getesteten Merkmalsausprägungen ($p < 0{,}05$) fett dargestellt und bivariat in % ausgewiesen.

World Vision Kinderstudie 2007 – TNS Infratest Sozialforschung

zung ergibt sich das gleiche Bild. Zwischen den Geschlechtern gibt es keine nennenswerten Unterschiede. Und die älteren Kinder sind deutlich länger pro Woche im Netz als die 8- und 9-Jährigen. Insgesamt gilt aber, dass Kinder im Alter von 8 bis 11 Jahren sich nicht lange im Internet aufhalten. 8 % geben an, dass sie bis zu einer Stunde pro Woche im Netz verbringen. Weitere 5 % surfen bis zu zwei Stunden und 6 % immerhin bis zu fünf Stunden pro Woche. Darüber hinaus geben nur 2 % der Kinder an, dass ihre Nutzung fünf Stunden pro Woche überschreitet.

Zugang zum Internet – Kinder aus Unterschicht und mit Migrationshintergrund bleiben eher außen vor

Im Zusammenhang betrachtet erweisen sich vier Merkmale bezüglich eines vorhandenen Zugangs zum Internet als zen-

Tab. 5.18 **Besitz eines Handys, Form der Nutzung und Bezahlen der Gebühren**
Basis: Kinder im Alter von 8 bis 11 Jahren in Deutschland

Spalten in %	gesamt	Mädchen	Jungen	8–9 Jahre	10–11 Jahre
Besitz eines Handy					
ja	36	39	34	17	56
nein	64	61	66	83	44
Form der Nutzung (nur Handybesitzer)					
Prepaidkarte	92	90	94	94	91
Vertrag	8	10	6	6	9
Bezahlung der Gebühren (nur Handybesitzer)					
Kind selber (z. B. Taschengeld)	21	19	24	10	25
Die Eltern	79	81	76	90	75

World Vision Kinderstudie 2007 – TNS Infratest Sozialforschung

tral (Tab. 5.17). Neben den miteinander hoch korrelierten Merkmalen Alter und Schulstufe ist es die soziale Herkunft und der Migrationshintergrund, die hier einen bedeutsamen Einfluss haben. Wie bereits aufgeführt, verfügen ältere Kinder (64 %) im Vergleich zu jüngeren (44 %) deutlich häufiger über einen Zugang zum Internet. Gleiches gilt für Kinder, die die Grundschule (47 %) oder bereits eine weiterführende Schule (68 %) besuchen. Darüber hinaus zeigt sich, dass Kinder mit Migrationshintergrund (43 %) deutlich seltener einen Zugang zum Internet haben als die einheimischen deutschen Kinder (57 %). Besonders auffällig ist einmal mehr der soziale Hintergrund der Kinder. Kinder aus der Unterschicht geben signifikant seltener als Kinder aller anderen Schichten an, über einen Internetzugang zu verfügen. Es ist gerade einmal jedes vierte Kind aus der Unterschicht (26 %) in der Lage, ins Internet zu gehen. Dagegen sind es bei Kindern aus der Oberschicht zwei Drittel (66 %).

Das Handy – ab der weiterführenden Schule praktisch und zusätzlich besonders für Mädchen attraktiv

Neben dem Internet hat das Handy die Kommunikationsgewohnheiten in der letzten Dekade beeinflusst. Die ständige Erreichbarkeit, die kurzfristigen Verabredungen und das Verschicken von SMS gehören immer mehr zum Alltag gerade junger Menschen dazu. Während bei Jugendlichen die Frage nach dem Besitz eines Handys wegen der hohen Verbreitung schon fast verzichtbar geworden ist, stellt sich die Frage nach dem Einstiegsalter beim Handy im Kindesalter umso mehr.

Daher sollten die Kinder angeben, ob sie ein Handy besitzen, wie die Form der Nutzung aussieht (Vertrag oder Prepaid) und wer für die Gebühren aufkommt (Tab. 5.18). Zuerst einmal zeigt sich, dass ein gutes Drittel der Kinder im Alter von 8 bis 11 Jahren (36 %) über ein Handy verfügt. Dabei sind Prepaidkarten die Regel (92 %), und es kommen eher die Eltern (79 %) für die Gebühren auf, als dass die

Tab. 5.19 **Zusammenhangsanalyse**[1]**:**
Besitz eines Handys nach signifikanten persönlichen und sozialen Merkmalen
Basis: Kinder im Alter von 8 bis 11 Jahren in Deutschland

%-Angaben (pro Zeile)	ja	nein
Kinder insgesamt	36	64
Schulstufe		
Grundschule (Klassen 1 bis 4)	23	77
weiterführende Schule (ab Klasse 5)	**65**	35
Alter		
8–9 Jahre	17	83
10–11 Jahre	**56**	44
Familienform		
alleinerziehend	**47**	53
nicht alleinerziehend	34	66
Siedlungsstrukturtyp		
Ballungsgebiet	**43**	57
sonstige Stadtregion	32	68
Randlage von Ballungsgebieten/Stadtregionen	29	71
Verdichtungszonen	38	62
ländlicher Raum	43	57
Geschlecht		
Mädchen	**39**	61
Jungen	34	66

1 Der Zusammenhang wurde multivariat anhand einer logistischen Regression auf die Kriteriumsvariable »Besitz eines Handys: ja oder nein« getestet. Einbezogene Prädiktoren: Alter, Geschlecht, alte/neue Länder, Migrationshintergrund, Siedlungsstrukturtyp, soziale Herkunftsschicht, Familienform (alleinerziehend vs. nicht alleinerziehend), Schulstufe, guter Schüler nach Eigenauskunft.
In der Tabelle wurden zur besseren Veranschaulichung die als signifikant getesteten Merkmalsausprägungen ($p < 0{,}05$) fett dargestellt und bivariat in % ausgewiesen.

World Vision Kinderstudie 2007 – TNS Infratest Sozialforschung

Kinder diese aus ihrem Taschengeld (21 %) bestreiten müssen. Zwischen den Geschlechtern fällt auf, dass Mädchen (39 %) öfter ein Handy besitzen als Jungen (34 %). Jungen (24 %) müssen dabei auch leicht häufiger für die Gebühren aufkommen als Mädchen (19 %). Hinsichtlich der Altersgruppen ergibt sich, dass Kinder im Alter von 8 und 9 Jahren nur selten (17 %) über ein Handy verfügen. Bei den Kindern im Alter von 10 und 11 Jahren ist es dagegen bereits eine deutliche Mehrheit (56 %), die Handys ihr Eigen nennen kann. Dafür müssen sie aber auch deutlich häufiger die anfallenden Kosten aus ihrem Taschengeld bestreiten (25 %).

Bei den Jüngeren wollen die Eltern eher sicherstellen, dass die Kinder sich zu Hause melden können und erreichbar bleiben, sodass hier kaum das Taschengeld (10 %) für die Gebühren herhalten muss.

Im Zusammenhang betrachtet erweisen sich fünf Merkmale als relevant dafür, ob Kinder bereits in dieser Altersgruppe ein eigenes Handy nutzen: Geschlecht, Alter und Schulstufe sowie die Familienform und die Region (Stadt oder Land) besitzen hierbei Erklärungskraft (Tab. 5.19).

Mit dem Wechsel von der Grundschule auf die weiterführende Schule nimmt der Besitz von Handys signifikant zu. Fast zwei Drittel der Kinder, die eine weiterführende Schule besuchen (65 %), verfügen über ein Handy. Bei den Grundschülern sind das dagegen nur 23 %. Wie bereits in Kapitel 3 ausgeführt, besitzt der Übergang von der Grundschule auf die weiterführende Schule nicht nur eine richtungweisende Funktion in der Bildungskarriere. Vielmehr bringt dieser Wechsel auch einen geänderten Schulweg mit sich, da zur weiterführenden Schule oftmals weitere Wege zurückgelegt werden müssen. Daher hat die Anschaffung eines Handys nicht nur symbolischen Charakter, sondern besitzt auch praktische Relevanz, um als Familie auf nicht planbare Ereignisse wie Unterrichtsausfall leichter reagieren zu können. In die gleiche Richtung weist der bereits dargestellte signifikante Unterschied zwischen den Altersstufen. Ebenso besitzen – wie bereits ausgeführt – Mädchen (39 %) signifikant häufiger ein Handy als Jungen (34 %). Weiterhin zeigt sich, dass Handys alltagspraktische Erleichterungen für Alleinerziehende besitzen. Kinder von Alleinerziehenden (47 %) besitzen deutlich häufiger ein Handy als die anderen Gleichaltrigen (34 %). Ebenfalls treten Stadt–Land-Unterschiede zutage. In den Ballungsräumen und auf dem Land sind Handys weiter verbreitet (je 43 %) als vor allem im Stadtumland (29 %).

5.5 Die Freizeitaktivitäten von Kindern – Basis für eine geschlechterdifferenzierende Typologie

Neben einer detaillierten Betrachtung einzelner Bereiche im Freizeitverhalten von Kindern lassen sich mit Hilfe einer Liste von Freizeitaktivitäten unterschiedliche Freizeitverhalten beschreiben. Im Rahmen des DJI-Kinderpanels sind vier Gruppen beschrieben worden. Dabei wurde der institutionalisierte Freizeitler vom nicht-institutionalisierten Freizeitler, dem Indoor-Freizeitler und dem sportiven Freizeitler unterschieden (Zerle 2007).

Grundlage für die Typologie im Rahmen der World Vision Kinderstudie bildet eine Liste mit 18 Freizeitaktivitäten. Hierbei sollten die Kinder jeweils angeben, ob sie die jeweilige Aktivität »oft«, manchmal oder »nie/so gut wie nie« machen. Mit Hilfe dieser Angaben ließen sich mittels einer Faktorenanalyse vier unterschiedliche Bereiche von Freizeitaktivitäten ermitteln. Hierbei handelt es sich um Kultur, Sport, Medienkonsum sowie Familie. Diese Faktoren bildeten den Ausgangspunkt, um im Rahmen einer Clusteranalyse eine Typologie mit in diesem Fall drei Gruppen von Kindern zu identifizieren. In einem ersten Schritt soll aber die Basisliste mit den 18 Freizeitaktivitäten dargestellt werden.

Abb. 5.7 **Was Kinder oft in ihrer Freizeit machen**
Kinder im Alter von 8 bis 11 Jahren in Deutschland (Angaben in %)

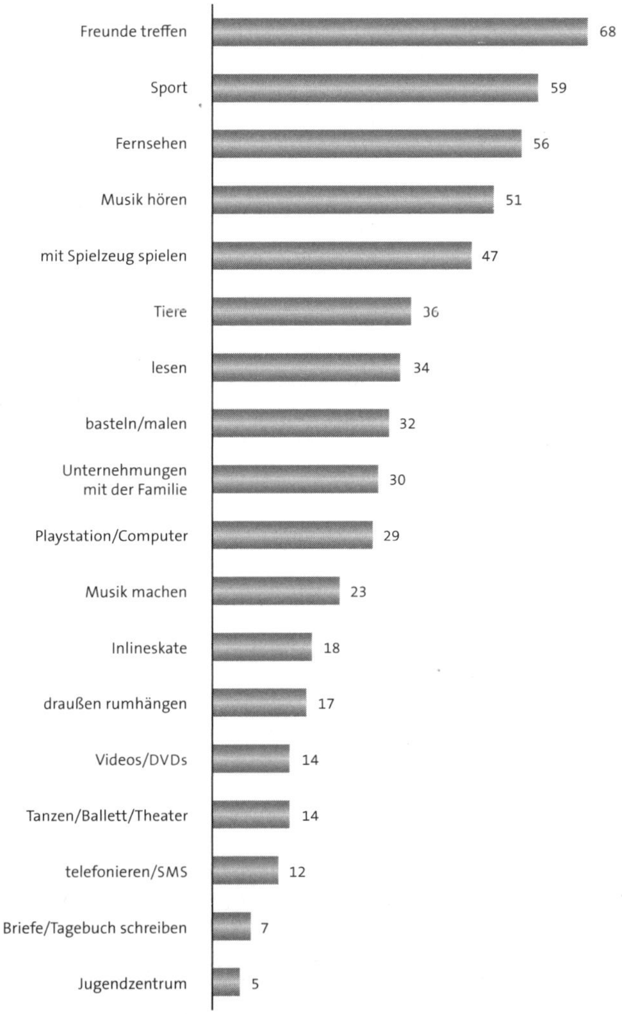

World Vision Kinderstudie 2007 – TNS Infratest Sozialforschung

Tab. 5.20 **Was Kinder oft in ihrer Freizeit machen**
Basis: Kinder im Alter von 8 bis 11 Jahren in Deutschland

Spalten in %	gesamt	Mädchen	Jungen	8–9 Jahre	10–11 Jahre
Freunde treffen	68	69	66	65	71
Sport treiben	59	52	67	58	60
Fernsehen	56	52	61	54	58
Musik hören	51	59	42	46	56
mit Spielzeug spielen	47	44	50	57	37
Beschäftigung mit Tieren	36	42	28	36	35
lesen	34	43	26	33	36
basteln/malen/zeichnen	32	42	21	37	27
Unternehmungen mit der Familie	30	31	28	34	25
Playstation, Computerspiele	29	18	41	29	30
Musik machen	23	28	18	23	23
Inlineskate/Skateboard	18	19	17	18	18
draußen rumhängen	17	15	20	17	18
Videos/DVDs anschauen	14	11	18	13	16
Tanzen/Ballett/Theater	14	25	2	14	14
telefonieren, SMS	12	16	8	8	16
Briefe/Tagebuch schreiben	7	12	3	6	9
Kinder-/Jugendtreff oder Jugendzentrum besuchen	5	5	5	4	6

World Vision Kinderstudie 2007 – TNS Infratest Sozialforschung

5.5.1 **Freizeitaktivitäten: Jungen und Mädchen in ihren Welten**

Freunde treffen (68 %) und Sport treiben (59 %) liegen bei Kindern im Alter von 8 bis 11 Jahren hoch im Kurs. Mit Fernsehen (56 %), Musik hören (51 %) und mit Spielzeug spielen (47 %) gibt es drei weitere Aktivitäten, bei denen gut die Hälfte der Kinder angibt, diese Sachen »oft« zu machen (Abb. 5.7).

Weitere fünf Aktivitäten – Beschäftigung mit Tieren (36 %), Lesen (34 %), Basteln/Malen/Zeichnen (32 %), Playstation/Computerspiele (29 %) sowie Unternehmungen mit der Familie (30 %) – sind bei einem Drittel der Kinder bedeutsam. Musik machen (23 %), Inlineskaten/Skateboard (18 %) und draußen rumhängen (17 %) erreichen etwa ein Fünftel der Kinder.

Auf den hinteren Plätzen finden sich Videos/DVDs anschauen (14 %), Tanzen/Ballett/Theater (14 %), Telefonieren/SMS (12 %), Briefe/Tagebuch schreiben (7 %) und Kinder-/Jugendtreff/Jugendzentrum besuchen (5 %).

Zwischen den Geschlechtern treten hierbei deutliche Unterschiede zutage. Mädchen geben häufiger an, »oft« Musik zu hören (59 % zu 42 %), sich »oft« mit Tieren zu beschäftigen (42 % zu 28 %), zu lesen (43 % zu 26 %), zu basteln, zu malen oder zu zeichnen (42 % zu 21 %), Musik zu machen (28 % zu 18 %), zu tanzen (25 % zu 2 %), zu telefonieren (16 % zu 8 %) und Briefe bzw. Tagebuch zu schreiben (12 % zu 3 %). Während damit bei den Mädchen kulturelle und kommunikative Aktivitäten öfter Bestandteil der Freizeit sind, setzen Jungen andere Prioritäten. Bei ihnen stehen Sport treiben (67 % zu 52 %), Fernsehen (61 % zu 52 %), mit Spielzeug spielen (50 % zu 44 %), Playstation und Computerspiele (41 % zu 18 %) und Videos und DVDs anschauen (18 % zu 11 %) höher im Kurs. Hierbei handelt es sich also neben Sport vor allem um Aktivitäten mit Technikbezug (Tab. 5.20).

Bei den Altersgruppen zeigen sich ebenfalls Auffälligkeiten. Freunde treffen, Musik hören und Telefonieren/SMS sind bei den älteren Kindern eher angesagt. Dagegen nehmen das Spielen mit Spielzeug, Basteln und Unternehmungen mit der Familie mit zunehmendem Alter ab.

5.5.2 Freizeittypologie – die unterschiedlichen Welten von vielseitigen Kids, »normalen Freizeitlern« und Medienkonsumenten

Die Typologie ergibt drei Gruppen von Kindern. Ein Viertel der Kinder lässt sich als »vielseitige Kids« beschreiben. Sie sind gekennzeichnet durch eine Vielfalt von Freizeitaktivitäten, die sie oft machen. Dabei stehen kulturelle, musische und kommunikative Inhalte häufiger im Vordergrund, ohne dass Sport zu kurz kommen würde. Ein weiteres Viertel stellen die »Medienkonsumenten« dar. Hier steht die Mediennutzung (Fernsehen, Videos/DVDs anschauen und Playstation/Computerspiele) im Vordergrund. Die Hälfte der Kinder lässt sich am besten als »normale Freizeitler« beschreiben. Diese Kinder sind in ihrem Freizeitverhalten nicht besonders auffällig, sondern entsprechen der großen Mehrheit von Kindern, die sich selber aus dem Strauß an möglichen Freizeitaktivitäten eine bunte Vielfalt zusammenstellen.

Insgesamt sind es die Bedeutung und Häufigkeit der Mediennutzung als Beschäftigungsform im Alltag auf der einen Seite sowie die musisch-kreativen Aktivitäten auf der anderen Seite, die diese Gruppen am eindeutigsten voneinander unterscheiden. Sportliche Aktivität und Bewegung spielt hingegen bei allen drei Gruppen eine vergleichbare Rolle (Tab. 5.21).

Von den vielseitigen Kids geben 63 % an, dass sie »oft« lesen, 68 % hören »oft« Musik, 46 % beschäftigen sich »oft« mit Basteln, Malen oder Zeichnen. 43 % machen »oft« selber Musik, und 35 % sind »oft« in den Bereichen Ballett, Tanzen oder Theater aktiv. Mit 49 % ist hier auch der Anteil derjenigen, die sich »oft« mit Tieren beschäftigen, am höchsten ausgeprägt. Bei den Medienkonsumenten ist es genau umgekehrt. Hier geben 88 % an, in der Freizeit »oft« Fernsehen zu schauen, 57 % spielen »oft« Playstation oder Computer, und 26 % schauen »oft« Videos oder DVDs. Vergleichsweise hoch ist mit 62 % hier auch der Anteil derjenigen, die »oft« zu Hause mit dem eigenen Spielzeug spielen. Die normalen Freizeitler repräsentieren hingegen, wie bereits dargestellt, den Mainstream. 55 % schauen »oft« fern, 33 % geben an, »oft« zu lesen, 33 % beschäftigen sich »oft« mit Basteln, Malen oder Zeichnen.

Sportliche Aktivitäten werden hingegen bei allen drei Gruppen in etwa gleich häufig benannt. Ähnliches gilt für das Treffen mit Freunden. »Oft« draußen rumzuhängen, benennen Medienkonsumenten mit 23 % etwas häufiger als nor-

Tab. 5.21 **Was Kinder oft in ihrer Freizeit machen, getrennt nach den Freizeittypen**
Basis: Kinder im Alter von 8 bis 11 Jahren in Deutschland

Spalten in % / Mittelwerte	vielseitige Kids	normale Freizeitler	Medien-konsumenten
Freunde treffen	65	69	68
Sport treiben	56	61	59
Fernsehen	24	55	**88**
Musik hören	**68**	52	33
mit Spielzeug spielen	36	45	**62**
Beschäftigung mit Tieren	**49**	34	27
lesen	**63**	33	11
basteln/malen/zeichnen	**46**	33	16
Playstation, Computerspiele	10	25	**57**
Unternehmungen mit der Familie	35	31	24
Musik machen	**43**	23	5
Inlineskate/Skateboard	22	17	16
draußen rumhängen	13	17	23
Videos/DVDs anschauen	6	12	**26**
Tanzen/Ballett/Theater	**35**	11	1
telefonieren, SMS	16	14	4
Briefe/Tagebuch schreiben	**21**	5	–
Kinder-/Jugendtreff oder Jugendzentrum besuchen	8	4	3

World Vision Kinderstudie 2007 – TNS Infratest Sozialforschung

male Freizeitler mit 17 % und vielseitige Kids mit 13 %.

Bezogen auf die Geschlechter ergeben sich bemerkenswert große Unterschiede. Bei den »normalen Freizeitlern« sind die Geschlechter in etwa gleich stark verteilt. Während bei den vielseitigen Kids Mädchen (89 %) im Vergleich zu den Jungen (11 %) deutlich die Mehrheit stellen, ergibt sich bei den Medienkonsumenten das gegenteilige Bild, da Jungen (82 %) hier deutlich mehr als Mädchen (18 %) vertreten sind (Tab. 5.22).

Ursächlich hierfür ist zum einen die weitaus stärkere Medien-Affinität von Jungen: Häufiger Medienkonsum ist ein Jungenthema. Dies schließt, wie die Typologie zeigt, bei Kindern dieser Altersgruppe nicht unbedingt sportliche Aktivitäten oder Bewegung aus. Feststellbar ist hingegen eine Reduzierung des Niveaus an Breite und Vielfalt bei den Freizeitaktivitäten im Verbund mit einer größeren Distanz zu kulturell-musischen Beschäftigungsfeldern.

Bei den Mädchen findet sich hingegen auf der anderen Seite eine vergleichsweise große Gruppe, die sowohl sportlich aktiv ist, dabei aber auch vielfältigen anderen Aktivitäten nachgeht, zu denen

Tab. 5.22 **Typen von Freizeitaktivitäten**
Basis: Kinder im Alter von 8 bis 11 Jahren in Deutschland

Spalten in %	vielseitige Kids	normale Freizeitler	Medien-konsumenten
Geschlecht			
Mädchen	89	51	18
Jungen	11	49	82
Alter			
8–9 Jahre	48	50	55
10–11 Jahre	52	50	45

World Vision Kinderstudie 2007 – TNS Infratest Sozialforschung

Jungen eher seltener einen Zugang finden (Basteln/Musik/Theater und Ballett etc.). Die Betonung dieser Freizeitaktivitäten sorgt mit dafür, dass sich vor allem Mädchen in dieser Gruppe wiederfinden, während Jungen, auch wenn sie ebenfalls einer größeren Anzahl von unterschiedlichen Aktivitäten nachgehen, eher bei der Gruppe der normalen Freizeitler angesiedelt sind. Auffällig ist allerdings die große Rolle, die das Lesen bei den vielseitigen Kids als Freizeitbeschäftigung spielt. Lesen scheint nicht nur für die schulische Entwicklung, sondern auch für die Vielfalt und den Zugang zu kreativen Formen von Freizeitbeschäftigungen eine Schlüsselrolle zu spielen. Auch hiervon können Mädchen momentan häufiger als Jungen profitieren.

Die Unterschiede zwischen den Altersgruppen sind eher gering. Hier sind die Jüngeren (55 %) eher als die Älteren (45 %) bei den Medienkonsumenten zu finden. Andersherum gilt, dass bei den vielseitigen Kids die Jüngeren (48 %) eher in der Minderheit sind.

Wer gehört zu den vielseitigen Kids

Die Zusammenhangsanalyse für die vielseitigen Kids zeigt, dass neben dem Geschlecht und dem Alter vor allem die soziale Herkunftsschicht und auch die Frage, ob die Kinder laut Elternauskunft in einem Verein oder einer Gruppe Mitglied sind, von Bedeutung sind. Zählen unter allen Kindern 24 % zu den vielseitigen Kids, so sind es bei den Mädchen 41 % und bei den Jungen nur 6 %. Hinsichtlich des Alters der Kinder ist der Unterschied geringer, aber ebenfalls signifikant. 22 % der 8- und 9-Jährigen, aber 25 % der 10- und 11-Jährigen gehören den vielseitigen Kids an. Zusätzlich sind Kinder aus der Unterschicht (5 %) deutlich seltener unter den vielseitigen Kids zu finden als Kinder aus allen anderen Schichten. Kinder aus der Oberschicht (34 %) lassen sich mit mehr als einem Drittel der Gruppe der vielseitigen Kids zurechnen (Tab. 5.23).

Schließlich und endlich gehören mit 26 % solche Kinder, die in einem Verein oder in einer sonstigen Gruppe mitmachen, signifikant häufiger zu den vielseitigen Kids als mit 19 % die Kinder, die sich weder in einem Verein oder in einer sonstigen Gruppe beteiligen.

Tab. 5.23 **Zusammenhangsanalyse[1]:**
Die vielseitigen Kids nach signifikanten persönlichen und sozialen Merkmalen
Basis: Kinder im Alter von 8 bis 11 Jahren in Deutschland

%-Angaben (pro Zeile)	vielseitige Kids	andere
Kinder insgesamt	24	76
Geschlecht		
Mädchen	**41**	59
Jungen	6	94
Soziale Herkunftsschicht		
Unterschicht	5	95
untere Mittelschicht	19	81
Mittelschicht	25	75
obere Mittelschicht	27	73
Oberschicht	**34**	66
Alter		
8–9 Jahre	22	78
10–11 Jahre	**25**	75
Mitgliedschaft in Verein, Gruppen oder anderen Einrichtungen (Elternauskunft)		
ja	**26**	74
nein	19	81

1 Der Zusammenhang wurde multivariat anhand einer logistischen Regression auf die Kriteriumsvariable »Vielseitige Kids: ja oder nein« getestet. Einbezogene Prädiktoren: Alter, Geschlecht, alte/neue Länder, Migrationshintergrund, Siedlungsstrukturtyp, soziale Herkunftsschicht, Familienform (alleinerziehend vs. nicht alleinerziehend), Schulstufe, guter Schüler nach Eigenauskunft, Mitgliedschaft in Vereinen, Gruppen und Einrichtungen laut Elternauskunft.
In der Tabelle wurden zur besseren Veranschaulichung die als signifikant getesteten Merkmalsausprägungen ($p < 0{,}05$) fett dargestellt und bivariat in % ausgewiesen.

World Vision Kinderstudie 2007 – TNS Infratest Sozialforschung

Wer sind die Medienkonsumenten

Die Zusammenhangsanalyse für die Medienkonsumenten ergibt ebenfalls ein klares Profil (Tab. 5.24). Sind unter allen Kindern 26 % der Gruppe der Medienkonsumenten zuzurechnen, so gehören hierzu 44 % der Jungen und nur 9 % der Mädchen. Bei den Älteren liegt der Anteil dagegen mit 24 % unter dem der Jüngeren mit 28 %.

Hinsichtlich der sozialen Herkunftsschicht gilt, dass Kinder aus der Oberschicht (10 %) signifikant seltener zu den Medienkonsumenten zählen als die Kinder aller anderen Schichten. Kinder aus der Unterschicht (38 %) und Kinder aus der Mittelschicht (37 %) gehören zu mehr als einem Drittel den Medienkonsumenten an.

Für Kinder mit Migrationshintergrund gilt, dass sie signifikant seltener der Gruppe der Medienkonsumenten angehören (22 %) als einheimische deutsche

Tab. 5.24 **Zusammenhangsanalyse[1]:**
Die Medienkonsumenten nach signifikanten persönlichen und sozialen Merkmalen
Basis: Kinder im Alter von 8 bis 11 Jahren in Deutschland

%-Angaben (pro Zeile)	**Medienkonsumenten**	**andere**
Kinder insgesamt	26	74
Geschlecht		
Mädchen	9	91
Jungen	**44**	56
Soziale Herkunftsschicht		
Unterschicht	**38**	62
untere Mittelschicht	**37**	63
Mittelschicht	27	73
obere Mittelschicht	22	78
Oberschicht	10	90
Migrationshintergrund		
einheimische deutsche Kinder	**27**	73
Kinder mit Migrationshintergrund	22	78
Alter		
8–9 Jahre	28	72
10–11 Jahre	24	76
Guter Schüler nach Eigenauskunft		
ja	21	79
nein	**33**	67
Mitgliedschaft in Verein, Gruppen oder anderen Einrichtungen (Elternauskunft)		
ja	23	77
nein	**35**	65

1 Der Zusammenhang wurde multivariat anhand einer logistischen Regression auf die Kriteriumsvariable »Medienkonsumenten: ja oder nein« getestet. Einbezogene Prädiktoren: Alter, Geschlecht, alte/neue Länder, Migrationshintergrund, Siedlungsstrukturtyp, soziale Herkunftsschicht, Familienform (alleinerziehend vs. nicht alleinerziehend), Schulstufe, guter Schüler nach Eigenauskunft.
In der Tabelle wurden zur besseren Veranschaulichung die als signifikant getesteten Merkmalsausprägungen ($p < 0{,}05$) fett dargestellt und bivariat in % ausgewiesen.

World Vision Kinderstudie 2007 – TNS Infratest Sozialforschung

Kinder. Hatte sich bei der Technikausstattung der Kinderzimmer nur gezeigt, dass Gameboy, CD-Player und Radios bei Kindern mit Migrationshintergrund weniger verbreitet sind und ansonsten Kinderzimmer von Kindern mit Migrationshintergrund in anderen Bereichen (Fernseher, Video-Player) deutlich besser ausgestattet sind, so erweist sich bei der Ausgestaltung der Freizeitaktivitäten, dass Kinder mit Migrationshintergrund seltener als ihre Altersgenossen ohne Migrationshintergrund passiven, auf Medienkonsum ausgerichteten Inhalten nachgehen.

Schließlich ergibt sich, dass Kinder, die in der Schule leistungsmäßig mithalten (21 %), signifikant seltener Medienkonsumenten sind als die in der Schule nicht so guten Kinder (33 %). Im Übrigen sind Kinder mit einer Mitgliedschaft in Vereinen und Gruppen signifikant seltener in der Gruppe der Medienkonsumenten anzutreffen (23 %) als Kinder ohne eine solche Mitgliedschaft (35 %).

Die Normalität der heutigen »normalen Freizeitler«

Die große Mehrheit der Kinder im Alter von 8 bis 11 Jahren ist durch eine gelingende Auswahl aus einer Vielzahl von Möglichkeiten gekennzeichnet. Neben einer hohen institutionellen Einbindung von Kindern hat sich die hohe Bedeutung von motorischen Erfahrungen im Kindesalter gezeigt. Kinder erleben mit der körperlichen Entwicklung und zunehmenden motorischen Kompetenzen Werkstolz, der in unterschiedlichen sozialen Situationen vom Schwimmen im Badesee im Urlaub mit Gleichaltrigen bis hin zur Schulaufführung von Musikstücken reicht.

Die soziale Herkunftsschicht zieht sich wie ein roter Faden durch den Freizeitbereich und hilft zu verstehen, welche Kinder eher nicht schwimmen können, häufiger lange TV schauen und weniger oft kulturellen oder musischen Aktivitäten nachgehen. Die bereits 2001 konstatierte »Kulturalisierung sozialer Ungleichheit im Kindesalter« (Büchner 2001) wird so besonders deutlich. Durch die Verknüpfung mit den Lebenswelten Familie und Schule werden die langfristigen Folgen in der weiteren Biografie, vor allem hinsichtlich der schulischen Chancen, sichtbar. Dies trifft auch auf die geschlechterbezogenen Unterschiede in den Freizeittypen zu. Es deutet sich an, dass durch unterschiedliche Freizeitwelten in der Kindheit langfristig auch unterschiedliche Verläufe in den Bildungskarrieren erklärbar werden.

Insgesamt passt sich das Bild der drei Freizeittypen in das Bild der bisherigen Erforschung des Freizeitverhaltens von Kindern ein. Auf der einen Seite lässt sich – trotz einer beobachtbaren Ausstattung mit technischen Geräten im Kinderzimmer – keine generelle Reduzierung der Freizeitaktivitäten der Kinder auf einige wenige, zumeist passiv auf Konsum ausgerichtete Bereiche feststellen. Vielmehr zeigen die vielfältigen Kids und auch die große Mehrheit der »normalen Freizeitler«, wie sehr es Kindern gelingt, in ihrer freien Zeit aus dem reichhaltigen Fundus von Freizeitmöglichkeiten für sich eine Vielfalt rauszuholen.

Auf der anderen Seite gibt es mit den Medienkonsumenten eine gerade unter Jungen und in der Unterschicht verbreitete Gruppe, für die eine Einengung auf passiven Medienkonsum charakteristisch ist. Um auch diesen Kindern eine größere Vielfalt und damit mehr Entwicklungsmöglichkeiten zu erschließen, bedarf es gemeinsamer Unterstützungsleistung. Familie, Schule, außerschulische Einrichtungen und letztlich auch Jugendhilfe sind hier gefordert, Hand in Hand den Kindern zu helfen, einen Zugang zur Vielfalt der möglichen Freizeitaktivitäten zu finden.

Ulrich Schneekloth und Ingo Leven

6 Wünsche, Ängste und erste politische Interessen

Lernprozesse, die dazu führen, dass sich Individuen politische Kenntnisse, Einschätzungen oder auch politische Fähigkeiten aneignen, fasst man unter dem Begriff der politischen Sozialisation zusammen (zur Definition und Abgrenzung siehe Claußen/Wasmund 1982, Andersen/Woyke 2003). Hierbei ist unumstritten, dass es sich auch bei diesem Bereich der Sozialisation um ein »lebenslanges Lernen« handelt, das bereits in der frühen Kindheit einsetzt und an dem unterschiedliche gesellschaftliche Instanzen (Familie, Schule, Peers, Medien) beteiligt sind. Gemeinhin wird allerdings, in Anlehnung an Piaget, noch davon ausgegangen, dass die kognitiven Voraussetzungen für die bewusste Verarbeitung der Wahrnehmungen hin zum Verständnis von gesellschaftlichen und politischen Zusammenhängen erst im Verlauf der frühen bis mittleren Adoleszenz ausgebildet werden, also etwa zwischen dem 12. und 16. Lebensjahr (siehe zum Beispiel Fend 1991). Politik ist von daher, zumindest bisher, eher noch kein Thema von Kinderstudien gewesen. Mit der stärkeren Betonung der Rechte der Kinder vor allem anhand der UN-Kinderrechtskonvention (BMFSFJ 2007) ist inzwischen allerdings die Frage der Mitbestimmung und der Partizipation auch hier stärker ins Blickfeld gerückt.

Wir möchten uns im folgenden Kapitel mit der Frage, wie Kinder Politik und Gesellschaft wahrnehmen und wie sie sich dabei persönlich einbringen, beschäftigen. Hierzu haben wir sowohl Wünsche und mögliche Ängste sowie vorhandene Mitwirkungserfahrungen erhoben als auch die Kinder zu ihren politischen Einstellungen befragt.

6.1 Alltagswünsche und Ängste: zwischen Playstation und Wahrnehmung von gesellschaftlicher Wirklichkeit

Kinderwünsche sind in der Regel sehr konkret, Ängste hingegen eher diffus und auch alters- und entwicklungstypisch (Trennungsängste, Dunkelheit und magische Gestalten, Versagen, abgelehnt werden etc.), jedoch in der Regel ebenfalls durch konkrete Erfahrungen, Eindrücke oder sonstige Wahrnehmungen ausgelöst (du Bois 2007). Sowohl Wünsche als auch Ängste geben nicht nur einen Einblick in die Gefühlswelt von Kindern, sondern liefern auch Erkenntnisse, wie Kinder die Welt um sich herum bewerten und wie Umwelt und gesellschaftliche Wirklichkeit auf sie wirken.

Computer, Handy und Playstation als »größte« Wünsche

Erhoben haben wir in einer offen gestellten Abschlussfrage im Interview, was denn der momentan größte Wunsch der

Abb. 6.1 **Die »größten Wünsche« (die 10 häufigsten offenen Nennungen)**
Kinder im Alter von 8 bis 11 Jahren in Deutschland (Angaben in %)

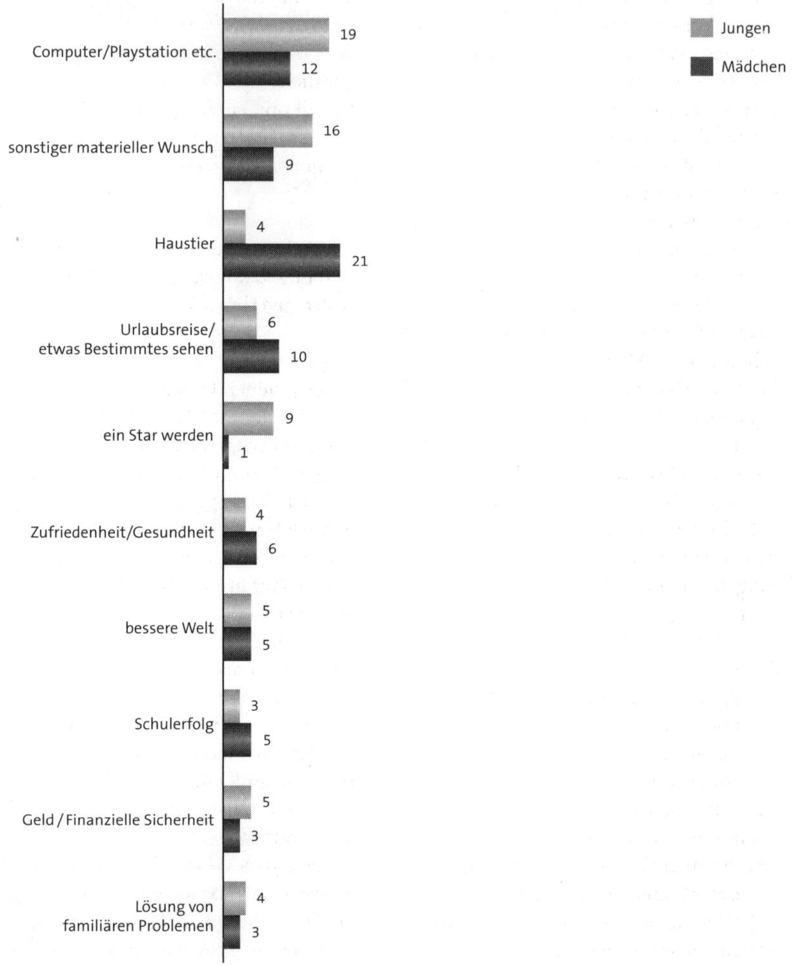

World Vision Kinderstudie 2007 – TNS Infratest Sozialforschung

Kinder ist. Wie nicht anders zu erwarten, waren die Nennungen sehr vielfältig. Nach Abschluss der Erhebung haben wir die Angaben zu Gruppen von Kategorien zusammengefasst (Abb. 6.1).

An der Spitze der »Hitliste« der zehn am häufigsten genannten Bereiche stehen die materiellen Wünsche. 15 % der Kinder wünschen sich einen Computer, eine Spielkonsole, ein Handy oder ähnliche Dinge aus dem weiten Feld der neuen Medien, und weitere 12 % benannten andere materielle Dinge (Spielzeug, Fahrrad, Lego etc.) als momentan größten Wunsch. Bemerkenswerterweise dominieren diese Wünsche insbesondere bei den Jungen – hier entfallen 35 % der offenen Nennungen auf einen dieser beiden Bereiche, davon 19 % auf neue Medien und 16 % auf sonstige Dinge. Bei den Mädchen sind es zum Vergleich 12 %, die Produkte aus dem Bereich der neuen Medien benennen, und 9 % mit sonstigen materiellen Wünschen.

13 % der Kinder und hierbei 21 % der Mädchen und nur 4 % der Jungen wünschen sich ein Haustier, und weitere 8 % (10 % der Mädchen und 6 % der Jungen) benennen als größten Wunsch, etwas Bestimmtes zu besuchen (Disneyland, Fußballstadion etc.) oder eine größere (Urlaubs-)Reise zu machen.

Es folgen bei 5 % der Wunsch, später einmal ein »Star« zu werden – bei den Jungen benennen dies 9 %, bei den Mädchen hingegen nur 1 % – sowie Wünsche nach Zufriedenheit oder Gesundheit (5 %), nach einer besseren Welt (gegen Krieg, Umweltzerstörung oder Armut: 5 %), nach persönlichem Schulerfolg (4 %), nach Geld und finanzieller Sicherheit (4 %) oder bezüglich der Lösung von familiären Problemen (4 %). Hinzu kommt ein bunter Strauß weiterer, zum Teil auch irrealer oder fantastischer Wünsche (Fliegen können, eine gute Fee sein etc.).

Differenziert nach der Herkunftsschicht äußert etwa ein Drittel der Kinder aus den unteren Schichten Wünsche nach materiellen Dingen (Neue Medien oder sonstige materielle Wünsche) im Vergleich zu etwas mehr als einem Fünftel aus den oberen Schichten. Jungen aus der Unterschicht äußern zu 38 % und Mädchen aus der Unterschicht zu 27 % Wünsche nach materiellen Dingen, Jungen und Mädchen aus der Oberschicht hingegen nur zu jeweils 21 %. Auffällig ist für Kinder aus der Unterschicht auch der Wunsch nach Geld (Lottogewinn, Millionär sein etc.) und finanzieller Sicherheit (14 %). In den oberen Schichten kommen entsprechende Wünsche hingegen fast gar nicht vor (1 %). Wünsche nach Gerechtigkeit und einer besseren Welt äußern 9 % der Kinder aus der Oberschicht im Vergleich zu 1 % aus der Unterschicht.

Ängste vor unkontrollierbaren Ereignissen (Armut und Krieg), aber auch Angst vor schlechten Noten in der Schule dominieren

Fragt man hingegen gezielt anhand einer vorgegebenen Listenfrage nach möglichen Ängsten von Kindern gegenüber bestimmten gesellschaftlichen Ereignissen, so zeigt sich Folgendes (Abb. 6.2): Immerhin 21 % der Kinder geben an, dass sie »oft«, und weitere 31 %, dass sie »manchmal« Angst vor dem Ausbruch eines Krieges haben. Auf immer mehr arme Menschen verweisen 14 % der Kinder »oft« und weitere 39 % »manchmal«. 10 % der Kinder berichten, dass sie »oft«, und weitere 42 %, dass sie »manchmal« Angst vor schlechten Noten in der Schule haben. Ängste vor der Umweltverschmutzung artikulieren 12 % der Kinder »oft« und 33 % »manchmal«. 10 % haben öfter Angst davor, bedroht oder geschlagen zu werden, und weitere 30 % »manchmal«. Davor, dass die Eltern arbeitslos werden könnten oder keine Arbeit finden, fürchten sich 10 % »oft« und weitere 27 % »manchmal«. Ängste davor, dass immer mehr Ausländer nach Deutschland kommen, haben hingegen nicht mehr als 6 % der Kinder »oft« und weitere 18 % »manchmal«.

Alles in allem sind die artikulierten Ängste bei den von uns befragten Kindern im Alter von 8 bis 11 Jahren geringer ausgeprägt als z. B. bei Jugendlichen, wie von uns zuletzt in der 15. Shell Jugend-

Abb. 6.2 **Wovor Kinder Angst haben**
Kinder im Alter von 8 bis 11 Jahren in Deutschland (Angaben in %)

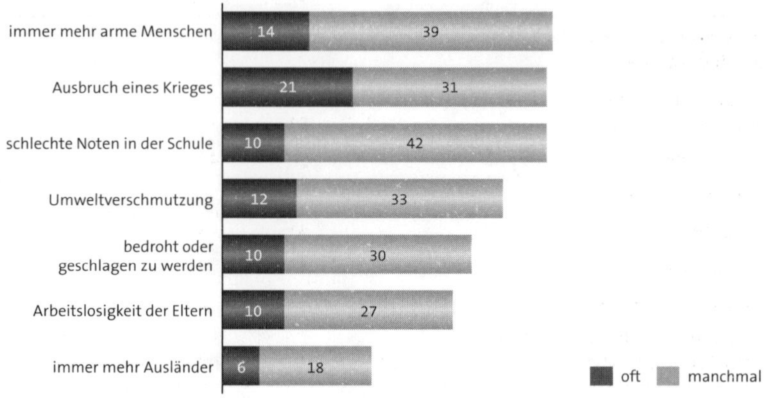

World Vision Kinderstudie 2007 – TNS Infratest Sozialforschung

studie erhoben. Hier hatten 72 % der Jugendlichen im Alter von 12 bis 25 Jahren Ängste vor steigender Armut benannt, gefolgt von 66 %, die angaben, Angst davor zu haben, keinen Arbeits- oder Ausbildungsplatz zu finden. Angst vor Terroranschlägen äußerten 67 %, Angst vor der wachsenden Umweltverschmutzung 61 %, Angst davor, bedroht oder geschlagen zu werden, 39 % und Ängste vor der weiteren Zuwanderung von Ausländern 34 % (Schneekloth 2006).

Die Wahrnehmung von gesellschaftlichen Bedrohungen und Risiken ist bei Kindern also durchaus vorhanden. Bemerkenswert ist allerdings die unterschiedliche Bedeutung des Problems der Arbeitslosigkeit. Bei zwei von drei Jugendlichen dominiert gemäß den Ergebnissen der 15. Shell Jugendstudie diese Angst. Bei den Kindern sind Ängste vor einem Arbeitsplatzverlust der Eltern hingegen deutlich weniger stark ausgeprägt (37 %). Auch die Angst vor schlechten Noten in der Schule liegt mit 52 % auf einem im Vergleich niedrigeren Niveau. In der Shell Jugendstudie hatten wir dies in dieser Form so nicht abgefragt. Die vorhin dargestellten Ergebnisse zeigen jedoch, dass die Ängste bei Jugendlichen in Bezug auf ihre Zukunftschancen deutlich höher ausgeprägt sind.

Bei Kindern nehmen mit zunehmendem Alter die Ängste gegenüber den gesellschaftlichen Problemen Armut und Umweltzerstörung sowie vor schlechten Noten in der Schule zu. 10- bis 11-Jährige haben zu 58 % im Vergleich zu 48 % bei den 8- bis 9-Jährigen »manchmal« oder »oft« Angst davor, dass es immer mehr arme Menschen gibt. Vor der Umweltverschmutzung fürchten sich 50 % der 10- bis 11-Jährigen im Vergleich zu 41 % der 8- bis 9-Jährigen, und Angst vor schlechten Noten in der Schule haben 59 % der 10- bis 11-Jährigen im Vergleich zu 46 % der 8- bis 9-Jährigen. Bei den anderen von uns abgefragten Bereichen gibt es zwischen den Altersgruppen keine signifikanten Unterschiede.

Tab. 6.1 **Was Kindern Angst macht**
Basis: Kinder im Alter von 8 bis 11 Jahren in Deutschland

Spalten in %	gesamt	Mädchen	Jungen	West	Ost
Ängste habe ich manchmal oder oft davor/vor					
dass es bei uns immer mehr arme Menschen gibt	53	54	52	53	55
dass plötzlich ein Krieg ausbricht	52	56	49	53	52
schlechten Noten in der Schule	52	54	50	51	59
der Umweltverschmutzung	45	47	43	44	51
bedroht oder geschlagen zu werden	40	38	43	40	41
dass meine Eltern arbeitslos werden	38	37	38	37	47
dass immer mehr Ausländer nach Deutschland kommen	24	21	27	23	32

World Vision Kinderstudie 2007 – TNS Infratest Sozialforschung

Mädchen artikulieren dabei etwas häufiger Ängste gegenüber gesellschaftlichen Problemen wie etwa Krieg oder Umweltverschmutzung (Tab. 6.1). Jungen fühlen sich hingegen etwas häufiger davon betroffen, bedroht oder geschlagen werden zu können, sowie auch davon, dass immer mehr Ausländer nach Deutschland kommen. Einen weiteren Unterschied fördert der Vergleich zwischen Kindern aus den alten und den neuen Bundesländern zutage. Statistisch signifikant häufiger artikulieren die Kinder aus den neuen Bundesländern mit zusammengenommen 47 % (»oft« und »manchmal«) im Vergleich zu 37 % in den alten Bundesländern Ängste davor, dass die Eltern arbeitslos werden könnten oder keine Arbeit finden. 32 % in den neuen Bundesländern haben im Vergleich zu 23 % in den alten Bundesländern »manchmal« oder »oft« Ängste davor, dass immer mehr Ausländer nach Deutschland kommen könnten. Beide Aspekte decken sich mit der unterschiedlichen Problembetroffenheit und -wahrnehmung bei der Bevölkerung in den alten und neuen Bundesländern. Von Arbeitslosigkeit betroffen ist nach wie vor ein in etwa doppelt so hoher Anteil der Menschen aus den neuen Bundesländern. Menschen mit Migrationshintergrund leben zwar zu einem deutlich höheren Anteil in den alten Bundesländern. Trotzdem ist die Problemwahrnehmung in den neuen Bundesländern auch in diesem Fall deutlich höher ausgeprägt.

Kinder aus der Unterschicht haben mehr Ängste vor schlechten Noten und vor Arbeitslosigkeit

Differenziert nach der Herkunftsschicht fällt auf, dass Kinder aus der Unterschicht mit 62 % am häufigsten Ängste vor schlechten Noten benennen, gefolgt von 55 % mit Ängsten vor Armut und Arbeitslosigkeit der Eltern. Am deutlichsten ist der Unterschied bei der Angst vor Arbeitslosigkeit. In keiner anderen Gruppe hat die Mehrheit der Kinder hiervor

Tab. 6.2 **Ängste nach der Herkunftsschicht**
Basis: Kinder im Alter von 8 bis 11 Jahren in Deutschland

Spalten in %	Unterschicht	untere Mittelschicht	Mittelschicht	obere Mittelschicht	Oberschicht
Ängste habe ich manchmal oder oft davor/vor					
dass es bei uns immer mehr arme Menschen gibt	55	53	51	52	59
dass plötzlich ein Krieg ausbricht	47	55	55	49	50
schlechten Noten in der Schule	62	56	59	43	44
der Umweltverschmutzung	31	43	45	46	57
bedroht oder geschlagen zu werden	54	39	34	36	31
dass meine Eltern arbeitslos werden	55	42	40	30	30
dass immer mehr Ausländer nach Deutschland kommen	24	29	23	22	20

World Vision Kinderstudie 2007 – TNS Infratest Sozialforschung

Angst. Umweltverschmutzung spielt mit einem Anteil von 31 % hingegen hier eine vergleichsweise geringe Rolle. Kinder aus der Oberschicht artikulieren hingegen mit 59 % und 57 % am häufigsten Ängste vor Armut in Deutschland und vor der Umweltverschmutzung. Soziale Existenzängste oder auch Angst vor schlechten Noten oder auch davor, bedroht oder geschlagen zu werden, sind hier sowie auch generell in den oberen Schichten mit Abstand am geringsten ausgeprägt. Bezüglich der Angst vor einem Krieg unterscheiden sich die Kinder hingegen nur unwesentlich. Kinder aus der Unterschicht nehmen dies eher etwas weniger wahr, ein eindeutiger Trend zeichnet sich diesbezüglich allerdings nicht ab. Die Angst vor einer weiteren Zuwanderung ist in den unteren Schichten etwas höher ausgeprägt, ohne sich allerdings wirklich wesentlich von den Anteilen bei den gehobenen Schichten zu unterscheiden (Tab. 6.2).

Vor allem diese Unterschiede zwischen den Schichten sprechen aus unserer Sicht dafür, dass es sich bei den benannten Bereichen nicht vorrangig um eher diffuse Kinderängste, sondern um bewusste Wahrnehmungen von realen Problemlagen handelt. Van Deth kommt in der neuen DLL-Studie (Demokratie Leben Lernen) sogar schon für Erstklässler zu dem Ergebnis, dass auch diese bereits allgemeine politische Themen und Probleme kennen und, wenn auch je nach sozialer Herkunftsschicht unterschiedlich stark ausgeprägt, über eine entsprechende Kompetenz verfügen (van Deth et al. 2007). Kinder werden von gesellschaftlichen Problemen im Grundsatz genauso bewegt wie Jugendliche oder Erwachsene. Der Zugang ist allerdings bei Kindern noch ein anderer. Die in Anlehnung an Piaget eher konkrete Perspektive der Kinder dieser Altersgruppe schlägt sowohl bei der Art und Weise, wie Kinder sich mit gesellschaftlichen Fragen auseinandersetzen, als auch bei der Bedeutung, die sie diesen Dingen

Abb. 6.3 **Politische Kompetenz**
Kinder im Alter von 8 bis 11 Jahren in Deutschland (Angaben in %)

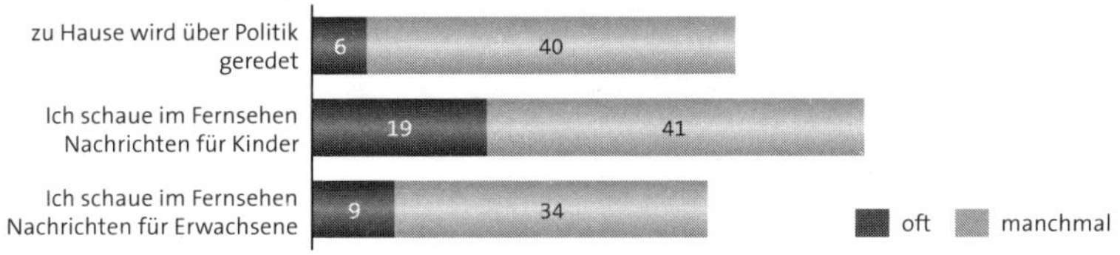

World Vision Kinderstudie 2007 – TNS Infratest Sozialforschung

beimessen, durch. Trotzdem ist es bemerkenswert, dass auch der Schutz, den Kinder in den ihnen vertrauten Welten normalerweise empfinden, je nach Herkunftsschicht an einigen Stellen bereits deutlich zu bröckeln beginnt.

6.2 **Politische Kompetenz: Kinder wissen auch, was Sache ist**

Kinder sind in Bezug auf Politik und Gesellschaft keine »unbeschriebenen Blätter«. Es wäre völlig unplausibel anzunehmen, dass Kinder aktuelle politische Gegenwartsfragen nicht zur Kenntnis nehmen würden (Claußen/Geißler 1996). Sowohl im Elternhaus, in der Schule, im Umgang mit anderen Kindern und vor allen Dingen über den Zugang zu den Medien erleben Kinder heute, dass gesellschaftliche Chancen und Ressourcen unterschiedlich verteilt sind und möglicherweise auch für sie selber Zugangsbarrieren bestehen. Politik sowie Politikerinnen und Politiker werden ebenfalls wahrgenommen und bewertet. Umstritten ist allerdings, wie nachhaltig diese bereits während der Kindheit gemachten Erfahrungen im weiteren Lebensverlauf wirken. Van Deth verweist diesbezüglich auf die Plausibilität von Überlegungen zur Relevanz der frühen politischen Sozialisation. Betont wird zum einen, dass früh erworbene Einstellungen und Kompetenzen stärker prägen als später erworbene (Kristallisationsthese), und zum anderen, dass Kenntnisse, Fähigkeiten und Orientierungen von Kindern und Jugendlichen bestimmend seien für ihre Einstellungen als Erwachsene (Persistenzthese). Für beide Thesen fehlen allerdings nach wie vor überzeugende empirische Untermauerungen (van Deth 2005, 2007). Vorhandene Langzeitbeobachtungen von Kindern und Jugendlichen legen eher nahe, die möglichen Unterschiede und Brüche zu berücksichtigen, die sich in den verschiedenen Phasen des Aufwachsens bis hinein ins Erwachsenenalter ergeben, und wenn, dann eher auf die Persistenz von grundlegenden Kompetenzen und erlernten Handlungsinventaren und weniger auf die Stabilität von Einstellungen zu setzen.

6.2.1 **Wahrnehmung von Politik**

Die vorhandenen Zugänge zur Herausbildung einer eigenen politischen Kompetenz werden auch in der World Vision Kinderstudie sichtbar (Abb. 6.3). 6 % der

Abb. 6.4 **Interesse an Politik**
Kinder im Alter von 8 bis 11 Jahren in Deutschland (Angaben in %)

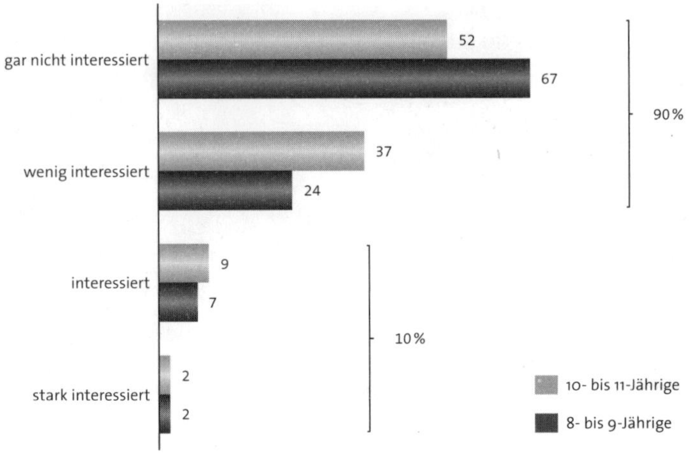

World Vision Kinderstudie 2007 – TNS Infratest Sozialforschung

von uns befragten Kinder in der Altersgruppe von 8 bis 11 Jahren geben an, dass bei ihnen zu Hause »oft«, und weitere 40 %, dass bei ihnen zu Hause »manchmal« über Politik geredet wird. Auch in diesem Fall gilt: Je gehobener die Herkunftsschicht, desto größer die Wahrscheinlichkeit, dass in der Familie auch Politik ein relevantes Thema ist.

19 % der Kinder geben an, dass sie »oft«, und weitere 41 %, dass sie »manchmal« im Fernsehen z. B. Nachrichten für Kinder schauen. Insgesamt 9 % berichten, dass sie im Fernsehen »oft«, und weitere 34 %, dass sie »manchmal« auch Nachrichten für Erwachsene sehen. Die Bedeutung der Medien und insbesondere des Fernsehens für die politische Sozialisation und politische Bildung von Kindern sollte von daher auf keinen Fall unterschätzt werden (zu den sonstigen Ergebnissen zu Medienkonsum und Fernsehen siehe Kapitel 5).

Politisch interessiert sein ist auch bei Kindern nicht angesagt

Fragt man nun allerdings danach, ob Kinder auch unmittelbar an Politik interessiert sind, so geben 67 % der 8- bis 9-Jährigen sowie 52 % der 10- bis 11-Jährigen an, dass sie an Politik gar nicht interessiert sind. Wenig interessiert sind 24 % der 8- bis 9-Jährigen sowie 37 % der 10- bis 11-Jährigen. Als interessiert bezeichnen sich 7 % bzw. 9 %, und stark interessiert sind jeweils 2 % (Abb. 6.4). Dieses Ergebnis entspricht dem gesellschaftlichen Trend. Interesse an Politik ist zur Zeit weder »in« noch in irgendeiner sonstigen Weise aus der Sicht der Bevölkerung ein Gewinnerthema. Exemplarisch haben wir diese Problematik bei den letzten beiden Shell Jugendstudien beleuchtet (Schneekloth 2002, 2006). Aus unserer Sicht reproduzieren die befragten Kinder an dieser Stelle die vorhandene gesellschaft-

Abb. 6.5 **Was Kinder über den Umgang mit bestimmten Bevölkerungsgruppen denken**
Kinder im Alter von 8 bis 11 Jahren in Deutschland (Angaben in %)

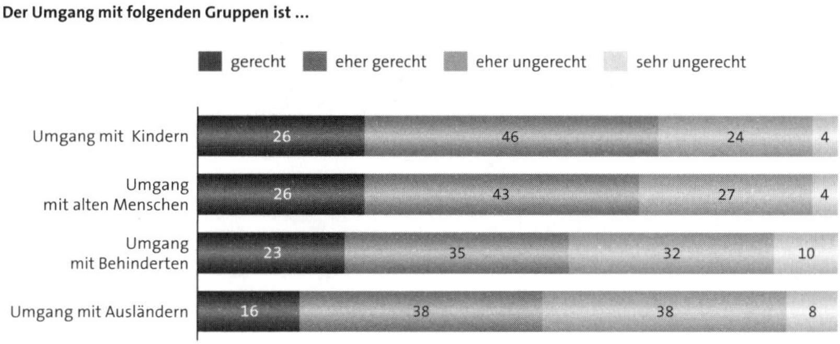

World Vision Kinderstudie 2007 – TNS Infratest Sozialforschung

liche Mehrheitsmeinung. Man sollte dies allerdings, wie bereits vorab bei der Analyse der Ängste angesprochen, nicht damit gleichsetzen, dass Kinder entsprechende Fragen grundsätzlich noch nicht verstehen würden oder dass ihnen die gesellschaftliche Umwelt egal wäre.

6.2.2 **Gesellschaftliches Gerechtigkeitsempfinden und Bezug auf Politik**

Befragt man Kinder unmittelbar zu ihren politischen Einschätzungen, so ergibt sich Folgendes: 26% der Kinder geben an, dass der Umgang mit Kindern in unserer Gesellschaft gerecht, und weitere 46%, dass der Umgang eher gerecht sei. Eher ungerecht finden den Umgang mit Kindern in unserer Gesellschaft 24% und sehr ungerecht nur 4% (Abb. 6.5).

Leben in Deutschland: aus der Sicht der Mehrheit der Kinder eher gerecht

Den Umgang mit alten Menschen finden 26% gerecht und weitere 43% eher gerecht. Als eher ungerecht betrachten den Umgang mit alten Menschen in unserer Gesellschaft 27% und als sehr ungerecht 4% der von uns befragten Kinder. Den Umgang mit Behinderten sehen 23% der Kinder als gerecht und weitere 35% als eher gerecht an. 32% betrachten diesen als eher ungerecht und weitere 10% als sehr ungerecht. Den Umgang mit Ausländern halten 16% für gerecht und weitere 38% für eher gerecht. Ebenfalls 38% halten den Umgang mit Ausländern in unserer Gesellschaft für eher ungerecht und 8% für sehr ungerecht.

Bezogen auf die unterschiedlichen Herkunftsschichten empfinden den Umgang mit Behinderten sowie den Umgang mit Ausländern über 50% der Kinder aus den unteren Bildungsschichten als ungerecht. Bei den oberen Schichten sind dies hingegen deutlich weniger Kinder (Ungerechtigkeitsempfinden bei Umgang mit Behinderten: etwa 36%, beim Umgang mit Ausländern: etwa 45%). Zu erwarten wäre eigentlich gewesen, dass Kinder aus gehobenen Schichten hier im Vergleich deutlich häufiger auf Ungerechtigkeit verweisen.

Tab. 6.3 **Herkunftsschicht und gesellschaftliches Gerechtigkeitsempfinden**
Basis: Kinder im Alter von 8 bis 11 Jahren in Deutschland

Spalten in %	Unterschicht	untere Mittelschicht	Mittelschicht	obere Mittelschicht	Oberschicht
Umgang mit Kindern					
eher gerecht	54	63	74	80	80
eher ungerecht	46	37	26	20	20
Umgang mit alten Menschen					
eher gerecht	66	58	69	76	74
eher ungerecht	34	42	31	24	26
Umgang mit Behinderten					
eher gerecht	49	49	60	63	64
eher ungerecht	51	51	40	37	36
Umgang mit Ausländern					
eher gerecht	45	47	62	54	55
eher ungerecht	55	53	38	46	45

World Vision Kinderstudie 2007 – TNS Infratest Sozialforschung

Generell gilt: Je gehobener die Schicht, desto stärker das Empfinden, dass es in Deutschland eher gerecht zugeht (Tab. 6.3). Wir interpretieren diesen Schichteffekt als Ausdruck für eine von den Kindern aus den unteren Schichten stärker wahrgenommene gesellschaftliche Benachteiligung, die dann später – wie auch in diesem Fall die Ergebnisse der Shell Jugendstudie zeigen – in eine eindeutige Kritik an den in unserer Gesellschaft nach dem Empfinden dieser Menschen ungleich verteilten Zukunftschancen mündet (Schneekloth 2006).

Politik- und Politikerverdrossenheit

Fragt man die Kinder danach, ob sie meinen, dass Politiker viel an Kinder denken und daran, was diese tun müssen, damit es Kindern gut geht, so glauben dies nur 27 %. 43 % glauben dies eher nicht, und weitere 30 % sind unentschieden und geben an, dies nicht sagen zu können (Abb. 6.6).

Kinder gehen, wie dargestellt, mehrheitlich davon aus, dass es in Deutschland einigermaßen gerecht zugeht. In diese allgemeine Betrachtungsweise mischen sich allerdings auch kritische Töne, was den Umgang mit bestimmten Bevölkerungsgruppen angeht. Sichtbar wird darüber hinaus die für Deutschland auch insgesamt charakteristische Politik- und Politikerverdrossenheit. Das Zeugnis, das Kinder den Politikern ausstellen, ist unbefriedigend, und man muss, um im Bilde zu bleiben, wohl davon ausgehen, dass bei der Mehrheit der Politiker aus der Sicht der Kinder offenbar »die Versetzung« gefährdet ist.

Interessant ist auch an dieser Stelle der Schichteffekt bezüglich der artikulierten

Abb. 6.6 **Was Kinder über Politiker denken**
Kinder im Alter von 8 bis 11 Jahren in Deutschland (Angaben in %)

»Politiker denken viel an Kinder und daran, was sie tun müssen, damit es Kindern gut geht:«

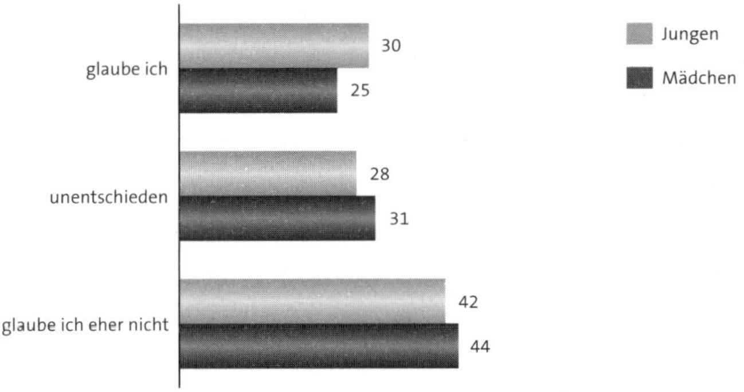

World Vision Kinderstudie 2007 – TNS Infratest Sozialforschung

Abb. 6.7 **Einstellung zu Politikern nach Herkunftsschicht**
Kinder im Alter von 8 bis 11 Jahren in Deutschland (Angaben in %)

»Politiker denken viel an Kinder und daran, was sie tun müssen, damit es Kindern gut geht:«

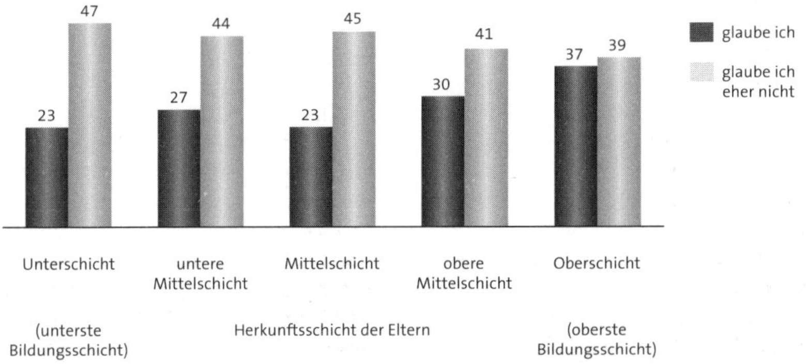

Fehlende zu 100 = unentschieden, weiß nicht *World Vision Kinderstudie 2007 – TNS Infratest Sozialforschung*

Politikverdrossenheit (Abb. 6.7). Am höchsten ist die Skepsis gegenüber den Politikern bei den Kindern aus den unteren Bildungsschichten ausgeprägt. Hier glauben 47 %, dass Politiker eher nicht an die Interessen von Kindern denken. Etwas weniger groß sind die Vorbehalte bei Kindern aus den oberen Herkunftsschichten. Die mehrheitliche Kritik ist jedoch für alle Schichten typisch.

6.3 Engagement und Beteiligung

6.3.1 Aktiv sein und Aufgaben übernehmen

Das reale Erfahren von gesellschaftlichen Zusammenhängen sowie die Herausbildung einer persönlichen Kompetenz in Form von Wissen über solche Zusammenhänge sind wesentliche Bestandteile der politischen Sozialisation in einer demokratisch verfassten Gesellschaft. Eine zweite wesentliche Dimension besteht darin, auch selber gesellschaftspolitisch wirksam zu werden, sprich sich an gesellschaftlicher Entwicklung aktiv mit zu beteiligen. Kinder – und nicht nur Kinder – können dies in sehr unterschiedlicher Art und Weise. Beteiligung sollte von daher auch nicht auf politische Partizipation im engeren Sinne, also in Parteien, Initiativen, Verbänden oder innerhalb von sonstigen politischen Strukturen, z. B. auf kommunaler Ebene, reduziert werden. Aktiv werden für andere ist genauso in Vereinen, in Hilfsorganisationen oder auch in der Schule möglich (siehe dazu auch die Ergebnisse des Freiwilligensurveys: Gensicke/Picot/Geiss 2006).

Wir haben deshalb in der World Vision Kinderstudie ebenfalls gefragt, ob die Kinder schon einmal Aufgaben in be-

Abb. 6.8 **Engagement: Wo Kinder bereits aktiv geworden sind**
Kinder im Alter von 8 bis 11 Jahren in Deutschland (Angaben in %)

»Folgende Aufgaben habe ich schon mal übernommen:«

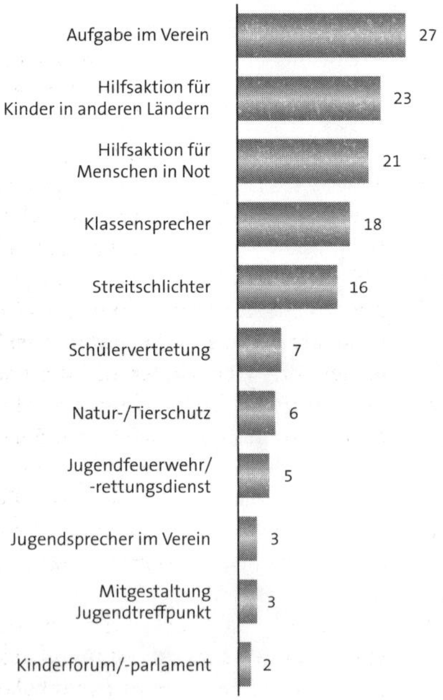

Engagement insgesamt	
keines	41
eines	23
zwei	17
drei und mehr	19

World Vision Kinderstudie 2007 – TNS Infratest Sozialforschung

Tab. 6.4 **Wo Kinder bereits aktiv geworden sind**
Basis: Kinder im Alter von 8 bis 11 Jahren in Deutschland

Spalten in %	gesamt	Mädchen	Jungen	West	Ost
Habe ich schon (mit)gemacht					
Aufgaben im Verein	27	23	32	27	27
Hilfsaktion für Kinder in anderen Ländern	23	25	20	23	19
Hilfsaktion für Menschen in Not	21	21	21	21	20
Klassensprecher	18	17	18	17	18
Streitschlichter	16	16	16	17	12
Schülervertretung	7	8	6	7	8
Natur-/Tierschutz	6	4	8	6	8
Jugendfeuerwehr/-rettungsdienst	5	3	7	4	8
Jugendsprecher im Verein	3	1	5	3	2
Mitgestaltung Jugendtreffpunkt	3	3	3	3	3
Kinderforum/-parlament	2	2	2	2	3
nichts davon	41	41	41	41	40

World Vision Kinderstudie 2007 – TNS Infratest Sozialforschung

stimmten Gruppen, in Initiativen oder auch im persönlichen Umfeld übernommen haben (Abb. 6.8). Mit 59 % hat die Mehrheit der Kinder angegeben, in einem der genannten Bereiche schon einmal aktiv geworden zu sein. 27 % berichteten, dass sie schon einmal Aufgaben in einem Verein übernommen haben. Hilfsaktionen für Kinder in anderen Ländern haben 23 % und Hilfsaktionen für Menschen in Not 21 % der Kinder unterstützt. 18 % waren Klassensprecher oder auch Hortsprecher, 16 % waren als Streitschlichter aktiv, und weitere 7 % haben sich in sonstiger Form schon einmal in die Schülervertretung einer Schule eingebracht. Weitere Aktivitäten entfallen auf die Bereiche Natur- oder Tierschutz (6 %) sowie Jugendfeuerwehr oder sonstige -rettungsdienste (5 %). Jugendsprecher im Verein nannten 3 %, weitere 3 % haben schon einmal einen Jugendtreffpunkt mitgestaltet, und an einem Kinderforum oder einem Kinderparlament haben sich 2 % der Kinder beteiligt.

Dass eher formalisierte Angebote, wie zum Beispiel kommunale Kinderforen oder -parlamente, nur von einer kleinen Minderheit benannt werden, sollte nicht weiter überraschen. Nach den Ergebnissen des LBS-Kinderbarometers (NRW: Schuljahr 2003/2004) wussten zwei Drittel der befragten Kinder im Alter von 9 bis 14 Jahren (Klassenstufen 4 bis 7) nicht, ob es an ihrem Wohnort ein Kinder- oder Jugendparlament gibt, und 51 % wussten nichts von sonstigen kommunalen Beteiligungsangeboten am Wohnort, die für sie interessant sein könnten (LBS-Initiative Junge Familie 2005).

Von den 59 % Kindern, die schon einmal in mindestens einem der von uns abgefragten Bereiche mitgemacht haben, berichten 23 % über die Beteiligung an

Tab. 6.5 **Zusammenhangsanalyse[1]: Engagement**
Basis: Kinder im Alter von 8 bis 11 Jahren in Deutschland

%-Angaben (pro Zeile)	**schon mal aktiv geworden**	**noch nicht aktiv geworden**
Kinder insgesamt	59	41
Alter		
8–9 Jahre	51	49
10–11 Jahre	**68**	32
Soziale Herkunftsschicht		
Unterschicht	34	66
untere Mittelschicht	55	45
Mittelschicht	60	40
obere Mittelschicht	**65**	35
Oberschicht	**69**	31
(Nachmittags-)Betreuung		
keine Betreuung	59	41
Ganztagsschule	58	42
Hort, Mittagsbetreuung, sonstiges	**65**	35

1 Der Zusammenhang wurde multivariat anhand einer logistischen Regression auf die Kriteriumsvariable »Beteiligung in mindestens einem der genannten Bereiche: ja oder nein« getestet. Einbezogene Prädiktoren: Alter, Geschlecht, alte/neue Länder, Familienform, Erwerbsbeteiligung, Siedlungsstrukturtyp, soziale Herkunftsschicht, institutionelle (Nachmittags-)Betreuung/Ganztagsschule, institutionalisierte regelmäßige Aktivitäten (Vereine etc.).
In der Tabelle wurden zur besseren Veranschaulichung die als signifikant getesteten Merkmalsausprägungen ($p < 0{,}05$) fett dargestellt und bivariat in % ausgewiesen.

World Vision Kinderstudie 2007 – TNS Infratest Sozialforschung

einer Aktivität, weitere 17 % weisen auf zwei der genannten Aktivitäten hin, und 19 % geben drei oder mehr Bereiche an. Die Ergebnisse zeigen, dass überall dort, wo Angebote gemacht werden, Kinder auch bereit sind, Aufgaben zu übernehmen. Besonders gut geeignet hierfür sind solche Räume, in denen Kinder in sozialen Gruppen agieren, also Vereine, Schulen oder sonstige (Nachmittags-)Betreuungsinstitutionen, in denen zum Beispiel die Möglichkeit besteht, bestimmte Sprecher- oder Vertretungsaufgaben anzubieten. Bemerkenswert ist allerdings auch die vergleichsweise große Erfahrung, die die Kinder mit Hilfsaktionen für andere Kinder oder für Menschen in Not haben.

Differenziert nach dem Geschlecht übernehmen Jungen mit einem Anteil von 32 % häufiger als Mädchen mit einem Anteil von 23 % Aufgaben in Vereinen. Dieses Ergebnis deckt sich mit der auch insgesamt etwas größeren Aktivität von Jungen in den Sportvereinen. Mädchen haben hingegen mit 25 % zu einem etwas höheren Anteil Erfahrungen mit Hilfsaktionen für Kinder in anderen Ländern. Überraschend ist allerdings die vergleichsweise geringe Aktivität von nur 4 % der Mädchen im Vergleich zu 8 % der Jungen im Bereich Natur- und Tierschutz (Tab. 6.4). Vieles spricht dafür, dass gerade in diesem Feld dann, wenn mehr Angebote gemacht würden, noch bedeutend mehr Mädchen einbezogen werden könnten.

Die vorhandenen vereinzelten Unterschiede beim Engagement von Kindern aus den alten und den neuen Bundesländern dürften ebenfalls vorrangig auf unterschiedliche Angebotsstrukturen zurückzuführen sein. Die Funktion eines Streitschlichters, z. B. in der Klasse oder einer sonstigen Betreuungseinrichtung, scheint offenbar eher in den alten Bundesländern angeboten zu werden. Auf der anderen Seite geben in den neuen Bundesländern mit 8 % mehr Kinder als mit 4 % in den alten Bundesländern an, eine Aufgabe im Bereich Jugendfeuerwehr oder -rettungsdienste bereits schon einmal übernommen zu haben.

Aktiv werden eher Kinder aus den gehobenen Herkunftsschichten

Statistisch signifikant dafür, bereits schon einmal aktiv geworden zu sein, sind im Zusammenhang betrachtet die drei folgenden Merkmale (Tab. 6.5). Zum einen sind, was auch wenig überraschen dürfte, ältere Kinder mit 68 % bereits etwas häufiger als eher jüngere Kinder mit 51 % aktiv geworden. Ältere Kinder haben mehr Erfahrung und verfügen über Zugänge zu erweiterten Lebensräumen. Hinzu kommt, dass älteren Kindern in der Regel auch mehr Angebote zur Beteiligung gemacht werden.

Bemerkenswert ist hingegen auch in diesem Fall wieder der Schichteffekt. Je gehobener die Schichtzugehörigkeit, desto größer das bisherige Engagement. Zwei von drei Kindern aus den gehobenen Schichten sind bereits aktiv geworden, hingegen nur jedes dritte Kind aus der Unterschicht. Hinzu kommen die Angebote der institutionellen (Nachmittags-)Betreuung, die den Kindern die Möglichkeit bieten, Erfahrungen bei der Übernahme von Verantwortung zu machen. 65 % dieser Kinder berichten, schon einmal aktiv geworden zu sein. Bemerkenswerterweise gilt dies jedoch nicht signifikant häufiger für Kinder, die eine Ganztagsschule besuchen. Für Hortkinder oder auch für Kinder in vergleichbaren Betreuungsgruppen ergeben sich demnach vor dem Hintergrund des jeweiligen freizeitpädagogischen Konzeptes der Einrichtung zusätzliche Zugänge bei der Übernahme von Aufgaben.

Die Chance eines sozialen Lernens durch persönliche Aktivität sollte gerade bei Kindern nicht unterschätzt werden. Auf der anderen Seite sind es momentan allerdings vorrangig Kinder aus den gehobenen Schichten, die diese Möglichkeit nutzen können (siehe dazu auch Picot 2006).

6.3.2 Die eigene Meinung

Neben der aktiven Beteiligung und der Übernahme von Aufgaben haben wir ebenfalls danach gefragt, welche Personen eher viel und welche eher wenig Wert auf die eigene Meinung der Kinder legen (Abb. 6.9 und Tab. 6.6). Am meisten Wert auf die Meinung der Kinder wird innerhalb der Familie gelegt. 56 % der Kinder geben an, dass ihre Mütter eher viel Wert auf ihre Meinung legen. Weitere 39 % benennen »mal so, mal so« und nur 5 % geben an, dass ihre Mutter eher wenig Wert auf ihre Meinung legen würde. Bei den Vätern fallen die Angaben vergleichsweise geringer aus. Hier sind es 47 % der Kinder, die angeben, dass ihr Vater eher viel Wert auf die eigene Meinung

Abb. 6.9 **Bedeutung der eigenen Meinung: Mädchen und Jungen**
Kinder im Alter von 8 bis 11 Jahren in Deutschland (Angaben in %)

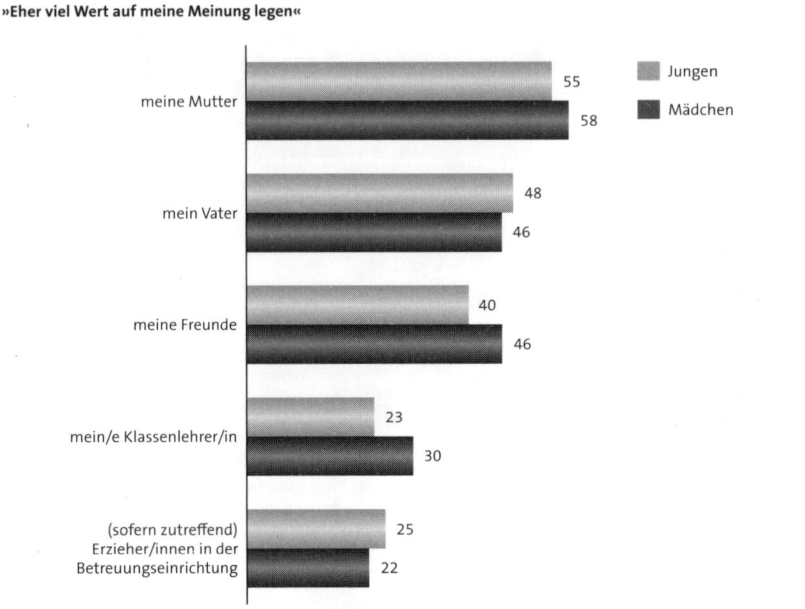

World Vision Kinderstudie 2007 – TNS Infratest Sozialforschung

legen würde, und weitere 39% geben »mal so, mal so« an. 14% verweisen darauf, dass ihr Vater eher wenig Wert auf ihre Meinung legen würde.

Die Angaben zur Bedeutung der eigenen Meinung in der Familie decken sich relativ gut mit Ergebnissen aus dem DJI-Kinderpanel. Hier haben 62% der Kinder im Alter von 8 bis 9 Jahren angegeben, dass ihre Mutter, sowie 53%, dass ihr Vater sie bei Familienangelegenheiten »häufig« oder »sehr oft« nach ihrer Meinung fragen würden (Alt/Teubner/Winklhofer 2005). Die im Jahr 2003 in der Schweiz durchgeführte UNICEF-Studie zur Partizipation bei Kindern im Alter von 9 bis 16 Jahren kommt zu dem Ergebnis, dass in der Familie das Ausmaß der Partizipation vor allem ab dem 11. Lebensjahr zunehmen würde (Fatke/Niklowitz 2003). In den Antworten der Kinder auf die Frage nach der Bedeutung der eigenen Meinung spiegelt sich von daher auch in unserer Studie die konkrete Alltagswahrnehmung in der Familie wider (siehe dazu auch die Ergebnisse in Kapitel 2). Kinder werden in die Entscheidungsprozesse mit einbezogen – mal mehr oder eben auch mal weniger.

Bezogen auf den Freundeskreis geben 43% der Kinder an, dass hier eher viel Wert auf die eigene Meinung gelegt wird. 50% antworten mit mal so, mal so, und 7% meinen, dass im Freundeskreis eher wenig Wert auf ihre Meinung gelegt wird. Gefragt nach der Klassenlehrerin

Tab. 6.6 **Bedeutung der eigenen Meinung**
»Auf meine Meinung legt eher viel oder eher wenig Wert«
Basis: Kinder im Alter von 8 bis 11 Jahren in Deutschland

Spalten in %	gesamt	Mädchen	Jungen	West	Ost
Meine Mutter					
eher viel Wert	56	58	55	56	53
mal so, mal so	39	38	40	39	42
eher wenig Wert	5	4	5	5	5
Mein Vater					
eher viel Wert	47	46	48	48	40
mal so, mal so	39	40	39	39	41
eher wenig Wert	14	14	13	13	19
Meine Freunde					
eher viel Wert	43	46	40	44	36
mal so, mal so	50	49	50	49	54
eher wenig Wert	7	5	10	7	10
Mein/e Klassenlehrerin/lehrer					
eher viel Wert	26	30	23	26	26
mal so, mal so	51	49	52	51	47
eher wenig Wert	23	21	25	23	27
Sofern zutreffend: Die Erzieherinnen und Erzieher meiner Betreuungseinrichtung					
eher viel Wert	24	22	25	24	23
mal so, mal so	52	59	47	53	49
eher wenig Wert	24	19	28	23	28

World Vision Kinderstudie 2007 – TNS Infratest Sozialforschung

oder dem Klassenlehrer berichten 26 % der Kinder, dass die entsprechende Person eher viel Wert auf ihre Meinung legt, während 51 % in diesem Fall mit mal so, mal so antworten und bei 23 % legt die Klassenlehrerin oder der Klassenlehrer eher wenig Wert auf die eigene Meinung der Kinder. Vergleichbares gilt für diejenigen Kinder, die nach der Schule regelmäßig eine Betreuungseinrichtung besuchen. Hier geben 24 % der Kinder an, dass die Betreuerinnen oder Betreuer eher viel Wert auf die eigene Meinung der Kinder legen, und weiter 52 %, dass es mal so, mal so sei. 24 % der Kinder berichten, dass hier eher wenig Wert auf ihre eigene Meinung gelegt wird.

Sicherlich muss davon ausgegangen werden, dass die Kinder die Bedeutung, die der eigenen Meinung beigemessen wird, innerhalb der Familie anders bewerten als z. B. im Rahmen von formellen

Abb. 6.10 **Bedeutung der eigenen Meinung: Einheimische deutsche Kinder und Migranten**
Kinder im Alter von 8 bis 11 Jahren in Deutschland (Angaben in %)

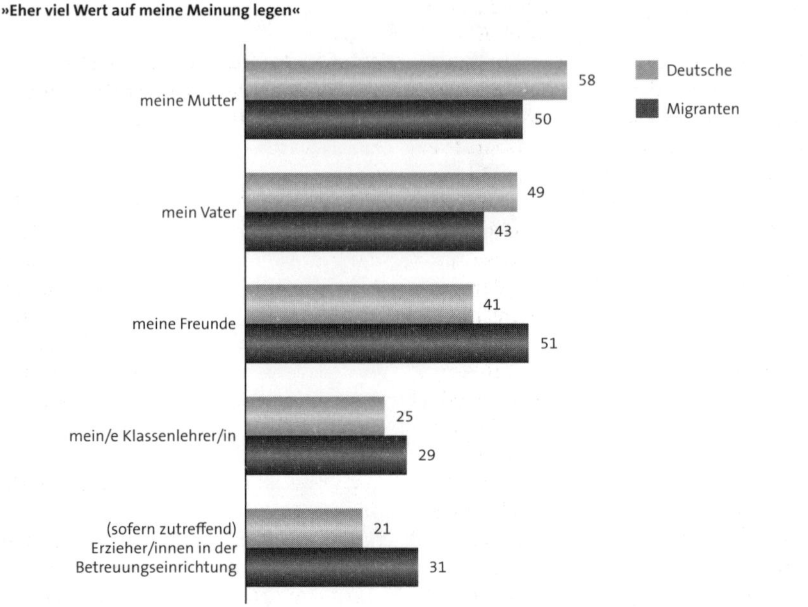

World Vision Kinderstudie 2007 – TNS Infratest Sozialforschung

Institutionen, wie etwa der Schule oder auch bei Betreuungseinrichtungen. Familien und Freundeskreise basieren auf engen persönlichen Bindungen und definieren sich auch dadurch, dass das Kind persönlich geschätzt und dass auf die eigene Meinung Wert gelegt wird. Von daher sollten beide Dimensionen auch nicht umstandslos rein quantitativ miteinander verglichen werden. Auffällig bleibt aber trotzdem die vorhandene Diskrepanz zwischen den Bereichen. Bezieht man sich auf den Anteil derjenigen, die angeben, dass auf ihre Meinung eher wenig Wert gelegt wird, so geben dies 5 % für die Mutter, 14 % für den Vater und 7 % für den Freundeskreis an. 23 % der Kinder sind hingegen der Meinung, dass ihre Klassenlehrerin oder ihr Klassenlehrer wenig Wert auf ihre Meinung legen würden. Vergleichbares gilt für 24 % der Kinder, die in Institutionen betreut werden und die ebenfalls angeben, dass die Erzieherinnen und Erzieher dort eher wenig Wert auf ihre Meinung legen würden (Tab. 6.6). Eine bewusst herbeigeführte und aktiv geförderte Mitbestimmung und Partizipation von Kindern in der Schule und in Institutionen ist von daher nach wie vor ein relevantes Thema, dem in Zukunft deutlich mehr Aufmerksamkeit gebühren sollte (siehe dazu auch Kapitel 3).

Mädchen fühlen sich etwas häufiger ernst genommen

Interessant sind auch die Binnendifferenzierungen. Insgesamt legen nach Auskunft der Kinder, wie dargestellt, Mütter mehr Wert auf die eigene Meinung der Kinder, als dies Väter tun. Die hier ebenfalls sichtbar werdenden Unterschiede in der Einschätzung von Mädchen und Jungen sind statistisch betrachtet allerdings nicht signifikant. Anders ist dies hingegen bei der spezifischen Sichtweise der Jungen und Mädchen bezüglich der anderen von uns abgefragten Akteure. Mädchen geben häufiger als Jungen an, dass ihre Freundinnen und Freunde (46 % zu 40 %) und auch ihre Klassenlehrerin oder ihr Klassenlehrer (30 % zu 23 %) eher viel Wert auf ihre eigene Meinung legen. Bei den Erzieherinnen und Erziehern in Betreuungseinrichtungen stellt sich dies insoweit vergleichbar dar, als in diesem Fall ebenfalls deutlich mehr Jungen (28 %) als Mädchen (19 %) angeben, dass hier eher wenig Wert auf ihre Meinung gelegt wird. Mädchen kommen offenbar in Institutionen und auch im Freundeskreis nach ihrer eigenen Wahrnehmung besser an.

Es ist zu vermuten, dass dies zum einen damit zusammenhängen dürfte, dass sowohl in der Grundschule als auch in den Betreuungsinstitutionen vorrangig weibliche Kräfte, also Lehrerinnen oder Erzieherinnen, tätig sind. Hinzu kommen aber auch weitere Gender-Effekte. Dass Mädchen sich in ihren Peers eher ernst genommen fühlen, war vor dem Hintergrund der oft zitierten »Zickenkriege« nicht unbedingt zu erwarten gewesen. Der Befund spricht vielmehr dafür, dass Mädchen ihre Sozialbeziehungen offenbar nach wie vor intensiver gestalten und dass möglicherweise auch weniger Abgrenzungsrituale innerhalb der Peers stattfinden. »Männlichkeit und Ellenbogen« scheint auch in diesem Fall für die Mehrheit der Jungen kein besonders erfolgversprechendes Konzept zu sein.

Einheimische deutsche Kinder fühlen sich außerhalb der Familie weniger ernst genommen als Kinder mit Migrationshintergrund

Differenziert nach Nationalität und Migrationshintergrund zeigt sich, dass Kinder mit Migrationshintergrund mit einem Anteil von 50 % vergleichsweise weniger häufig als einheimische deutsche Kinder mit einem Anteil von 58 % angeben, dass ihre Mutter, und mit einem Anteil von 43 % im Vergleich zu 49 %, dass ihr Vater eher viel Wert auf ihre eigene Meinung legen würde (Abb. 6.10).

Interessant ist in diesem Zusammenhang, dass im Unterschied zu einheimischen deutschen Kindern (Mädchen und Jungen jeweils 58 %) Jungen mit Migrationshintergrund mit einem Anteil von 43 % weniger häufig als Mädchen mit Migrationshintergrund mit einem Anteil von 56 % angeben, dass ihre Mutter sehr viel Wert auf ihre eigene Meinung legt. Der Unterschied in der Bewertung ist hier also vor allen Dingen auf die Angaben der Jungen mit Migrationshintergrund zurückzuführen. Bei der Bewertung der Väter ergeben sich zwischen Mädchen und Jungen mit Migrationshintergrund hingegen keine Unterschiede. Es lässt sich schwer beurteilen, ob diese Unterschiede primär mit einer anderen Beteiligungskultur in einheimischen deutschen Familien zusammenhängen oder ob Jungen mit Migrationshintergrund in diesem Alter in ihren Familien mehr Einfluss fordern oder auch andere, als die möglicherweise eher traditionellen Rollenzuweisungen wünschen. Jungen mit Migrationshintergrund berichten etwas häufiger über Streit in ihren Familien

(Ergebnisse in Kapitel 2). Dieser Befund deutet darauf hin, dass auch an dieser Stelle differenzierte migrationsspezifische Gender-Effekte wirksam sein dürften.

Kinder mit Migrationshintergrund sind, auch unabhängig vom Geschlecht, dafür allerdings häufiger als einheimische deutsche Kinder der Meinung, dass ihre Freunde (51 % zu 41 %) oder auch ihre Klassenlehrerinnen und -lehrer (29 % zu 25 %) und auch die Erzieherinnen und Erzieher in Betreuungseinrichtungen (31 % zu 21 %) tendenziell mehr Wert auf ihre eigene Meinung legen. Bei Migrantenkindern finden sich diesbezüglich keine klaren Hinweise auf eine wahrgenommene Diskriminierung im Alltag. Interessant ist auf jeden Fall der Gegensatz zwischen der Wahrnehmung in der Familie auf der einen Seite sowie bei den Peer-Groups und bezüglich der Institutionen auf der anderen Seite. Möglicherweise hängt die positivere Wahrnehmung der Bedeu tung der eigenen Meinung außerhalb der Familie bei den Kindern mit Migrationshintergrund auch damit zusammen, dass hier eine andere und weniger anspruchsvolle Erwartungshaltung vorherrscht, als bei einheimischen deutschen Kindern.

Je geringer die Herkunftsschicht, desto geringer auch der Wert, der auf die Meinung der Kinder gelegt wird

Anders stellt sich dies hingegen differenziert nach der Herkunftsschicht dar. Je niedriger die Schichtzugehörigkeit, desto geringer ausgeprägt ist das Empfinden der Kinder, dass Wert auf die eigene Meinung gelegt wird (Tab. 6.7). Auffällig ist die deutlich geringere Ausprägung bei den Kindern aus der Unterschicht. Nur etwas über ein Drittel dieser Kinder gibt an, dass ihre Mutter, ihr Vater und auch ihre Freunde eher viel Wert auf die eigene Meinung legen würden.

Bei den Klassenlehrerinnen und Klassenlehrern stellt sich dies insofern anders dar, als in diesem Fall Kinder aus der Unterschicht mit 35 % signifikant häufiger angeben, dass wenig Wert auf ihre Meinung gelegt wird. Die eigene Meinung wird auch in diesem Fall mit 32 % vor allem von Kindern aus der Oberschicht als am stärksten wahrgenommen bewertet.

Auch die an dieser Stelle vorgelegten Ergebnisse bestätigen, dass Kinder aus den unteren Herkunftsschichten nicht nur im Bereich der formellen Bildung, z. B. beim Erlernen der zentralen Kulturtechniken (Lesen, Schreiben, Rechnen), besondere Förderung benötigen. Mindestens genauso wichtig ist es, sich darum zu bemühen, dass Kinder aus prekären sozialen Verhältnissen eingebunden werden und dass sie im Alltag die Erfahrung machen, dass auch ihre Meinung wertvoll ist und hinreichend zur Kenntnis genommen wird.

6.4 Allgemeines Wohlbefinden

6.4.1 Wohlbefinden als zusammenfassender Indikator

Wir haben das Wohlbefinden der Kinder an verschiedenen Stellen in unserer Studie erfragt. Fassen wir die Befunde hierzu noch einmal zusammen:

- Die Freiheiten, die ihnen von den Eltern im Alltag gewährt werden, beurteilen auf Basis der von uns hierzu eingesetzten Smiley-Liste 39 % als sehr positiv, 46 % als positiv und 16 % als eher nicht zufriedenstellend (Smiley-Liste negativ bis neutral).
- Die Schule beurteilen 29 % als sehr positiv, 41 % als positiv und 30 % als nicht

Tab. 6.7 **Bedeutung der eigenen Meinung und Herkunftsschicht**
Basis: Kinder im Alter von 8 bis 11 Jahren in Deutschland

Spalten in %	Unterschicht	untere Mittelschicht	Mittelschicht	obere Mittelschicht	Oberschicht
Meine Mutter					
eher viel Wert	36	51	57	60	69
mal so, mal so	55	45	38	36	28
eher wenig Wert	9	4	5	4	3
Mein Vater					
eher viel Wert	33	39	47	53	59
mal so, mal so	40	42	39	38	36
eher wenig Wert	27	19	14	9	5
Meine Freunde					
eher viel Wert	36	50	41	42	46
mal so, mal so	55	42	52	51	47
eher wenig Wert	9	8	7	7	7
Mein/e Klassenlehrerin/lehrer					
eher viel Wert	24	21	28	25	32
mal so, mal so	41	53	48	55	52
eher wenig Wert	35	26	24	20	16

Auf die Darstellung der Kategorie »Erzieher/innen in der Betreuungseinrichtung« wurde an dieser Stelle mangels Fallzahl verzichtet.

World Vision Kinderstudie 2007 – TNS Infratest Sozialforschung

zufriedenstellend (Smiley-Liste neutral bis negativ).
- Die Zahl der Freunde finden 73 % gerade recht, während 27 % hier nicht zufrieden sind.

Wir haben diese drei Bereiche zu einem einheitlichen Indikator »allgemeines Wohlbefinden« zusammengefasst.[27] Hierbei gilt, dass die Einschätzung zu den Freiheiten in der Familie und das Wohlbefinden in der Schule miteinander korreliert sind. Der Zusammenhang zwischen Familie oder Schule und der Bewertung der Zahl der Freunde ist hin-

27 Zur Indexbildung wurden die Merkmalsausprägungen zum Befinden in der Familie und in der Schule (1 bis 5) sowie die Einschätzungen zur Größe des Freundeskreises (unzufrieden = 2, zufrieden = 4) aufsummiert. Der Summenscore wurde anschließend durch 3, sprich durch die Anzahl der einbezogenen Bereiche geteilt.
Bei einem Wertebereich von 4 bis 5 ergibt sich eine Zuordnung zur Ausprägung »Befinden = sehr wohl«, bei einem Wertebereich von > 3 bis < 4 eine Zuordnung zur Ausprägung »Befinden = wohl« und bei einem Wertebereich < = 3 eine Zuordnung zur Ausprägung »Befinden = unwohl«.

Abb. 6.11 **Allgemeines Wohlbefinden (Familie, Schule, Freundeskreis)**
Kinder im Alter von 8 bis 11 Jahren in Deutschland (Angaben in %)

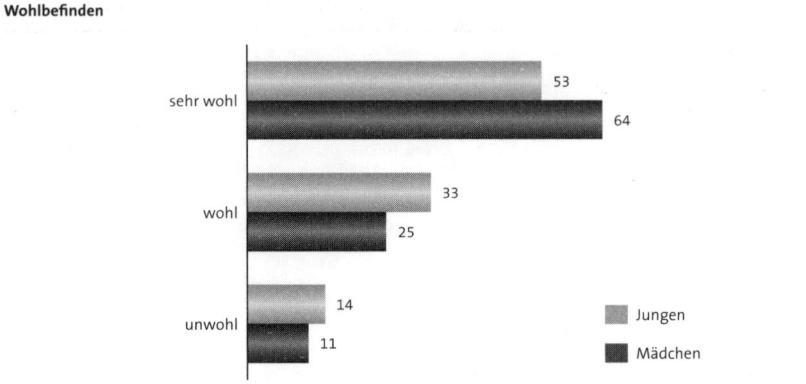

World Vision Kinderstudie 2007 – TNS Infratest Sozialforschung

gegen nur vergleichsweise schwach ausgeprägt.[28]

Der Indikator deckt damit die wichtigsten Lebenswelten von Kindern ab und dient uns vorrangig zur zusammenfassenden Bewertung der Ergebnisse.

28 Die Bewertung der Freiheiten in der Familie und die Zufriedenheit mit der Schule korrelieren mit einem Korrelationskoeffizienten (Rangkorrelation nach Spearman) in Höhe von 0,27 ($p < 0{,}05$). Das bedeutet, dass es denen, die mit den Freiheiten zu Hause zufrieden sind, in der Regel auch besser in der Schule gefällt. Der Effekt zwischen den beiden Merkmalen ist allerdings nicht als kausal zu interpretieren. Die Bewertung der Freiheiten in der Familie sowie die Zufriedenheit in der Schule und die Bewertung der Größe des Freundeskreises korrelieren hingegen nur äußerst schwach und auch nur schwach signifikant mit einem Wert (Rangkorrelation nach Spearman) von 0,03 ($p < 0{,}1$). Die Berücksichtigung der Einschätzung der Größe des Freundeskreises bringt demnach eine zusätzliche Dimension mit ein, die für sich genommen auch quer zur Bewertung von Familie und Schule liegen kann.

Kinder fühlen sich bei uns mehrheitlich wohl

Im Ergebnis zeigt sich, dass nach dieser Abgrenzung 59 % der Kinder zu denjenigen gehören, die sich sehr wohl fühlen, weitere 29 % zu denjenigen, die sich wohl fühlen, und 12 % zu denjenigen, die sich unwohl fühlen.[29] Auffällig ist, dass sich mit 64 % Mädchen deutlich häufiger als Jungen mit 53 % sehr wohl fühlen (Abb. 6.11).

Interessant ist hierbei auch der Zusammenhang zur Zufriedenheit mit dem eigenen Körper. Insgesamt 24 % der Mädchen und 20 % der Jungen finden sich ein wenig oder viel zu dick. 12 % der Mädchen und 13 % der Jungen finden sich ein wenig

29 Zum Vergleich: Im DJI-Kinderpanel wurde ermittelt, dass sich 18 % der Kinder unwohl, 36 % wohl und 46 % sehr wohl fühlen. Auch hier wurde ein Index gebildet – allerdings auf Basis anderer Frage-Items. Darüber hinaus wurde neben den Bereichen Familie, Schule und Freundeskreis auch die Zufriedenheit mit dem Wohnumfeld berücksichtigt (Beisenherz 2005).

Tab. 6.8 **Zusammenhangsanalyse[1]: Fehlendes Wohlbefinden**
Basis: Kinder im Alter von 8 bis 11 Jahren in Deutschland

%-Angaben (pro Zeile)	**unwohl**	**wohl/sehr wohl**
Kinder insgesamt	12	88
Soziale Herkunftsschicht		
Unterschicht	**31**	69
untere Mittelschicht	15	85
Mittelschicht	12	88
obere Mittelschicht	8	92
Oberschicht	6	94
Geschlecht		
Mädchen	11	89
Jungen	**14**	86
(Nachmittags-)Betreuung		
keine Betreuung	12	88
Ganztagsschule	9	91
Hort, Mittagsbetreuung, Sonstiges	**16**	84
Institutionalisierte regelmäßige Aktivitäten (Verein, Gruppe etc.)		
ja	10	90
nein	**20**	80

1 Der Zusammenhang wurde multivariat anhand einer logistischen Regression auf die Kriteriumsvariable »Wohlbefinden: unwohl oder wohl/sehr wohl« getestet. Einbezogene Prädiktoren: Alter, Geschlecht, alte/neue Länder, Familienform, Erwerbsbeteiligung, Siedlungsstrukturtyp, soziale Herkunftsschicht, institutionelle (Nachmittags-)Betreuung/Ganztagsschule, institutionalisierte regelmäßige Aktivitäten.
In der Tabelle wurden zur besseren Veranschaulichung die als signifikant getesteten Merkmalsausprägungen ($p < 0{,}05$) fett dargestellt und bivariat in % ausgewiesen.

World Vision Kinderstudie 2007 – TNS Infratest Sozialforschung

oder viel zu dünn. 65 % der Mädchen und 67 % der Jungen sind hingegen mit ihrem Körper zufrieden. Dieses Merkmal korreliert, wenn auch nicht besonders stark, mit dem Wohlbefinden. Wer sich wohl fühlt ist demnach tendenziell auch mit seinem Körper zufriedener.[30]

30 Die Rangkorrelation nach Spearman beträgt hier 0,14. Ein wenig oder viel zu dick oder zu dünn wurde in diesem Fall zusammengefasst.

Unwohl fühlen sich vor allem die Kinder aus der Unterschicht. Fehlende Zugehörigkeit zu Gruppen oder Vereinen verstärkt dieses Empfinden

Untersucht man im Zusammenhang, bei welchen Teilgruppen von Kindern fehlendes Wohlbefinden signifikant höher ausgeprägt ist, so bestätigen sich zum einen die bereits angesprochenen Gender-Effekte: Jungen fühlen sich mit 14 % auch im

Zusammenhang betrachtet etwas häufiger unwohl als Mädchen mit 11 %.

Der prägnanteste Indikator für fehlendes Wohlbefinden ist jedoch auch in diesem Fall wieder die Schichtzugehörigkeit (Tab. 6.8). Mit 31 % gehören fast ein Drittel der Kinder aus der Unterschicht zu denjenigen, die sich unwohl fühlen. Hinzu kommt ein weiterer wichtiger Effekt: Kinder, die keinerlei Vereins- oder Gruppenaktivitäten nachgehen, fühlen sich mit 20 % ebenfalls häufiger unwohl.

Statistisch signifikant ist schließlich auch der Zusammenhang mit dem Besuch einer institutionellen Betreuungseinrichtung. Letzteres erklärt sich allerdings hauptsächlich dadurch, dass Kinder in institutionellen Betreuungseinrichtungen tendenziell eher mit der Größe ihres Freundeskreises unzufrieden sind. Die Betreuungseinrichtungen selber bewertet hingegen mit 78 % die große Mehrheit der Kinder, auf die dies zutrifft, positiv oder sehr positiv (siehe dazu Kapitel 3).

Nicht signifikant für fehlendes Wohlbefinden sind auch in diesem Fall die Merkmale Erwerbsbeteiligung der Eltern, ein Migrationshintergrund, die Schulform (halbtags oder ganztags), das Alter sowie Ost–West und Stadt–Land.

6.4.2 Resümee

Das in der Studie ermittelte Wohlbefinden der Kinder markiert noch einmal die große Bedeutung, die den sichtbar werdenden sozialen Risikofaktoren beizumessen ist. Die Lebenswelten von Kindern unterscheiden sich vor allen Dingen hinsichtlich der sozialen Lage und Herkunftsschicht der Eltern. Die Art und auch die Größe der Familie, sprich die Familienform oder die Zahl der Geschwister, spielen hierbei keine entscheidende Rolle. Davon unabhängig sind auch Gender-Effekte wirksam. Jungen fühlen sich weniger wohl als Mädchen und sind ebenfalls weniger gut sozial integriert. Als risikobehaftet erweist sich darüber hinaus eine fehlende Zugehörigkeit zu einem Verein oder zu einer sonstigen Gruppe.

Alles in allem dominiert bei Kindern in Deutschland jedoch eine positive Grundhaltung, so wie sie auch im artikulierten allgemeinen Wohlbefinden zum Ausdruck kommt. Familie, Schule und Betreuungsinstitutionen, Freundschaften und Peers sowie die Medien als Umwelt sind die zentralen Welten, in denen Kinder leben. Kinder bewegen sich in diesen Welten eigenständig und mit eigenen Ansprüchen. Sie setzen sich intensiv und dabei in ihrer eigenen Art und Weise mit ihren Umwelten auseinander und gestalten diese. Es wäre von daher auch verfehlt, Kinder vorrangig in ihrer scheinbaren Unfertigkeit oder gar als »unreife Persönlichkeiten« zu betrachten. Kinder haben nicht nur ihren eigenen Kopf, sie haben auch bemerkenswerte Kompetenzen. Kinder sind neugierig und suchen Herausforderungen. Stillstand, Öde und auch Verwahrlosung entstehen dort, wo Kinder ausgegrenzt und nicht gefordert werden und wo die soziale Einbindung fehlt.

Die Familie als emotionale Basis hat hier eine besondere Verantwortung. Genauso wichtig ist aber auch eine fördernde und sozial integrierende Umwelt. Dies gilt vor allen Dingen für die Kinder, die in prekären sozialen Verhältnissen sowie in bildungsferneren familiären Lebenswelten aufwachsen. Ein Migrationshintergrund ist in diesem Fall als zusätzlicher Risikofaktor wirksam. Für sich genommen sind die Kinder von Migrantinnen und Migranten in zentralen Bereichen ihres Sozialverhaltens nicht viel anders als einheimische deutsche Kinder. Geborgenheit in der Familie, ein hinreichender Freundeskreis sowie anregende und abwechslungsreiche Aktivitätsangebote sind zusammen mit adäquaten Bildungschancen unverzichtbare Rahmenbedingungen, auch und gerade aus der Perspektive der Kinder. Dies alles unter einen Hut zu bekommen erfordert allerdings auch Zeit: Zeit von Erwachsenen, die verfügbar sein müssen, sowie Zeit für die Kinder – untereinander und auch als Freiraum für sich selber.

Sibylle Picot und Daniel Schroeder

7 Kinderpersönlichkeiten: Porträts von 12 Mädchen und Jungen

Wenn wir Kinder als eigenständige Persönlichkeiten begreifen, können wir nicht darauf verzichten, sie selbst zu Wort kommen zu lassen. In qualitativen Befragungen haben wir viele Stunden lang mit Kindern gesprochen. Daraus sind 12 Porträts von Mädchen und Jungen entstanden, die wir im Folgenden vorstellen. Anders als in der repräsentativen Untersuchung mit ihrer gruppenbezogenen Analyse geht es hier um einzelne Kinderpersönlichkeiten, die wir in ihrem biografischen Kontext zeigen. Im Gespräch mit dem Interviewer schildern die Kinder in ihren eigenen Worten ihren Alltag, ihr Umfeld, was sie tun und erleben in Schule und Freizeit. Sie sprechen über Freundschaften, über ihre Lieblingsspiele, wie und welche Medien sie nutzen, über ihre Wünsche, über ihre Vorstellungen von der eigenen Zukunft und der Zukunft im Allgemeinen.

Man könnte einwenden, Kinder seien noch keine »fertigen« Persönlichkeiten, insofern sei der Begriff »Kinderpersönlichkeiten« falsch gewählt. Die Frage, wann denn eine Entwicklung als abgeschlossen betrachtet werden kann, entkräftet und konterkariert diesen Einwand. Unsere Porträts zeigen Kinder im Entwicklungsprozess und führen die Potenziale, aber auch die Fragilität kindlicher Entwicklung vor Augen. Wie schon im quantitativen Teil wird dabei sehr deutlich, wie stark das Aufwachsen der Kinder von den jeweiligen Bedingungen ihres sozialen Umfelds abhängt.

7.1 Methode, zentrale Fragen und Eindrücke

7.1.1 Zur Methode des qualitativen Teils

Die 12 Porträts beruhen auf individuellen Fallstudien von Kindern im Alter von 6 bis 11 Jahren. Dabei wenden wir zwei Befragungsmethoden an: Zum einen das explorative Interview, zum anderen ein Erhebungsinstrument der qualitativen Netzwerkanalyse. Bei Letzterem handelt es sich um ein Spiel, das wir entwickelt haben, bei dem Kinder ihre Umgebung und ihre sozialen Kontakte nachstellen.

Intensivinterviews als Basis der Porträts

Mit den Kindern wurden ausführliche, etwa zwei- bis dreistündige Gespräche geführt, in die das im Detail noch zu schildernde Spiel integriert war. Das Interview folgte locker einem Gesprächsleitfaden mit den wesentlichen Themenbereichen und Fragen. Das individuelle Eingehen auf die Kinder und die Anpassung an deren Sprache brachte es mit sich, dass Fragen praktisch nicht im vorformulierten Wortlaut gestellt wurden. Jedoch war ein strukturierendes Vorgehen mit klaren Fragestellungen notwendig, um den Kindern eine Orientierung zu bieten. Gerade bei jüngeren Kindern sind die narrativen Anteile im Interview sehr kurz. Zum Thema haben sie meist das derzeitige Lieblingsspiel oder Lieblingsspielzeug. Das Gespräch beruht sehr stark – viel stärker als bei jugendlichen oder erwachsenen Gesprächspartnern – auf der Interaktion zwischen Interviewer und Befragtem.

Die tatsächliche Dauer eines Interviews ist schwer zu bestimmen. Bei Kindern sind längere Interviews, auch wenn sie möglichst altersangemessene Fragen enthalten, nicht ohne Pausen durchführbar, sei es, um etwas zu trinken oder zu essen, sei es, damit die Kinder etwas herumlaufen oder eine kleine Spieleinheit einlegen können. Je jünger das Kind, desto häufiger kommt es vonseiten des Kindes zu Unterbrechungen, die konstruktiv aufgefangen werden müssen. Daher haben wir uns häufiger einen ganzen Nachmittag bei einer Familie aufgehalten.

Die Länge der verbalen Beiträge im Interview nimmt mit dem Alter der Kinder zu. Bei den jüngsten Befragten bestehen die Protokolle noch weitestgehend aus Frage-Antwort-Passagen mit kurzen Sätzen. Neben der dringend gebotenen Kombination mit anderen, spielerischen Befragungsmethoden wird den Interviewern hier sowohl Geduld als auch Flexibilität abverlangt. Sehr problematisch sind Fragen, bei denen das Kind sich »überfragt« vorkommt. Kinder, mehr als ältere Interviewpartner, möchten dem Interviewer durch »gute« Antworten einen Gefallen tun und sind enttäuscht, wenn das ihrem Gefühl nach nicht gelingt. Die Motivation bricht dann schnell zusammen, und der Interviewer muss sich etwas einfallen lassen.

Unser Spiel oder unsere »Aufstellung« (die allerdings nichts mit dem im therapeutischen Kontext verwendeten Verfahren der Familienaufstellung zu tun hat) unterbrach den Frage-Antwort-Stil des Interviews in einer bei allen Kindern willkommenen Art und Weise. Der Wortlaut des gesamten Gesprächs, inklusive der Äußerungen während des Spielaufbaus, wurde transkribiert. Es entstanden Protokolle von bis zu 60 Seiten Länge. Wie die Porträts erkennen lassen, wurden die Interviews im Wortlaut, mit unvollständigen Sätzen, einzelnen Worten und Ausrufen abgeschrieben und auch nonverbale Kommunikation wurde festgehalten (Lachen, Aufstehen, Gähnen etc.).

Die Eltern waren insofern in die Befragung einbezogen, als sie einen kurzen Fragebogen ausfüllten und mit ihnen zum Teil ergänzende Gespräche geführt wurden. Bei einigen Kindern fanden kurze Gespräche mit den Lehrern statt, bei denen es vorwiegend um die schulische Entwicklung des Kindes ging.

Unter Berücksichtigung aller Informationen, aber vor allem basierend auf den Wortprotokollen und einer Auswertung der Aufstellung, wurden dann die Porträts erstellt. Die Interviews wurden im Übrigen sämtlich von den beiden Forschern selbst durchgeführt, die auch die Autoren der Porträts sind.

Die fertigen Porträts wurden den Eltern zur Zustimmung vorgelegt. Dies wird u. a. durch das hier gewählte Verfahren notwendig, bei dem ein Foto des porträtierten Kindes gezeigt wird und es normalerweise, sofern die Eltern keine Anonymisierung wünschen, unter seinem richtigen Vornamen vorgestellt wird. Die Abstimmungsprozesse mit den Eltern und in den Familien verliefen ganz unterschiedlich. So gab es Eltern, die sich das Porträt vom Kind selbst vorlesen ließen und den Text gemeinsam mit dem Kind »verabschiedeten«. Es gab aber auch Interventionen von Eltern, die darauf abzielten, Teile eines Porträts zu verändern. Änderungen oder Korrekturen sind nur möglich, wenn sie das gesprochene Wort oder die Wiedergabe des Interviews nicht verfälschen. Hier bedarf es eines Diskurses mit den Eltern, um Verständnis für Vorgehen und Ziele der Sozialforscher zu wecken. Die Abstimmung der Porträts ist jedoch über juristische Fragen hinaus ein Gebot der Fairness. Überdies steuern die Eltern beim Gegenlesen oft wichtige Zusatzinformationen bei, die dazu führen, dass Dinge zurechtgerückt oder komplexer dargestellt werden können. Dem Interviewer erschließt sich stets nur eine Momentaufnahme. So ist es, nur um ein Beispiel zu nennen, eventuell schwer zu beurteilen, ob das Faible für ein Computerspiel charakteristisch ist oder eher eine kurzfristige Leidenschaft.

Netzwerkanalyse

Zur Erfassung und Analyse der sozialen Kontakte und deren Vernetzung hat sich in der quantitativen und qualitativen Sozialforschung zunehmend die Netzwerkanalyse etabliert (Straus 2002).

Dabei wurden unterschiedliche Methoden entwickelt, um soziale Kontakte abzubilden und zu klassifizieren sowie das Beziehungsgeflecht menschlicher Kontakte zu erfassen. Mit der Netzwerkanalyse bei Kindern und Jugendlichen beschäftigen sich ebenfalls einige Untersuchungen (z.B. Kolip 1993; Picot und Willert 2006). Darüber hinaus sind kindliche Netzwerke ein zentraler Untersuchungsgegenstand der Kinder- und Kindheitsforschung, zunehmend auch, um das »soziale Kapital« von Kindern zu identifizieren (Marbach 2005).

Die Instrumente, mit denen man die Kontakte und Netzwerke zu erfassen sucht, akzentuieren unterschiedliche Perspektiven. Bei egozentriert aufgebauten Schemata geht es in der Regel um die psychosoziale Nähe zu den Kontaktpersonen. Die Wichtigkeit von Kontakten wird hier durch die Nähe zum Mittelpunkt des Schemas und damit zum Befragten als zentraler Person visualisiert. Die regionale Dimension wird bei dieser Art der Erhebung und Analyse nicht berücksichtigt. Allerdings ist gerade für das Peernetz von Kindern die räumliche Nähe der Freunde eine äußerst wichtige Variable (Marbach 2005).

Ein Schwerpunkt unserer Fragen richtete sich darauf, wo, in welchen Institutionen, an welchen Orten, Kinder sich in ihrem Alltag aufhalten und wie sie diese Orte erreichen, und schließlich, welche Personen sie dort treffen. Wir interessierten uns besonders dafür, ob sie diese Orte selbst erreichen und ob sie ihre Kontakte autonom pflegen können.

Bereits in der Shell Jugendstudie 2006 haben wir ein Instrument erprobt, das sich für eine Befragung von Jugendlichen bewährte, für Kinder aufgrund des höheren Abstraktionsniveaus jedoch weniger geeignet erscheint. Dort haben wir zur Visualisierung der sozialen Kontakte von Jugendlichen ein egozentriertes Schema entwickelt, in das die Jugendlichen zunächst ihre Lebensbereiche je nach Bedeutung eintrugen (Schule, Familie, Sport etc.) und dann die Kontakte, die sie in diesen Bereichen hatten. Je nach Wichtigkeit waren die Kontakte dem Mittelpunkt des Schemas näher oder ferner. Es bestand darüber hinaus noch die Möglichkeit, die Dimension der Sympathie, als nicht identisch mit der Wichtigkeit von Personen, zu berücksichtigen, ebenso wie das Alter der Kontaktpersonen (Picot und Willert 2006).

Für die World Vision Kinderstudie haben wir ein Instrument entworfen, das die räumliche Dimension der Kontakte abbildet. Das kindliche Territorium wird hier in Form eines »Spiels« auf einer 1 m^2 großen Spielunterlage mit verschiedenen Materialien nachgestellt. Die Kinder symbolisieren die Orte, an denen sie sich aufhalten und die sie regelmäßig aufsuchen, mit kleinen Häusern, die sie aus Bauklötzen bauen. Andere Orte wie Fußballplätze, ein Park, ein Hof werden durch Pappscheiben dargestellt. Sie beginnen die Aufstellung mit ihrem Zuhause in der Mitte der Aufstellung und sollen versuchen, die weiteren Orte in einer der Realität in etwa entsprechenden Distanz dazu aufzubauen. Anschließend oder meist im gleichen Zuge stellen sie die Menschen, die sie an diesen Orten treffen bzw. mit denen sie dort zusammen sind, in Form von Spielfiguren auf. Das Setting wird ergänzt durch Tierfiguren (für Haustiere) und Bäume.[31]

Die Kinder sollen sich auf die wichtigen Kontakte in ihrem Leben beschränken, was sie unterschiedlich auslegen. Um die Bedeutung einzelner Kontakte akzentuieren zu können, stellen die Kinder, nachdem alle Figuren platziert sind, ihnen besonders wichtige Personen auf ein kleines Podest. Das Modell berücksichtigt also sowohl die Dimension der räumlichen Nähe als auch die Dimension der psychosozialen Nähe.

So werden in einer Sequenz, meist im ersten Teil des Interviews, regionale Beziehungen und Kontakte auf einen Blick sichtbar gemacht, die sich im qualitativen Interview sonst nur sehr mühsam ermitteln lassen. Für den Interviewer ist dies eine enorme Erleichterung, und auch dem Kind hilft es, seine Antworten im Verlauf des weiteren Interviews zu strukturieren. Das spielerische Element ist hoch willkommen, um die Frage-Antwort-Situation zu durchbrechen. Der Interviewer wird durch das gemeinsame Fokussieren auf das Spiel eher zum Partner als zum »ausfragenden« Gegenüber. Im Interview wurde zuvor der Tagesablauf des Kindes geschildert, sodass das Assoziieren der Orte, an denen man sich im Verlauf des Tages aufhält, den Kindern leichtfällt.

Die Einbettung in ein qualitatives Interview ermöglicht es, Kommentare beim Aufbau mit aufzunehmen und im Transkript festzuhalten, was später die Analyse erleichtert.

Gerade für die jüngsten Befragten wurde »das Spiel« zum zentralen und besonders aussagekräftigen Bestandteil der Befragung. Bei den jüngeren Kindern sind zwar die Möglichkeiten der Verbalisierung und die Konzentrationsfähigkeit noch geringer, aber die symbolische Darstellung von Orten und Personen war für sie sehr gut zu bewerkstelligen.

Wir verstehen die qualitative Befragung mit den hier eingesetzten Methoden als Pilotstudie für weitere World Vision Kinderstudien. Für diese besteht die Absicht, Kinder im Vorschulalter stärker in die Befragungen einzubeziehen. Sowohl die explorative Befragung als auch die Netzwerkanalyse haben dazu verholfen, Grenzen aber auch Möglichkeiten der Befragung von Kindern verschiedener Altersstufen besser einschätzen zu können.

Zur Auswahl der befragten Kinder

Die Kinder- und Jugendforschung geht heute davon aus, dass die Lebensphase Kindheit nicht zuletzt aufgrund der früher einsetzenden Geschlechtsreife kürzer geworden ist. Es hat sich durchgesetzt, ab dem Alter von 12 Jahren von Jugendlichen zu sprechen. Insofern liegt die obere Altersgrenze der in dieser Studie befragten Kinder bei 11 Jahren, und zwar sowohl im quantitativ repräsentativen wie im qualitativen Teil. Was die Altersabgrenzung nach unten betrifft, so haben wir für die Porträts Kinder ab 6 Jahren befragt, also im Wesentlichen Kinder ab dem Grundschulalter, ein Kind besuchte

31 Abbildungen sind in den einzelnen Porträts zu finden.

noch den Kindergarten. Im qualitativen Teil können wir individuell auf die Kinder eingehen und die Fragen individuell anpassen, was bei der Verwendung eines standardisierten Fragebogens nicht möglich ist. Daher kann man hier die Altersgrenze niedriger ansetzen. Dies geschah, wie erwähnt, auch deshalb, um die Möglichkeit einer Einbeziehung von Vorschulkindern in weiteren Kinderstudien auszuloten.

In die Befragung einbezogen wurden also sechs verschiedene Altersjahrgänge. Es sollte je ein Mädchen und ein Junge des jeweiligen Jahrgangs befragt werden. Wir haben dieses Prinzip nur einmal unterbrochen, um einen Jungen zu porträtieren, der eine Förderschule besucht und 10 Jahre alt ist, in seiner Entwicklung aber eher mit einem jüngeren Kind zu vergleichen ist.

Neben Alter und Geschlecht haben wir folgende weiteren Merkmale bei unserem sehr differenzierten Sampling berücksichtigt: Es lag uns zum einen daran, auch Kinder mit einem alleinerziehenden Elternteil porträtieren zu können. Des Weiteren wollten wir einen angemessenen Anteil an Kindern mit Migrationshintergrund repräsentiert sehen. Da es bei unserer Fragestellung auch um die Exploration und Erweiterung des kindlichen Territoriums ging, war es uns außerdem wichtig, Kinder aus ländlichen und aus städtischen Umgebungen zu befragen.

Das bedeutet angesichts der sehr geringen Fallzahl, dass wir eine sehr heterogene Auswahl von Kindern mit unterschiedlichen Hintergründen getroffen haben. Das entspricht durchaus unserem Selbstverständnis als qualitative Forscher. Als solche sehen wir unsere Aufgabe eher darin, die Gewissheiten von Verallgemeinerungen in Frage zu stellen, und sind damit der bunte Konterpart des quantitativen Studienteils.

An dieser Stelle möchten wir uns bei allen Kindern und Eltern für ihre Kooperation bedanken. Ganz besonders gilt unser Dank den Kindern, die uns viele Stunden widmeten und uns freundlich und offen einen Einblick in ihr Leben gaben.

7.1.2 Zentrale Fragen und Eindrücke aus dem empirischen Material

Die »Lebensphase Kindheit« ist eine Zeit, in der besonders wichtige Weichenstellungen für das spätere Leben stattfinden. Die immer kürzere Dauer dieser Lebensphase beschränkt die Möglichkeiten der Förderung auf einen immer kürzeren Zeitraum, der umso stärker in Gefahr ist, überfrachtet zu werden. Kinder stehen früh unter Erwartungs- und Entwicklungsdruck (vgl. Kapitel 1). Durch die speziell frühe Gabelung des deutschen Bildungssystems sind bereits Kinder im Grundschulalter davon betroffen, zunehmend aber auch jüngere. Immer mehr Kinder gehen auf das Gymnasium, der Besuch der Hauptschule wird assoziiert mit beruflicher Chancenlosigkeit. Umso stärker also das Bestreben, bereits immer jüngere Kinder zu qualifizieren und für die Wissensgesellschaft zu rüsten. Im Bemühen, Kinder optimal auf ihr Leben als Erwachsene vorzubereiten und sie vor Gefahren abzuschirmen, tendieren Eltern heute verstärkt dazu, ihnen maximale Förderung zukommen zu lassen und ihren Alltag weitgehend zu kontrollieren.

Auf der anderen Seite haben Pädagogen immer wieder darauf verwiesen, dass Offenheit, Selbstbewusstsein und Kreativität von Kindern dadurch gefördert werden, dass sie eigene Erfahrungen machen können (von Hentig 1978). Hierzu gehören auch das selbständige Erschließen des eigenen regionalen Umfelds und die Möglichkeit, selbständig Kontakte zu anderen Kindern zu pflegen. Wir gehen davon aus, dass zwischen Förderung bzw. Protektion der Kinder einerseits und ihrer Autonomie andererseits ein Spannungsverhältnis existiert. Dieses Spannungsverhältnis findet sich in verschiedenen Facetten im Leben der porträtierten Kinder wieder.

Wir stellen im Folgenden entlang der zentralen Fragen unseres qualitativen Teils die aus dem empirischen Material gewonnenen Eindrücke vor. Eine Generalisierung verbietet sich im Hinblick auf die geringe Fallzahl. Jedoch werden die auf Basis der qualitativen Befragung generierten Hypothesen in die Konzeption der nächsten World Vision Kinderstudie eingehen.

Alltag als Programm

Zentral zur Beschreibung der Lebenswelt von Kindern ist die Frage, wie ihr Alltag strukturiert ist. Wir baten die Kinder zunächst, am Beispiel eines beliebigen Wochentages ihren Tagesablauf zu schildern. Die Frage wurde dann auf andere Wochentage, auf das Wochenende und schließlich auf die Ferientage erweitert. Dieser Fragenkomplex gibt einen Überblick über die Abläufe im Leben des Kindes: in welche Institutionen wie Schule, Hort, Musikschule, Sportverein es eingebunden ist und wie viel Zeit es in diesen Einrichtungen verbringt oder mit anderen festen Nachmittagsaktivitäten und wie viel Zeit mit den Freunden, im Spiel oder vor Fernseher und Computer.

Im qualitativen Interview vermittelt sich, wie bedeutsam die jeweiligen Zeiten sind, wie sehr die Aktivitäten mit Lust oder Unlust besetzt sind und welche Bedeutung sie für das Selbstkonzept des Kindes haben. Hauptinteresse dieser Fragestellung ist in unserem Fall, zu ermitteln, wie viel freie Zeit einem Kind zur Verfügung steht. Damit ist Zeit gemeint, die nicht durch Pflichten und institutionelle Abläufe bestimmt ist. Daran schließt die Frage an, wo und mit wem die freie Zeit verbracht wird.

Zur Förderung ihrer Kinder sind Eltern je nach sozialem Hintergrund in sehr unterschiedlicher Weise in der Lage. Während insbesondere Eltern aus gehobenen Schichten ihren Kindern ein Maximum an Förderung zukommen lassen, sind weniger privilegierte Eltern nicht in der Lage, ihren Kindern ein Umfeld zu bieten, das ihre Potenziale zur Entfaltung bringt.

Die Porträts zeigen typische Beispiele für beides. Dabei ist ein deutlicher Zusammenhang zwischen Autonomie und »Programm« zu erkennen. Da gibt es den Hauptschüler oder die Schülerin, deren Eltern kaum oder gebrochen Deutsch sprechen: ihnen fehlt es erkennbar an Förderung zusätzlich zur Schule. Aber sie sind in einem relativ großen städtischen Gebiet selbständig unterwegs und haben viele Kontakte. Andere Kinder mit Eltern, die der Mittelschicht oder gehobenen Mittelschicht angehören, haben sehr volle Programme, mit sowohl sportlichen wie musischen Schwerpunkten, die sie mal mit Freude, mehr und mehr auch als Pflichtprogramm absolvieren. Daneben bleibt oft nicht allzu viel Zeit und Gelegenheit für selbständige Erfahrungen.

Aber die Porträts bedienen nicht das Klischee überehrgeiziger Eltern mit überforderten Kindern. Den Eltern ist meist durchaus bewusst, dass ein Gleichgewicht zwischen »freier Zeit« und Förderung durch feste Freizeitaktivitäten herrschen sollte. Letztlich ist aber kindliche Autonomie keine prioritäre Zielvorstellung der Eltern. Anders als bei der Schulung von Fähigkeiten liegt der Nutzen von freiem Spiel nicht auf der Hand.

Es gibt durchaus auch Kinder, die offenbar beides vereinbaren können: Nina z. B. ist trotz eines sehr vollen Programms ein recht autonomes Kind. Sie bewegt sich selbständig durch eine urbane Umgebung, sie liest viel und verbringt viel Zeit mit ihrer besten Freundin.

Territorium und Kontakte

Neben den zeitlichen Spielräumen galt unser besonderes Interesse dem kindlichen Territorium und den sozialen Beziehungen, die Kinder in ihrem Umfeld unterhalten. Hierzu haben wir für die Kinderstudie – wie bereits geschildert – ein eigenes Befragungsinstrument entwickelt.

Dabei zeigt sich die Größe des kindlichen Umfelds und ob Kinder die angegebenen Orte selbst oder mit Hilfe ihrer Eltern erreichen, ob sie bereits Strecken allein mit öffentlichen Verkehrsmitteln zurücklegen oder auf welche Weise sie mobil sind. Die selbst erreichbaren Orte gehören zum »Streifgebiet« der Kinder. Erfragt wurde die aktuelle Ausdehnung der kindlichen Welt im Spannungsfeld zwischen Sicherheitsbedenken der Eltern und Neugier und Selbstvertrauen der Kinder. Besonders wichtig erschienen uns selbst erschlossene Erfahrungsräume wie Straße, Innenhöfe, Stadtviertel, Park, Wald etc.

Interessant war hier, dass sich kein Schematismus in der Art abzeichnete, dass Kinder auf dem Dorf oder in sicher erscheinender kleinstädtischer Umgebung quasi automatisch mehr Freiheiten genießen. Eher scheint das Gegenteil der Fall zu sein. Auch sind Stadtkinder keineswegs ängstlicher, was das Erkunden ihrer Umgebung betrifft. Eines der Mädchen gibt selbst einen Grund an: Solange viele Menschen unterwegs seien, fühle sie sich sicher. Allerdings spielen die sozialen Hintergründe der befragten Kinder hier möglicherweise eine Rolle. Unsere Stadtkinder stammten häufiger aus Familien mit niedrigerem sozialen Status und verfügten über mehr Freiheiten.

Idealerweise kann eine ländliche Umgebung maximale kindliche Freiheit erlauben, wie z. B. bei Wiebke deutlich wird. Hier sind großzügige Spielmöglichkeiten gegeben, Freunde selbständig erreichbar und elterliche Taxidienste nicht nötig. Allerdings ist dies möglicherweise ein Paradies auf Zeit, denn was für ein Kind ideal erscheint, kann für Heranwachsende beengend sein.

Was die Kontakte der Kinder betrifft, so ging es in der Befragung und speziell in der »Aufstellung« um Zahl, Art und Vernetzung der Kontakte und in welchem Kontext sie bestehen.

Bei Freundschaften der Kinder interessierte uns die Intensität der Kontakte. Besonders wichtig war uns, ob die Freundschaften über den Rahmen von »institutionell« vorgegebenen Zusammenhängen (Schule, Hort, feste Freizeitaktivitäten) hinausgehen und die Kinder auch außerhalb eines wie auch immer gearteten Programms zusammenkommen.

Hier kristallisierten sich zwei Typen heraus: Am häufigsten hatten die Kinder viele Kontakte im Bereich von Schule, Hort und festen Freizeitaktivitäten, dafür wenige, oft intensive Freundschaften mit Freunden, die man »privat« trifft. Dies erwies sich als so etwas wie das Standardmodell bei der Analyse der Netzwerke.

Dabei kam es auch vor, dass »vorgegebene« Kontakte nicht so sehr aus dem Bereich von Schule und Freizeitprogramm kamen, sondern aus der Familie, wie bei Fatma, einem Kind arabischer Eltern. Auch die Familie ist eine Institution, und die Kontakte hier sind nicht frei gewählt.

In der anderen, seltener anzutreffenden Konstellation ist die Relation zwischen institutionellen und freien, nicht an vorgegebene Strukturen gebundenen Kontakten verschoben zugunsten der letzteren. Das ist der Fall bei Kindern, die wenig feste Aktivitäten außerhalb der Schule haben und viele Freunde in der Nachbarschaft, Siedlung oder im Dorf, mit denen sie sich nachmittags treffen und etwas unternehmen. Ein typisches Beispiel sind Kinder, die wenig Förderung erhalten, aber viel Freiheit genießen. Die Hintergründe können dabei ganz unterschiedlich sein. Es kann sich ebenso um eine bewusste Entscheidung der Eltern handeln wie um mangelnde Möglichkeiten, Kindern etwas zu bieten.

Für beides zeigen die Porträts Beispiele. Beide Modelle haben einen kritischen Aspekt, im einen Fall gibt es die Tendenz zur Vereinsamung, im anderen zum »Verwildern«.

Familie und Schule

Als die beiden wesentlichen Erziehungsinstanzen der Kinder spielten Familie und Schule eine wichtige Rolle im Interview.

Gefragt wurde zum einen nach dem familialen Hintergrund, dem Kontakt zu Eltern, Geschwistern und Großeltern. Ein wichtiger Fokus war, was Kinder »dürfen« und was sie tun müssen. Welche Spielräume haben sie? Empfinden sie sich als beschränkt in ihren Freiheiten oder nicht? Welche Regeln und Pflichten haben sie, wie wird die Einhaltung kontrolliert, welche Sanktionen werden gegebenenfalls »verhängt«?

Unserer Einschätzung nach überwiegt bei den von uns befragten Kindern bei weitem ein partnerschaftlicher Erziehungsstil. Unterschiedliche Akzente scheinen schichtspezifisch geprägt zu sein. Bei den Kindern aus der Mittelschicht, die in ein großes Aktivitätsprogramm eingespannt sind, wird neben den Hausaufgaben zum Teil das Absolvieren des Nachmittagsprogramms (Instrument üben, Sporttraining, Ballett etc.) zur Pflicht. Kinder mit niedrigerem sozialen Hintergrund haben wenig Programm und gleichzeitig mehr Pflichten im Haushalt zu erledigen. Die Einhaltung wird von den Eltern relativ streng eingefordert.

Beim Thema Schule ging es sowohl um die Schulleistungen wie um die sozialen Beziehungen im Schulalltag. Hier wurde je nach Altersstufe auf die derzeitige Schulsituation des Kindes eingegangen. Von besonderem Interesse war, wie Kinder den Wechsel von der Grundschule auf eine weiterführende Schule verarbeiten und inwieweit dieses Thema bereits jüngere Kinder beschäftigt.

Dabei zeichnete sich in den Interviews deutlich ab, dass schon jüngere Kinder sich der Weichenstellung in der vierten Klasse bewusst sind. Dass Kinder mit 8 Jahren ihren Notendurchschnitt kennen oder selbst ausrechnen, ist wohl keine Besonderheit mehr. Kinder, die bereits den Übertritt auf das Gymnasium hinter sich bzw. gesichert hatten, äußerten sich trotz guter Noten besorgt, ob sie sich dort halten könnten. Kevin, ein Hauptschüler, wünscht sich von einer guten Fee, »schlauer« zu sein, damit er den M-Zweig der Hauptschule schafft. Viele der von uns porträtierten Kinder haben gute Schulnoten, aber wenn es um ihre schulische Zukunft geht, macht sich Anspannung bemerkbar. Im Interview mit Monique, die seit diesem Schuljahr auf das Gymnasium geht, wird deutlich, wie wenig der Wechsel auf die weiterführende Schulform dort pädagogisch »abgefedert« wird.

Medien

Eltern sind bemüht, ihre Kinder vor physischen Gefahren zu schützen, sehen sich aber zunehmend herausgefordert, auch den Gefahren des zu großen und potenziell schädlichen Medieneinflusses zu begegnen. Kindern bieten sich in einer virtuellen Welt Räume (scheinbar) selbst bestimmter Erfahrung, die sie in der Realität eventuell kaum noch vorfinden. Es besteht die realistische Möglichkeit, dass Kinder sich via Computer eine Welt ohne Beschränkungen nach Hause holen.

Als Basisinformation fragten wir nach Medienerfahrung und Medienkonsum der Kinder. Welche Medien nutzen sie – vom Buch bis zum Computer? Es wurde nachgefragt, wozu die jeweiligen Medien hauptsächlich genutzt werden und welche Art von »Erlebnis« sie dem Kind bieten.

Im Mittelpunkt standen Fragen nach der Nutzung von Fernseher und Computer: Wie viel sehen die Kinder fern, was sehen sie? Was fasziniert die Kinder an Computerspielen? Wie wird die virtuelle Welt in Beziehung gesetzt zur Wirklichkeit? Uns interessierte, ob Kinder hier möglicherweise mehr Freiräume vorfinden als in der realen Welt.

Die wenigen empirischen Erfahrungen aus den Interviews belehrten uns rasch, dass wir mit unseren Annahmen einem kulturkritischen Klischee aufgesessen sein könnten. Es sind in unserer kleinen Befragung schlicht die kreativen Kinder, die gern die virtuelle Welt aufsuchen. Im Übrigen sind dies Kinder, die relativ viel Spielräume haben, und nicht diejenigen, deren Erfahrungsspielraum besonders beengt erscheint. Dieser Zusammenhang wäre natürlich in einer größer angelegten Untersuchung zu überprüfen.

Die Faszination der virtuellen Welt liegt nach Auskunft der mit ihr vertrauten Kinder durchaus darin, dass »hier alles möglich ist«. Jedoch konnten die Kinder zwischen virtueller Welt und Realität recht gut unterscheiden (dass man »nicht einfach irgendwo draufdrücken kann« und dann brennt es nicht mehr z.B.). Die Wirkungszusammenhänge sind jedoch mit Sicherheit deutlich komplizierter und bedürfen genauerer Analyse.

Auffallend war, dass schon unseren jüngsten Befragten bewusst war, dass häufiges Fernsehen und Computerspielen nicht sonderlich »sozial erwünscht« ist. Wir hatten den Eindruck, dass die befragten Kinder praktisch durch die Bank ihren Fernsehkonsum schönrechneten, also niedriger angaben. Sehr deutlich wurde sowohl im Interview mit den Kindern als auch im Gespräch mit den Eltern, dass Eltern es als ihre Aufgabe ansehen, den Medienkonsum der Kinder zu begrenzen, aber sich dieser Aufgabe nicht wirklich gewachsen fühlen. Das gilt besonders für die Computernutzung. Pragmatische technische Hilfen wie einen »Watchdog« setzte nur ein Elternpaar ein. Hier sehen sich Eltern auch in der Situation, dass Computerkompetenz der Kinder ja erwünscht ist, andererseits zu viel oder falsche Nutzung als schädlich erscheint.

Große Welt und Welt der Großen

Hier geht es um zwei verwandte Themenkomplexe. Zum einen interessierte uns, was Kinder unterschiedlichen Alters von der Welt außerhalb ihrer direkt erfahrenen Umwelt mitbekommen haben. Es geht dabei sozusagen um die Erweiterung der eigenen territorialen Wahrnehmung bzw. um die Frage, wie groß eigentlich die von Kindern wahrgenommene Welt ist? Was wissen Kinder von anderen Ländern, anderen Nationen? Wie gehen sie mit »Fremdheit« um? Und schließlich:

Lassen sie so etwas wie Empathie erkennen für Menschen in anderen Regionen der Welt, denen es schlecht geht?

Berichte der Kinder über die Welt »da draußen«, die weite Welt, speisen sich meist aus mehreren Quellen: aus Erzählungen der Eltern, aus den Medien oder aus eigenen Erfahrungen bei Urlaubsreisen. Das Wissen aus den unterschiedlichen Quellen steht dabei unverbunden nebeneinander. »Fremdheit« schien für die Kinder durchweg ein Anreiz, Neues kennenzulernen.

Ferne Länder werden sehr oft mit notleidenden Menschen, häufig mit Kindern in Not und Armut assoziiert. Für dieses Thema waren die Kinder sehr empfänglich. Viele haben schon bei kleinen Hilfsaktionen mitgemacht und sind stolz darauf.

Der zweite Themenkomplex zielte darauf, wie viel Kinder von der Welt der Erwachsenen mitbekommen. Dies wurde an den Beispielen »Nachrichten« und »Politik« festgemacht. Wir wollten vor allem wissen, was Kinder in den Altersstufen 6 bis 11 Jahre mit dem Thema »Politik« anfangen können.

Dieses Thema war für die Kinder sehr schwierig, und die jüngsten befragten Kinder konnten praktisch nichts damit anfangen. Den Kindern ab 7 Jahren fiel zu dem Begriff Politik manchmal der Name von Politikern ein, vor allem der Name der Bundeskanzlerin. Ältere Kinder, die wir befragten, hatten schon von politischen Themen gehört oder Meinungen aus Gesprächen der Eltern aufgeschnappt, die sie offenbar interessierten, wenn sie z.B. ihren Gerechtigkeitssinn ansprachen.

Themen, die in dieses Raster gehören, Krieg, Armut, Umwelt, kamen zwar eher zur Sprache, wenn es um das Leben in anderen Ländern ging. Das Thema Umwelt allerdings wurde auch im Zusammenhang mit Deutschland oder dem Leben hier angesprochen, wobei auslösender Gesprächsreiz weniger die Umweltverschmutzung als der Klimawandel war, der als Bedrohungsszenario bei den Kindern präsent war. Um den Klimawandel ging es daher auch häufiger, wenn von der Zukunft die Rede war. Generell war die bedrohliche Konnotation dieser Themen unübersehbar.

Wünsche und Zukunft

Wir interessierten uns für die Wünsche der Kinder im Hinblick darauf, was sie über die konkrete Lebenssituation der Kinder aussagen, aber auch dafür, was Wunschfantasien über kindliche Utopien verraten. Dabei spiegeln die Wünsche die wahrgenommene Realität und was den Kindern veränderungswürdig erscheint: Wie nämlich sollte die Welt beschaffen sein?

Es ist vor allem eine friedliche Welt, eine Welt ohne Krieg, die Kinder sich wünschen, und wie bereits angesprochen ist »Krieg« ein Thema, das Kinder bewegt und beunruhigt. Auch wenn sie direkt davon nicht bedroht erscheinen, fürchten sich manche davor, worauf auch die Ergebnisse des repräsentativen Teils hinweisen.

Wir fragten die Kinder, welche drei Dinge sie sich wünschen würden, wenn ihnen eine gute Fee erschiene. Fast alle Kinder fanden sehr rasch eine Möglichkeit, diesen »Wunschrahmen« zu erweitern, mit drei Wünschen gab sich kaum jemand zufrieden. Als Erstes würden sie sich also beispielsweise wünschen, viele tausend Wünsche zu haben oder unendlich viele. Oder zaubern zu können und damit vom Erscheinen einer Fee ganz unabhängig zu sein. Wahrscheinlich waren Kinder schon immer so schlau, aber uns drängte sich die Assoziation der virtuellen Welt der Computerspiele auf: ein paar Mausklicks weiter, und schon sind völlig neue Möglichkeitsspielräume erschlossen.

Die Wünsche waren teils ganz privater und konkreter Natur, manche Kinder nutzten sie, um ihre persönliche Zukunft abzusichern, andere wollten sie für eine bessere Welt verwenden. Hier vermischten sich die Ebenen, und die Wunschwelt und die Zukunft kamen sich ins Gehege.

Die Übergänge zum Thema Zukunftsvorstellungen waren insbesondere bei jüngeren Kindern fließend oder Zukunft und Wunschwelt gar identisch. So stellt sich Emma eine Zukunft vor, in der ihre Kuscheltiere echt sind und Schmetterlinge Bonbons werden, und natürlich ist dies zugleich eine Wunschvorstellung. Und Jan Marco denkt sich eine Welt, in der die Menschen »unsterbbar« sind.

Ältere Kinder können bereits sehr gut die Vorstellungen zu ihrer persönlichen Zukunft und die allgemeinen Zukunftsvisionen einer späteren Welt trennen und wissen darüber hinaus, Wunsch und Zukunft zu unterscheiden. Während Wiebke, 7 Jahre, einen eher fantastischen persönlichen Berufswunsch wie Raumfahrerin und einen durchaus erdgebundenen (»'ne Frau vom Technischen Hilfswerk«) ganz gleichberechtigt nebeneinanderstellt, erwägen ältere Kinder bereits sehr realistisch das Pro und Contra von Lehrer- und Arztberuf.

Uns interessierten auch die Zukunftsvisionen generell: Wie wird die Welt in 100 Jahren aussehen? Die Zukunft ist zunächst einmal von technischen Neuerungen geprägt. Die Fantasie vom Fliegen steht dabei ganz im Mittelpunkt, denn, folgt man den Kindern, so wird sich ein Großteil des Lebens in der Luft abspielen. Die Kinder erfanden alle möglichen Flugmaschinen, und zur Standardausrüstung einer kindlichen Zukunftsfantasie zählen wohl die fliegenden Autos.

Bei einigen Kindern gesellt sich zu diesem Aspekt der Zukunft auch ein unheilvoller hinzu. Es ist vor allem der bereits angesprochene Klimawandel, der ihnen Sorgen macht. Wetterturbulenzen und Naturkatastrophen stehen dabei im Vordergrund. Es könnte für die Menschen in Zukunft schwieriger und ungemütlicher sein, auf dieser Welt zu leben. Nicht zuletzt Paul (10 Jahre) drückt dies aus, als er einen eigentlich für ihn persönlich gedachten Wunsch lieber für die Zukunft aufhebt, um dann bei Bedarf das Klima wieder unter Kontrolle zu bekommen. Damit überwiegt dann auch bei ihm die Zuversicht.

Die Kinder blicken im Großen und Ganzen in eine Zukunft, in der das Wünschen schon geholfen hat: Menschen dürfen sich über nachwachsende dritte Zähne freuen, lassen sich von Robotern bedienen, haben die Klimaveränderung im Griff, und in Superöfen wachsen Minipizzen blitzschnell zu normaler Größe.

Als kurzes Resümee halten wir fest: Ein zentrales Anliegen unserer Befragung war es, das Spannungsverhältnis zwischen elterlicher Förderung und Autonomie bei den hier porträtierten Kindern auszuloten. Mit Blick auf die Folgen sozialer Unterschiede und die Bedeutung der sozialen Benachteiligung im Leben mancher Kinder muss man konstatieren, dass es eher die Defizite in der Förderung von weniger privilegierten Kindern sind, die sich als Thema in den Vordergrund schieben. Für einen wahrscheinlich großen und wachsenden Anteil von Kindern allerdings dürfte auch das Thema der Balance zwischen Protektion und Autonomie eine wesentliche Rolle spielen.

Bewusst wird es in den nun folgenden Porträts dem Leser überlassen, Schlüsse zu ziehen. Wie könnte es weitergehen im Leben dieses Kindes? Mit Kevin, Hauptschüler, der Künstler werden möchte. Mit Fatma, Kind muslimischer Eltern, die gern Bademeisterin würde. Mit den Kindern, deren Alltag sehr stark programmiert erscheint, und denen, die deutlich mehr Förderung benötigten? Ganz unterschiedliche Entwicklungen sind möglich, es ist vieles offen. Nicht zuletzt deshalb endet fast jedes Porträt mit einem Kinderzitat und nicht mit einem interpretierenden Kommentar.

Wir machen eine Momentaufnahme in einem Entwicklungsprozess. Dabei werden die Kinder als Persönlichkeiten sichtbar, mit ihren individuellen Erfahrungen, Gefühlen, Vorstellungen und Einsichten. Es ist zwar nichts fertig, aber es ist auch alles schon da.

7.2 Die Porträts

Emma 6 Jahre, Vorschule im Kindergarten

»Da sind meine Kuscheltiere echt.«

April 2007

Emmas Familie lebt in Mecklenburg-Vorpommern, in der Nähe einer Hafenstadt an der Ostseeküste. Das Haus, in dem die Familie wohnt, steht in einem Vorort, der ebenfalls direkten Seezugang hat. An Wochenenden ist es hier recht touristisch, Menschen flanieren entlang des Kanals, der auf das offene Meer hinausführt. Am Sandstrand entlang gelangt man zu dem Viertel, in dem Emmas Familie wohnt. Es ist ruhig hier, Einfamilienhäuser bestimmen das Bild. Eines davon gehört den Großeltern von Emma. Hier bewohnen Emma, ihr Bruder Paul und ihre beiden Eltern einen abgetrennten Teil des Hauses: Obergeschoss und Spitzboden, die nach Plänen des Vaters, er ist Architekt, ausgebaut wurden. Die Wohnung ist hell und großzügig gestaltet. Emma hat ein eigenes Zimmer, das Interview findet allerdings in der offenen Wohnküche statt. Hier ist genug Platz, und Emma kann immer mal wieder zu ihrer Mutter rüberschauen.

Diese arbeitet als Psychologin mit Kindern und Jugendlichen; sie ist 31 Jahre alt. Der Vater, 35 Jahre, ist in einem Architekturbüro angestellt. Beide Eltern arbeiten ganztags, sodass die Großeltern häufig bei der Betreuung der Kinder helfen. Emmas Bruder geht schon zur Schule. Er ist neun Jahre alt und schon öfter selbständig unterwegs, so z. B. heute beim Segelverein. Emma selbst geht in den Kindergarten, wo sie schon die Vorschule besucht. Im Sommer soll sie eingeschult werden.

Zu Beginn des Interviews ist Emma zunächst noch scheu und sucht immer wieder den Kontakt zur Mutter, die in der Nähe geblieben ist. Im Verlauf des Gesprächs taut sie auf und würde am liebsten im Anschluss dem Interviewer noch ihr ganzes Spielzeug vorführen. Ihr kleiner Sprachfehler (sie kann das T nicht immer korrekt aussprechen und ist deswegen in logopädischer Behandlung) hindert sie nicht daran, im Verlauf des Gesprächs richtigen Wortwitz zu entwickeln: »In Irland, da irrt man sich, und in Griechenland muss man kriechen.«

Mit gerade mal sechs Jahren ist sie das jüngste Kind in unserer Befragung. Viele Themen sind für sie noch völlig fremd. Als einziges Kindergartenkind dominieren Spiel und Fantasie noch weit deutlicher ihre Gedanken und Vorstellungen. Auch ihre Ausdauer ist ihrem Alter entsprechend geringer. Daher wurde das Interview zum Teil sehr spielerisch geführt. Außerdem war es an der einen oder anderen Stelle nötig, die Mutter um Hilfe zu fragen. Wenn Emma nicht weiterwusste, erledigte sie das meistens selbst. Das Interview zeigt deutlich Möglichkeiten und Grenzen der Befragung von Kindern dieses Alters.

Emmas Tag: Was sie beschreibt

Zu Beginn des Interviews soll Emma von ihrem Tagesablauf berichten. Es zeigt sich, dass sie recht stringent dieser Vorgabe folgt und sich nicht an Einzelheiten festhält. Der typische Tagesablauf lässt sich daher am besten mit ihren eigenen Worten darstellen:

»Papa weckt mich ganz früh auf, dann muss ich mich anziehen, dann frühstücken wir, dann bringen Mama und Papa mich zum Kindergarten, und am Donnerstag muss ich zum Sport. (...) Am Freitag ist Spielzeugtag. Da darf man immer Spielzeug mitbringen ... und am Freitag und am Dienstag bin ich immer Mittagskind ...
Was passiert dann?
Dann werde ich um Eins abgeholt von Oma. (...) Dann darf ich vielleicht immer Fernsehen gucken, und davor gehe ich noch ein bisschen raus.
Was machst du denn draußen, wenn du draußen bist?
Dann schaukele ich, aber manchmal streiten ich und Paul uns (...) um die eine Schaukel, weil die andere Schaukel mag ich nicht so.
Wie geht es dann weiter an so einem Tag, wenn du dann bei Oma bist?
Und dann bisschen später holt Oma Paul ab und dann ist da Opa da. (...) Dann frag ich Opa, ob ich Fernsehen gucken darf, und dann gucken wir beide gemeinsam Fernsehen.
(...) Wie geht es weiter?
Dann kommt so langsam Oma wieder und trinken wir Kaffee und dann kommt Mama.
Und wenn Mama kommt, gibt's dann schon Abendbrot, oder was macht ihr dann noch?
Wenn Papa kommt, aber manchmal kommt er auch ganz spät und dann gucken wir schon Spongebob. Oder wie Oma immer sagt: Schpanschbob. Oma sagt immer Schpanschbob.
(...) Sag mal, wie das dann vom Abendessen an weitergeht.
Dann müssen wir Zähne putzen und Schlafanzüge anziehen und dann ab ins Bett.«

Am Wochenende ist der Tagesablauf etwas anders. Hier stehen meist Aktivitäten mit den Eltern auf dem Programm. Sei es ein gemeinsamer Strandtag oder ein Bummel über den Markt, der Schwimmbadbesuch gehört ebenso dazu wie auch mal ein Ausflug zu einem besonders spannenden Ort: »Manchmal fahr ich auch mit Oma und Paul und vielleicht sogar Opa ins Kinderland. (...) Da gibt's Rutschen, Trampolin und ein Krokodil, Krabbelburg.«

Aktivitäten im Kindergarten

Im Kindergarten spielt Emma in erster Linie mit den anderen Kindern:

»*Was machst du denn mit denen da?*
Ich bau am meisten mit Anna und Emma 'ne Höhle.
Oh, echt?
Weil wir haben ein Zelt und dann bauen wir immer 'ne Höhle.
Und wer seid ihr dann?
Wir spielen nur, dass wir zelten gehen.

(…) Und was spielst du noch?
Ich male mit Anna und Emma.«

Außerdem spielt Emma gerne mit Puppen. Zu Hause hat sie gleich mehrere. Am liebsten hat sie die kleinen Puppen oder Tierfiguren aus Plastik von Polly Pocket, die sie unterschiedlich anziehen kann, oder ihre Diddl-Maus.

Im Kindergarten angesiedelt ist auch die Vorschule. Dazu sagt Emma nur: »Wir gehen da immer hoch und lernen.« Als sie von Inhalten berichten soll, schwenkt sie auf ein anderes Thema. Auf jeden Fall findet hier auch eine gesonderte Englischförderung statt, an der Emma teilnimmt. Hier sollen den Kindern erste Worte beigebracht und das Gefühl für die englische Sprache vermittelt werden. Ob Emma das gefällt? Als sie darauf angesprochen wird, dass sie ja auch Englisch mache, sagt sie nur: »Bäh.« Doch auf die Schule oder jedenfalls auf einen für Emma wohl entscheidenden Punkt freut sie sich schon jetzt:

»*Freust du dich schon auf die Schule?*
Ja, aber nicht auf die Hausaufgaben.
Worauf freust du dich denn dann?
Auf den Schulranzen. (…) Einen Diddl-Schulranzen.«

Genauso nimmt die Schultüte einen hohen Stellenwert bei Emma ein, was aufgrund der anlaufenden Vorbereitung auf ihre baldige Einschulung mit Terminen zum Kennenlernen und ersten Schulbesuchen nicht verwundert.

Feste Termine und freie Zeit

Neben der Kita besucht Emma noch einen Malkurs. An einem weiteren Nachmittag geht sie außerdem tanzen (»manchmal auch ohne Musik«). Früher hat Emma auch noch im Verein Schwimmen gelernt. Jetzt, wo sie es schon kann, geht sie lieber ab und zu mit ihren Eltern ins Schwimmbad und tanzt stattdessen. Ihre Leidenschaft ist allerdings das Malen. Die Kunstschule besucht sie sehr gerne und malt auch zu Hause sehr viel und ausdauernd. Ansonsten füllt Emma ihre Zeit mit frei gewählten und wechselnden Aktivitäten. Sie spielt viel mit ihren Puppen, die über fehlende Ausrüstung (von der Pferdekutsche bis zum Nachthemd) nicht klagen können. Häufiger hat sie ihre Cousine zu Besuch, mit der sie dann gemeinsam spielt. Wenn sie draußen spielt, dann vor allem mit ihrem Bruder auf dem Spielplatz. Zum Strand darf Emma noch nicht alleine.

In Emmas Alter ist man praktisch immer unter Aufsicht von Erwachsenen. Aber auch bei Emma kann man schon zwischen den fest geplanten Aktivitäten inklusive der Zeit im Kindergarten und der selbstgestalteten, freien Zeit unterscheiden. Letztere hat im Gegensatz zu den hier vorgestellten Schulkindern sogar einen recht hohen Anteil, vor allem wenn man berücksichtigt, dass ja im Kindergarten auch viel Zeit dem freien Spiel gilt. Zudem scheint sie nicht mit Sportkursen oder anderen Nachmittagsaktivitäten überfrachtet zu sein.

Traditionelle und moderne Massenmedien

Die Medienwelt von Emma lässt sich in drei Bereiche einteilen. Zum einen ist da das Fernsehen. Dieses scheint sie vor allem bei ihren Großeltern zu nutzen. Aus ihren Schilderungen erschließt sich, dass es jedenfalls an einigen Tagen ein fester Bestandteil des nachmittäglichen Programms ist:

»*Was machst du noch so am Tag, wenn du Zeit hast?*
(Überlegt) Fernsehen gucken bei Oma Dienstag und Freitag.
Aha, was guckst du denn?

Gummibärenbande … (überlegt) was guck ich denn noch? (…) Spongebob.
Spongebob. Was ist das für einer?
Ein Schwamm, der unter Wasser lebt. (…) Und der hat 'nen Haustier und der heißt Garry und das ist 'ne Schnecke und die miaut.«

»Spongebob« – diese Sendung wird uns nicht nur von Emma genannt, wenn die Frage nach beliebten Sendungen auftaucht. Emma liegt also bereits in ihrem Alter voll im Trend der Schulkinder. Neben diesen kurzen Seriensendungen darf Emma auch mal einen längeren Film anschauen. Dabei handelt es sich meist um Märchenfilme. So richtig an die Inhalte erinnern kann Emma sich allerdings nicht:

»Dann frag ich Opa, ob ich Fernsehen gucken darf und dann gucken wir beide gemeinsam Fernsehen. Wie heute Abend. Ehm … und gestern Abend auch.
Was habt ihr da geguckt?
Was haben wir geguckt? Das eine war ein Dorfmädchen und das andere war eine Prinzessin …«

Emma kann noch nicht alleine entscheiden, was sie schauen möchte, und meist ist ein Erwachsener mit dabei oder in der Nähe. Dauer und Inhalt sind also auch klar reguliert.

Eine Spielkonsole besitzt die Familie ebenfalls. Hier ist die Mutter die Ansprechpartnerin, wenn Emma daran spielen möchte. Das tut sie eigentlich immer gemeinsam mit der Mutter, die selbst ganz gerne solche Videospiele spielt. Dabei schaut sie hauptsächlich zu, wenn ihre Mutter oder ihr Bruder Sportsimulationen oder Abenteuerspiele spielen. Am Gameboy darf sie ab und zu »Super-Mario« spielen. Also ist auch hier das Spielverhalten von Emma unter der Kontrolle von Erwachsenen. Frei verfügen kann sie über die Spielkonsole nicht.

Ähnliches gilt für das älteste Massenmedium Buch. Da Emma noch nicht lesen kann, ist sie auch hier abhängig von ihren Eltern. Dem Vorlesen ist ein fester Abschnitt des Tages gewidmet: die Zeit vor dem Schlafengehen. Bücher sind aber offensichtlich das dominanteste Medium im Leben von Emma, und sie hat schon sehr viele Bücher.

»Ich guck mir auch gerne Bücher an.
Hast du ein Lieblingsbuch?
Ich hab eigentlich ganz viele Lieblingsbücher.
Was sind denn das für Bücher?
Ehm, welche hab ich denn überhaupt? Ich hab so viele, ich weiß gar nicht mehr welche ich überhaupt habe. Ich bin schon ganz wirre.«

Ähnlich wie beim Fernsehen bleibt ihre Beschreibung der Geschichten etwas vage: »Ihre Mama ist 'ne echte Meerjungfrau, ihr Haustier ist ein Pfau und … und ihre Füße sind lila.«

Insgesamt ist das, was Emma über Medien aufnehmen kann, durch ihre Eltern oder Großeltern geprägt. Das ist in diesem Alter sicher nichts Ungewöhnliches.

Orte und Menschen im Überblick

Wir haben die Kinder gebeten, die Orte, die sie regelmäßig aufsuchen und an denen sie andere Menschen treffen, auf einer etwa 1 m² großen Unterlage aufzustellen. Dazu sollten sie Bauklötze verwenden und die jeweiligen Orte damit andeuten. Wenn möglich, sollten auch die räumlichen Bezüge der Orte untereinander deutlich werden. An den jeweiligen Ort sollten die Kinder dann Figuren aufstellen, die die Personen repräsentieren, mit denen sie dort Kontakt haben. So entstand ein soziales Netzwerk, das räumlich dargestellt wurde. Zum Ab-

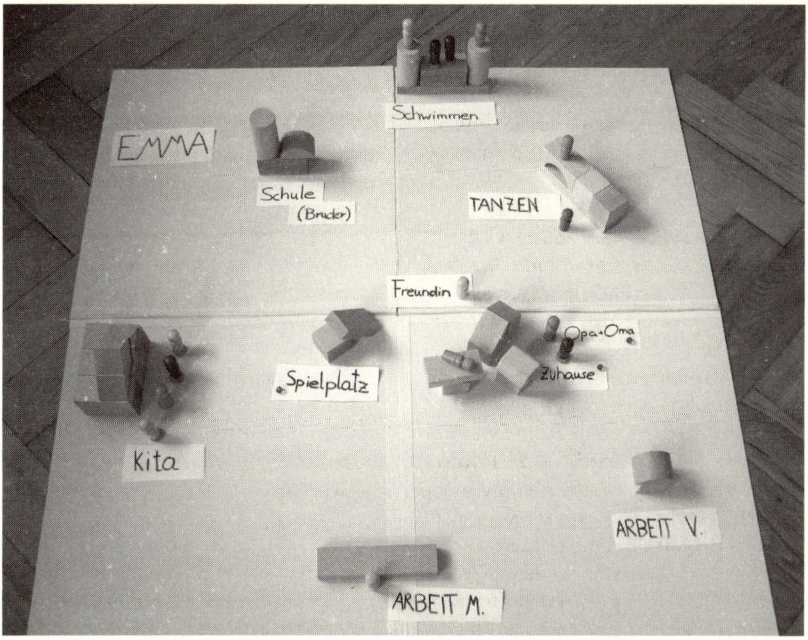

schluss sollten die Kinder die Figuren jener Personen auf kleine Podeste stellen, die ihnen besonders wichtig sind.

Für Emma ist die Aufstellung eine willkommene Abwechslung zum Frage–Antwort-Stil des restlichen Interviews. Eifrig sucht sie die passenden Bauklötze zusammen und stellt erwartungsgemäß all die Orte auf, die in ihren Beschreibungen zum Alltag vorkommen. Es tauchen aber auch Aspekte auf, die sie im Vorfeld noch nicht angesprochen hat. Wesentlich deutlicher als in ihrer Beschreibung des Tagesablaufs stellen sich so auch ihre sozialen Bezüge dar: Wen kennt sie? Mit wem hat sie zu tun?

Während der Aufstellung kommen ganz deutlich Emmas kindliche Züge zum Tragen. Sie nutzt die Figuren und Bauklötze, um ihren Alltag konkret nachzuspielen. Sie unterbricht den Aufbau, um z.B. vorzuspielen: »Ich geh mit Papa zum Bäcker Brötchen für Mittag holen.« Erst nachdem die »Brötchen« gemeinsam verzehrt sind, kann es weitergehen.

Als Zentrum stellt Emma das Haus auf, in dem sie lebt. Neben ihrer Kernfamilie gibt es hier die Großeltern und, sehr zum Ärger von Emma, auch Tilla, deren Hund. Wieder eine gute Gelegenheit, um aus dem Interview ein Spiel zu machen.

»Das hier ist der Hund.
Wie heißt der Hund denn?
Tilla.
Tilla. Oh ja. Wohnt der hier im Haus oder ist der immer in der Hundehütte?
Abends nimmt Oma ihn immer mit rein.
Aha. Spielst du manchmal mit dem?
Ahh (springt theatralisch auf und versteckt sich unter dem Stuhl).
(Lacht) Hast du ein bisschen Angst vor dem?
Ich hasse alle Hunde, die es gibt.
Oh, alle Hunde, die es gibt?
Darf ich wieder hochkommen. Ist er weg?«

Der Kindergarten ist der zweite Ort, den Emma aufstellt. Hier hat sie die meisten Kontakte zu Gleichaltrigen (insgesamt vier), und auch ihre besten Freundinnen trifft Emma hier. Es ist auch der einzige Ort, an dem sie sich längere Zeit ohne Aufsicht ihrer Eltern oder Großeltern bewegt. Wenn man so will, ist es der Raum, der am meisten ihr gehört. Nach ihrer »Arbeitsstelle« folgen die ihrer Eltern und die Schule ihres Bruders. Letztere vor allem deshalb, weil Emma selbst sich schon sehr auf die Einschulung freut.

Die Arbeitsstellen ihrer Eltern nimmt Emma am ehesten als »Stationen« z. B. auf dem Weg zur Kita wahr. Danach baut sie den Spielplatz auf, der sich in der Nähe ihres Zuhauses befindet. Er spielt insofern eine besondere Rolle, als es der einzige Ort ist, den sie selbständig ohne Hilfe von Erwachsenen (allerdings in Begleitung ihres Bruders) aufsuchen kann bzw. darf. Alle anderen Orte erreicht Emma meist auf dem Rücksitz eines Autos. Dazu zählen auch die in der Folge aufgestellten Orte »Tanzen« und »Schwimmen«. Während Emma nur mit ihrer Familie schwimmen geht, hat sie beim Tanzen noch Kontakt zu einem Mädchen, das sie aber nur dort trifft. Dann gibt es noch das Haus einer Freundin: »Greta wohnt in eins von den Häusern genau um die Ecke und … dann kommen Häuser und in eins wohnt Anne. (…) Da bringt mich Mama hin.«

Als Emma kleine Podeste verteilen soll, um die Personen hervorzuheben, die ihr besonders wichtig sind, ist ihre Wahl schnell getroffen. Im Mittelpunkt ihres Lebens steht die Familie, was sich dann auch in der Verteilung niederschlägt. Alle bislang angesprochenen Familienmitglieder, also ihre Eltern, ihr Bruder und die Großeltern bekommen ein Podest. Doch auch ihre Freundinnen im Kindergarten werden schließlich als wichtig eingestuft, sodass hier kaum eine Differenzierung zu erkennen ist. Beste Freundin scheint aber Anne zu sein. Von dieser wünscht sich Emma, »dass [sie] meine Schwester ist«, weil sie so gern mit ihr spielt.

Die Orte und Kontakte in ihrem Leben in unserem Spiel darzustellen gelingt Emma gut, und es macht ihr mehr Spaß, als so viele lästige Fragen zu beantworten.

Emmas Welt: Die »Erweiterungen«

Emmas Wissen über andere Länder oder Orte außerhalb ihrer Alltagswelt speist sich allein aus eigenen Erfahrungen. Aus den Medien hat sie dazu keine Informationen. Allein das Wort »Nachrichten« sagt ihr nichts. Von Politik, den Menschen und Themen, die man damit im Allgemeinen verbindet, ganz zu schweigen. Alles nicht verwunderlich bei einem Kind dieses Alters. Nun, kann sie dann vielleicht aus eigener Erfahrung sprechen?

»*Was ist denn in den Ferien, bist du da schon mal weggefahren?*
Ja.
Ja? Wo warst du da?
Bei Pfingsten fahren wir nach … fahren oder fliegen, mit der Fähre oder fliegen oder fahren wir nach Irland.
Und wo warst du schon mal? Warst du schon mal in Irland?
(Schüttelt den Kopf) Ich war aber schon mal in der Türkei. Da ist es ganz warm. (Überlegt) Wir waren noch mal in Weimar.
(…) Wenn du da mal weg warst, da sprechen die ja auch 'ne andere Sprache, oder? Hast du das gemerkt?
In Weimar ein bisschen. (…) Finnland auch.«

Zu den Ländern erzählt Emma sonst einzelne Details aus ihrer Erinnerung (»Wir haben da [in der Türkei] geplanscht im Swimmingpool.«). Dass hier andere Lebensverhältnisse herrschen, hat Emma

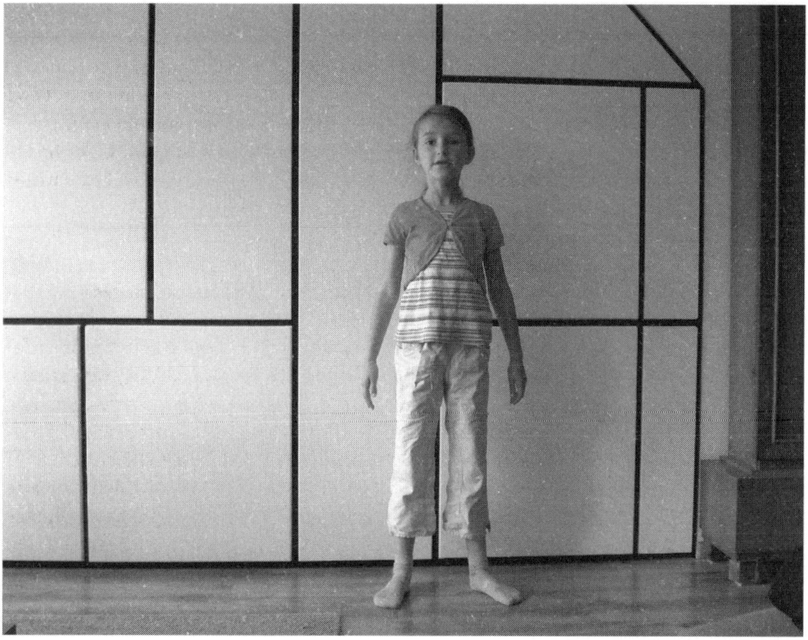

noch nicht wahrgenommen. Dazu ist sie noch zu stark ihrer eigenen Welt verhaftet. Fragen, die sich außerhalb dieses Rahmens bewegen, kann sie letztlich nicht beantworten, was sich während des Interviews auch immer wieder durch Schweigen oder Schulterzucken äußert.

Emmas Schlaraffenland

Gegen Ende des Interviews soll Emma von ihren Wünschen und ihrer Vorstellung von der Zukunft sprechen. Auch ihre Vorstellung einer Wunschwelt, in der sie selbst die Bestimmerin ist, möchten wir kennenlernen. Obwohl dies eigentlich getrennte Bereiche darstellen soll, zieht sich etwas wie ein roter Faden durch ihre Antworten, das stark an das Schlaraffenland erinnert, auch wenn sie selbst mit dem Begriff nichts anfangen kann: »Keine Lust [auf das Schlaraffenland]. Da muss man immer schlafen im Schlafenland.«

Dennoch, ihre Wünsche zielen offenbar auf so etwas ab, sieht man einmal davon ab, dass Emma sich eine ihrer Freundinnen als Schwester wünscht (siehe oben). Zunächst bekommt die vom Interviewer herbeizitierte Fee den Auftrag, die für die Einschulung vorgesehene Zuckertüte bereits jetzt zu beschaffen. Der Inhalt ist vielfältig: »Ein neues Kuscheltier, Elina als Meerjungfrau, alle Filme von Elina, ein Einhorn aus Schokolode, Barbie, noch eine PollyPocket und oben drauf ist noch ein Blumenstrauß.« Spielzeug in Hülle und Fülle. Wenn sie dann abends, erschöpft vom ganzen Spielen, schlafen geht, möchte sie sich in ein »Prinzessinnenbett« legen: »[Das ist] richtig mit Gardinen. (…) In Rosa und vor mir ist noch 'ne Wand und da ist ein Schild und da steht: immer schön einschlafen.« Eine Prinzessin will sie aber deswegen noch lange nicht sein. Das lieber nicht. So wünscht sich Emma schon einmal eine Kinderwelt herbei, in der Überfluss herrscht.

Ihre Zukunftsvorstellungen beginnen hingegen zunächst recht bodenständig, zumindest solange es um konkrete Fragen geht. Emma ist sich sicher, dass sie später »auf Arbeit gehen« wird. Am liebsten als Ballerina. Ansonsten ist es für Emma schwierig, sich einen Werdegang ohne ihre Eltern vorzustellen: »Ich möchte nie aus diesem Haus ausziehen. Nie.« Mama soll auf jeden Fall bei ihr wohnen bleiben. Auch eine Fantasiereise in die Zukunft will sie nur mit der kompletten Familie plus ihrer besten Freundin unternehmen. Hier knüpft sie dann an ihre Wünsche an, die sie der Fee aufgetragen hat. Sie wird dann ganz viel Geld haben, und zudem kostet es nichts, wenn man sich im Spielzeugladen etwas nehmen möchte. Emma deckt sich also auch hier virtuell mit Spielzeug ein. Es kommt aber noch besser:

> »*Wie ist das da? Was gibt's in der Zukunft, was es jetzt noch nicht gibt?*
> Da gibt's Blumen, die aus Lollis bestehen, und da muss man nur die Blütenblätter abmachen und schon ist es ein Lolli. Und die Schmetterlinge sind Bonbons. (…) Und da gibt's Marienkäfer, die nie pinkeln. Weil ich habe im Kindergarten einen angefasst und der hat mich voll angepinkelt.
> *Und was ist da noch alles anders in 100 Jahren?*
> Da sind meine Kuscheltiere echt.«

Louis 6 Jahre, 1. Klasse Grundschule

»Ich möchte Pilot werden.«

April 2007

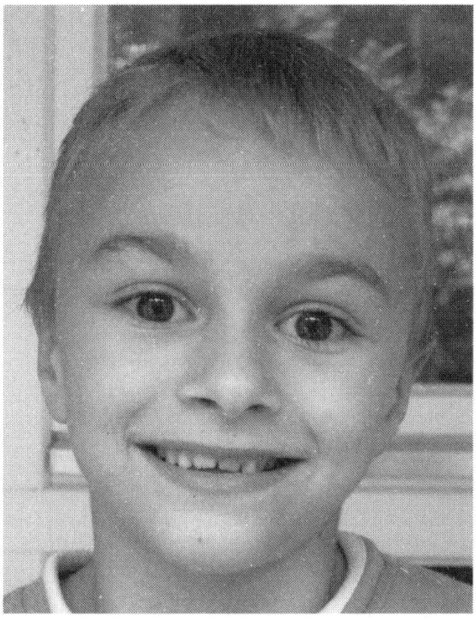

Louis lebt in einer Gemeinde in Brandenburg mit etwas weniger als 20 000 Einwohnern. Das Zentrum des Ortes zieht sich an der Hauptstraße entlang. Etwas vom eigentlichen Ortskern entfernt liegt das Neubaugebiet, in dem Louis mit seiner Mutter und seinem Bruder wohnt. Es ist eine ruhige Wohngegend. Die Mietshäuser sind nur wenige Stockwerke hoch, Straßen und Umgebung sind begrünt. Die Wohnung liegt im Erdgeschoss. Die kleine Familie teilt sich drei Zimmer, Küche und Bad. Statt Balkon gibt es hier eine Terrasse, die ins Grüne hinausführt.

Vor etwa zwei Monaten ist die Familie innerhalb derselben Nachbarschaft in eine neue Wohnung gezogen. Einen Tag vor dem Interview sind noch Kisten nachgekommen, die noch ausgepackt werden müssen, für die beiden Brüder eine kurzweilige Einrichtungsvariante. Je nach Bedarf entstehen Verstecke, Burgen oder Felswände. Jedenfalls führt der kleine Bruder von Louis, er ist gerade fünf Jahre alt, Besucher begeistert durch die Wohnung.

Louis' Eltern haben sich getrennt, als dieser vier Jahre alt war. Seinen Vater (55 Jahre) sieht Louis vor allem an den Wochenenden oder während der Sommerferien. Er ist von Beruf Fotograf und wohnt in einer Großstadt in Nordrhein-Westfalen:

> »Also, der kommt schon manchmal, aber nicht so oft. (...) Dann unternimmt er immer mit uns was Schönes. Manchmal fahren wir mit dem Wohnmobil weg, oder (...) wir gehen mal spazieren so (...), oder wenn Sommer wird, wollten wir ein Baumhaus bauen.«

Im Alltag hingegen ist die Mutter (31 Jahre) die zentrale Bezugsperson. Sie kümmert sich um die Kinder und geht halbtags ihrer Beschäftigung als Kinderkrankenschwester in einem Krankenhaus nach. Um Schichtdienst und Familie unter einen Hut zu bekommen, engagiert die Mutter eine Haushaltshilfe. »Die passt nur auf, dass wir was zu Essen kriegen oder so«, ist also keine richtige Spielgefährtin oder gar Ersatzmama.

Mutter und Kinder wirken unkompliziert, freundlich und offen. Die beiden

Jungen fordern einen ohne Umschweife zum Spielen auf. Entsprechend entspannt verläuft das Gespräch mit Louis, der sehr eifrig und bemüht auf die Fragen eingeht. Louis wird bald sieben und geht schon seit dem Herbst zur Schule. Das Interview strengt ihn zwar an, aber es gelingt ihm, auch schon etwas längere Ausführungen zu einem Thema zu machen.

Tagesablauf: Detail für Detail

Auf die Aufforderung hin, seinen Tagesablauf zu schildern, beginnt Louis: »Also erstmal reck ich mich und streck ich mich so und dann mach ich die Decke weg und dann stelle ich mich so hin und dann gehe ich aus dem Bett.« Ähnlich detailliert und am Konkreten orientiert zeigt sich der weitere Verlauf: »Dann zieh ich mich erst mal an, und dann kann ich noch ein bisschen spielen und dann kommt Guideon, der geht ja mit mir immer zur Schule, dann holt der uns ab und dann gehe ich mit ihm zur Schule.« Dort verbringt Louis einen großen Teil seines Tages, denn nach der Schule geht er in den Hort. Nach dem Unterricht also …

> »… geh ich erstmal Stühle hochstellen … und dann ziehe ich Schuhe an. Und den Schulranzen muss ich ja noch aufsetzen. Und die Jacke in die Hand, und dann stellen wir uns eigentlich an der Tür an und dann kommt unsere Horterzieherin. (…) Ja, dann gehen wir hoch, dann nehmen wir unsere Essensmarken, damit wir essen können, aber Schulranzen setzen wir ab, und dann gehen wir raus, spielen.«

Im Hort findet das Mittagessen statt, und anschließend werden Hausaufgaben gemacht. Am Nachmittag dürfen die Kinder spielen, und es gibt einige feste Angebote der Erzieherinnen, z. B. Basteln.

Zwischen 16 und 17 Uhr wird Louis in der Regel von seiner Mutter abgeholt. Dann hat er noch etwas Zeit, zu Hause zu spielen. Fernsehen darf er auch manchmal. Anschließend kommt schon bald das Abendbrot, und danach folgt zum Abschluss des Tages »noch eine Geschichte«.

> »*Von wem kriegt ihr denn die Geschichten?*
> Von Mama oder manchmal les ich sie vor.
> *Aha, du liest sie auch schon manchmal vor?*
> Ja.
> *Schön … Hast du eine Lieblingsgeschichte für abends?*
> Mhm, ja, aus dem Märchenbuch eine Geschichte … Soll ich sie mal sagen?
> *Ja, sag mal.*
> Rumpelstilzchen.«

Und am Wochenende?

> »Ja manchmal fahren wir zu Oma und Opa und schlafen da … Oder … wir … oder wir gehen … spazieren oder füttern Enten … oder das letzte Mal waren wir mit so 'nem Dampfer gefahren … Schlösserrundfahrt … ham wir gemacht …«

Ein Teil des Wochenendes scheint der Familie demnach für gemeinsame Ausflüge vorbehalten. Manchmal fährt Louis schließlich auch mit seinem Bruder nach Westdeutschland zu seinem Vater.

Daneben bleibt auch noch Zeit für Spiele mit der Mutter (z. B. »Halligalli«), dem Bruder (Autos) oder dafür, mit Freunden aus der Nachbarschaft zu spielen.

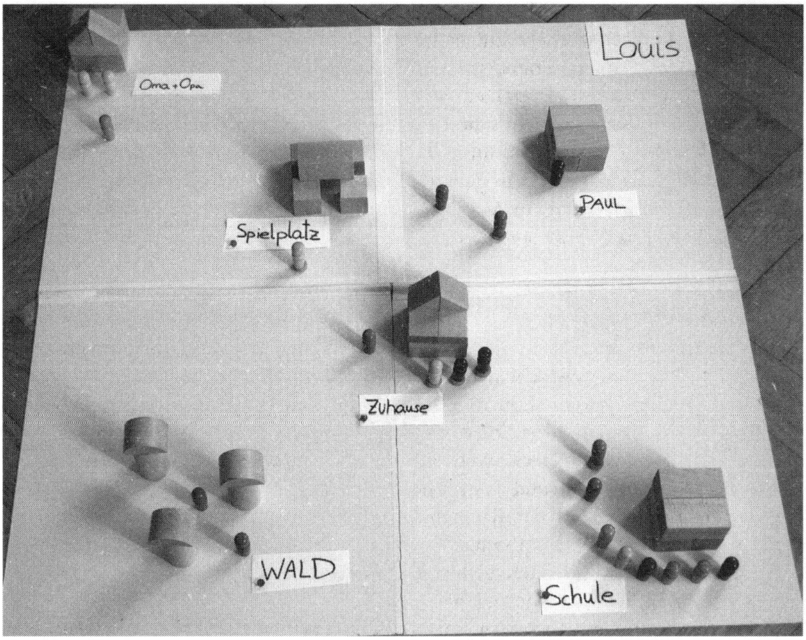

Orte und Menschen: Die kleine Welt von Louis

Wie stellt sich nun die räumliche Struktur von Louis' Alltagswelt dar? Louis wählt bei der Aufstellung seiner Lebenswelt nur die wichtigsten Orte und Menschen aus. Er beginnt mit dem eigenen Zuhause, daneben stellt er die Figuren eines Nachbarn und einiger Freunde, denen er auf der Straße begegnet. Dann stellt er Schule und Hort als ein Haus auf, wo er mehrere Kontakte zu Gleichaltrigen hat. Auch die Lehrerinnen und Erzieherinnen bekommen einen Platz. Es vermischen sich Kontakte aus seiner Klasse und seiner Hortgruppe. Unterricht und Nachmittagsbetreuung scheint Louis also nicht getrennt wahrzunehmen. Im Anschluss baut Louis noch seine Nachbarschaft etwas detaillierter auf. Darauf folgt das Haus seiner Großeltern, die er offenbar regelmäßig besucht. Sein Vater findet in der Aufstellung keinen Platz.

Die räumliche Ausdehnung von Louis' Welt beschränkt sich im Wesentlichen auf einen Bereich, den Louis selbst erschlossen hat. Den Weg zur Schule legt er zu Fuß in fünf Minuten zurück, in seiner Nachbarschaft bewegt er sich ebenfalls selbständig. Seine Großeltern kann er allerdings nicht allein besuchen. Sie wohnen zwar im selben Ort, aber zu weit entfernt.

Während Louis die Orte und Menschen aufstellt, die in seinem Leben eine Rolle spielen, wird deutlich, dass er seinem Alter entsprechend noch wenig abstrahiert. Er stellt die Figuren meist im Rahmen einer konkreten Handlung auf das Brett. »Frau S. kommt gerade zu uns, weil die Mama ja gleich los muss.« Und: »Das ist Guideon, der sagt gerade hallo … also wenn Mama und ich aus der Schule kommen.« Als Symbole für Personen, die unabhängig von Handlungen bestehen, verwendet Louis die Figuren nicht.

In Louis' Aufstellung und seinen Schilderungen zum Tagesablauf zeichnen sich insgesamt drei dominante Lebenswelten ab: die Schule, die Nachbarschaft und die Familie.

Die Schule find ich gut

> »*Was findest du denn die schönste Zeit am Tag, was magst du am liebsten an einem Tag?*
> Mhm ... Am liebsten ... irgendwie find ich ... die Schule gut.«

Die Schule, das ist nicht nur Unterricht, auch wenn der ebenfalls zu Louis' Einschätzung beitragen dürfte. Was mag er noch außer seinem Lieblingsfach »Lesen«? »Deutsch und Mathe haben wir manchmal auch ... (begeistert). Und dann lernen wir manchmal was Neues.« Dass ihm das Lernen so einen Spaß macht, wird sicherlich dadurch beflügelt, dass er dabei anscheinend gut vorankommt: »Ich bin ja auch der Beste in der Schule«, bescheinigt er sich, um dann etwas bescheidener hinzuzufügen: »Und Ada und Caroline [auch].« Dass sich Louis in seiner Schule wohl fühlt, liegt sicherlich auch an seiner Lehrerin, die genauso wie eine weitere Erzieherin einen Platz in Louis' Aufstellung findet. Zudem nennt Louis sechs Jungen, mit denen er in Schule bzw. im Hort viel zu tun hat. In den Pausen und während der Spielzeit geht es mit ihnen meist raus zum Fußballspielen, oder »wenn wir auf die Wiese gehen, dann binden wir so ein Seil da an, also wie hier, und dann hängen wir uns da ran und dann schaukeln wir so los«. Und drinnen? »Im Späthort spiele ich meistens mit Lego. (...) Also manchmal bauen wir uns so 'ne Flugzeuge oder so. Oder Schiffe.«

Was noch zu Louis' Erfahrungswelt in der Schule gehört, sind Kinder, die Hilfe benötigen, »weil ... ähm ... die sind anders, die ... können nicht so richtig sprechen und nicht so schnell rennen, weil die sind nicht so wie wir. (...) Die sind eher behindert.« Als Kontakt hat Louis keines der beiden Kinder aufgestellt. Beide Mädchen gehen jedoch in dieselbe Klasse wie Louis.

Wie bei sehr vielen Kindern stellt für Louis die Schule den wichtigsten Lebensbereich dar. Das wird bei Louis dadurch verstärkt, dass Schule und Hort von ihm nicht wirklich getrennt werden. Zusammen nimmt beides nicht nur zeitlich sehr viel Raum ein, sondern deckt durch das Nebeneinander von Lernen und Spiel viele relevante Aktivitäten sowie die Mehrzahl von Louis' Kontakten ab.

Lebenswelt Nachbarschaft

Da Louis keine regelmäßigen Freizeitaktivitäten aufsucht (»Nee, so was hab ich nicht«), hat die Nachbarschaft in der schulfreien Zeit für ihn zentrale Bedeutung. Das gilt auch für das Wochenende. In der Nachbarschaft hat Louis wichtige Spielkontakte. Dazu zählen Guideon, der drei Häuser weiter wohnt, sein Nachbar aus dem Wohnblock der alten Wohnung. Paul und ab und zu auch Jakob, der in der Wohnung gegenüber wohnt. Hinzu kommen noch ein Junge und ein Mädchen, die er aus der Schule kennt. Mit ihnen unternimmt Louis vor allem Reisen in eine Fantasiewelt: »Wenn, dann spielen wir ... dann manchmal Geheimagenten oder so was ähnliches oder Detektive.« Ansonsten gibt es noch den Spielplatz. »Da ist also so ein großes Haus, aber ohne Dach, und da sind dann so 'ne Rutschen, und da kann man da Sand hoch machen und da in die Rutsche und dann kommt das so da unten raus und dann kann man so einer

Burg bauen und da unten wird dann so 'ne Burg gemacht.«

Neben dem Spielplatz differenziert Louis in seiner Nachbarschaft noch zwischen verschiedenen Bereichen: einem kleinen Wäldchen, in dem er häufiger spielt, dann der unmittelbaren Umgebung, in der er jetzt wohnt und der Umgebung seiner alten Wohnung. Alles ist im Grunde ganz nah beieinander, die alte und die neue Wohnung sind kaum mehr als 100 Meter entfernt. Insgesamt eine kleine und für Louis gut überschaubare Welt.

Es kommt vor, dass Erwachsene sich durch die Kinder gestört fühlen und sie verjagen bzw. reglementieren wollen. Gegen solche Einschränkungen lernen Louis und seine Freunde sich zu wehren.

> »Manchmal kommt ein Erwachsener und schimpft, wie als wir da noch gewohnt haben, da haben wir immer auf der schönen Wiese gespielt, und die Oma schrie: ›Haut ab, dahinten ist der Spielplatz!‹
> *Und seid ihr dann weggelaufen?*
> Nee, dann haben wir es erst mal gesagt, dann sind wir rausgegangen, haben sie rausgelockt, (…) und dann haben wir einfach weitergespielt. Wir haben einfach gesagt, am besten, wenn sie [die Oma] rauskommt, dann lassen wir sie in Ruhe und spielen einfach weiter. (…) Egal ob sie dann wieder rummeckert, und ich spiel dann einfach und war mit Paul da und dann sagen wir einfach, der Hausmeister ist da, von Paul der Papa, und dann sagen wir es ihm.«

Die Familie als »Spielraum«

Die Lebenswelt »Familie« unterteilt sich bei Louis noch einmal in drei Teile. Allen voran steht das alltägliche Leben mit seiner Mutter und seinem Bruder in der eigenen Wohnung, das ergänzt wird durch gemeinsame Aktivitäten am Wochenende. Auf die Wochenenden und Ferien entfallen dann auch die anderen Bereiche von Louis' Familienleben. Einerseits ist hier der Kontakt zu seinem Vater angesiedelt, andererseits der zu seinen Großeltern mütterlicherseits.

Über frei verfügbare Zeit im häuslichen Alltag spricht Louis kaum. Hier berichtet er auch über Fernsehen und Computer. »Ähm, manchmal guck ich KiKa, Nick oder SuperRTL, sind ja drei Kindersendungen.« Die Erklärung, es handele sich ja um Kindersendungen, ist deshalb bemerkenswert, weil ihm offenbar bereits ganz klar ist, dass Fernsehen als nicht sonderlich »sozial erwünscht« oder förderlich gilt.

> »Manchmal spiele ich Computerspiele.
> *Aha, welche denn?*
> Manchmal spiele ich Bob, der Baumeister, weil da ist … so ein Rennen. Und manchmal spiele ich auch das große blaue Haus.
> *Aha, was muss man denn da machen?*
> Da kann man basteln, und dann kann man Jojo oder wie der heißt, den kann man so verkleiden.
> *Aha, und dann sieht der ganz lustig aus.*
> Ja … oder dann macht diese kleine Maus ein Eiskatapult, dann macht die Eis auf und dann katapultiert die das weg, man muss das immer mit der Maus so … also da ist so 'ne Schüssel, man muss das immer mit der Schüssel so fangen, und ich muss das Eis fangen.
> *Aha, die schießt das immer weg und du musst das schnell auffangen?*
> Ja, und das ist so vom Kühlschrank bis an den Tisch, das Katapult, das ist so auf dem Kühlschrank, und die Schale auf dem Tisch!
> *Spielst du oft Computer, jeden Tag?*
> Nee, nicht so oft.
> *Nicht so oft. Hast du noch einen Gameboy oder so was?*
> Ja, hab ich.

Und was spielst du da so drauf?
Madagaskar.
Und was ist das denn für ein Spiel?
Da kann man so rumlaufen mit den Mitspielern und dann kommen so Tiere und dann muss man die so töten, damit man da so rumkommt.
Und spielst du das ganz oft oder nicht so viel?
Nicht so viel ... mein Bruder spielt fast jeden Tag Gameboy.
Mhm, und du?
Nicht, ich spiel meistens Autos.«

Wie später im Verlauf des Interviews noch deutlich wird, ist mit diesem letzten Satz von Louis auch eine Präferenz zu erkennen. Schon mit zwei Jahren interessierte er sich für Autos und konnte sogar einzelne Marken erkennen, erzählt die Mutter. Offenbar unabhängig von sozialer Erwünschtheit sind Computer und Fernsehen wirklich nicht so sehr Louis' Ding. Er würde sich dagegen lieber noch mehr Spielpartner z. B. zum Autospielen wünschen.

Wer ist mir wichtig? Und warum?

Wenn Louis bestimmen soll, welche der Kontakte in der Aufstellung ein Podest erhalten sollen, weil sie besonders wichtig in seinem Leben sind, kann er sich recht gut entscheiden. Die Begründung liefert er dabei unaufgefordert gleich mit:

»Also, Guideon hat ein Podest, und ich hab ihn darunter gemacht, weil er mein bester Freund ist und ich mit ihm immer spiele. (...) Dann hat hier Anabell eins, weil ich auch mit ihr so oft spiele. (...) Frau S. hat auch eins, weil wenn wir alleine sind und Mama arbeiten muss, das finde ich nicht toll und deswegen kommt dann Frau S. und deswegen ist sie für mich wichtig. (...) Mein Bruder [bekommt auch ein Podest], weil wenn ich den nicht hätte, könnte ich ja mit niemandem spielen. (...) Und meine Mama. Und und und mein Opa und meine Oma, weil wenn mal Mama arbeiten muss, dann können ja auch Opa und Oma auf uns aufpassen, auch wenn die nicht wären, dann müssten wir ganz alleine auch zu Hause bleiben. (...) Dann hab ich Frau K. und Frau W., weil wenn die nicht da wären, dann hätten wir ja keine Lehrerin. (...)
Ja das waren alle ... dir selbst hast du noch ein Podest gegeben.
Oh, (lacht) weil weil weil, weil wenn ich nicht da wäre, hätte mein Bruder auch keinen zum Spielen, deswegen habe ich mir auch eins gegeben.«

Spielen und »Sich-Kümmern« sind für Louis also die wesentlichen Merkmale wichtiger Personen. Auch der Schule wird in diesem Rahmen noch einmal ihre Bedeutung zuteil.

Bei der Frage, was denn beste Freunde ausmacht, steht wie meist bei Louis das Spiel im Vordergrund: »Mhm, dass man mit denen immer spielen kann.«

Was würde Louis an seiner Welt gern verändern?

Drei persönliche Wünsche darf Louis sich erfüllen. So hat es ihm eine Fee versprochen. Was möchte er in seinem Leben gerne verändern? Ein Schwerpunkt bildet offensichtlich der Wunsch, mehr Spielkameraden (»... mhm ... sagen wir mal 32 Freunde«) zu haben: »Dann kann ich so viel spielen ... wenn sie Zeit für mich haben.« Dies wiederholt sich in ähnlicher Weise bei dem Wunsch, »dass Momo [Spitzname des Bruders] nicht mehr so viel Fernsehen gucken soll, sondern mehr mit mir spielen soll«.

Auch das Handy, das Louis sich

wünscht, dient letztlich dazu, »manche anzurufen«, also Kontakt herzustellen. Angesichts der Tatsache, dass Louis in Hort und Schule über mehrere Kontakte berichtet, erstaunt dieses Bedürfnis. Doch ist es auch so, dass die Alltagswelt jenseits der Schule nicht so sehr mit Kontakten gespickt ist. Vielleicht sind die Wünsche von Louis aber auch nur Ausdruck des Strebens nach »mehr des Guten«.

Was die Zukunft bringt: Louis als Pilot

»Also ich fand das schon als Kind so toll, wenn wir mit dem Flugzeug geflogen sind, ich glaube, weil man da so richtig das Gefühl hat, als ob man fliegt, das finde ich toll.« Und deswegen sagt Louis: »Ich möchte Pilot werden«. Er glaubt auch, dass er das schaffen kann. Über sein sonstiges Leben kann Louis weniger sagen. Nur, dass er wohl alleine wohnen und keine Kinder bekommen wird, »weil ich kann mich irgendwie gar nicht darum kümmern, weil ich so oft arbeiten muss [als Pilot].« Über seinen Alltag in der Zukunft weiß Louis wenig zu berichten: »Ich glaube, dann gehe ich mal raus spazieren oder so.« Mit seinen Freunden würde er »essen gehen oder so«. Ansonsten zu seiner persönlichen Zukunft befragt: »Also ehrlich gesagt, weiß ich fast gar nichts.«

Auch wenn er sich ansonsten eher optimistisch äußert (was z. B. seine Möglichkeiten, Pilot zu werden, angeht), sieht Louis die allgemeine Zukunft eher düster. Dabei ist zu bedenken, dass Louis große Schwierigkeiten hat, sich überhaupt ein Bild von der Zukunft zu machen. Er macht viele Pausen, sagt zu vielem »weiß ich nicht«. Nachdem er irrtümlich zunächst die Dinosaurierwelt beschreibt, nennt er einzelne Merkmale aus der Zukunft. Dabei wird deutlich, dass er offenbar zum Thema Klimawandel einiges aufgeschnappt hat.

»*Und gibt es viele Menschen oder nicht so viele?*
Nicht so viele.
Was ist denn mit den Menschen passiert?
Manche sind gestorben.
Und warum?
Weil sie jemand getötet hat oder weil sie so alt waren.
Ach so, mhm, und sonst, wie ist das auf den Straßen, wie ist das da in 100 Jahren?
Ganz schön staubig.
Staubig, ja?
Also wenn man da mit dem Auto so langfährt, dann staubt das ganz schön.
Aha, und in den Wäldern? Wie ist es da?
Da sind so schwarze Blumen, die sind schon ganz trocken, die haben lange kein Wasser mehr bekommen.«

Andere Länder: »In Afrika auf jeden Fall – da ist es heiß.«

Aus dem Urlaub kennt Louis Italien. Dorthin fährt er offenbar regelmäßig mit seiner Mutter und seinem Bruder. Hier sprechen alle Italienisch, wovon er schon ein bisschen verstehen kann. Er hat dort auch Kontakte zu anderen Kindern. Das Spielen funktioniert. Wie genau, kann Louis auch nicht erklären. Er findet es dort »eigentlich sehr nett« und meint: »Ist nicht so ein großer Unterschied [zu hier], nur dass es so ’ne große Insel ist oder so.« Neben Italien und Deutschland kann Louis noch einige andere Länder nennen: »Ich kenn Afrika noch, dann kenn ich England oder Spanien, aber ich weiß nicht, ob das ein Land ist. (...) Oder ... in der Wüste heißt das ja Ägypten.«

Darüber, wie die Menschen und vor allem die Kinder woanders leben, hat er in der Schule ein wenig gehört. »In Afrika auf jeden Fall – da ist es heiß«, weiß er und:

»*Wie geht es denn den Kindern da … in Ägypten?*
Also ich glaube, nicht so gut …
Weil die nicht so viel Essen kriegen, die haben ja nicht so viel.
Mhm, und was noch? Was ist da noch anders?
Also auf jeden Fall, das sie kein Spielzeug haben, so wie wir hier, das haben sie nicht. (…) Nur manche so Holzfiguren oder so, also wie die, nur so Farbe aus Holz.
(…) Woher weißt du das denn?
Weil wir schon mal in der Schule über Ägypten gesprochen haben.«

Soweit die Informationen aus der Schule. Was erfährt Louis über die Nachrichten? Und weiß er denn, was das ist?

»*Siehst du manchmal auch Nachrichten im Fernsehen?*
Ja, wenn der Ätna mal ausbricht, dann guck ich immer, wann der ausbricht und so, da guck ich manchmal …
Was weißt du denn aus den Nachrichten, was kommt da denn alles so?
Mhm, da sind immer so Leute, die das erzählen und so …
Ja, und was erzählen die so?
Mhm, manchmal wie das Wetter wird oder manchmal, was passiert ist in anderen Ländern und so … oder hier in Deutschland.
Kannst du dich da an irgendwas erinnern?
… nee, nur dass ein Tornado irgendwo wieder zugeschlagen hat, das weiß ich noch …
Okay. Manchmal reden die ja auch über Politik in den Nachrichten. Politik, weißt du was das ist, Politik?
Nee, noch nicht …«

Mit Politik assoziieren viele Kinder den Namen der Bundeskanzlerin, das ist bei Louis aber nicht der Fall. Louis ist mit seinen sechs Jahren unser zweitjüngster Befragter, insofern verwundert es nicht, dass seine Vorstellungen von etwas, das außerhalb der eigenen konkret erfahrbaren Welt liegt, eher schemenhaft sind und sich an einzelnen Details aufhängen. Das eine oder andere hat er schon mitbekommen, wie auch im nächsten Punkt deutlich wird. Er bleibt aber letztlich dem eigenen Lebensbereich verhaftet, seine Orientierung nach draußen ist auf erste zarte Ansätze beschränkt.

Was sich ändern soll: Louis als Bestimmer

Louis wünscht sich eine saubere Welt, in der Kinder gut behandelt werden. Sowohl für sich persönlich als auch für die Allgemeinheit wünscht er sich, »dass die Leute immer den Müll in den Mülleimer schmeißen. Die schmeißen den nämlich immer woanders hin.« Hier taucht ein Thema auf, das auch seine etwas düstere Zukunftsvision bestimmt hat – Dreck, Staub, Müll. Die Leute sollen »die Blumen im Garten schön gießen«, womit ein weiterer Punkt seiner Zukunftsvorstellung betroffen ist. Und wer soll die »Kinder in Ruhe lassen«?

»*Ja … kennst du viele Leute, die Kinder nicht in Ruhe lassen?*
Ja, manchmal Jugendliche, manchmal auch nicht.
Ja, was machen die denn?
Ja, die schubsen die Kinder oder so (…) Und dass die Eltern mehr auf ihre Kinder aufpassen sollen.
(…) Kennst du manche, die das nicht machen?
Ja, manche bringen ihre Kinder einfach um.
Echt? Hast du das mal gehört?
Ja, in den Nachrichten.«

Dass es Unfrieden auf der Welt gibt, hat Louis schon wahrgenommen. Deshalb würde er bestimmen, dass »alle lieb zueinander sind«. Woran würde er das merken, was würde das bedeuten?

»Dass alle sich anlächeln oder dass alle Freunde sind … Oder dass die Frieden schließen, wenn sie sich mal gestritten haben.

(…) Woran würdest du das sehen, dass alle sich verändert haben?

Dass sie sich zulächeln oder dass sie lieb zueinander sind.

Okay. Und würdest du das auch im Fernsehen merken, bei den Nachrichten?

Ja!

Woran würdest du das da merken?

Dass die Deutschen oder so Frieden geschlossen haben, die Deutschen und andere … em … Soldaten.«

Wiebke 7 Jahre, 2. Klasse Grundschule

»Ich hasse Barbies!«

April 2007

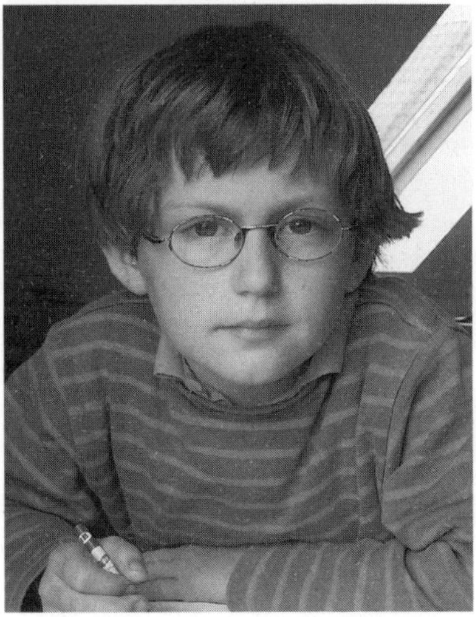

Wiebkes Familie, die Eltern, ihr 6-jähriger Bruder und sie selbst, leben in einem Dorf im Wesertal. Die Ortschaft hat etwas mehr als 1000 Einwohner und ist Teil einer größeren Gemeinde. Auf einigen Höfen wird noch Landwirtschaft betrieben, allerdings meist im Nebenerwerb.

Evangelische Kirche, Freiwillige Feuerwehr, Sportverein und der Schützenverein mit dem Spielmannszug sind Angelpunkte des sozialen Lebens. Die Kinder gehen in die Grundschule am Ort. Weiterführende Schulen gibt es im Hauptort der Gemeinde oder im nahe gelegenen Hameln.

Die Mutter, 38 Jahre alt, ist Tierärztin und arbeitet als Amtsveterinärin, der Vater wird demnächst 40 und hat sich als Rechtsanwalt in Hameln niedergelassen. Die beiden haben eine ehemalige Hofstelle gekauft und mit viel Engagement hergerichtet. Eine große alte Scheune und ein altes Fachwerkhaus sind erhalten. Die Familie wohnt in einem neu errichteten Klinkerbau, der sich in das Ensemble einfügt. Das Grundstück mit großer Wiese und viel Platz zum Spielen liegt direkt an der Weser.

Wiebkes Welt

Eine von Wiebkes Lieblingsbeschäftigungen ist Malen, und das macht sie sogar schon vor der Schule. Den kurzen Schulweg – »sind so 100 Meter« – geht sie morgens mit ihrem Bruder, der die erste Klasse besucht. Nach der Schule haben die beiden es wieder nicht weit. Bis die Eltern von der Arbeit zurückkommen, werden sie bei einer Familie betreut, die selbst zehn Kinder hat und direkt neben der Schule wohnt.

Die Hausaufgaben sind oft schon vor dem Mittagessen erledigt und die Nachmittage dem Spielen vorbehalten. Einzige Ausnahme: die Trompetenstunden und das Üben. Wiebke spielt seit einem Jahr Trompete und geht zweimal in der Woche zum Trompetenunterricht.

Die Nachmittage beginnen laut Wiebke so:

»Dann gehen wir so um zwei raus und halb drei holen wir dann unsere

Freunde so. Und springen Trampolin auf einem Riesentrampolin. Da können so bis zu vier Kinder drauf oder drei.«

Wiebke lebt – so hat man den Eindruck – sehr stark in einer Kinderwelt. Das heißt zum einen, dass sie fast den ganzen Tag mit Kindern zusammen ist, viele Spielgefährten und Freunde hat, die im Ort sehr unkompliziert erreichbar sind. Hier müssen keine PKWs von Müttern bewegt werden, damit die Kinder zueinanderkommen. Die Kinder regeln das sehr weitgehend untereinander und sind im Ort beweglich. Das bedeutet ein relativ hohes Maß an Selbstbestimmtheit. Und nicht von ungefähr sind in Wiebkes Aufstellung der Personen, die in ihrem Leben vorkommen, die Kinder am wichtigsten.

Zum anderen ist Wiebkes Welt eine Fantasiewelt, bevölkert von Piraten, Rittern, Römern und Sagenhelden. Diese bestimmen ihr Spiel, sei es mit dem Bruder zu Hause, sei es mit anderen Kindern oder beim Computerspielen. Wiebke holt sich Anregungen aus Büchern, denn sie liest sehr viel, vorwiegend Abenteuerbücher und auch Sagen.

Der große Garten bietet viel Platz zum Spielen. Die Eltern haben den Kindern auch besondere Möglichkeiten geschaffen. Da gibt es zum Beispiel den »Sandkasten«, der gerade erneuert wurde, eher ein großer Sandhaufen von ca. $4\,m^2$:

»Und Letztens haben wir vier Tonnen Sand in … wir haben vier Tonnen Sand mal gekriegt. Drei Tonnen haben wir in unseren Sandkasten gekriegt. Das ist nicht so ein Kasten mit Holz und so. Das ist so ein Steinhaufen, der wäre ungefähr hier so im Halbkreis. Dann haben wir hier so den Sand reingetan, und hier haben wir da noch so Steine. Dann ist hier noch so ein kleiner Eingang.

Und das ist richtig groß dann?

Hm (zustimmend). Dann haben wir auch noch von den Ziegelsteinen, aus denen wir das Haus gebaut haben, da waren noch so ein paar über, und die hat Papa in so große und so breite Steine gehauen, und damit dürfen wir auch Burgen bauen und so.«

Der »Garten« dient weniger zur Zierde, sondern ist in großen Teilen für die Kinder Abenteuerspielplatz oder auch Bolzplatz. Wiebke zeigt, nachdem wir das Gelände in der Aufstellung ein wenig rekonstruiert haben, wo man besonders gut spielen kann.

»Wir haben hier in dem Garten, wo diese beiden Bäume stehen, (…) mit Stöckern so ganz viele Gänge in die Erde geritzt, fast wie ein Labyrinth. Und als wir das uns von oben angeguckt haben, sah das voll cool aus. Da haben wir die tausendsten Gänge reingebaut. Einer mit dem anderen verbunden. Aber einen Treffpunkt gab es. Wir haben hier so ungefähr einen Eisenzaun, da stand vorher ganz früher mal ein Tisch. Und da haben wir dann angefangen und dabei haben wir auch noch ein paar Glassteine gefunden, weil das war so ein Tisch, der war aus Glas und der hat auch ganz viele von diesen Glassteinen, kleine und große, blaue und grüne …«

Wiebke berichtet von selbst ausgedachten und anderen Spielen, bei denen man eben auch Platz braucht. Selbst »erfunden« haben sie und ihre Freunde »das Walzenspiel«:

»Da ist so einer Läufer, die anderen sind Walzen, und er muss immer vor den Walzen weglaufen. Und die Walze, die den dann berührt hat, die ist dann Läufer. Die Walzen müssen versuchen, den Läufer zu berühren. Also, müssen wir mal so kurz den Fuß hochmachen oder den Arm. Aber müssen rollen, dürfen kreuz und quer rollen.«

Während andere Kinder viel von der Schule erzählen, stößt dieses Thema bei Wiebke auf wohlwollendes Desinteresse. Ihre Lieblingsfächer sind »Computerraum, Musik, Sport, Religion und Kunst«. Damit ist das Thema weitgehend erledigt. Sie nimmt die Schule zwar ernst und mag es gar nicht, wenn sie mal etwas nicht kann, aber wichtiger als der Unterricht sind wohl doch die Pausen, wo man »Mädchen fangen die Jungs« und »Jungen fangen die Mädchen« spielt. Wiebke macht bei den Jungs mit. Dass sie offenbar gut in der Schule ist, kommt eher im Zusammenhang mit dem Thema »Langeweile« zur Sprache. Auf die Frage, ob ihr manchmal langweilig ist:

»Jaa. In der Schule. Nämlich das Doofe ist, ich bin immer so schnell fertig mit den Arbeiten. Und danach fällt mir nix Gutes ein, was ich in der Schule machen kann. Und dann langweile ich mich zu Toode (dramatisch). Aber meistens finde ich dann 'ne Arbeit, und die ist supertoll. Soll ich sie dir sagen? *(Bejaht)*
Maalen.«

Und beim Malen geht es meist auch darum, sich die Fantasiewelt auszumalen.

Orte und Kontakte

Das lange Interview ist für Wiebke mit ihren 7 Jahren streckenweise mühsam. Sie gibt sich Mühe und beantwortet alle Fragen, viele aber nur kurz. Die Situation kommt ihr merkwürdig vor, auch das laufende Tonband irritiert sie. Manchmal wird sie ein bisschen albern, sie zieht dann die Vokale ganz lang und spricht mit dramatischer Betonung. Sie lebt jedes Mal auf, wenn sie vom Spielen erzählen kann. Die Aufstellung der Personen, die für sie wichtig sind, auf einer großen Spielunterlage, mit Bauklötzen für die Häuser, Spielfiguren (Männchen) für die Personen, mit Tieren und Bäumen ist eine hochwillkommene Abwechslung. Sie ist sofort in ihrem Element.

Was bei der Aufstellung selten vorkommt: Wiebke braucht alle verfügbaren Männchen, und wir müssen auf Ersatzfiguren ausweichen. Das liegt an den vielen Kontakten zu Kindern im Ort. Die Familien von Wiebkes engen Freunden haben fast alle mehrere Kinder, und die werden mit einbezogen, denn auch sie sind wichtig und ebenfalls ihre Eltern. Es handelt sich sozusagen um Freundschaften mit Familienanschluss. Und natürlich fällt die Familie K., bei der Wiebke und ihr Bruder nachmittags betreut werden, quantitativ sehr ins Gewicht. Die Familie hat 10 Kinder ab 16 Jahren aufwärts und diverse Enkelkinder. Die jüngeren Kinder leben noch in der Familie, die älteren und die Enkelkinder sind häufig zu Gast.

Bei der Schule baut Wiebke ihre Lehrerin, ihren Bruder und 5 Freunde auf. Die männliche Form ist berechtigt, denn Wiebke nennt zunächst ausschließlich Jungen, mit denen sie befreundet ist. Es gibt auch nicht die beste Freundin, sondern den besten Freund, Malte. Eine gute Freundin gehört dann doch mit ihrer Familie zu Wiebkes persönlichem Umfeld.

Außer der Schule wird noch die evangelische Kirche des Ortes aufgebaut, daneben stellt Wiebke das Pfarrerehepaar auf. Sie geht manchmal am Sonntag zum Kindergottesdienst im Gemeindehaus. Ein bisschen aus Spaß werden die Pfarrersleute gleich dreimal aufgebaut: bei der Kirche, beim Gemeindehaus und bei sich selbst zu Hause. Allerdings wird dies auch der besonderen Rolle des Ehepaars – beide sind Pastoren – für den Ort und die Gemeinde gerecht.

Insgesamt dominieren bei weitem

die Kontakte im Dorf. Außerhalb des Dorfes gibt es noch die Großeltern, die in Wiebkes Leben wichtig sind. Da ist zum einen die Großmutter aus Mülheim, zum anderen gibt es Omi und Opi, die bei Ulm wohnen. Trotz der Entfernung besteht ein reger Kontakt, die Kinder sind oft bei den Großeltern zu Besuch, aber diese sind auch wochenweise zu Gast und »hüten« die Kinder. Räumlich sind sie richtigerweise weit von Wiebkes Dorf weg aufgebaut, aber alle bekommen ein Podest zugeteilt, was sehr wichtigen Personen vorbehalten ist. Solche Podestplätze verteilt Wiebke sonst ausschließlich für ihre Freunde. Zuerst einmal hat sie sich selbst auf ein Podest gestellt, und davor sitzt der Kuschelhase Werner.

Wie bereits erwähnt, kann Wiebke praktisch alle Wege im Ort zu Fuß zurücklegen, oder sie nimmt das Fahrrad. Nur zum Trompetenunterricht muss sie mit dem Auto gebracht werden.

Bücher, Fernsehen und Computer

Wiebke konnte lesen, bevor sie in die Schule kam, und sie liest ausgesprochen viel. Astrid Lindgren, Michael Ende: Sie hat praktisch alle Kinderbücher dieser beiden Autoren schon gelesen. Zu Weihnachten hat sie Tom Sawyer bekommen. Inzwischen sind »Die drei Fragezeichen« an der Reihe. Auch Sachbücher (»Was ist was?«) interessieren sie. Ungewöhnlich ist, dass Wiebke auch Sagen liest. Sie kennt die germanischen und die griechischen Sagen, und zwar sowohl aus »dicken Büchern« als auch von Hörspielfassungen auf Kassetten und CDs.

»Also, einmal hat Omi uns so zwei CDs, Griechische Sagen I und II, geschenkt und mitgebracht und die haben wir dann gehört. Da war auch Asterix dabei. Danach hab ich noch ganz viele dicke Bücher, die ich in weniger als einer Woche durchlese.«

Der Fernsehkonsum wird von den Eltern deutlich begrenzt, aber Fernsehen gehört zum allabendlichen Ritual. Entweder beim Abendessen oder danach wird »Wissen macht Ah« angeschaut und hinterher noch die Kindernachrichten. Das schaut der Papa sehr oft mit den beiden an, falls es nicht sowieso alle gemeinsam beim Abendessen sehen.

Im Moment sind Wiebke und ihr Bruder im »Fluch-der-Karibik«-Fieber, und Jack Sparrow und Kumpane schauen von allen Dachbalken. Draußen wie drinnen bestimmt das Thema »Piraten« das Spiel der Kinder. Ausgelöst wurde dies durch ein Computerspiel.

> »Also, Mama wollte sich ihren Computer abholen. Dann hab ich mal so Computerspiele und so Playstationspiele geguckt. Und dann hab ich da ›Fluch der Karibik‹ eben gesehen. Da hab ich erst mal durchgelesen, was man da so machen muss, hinten. Und dann hab ich gefragt: Mama, kannst du mir das kaufen? Und hat sie's genommen.«

Wiebke und ihr Bruder hatten einen ausrangierten Computer in ihrem Zimmer, aber der funktioniert nicht mehr. Zum Computerspielen geht es ins Arbeitszimmer der Eltern. Außer »Fluch der Karibik« erwähnt sie noch die »Lernwerkstatt« und »so ein Puschi-Spiel mit so nem kleinen Ball … Da bin ich jetzt auf Level 26.«

Bei vielen Familien ist die Begrenzung des Medienkonsums eines der zentralen Konfliktthemen in der Familie. Das ist in Wiebkes Familie nicht der Fall, allerdings sind die Kinder auch noch ziemlich jung. Was Wiebke schwerfällt, ist, abends mit dem Lesen aufzuhören. Dabei kommt auch das Thema »Strafen« zur Sprache, und es wird deutlich, dass Wiebkes Eltern Verbote und Strafen nicht mit letzter Stringenz durchsetzen.

> »… aber wenn Mama sagt, Wiebke, jetzt wird nicht mehr gelesen, dann mach ich es aber trotzdem. (…)
> *Und sag mal, wenn du das so machst und du liest immer noch weiter und du wirst erwischt. Was passiert dann?*
> Da sagen sie: Wiebke, jetzt hörst du aber auf! Weiter nichts!
> *Mehr passiert nicht?*
> Das finde ich so cool da dran. Dann mache ich es immer noch weiter (lacht laut). Selbst wenn sie mir die Uhrzeit sagen, dann sag ich vielleicht so, jaa. Dann mach ich trotzdem weiter.
> *Also, richtige Strafen gibt es nicht bei euch – oder?*
> Hm, hm (verneint). Nur wenn wir mal am Tisch sitzen und so was falsch machen, dann sagen die immer: Los, ab ins Klöchen!
> *Also wenn ihr was falsch macht, dann sagen sie, ab ins Klöchen?*
> Ja, aber machen wir immer nicht.
> *Und dann sollt ihr zur Strafe aufs Klo gehen?*
> Nein. Da werden wir eingesperrt … Aber da geht man eh immer gleich raus.«

Ritter, Römer, Helden

Die Vorliebe für's Ritterspielen hat Wiebke von ihrer Mutter »geerbt«. Auch die hat als Kind begeistert mit der Ritterburg gespielt. Wiebke und ihr Bruder haben eine große Playmobil-Ritterburg und diverse Ritterfiguren mit allen Accessoires. Und darüber hinaus werden natürlich im »Sandkasten« Burgen gebaut und draußen Ritterkämpfe ausgefochten. Auf die Frage, was sie über Ritter weiß:

> »Ja, zum Beispiel von Rüstungen, Waffen von Rittern. Wie die da so lebten. Und auch über so Kämpfe. Zum Beispiel bei den Kreuzrittern, diese 200 Jahre. Die wollten ja Jerusalem zurückerobern.«

Germanen und Griechen kennt Wiebke schon aus Sagen, und die Römer findet sie vor allem in den Asterix-Comics wieder:

»*Und für die Kämpfe in der Antike bei den alten Griechen interessierst du dich auch?*
Ja. Und auch über die Germanen und Julius Cäsar und die Eroberung Galliens wie bei Asterix und Obelix mag ich auch ganz gern. Lese ich auch ganz oft, die Comics. Selbst wenn Obelix so dick ist, finde ich ihn gut ... Dieser Fettwanst, der nichts anderes im Sinn hat, als Römer zu fangen und Wildschweine zu essen (lacht).«

Was gefällt Wiebke so gut an den sagenhaften Helden? Sie meint:

»Na, dass zum Beispiel die so tapfer gekämpft haben und so, bei all den Helden so.«

Es entspinnt sich ein Dialog, in dem es um den Wirklichkeitsgehalt der Sagen geht. Dabei wird deutlich, dass Wiebke sehr viel weiß, sich aber auch ihre eigenen Gedanken macht. Wiebke meint, Orakel habe es nie gegeben. Und weiter:

»*Orakel gibt es nicht? Aber Helden hat es immer gegeben?*
Ja. Aber Drachen gibt es nicht. Herakles gab es nicht. Kann ja gar nicht sein.
Warum nicht?
Weil zum Beispiel der ... man kann ja nicht das Himmelszelt auf seinen Armen tragen. So hoch ist man ja erst gar nicht. Herakles hat es zwar gegeben. Bei den Sagen steckt ja immer so ein wahrer Kern drin. Zum Beispiel auch bei Odysseus, der da den Kampf um Troja mit dem Trojanischen Pferd, das kann ja sein. Mit der Unverwundbarkeit von Achilles nicht. Der war vielleicht so geschickt, um nicht immer solche Zöffe abzukriegen, und ist dann an so 'ner Ferse gestorben. Zum Beispiel bei Odysseus, das können ja so riesige Männer gewesen sein, die so'n Auge verloren haben, aber die das nicht so hier in der Mitte haben. So was kann natürlich nicht sein.«

Lieber ein Junge? Jedenfalls keine Barbie!

Piraten, Ritter, Sagenhelden: alle Männer. Und bei den Spielen, bei denen sie im Mittelpunkt stehen, geht es um Kämpfe und wie man sie mit Tapferkeit und List besteht. »Mädchenkram« interessiert Wiebke dagegen nicht. Mit Puppen hat sie noch nie gespielt.

Ihre Spielkameraden sind allesamt Jungen. Das einzige Mädchen, mit dem sie befreundet ist, hat beim ersten Besuch im Haus das Spielzeug für Mädchen vermisst. Inzwischen hat sie sich angepasst und spielt gern mit.

In der Schule gibt es eine Seite, auf der vor allem Mädchen sitzen, auf der anderen vor allem Jungs. Und dort sitzt Wiebke. Auf dem Schulhof spielt sie bei den Jungs mit, wenn es heißt »Mädchen fangen Jungs« und umgekehrt.

»Und wir Jungs haben auch ein extra Gefängnis und die Mädchen auch.«

Wiebke spielt auch gern Fußball. Ins Fußballtraining geht sie nur deshalb nicht, weil sie um diese Zeit Trompetenunterricht in der Musikschule hat.

Auch äußerlich gibt sich Wiebke wenig mädchenhaft. Die Haare sind kurz, und Kleider zieht sie nicht an. Ihre Eltern finden das in Ordnung. Geradezu allergisch ist sie auf die Farbe Rosa und besonders auf Barbiepuppen.

»Äh! Ich hasse Barbies ... Weil die so blöd aussehen, sogar sehr blöd.«

Die Interviewerin hat eine Aussage von Wiebke so interpretiert, dass sie lieber ein Junge wäre und fragt, ob das stimme. Wiebke widerspricht:

»Na jaa, ich hab nicht gesagt, dass ich kein Mädchen sein will. Das hab ich nicht gesagt. Ich will eben nur nicht so blöde lange Haare haben. Barbie-Haare haben, so ein blöödes Kleid, so rosa und so.«

Von Leuten, die sie nicht kennen, wird Wiebke meistens für einen Jungen gehalten. Und sie mag es überhaupt nicht, wenn Erwachsene meinen, das richtigstellen zu müssen.

»Dann sagen die immer (imitiert): Das is ein Määdchen … (emotional) Das hasse ich! Jeder muss immer ausblabern, dass ich ein Mädchen bin … Nur weil ich mal gerade so ein bisschen so aussehe.«

Also wäre es Wiebke schon recht, wenn man sie für einen Jungen hielte oder vielleicht auch nur einfach mit diesem Thema in Ruhe ließe. Was im weiteren Interview dann auch geschieht.

Allerdings tritt man bei dem Thema leicht ins Fettnäpfchen. Eine Frage, die wir allen Kindern stellten, löst bei Wiebke eine ungeahnte Reaktion aus, die Interviewerin ist kurz verwirrt:

»*Jetzt hast du schon ganz viel erzählt, was du so machst. Aber jetzt stell dir doch mal vor: Eines Tages kommt eine Fee zu dir …*
(laut) Äh! Pfui!
(verwirrt) … warum nicht?
Ich hasse diese Dinger …
Gut, dann kommt eben keine Fee, sondern ein Zauberer.
Ja. Das ist besser.«

Wünsche und Zukunft

Es ist also der Zauberer, der ihr drei Wünsche erfüllen kann. Und Wiebke weiß das Angebot zu nutzen:

»*… Und der Zauberer sagt, du hast drei Wünsche frei und ich kann zaubern, dass die auch wirklich in Erfüllung gehen. Was würdest du dir da wünschen?*
(Überlegt). Hmmm … Na ja, dass ich fliegen könnte.
Dass du fliegen könntest. Das wär toll. Was würdest du machen, wenn du fliegen kannst? Wo würdest du denn da rumfliegen?
Aber meine Flügel sind unsichtbar!
Die sind unsichtbar. Also, du kannst dich einfach so zack in die Luft erheben?
Huup, und kann schneller fliegen als 3 Millionen Vögel mit Superturbogang (lacht).
Und was machst du dann? Wo fliegst du dann hin?
Nach Amerika. (…)
… und fliegst du dann auch mal über … [Name des Dorfes] und guckst, was wer so macht?
Jaa, na jaa. Ins Universum. Auf den Mond. Aber da muss ich mir natürlich erst noch 'ne Weltraumkapsel wünschen. Aber das mach ich nicht.
Das machst du nicht. Was wünschst du dir denn noch?
Dass ich noch drei Millionen tausend Wünsche frei hab.
Sehr schlau. Und dann, dann brauchst du gar nicht weiter wünschen?
Dohoch …
Was wünschst du dir dann als Nächstes?
Dass ich megareich wär' und ein ganz Haus, da einen großen Raum hätte und auf dem Boden da liegen fünf Meter hoch Gold.
Und was machst du mit dem Gold? Warum brauchst du das?
Na ja, damit ich mir damit allerhand kaufen kann. Aber das sind ganz viele Scheine und ganz viel Geldstücke.
Hm. Und was würdest du dir als Erstes kaufen?
Na ja. Eine Flugmaschine mit Superturbo und mit neun Millionen und dreitausend PS.
Aber du kannst doch schon fliegen?
Und das könnte sich in alles verwan-

deln, so wie ein Roboter, nur nicht in lebendige Wesen. Also, in so Maschinen und so. Sogar in 'ne Kreissäge (lachen)

Hm, in eine Kreissäge. Wozu brauchst du denn eine Kreissäge?

Weil ich sitz ja in dem Roboter drinnen und steuere den, und wenn er sich dann verwandelt und ich mich auf das Rad setze, dann kann ich mal schööön Riesenrad fahren.

Meinst du, solche Roboter wird es mal wirklich geben?

Na ja. (Summt) Hmhm, hmhm, hmhm ... Aber Moment, ich hab ja noch einen anderen Wunsch. Dass ich unendlich viele Wünsche hätte.

Also, noch mehr als diese drei Millionen.

Drei Millionen tausend waren das.«

Bei diesem Thema hebt Wiebke wirklich ab und lässt sich von ihrer Begeisterung davontragen, steigert sich immer weiter und ignoriert die eine oder andere lästige Zwischenfrage.

Wunschvorstellungen und Zukunftsfantasien verschwimmen sehr stark miteinander. Das wird auch bei Fragen nach der Zukunft deutlich, vor allem, wenn nach der Zukunft allgemein gefragt wird.

Wiebke hat zum Thema Zukunft ein Bild gemalt. Weil sie so gern malt, hatte die Interviewerin sie darum gebeten. Sie sollte sich vorstellen, wie sie mit einer Zeitmaschine in die Zukunft fliegt. Ihr gefiel diese Idee, und wenige Tage später erhielt die Interviewerin ein Bild, das Wiebke in einer fliegenden Zeitmaschine zeigt. Sie setzt gerade zur Landung auf dem Mars an, der bereits bewohnt ist. Am Telefon erklärt sie die technischen Raffinessen, die sie sich ausgedacht hat. So hat die Zeitmaschine eine Spitze, die bei einer harten Landung abbricht, damit »nicht gleich die ganze Maschine explodiert«. Die Greifarme am Fluggerät und an dem Marsfahrzeug dienen zur Entnahme von Bodenproben, die man dann innen untersuchen kann, und die Antennen auf der Zeitmaschine sind Sender bzw. Funkgeräte, der »Apparillo« auf dem Marsauto ebenfalls. Die Marsmenschen sind aus Eisen, was man daran erkennt, dass sie auch eine Antenne haben. Das Geschlecht kann man ihnen an der Nase ablesen, denn die zeigt bei den Frauen nach oben und bei den Männern nach unten.

Auf der Erde etwas ändern

Wenn Wiebke bestimmen könnte und etwas ändern könnte am Leben auf der Erde, dann würde sie dafür sorgen, dass es keinen Krieg mehr gäbe.

»*Was würdest du ändern?*
Na ja, eben, dass kein Krieg mehr herrscht.
Also, gibt es irgendwo Krieg auf der Welt. Das hast du gehört. Und weißt du auch, wo es Krieg gibt.?
Im Irak oder …
Im Irak. Und wo hast du das gehört? In den Nachrichten? Hast du da was mitbekommen oder wie die Erwachsenen sich drüber unterhalten haben?
Hab ich hier irgendwie mitgekriegt. Aus der Schule auch, bei so 'ner Aufführung.
Weißt du, was da passiert im Krieg?
Ja, Menschen sterben. Das ist klar. Familien flüchten. Bomben fallen. Menschen streiten sich.«

Auch auf die wirklich schwierige Frage, was man machen könnte, damit es keine Kriege mehr gibt, fällt ihr etwas ein:

»Man lässt keine Waffen mehr bauen und Munition auch nicht mehr, und dann hat man überall keine Munition mehr und kann auch keine Bomben mehr fallen lassen.«

Wiebke hat schon eine ungefähre Vorstellung, dass so etwas Politiker bestimmen müssten. Auf die Frage, was die Politiker so machen:

»Ja. Über das Land zu bestimmen, in dem er selber ist. Zum Beispiel unsere heißt ja jetzt Merkel. Und deshalb bestimmt sie auch über Deutschland.
Ja. Und was ist die Frau Merkel?
Bundeskanzlerin. Und die gehört auch zur Politik. So.«

Die eigene Zukunft und das Leben auf dem Land

Wenn es um die eigene Zukunft geht, so hat Wiebke mehrere mutige Berufswünsche parat.

»*Was möchtest du denn mal machen, wenn du mal groß bist? Hast du eine Vorstellung?*
Na jaa. Ich kann mich entscheiden von den Berufen, die ich habe. Entweder Weltraumfahrerin, Feuerwehrfrau, Fußballtrainerin, 'ne Frau vom Technischen Hilfswerk.«

In der näheren Zukunft möchte sie zur freiwilligen Feuerwehr, die an ihrem Ort eine wichtige soziale Rolle spielt. Sie ärgert sich, dass sie noch 1½ Jahre warten muss, aber dann kann sie in die Jugendfeuerwehr eintreten. Vielleicht kann sie mit ihrer Trompete ja auch schon bald im Spielmannszug oder im Posaunenchor der Kirche mitspielen. Ganz sicher ist auch, dass sie später auf das Gymnasium gehen möchte.

Noch eins ist klar: Wiebke kann sich zur Zeit nur ein Leben auf dem Land vorstellen. (Es bleibt offen, ob sich dem ihre Berufswünsche unterordnen müssten.) Verwundern kann das nicht, denn das Leben im Dorf bietet Wiebke sowohl große Freiheiten als auch viel Sicherheit. Hochfliegende Ideen brauchen wohl beides als Basis.

»*Kannst du dir vorstellen, in einer großen Stadt zu wohnen?*

Nö. Ich hasse es, in der Stadt zu wohnen. Da muss man auch in so einem Mehrfamilienhaus wohnen, weil da gibt es ja meistens nicht so Häuser, die für einen allein sind.

Oder auch in einem Hochhaus.
Ja. Das ist auch doof, weil da hat man auch manchmal das Gefühl, das Haus kippt um. Wenn man ganz oben wohnt.«

Jan Marco 7 Jahre, 2. Klasse Grundschule

»Erstens, dass alle glücklich sind und gesund leben.«

April 2007

Die Familie von Jan Marco lebt am Rande einer größeren Stadt in Niedersachsen. Das Wohngebiet liegt einige Minuten mit dem Auto von der Innenstadt entfernt. Das Haus der Familie steht im Verbund mit einigen anderen in einer ruhigen Anliegerstraße. Es wirkt von innen hell und großzügig. Im ersten Stock hat Jan Marco ein eigenes Zimmer, in dem er gut Platz findet zum Schlafen, Spielen, Lesen und Arbeiten.

Im Alltag ist Jan Marco vor allem mit seiner Mutter zusammen, die ihn, wenn er nicht in der Schule ist, fast durchgehend betreut. Sie war kaufmännische Angestellte, widmet sich nun aber ausschließlich der Erziehung ihres Sohnes. Seine Mutter (45 Jahre) wirkt ruhig und zurückhaltend. Dabei ist sie freundlich und zuvorkommend. Jan Marcos Vater (65 Jahre) ist beruflich noch sehr engagiert und dementsprechend viel unterwegs. Er arbeitet in einem international tätigen Unternehmen als Exportkaufmann in leitender Position.

Die Mutter ist gebürtige Pragerin und durch die Eheschließung nach Deutschland gekommen. Mit Jan Marco spricht sie daher auch in ihrer Muttersprache. Untereinander sprechen die Eltern deutsch. Die Familie des Vaters stammt aus Oberschlesien. Wie bzw. wo sieht sich Jan Marco da? Geboren ist er in Deutschland.

»*Wie sprichst du denn mit deiner Mama?*
Tschechisch.
Und mit deinem Papa?

Deutsch. Der ist ja auch Deutscher. Aber eine Frage jetzt an dich: Bin ich Deutscher oder Tscheche? Papa kommt aus Deutschland und Mama kommt aus Tschechien.
Ich glaube, du bist beides. Was denkst du denn, was du bist?
Deutscher. Ich kann nämlich besser Deutsch.«

Was so im Alltag passiert

- Wir waren heute mit Malte bei Karate. Ich habe erfahren, dass man sich bei Karate auf ›Nihau‹ begrüßt.
- Ich habe meine Pusteblume vergessen und Manuel hat mich nicht abgucken

lassen. Nachmittag hab ich Tennis gespielt.
- Ich war heute bei Sammy. Ich habe Schach gespielt.
- Was für ein blöder Tag. Mama hat meinen Helm überfahren.
- Wir waren heute einkaufen, die Sonne hat gescheint. Ich habe bei Fitness eine Freundin gefunden. Es war sehr schön.
- Wir waren beim Sportclub und mit Mama Tennis gespielt.
- Mama war bei Fitness und ich in der Kindervilla.
- Ich war den ganzen Tag nur zu Hause, Mama hat mich sehr beleidigt.

So lauten einige Tagebucheinträge von Jan Marco. Jeder steht für einen Tag und für das, was er an diesen Tagen für erwähnenswert hielt. Doch wie sieht ein Tag von Jan Marco aus, wenn man auch die alltäglichen Ereignisse betrachtet?

Bevor der Tag beginnt, ist es Nacht, und da ist Jan Marco »Schlafwandler«, wie er sagt. Im Schlaf strampelt er manchmal seine Decke weg und dann …

»Ich wach auf, weil mir kalt ist. Ich gehe dann rüber [zu den Eltern ins Bett], weil ich das mag. Und dann, wenn Mama und Papa da sind, ist mir warm. Und dann, wenn sie weggehen [morgens], wach ich auf. Dann legt Mama die Anziehsachen da hin und ich zieh mich an und während dem macht sie das Frühstück. Und dann nach dem Frühstück fährt sie mich in die Schule. Manchmal gehen wir aber auch zu Fuß.«

Schule und Förderung in der Freizeit

Jan Marco wird von seiner Mutter grundsätzlich begleitet, auch wenn es ihm ohne Schwierigkeiten möglich wäre, Wege allein zurückzulegen. Ist die Mutter selbst in ihrer Freizeit eingebunden (so z. B. im Fitnesscenter), kommt er ebenfalls mit.

In der Schule hat Jan Marco zunächst nicht so gute Erfahrungen gemacht, an seinem ersten Schultag wurde er geärgert:

»Ja, was haben die denn gemacht?
Die haben bei mir Karate versucht zu machen. Und einer aus der Vierten hat mich hochgehoben und hat mich auf den Kopf gestellt.
Echt? Einfach so?
Obwohl ich keinen Kopfstand kann … Und dann hat er mich einfach losgelassen. Dann bin ich hingefallen.«

Jan Marco konnte sich wehren, weil er im Kung-Fu- und Karate-Unterricht war, doch so ganz ausgestanden scheint die Situation bis heute nicht:

»Ärgern die dich viel in der Schule oder nur manchmal?
Hm. Viel eigentlich. Aber nur die Bösen.
Nur die Bösen. Und Freunde hast du da auch?
Manche, die beachten mich gar nicht. Darum bin ich auch froh. Weil ich will nämlich mit meinem besten Freund spielen. Und mit meinem zweitbesten Freund und mit meinem drittbesten Freund.«

Trotzdem geht Jan Marco gerne zur Schule. Er mag »Sachunterricht, Sport, Musik, warte mal, Kunst, hm, Mathe, Deutsch. Und Betreuung auch … Religion nicht so. Da ist so eine strenge Lehrerin.« Und ein besonderes Fach hatte die Klasse auch eine Zeitlang auf dem Stundenplan: »Soziales Komplitenz-Training«.

Seine Leistungen schätzt Marco als sehr gut ein.

»Wie ist denn das mit deinen Eltern, sagen die manchmal: Mensch streng dich mal an in der Schule oder ist das nicht so viel?
Nee.

Bist du denn gut in der Schule?
Ja. Ich bin Zweitbester. Erstbeste ist Paula.«

Gute Leistungen spielen auch nach der Schule eine große Rolle. Jan Marco geht zu zahlreichen Freizeitaktivitäten: Karate, Schwimmen, Tennis, Klavierspielen und ein privater Englischkurs. »Ja, ich hab ja viele Sportarten. Ich hab fast keinen Tag frei.« Stolz präsentiert er seine zahlreichen Medaillen und Pokale, holt die Urkunden, die an der Wand hängen. Seinen vierten Platz im Tennis-Ostercamp kommentiert er: »Andere haben auch verloren.« Hauptsache Spaß? Dazu sagt er nichts.

Entspannung sucht und findet Jan Marco nach der Schule. Dann holt ihn seine Mutter ab, die ihm Essen macht. Danach ist noch etwas Zeit:

»Nach dem Essen habe ich manchmal, ähm, sehr selten Hausaufgaben. Sie geben uns ganz wenig auf. Und dann entspanne ich und leg mich hin.
Wie machst du das denn? Wie entspannst du denn?
Hm. Ich leg mich aufs Kopfkissen, deck mich zu, hol mir ein Kopfkissen, leg's mir dazu. Und mach nichts. Und hol mir mein Lieblingskuscheltier Theo.«

Nach der kurzen Entspannungsphase fährt ihn seine Mutter zu einer seiner Aktivitäten. Danach bleibt meist nicht mehr sehr viel Zeit bis zum Schlafengehen. Jan Marco berichtet kaum etwas über die Zeit, bevor er zu Bett geht. Vor dem Abendbrot schaut er etwas fern oder liest eines seiner Bücher. Zwischen halb sieben und sieben geht es dann ins Bett.

An den Wochenenden gibt es ebenfalls eine feste gemeinsame Unternehmung. Das ist der ausgedehnte Stadtbummel mit der gesamten Familie (Marco mit seinen beiden Eltern). Ansonsten erscheint die Zeit für Jan Marco am Wochenende weniger festgelegt zu sein. Manchmal besucht er einen Freund, mit dem er gemeinsam spielt. Dabei sind Kuscheltiere das bevorzugte Spielmaterial. Ansonsten scheint Jan Marco vor allem allein zu Hause beschäftigt zu sein. Er baut dann seine Eisenbahn, würde auch gerne mit seiner Mutter spielen, aber die ist mit Hausarbeiten beschäftigt. Ab und zu kommt es aber doch zu einer Partie Schach, das sie ihm beigebracht hat. Sein Vater taucht in den Erzählungen von Marcos Alltag weniger auf.

Bücher und Medien

Den Inhalt vieler Fernsehsendungen kommentiert Jan Marco etwas lakonisch mit: »Da sind Helden und die retten die Welt.« Nach Auskunft seiner Eltern verfolgt er aber mit großem Interesse sogenannte Infotainmentserien wie ›Faszination Erde‹ bzw. ›Terra X‹ oder in der kindlichen Version: ›Wissen macht Ah‹. Im Moment interessiert er sich ganz besonders für Vulkane. Weitere Lieblingssendungen sind ›Löwenzahn‹, ›Art Attack‹ und ›Spongebob‹.

Einen Spielcomputer besitzt Jan Marco auch, diesen nutzt er jedoch seltener als das Fernsehen. Wenn, dann spielt er Renn- oder Geschicklichkeitsspiele für Kinder. Seine Lieblingsbeschäftigung scheint das Lesen zu sein:

»*Was machst du denn so, wenn du Zeit hast am Tag?*
Ich hol einfach mein Lieblingsbuch heraus und lese ein bisschen.
Hast du ein Buch, was du gerade liest?
Ja, ich hab mehrere Lieblingsbücher: Magische Baumhausbücher. Soll ich dir die mal zeigen?«

Orte und Menschen: Eine vorgegebene Welt

Im Spiel, bei dem die Kinder ihre wichtigsten Aktivitäten und Orte mit Bauklötzchen nachbauen sollen, beginnt Jan Marco mit dem Haus, in dem er mit seinen Eltern wohnt. Zur eigenen Familie gesellt sich auf dem Aufstellungsbrett auch Jan Marcos Schwester, die schon 20 Jahre alt ist und zur Zeit in England studiert. Dort hat Jan Marco sie vor kurzem besucht.

Zunächst möchte Jan Marco alle Häuser der Wohngegend aufstellen. Er beschränkt sich jedoch auf die eigene Familie und den unmittelbaren Nachbarn, »Herr P., der wohnt nebenan. Er war verheiratet, aber sie ist schon gestorben. Ihr ist Wasser in die Lunge gekommen.«

Zum Nachbarn hat die Familie offensichtlich engeren Kontakt. So bekommt Jan Marco auch ab und zu etwas von ihm geschenkt.

Als Nächstes folgt die Schule. Hier stellt Jan Marco, trotz der Probleme mit einigen Mitschülern, seine gesamte Klasse auf. Zwei seiner Mitschüler besucht er auch ab und an zu Hause. Sie sind Zwillinge und seine besten Freunde. Deren Haus samt Familie und Hund kommt nach der Aufstellung der Orte, an denen Jan Marcos Freizeitaktivitäten stattfinden, auf das Brett. Es folgt die unmittelbare Umgebung seines Wohnortes. Der Spielplatz sowie das Haus von Nathalie, die er dort kennengelernt hat.

»Die ist die Netteste. Ich darf im Sommer zu ihr kommen und Bratwürstchen mit ihr essen.
Ach toll.
Und wenn ich will, darf ich mit ihr Tennis spielen.«

Das Stadtzentrum stellt Jan Marco ebenfalls auf, mit dem er einige Erlebnisse, jedoch keine Kontakte verbindet. Als Letztes und außerhalb der Plattform stellt Marco schließlich noch seine Großeltern auf. Sie wohnen so weit entfernt, dass sie keinen Platz mehr auf der Unterlage finden, nämlich »… in Tschechien. In den Ferien fahren wir da immer hin. (…) Sechs Stunden. Ich meine, ich weiß gar nicht. Es ist mir vorgekommen, als ob wir nur eine Stunde fahren würden mit dem Auto.«

Das sind die Eltern seiner Mutter. Seine väterlichen Großeltern hat Jan Marco nie kennengelernt, da sie vor seiner Geburt gestorben sind.

Gleichaltrige dünn gesät

Jan Marco geht die Aufstellung seiner Alltagswelt recht lebendig an. Er kommt zwischendurch immer wieder auf Themen zu sprechen, die ihm spontan in den Kopf kommen. Häufig berichtet er von Einzelereignissen und möchte wichtige Gegenstände oder Fotos am liebsten auf der Stelle hervorholen.

Die Schilderungen seines sozial-räumlichen Netzwerks sind stark an den Aktivitäten orientiert. Jan Marco nennt bei vielen organisierten Freizeitaktivitäten nur die Trainer als Kontakte. Gleichaltrige kommen beim Schwimmen und Karate gar nicht und beim Tennis und dem zusätzlichen Englischunterricht größtenteils nur als unbestimmte Gruppe vor. Keines der Kinder trifft Jan Marco außerhalb des organisierten Rahmens. Auch durch die enge Beziehung zu seiner Mutter scheinen Erwachsene für Jan Marco wichtiger zu sein.

Nur ein Junge aus der Schule, den er als seinen besten Freund bezeichnet, hat eine eigenständige Repräsentation im Rahmen der Aufstellung.

»*Was ist denn wichtig an einem besten Freund? Was findest du gut an dem?*

Dass der das gleiche Fach mag wie ich. Malen. (…) Soll ich dir mal sagen, wie ich mich befreundet hab mit dem?

Erzähl mal.

Also, dann war der erste Tag in der Schule. Der hatte nur einen Freund und das war Thorben. Dann ist er zu mir gegangen und hat gefragt, ob ich sein Freund sein will, und ich hab ja gesagt. Und dann sind wir Freunde geworden.«

Lebensräume

Insgesamt scheinen nicht die Freunde der Mittelpunkt in Jan Marcos Leben zu sein, sondern neben der Schule die regelmäßigen und von seiner Mutter organisierten Aktivitäten. Seine übrige freie Zeit verbringt Jan Marco vor allem in der unmittelbaren Nachbarschaft oder im eigenen Haus. Jan Marco kennt zwar einen großen Teil seiner Umgebung, bewegt sich hier aber fast ausschließlich in Begleitung seiner Mutter. Auch zu seinem besten Freund Malte muss er von seiner Mutter gefahren werden. Jan Marcos selbstbestimmte Zeit und der für eigene Entdeckungen offene Raum sind also eher knapp bemessen.

Jan Marco erlebt das allerdings nicht als Einengung seiner Möglichkeiten. Er sieht sich eher als ein Kind, das mehr darf als andere. Pflichten im Haushalt kennt er nicht und …

»*Wenn du mal was tust, was nicht erlaubt ist? Schimpfen deine Eltern dann?*

Nein. Die sagen ähm nix.

Die sagen gar nix?

Nein. (…) Ich denke, ich darf viel.

Ja?

Weil Mama die allerliebste Mama auf der ganzen Welt ist.

Die erlaubt dir ganz viel, ja?

Und Papa auch.«

Andere Länder

Was kennt Jan Marco noch von der Welt? Er reist viel mit seinen Eltern. Neben Tschechien nennt er noch England, Österreich und Frankreich. Er verbindet persönliche Reiseerlebnisse mit diesen Ländern.

»*Und wie fandest du es da?*
Schön. In England wohnen die eigentlich schön. Aber was ich da blöd fand: Ich kam nach unten von der Frühstückszeit, kam da jemand und er so: dadaddtetebed. Das war Englisch. Da weiß ich gerade nicht, was der gesagt hat, aber dann ist er mit mir hochgegangen und hat Mama gefragt: Ist das Ihr Kind? Und Mama hat ihn nicht verstanden und er so: Hach!«

Über andere Länder bekommt Jan Marco vor allem Informationen durch das Fernsehen. Er sieht zwar keine Nachrichten, dafür aber regelmäßig ›Faszination Erde‹:

»Terra X – Faszination Erde. Da zeigen die, was in der Welt passiert und so.
Was weißt du denn davon? Was lernt man da so?
Über die Zukunft und über die Welt.
Über welche Länder denn?
Australien, ist mein Lieblingsland.
Wie ist es denn da in Australien so?
Da ist es heiß. Und da sind Aborigines.
Was sind denn das für Leute: Aborigines?
Einwohner. Die wohnen in so Strohdachhäuser. (…) Finden das nicht so gut da.
Kennst du auch was von Afrika?
Togo, irgendwas mit Ko … wie heißt das nochmal, was neben Togo liegt?
Vielleicht Ghana?
Ja, Ghana. Da ist es auch ein bisschen heiß. Oder wart ma. Da ist die Wüste. Die größte Wüste der Welt. Die Sahara.
Und wie leben die Menschen da?
Weiß ich nicht. Ich kenne das von der Fußball-WM.«

Wunschlos glücklich?
Zukunft in einer gesunden Welt

Obwohl die Fee Jan Marco drei ganz persönliche Wünsche verspricht, so möchte er diese nicht für sich selbst verbrauchen, sondern er möchte mit ihnen gleich Gutes tun:

»*Was würdest du dir wünschen?*
Erstens, dass alle glücklich sind und gesund leben.
Wie wäre es dann auf der Welt?
Ein bisschen besser. Dann müssten nicht so viele betteln und so.
Aha. Was gehört denn alles zum Glücklichsein und gut Leben?
Ein schönes Haus, leckeres Essen, viel Geld. (…) Weniger Straßen, mehr Natur, mehr Lebensmittel, mehr Ärzte für Krebs. Hm. Das war alles. (…) Dann würden alle fröhlich. Und dann müsste man auch nicht so viel Geld spenden für Krankenhäuser und so. Weil ja weniger krank werden. Weil alle schön und glücklich gesundes Essen essen, werden sie auch nicht so schnell krank.«

Damit ist Jan Marco bei seinem zweiten Wunsch angelangt. Diesmal hat er einen konkreten Bezug:

»Zweitens, dass unser Nachbar nicht krank wird und sterben muss. Der wurde auch schon aufgeschnitten, wie Papa. (…) Papa hat 2 Adern verstopft am Herz und Herr P., weiß nicht. War schon öfters mal im Krankenwagen und im Klinikum.
Und da wünschst du dem, dass es ihm bald wieder besser geht.
Ja, weil seine Frau ist ja schon gestorben.«

Der letzte Wunsch betrifft ein Thema, das wieder allgemeinerer Natur ist, jedoch in der unmittelbaren Erfahrungswelt von Jan Marco liegt:

»Drittens, dass man ein großes Haus baut, wo Obdachlose wohnen können. Mit Betten und so.
Siehst du viele Obdachlose?
In der Stadt. Mir tun die immer leid, wenn die so gut mit den Hunden und so umgehen. Dass die den Hunden auch ein bisschen Decke geben. (…) Darum tun die mir so leid …
Und was denkst du?
Dass wenn Papa ihnen Geld gibt, können sie sich vielleicht ein Haus leisten … Und die Obdachlosen müssen dann nicht betteln mit ihren Hunden.«

Seine eigenen persönlichen Wünsche, die er dann auf explizite Nachfrage benennt, bettet Jan Marco in diese Wunschwelt ein. Man könnte sagen, dass die Inhalte bei wechselnder Perspektive gleich bleiben. Gleichzeitig ergibt sich ein fließender Übergang von seiner persönlichen Wunschwelt zu seinen Zukunftsvorstellungen. An seiner aktuellen Situation scheint Jan Marco also überhaupt nichts auszusetzen zu haben.

»Gibt's noch Dinge, die du dir für dich wünschst? Wo du sagst: Ich möchte was in meinem Leben verändern?
Hmhm. Dass ich ein schönes Haus habe, wenn ich groß bin, dass wir ein schönes Haus in der Natur haben, ein schönes Holzhaus. (…) Und dass da ganz viele Lebensmittel sind, die einen gesund machen, wenn man krank ist. Kräuter, gesunde Sachen, Gemüse, Obst.
Und wie ist das sonst, wer wohnt da noch?
Meine Frau. Am liebsten Joana. Kann ich dir auf 'nem Foto zeigen. (…) Und wenn es Joana nicht mehr gibt, würde ich gerne die da haben. Paula. Die erzählt so gut Witze.
Was möchtest du denn noch alles machen, wenn du mal groß bist?
Polizist werden. Kriminalpolizei, Wasserpolizei. Kriminalwasserpolizei.«

Ansonsten stellt sich Jan Marco seine Zukunft mit eigenen Kindern vor. Auch wünscht er sich, seine jetzigen Freunde auch dann noch in seiner Freizeit zum Spielen zu treffen.

Abenteuer mit Hindernissen

Dass Jan Marco die Themen Krankheit und Tod beschäftigen, mit denen er durch seinen Nachbarn und den Vater konfrontiert ist, zeigt der Blick in die Zukunft, in der es ausgeklügelte technische Geräte zur Notrettung gibt.

»So Jacken, mit Computerstücken, die den ganzen Körper aktivieren. (…) Wenn einer mit dieser Jacke hinfällt, dann löst die Jacke Alarm aus an den Notarzt. Und der Notarzt macht das an die fliegenden Autos und die fliegenden Autos schweben von alleine da hin, obwohl niemand angerufen hat.
Und was ist noch in der Zukunft?
Unmögliche Sachen, die noch nie passiert sind. Wird man unsterbbar. Plastikherz.«

Das heißt aber noch lange nicht, dass er sich darüber große Sorgen macht. Ein Problem ist dann eher, dass diese Sicherheit mit seinen Vorstellungen von der eigenen Zukunft kollidiert. Die Unsterblichkeit steht im Widerspruch zu seinem Wunsch, als Polizist ein spannendes Leben mit Verfolgungsjagden und gefährlichen Abenteuern zu führen:

»Gibt es denn etwas, wenn du an die Zukunft denkst, wo du dir Sorgen machst oder wo du bisschen Angst hast?
Nein. Angst muss ich gar nicht haben. In der Zukunft wird die Polizei ganz unnötig. Da muss man keine Angst haben. Das finde ich eigentlich blöd. Ich will ja zur Polizei, damit ich etwas Spannendes erlebe und so, aber dann ist man ja unsterbbar. Da braucht man keine Pistolen mehr und so.«

Kristina 8 Jahre, 3. Klasse Grundschule

»Ich könnt' auch alleine mit Pferden leben.«

April 2007

Kristina[32] lebt in einem Vorort einer niedersächsischen Großstadt. Hier ist es ruhig, der Ort mit etwa 3500 Einwohnern hat keine Durchgangsstraße. Kristinas Familie wohnt am Rande eines Neubaugebietes in einer Doppelhaushälfte. Die Straße, die zu ihnen führt, wird nur von den Anwohnern selbst genutzt, es gibt also so gut wie keinen Verkehr.

In dem schön eingerichteten Doppelhaus hat Kristina ein eigenes Zimmer mit Bett, kleinem Schreibtisch, Schränken und Regalen. Sie hat genügend Platz auf dem Boden zum Spielen.

Die Atmosphäre im Haus ist freundlich. Kristina wohnt hier mit ihrem Bruder, der zwölf Jahre alt ist, und ihren Eltern. Ihr Vater ist 45 und ist technischer Angestellter. Die Mutter arbeitet halbtags in der Buchhaltung. Sie ist 42 Jahre alt.

Kristina besucht zurzeit die dritte Klasse der örtlichen Grundschule. Nach der vierten Klasse soll sie wie ihr Bruder auf das Gymnasium in der nahe gelegenen Stadt wechseln.

Schule und (Frei)zeit

Ein normaler Tag beginnt für Kristina häufig mit einer kleinen Kuscheleinheit. Sie wird von ihrer Mutter geweckt, die dann noch etwas bei ihr bleibt, sodass Kristina mit ihr schmusen kann. Danach folgen Waschen und Zähnebürsten, »denn Zähne putze ich nicht. Aber bürsten ja. Dann esse ich was und ziehe mich an. Dann gehe ich in die Schule.«

Dorthin geht sie gemeinsam mit zwei Freundinnen zu Fuß. Die Schule gefällt ihr insgesamt gut. Gut sind auch ihre Leistungen, mit denen sie zufrieden ist. »Da hab ich ja gute Noten. Jetzt hab ich im Zeugnis vier Einsen und sonst so Zweien. Zweimal teilweise Beste in Sachunterricht und Mathe.«

Besonders gern hat Kristina Mathematik, die sie auch (wie sich später herausstellt) erlernen würde, wenn es gar keine Schule gäbe. Auch Englisch und Sport machen ihr Spaß. Weniger gefällt ihr Religion. »Das ist immer dasselbe. Da malt man immer was aus und klebt das rein und so. Das ist langweilig.«

Mit ihren Lehrerinnen und ihren Klassenkameraden kommt sie gut zurecht. Kontakte hat sie hier vor allem zu Mädchen, wobei auch die Jungen nicht uninteressant sind: »Die ärgern wir immer. (…) Also wir Mädchen laufen in den Pausen immer hin und rufen Dummkopf und laufen dann weg und verstecken uns auf dem Klo oder so.«

Am Nachmittag wird Kristina von der Mutter zu einer ihrer vielen Aktivitäten in der Stadt gebracht: Schwimmunterricht, Handballspielen und Ballett. Außerdem hat Kristina noch einmal pro Woche Flötenunterricht. Zum Schwimmen würde Kristina am liebsten nicht gehen:

32 Name auf Wunsch der Eltern geändert

»*Wer sagt, dass du dahin sollst?*
Meine Mutter.
Die sagt, da musst du hin.
Ja. Bis ich Gold habe. Oh Gott. Und ich hab schon Silber.
Na siehst du.
Gold geht aber schwierig. 15 m tauchen. Also so länglich. In Silber hab ich es ganz knapp geschafft. Da muss man nämlich 10 m weit tauchen.«

Die anderen Aktivitäten besucht sie gerne, und wenn möglich, würde Kristina noch ein oder zwei Nachmittage mehr füllen. Eigentlich würde sie nämlich am liebsten reiten, denn wie sich im Verlauf des Interviews herausstellt, sind Pferde ihre Leidenschaft. Leider ist ihr das Reiten zur Zeit aufgrund der langen Wartelisten noch verwehrt. Eine Zeitlang hat sie voltigiert, aber das wurde aufgegeben, weil sie dabei einfach zu selten aufs Pferd kam. »Zu viele Kinder und zu wenig Pferde«, konstatiert die Mutter. Dennoch sind Pferde ein wichtiger Inhalt der frei verfügbaren Zeit am Nachmittag, die beginnt, sobald Kristina ihre Hausaufgaben fertig hat. Die macht sie allein, mit einer Mischung aus Bummeln und Selbstdisziplin:

»Und dann komme ich nach Hause und mache Hausaufgaben. Aber dann höre ich auch Kassette und das dauert ganz lange dann.
Ach so, du hörst statt Hausaufgaben dann immer eine schöne Geschichte auf Kassette?
Ja nee. Die sind ganz langweilig, weil die kenne ich schon ganz auswendig. Aber ich mache dann immer ein bisschen Hausaufgaben, höre Kassette und mache dann wieder Hausaufgaben und so weiter. Und irgendwann sage ich, jetzt aber … jetzt reiß dich mal zusammen … und dann mache ich die Aufgaben zu Ende.«

Kristinas Spielräume

In der verbleibenden Zeit bis zum Abendessen trifft Kristina dann häufig eine Freundin zum Spielen. Fast immer drehen sich diese Spiele um Pferde, und bei gutem Wetter geht es nach draußen. Bücher liest Kristina ebenfalls, am liebsten natürlich Pferdegeschichten. Gleich zum Einstieg erzählt sie von einem Buch, das sie gerade liest:

»… das lese ich gerade. ›Finger Weg von Mississippi‹ heißt das. Da gibt es einen Film, der so heißt, und das Buch ist mit Fotos davon. Guck mal, hier und hier (zeigt Fotos im Buch). Da ist so eine Oma, ich glaube die heißt Annegret, die kauft das Pferd Mississippi von dem … ach weiß ich nicht wie der heißt. Es ist jedenfalls der Neffe von einem der gestorben ist. Die kauft von dem das Pferd und das kostet nur 400 Euro … Aber eigentlich will der das wiederhaben (…)
Schön. Sag mal, was hast du denn sonst noch für Bücher?
Das sind auch alles Pferdebücher.«

Ihr Lieblingsspielzeug sind Pferdefiguren aus Hartgummi, die sie dann auch gleich vorzeigt:

»Guck mal hier, das sind diese Tiere. Siehst du! Guck mal, das ist mein Lieblingspferd. Das hat so Locken wie bei den Turnieren. Das ist so schön hier oben und auch hier an den Füßen. Das mag ich. Hihi und guck mal die Reiter, wenn man mit denen spielt, dann muss man immer so tun, als ob die O-Beine haben.«

Ab und zu spielt sie mit ihrem Bruder, der dann offensichtlich die Inhalte bestimmt:

»*Was spielt ihr dann?*
Raumschiff. Ich spiele dann immer mit ihm Raumschiff. Er hat so Raumschiffe, mit denen spielen wir dann.

Ach so aus Lego? Spielt ihr auch manchmal mit Pferden?
(Lacht) Nein. Da spielt der nicht mit. Nur gaanz manchmal.«

Ansonsten nehmen sie zusammen mit den Nachbarskindern Filme mit der Kamera des Bruders auf oder spielen Karten.

Nach dem Abendessen geht es dann ins Bett: »... und dann gehe ich schlafen. Das ist immer, wenn ich schon schlafen will, dann kuschelt meine Mama noch ein bisschen mit mir. Oder ich gehe später ins Bett.«

Am Wochenende kann Kristina über ihre Zeit im Wesentlichen frei verfügen. Bis auf die Mahlzeiten gibt es keine familiär vorgesehenen festen Abläufe.

»*Und was machst du dann?*
Ach, immer unterschiedlich. Dann spiele ich mit Schleichtieren, und dann gehe ich raus und dann gucke ich bisschen Fernsehen und manchmal übernachten wir dann zusammen und dann, und dann, ja dann ist der Tag auch meistens schon vorbei. Also eigentlich spiele ich dann immer.«

Nebenrolle: Fernsehen und Computer

Zu den Freizeitmöglichkeiten gesellt sich anders als unter der Woche noch das Fernsehen. Hier hat Kristina klare Regeln:

»*Guckst du jeden Tag fernsehen? Auch an den Tagen, wo du zur Schule gehst?*
Nein. Da sagt Mama, wir dürfen nicht. Nur wenn keine Schule ist. Ich darf immer 30 Minuten gucken und wenn ich gute Noten habe, dann darf ich auch 45 Minuten gucken.«

Am liebsten hat sie Nils Holgerson. »Das ist so ein Junge, der wurde von einem Gnom verwandelt und ist ganz klein. Und dann fliegt er mit den Gänsen, mit der Gans Martin dann. Bis nach Lappland. Und da gibt es auch einen Waldbrand und dann fliegen die wieder bis zurück. Ja ich gucke am liebsten Kika und da kommt das dann auch immer.«

Ähnliches gilt für die Computernutzung. Hier spielt sie nur vereinzelt (Simulation einer Tierarztpraxis, Asterix und Obelix, Tomb Raider: Übungsplatz) und wenn, dann am Wochenende.

Rechte und Pflichten

Obwohl Kristina nach Aussagen der Mutter einige Pflichten im Haushalt übernehmen muss, fällt ihr im Interview dazu kaum etwas ein. Spontan nennt sie nur:

»Zimmer saugen. Das macht nicht so Spaß. Oder Zimmer aufräumen.
Wie oft musst du das denn machen?
So oft, wie mein Zimmer unordentlich ist.
Und saugen?
Das hängt ganz von mir ab. Wenn da Fussel liegen natürlich.
Und was musst du noch so machen zu Hause?
Äh, ... Haare kämmen. (...)
Glaubst du denn, du musst mehr machen als andere Kinder oder genauso viel?
Mehr. Oder dürfen, sag ich jetzt mal. Dass ich weniger darf als meine Freundinnen. Meine Freundinnen dürfen sich z. B. was aus dem Schrank aussuchen. Ich darf das nicht. Meine Mutter legt mir die Sachen immer hin ... Und meine Freundinnen können öfter spielen und dürfen auch mal Sachen ausfallen lassen.
(...) Die dürfen mehr. Weil die auch mal sagen dürfen: ›Ach jetzt hab ich keine Lust zum Schwimmen‹. Dann gehen sie nicht hin. Oder so was meinst du?
Ja, so was meinte ich.«

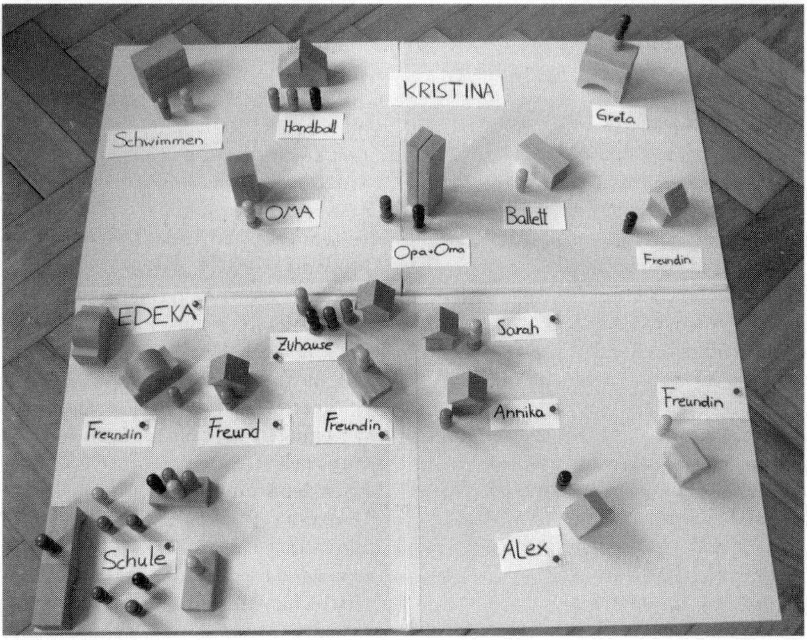

Hier wird deutlich, dass die Freizeitaktivitäten in ihrer Regelmäßigkeit von Kristina durchaus als Pflicht wahrgenommen werden. Im Gegensatz dazu fallen die häuslichen Aufgaben kaum ins Gewicht. Insgesamt zeigt sich ein deutlicher Unterschied zwischen Wochenende und Schultagen: Hier ein recht straffes Schul- und Freizeitprogramm, dort nahezu frei verfügbare Tage.

Orte und ihre Menschen

Bei der Aufstellung der für Kristina wichtigen Orte und Menschen beginnt sie mit ihrer unmittelbaren Nachbarschaft. Dort gibt es insgesamt vier wichtige Menschen: ihre beste Freundin und ihre Kernfamilie (Mama, Papa, Bruder). Ohne weiteren Hinweis wählt sie bewusst die wichtigsten Personen für ihre Aufstellung aus. So auch bei der Schule. Hier stellt sie nur die Kinder auf, mit denen sie in der Pause vornehmlich spielt. Bis auf zwei Ausnahmen sind dies Mädchen. Dass die Schule eine große Rolle spielt, fällt dadurch auf, dass hier nicht nur recht viele Kontakte zu finden sind, sondern dass Kristina sie auch weit detaillierter darstellt als die anderen Orte.

In der Aufstellung folgen die festen Freizeitaktivitäten Schwimmen, Handball und Ballett. Nur wenige für sie wichtige Menschen baut sie dort auf, und diese spielen in den anderen Lebensbereichen mit einer Ausnahme keine Rolle.

Als Nächstes deutet sie noch zwei Ortsteile an, in denen ihre Freundinnen wohnen. Einer dieser Ortsteile ist besonders wichtig, denn dort geht sie auch zur Schule und regelmäßig in den Supermarkt. Schließlich baut Kristina noch die Wohnungen ihrer Großeltern auf. Da diese in der Stadt wohnen, kann Kristina sie nicht allein besuchen.

Während der Aufstellung ihres Netzwerks ist Kristina sehr lebendig und eifrig dabei. Ihr fallen spontan immer wieder Menschen ein, die sie noch aufstellen möchte, sodass sie häufiger zwischen den Orten wechselt. Später ergänzt sie noch das Haus einer Freundin, die in einer anderen Stadt wohnt. Zwar kann Kristina sie nur in den Ferien besuchen, dann aber für längere Zeit.

Kristina ist offensichtlich ein sehr kontaktfreudiges Mädchen, das an vielen Orten andere Kinder trifft. Immer wieder wird deutlich, dass sie, wenn die Zeit es hergäbe, noch viel mehr Freundinnen zu Hause besuchen würde, um mit ihnen zu spielen oder bei ihnen zu übernachten. Aber am wichtigsten sind dann doch ihre beiden Freundinnen aus der Nachbarschaft: Sarah, die beste Freundin, mit der sie die meiste frei verfügbare Zeit verbringt, und Annika, die ebenfalls als feste Größe anzusehen ist, was sich vor allem bei den noch folgenden Themen Zukunft und Fantasiewelt niederschlägt.

Als Kristina Podeste für die wichtigsten Menschen verteilt, zeigt sich ein ähnliches Schema. Wichtig sind ihr besonders diejenigen, die sie am meisten mag. Und so würde sie am liebsten jeder ihrer Freundinnen und jedem in der Familie ein Podest geben. Gegen Ende kristallisieren sich dann doch noch Unterschiede heraus, indem sie einigen Personen sehr viele Podeste unterschiebt. Dazu zählen ihre Mutter, ihre beste Freundin Sarah und Greta, die sie nur in den Ferien sieht. Die restliche Familie (Vater, Bruder und Großeltern) sowie Annika erhalten jeweils zwei Plättchen als Podest.

Die Familie spielt trotz der örtlichen Nähe der Großeltern keine übermäßig große Rolle, ihre frei verfügbare Zeit verbringt Kristina vor allem mit den Freundinnen. »Familiensonntage« sind ihr ein Gräuel. Ihre Freundinnen sind auch in den Zukunftsfantasien wesentlich wichtiger als eine eigene Familie. Allerdings stellt die Familie ein stützendes Gerüst für einen großen Teil der Lebenswelten von Kristina dar. Den engsten Kontakt hat sie zu ihrer Mutter. Ihren Vater sieht Kristina unter der Woche im Laufe des Tages kaum. »Papa kommt ja meistens erst, wenn ich schon im Bett bin. Mit Mama spiele ich manchmal. Die arbeitet ja auch nur einen halben Tag. Einer muss ja auf uns aufpassen (lacht).« Doch auch ihre Großeltern sieht sie trotz größerer Entfernung regelmäßig.

Insgesamt scheinen die selbst- und die fremdbestimmten Anteile ihrer Lebenswelt in etwa im Gleichgewicht. Neben der Schule und zahlreichen von den Eltern organisierten Freizeitaktivitäten bleibt doch genügend Zeit, um mit den Freundinnen zu spielen.

Vieles kann Kristina allein zu Fuß erreichen: die meisten Freunde, die Schule und ihren Flötenunterricht. Die anderen Freizeitaktivitäten liegen außerhalb dieses Bereichs.

In den Ferien in die Welt

Und wie sieht es mit weiter entfernten Orten aus? Aus eigener Erfahrung kennt sie einiges aus den Ferien:

> »Ich war schon mal in Dänemark, da spricht man Englisch. Und manchmal Dänisch.
> *Kennst du denn noch andere Länder?*
> Hmm. Sonst gibt es noch Europa und andere Länder, England, USA und so.«

Letztere hat sie selber nicht besucht. Sie hat aber eine Freundin mit Verbindungen dorthin.

> »Alex. Mit der spiele ich gerne draußen. Wir machen Quatsch. Wir machen nur Witze. Und die kann Englisch.

Aha, woher kann die das denn?
Na, ihre Mama kommt aus USA oder so. Und da sprechen die Englisch. Also die ist eigentlich aus der USA aber wohnt hier.«

Ansonsten hat sie weder mit Kindern mit Migrationshintergrund zu tun, noch berichtet sie über weitere Länder. Ihre Welt ist noch auf die unmittelbar zugänglichen Bereiche beschränkt. Auch ihr Wissen über die ihr bekannten Länder beschränkt sich auf die Information oder Vermutung, dass Kinder dort auch zur Schule gehen. Später wird aber deutlich, dass Kristina durchaus schon von anderen Lebensumständen wie Armut oder Krieg gehört hat. Nachrichten oder Sendungen über unbekannte Länder erwähnt Kristina nicht. Viel reichhaltiger fallen da ihre Berichte aus der eigenen Fantasie aus.

Pferde und die eigenen Wünsche

In Kristinas Vorstellungen über die Zukunft sowie in ihren Wünschen für sich und die Welt spielt ihr Lieblingsthema »Pferde« eine herausragende Rolle und überstrahlt geradezu alles andere. Auf die Frage nach drei Wünschen, die sie sich am liebsten erfüllen würde, antwortet Kristina dann auch:

»Ich würde mir wünschen, dass ich ein Pferd hab. Dass das Pferd alleine ein Wunsch ist. Und eine Weide. Dann würde ich mir wünschen, dass ich wieder 3 Wünsche frei hab, so kann das immer weitergehen. Dann würde ich mir Putzzeug wünschen. Dann würde ich mir einen Stall wünschen. Dann würde ich mir wieder wünschen, dass ich 3 Wünsche frei hab. Und so lange, bis alles erfüllt ist, würde ich das machen.«

Bei weiterem Nachfragen ergibt sich zwar noch ein anderer Wunsch, der dient jedoch demselben Ziel:

»Und dass ich ganz viel Geld hab, ganz, ganz, ganz viel Geld. Über Millionen Euro. Damit kann man sich ja wieder ein Pferd kaufen.«

Erst nach der expliziten Aufforderung, Pferde bei weiteren möglichen Wünschen außen vor zu lassen, wünscht sich Kristina mehr Freiheit. Zunächst noch recht konkret und im Rahmen des Möglichen, später fantastischer mit anschließender Rückkehr zum Pferdethema:

»*Gibt's noch andere Sachen in deinem Leben, die du gerne verändern würdest?*
Puh. Ja, Ich würde verändern, dass meine Mutter nicht so streng ist.
Was würde die dann machen oder nicht mehr machen?
Na zum Beispiel sagen: Du gehst jetzt ab ins Bett. Ah, ich würde noch was verändern: Dass ich nicht zur Schule gehen muss, dass es keine Schulpflicht gibt.
Auch wenn du Mathe ganz gerne hast und so?
Kann man sich Mathehefte kaufen und im Laden nachfragen, wie das geht.
Also lieber alleine lernen, ja?
Ja.
Was wäre denn gut daran, wenn es keine Schule gäbe?
Ja, dann könnte man, wenn man ein Pferd hat, also wenn ich denn das Pferd hätte, könnte man ganz ewig lange ausreiten, keine Hausaufgaben machen, hach, immer spielen. Das wär schön. Na ja, später ist das ja vielleicht so. [Wenn sie mal erwachsen ist.]«

Die eigene Zukunft: ein Pferdehof

Die Vorstellungen von der eigenen Zukunft sind sogar noch mehr von Kristinas Lieblingsthema bestimmt. Auf die Frage, was sie machen möchte, wenn sie mal groß ist, schildert sie in allen Details eine Zukunft mit ihrer Freundin Annika auf einem Pferdehof.

»Also ich möchte Tierärztin werden und ich möchte mit meiner Freundin Annika einen Bauernhof also einen Pferdehof aufmachen. Dann möchte ich bei Springturnieren mitmachen. Also ich möchte Springen lernen. Also erst möchte ich reiten. Es gibt da noch eine Reitstunde, da wo ich Voltigieren gemacht hab. (...)
Ich möchte auch mal wie die Stars Springturniere mitmachen. Das wäre mein größter Traum. (...) Und wenn dann die Pferde krank sind, dann hätte meine Freundin Glück. Dann wär' ich gleich da. Dann muss sie nicht gleich noch 'ne Tierärztin holen.
Also du würdest gerne Tierärztin sein und dann einen Pferdehof haben.
Ja, nebenbei mit meiner Freundin einen Pferdehof haben. Doch nur nebenbei. Wegen dem Turniere-Mitmachen.
Und wie würdest du da leben, wie wär das da so? Wo würdest du wohnen?
Das wissen wir noch nicht. Das weiß ich noch nicht ... mit meiner Freundin. Gucken wir mal. Auf jeden Fall würden wir 2 Hunde und 2 Katzen kaufen. Für jeden ein Hund und eine Katze. Dann kann man die immer mitnehmen. Die Katze kann im Stall rumstromern und den Hund kann man mitnehmen zum Ausreiten oder auf die Koppel bewachen. Oder als Wachhund. (...)
Und würdet ihr dann beide zusammen wohnen?
Ja, zusammen wollen wir das dann machen. Da kriegt man das schneller hin.
Und wer wohnt dann noch da alles?
Wahrscheinlich nur wir beide und vielleicht noch ein paar Pfleger, die da auch die Pferde hinstellen. Und vielleicht werden wir, wenn wir das Geld haben, einen Reitlehrer engagieren. Und dann würden welche bei uns Ferien machen.
Ach, dann kommen Leute zu euch und machen Ferien, ja?
Ja, die können auch Ferien machen. Z.B. ein paar Plätze, wo die übernachten können oder auch mit den Pferden ausreiten können. Und mein Traumpferd würde ich dann Domino taufen, wenn es ein Hengst wär. Einen Schimmel würde ich, na so einen braunen Fuchs würde ich Domino taufen, also einen dunkelbraunen Fuchs. Also einen richtigen Fuchs würde ich, Fohlen oder Pony, würde ich Merlin taufen, wenn es ein Junge wär, und wenn es ein Brauner wär, würde ich es Domino taufen und wenn's ein Schimmel wär Flo, wenn's ein Junge ist. Bei mir sind's so die Jungs, in die Richtung mag ich lieber.«

Familie spielt für Kristina dabei keine Rolle, und Kinder lehnt Kristina sogar explizit ab:

»*Und denkst du, du hast vielleicht, wenn du mal groß bist, eine Familie und Kinder? Oder denkst du das gar nicht?*
Nee. Ich wär wahrscheinlich eher mit Tieren beschäftigt. (...) Das reicht mir. Und dann noch mit ein paar Kinder dazwischen, oh Gott, das wär anstrengend. Ja, dann muss man sich ja um die Kinder sich kümmern. Der Vater muss dann immer bei den Kindern sein. Weil als Tierärztin muss man ja überall hinfahren.
Da denkst du, nee, das passt nicht so richtig.
Ja genau. Wär schön mit 'ner Freundin. Ich könnt auch alleine mit Pferden leben.«

Sorgen macht sich Kristina eigentlich kaum, wenn sie an die Zukunft denkt. Hier könnte höchstens das Geld knapp werden. Ansonsten fühlt sie sich schon ganz gut vorbereitet auf ihre eigenen Zukunftspläne:

»*Gibt's da auch Sachen, wo du dir ein bisschen Sorgen machst, wenn du daran denkst, wenn du groß bist?*
Na ja, vielleicht um das Geld.
Ja, was kann da passieren?
Na ja. Eigentlich nichts. Ich mach dann ja Tierarzt und ein Tierarzt kann viel kosten. Da muss ich mir die Preise überlegen – Oh Gott! (...) Ich hab z.B. noch so ein Computerspiel, das ist meine Tierarztpraxis, da lernt man das schon so ein bisschen. Muss man selbst rausfinden, was man dem Tier geben z.B. bei Flöhen. Man muss die Medikamente – na ja – ich muss ja andauernd noch Medikamente kaufen und so. Man muss auf alles vorbereitet sein bei dem Spiel. Und so kann man das auch so ein bisschen lernen, was man da so zu tun hat und was man da bauen muss.«

Die Zeitreise

Kristinas Blick hundert Jahre in die Zukunft zeigt einen Roboter, der ihr die meiste Arbeit auf dem Pferdehof abnimmt, und Maschinenpferde (was sonst?), auf denen man reiten kann. Sie sieht eine vor allem technisch weiterentwickelte Welt mit Computern, die dreidimensionale Displays haben.

»Dass wenn man auf einen Knopf drückt, das Licht angeht von der Lampe.
So wie jetzt auch. Oder meinst du einen Knopf, den man bei sich hat?
Den man bei sich hat. Und die Türen öffnet.
Ach, 'ne Fernbedienung für alles.
Ja. Eine Fernbedienung für den Stall. Das macht alles ein Roboter. Didididit holt das Pferd raus, sattelt es, putzt es. Danke. Es gibt Hilfsroboter, die machen alles für einen, dass man nur den Spaß hat und keine Arbeit.
Keine Arbeit mehr. Die Roboter machen alles.
Das wär aber auch ein bisschen doof. Ja, ein bisschen braucht man ja, muss man ein bisschen machen. Bisschen Bewegung. Er holt das Geld von der Bank, druckt Geld. Also ich möchte morgen einen 500er. Noch 500, noch einer, noch einer, noch mal. 5000 500er. Dann guck! (macht Robotergeräusche) Fliegen alle raus.
Macht der einfach so.
Ja, einfach so. Aber davon sollte es nur einen in der Welt geben. Der sollte mir gehören.«

Kristinas Wünsche und Zukunftsfantasien drehen sich um das, womit sie sich auch jetzt schon in ihrer frei verfügbaren Zeit beschäftigt. Die eher fremdbestimmten Lebenswelten Schule, Familie und geregelte Freizeit spielen hingegen keine Rolle. Kristina betrachtet die Zukunft jenseits der Schulzeit als frei und nach eigenen Interessen gestaltbar, Autonomie ist ihr wichtig.

Pferdewelt

Nicht überraschend, dominieren auch bei Kristinas Ideen zur Verbesserung der Welt Pferdethemen.

»*Stell dir mal vor, alles könnte so sein, wie du es dir ausdenkst. Du könntest das Leben auf der Welt, also auf der Erde, verändern. Was würdest du da zuerst verändern?*
Also ich würde zuerst verändern, dass es keine Reitsperrwege mehr gibt, wo man nicht langreiten darf. Dann hätte

ich Glück als Tier. Dann können die überallhin galoppieren. (…)
Denk mal vielleicht, was würdest du noch verändern? Vielleicht auch, was auch nicht so mit Pferden zu tun hat.
Ja, dass es Frieden gibt. Dass die Menschen nicht mehr gegeneinander kämpfen. Dass es armen Kindern gutgeht.
Wie könnte man das vielleicht machen?
Indem … puh. Weiß ich nicht. Da fällt mir nichts ein, wie man das machen kann. Ja, wie kann man das machen …?
Ja, wie wäre das dann, wie würde das dann?
Das wäre schön. Ja. Wenn es keinen Streit gäbe. Und dass ein Pferd nur ein Euro kostet. Nein doch nicht. Sonst würden alle Pferde ausverkauft sein.«

Egozentrische Wünsche und gesellschaftliche Probleme wie Armut und Krieg: zwischen beidem schwankt Kristina. In ihrem Alltag erlebt sie Streit oder die ungerechte Verteilung von Dingen, und sie entwickelt ein Gespür dafür, dass etwas verändert werden sollte.

»*Überleg doch mal, was wäre denn noch anders als jetzt, wenn du bestimmen könntest?*
Dann würde ich sagen, dass ich und meine Freundin nichts bezahlen für das Grundstück. Keine Miete [für die eigene Pferdekoppel].
Und was wäre noch für die anderen Menschen anders, für alle anderen? Du hast gesagt, es gäbe keine Armen.
Ja, dass alles gerecht wär.
Was wäre dann gerecht? Wie wär das dann?
Zum Beispiel, dass alle gleich viel Essen bekommen im Dorf. Nicht dass jetzt jemand kommt, wie ich es jetzt gesagt hab, dass sie mehr Essen bekommen zum Beispiel. Und dann gibt's ja ganz viel, die bekommen ganz wenig. Sondern, dass es gerecht ist, dass beide gleich viel bekommen.
Okay, ja versteh ich. Was sind da noch so Sachen? Was fällt dir da noch so ein, was man da machen kann?
Auf jeden Fall, dass es keine Schule mehr gibt.
Für alle Kinder auf der ganzen Welt?
Nee, nee nur für Deutschland gilt das. Nee, nur hier in der Umgebung. Das wird fies.
Warum?
Dann würden alle hierherziehen. Dann wär es hier bald überfüllt.«

Fabio 8 Jahre, 3. Klasse Grundschule

»Also ich weiß nicht, ob ich das sein wollte, der Bestimmer über alles.«

März 2007

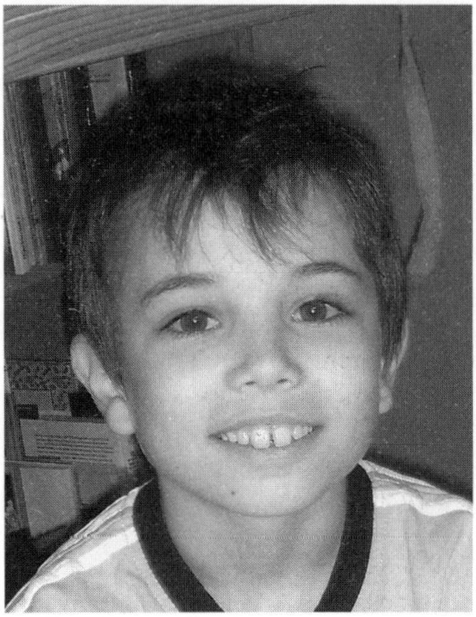

Fabio lebt mit seinen Eltern und seiner jüngeren Schwester in einem Dorf mit gut 700 Einwohnern. Das Dorf gehört zu einer Gemeinde vor den Toren Münchens. Eines von mehreren Reihenhäusern, die Straße endet später in einem Feldweg, wird von Fabios Familie bewohnt. Eine lange Einfahrt führt dorthin. Wenn man aus dem Auto aussteigt, öffnet sich der Blick über Wiesen und Felder zum nahe gelegenen Wald. Ganz in der Nähe: ein kleiner Weiher. Die Landwirtschaft spielt hier inzwischen eine untergeordnete Rolle; ein paar Pferdekoppeln, Rinder sind nicht mehr auf den Weiden, ein bisschen Getreideanbau, Erdbeer- und Himbeerfelder zum Selberpflücken für die Städter. Die meisten Einwohner sind Pendler und arbeiten in den umliegenden Gemeinden oder in München.

In seiner Umgebung kennt Fabio alle Kinder. »Wir sind alle zusammen neun größere Kinder und dann gibt es noch zwei Babys ... Da sind zwei Jungen, Gott sei Dank. Sonst sind alles Mädchen.« Das Haus ist hell und modern eingerichtet. Die Interviewerin wird freundlich hereingebeten. Zwei Katzen streichen herum, die auch zur Familie gehören. Fabio hat ein eigenes Zimmer im ersten Stock, das er für das Interview gut aufgeräumt hat. In den Regalen Spielzeug, viel Playmobil, Bücher, ein Radio mit Kassettenteil, an der Wand ein Plakat mit schicken Ferraris.

Fabios Mutter ist 38 Jahre alt und gelernte Grafikerin, zur Zeit ist sie Hausfrau und plant, eine Beschäftigung als Tagesmutter aufzunehmen. Der Vater, 39 Jahre, stammt aus Neapel und lebt seit 15 Jahren in Oberbayern. Seinen Beruf als Maler musste er wegen Rückenproblemen aufgeben und arbeitet nun als Kellner in einem italienischen Restaurant in der nächsten Ortschaft. Seinen freien Tag verbringt er immer mit den beiden Kindern. »Am Montag hat mein Papa frei, dann machen wir gemeinsam was.« Weil sie dann tagsüber »was unternehmen und viel laufen«, wird abends »auf der Couch gekuschelt« und noch ferngesehen.

Schule: Spaß oder schon der Ernst des Lebens?

Fabio wirkt ausgesprochen aufgeweckt. Seinen Tagesablauf rasselt er herunter, dass man Mühe hat, zu folgen. Ganz genau weiß er, wann was auf der Agenda steht. Der Wecker klingelt um Viertel vor sieben, und er muss auch morgens pünktlich sein, denn er fährt mit dem Schulbus in die Schule. Und wenn man dann zu spät in die Schule kommt, »dann sind wir halt nicht schuld«. Schulbusfahren ist prima, vor allem wegen der Fahrerin: »Weil die Busfahrerin, die ist einfach nicht zu ersetzen, so nett ist die.«

Die Schule macht Fabio Spaß, wie er sagt, und das hat mehrere Gründe. Er ist gut in der Schule, und das ist ihm auch sehr wichtig. Sein Lieblingsfach ist Heimat- und Sachkunde, Werken »und Textilgestalten oder so« mag er ebenfalls sehr.

»*Sag mal, deine Eltern, ist denen das schon sehr wichtig, dass du gute Noten hast?*
Das ist denen sehr, sehr wichtig. Die schimpfen mich dann. Zwar nicht, wenn ich eine Drei mit nach Hause bring. Habe ich ja fast nicht. Aber schlechte Noten bring ich auch nicht nach Hause. Ich hatte jetzt mindestens fünf Einser hintereinander wieder. Jetzt haben wir halt wieder Proben geschrieben. Wenn wir die rauskriegen, dann hoff ich, dass ich eine gute Note hab. Dann freue ich mich auch und dann trickse ich die Mama auch manchmal aus, wenn ich dann sag: ach, da ist ein Elternzettel in meiner Klarsichthülle, in meiner Jurismappe. Und dann gebe ich da halt die Mappe und dann macht sie auf, und dann tue ich die Probe extra oben rein. Und wenn sie aufmacht, sieht sie halt die Eins gleich.
Und dann freut sie sich ganz doll.
Ich möchte jetzt nicht angeben, aber das ist nix Neues, dass ich eine Eins hab. Es ist auch nichts Altes.
Und kontrollieren deine Eltern, bzw. deine Mutter wohl eher, deine Hausaufgaben?
Meine Mutter kontrolliert die Hausaufgaben. Wenn sie schlampig sind, darf ich sie nochmal schreiben. Wenn sie nicht schlampig sind, dann krieg ich ein Lob. Und wenn sie halt einfach geht, dann sagt sie, da ist noch ein Fehler, den verbesserst du jetzt und dann ist fertig.
Also, da passt sie schon auf.
Aber wenn sie jetzt sieht, dass ich das noch nicht kann, dann lässt sie das, damit die Lehrerin noch meine Schwäche sieht.«

Was Fabio hier sagt, scheint bezeichnend für die sehr bedachte Förderung und Begleitung durch die Mutter, mit ihrer ausgeglichenen, freundlichen Ausstrahlung.

Ein weiterer Grund, die Schule zu mögen, sind die anderen Kinder, denn »eigentlich bin ich mit allen in meiner Klasse befreundet«. Und was die Lehrerinnen betrifft, kann Fabio gut definieren, was »eine richtige Lehrerin ist«. Obwohl »man weiß das nicht, aber man merkt das einfach«. Dazu gehört: Freundlich sein, aber nicht alles erlauben und vor allem gerecht sein.

»Aber wenn man jetzt zum Beispiel mal streitet, dann bleibt die gerecht, dann ist sie nicht so, ach, den mag ich jetzt lieber, dem helf ich jetzt.
Also, das Gerechtsein ist auch ganz wichtig.
Das ist auch wichtig, ja. Und dass die halt zu den Kleineren wie zu den Größeren hält. (...) Sie sagt jetzt nicht, der ist größer, der weiß mehr, da halt ich zu den Kleinen, sondern das ist einfach, wie es sein sollte.«

In den ersten beiden Schuljahren hatte Fabio eine Lehrerin, die aber weit mehr war als »nur« eine richtige Lehrerin. Von ihr redet er in den höchsten Tönen:

»Und die Frau G., die war halt brutalst nett. Die sehe ich halt trotzdem noch jeden Tag und da geh ich auch manchmal noch hin und begrüß sie in der kleinen und der großen Pause.«

Und wenn es doch mal nicht so gut in der Schule geht, dann vertraut Fabio auf ein Foto der alten Lehrerin als Glücksbringer:

»Ich hab mich eigentlich ganz gut erholt, dass ich in Deutsch eine Vier zuerst hatte und dann eine Drei in einer Abschreibprobe dann auch noch. Und dann hab ich mir gemerkt, also leicht darf ich die Proben nicht nehmen. Und dann hab ich halt jetzt ein Foto von der Frau G. auch gekriegt und das leg ich mir immer hin, wenn ich eine Probe hab, als Glücksbringer.«

Es ist schon ein sehr hohes Maß an Gewissenhaftigkeit und Ernsthaftigkeit spürbar, wenn Fabio über die Schule spricht. Besonders deutlich wird das, wenn vom Übertritt auf das Gymnasium die Rede ist. Nach der Grundschule möchte Fabio gern auf das Gymnasium, und er weiß, welchen Notendurchschnitt man für den Übertritt braucht. Seinen eigenen hat er sogar selbst schon ausgerechnet.

»*Ja und wie bist du da auf die Idee gekommen, das auszurechnen?*
Weil ich mir manchmal aufschreibe, zum Beispiel in mein Büchlein, wo ich auch meinen Tageskalender drin habe. Da schreibe ich mir dann auch manchmal auf, da habe ich jetzt dies und dies gehabt. Dann rechne ich mir den Durchschnitt im Kopf aus, also ohne Taschenrechner. Das mach ich nämlich nicht mit Taschenrechner, weil ich Kopfrechnen dann übe gleichzeitig.
Machen das andere auch, oder wie bist du auf die Idee gekommen?
Ich bin einfach auf die Idee gekommen, weil die Mama gesagt hat, man braucht nen bestimmten Durchschnitt, und da hat sie mir gesagt, welcher der ist, und dann hab ich mich in mein Zimmer gesetzt und den ausgerechnet.«

Orte und Menschen im Leben

An den Nachmittagen ist das Spielen mit Moritz, dem besten Freund, und anderen Kindern im Ort am wichtigsten. An festen Nachmittagsaktivitäten sind da noch der Gitarren- und der Kommunionsunterricht zu nennen. Letzteres ist zeitlich begrenzt. Fabios Zeit ist also nicht sehr verplant.

Mit Begeisterung ist Fabio dabei, wenn es darum geht, alle Orte, an denen er sich aufhält, aufzubauen und die Menschen, mit denen er dort zusammenkommt, als Spielfiguren dazuzustellen.

Nachdem Fabio als Erstes sein eigenes Haus mit den Eltern, der 5-jährigen Schwester und den beiden Katzen aufgebaut hat, ist gleich Moritz an der Reihe und dann alle anderen Kinder in seiner direkten Umgebung, zumindest die 7 »älteren« Kinder. Es folgt die Schule, wo Fabio sich auf die wichtigsten Kontakte konzentriert, 8 Kinder und die beiden Lehrerinnen, die frühere und die jetzige Klassenlehrerin. Auch der Schulbus wird aus Bauklötzen konstruiert. Die Kirche im benachbarten Hauptort der Gemeinde wird aufgebaut, denn hier findet der Kommunionsunterricht statt, Fabio hat dort drei wichtige Kontakte zu anderen Kindern. Es folgt das Haus des Gitarrenlehrers, Fabio findet ihn »total toll«. In den Gitarrenunterricht gehen die beiden Freunde Fabio und Moritz zusammen, und Moritz ist auch in der Schule

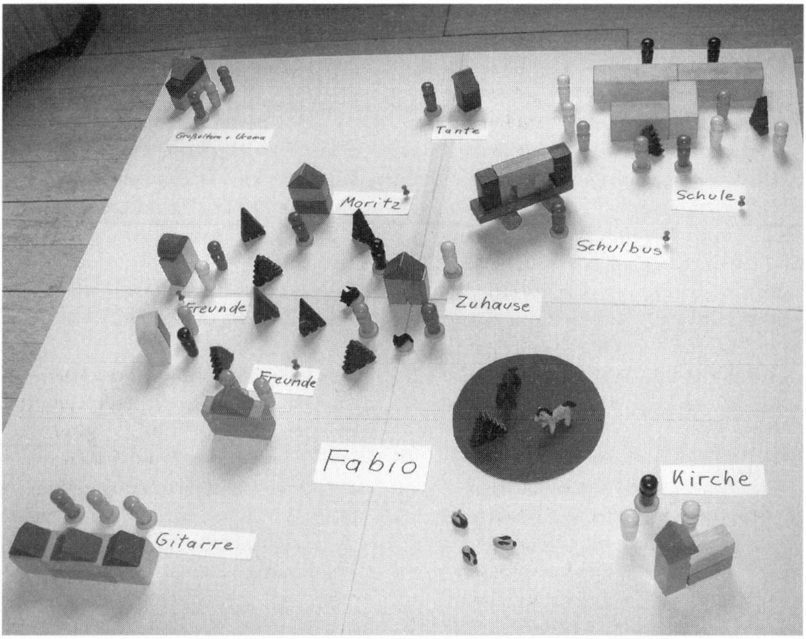

und im Kommunionsunterricht mit von der Partie.

Kontakt gibt es auch zur alten Generation, allerdings beschränkt sich Fabio bei der Aufstellung auf die Familie der Mutter, denn die italienischen Verwandten sind dafür wohl zu weit weg. Ganz in der Nähe gibt es die Großeltern und eine Uroma sowie eine Tante. Bei Oma und Opa übernachtet Fabio mit seiner Schwester des Öfteren.

Für die wichtigsten Personen Podeste zu verteilen, fällt Fabio nicht schwer: Da ist zum einen die eigene Familie, nicht zu vergessen die beiden Katzen. Fabio zögert ein bisschen, ob er sich selbst auf ein Podest stellen soll, aber schließlich – »ohne mich könnten Sie das jetzt nicht machen« – will er seiner Rolle als Hauptperson doch Ausdruck verleihen. Besonders hervorzuheben ist natürlich der Freund Moritz und eine weitere Freundin. Ansonsten sind es lauter Erwachsene, die wichtig sind: die Oma und die Tante, die alte Lehrerin, die Busfahrerin und der Gitarrenlehrer.

Das eigene Territorium und die Gefahren ringsum

Fabio erlebt die meiste Zeit, die er nicht in der Schule ist, mit Familie und Freunden im Umkreis des Hauses und der umgebenden Siedlung. Zu seinem besten Freund kommt er zu Fuß, und zwar direkt durch den Garten.

»Zu Moritz kann ich mit den Augen zu schon hingehen, weil da sind auch die Großeltern von ihm, und da darf ich dann über das Grundstück latschen. Da haben die auch eine Gartentürl einbauen lassen extra, damit ich dann auch immer rüberkann. Früher war da dann nur so ein Loch im Zaun. Das haben der Moritz und ich mal reingemacht, damit wir da unten durchmarschieren konnten.«

Die Schule erreicht er – wie erwähnt – mit dem Schulbus, und zu den Gitarrenstunden oder zur Kirche fährt ihn seine Mutter. Manchmal nehmen die Kinder zum Kommunionsunterricht auch gemeinsam den Bus. Die Großeltern, die Fabio oft besucht, wohnen am Rand der nächsten Ortschaft, von Fabios Dorf nur durch Felder getrennt. Die Straße, die durch die Felder führt, hat einen Radweg, allerdings darf er alleine mit dem Fahrrad dort nicht fahren. Wenn die Kinder im Ort zusammen draußen spielen, dann findet das in den Gärten oder z.B. in der langen Einfahrt von den Reihenhäusern bis zur Straße statt. In diesem kleinen »Biotop« fühlt Fabio sich wohl und gut aufgehoben.

Zu der Frage, ob er denn mit seinen Freunden auch in den Wiesen, im Wald oder am Weiher spielt, ergibt sich folgender Dialog zu Beginn des Interviews:

»*Und wenn du so allein spielst, womit spielst du dann?*
Entweder … eigentlich mach ich das dann eher, dass ich Playmobil spiele oder ich schau Bücher an, das mach ich auch immer ganz gerne. Auch Bücher mit Natur und so. Da kenn ich mich dann gut aus. Ich hab in der Schule auch eine 1 in HSU, also so Sachen …
Natur gibt es ja auch ganz viel direkt um euch rum.
Ja, das ist schön … also eigentlich ist Wald ringsherum. Und es ist so, dass auch nur eine Straße durchgeht.
Und gehst du mit deinen Freunden auch draußen spielen?
Ja, aber ich darf auch nicht … zum Beispiel hier im Dorf, ich darf nur bis vor zur Einfahrt gehen, weil das wäre auch schon zu gefährlich, wenn ich mit meinem Freund da rumgehe, das darf ich nicht.
Das darfst du nicht?
… und das will ich gar nicht, sondern das ist auch ein bisschen … (zögert)
Das ist dir auch ein bisschen unheimlich?
(Nickt) Das mag ich nicht.
Und warum ist das unheimlich?
Weil ich dann irgendwie … weil ich keine Sportart mache. Und wenn ich eine mache, dann muss ich Judo machen wegen der Selbstverteidigung. Da hat meine Mutter Angst, dass ich halt da im Dorf rumgeh und dann was passiert.
Was könnte denn da passieren?
Da könnte jemand mit 'nem Auto halten und mich reinziehen. Das mag ich jetzt deswegen nicht. Und es könnte passieren, dass ich mir weh tue, und dann, zum Beispiel ist meinem Freund schon mal passiert, das war im Winter, der ist ausgerutscht und mit dem Kopf gegen eine Mauer geknallt auf dem Weg zum Bus. Und das hat er dann niemandem gesagt und das wusste nicht mal ich, sondern hinterher dann in der Schule, in der ersten Klasse war das, da hat er dann gekotzt und dann musste er halt ins Krankenhaus, weil er eine Gehirnerschütterung hatte.
Au weia. Das ist ja richtig schlimm. Wobei, da hilft Selbstverteidigung auch nicht so wirklich, oder?
Bei dem nicht, aber bei wenn ein Auto hält und einen wer einfach reinzieht, da hilft das schon.
Und davor hast du auch Angst?
Da hab ich auch davor Angst. Das ist mir unheimlich. Was die Mama da immer so erzählt und die hat dann auch irgendwie Angst.
Und ich hab mir gedacht, dass du mit deinen Freunden jetzt hier so über die Wiesen streifst und so am Weiher spielst.
Hier am Weiher nicht. Da geh ich eher mit der Mama oder da hab ich auch einen Freund, der wohnt da. Der ist

schon größer. Der ist ungefähr zehn oder elf, und mit dem komm ich halt auch ganz gut aus. Der wohnt halt da neben dem Weiher. Da kann man reingehen über eine Wiese und dann ist halt da der Weiher, und da geht der mit mir dann halt hin manchmal. Und dann gehen wir auch nicht so nah zum Wasser, weil der ist auch ganz vorsichtig, wenn ich dabei bin, weil er halt nicht will, dass er schuld ist, wenn ich in den Weiher falle. Und dass er halt auch nicht will, dass ich ersaufe.«

Fabio wächst also sehr behütet auf. Er ist über mögliche Gefahren aufgeklärt. Entsprechend ist sein Verhältnis zur weiteren Umgebung und der Möglichkeit, diese zu erkunden, nicht unbeschwert. Dabei sind Fabios Eltern wohl nicht besorgter als andere, und offenbar herrscht bei den Eltern im Dorf Übereinstimmung, die Freiheitsspielräume der Kinder in der von Fabio beschriebenen Weise zu begrenzen. Freies Spielen gibt es in den auch für Eltern überschaubaren Bereichen mit besser kalkulierbaren Risiken.

Die weite Welt und eine Hilfsaktion

Fabio weiß sehr gut, dass es eine Welt außerhalb seines Dorfs gibt. Er hat schon deshalb ein bisschen mehr davon gesehen, weil sein Vater aus Italien kommt. Sein Vater hat ihm Italienisch beigebracht, auch die Mutter spricht die Sprache. In den Ferien geht es meist nach Italien, und besonders die Aufenthalte auf einem Zeltplatz in Porto Felice, in der Nähe von Venedig, findet Fabio absolut begeisternd. Bei der Verwandtschaft in Neapel war er schon mehrmals, bleibt aber dazu etwas wortkarg.

Und darüber hinaus? »Mit dem Weltatlas kenne ich mich auch ein bisschen aus«, sagt Fabio, und deshalb hat er schon von anderen Kontinenten gehört. Zum Beispiel ist ihm bewusst, dass es Kindern in Afrika nicht gutgeht, und er ist sehr stolz, bei einer Hilfsaktion der Schule Geld gesammelt zu haben.

»Weil wir haben nämlich auch in der Schule so eine Aktion, da wird dann da Geld hingeschickt (…) Das heißt dann »Kinder laufen für Kinder«. Und da ist dann so eine Bahn von 500 m, und wenn einer zweimal außen rumläuft, kriegt er immer wieder einen Stempel für jede Runde und alle zwei Stempel geben einen Kilometer. Und da bin ich mal acht Kilometer gelaufen, und da tun dann die einzelnen Familienmitglieder sagen, für jeden Kilometer kriegst du von mir fünf Euro, für jeden Kilometer kriegst du von mir einen Euro. Und das wird dann gesammelt, das bringst du dann mit in die Schule. Das kommt dann in ein Kuvert, in so einen großen Tresor, glaub ich und dann wird das von irgendwelchen Bussen zum Flughafen gefahren und dann wird das dahingeflogen, das Geld.

Das ist ja toll. Da hast du ja sicher mit acht Kilometern ganz schön viel Geld gesammelt.

(Stolz) Das waren halt 16 Runden.

Das war ganz schön viel. Da warst du bestimmt ganz kaputt oder?

Na ja. Da darf man halt nicht stehenbleiben. Da muss man immer gehen … Man muss halt nicht rennen. (…) Da ist man ganz schön kaputt. Da hab ich mich am Abend … da wollte die Mama mit mir noch was anschauen im Fernsehen, da bin ich eingeschlafen.

Und fandest du das gut, die ganze Aktion?

Ja, das fand ich total gut, weil eigentlich hat man da auch Spaß beim Laufen. Also, das fand ich total gut. Da kann man auch mit seinen Freunden zusammen laufen.

Genau. Und hast du auch eine Vorstellung, was dann mit dem Geld gemacht wird?

Ja, Schulen gebaut. (…) Und die ist ja

dieses Jahr wieder, die Aktion. Da werde ich mit meinen Freunden noch mehr Kilometer zusammen laufen. Ungefähr zehn, weil manche haben zwanzig Runden gemacht, und da habe ich mir gedacht: Nächstes Jahr vielleicht!«

Lesen, Spielen, der beste Freund

Zu Fabios Nachmittagsbeschäftigungen gehört auch Briefmarkensammeln und dann vor allem Lesen. Seine Bücher sind ihm wichtig, von denen möchte er »kein einziges hergeben«.

»*Welches sind denn so die ganz wichtigen Bücher, die du hast?*

Also, das sind erst mal die Lexikas. Dann kommen die Wilden-Kerle-Bücher und Detektivbücher. Und noch so Witzebücher. Die mag ich total gern. (...) Die Mama soll mir ein Regal kaufen und das soll da hin (zeigt), weil da hab ich schon eine doppelte Reihe. Die Bücher passen da schon gar nicht mehr rein. (...)

Was auf meiner Wunschliste immer steht, da schau ich mir auch immer Bücherkataloge an, da stehen dann immer nur Bücher. Zu Weihnachten zum Beispiel.«

Mit seinem besten Freund spielt Fabio mit Playmobil, und die beiden denken sich eine Menge zusammen aus. Sie haben zum Beispiel schon mal ein Bühnenbild entworfen, und Fabio zeigt mir die Zeichnung von einem Traumhaus, in dem sie später mal zusammen wohnen wollen. Dass die beiden sich so gut verstehen, ist auch deshalb wichtig, weil alle anderen Kinder in Fabios näherer Umgebung Mädchen sind. Und was ist eigentlich ein bester Freund?

»(Überlegt) Wenn man sich halt ganz lange kennt und dann irgendwie dem hilft dann auch so und hilfreich ist. Und immer auch freundlich dazu, ist ja klar. Wir helfen uns halt dann auch gegenseitig. Und wenn zum Beispiel mal irgendwas ist, dann ist halt er auch da.

Auch so wenn man mal in Schwierigkeiten ist.

Den kenne ich halt schon seit der Geburtsvorbereitung. Seine Mutter und so, die kennen sich auch. (...) Und in der Schule, da kannten meine Mutter und die Martina sich auch schon.«

Fernsehen und Computer

Fernsehen spielt keine so große Rolle für Fabio und seine Schwester, aber eben auch, weil es ganz bewusst beschränkt wird. Es gibt einen Fernseher, der im Wohnzimmer steht. Ein Fernseher im Kinderzimmer käme nicht in Frage, zumindest jetzt noch nicht.

»Also, ich seh eigentlich nicht so oft fern, weil die Mama das auch findet, dass man seine Zeit anders totschlagen kann außer mit Fernsehen. Ich darf dann auch keinen Kack anschauen im Fernsehen, weil die Mama findet, und das finde ich genauso, dass das einfach nicht sein muss, so einen Quatsch anzuschauen im Fernsehen. Ja, das muss einfach nicht sein. Von Kindersendungen schau ich Wicki gern an im Fernsehen einfach. Das kommt aber leider jetzt nicht mehr, aber dann schau ich noch die Gummibärenbande gern an. Das wär's dann eigentlich, das Tagesfernsehen. Das ist dann eine Sendung, zwei Sendungen am Tag, und dann ist Schluss. Ungefähr so eine halbe Stunde Fernsehen am Tag, und das nicht so viel. Von 24 Stunden eine halbe Stunde, bleiben noch 23½ Stunden.«

Fabio ist offensichtlich klar, dass viel Fernsehen eher nicht so »sozial erwünscht« ist. Deshalb könnte eine halben, Stunde Fernsehen am Tag schon ein bisschen untertrieben sein. Aber es wird auch deutlich, dass die Regelungen und Absprachen hier nicht einfach unterlaufen werden können.

»*Gibt es manchmal Ärger, wenn du doch zu viel fernsiehst, oder kommt das nicht vor?*
Also, wenn die Mama jetzt weg ist und ich fernsehe, dann sage ich ihr das vorher per Telefon oder per Handy, je nachdem. Also, ich hab noch kein Handy, ist ja klar. Das muss auch noch nicht sein mit acht. Aber wenn die Mama zufällig ihres da lässt, weil die hat ja zwei, und wenn sie eins da lässt, das macht sie ja dann, kann ich sie per Handy informieren oder per Telefon. Und wenn ich fernsehe, ich mach das dann auch nicht heimlich, weil ich weiß, dass es dann Ärger gibt, weil die Mama das dann auch weiß, dass ich gefernseht habe. Weil die dann kommt plötzlich, und ich schau nicht auf die Uhr beim Fernsehen, plötzlich kommt sie und dann ist der Fernseher an.«

Fabio hört eher mal Radio, schließlich hat er auch selbst eins in seinem Zimmer. Ein Radio mit Kassettenteil, denn Kassetten (Pumuckl und Benjamin Blümchen) hört er auch noch ganz gern. Wenn im Radio Nachrichten kommen, macht er es lieber leiser, »weil mich die nicht interessieren«, und stellt wieder lauter, »wenn gute Lieder kommen«. Außerdem sind Nachrichten oft ziemlich gruselig.

»*Also, im Radio Nachrichten kriegst du schon manchmal mit?*
(Zögert) Das steht auch bei mir im Zimmer, aber wenn ich dann einen guten Sender eingestellt und wenn ich dann davor gehört habe, dass dann ein gutes Lied danach kommt, dann schalte ich die Nachrichten nicht weg. Aber man kann ja den Nachrichten praktisch im Radio auch nicht entkommen außer eben auszumachen. Die kommen überall um die gleiche Zeit.
Ja. Und hast du da schon mal irgendwas mitgekriegt in den Nachrichten?
Dass irgendwie wieder über Politik berichtet wird.
Aber was da so war, weißt du nicht mehr? Oder was da sonst so vorkommt, was nicht Politik ist?
Dass ein Geisterfahrer auf der Straße jetzt fährt. Das ist dann eher so Horrorzeug. Das hör ich mir lieber nicht an.
Horrorzeug gibt es auch.
Ja im Radio. Das mag ich überhaupt nicht gern.
Und was für Horrorzeug gibt es da noch außer Geisterfahrern?
Da hab ich mal, das weiß ich jetzt noch, das hab ich mal im Bus gehört, da hat die Fahrerin dann schnell weggeschalten danach. Da haben zwei Leute einen VW-Bus mit zwei Kindern auf dem Rücksitz in die Luft gesprengt auf'nem Parkplatz.
Oh je! Und so was kommt eben manchmal in den Nachrichten.
Ja, und das finde ich dann auch irgendwie so schrecklich, dass ich dann wegschalte, die Nachrichten. Also, Nachrichten hören, das muss ich halt einfach manchmal, wenn ich weiß, danach kommt das und das, da muss ich das einfach.«

Mit dem Computer kennt Fabio sich schon ein bisschen aus. Was seine Mutter in Ebay macht, findet er sehr interessant. Er darf ab und zu Computerspiele machen …

»… da darf ich aber keine mit Schießen machen. Das ist dann auch halt erst wieder ab … Da hab ich so Klassenkameraden, die finden das sogar noch toll, diese Computerspiele. Und da hab ich mir manchmal gedacht, da sag ich jetzt nix, aber das find ich überhaupt nicht gut so. Ein Computerspiel, da mach ich dann irgendwas mit Suchen oder was Anklicken einfach, wo dann komische Sachen passieren oder so Rätselcomputerspiele oder so Autofahren. Das find ich total toll, wo man dann so selber ... Also zum Beispiel einmal, da hab ich wohl eine Wand zusammengewalzt, und da ist so ein Motorrad gekommen und da bin ich nicht mehr rechtzeitig auf die Seite gefahren, und da habe ich das über den Haufen gerast, und das ist dann weggeflogen und voll in die Zuschauer reingerast.«

Also Ballerspiele nein, aber mit dem Auto eine Wand zusammenwalzen schon. Hier wird aber auch deutlich, dass Fabio zwischen Realität und Computerspiel gut unterscheidet, denn von Geisterfahrern und Anschlägen im Radio zu hören, findet er schrecklich, dagegen im Computerspiel ein Motorrad über den Haufen zu rasen, eher spektakulär und eben doch nur Spiel.

Einen Gameboy oder eine Playstation hat er nicht, wobei er das »auch ein bisschen so übertriebenes Zeug« findet. Wenn er mit seinem Freund spielt, dann selten am Computer.

»... weil seine Mutter ist genauso wie meine. Die erlaubt das auch nicht. Also manchmal dürfen wir das schon, aber keine solche Spiele, die ich genauso nicht spielen darf.«

Wie wird die Zukunft?
Was wird mit der Natur?

Wenn man mit einer Zeitmaschine in die Zukunft fährt, ist offenbar egal, ob man 20, 100 oder mehr Jahre in die Zukunft fährt, auf jeden Fall ist dann vieles anders.

»Also, dass da jemand zum Beispiel so Autos erfunden hat, die durch die Luft fliegen können. Es könnte auch sein, dass Häuser nicht mehr so sind wie jetzt, sondern dass zum Beispiel dann die Kamine zur Seite, zum Fester raushängen. Das stelle ich mir manchmal vor in meiner Zukunftswelt, die tue ich dann auch mit dem Moritz auch manchmal aufzeichnen.«

Die beiden Freunde haben ein Traumhaus für die Zukunft gezeichnet, in dem sie wohnen wollen. Das Traumhaus hat zwei Türme, einen Privatturm für Moritz und Fabio und Familienangehörige sowie einen für Gäste. An ein Kino und eine Disko, eine Werkstatt und einen Speisesaal haben sie auch gedacht. Daneben gibt es zahlreiche weitere Zimmer, nicht zuletzt für das Personal.

»*Also, in dem Haus ist Platz für ganz viele Leute.*
Ja, aber ich hab mir noch nicht ausgerechnet für wie viele, aber es ist jetzt ja auch noch nicht fertig. Da wäre alles zum Beispiel von privat alles [zeigt auf einen Turm]. Das haben wir jetzt für unsere Eltern, für unsere Großeltern und so. Und das ist der Turm. Da wäre jetzt zum Beispiel, wenn jemand vorbeikommt, der jetzt ein Wanderer ist. Und da wären jetzt die Zimmer daneben im Turm, das wären dann die Gästezimmer. Also, das wäre dann hier ein Gästezimmer, wo du halt immer wieder runtergehen musst, Gästezimmer, Klo, Bad für einen Gast. Dann Gästezimmer, Klo, Bad für einen anderen Gast. Und hier wieder eins.
Und was ist SCH? Schlafzimmer?
Ja, Schlafzimmer für den Gärtner.
(Erstaunt) Gärtner?
Ja. Ja, der Garten ist auch noch irgendwo aufgezeichnet, aber ich weiß nicht mehr, wo der ist ...

Also da gibt es ja noch jede Menge Gärtner und Putzfrauen!
Ja klar. (Lachen)«

Die Erfindungen der Zukunft werden im Interview diskutiert, und Fabio ist offen für kritische Überlegungen, wie wahrscheinlich sie denn wirklich sind und welche Folgen sie für die Natur hätten.

»*Aber eins musst du mir noch mal erklären: Was es bedeutet, wenn die Schornsteine seitlich aus den Häusern rausgucken.*
Das ist dann einfach eine Erfindung, die zum Beispiel dann neu ist. Dass es einfach anders aussieht die Welt, zum Beispiel dass die Schornsteine nicht hier oben sind, sondern dass da zum Beispiel Türen statt den Schornsteinen auf den Häusern drauf sind. Und die Schornsteine eben zu den Seiten so hoch rausgehen, dass man dann … Das ist eigentlich sowieso besser, wenn die aus den Seiten rausgehen, weil das sowieso nur Luftverschmutzung ist.
Ja, aber zur Seite? Würden sie dann die Luft nicht genauso verschmutzen?
Ja, schon, aber … Na ja, stimmt eigentlich.
Und was könnte noch ganz anders aussehen? Fliegende Autos, hast du gesagt. Dann gäbe es ja auch weniger Stau?
Das gäbe wirklich weniger Stau. Aber wenn alle durch die Luft fliegen würden, dann gäbe es in der Luft Stau und das wäre dann … Dann wäre man aber auch schlau und würde dann die Straße benutzen und nicht die Luft.
Genau, man hätte ja vielleicht die Auswahl.
Aber das wäre natürlich auch dumm, wenn plötzlich aus der Luft einer herunterkommt und dich 'zammfährt, dass ein Unfall zum Beispiel, wenn aus der Luft zwei Autos runterkommen.
Ja. Na, vielleicht wären die Autos dann auch schlauer.
Stimmt! Und den Boden nehmen.«

Was die Natur angeht, so hat Fabio für die Zukunft durchaus realistische Befürchtungen, denn er hat gehört, dass es durch den Klimawandel vermehrt zu Stürmen kommen wird. Da er Bäume sehr gern mag, fände er es schrecklich, wenn sie immer stärker gefährdet wären. Und er selbst geht sorgsam um mit den Bäumen …

»Wenn ich klettere, dann klettere ich total gern auf Bäume, und ich seh dann auch schon, weil ich mich mit der Natur auskenne, welcher Baum: da darf ich jetzt drauf klettern, da darf ich nicht. Man sieht dann auch, wenn der Baum noch jung ist, wo man nicht drauf klettern soll. Wenn er älter ist, da darf man dann auch nicht drauf klettern, weil er dann nämlich schon zu alt ist und da dann die Äste morsch werden. Oder wenn du dann zu hoch kletterst, brichst du ab.
Da passt du dann auf, dass du auf die richtigen Bäume kletterst?
Da pass ich dann auf. Auf einen Baum, der zum Beispiel zu jung ist, da darf man nicht drauf klettern, dann geht der kaputt. Und das will ich ja eben nicht, dass die Bäume kaputtgehen.«

Und was würde er machen, wenn er die Zukunft bestimmen könnte? Diese Vorstellung erscheint ihm zweischneidig, ja sogar eher bedrohlich als verlockend.

»Also, ich weiß nicht, ob ich das sein wollte, der Bestimmer über alles, weil das irgendwie nicht so toll wäre, wenn du der Bestimmer über alles wärst und dann würdest du sagen, das möchte ich gern machen, und das machen wir jetzt so und die anderen finden das doof, und dann mag dich plötzlich keiner mehr. Das würde ich überhaupt nicht wollen so was, denn ich hab so viele Freunde, und die dann alle verlieren, das wäre nicht toll. Und außerdem wäre ich Bestimmer über alles, würde ich nur eins verändern, dass die Leute mehr Gehalt kriegen.
Mehr Gehalt kriegen?
Ja, manche, die beschweren sich auch schon die ganze Zeit, im Radio, dass sie zu wenig Gehalt kriegen.
Das hast du schon mitgekriegt?
Das hab ich schon mitgekriegt, auch in den Nachrichten, obwohl ich eigentlich nicht so oft Nachrichten höre, habe ich ja vorher schon gesagt.
Ja. Und gibt es noch was, was du verändern würdest? Du kennst dich doch mit der Natur so gut aus. Fällt dir da zu dem Thema noch was ein?
Also, in der Natur, da könnte ich höchstens verändern, dass weniger Bäume für Straßen gefällt werden. Dann würde mehr Energie kommen, und dann wäre es auch wieder besser. Und außerdem sollen die Autos nicht mit Benzin fahren, weil das verschmutzt die Luft.
Also, die Autos sollen überhaupt weniger fahren oder anders?
Hm, hm (verneint). Sie sollen genauso wie immer fahren, bloß sie sollen halt mit Wasser fahren zum Beispiel. Oder mit, wie kann man das machen, dass es nicht verschmutzt? Eigentlich gar nicht außer mit Wasser, Autos mit Wasser. Wer das dann halt noch macht, der muss dann mehr für sein Auto zahlen, weil es das dann nicht mehr gibt. Das ist dann praktisch ein besonderes Auto. Da wird es jeder einwechseln. Das hat dann jeder. Und die Autos … was macht man dann mit denen? Die könnte man dann entweder umbauen oder verschrotten. Die sind dann einfach weg, und das ist dann auch gut so, weil die Luft zu verschmutzen ist einfach schlimm.«

Leider sind von all diesen Überlegungen auch die Ferraris betroffen, die auf dem

Poster in seinem Zimmer zu sehen sind. Aber die müssten dann eben auch mit Wasser fahren, obwohl ... »Wasser ist schwer eigentlich, wenn man so den ganzen Tank voll hat. Und die Autos könnten dann nicht mehr so schnell fahren.« Also keine Autorennen mehr?

»Doch. Das könnte man eigentlich gar nicht zulassen, weil das ist so toll, denen da zuzuschauen, wie die da rumrasen.«

Die eigene Zukunft

Über seine eigene Zukunft ist sich Fabio noch sehr im Unklaren. Das Thema wird darum auch nach kurzer Zeit wieder fallengelassen. Was er schon weiß, betrifft seine Pläne für die engere Zukunft. Da möchte er erstens auf das Gymnasium kommen und zweitens bei der Jugendfeuerwehr eintreten. Dafür muss man allerdings schon 12 Jahre alt sein.

Etwas besogt blickt er auf die beruflichen Alternativen, die man so hat, und findet an jedem Beruf etwas Bedenkliches.

»Da gibt es viel, was man werden kann. Einmal hat man sich überlegt, ob du Lehrer werden willst. Und dann hat man sich wieder überlegt, nee, Lehrer ist ein bisschen irgendwie anstrengend. Dann möchte ich doch lieber Pilot werden. Aber Pilot, da habe ich Angst, dass ich abstürze. Da möchte ich dann doch lieber Zugführer werden. Oh, da hab ich Angst, dass ich entgleise. Da will ich doch lieber Kapitän werden. Nee, da hab ich Angst, dass ich untergehe usw.

Ja, aha. Da hast ja schon ganz schön viel von Angst geredet.

Das wär ja schön, aber ich möchte ja auch nicht in meinem Beruf sterben, sondern ich möchte ihn ja gern machen.

Also muss man schon ein bisschen aufpassen bei der Berufswahl.

Also, Kapitän bei so einem riesengroßen Schiff, das wär ja dann schon mal ganz toll. Aber es ist dann auch bei riesengroßen Schiffen wieder die Sache, dass da wenig Rettungsboote sind.«

Mit seiner lebhaften Fantasie kann sich Fabio – wie geschildert – Zukunftsvisionen ebenso ausmalen wie verhängnisvolle Entwicklungen.

Schlaue Wünsche

Auch Fabio bekommt eine Frage gestellt, die auf den ersten Blick einfach aussieht, aber äußerst knifflig ist und ihn sehr beschäftigt.

»*Ja, klar. Jetzt stellst du dir mal vor, eines Tages kommt eine Fee zu dir. Die sagt, lieber Fabio, du hast jetzt drei Wünsche frei. Was würdest du dir wünschen?*

(Pfiffig, hebt den Finger) Dass die mir immer meine ganzen Wünsche erfüllen muss, ist der erste Wunsch. So, dann hammer's! (Zufrieden)

Dann hammer's. Mehr Wünsche braucht es dann zunächst mal gar nicht.

Dann kann ich sagen, also ich würde mir jetzt, ich hab mal so ein Buch gelesen, da hat sie sich dann den Koffer Schokolade gewünscht. Das würde ich aber überhaupt nicht machen, denn dann würde ich erst mal für dieses Haus hier einen größeren Garten wünschen. Dann würde ich sagen, jetzt möcht ich das Haus ein bisschen vergrößert haben. Jetzt möcht ich gerne, dass kein Mensch, jedenfalls keiner aus meiner Familie, jemals sterben wird. Das möchte ich dann auch nicht. Das ist sowieso schon oft passiert.

Dass jemand gestorben ist?

Das hab ich schon zweimal mitgekriegt.

Aha, und was hast du da mitgekriegt? Wer ist da gestorben?
Also, mein Uropa, das hab ich nicht mitgekriegt. Aber das hat mich dann auch irgendwie gewundert, dass der dann nicht mehr da war. Und dann meine Tante, meine Großtante. Die ist dann auch irgendwann an einem Herzinfarkt gestorben. Also, das würde ich mir dann wünschen. Und ich hab ja dann für immer die Wünsche frei. Und was ich mir noch nicht wünschen dürfte eigentlich und auch nicht wünschen möchte, das wäre dann: die Hausaufgaben schon gemacht. Weil dann weiß ja ich auch nichts, wenn die Fee doch mal verlorengeht, dann kann ich überhaupt nix. (…)«

Fabio möchte alle Eventualitäten durchdenken. Das ist auch seine Art, auf Nummer Sicher zu gehen. Und Sicherheit ist durchaus ein wichtiges Thema im Interview mit Fabio.

»Das ist ja auch dann schräg, wenn ich mir jetzt die Hausaufgaben machen lasse und dann hab ich immer alles richtig. Das kommt ja auch zwar manchmal vor, dass ich alles richtig hab bei den Hausaufgaben, aber das ist nicht immer und das würde dann die Lehrerin schon auch wundern. (…) Das würde ich überhaupt nicht machen, weil es braucht ja auch keiner zu wissen, dass die Fee zu mir gekommen ist.
Ja, sonst würden wahrscheinlich alle anderen Leute auch zu dir kommen und sagen: He, Fabio, deine Fee soll jetzt noch mal dies und das für uns machen – oder?
Das würde ich aber nicht machen. Also, nur, wenn es wirklich ganz wichtig ist.
He! (Hat einen Einfall) Aber, ach so jetzt … klar … das geht ja nicht!
Was geht nicht?
Dass ich jetzt sage, aus meiner Familie darf niemand jetzt sterben, da muss ich mir aber noch wünschen, dass ich das nicht tue. Denn es wäre ja doof, dann sage ich, niemand aus meiner Familie, und dann bin ich hin. Das wär auch wieder doof.«

Nina 9 Jahre, 4. Klasse Grundschule

»Ich kann auch schon weinen ohne Tränenmittel.«

Juni 2007

Ninas Familie lebt in Frankfurt in einem urbanen Viertel, nur wenige Kilometer entfernt von der City. Bevor man in die Straße mit der angegebenen Adresse einbiegt, fährt man vorbei an mehrstöckigen Mietshäusern und kommt dann in eine Nachbarschaft mit typischen schmalen, zwei- bis dreistöckigen Stadthäusern, die meist von einer Familie bewohnt werden. Kleine Vorgärten prägen das Bild. Manchmal öffnet sich hinter dem Haus ein größerer Garten. So bei Ninas Familie, die in einer Straßenbiegung in einem Zweifamilienhaus aus den 50er Jahren wohnt. Die Familie, das sind die Eltern, Nina und der 13-jährige Bruder Max.

Beide Eltern sind gerade zu Hause und interessieren sich sehr für die Zielsetzung der Kinderstudie, an der ihre Tochter nun teilnehmen soll. Das Interview findet an diesem schönen Junitag im Garten unter einem Kirschbaum statt. Vogelgezwitscher auf der Bandaufnahme erinnert später an die idyllische Interviewsituation.

Die Eltern von Nina sind beide freischaffende Schauspieler bei Theater und Fernsehen. Ninas Mutter (49 Jahre) arbeitet auch als Sprecherin für den Hessischen Rundfunk. Der Vater (54 Jahre) tritt in einem Theater in Bayern auf und beide in Produktionen eines Stadttheaters in Rheinland-Pfalz. Nina findet den Beruf der Eltern »total toll«.

»Ich war schon ganz oft dabei bei den Dreharbeiten. Beim Film, das fand ich auch am besten, weil dann kann man da zuschauen, wie das alles gemacht wird. Da gab es mal eine Fernsehsendung … Das waren also Folgen, und da war ich bei einer dabei und habe gesehen, wie die gemacht wurde. Und dann saß ich irgendwann vorm Fernsehen und habe gesehen, wie die halt geworden ist.«

Natürlich ist dann sehr interessant, wenn man den Freundinnen sagen kann, »da war ich dabei«. Auch im Theater war Nina schon oft und freut sich, dort schon ein bisschen dazuzugehören.

»Da war ich auch schon mal auf den Proben dabei. Da ist es auch immer schön. Die Mama, die hat mal was im

> Theater gemacht und da hat sie die Lichtprobe gemacht, also, ob alles stimmt, und hat noch mal ein bisschen geprobt. Und dann konnte ich mit dem Max, meinem Bruder, im ganzen Theater rumlaufen, überall die Plätze ausprobieren. Und das ist auch immer schön, wenn ich dann durch den Künstlereingang gehen darf. Und es war auch einmal witzig, da haben mir alle ganz blöd nachgeschaut, weil ich durch den Künstlereingang gegangen bin. (Lachen) Und weil ich auch dann alle kenne, die da im Theater sind.«

Nina ist während des gesamten Interviews konzentriert und möchte ihre Sache gut machen. Dabei ist sie offen, formuliert flüssig, und das Gespräch wird nach und nach immer vertrauensvoller und lockerer.

Ausgefüllte Tage

Zunächst also zu ihrem Tagesablauf. Den schildert sie vom Aufstehen bis zum Zubettgehen in einem Schwung. Ihre Zeitangaben sind ganz genau: Halb sieben aufstehen, um fünf vor halb acht losgehen. Unterwegs trifft sie sich mit einer Freundin. Die Schule beginnt um fünf vor acht. »Aber wir sind ja meistens schon früher da, und deshalb spielen wir mit den anderen, die auch schon früher da sind, am Klettergerüst Fangen.«

Um 13:10 Uhr ist der Unterricht beendet, dann geht sie heim. Wenn sie früher aus hat, geht Nina in die Mittagsbetreuung. Das ist kein Muss, es ist laut Nina tagsüber fast immer jemand zu Hause, denn die Eltern arbeiten ja vorwiegend abends, »aber es macht einfach Spaß, mit den anderen an den Tischen die Hausaufgaben zu machen und dann mit ihnen einfach noch zu spielen. Und ich weiß immer, wenn es mir mal nicht Spaß macht, kann ich auch nach Hause gehen … Und manchmal, wenn Mama und Papa noch nicht da sind, kann ich auch länger bleiben und nicht um 13:10 Uhr gehen. Dann kann ich da auch Mittagessen.«

Zu den täglichen Hausaufgaben muss Nina derzeit täglich Rechnen üben. Jeden Tag wird ein kleines Heft mit Rechenaufgaben durchgearbeitet, »auf Zeit«. Einmal in der Woche geht sie zum Lernzentrum Kumon, und dort werden ihre Fortschritte kontrolliert. Zum täglichen Programm gehört noch das Klavierüben.

Jeden Nachmittag unter der Woche steht eine feste Aktivität an: montags Reiten, am Dienstag kommt die Klavierlehrerin, mittwochs Chor, am Donnerstag Kumon und freitags Tennis. Nina empfindet sich nicht als verplant, ihr macht das alles Spaß. Vielleicht nicht unbedingt das Matheüben, aber das hält sie für notwendig. Hat sie noch Zeit zum Spielen? Jede Lücke im Tagesablauf wird dazu genutzt, vor allem am späten Nachmittag.

> »Und wenn ich alles erledigt habe, dann spiele ich. Ja und dann … Um eine bestimmte Uhrzeit muss ich halt zu Hause sein, und dann essen wir Abend und dann gehe ich ins Bett. Also, meistens kann ich dann noch ein bisschen lesen.«

Das Licht soll je nachdem um halb oder Viertel vor neun aus sein. Etwas Zeit zum Spielen und zum Lesen bleibt also. Und neben dem normalen Alltag gibt es ja noch die Wochenenden und die Ferien.

Orte, Aktivitäten, Kontakte

Nina geht gern auf die Bitte ein, Orte und Kontakte, die in ihrem Leben eine Rolle spielen, mit Bauklötzen und Spielfiguren nachzustellen. Sie nutzt alle

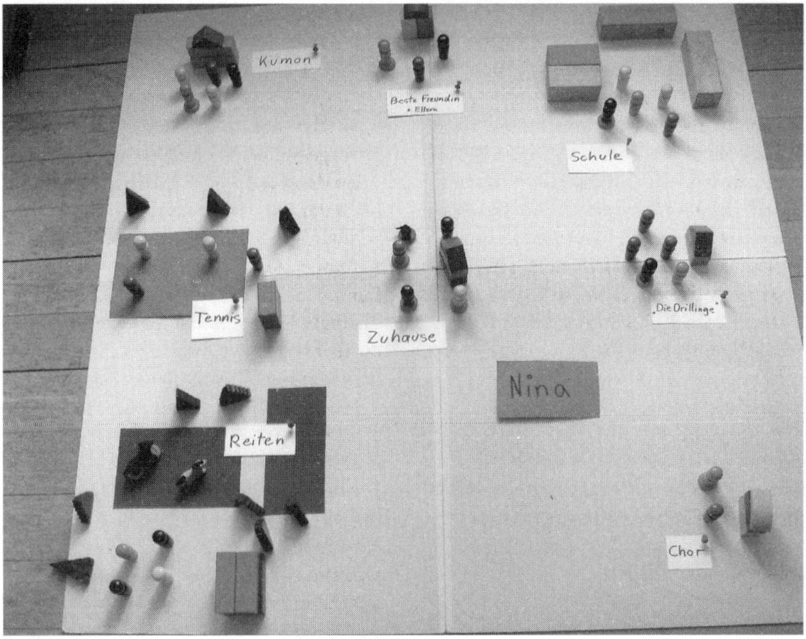

Möglichkeiten aus, die das Spiel bietet. Zum einen nutzt sie die gesamte Fläche der Spielunterlage aus, zum anderen kommen alle Spielelemente zum Einsatz: Figuren, Bauklötze, Häuschen, Bäume, Tiere, Pappscheiben für die Orte.

Zunächst plant sie, was sie wo aufbauen möchte, wie sie also den verfügbaren Platz aufteilt. Sie beginnt mit ihrem Zuhause und der Familie samt Katze. Dann wird die Schule mit den wichtigsten beiden Lehrerinnen und drei Freundinnen aufgebaut. Die weitere Aufstellung erfolgt zunächst entlang der Nachmittagsaktivitäten. Der Reitunterricht ist eine noch relativ neue Sache, aber Reiten macht Nina viel Spaß. Das Reitgelände wird liebevoll aufgebaut, der Platzverbrauch ist groß. Es folgen der Chor und das Lernzentrum, Tennis kommt ganz am Schluss dazu, nachdem die Freundinnen und deren Familien an der Reihe waren. Die Nachmittagsaktivitäten sind jeweils mit den unterrichtenden Erwachsenen assoziiert, die auch wichtig genug für Nina sind, um in der Aufstellung einen Platz zu bekommen, und mit den Freundinnen, die sie dort trifft.

Dann fällt Nina jemand sehr Wichtiges ein: »Wo ich fast täglich hingehe, meine Freundin.« Das Haus der besten Freundin wird aufgebaut, und zwar mit der ganzen Familie. Dazu kommt noch eine Familie aus der Nachbarschaft, drei Schwestern, »die Drillinge«, mit ihren Eltern. »Also, es sind eigentlich nur Zwillinge, aber die sehen sich halt so ähnlich, dass wir immer die Drillinge sagen.«

Verwandte und Freunde der Familie, die nicht im direkten Wohnumfeld leben, stellt Nina nicht auf. Alle Orte, die sie aufbaut, kann sie zu Fuß oder mit dem Fahrrad erreichen. Die meisten Strecken legt sie mit dem Fahrrad zurück. Nur zum Reiten wird sie zur Zeit noch von ihrem Vater gefahren, »da kann ich aber auf jeden Fall auch mit dem Fahrrad hinfahren«.

Auf die Frage, ob sie schon früh allein mit dem Fahrrad unterwegs sein durfte, sagt sie:

»Ja. Also meine Eltern, die verlassen sich oft auf mich, und ich finde, man kann sich auch auf mich verlassen (lacht), weil im Gegensatz zu meinem Bruder. Der schließt die Tür nicht richtig ab oder so was. Ja, ich durfte das schon ziemlich früh.«

Besonders wichtige Personen in ihrem Leben soll Nina mit einem kleinen Podest aufwerten. Da ist natürlich die »beste, allerbeste Freundin« Antonia – »wir sind unzertrennlich eigentlich«. Sie kommt sogar noch vor der Familie, als da sind: Mutter, Vater, Bruder und die Katze. Und zwei weitere Freundinnen bekommen noch einen Podestplatz. Außer der Katze wird noch ein zweiter Vierbeiner erhöht, für das Lieblingspferd ist das eine etwas wacklige Prozedur.

Die beste Freundin:
»Uns fällt immer was ein.«

Nina wird nicht müde zu schildern, wie wichtig es ist, eine beste Freundin zu haben, vielmehr, wie wichtig ihre beste Freundin für sie ist. Auch wenn die Freundschaft mit dem Maßstab Erwachsener gemessen erst kurz ist, so sind für Nina gut drei Jahre, die sie Antonia kennt, ein Drittel ihres Lebens. Sie erzählt vom Beginn der Freundschaft:

»Also, ich hab sie kennengelernt, da war ich glaube ich … ich kenne sie jetzt schon drei Jahre, da war ich sechs oder fünf, ich weiß nicht mehr ganz genau. Da hab ich an ihrer Haustür ganz zufällig Luftschlangen und Luftballons gesehen und hab eine Blume gepflückt und wollte die eigentlich der Mama schenken. Und dann hat sie gesagt – jetzt würde ich mich das nie mehr trauen –, guck mal, da hat jemand Geburtstag, schenk sie doch der. Und dann bin ich dahin gegangen, hab geklingelt und hab ein Lied gesungen und hab gesagt: Alles Gute zum Geburtstag! Das hätte ich mich jetzt nie getraut. Und so kam halt unsere Freundschaft. Wir treffen uns so viel. Wir haben schon richtig großen Urlaub zusammen gemacht. Und immer, wenn irgendwas ist, erzählen wir das uns und trösten uns, wenn irgendwas Schlimmes passiert ist. Oder machen so viel miteinander.«

Was zu einer besten Freundin dazugehört, ist damit schon definiert: sich lange zu kennen, sich gegenseitig alles zu erzählen und sich zu unterstützen und zu helfen. Die beiden gehen auf unterschiedliche Schulen. Wenn im Schulalltag etwas vorfällt, kann man es später der Freundin erzählen und die versteht …

»Ich wurde schon mal richtig niedergemacht von jemand aus meiner Klasse. (…) Die hat mir soo viel vorgeworfen, was ich angeblich falsch gemacht habe. Sie hat gesagt: Und das, und vor allem das, und dass du mir das gemacht hast, das vergess' ich nie und so. Da hat die mir alles aufgezählt, was ich ihr angeblich Schlimmes gemacht habe, obwohl das eigentlich gar nicht so schlimm war. Dann brauch ich einfach auch … Das ist das Gute an der Antonia, dass ich dann einfach mit den Problemen zu ihr kommen kann.«

Weiter findet Nina wichtig, dass man viel zusammen macht. Dabei ist den beiden nie langweilig, denn:

»Uns fällt immer was Schönes ein. Wir übernachten auch ganz viel, und ich bin wirklich bei ihr schon wie ein

Familienmitglied und sie bei uns. Wir sind so oft beieinander. Richtig schön.«

Manchmal machen sie natürlich auch etwas mit anderen zusammen, das ist z. B. dann klar, wenn man eine ganze Gruppe braucht, um eine Idee zu verwirklichen. Mit den Drillingen von nebenan zum Beispiel:

»Wir haben auch mit den Nachbarskindern, die da hinten wohnen und mit der Antonia, haben wir so eine kleine Theatergruppe gegründet. Wir spielen Märchen der Brüder Grimm. Da verteilen wir die Rollen und spielen die nach. Das macht total Spaß.
Das glaube ich. Und was spielst du besonders gern?
Die Bösen.
Die Bösen. (Lachen)
Ich kann sagen, ich kann beides gut, aber es macht einfach mehr Spaß die Bösen zu spielen. Die kann ich auch besser, finde ich.«

Schule und Noten

Im Spannungsfeld zwischen fantasievollem Spiel und dem Ernst des Lebens repräsentiert die Schule für Nina das Letztere. Das Thema Noten spielt eine nicht unbedeutende Rolle, was sicher auch an der Klassenstufe liegt: In der vierten Klasse entscheidet sich meist schon die weitere Schullaufbahn, wenn nicht mehr, und das ist Nina voll bewusst. Nach diesem Schuljahr wird Nina auf das Gymnasium wechseln, so viel ist schon klar.

»Also, ich wurde schon angenommen. Das geht jetzt nicht mehr rückgängig. Ich kann auf jeden Fall aufs Gymnasium. Nur das Problem ist: Bleibe ich drauf?«

Diese Skepsis ist sicher nicht ganz berechtigt. Eigentlich fällt ihr alles leicht, nur Rechnen nicht, weshalb sie ja jeden Tag vom Lernzentrum betreut ein kleines Matheprogramm absolviert. Sie hofft noch auf eine Zwei im Zeugnis. Die anderen Fächer sind kein Problem, ganz im Gegenteil.

»In der vierten Klasse schreibe ich halt öfters Dreier [in Mathe], und ich habe meine Lehrerin aber auch gefragt, ob das noch mit der Zwei was wird, auch mit einer Zwei minus. Also, in Deutsch bin ich die Beste. Lesekönigin bin ich geworden, wer am schönsten liest. Ich glaube, das liegt einfach auch daran, dass Mama viel liest. Und ich lese total viel. Ich habe an einem Abend so viel (zeigt an) gelesen, von acht bis neun oder so. Ich lese halt auch betont, und so bin ich in Deutsch einfach gut. In Sachkunde habe ich auch meistens eine Zwei, weil ich mich halt ganz oft melde. Ich bin dabei, sagt meine Lehrerin auch immer. Und das macht mir halt die guten Noten.«

An ihrer Lehrerin schätzt Nina, dass sie auch mal ein Auge zudrückt, wenn man einen halben Punkt mehr braucht für eine bessere Note und sich doch wirklich so viel Mühe gegeben hat.

Nina hat in etwa den Überblick, wer nach der vierten Klasse auf welchen Schultyp gehen wird. Aus ihrer Klasse wird niemand auf die Hauptschule gehen.

Beliebtheit und Zickenkrieg

Wie gut man in der Schule ist, ist eine Sache, und eine in der vierten Klasse besonders wichtige. Aber auch Fragen der Beliebtheit und des sozialen Rankings in der Klasse spielen in Ninas Schulalltag eine nicht zu unterschätzende Rolle. Aus den sich daraus ergebenden Konflikten musste die Klasse lernen.

»Also, immer eine ist in der Klasse beliebt. Das ging bis zur dritten Klasse so. Da hingen alle an einem, und es gab Außenseiter und Zickenkrieg, haben die Jungs das immer genannt, wenn gelästert wurde. Es war richtig schlimm. Oft wurde ich dann, ganz oft, mit reingezogen, weil ich Klassensprecherin war in der dritten Klasse, und da war ich halt die Beliebte. Und dann wollten ganz viele mit mir spielen, und dann wurde ich richtig mit reingezogen und wurde über mich gelästert, weil ich nicht mit anderen spielen will, weil ich der es versprochen habe, dass ich mit der spiele, dann mit der. Und dann sagt die andere, ja, du hast es mir aber versprochen, dass du heute mit mir spielst. Jetzt ist eine andere die Beliebte und ich bin heilfroh, dass ich es nicht mehr bin, weil das ist wirklich stressig. Aber jetzt hat sich das auch total gelegt. Jetzt spielt jeder mit jedem, der es will. Und jetzt sagen wir es auch ins Gesicht, du hast über mich gelästert, warum hast du es getan und so was.

Und wie kommt das, dass ihr das gelernt habt?

Ich weiß es nicht. Wir sind, ich glaube, einfach vernünftiger geworden. Wir haben das einfach alle eingesehen, dass man das sagen kann. Warum soll man lästern? Dann gibt es nämlich den Streit. Man kann darüber reden, und dann gibt es halt keinen Streit.

Hat eure Lehrerin da mal mit euch drüber gesprochen oder nicht?

Sie hat gesagt, jetzt hört doch mal endlich auf, durchs Lästern gibt es nur Streit. Sie hat schon mal mit uns gesprochen, und wir haben es danach auch eingesehen.«

Über Beliebtheit in der Klasse hat Nina schon nachgedacht, zumal sie sich selbst gerade ein bisschen »entthront« vorkommt. Dass es auch sein Gutes hat, nicht so sehr im Mittelpunkt zu stehen, hat sie allerdings auch schon mitbekommen. Das Thema ist aber wohl ambivalent besetzt.

»Also, ich würde es eigentlich richtig finden, dass man beliebt ist, wenn man den Kindern hilft, wenn man hilfsbereit ist, wenn man nett zu den anderen ist und nicht gleich zickig wird oder so was.«

Offenbar sind es aber andere Dinge, die zählen. »Reich sein« oder »immer alles schon haben« nennt Nina, und ein gewisses Maß an Angepasstheit scheint der Beliebtheit auch gut zu bekommen. Beliebt ist ein anderes Mädchen, »weil sie einfach still ist und nie an der Tafel stand, eigentlich nie bei solchen wilden Sachen mitmacht, sich immer zurückhält. Und das macht sie jetzt halt so beliebt. Aber nett ist sie trotzdem.«

In der Klasse kommt es manchmal zu Auseinandersetzungen. Der Umgangston ist dabei teilweise nicht der beste. Zwischen den Mädchen gibt es »Zickenkrieg«.

»Ja. Wir sagen auch schon zueinander, du blöde Kuh, jetzt hast du auf mein Blatt gekritzelt. Aber das nehmen wir nicht mehr ernst. Aber das merkt man ja auch, wenn dann wirklich was ernst gemeint war. Wenn jemand sagt (empört): du dumme Kuh, jetzt lass mich doch endlich mal in Ruhe oder wenn man sagt (normal): ach du blöde Kuh, jetzt …

Ja, da hört man schon die Unterschiede raus. Zickenkrieg gibt es auch gelegentlich, sagst du?

Ja. Das hat dann immer was mit dem Lästern zu tun, dass die dann sagt, guck mal, was die wieder anhat. Dann verbreitet sich das, und immer wieder gibt einer was dazu. Dann kommt ein völlig anderes Thema raus, als wodurch der Streit eigentlich angefangen hat. Dann streiten wir über was völlig anderes. Und am Ende weiß niemand mehr, warum …

… worum es überhaupt gegangen ist.

Genau. Und dann wird gelästert in der ganzen Klasse und dann sagen die Jungs: ihr habt wieder Zickenkrieg, Zickenkrieg, Zickenkrieg. Und dann werden wir nochmal wütend und erzählen Quatsch über die anderen. Ich hab das auch schon gemacht. Ich hab auch schon viel gelästert, aber jetzt legt sich alles wieder. Es ist immer rausgekommen, und dann haben wir uns aber auch wieder versöhnt.

Ja, und die Jungs machen das nicht? Bei den Jungs gibt es keinen Zickenkrieg?

Oh doch, oh doch! Beim Fußballspielen. Das ist so oft! Stehen die da und schreien sich an (imitiert), ja, du hast mir aber das Bein gestellt, das war kein Tor. Doch, das war eins! Und dann beschmeißen die sich mit schlimmsten Schimpfwörtern. Und dann petzt es irgendeiner der Frau R. Dann dürfen die eine Woche nicht Fußball spielen. Und dann wird in der nächsten Pause auf den, der es gepetzt hat, so Druck gemacht. Zum Beispiel ein Junge, das ist unser kleiner Vulkan, der rastet so schnell aus, und dann schlägt er mit allem um sich, schlägt wirklich jeden, der auch nur im Weg steht, gar nichts damit zu tun hat. Und dann beschwert der sich. Dann wird der, der nichts damit zu tun hat, auch mit reingezogen. Also, da gibt es auch schon Krieg, Jungskrieg, sag ich lieber mal.«

Soziale Unterschiede

Ninas Schule umfasst eine Grund- und eine Hauptschule. Die Schülerschaft setzt sich in diesem städtischen Viertel aus sehr unterschiedlichen Milieus zusammen. Nina erzählt beeindruckt von Kämpfen auf dem Schulgelände, in die Hauptschüler verwickelt sind.

»Es gab auch schon Prügeleien. Also, nicht wirklich große, aber manchmal haben sie schon angefangen. Aber dann sind auch sofort Lehrer gekommen und so. Aber bei den Jugendlichen ist das ganz oft. Unsere Schule ist ja auch eine Hauptschule, Grundschule und Hauptschule. Und da stehen dann alle drumrum und feuern dann die gegeneinander an. Der eine heißt zum Beispiel jetzt einfach mal ›Jakob‹ und der andere ›Tim‹. Und die Gruppen schreien sich dann halt gegeneinander an. Und in der Mitte kämpfen die zwei.«

Gegen die Kultur der Jugendlichen in der Hauptschule grenzt Nina sich deutlich ab. Sie beschreibt vor allem die Sprache, die diese Jugendlichen sprechen, als Ausdruck der Rohheit. Nina ist bewusst, dass die meisten Hauptschüler einen türkischen Hintergrund haben. Das erfährt man allerdings erst auf Nachfragen. Sie findet Jugendliche auf der Hauptschule zwar oft »gemein«, aber türkenfeindliche Sprüche wird man von ihr nicht hören.

»Ich glaube einfach, die verdienen das, dass die auf der Hauptschule sind. Die sind gemein und die kennen alle nur das Wort ›Allah‹, ›die Arme‹ und ›Mädchen‹ und ›Junge‹. Also, die sprechen dich nicht an, auch wenn sie den Namen wissen: eh Mädchen, mach mal Platz! Oder, die Arme …
Wieso die Arme?
Ich weiß es auch nicht. ›Die Arme‹ sagt man einfach so: oh Gott, die muss jetzt das durchmachen, die Arme. Aber ich hab keine Ahnung … Einfach die Arme. Was will die, die Arme oder Allah. (…)
Die Jugendlichen haben auch extra eine andere Sprache. Die sprechen völlig anders.«

Etwas beängstigend findet Nina diese Jugendlichen, und wirklich Sorgen macht sie sich, dass ihr Bruder vielleicht auch so werden könnte.

»… weil das einfach in ist, jetzt Hosen bis zu den Oberschenkeln hängen zu haben und dann ellenlange Hemden, so eine Kappe und abends mit anderen Jugendlichen auf dem Spielplatz so rumzuhängen oder so was. (…) Das ist einfach in. Und wenn man so nicht aussieht, ist man Außenseiter, wird man von allen gehasst.«

Sie tröstet sich damit, dass ihr Bruder »da schon wieder raus sei«, und freut sich an kleinen freundlichen Gesten, die von ihm kommen.

**Spielen am Computer:
Das zweite Leben im ersten**

Fernsehen hat für Nina ganz wenig Bedeutung. Sie schaut »fast nie« fern. Immerhin, wenn die Eltern im Fernsehen kommen, »das guck ich natürlich«. Aber Nina spielt gern Computer. Ihr Lieblingsspiel ist eines, wo man im wahrsten Sinne des Wortes kreativ werden, sich eine eigene Welt erschaffen kann, nicht unähnlich dem Second Life.

»Da hab ich jetzt die Sims. Kennen Sie das? Da kann man sich Menschen erstellen, ein Haus bauen und die dann machen lassen.
Aha, man kann sich selber Gestalten erschaffen, mit denen man dann spielt?
Ja, mit denen man dann spielt. Man kann die alles machen lassen. Man muss denen einen Job geben. Man muss denen zum Essen geben. Man bekommt auch immer Geld, und dann zum Beispiel auf der Arbeit werden Fragen gestellt. Sind die gut beantwortet und wenn man das Richtige macht, kommt man weiter. Man kann aber auch gekündigt bekommen, seinen Job, und dann ist man arbeitslos und bekommt zu wenig Geld, kann sich nichts mehr kaufen. Aber ich bin natürlich schlau, geh ins Internet und hol mir einen Cheat [Code, der das Weiterspielen ermöglicht], damit ich immer genug Geld habe. Ich hab ja auch so Luxushäuser. Aber ich hab auch eine Familie. Das ist ein richtig großer Familienstammbaum.
Die hast du auch selbst erschaffen, diese Familie?
Ja, zwei Leute, ein Mann und eine Frau. Und dann Kinder, die werden groß, können wieder Kinder bekommen und wieder groß werden. Und manchmal musste ich das Haus richtig erweitern, weil es Oma, Opa, zwei Kinder oder drei Kinder sogar und die Eltern gab.«

Die Eltern begrenzen die Computernutzung der Kinder sehr effektiv und pragmatisch mit einem Sicherheitsprogramm namens Watchdog. Man kann das System zwar nicht unterlaufen, aber man kann ein bisschen mehr Computerzeit heraushandeln.

»Das spiel ich halt täglich, immer eine halbe Stunde. Also, wir haben immer eine bestimmte Zeit. Also, da geht der Computer bei mir nach einer halben Stunde einfach aus und kann dann den ganzen Tag bis 12 Uhr, wo der neue Tag anfängt, natürlich nicht mehr benutzt werden von mir. Jeder kann seinen eigenen Bildschirmschoner machen und so. Der Max hat 'ne Stunde, dann schaltet der Computer sich einfach aus. Bei Mama und Papa ist er natürlich unendlich lange. Kann man machen, so lange man will. Und jeder hat ein Passwort.
Aha. Und wie lange darfst du spielen und dann schaltet es den Computer ab?
Eine halbe Stunde.
Eine halbe Stunde. Das ist nicht sehr lang.
Nee, aber es reicht mir eigentlich auch. Ich stell mir dann immer einen Wecker, dass ich rechtzeitig mein Gespieltes abspeichere. Es ist eigentlich in Ordnung. Ich werde älter ...
... und kannst du mit deinen Eltern manchmal ein bisschen verhandeln, dass du ein bisschen länger darfst, wenn gerade etwas Besonderes spannend ist: Mama, darf ich noch zu Ende ...?
Ja, dann darf ich noch zu Ende spielen. Ich kann eigentlich gar nicht so lange betteln, weil der Computer stellt sich aus. Dann kann die Mama auch nichts mehr machen. Dann ist er einfach aus. Aber die Mama kann auch auf ihre Zeit gehen, und dann kann ich nochmal anschalten und da weitermachen, wo ich abgespeichert habe. Dann kann ich natürlich noch länger spielen.
Ach so. Und da würdest du auch gern noch ein bisschen länger spielen?
Ja, da würde ich am liebsten Stunden spielen. Aber ich sehe das inzwischen auch ein, dass einfach eine bestimmte Zeit abgemacht wird.«

Sich im Spiel Figuren auszudenken, findet Nina toll. Man kann sich auch selber »die Traumfigur machen, so wie man selbst aussehen möchte«. Bis auf die Haare (welliger, länger) ist Nina aber zum Glück ganz zufrieden damit, wie sie aussieht.

»Ja, und dann ... man kann sein Traumzimmer machen. Man kann sein absolutes Traumhaus, sein Traumzimmer, alles machen. Man kann alles reinmachen. Und das finde ich eigentlich das Beste. Sein eigenes Haus mit Riesengarten, mit Riesengrundstück, mit Swimmingpool und mit Sauna und Whirlpool und allem Drum und Dran machen.
Und das hast du auch schon gemacht?
Ja. Ich hab eigentlich nur Luxushäuser (lacht).«

Es gibt noch andere interaktive Spiele, die Nina sehr gefallen. Sie wünscht sich ein Spiel mit einem elektronischen Hund, den man versorgen muss, allerdings als Ersatz für einen echten Hund, der ihr noch bedeutend lieber wäre. »Aber das geht einfach nicht. Das haben wir auch schon abgesprochen.« Auch hier siegt die Einsicht. Oder?

Was das eigentlich Lustige am Computerspiel ist: »Man kann einfach machen, was man will.« Und das genau ist der Unterschied zum wirklichen Leben, wie Nina analysiert:

»Und beim Computerspiel ist es einfach so, wenn es brennt, kann man abbrechen oder die Feuerwehr rufen, und dann geht es ganz bestimmt weg, und abbrechen, zurückgehen in die Nachbarschaft und wieder aufs Haus klicken, dann ist man wieder da, und es brennt nicht mehr. Das geht halt total leicht, da kann man es einfach abbrechen. Und im richtigen Leben geht es halt nicht. Da muss man echt die Feuerwehr rufen und kann nicht einfach auf den Knopf drücken, und dann ist es einfach weg.«

Schaurig schön: die Hand aus dem Teich ...

Bücher sind Ninas Leidenschaft. Sie kann sich festlesen in ihren Büchern.

»Ich lese manchmal wirklich am Tag auch. Ich lese nicht nur abends. Ich lese, wenn ich nichts zu tun habe so gerne. Wenn ich ein gutes Buch angefangen habe, bin ich da gar nicht mehr raus zu stoppen.«

Mit einem Auge schaut sie auch auf den nützlichen Effekt. Ihre Lehrerin hat ihr einen großen Wortschatz attestiert, darauf ist sie stolz. Und darauf, gut vorlesen zu können.

Nina liebt Bücher, die spannend und fantasievoll sind. Auch ein bisschen unheimlich dürfen sie sein. Helden mit geheimnisvollen Kräften wie Molly Moon, die hypnotisieren kann, faszinieren sie. Sie erzählt vom Zauberer in den Miesel-Büchern, der mit seinem Atem »die Leute verkleinern kann«. Und wenn sie aus Molly Moon erzählt, dann kann man sich gut vorstellen, dass sie, wenn das Buch zugeklappt ist, noch nicht gleich einschlafen kann.

»*Wenn es da abends dunkel ist und du bist alleine, hast du da manchmal Angst?*
Ja, manchmal bei dem Molly Moon ... (dramatisch) ›Und da saß Molly allein am See, und da kommt plötzlich die alte verschrumpelte Hand von Lucy Logan aus dem Teich.‹ Da zuck ich dann manchmal schon zusammen. Und ich kann nicht mit dem Rücken wirklich abends, wenn es dunkel ist und ich einen schlimmen Gedanken habe, mit dem Rücken zur Tür liegen, weil ich dann immer das Gefühl habe ...
... es könnte einer reinschleichen ... oder so eine schreckliche Hand ... oder irgendetwas in der Art?
Ja. Und ›Wer früher stirbt, ist länger tot‹, das habe ich am Geburtstag von meiner Freundin geschaut. Und da kommt ja auch die Hand aus dem Grab. Und da hab ich jetzt noch Albträume von (Lachen).«

Schwierige Themen

Zurück in der Realität, frage ich Nina, was sie denn von der Welt um sie herum schon mitbekommen hat, ob sie zum Beispiel schon gereist ist oder von anderen Ländern gehört hat. Ja, sie war schon in anderen Ländern, zum Beispiel in Frankreich, und es hat sie sehr gestört, dass sie die Sprache nicht verstehen konnte.

»Also, es war natürlich immer ein bisschen blöd, dass andere reden können, also alle reden, und ich verstehe es nicht. Und ich hab dann immer das Gefühl, wenn einer mich anschaut und mit einem anderen redet, dass der irgendwas über mich redet, und ich kann es nicht verstehen oder so was. Ich habe immer ein bisschen komisches Gefühl, wenn die anderen mich nicht verstehen und ich sie auch nicht verstehe ... In Frankreich waren wir halt auch schon mal, da haben wir im Hotel ein Zimmer gemietet ... und da waren wir dann am Meer. Und da haben mich zwei Mädchen angesprochen auf Französisch, und ich hab kein Wort verstanden. Die haben mich was gefragt, und ich kann kein Französisch. Die haben mich immer wieder irgendwas gefragt, und ich habe es nicht verstanden. Das war auch komisch.«

Ob das dazu beigetragen hat, dass Nina nun unbedingt mit Französisch als erster Sprache auf dem Gymnasium beginnen möchte? Jedenfalls möchte sie gern Sprachen lernen, um sich auch anderswo verständigen zu können.

Von anderen Ländern weiß sie, dass es manchmal den Menschen dort nicht so gut geht. Ihre Informationen stammen hauptsächlich von den Eltern.

»Ja, da hat der Papa ja auch darüber gesprochen, dass total viele Kinder in manchen Ländern sterben, weil sie nicht genug zu essen haben. Und Mama macht jetzt auch bei so einem Projekt mit, dass sie jedes Jahr 100 Euro zahlt oder jeden Monat, ich weiß nicht genau, an die Kinder in Portugal, ich weiß nicht wo … Da werden Häuser gebaut, wo die dann einziehen können, die auf der Straße leben. Manche, denen geht es total gut, und den anderen halt nicht. Dass die kein Essen haben oder kein Zuhause. Dass die Eltern sterben oder so.«

Man merkt, dass Nina sich bei diesen Themen auf fremdem Terrain fühlt. Das wird noch deutlicher, als es um das Thema Politik geht. Was verbindet Nina mit diesem Begriff? Vor allem die Themen Umweltverschmutzung und Klimaschutz fallen ihr ein.

»*Du hast erzählt, dass deine Eltern ja auch manchmal Nachrichten gucken oder irgendwelche Sendungen im Fernsehen sehen, wo es um Politik geht. Was ist denn Politik für dich? Was ist das überhaupt?*

Ehm … da muss ich mal nachdenken. Also, ich glaube einfach, da wird über Sachen … vielleicht nicht protestiert … geredet. Zum Beispiel jetzt die Umweltverschmutzung. Da werden ja auch viele Konferenzen gemacht und darüber gesprochen, dass es einfach doch anders gemacht wird. Dass die Ozonschicht da nicht bleibt und so was, weil in vielen Ländern kann man ja nur noch mit Kopfbedeckung gehen und ganz eingehüllt, weil es zu heiß ist, dass man keinen Sonnenstich bekommt, richtig schlimm dann natürlich auch oder einfach stirbt wegen der Hitze, weil es einfach zu heiß ist. Da sind 50 Grad, und das hält man ja auch wirklich nicht aus.«

Obwohl sie über diese Assoziationen hinaus noch einige weitere politische Themen benennen kann: Krieg und die Bekämpfung von Armut zum Beispiel, ist Nina mit sich unzufrieden. »Ich kenn mich nicht gut aus«, sagt sie. Fragen, die sie ihrem Eindruck nach nur schlecht beantworten kann, machen Nina ziemlich unglücklich.

Der Fantasie freien Lauf lassen: Die Welt in 100 Jahren

Wesentlich wohler ist ihr, wenn wieder ihre Fantasie angesprochen ist. Wenn sie sich vorstellen soll, mit einer Zeitmaschine in die Zukunft zu fahren, welche Welt würde sie, mindestens 100 Jahre von heute entfernt, vorfinden? Ohne zu zögern, sprudelt sie los:

»Also, da kann man ja der Fantasie freien Lauf lassen, weil es kann alles passieren. Es können Roboter kommen. Es kann so bleiben. Es können wirklich Raumschiffe hier rumfahren und dass Raketen ganz normal sind und dass eine Rakete in jedem Garten steht. Oder dass es andere Welten gibt, andere Menschen, die hier sich schon ansiedeln oder so was. Es gibt ganz verschiedene Sachen. Man weiß ja nie, wie es wird. Da kann man auch nicht sagen, bist du verrückt, das kann es doch gar nicht geben. Es kann alles passieren. (…)

Die Dinosaurier können zurückkommen, oder es kann alles passieren eigentlich. Auch wenn man sagt, das geht gar nicht.«

Und wenn sich nicht ganz so viel ändert in der Zukunft, dann würde Nina sich wünschen …

»Dass zum Beispiel, wenn es so bleibt, dass nicht mehr so viel Armut herrscht, dass den Kindern geholfen wird, dass alles gut ist, dass nirgendwo mehr Krieg ist oder so was. Dass jeder Spaß am Leben hat, nicht wie manche sich durchs Leben quälen.«

Die eigene Zukunft

Für ihre eigene Zukunft hat Nina zwei alternative Berufsvorstellungen, über die sie nicht lange nachdenken muss. Das liegt für sie auf der Hand. Beide Berufsvorstellungen sind daran orientiert, was ihr Spaß macht, sie begründet es aber vor allem auch damit, was sie kann bzw. was ihr liegt.

»Also, ich will Schauspielerin oder Schriftstellerin werden. Ich schreib total gern. Ich bin in Deutsch, wie gesagt, auch eine der Besten, weil ich kann einfach gut Aufsätze schreiben. Ich glaub, das kommt vom Lesen. Ich brauch nicht für einen Aufsatz zu üben. Ich kann den einfach gut schreiben. Ich kenne einfach gute Ausdrücke. Und wie sich die Leute fühlen, das kann ich einfach gut beschreiben; deshalb auch Schriftstellerin. Ich hab schon mal ein Buch geschrieben mit elf DIN-A4-Seiten. Das ist ja nicht so viel. Die Mama hat auch gesagt … da war ich noch nicht wirklich in der Schule … aber da haben wir Aufsatzerziehung gemacht, und da zieht sich der Höhepunkt so raus. Es geht immer hoch, runter, hoch, runter. Manchmal ist ein Höhepunkt, und dann geht es wieder runter. Das ist halt bei einer Geschichte so, dass ganz viele aufregende Sachen kommen sollen, nicht nur eine wie beim Aufsatz.«

Für den Beruf der Schauspielerin gibt es das Vorbild der Eltern und die Nähe zur Welt des Theaters und der Schauspielerei. Nina liebt es, zu schauspielern, und übt das mit ihren Freundinnen. Wenn sie dann noch aus ihren Büchern erzählt und man dabei ihre bewegte Mimik sieht, wird vollends klar: bei diesem Berufswunsch geht es nicht um Fantasterei, sondern um eine durchaus realistische Möglichkeit.

»Also, ich kann einfach mich in die Rolle hineinversetzen beim Schauspielern. Ich kann es halt gut, dass ich mich so fühlen kann. Wenn ich die Zeit dazu habe, kann ich auch schon weinen ohne Tränenmittel.«

Die Vorstellung vom späteren Leben ist über den Berufswunsch hinaus ganz am derzeitigen Leben der Familie orientiert.

»Also, ich würde gerne eine richtige Familie haben. Einfach so wie Mama und Papa, also Familie mit Beruf, mit Geld, mit schönem Haus und zwei Kindern.«

Jedoch, der Blick in die Zukunft ist nicht ungetrübt:

»*Gibt es denn irgendwas, was dir Angst macht, wenn du an die Zukunft denkst, zum Beispiel an deine eigene Zukunft?*
Ja, dass ich kein Geld habe und wirklich auf der Straße leben muss …«

Wünsche

Und was würde sich Nina wünschen, wenn sie jetzt und hier drei Wünsche frei hätte? Wenn sie also damit ihr derzeitiges Leben verbessern könnte? Dann wäre es wie bei den meisten porträtierten Kindern auch Ninas erstes Bestreben, schlau den Rahmen der drei Wünsche zu erweitern.

»Als Allererstes würde ich mir mal wünschen, ich könnte hexen, zaubern und wüsste alle Zaubersprüche, die es nur gibt, auswendig. Ich hätte die immer im Kopf. Dann könnte ich alles machen, was ich will. Das würde mir eigentlich reichen, und zwei Wünsche würde ich auf Reserve halten. (…) Wenn es einen Zauberspruch nicht gibt, den ich jetzt will, dann kann ich mir den noch immer wünschen.«

Bei dem, was sie dann an ihrem Leben verändern würde, steht wieder die Familie im Mittelpunkt. Was sie zaubern würde und was sie darüber hinaus noch wünschen müsste, das sähe ganz konkret so aus:

»Also, ich würde mir erst mal hexen, dass ich supergut in der Schule bin, der Max auch. Dass er nicht mehr in diesen Klamotten rumläuft und trotzdem kein Außenseiter ist. Dass wir das Geld haben, uns hier einen Wintergarten zu bauen. Dass Mama und Papa fest am Frankfurter Theater sind. Dass ich einen Hund bekomme. Dass ich hypnotisieren kann. Das kann man, glaub ich, nicht zaubern. Das würde ich mir dann wünschen. Und dann würde ich mir einen Hund wünschen.

Den könntest du auch herzaubern.

Und dass dann halt alle wissen, dass ich 'nen Hund habe und das dann ganz normal ist. Dass wir ins Tierheim gehen und uns einen schönen Hund kaufen.«

Dennis 10 Jahre, 4. Klasse Förderschule

»Gibt's die Fee?«

März 2007

Wir sind in einem Stadtteil im Norden von Berlin. Dennis[33] wohnt in einer Gegend, die geprägt ist von mehrstöckigen Bauten aus den 50er Jahren. Straßen und Gehwege sind dreckig, die Bevölkerung eher arm und oft auf staatliche Unterstützung angewiesen. Die Mietwohnung der Familie liegt an einer großen Hauptstraße, die zur Autobahn führt. Im dritten Stock gelegen, ist der Lärm in der Wohnung auch bei offenen Fenstern nur noch ein wenig zu hören. Dennis' Zimmer ist das kleinste in der Dreizimmerwohnung. Dennoch gibt es Platz für ein Hochbett, einen kleinen Schreibtisch und eine Kombination aus Schrank und Regal. Der Blickfang im Wohnzimmer ist das Aquarium, in dem sich unzählige Fische tummeln. Ansonsten ist die Wohnung einfach, aber sauber eingerichtet.

Dennis lebt hier mit seiner Mutter und deren Lebensgefährten, den er mittlerweile schon vier Jahre kennt. Seit fast zwei Jahren leben sie nun in der gemeinsamen Wohnung. Zu seinem leiblichen Vater hat Dennis so gut wie keinen Kontakt. Das letzte Telefonat ist vier Monate her; gesehen hat er ihn zuletzt im Sommer des Vorjahres. Auf Anrufe oder Briefe von Dennis reagiert der Vater so gut wie nie oder nur unzuverlässig. Darüber mag Dennis aber nur ungern erzählen. Seine beiden Halbbrüder aus einer früheren Beziehung seiner Mutter kennt er kaum, jedenfalls erinnert er sich nicht so recht an ihre Namen: »Robert, keine Ahnung wer noch … Ich hab, hm …« Seinen kleinen Halbbruder aus der neuen Beziehung seines Vaters hat er erst einmal gesehen.

Seine Mutter (45 Jahre ohne Schulabschluss) und ihr Lebensgefährte (47 Jahre ohne Schulabschluss) beziehen beide Arbeitslosengeld II. Gleiches gilt für seinen Vater. Seine Mutter verdient aktuell im Rahmen eines »Ein-Euro-Jobs« 100 Euro im Monat dazu. Ein Tropfen auf den heißen Stein. Der kleinen Familie fällt es schwer, die laufenden Kosten zu decken.

Seit seiner Geburt leidet Dennis unter einer sehr stark ausgeprägten Neurodermitis. Für ihn ist die Einnahme von Medikamenten sowie das regelmäßige Eincremen Routine, die jedoch regelmäßig zu Konflikten zwischen ihm und seiner Mutter führt. Zudem wurde bei ihm ein Aufmerksamkeitsdefizitsyndrom festgestellt, das ebenfalls medikamentös behandelt werden muss. Da Dennis in der ersten Klasse der Grundschule sehr große Schwierigkeiten hatte, die Lerninhalte aufzunehmen und zudem starke Verhaltensauffälligkeiten zeigte, wurde er in die Förderschule für Lernbehinderte umgeschult.

Das Interview ist für Dennis eine große Herausforderung. Er hat Schwierigkeiten, längere Zeit bei der Sache zu bleiben. Seine sprachliche Ausdrucksfähigkeit ist zudem begrenzt. So kommt

33 Name geändert

es, dass viele Pausen und Aufmunterungen nötig sind, um ihn bei der Stange zu halten. Zu vielen Themen kann er nichts sagen, wird dann quengelig oder albern und bricht das Interview immer wieder ab oder lenkt seine Aufmerksamkeit auf andere Dinge. Insgesamt kommt es nie zu längeren Ausführungen von Dennis. Das ganze Interview besteht letztlich aus Fragen und knappen Antworten. Aus diesem Grund ist es deutlich schwieriger als in den anderen Porträts, die Sprache des Kindes einzufangen.

Aufgrund der Schwierigkeiten bei der Informationsgewinnung wurde zusätzlich zum Interview mit Dennis noch ein ausführliches Gespräch mit der Mutter und ein Telefonat mit seiner Lehrerin herangezogen, um einige Punkte besser ausführen zu können.

Der Tagesablauf im Überblick

Dennis' Tag beginnt frühmorgens, kurz vor sechs. Der Wecker klingelt, seine Mutter kommt ins Zimmer. Dann heißt es eigentlich fertig machen für die Schule, doch oft spielt Dennis statt dessen: »Ich hab gespielt. Autos.« Das führt dann häufig zu heftigen Auseinandersetzungen mit seiner Mutter oder deren Lebensgefährten. Wenn das morgendliche Programm vorbei ist, fährt Dennis selbständig mit dem Bus zur Schule:

> »Dann bin ich in die Schule gegangen um 8 Uhr. (...) Dann hab ich Mathe gemacht, Deutsch, Diktat, Sachkunde, Englisch. Ja, dann ham wir zwei Hofpausen. Dann war Schluss.«

Dennis orientiert sich bei seinen Erzählungen immer an konkreten Tagen oder Erlebnissen. Daher ist es schwierig auszumachen, was den »normalen« Ablauf ausmacht. Nach Schulschluss besucht Dennis den Hort:

> »Also, erst ess ich im Hort Mittag. Denn frag ich, ob ich rausgehen darf. Dann sagen die: Ja kannst rausgehen bis um 15:50. Musst ich ja zu 16 Uhr nach Hause. Muss ich die ganze Ecke hochlaufen. Mit dem Bus bin ich nach Hause gefahren, noch gespielt.«

Wenn er nicht trödelt, kommt Dennis dann so gegen halb fünf zu Hause an. Dann ruft zunächst die Pflicht: Erst das Eincremen, dann die Kontrolle der Hausaufgaben, die er im Hort gemacht haben sollte, durch die Eltern, die ihm aber oft auch nicht weiterhelfen können. Anschließend hat Dennis noch Zeit zum Spielen, bis es zwischen sechs und sieben Uhr noch Abendbrot gibt, nach dem er dann meist schon ins Bett muss.

Orte im Überblick

Als im Rahmen des Interviews die Aufstellung angegangen wird, blüht Dennis auf. Ihm macht es sichtlich Freude, »seine Welt« mit Hilfe der Bauklötze aufzustellen. Eifrig überlegt er sich bei jedem Gebäude, wie er es zusammenbauen soll, damit es auch Ähnlichkeit mit dem Original besitzt. Ihm scheint diese Phase, in der er sich nicht verbal äußern muss, äußerst zu behagen. Hinzu kommt, dass ihm die Bauklötze sehr gefallen (»Oh, schön. Schöne Bauklötze.«).

Die Welt, in der sich Dennis bewegt, besteht aus einer überschaubaren Anzahl von Orten. Dazu zählen sein Zuhause, die Schule, der Hort, ein zentraler Platz mit Einkaufszentrum, die Wohnung eines Freundes sowie ein nahe gelegener Innenhof, in dem Dennis häufig spielt. Alle diese Orte erreicht er selbständig. Zu Fuß gelangt er nur zu seinem Freund und in den Innenhof. Ansonsten fährt Dennis mit dem Bus:

> »Ich komme immer mit dem [Bus]. Ich

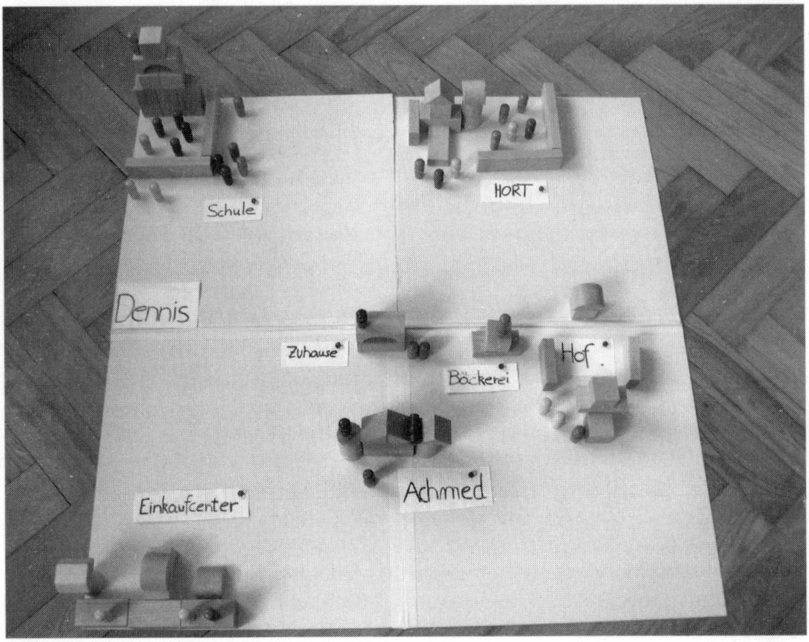

laufe vorne an der Ecke zum 112er. Klingstraße Ecke Baumweg muss ich immer aussteigen. Komm ich immer zurück mit dem 112er. Aber nur vorne aus der Straße. Muss ich die ganze Ecke vor.«

Wer gar nicht bei der Aufstellung berücksichtigt wird, ist Dennis' Vater. Diesen hat er seit sehr langer Zeit nicht gesehen. Dennis vermisst seinen Vater, kann ihn jedoch nicht selbständig erreichen. Seine Mutter und deren Lebensgefährte sind von sich aus nicht erpicht auf einen Kontakt. So bleibt Dennis wohl nur die Wahl, die Existenz seines Vaters so weit wie möglich auszublenden.

Schule und Hort dominieren die Woche

Viel Zeit verwendet Dennis für den Aufbau der Schule. Hier stellt er auch die meisten seiner Kontakte auf. Dabei stellt er sie alle während konkreter Handlungen dar, die in der Pause stattfinden: Fußball spielen, fangen, kämpfen.

»Das ist die große Wiese, wo das Stadion ist. Also das Fußballfeld, ich spiele gerade mit meine Kumpels Fußball.
Das ist das Fußballfeld so um die Schule drum rum?
Mhmh [ja]. Und die spielen jetzt Fußball drinne. Ich hab den Ball, schieß 'n Tor.
Okay, sag mir doch mal, also du bist dann auch da, natürlich. Aber wer sind denn hier deine Kumpels? Sag mal, wer ist denn das?
Das ist Achmed. (…) Okes, Darius und ich. (…) Ich stell mich hier frei, er stellt sich da und er hier und er hier. Gute Position.

Und wen kennst du noch in der Schule, den du gerne hast, oder wer da einfach hingeht. Wer ist denn da noch in der Schule, wen triffst du da noch alles? Wer ist da noch wichtig?
Hm. Steffi, Cindy. Steffi und Cindy spielen Fangen.
(...) Ist da noch jemand?
Das ist Mario, Nijang. Die spielen beide Kämpfen.
Sind die auch in der Schule?
Ja, so, die kämpfen sich.«

Dennoch scheint Dennis nicht nur die Pausen, sondern auch den Unterricht gerne zu besuchen. Auf die Frage, was er in der Schule möge, antwortet er: »Hm, Mathe, Deutsch, Spielen, Diktat, Englisch, alles, eigentlich, alles.« Als es später darum geht, Dinge zu nennen, die Dennis gerne an seinem Leben verändern würde, widerspricht er sich allerdings in diesem Punkt: »Ich will nicht mehr in die Schule gehen.« Stattdessen möchte er lieber »arbeiten, Werkstatt arbeiten. Autos reparieren.« An seinen Schulleistungen liegt Dennis' Unlust vermutlich nur teilweise. Jedenfalls bescheinigt ihm die Lehrerin insgesamt recht gute Leistungen, und auch er selbst schätzt sich so ein:

»*Und bist du gut [in der Schule]?*
Ja. Ich hab schon mal eine 2+ bekommen.
Oh, ja. Und deine Mama, fragt die auch nach den Noten immer?
Dann sag ich immer, ich hab einen 2+ bekommen, 'ne 3+, 'ne 1+.
Und was sagt die Mama dann?
›Gut, hast du super gemacht!‹«

Allerdings geht Dennis die Hausaufgaben vor allem im Rechnen nur mit Widerwillen an. Diese sollte er im Hort erledigen. Hier verbringt Dennis ebenfalls einen großen Teil des Tages. Ähnlich wie bei der Schule stellt Dennis sich und seine »Kumpels« in Aktion dar: beim Essen oder Verstecken. Manchmal kommt Dennis auch direkt von der Schule nach Hause:

»Dann war [Schulschluss]. Dann war ich gestern nicht im Hort, bin ich gleich nach Hause gegangen. Dann war Grete hier – meine Tante – meine Mama und Mirko [Lebensgefährte der Mutter] und ich. Ich und meine Tante ham gestern gespielt bis um 21 Uhr. (...) Äh Spiele. Autos ham wir gespielt, Mensch ärger dich nicht, Skateboard gespielt.«

Kumpels und Spielpartner, Freunde?

Bis auf Achmed hat Dennis kaum jemanden aus der Schule schon einmal zu Hause getroffen. Das liegt unter anderem daran, dass er seine Mitschüler nur schlecht erreichen kann. Andererseits scheinen seine Kontakte auch recht lose.

Achmed wohnt auf der anderen Straßenseite, und Dennis kann so zu ihm hinüberschauen. So spielen sie auch gemeinsam:

»Hab Achmed gesehen.
Den hast du schon gesehen heute, ja?
Ich und Achmed haben gestern Fenster gemacht. Mit Seifenblasen. (...) Guck, äh, ich guck manchmal aus'm Fenster mit Achmed.
Was heißt das?
Also Achmed ist da drüben, guckt aus'm Fenster, und ich hier, können wir immer zusammen so spielen. Er spielt an seinem Fenster, ich spiel an meins.
Ja, was spielt ihr dann zusammen?
Flugzeug, Autos, alles Mögliche.«

Diese Art zu spielen ist für beide eine Notlösung. Dennis hat häufiger Stubenarrest, und auch Achmed darf nicht immer raus, um mit Dennis zu spielen. Insgesamt sind Dennis' Mutter und deren Lebensgefährte nicht unterstützend, was seinen Kontakt zu Gleichaltrigen angeht. Dennis darf einerseits nicht zu Kindern, die zu weit weg wohnen oder die sie nicht kennen. Andererseits nehmen sie sich nicht die Zeit, ihn zu begleiten oder die Kinder zu sich einzuladen.

Seitdem ein Nachbar, mit dem Dennis häufiger gespielt hat, ausgezogen ist, bleiben ihm außer Achmed nur noch lose Kontakte in der Nachbarschaft. Am ehesten trifft Dennis Kinder auf einem der benachbarten Innenhöfe, mit denen er dann meist Fußball, Verstecken oder ähnliche Spiele spielt. Auch hier erschweren Einschränkungen seitens des Partners der Mutter den Kontakt. Dennis hat immer wieder Stubenarrest, so auch heute, als er das Interview gibt: »Ich hab ja jetzt Stubenarrest bis übermorgen.«

Dennis verbindet die schönste Zeit des Tages mit Achmed: »Die schönste Zeit? (...) Ich find mit Achmed am Fenster gucken.« Dennoch bezeichnet er als seinen besten Freund einen anderen, nämlich einen seiner Klassenkameraden.

»Der beste Kumpel ist Okes, mein allerallerbester Kumpel.
Was ist denn wichtig an einem besten Freund?
Er spielt so gut mit mir Fußball. Er spielt mit mir Autos.
Also er spielt ganz viel mit dir, ja? Und wie soll ein bester Freund noch sein? Wie soll der sein am besten?
Sehr guter Fußball ist.
Ein guter Fußballer, ja?
Und cool ist er.«

Im weiteren Verlauf geht es dann um Mädchen. Hat Dennis hier wirklich schon erste Kontakte, oder ist das alles nur Träumerei? Schwer zu sagen.

»Bist du auch mit Mädchen befreundet? Hast du auch Freundinnen?
Mhmh (zustimmend). Aber ich spiel nicht mit denen. (...) Ich spiele nicht mit die.
Du spielst nicht mit denen, nee? Was machst du, redest du mit denen oder was macht ihr zusammen?
Hm, küssen. (...) Hm, kuscheln.«

Als Dennis am Ende der Aufstellung die für ihn besonders wichtigen Menschen markieren soll, tauchen die Mädchen jedenfalls nicht mehr auf. Interessanterweise ist da auch sein eben ernannter »bester Freund« Okes verschwunden. Stattdessen erhält Achmed diese Rolle. Diesen Widerspruch kann Dennis nicht aufklären. Es scheint, als könnte Okes der Wunschkandidat sein, Achmed aber die reale Version. Neben Achmed erhält auch dessen Familie, vor allem dessen Mutter, die Auszeichnung, für Dennis besonders wichtig zu sein (»Weil sie immer uns Trinken gibt und frag ich immer Playstation 2, dann sagt sie ja.«). Ähnlich begründet ist die Wichtigkeit der Bäckerin, die Dennis und seinen Kumpels ab und zu mal etwas zusteckt. Aus seiner eigenen Familie erhält niemand die Auszeichnung, besonders wichtig zu sein. Das erstaunt in erster Linie im Hinblick auf seine Mutter.

Womit beschäftigt sich Dennis? Spiele und Medien

All diese Schilderungen sollen nicht darüber hinwegtäuschen, dass Dennis nachmittags häufig alleine auf seinem Zimmer spielt. Manchmal leistet ihm seine Mutter Gesellschaft, ist dabei aber nicht sehr ausdauernd, wie sie selbst einräumt. Das liegt nicht zuletzt an ihren chronischen Knieschmerzen. Womit spielt Dennis so in seinem Zimmer? Am liebsten mag er Autos und Flugzeuge, von denen er eine reichliche Auswahl hat. Ab und zu kauft er sich neue Spielautos von seinem Taschengeld »bei Spielemax«.

Ansonsten hört Dennis auf seinem

Zimmer häufig Musik im Radio. Manchmal darf er auch an seiner Playstation spielen: »Also ich spiele bei meine Playstation, spiel ich Autorennen, Kämpfen, Fußball.« Diese ist jedoch unter Kontrolle des Lebensgefährten der Mutter. Fernsehen spielt ebenfalls eine wichtige Rolle in Dennis' Leben. Die Inhalte kann er auch bei seiner Lieblingssendung allerdings nicht so recht wiedergeben:

»Im Fernsehen guck ich manchmal mein Lieblingsfilm: Spongebob, Power Ranger, Roboter-Fußball.
Aha. Roboter-Fußball, ist das im Fernsehen auch, ja?
Bei SuperRTL. Kennst du nicht?
... Also erzähl mal von Spongebob.
Also bei Spongebob da ist so 'n Schwamm, da ist so 'ne große Krabbe. Da ist so eine große Krabbe, da ist Thaddäus. Das Schwimmbad, die spielen immer.
Was ist denn deine Lieblingssendung, ist das Spongebob oder noch andere Sachen?
Hmhm. Spongebob ist schon cool.
Und was machen die so?
Das hab ich doch erzählt.
Nee, hast nur gesagt, wer das ist.
(Quengelt) Weiß ich nicht.«

Dennis hat einen eigenen Fernseher, dessen Benutzung aber von seiner Mutter erlaubt werden muss. Je nachdem schaut er »manchmal hier. Hm. Manchmal hier, manchmal im Wohnzimmer« gemeinsam mit seiner Mutter oder deren Lebensgefährten.

Lesen kann Dennis nur sehr langsam. Bücher oder Zeitschriften kommen für ihn nicht in Frage; auch zum Vorlesen nicht, da seine Mutter ebenfalls Schwierigkeiten mit dem Lesen hat.

Regeln, Strafen, Pflichten und Co.

Nach Einschätzung seiner Lehrerin würde Dennis aufgrund seiner Schwierigkeiten klare Strukturen und einheitliche Regeln benötigen. Das fängt bei seiner Neurodermitis an, die regelmäßige Hautpflege erfordert, und endet bei seiner Schwierigkeit, sich allein zu strukturieren oder Aufgaben organisiert zu erledigen. Diese Struktur kann ihm seine Mutter nicht ohne Abstriche oder nicht ohne erhebliche Mühe geben. Sie klagt selbst darüber, diese Anforderungen nicht erfüllen zu können. So ist ein uneinheitliches Regelwerk entstanden, das inkonsequent eingesetzt wird. Gepaart ist dies mit dann überschießenden Strafreaktionen, die meist vom Lebensgefährten der Mutter initiiert werden. Entstanden ist ein Teufelskreis aus Fehlverhalten auf Dennis' Seite und hilflosen Erziehungsmaßnahmen. So weiß es zumindest die Lehrerin von Dennis zu berichten, und das Interview mit Dennis sowie das Gespräch mit der Mutter deuten in die gleiche Richtung. Zu Regeln und Strafen äußert sich Dennis folgendermaßen:

»*Was darfst du denn nicht?*
Also, was Süßes essen, was mit Farben [wegen seiner Nahrungsmittelallergie]. Darf ich keine Ausdrücke sagen. Keine Ahnung.
(...) Was ist denn, was passiert denn, wenn du Sachen machst, die du nicht darfst?
Also ich darf nicht runter.
Das ist eine Strafe dann, ja?
Ich weiß es nicht mehr.
Wenn du Ärger zu Hause hast, was machen die dann, was kriegst du dann?
Strafen.
Ja? Und was sind das dann für Strafen, was passiert dann?
Taschengeldverbot, Stubenarrest. Fernsehverbot.
Okay, und wie lange hast du dann Stubenarrest immer?

5 Wochen, 3 Wochen, eine Woche.
Aha. Je nachdem was, ja? Und wofür hast du das letzte Mal den Stubenarrest eigentlich gekriegt?
Weil ich wieder geklaut habe.
Ja? Wo hast du geklaut?
Hm. Bei meine Schwesters Portemonnaie wieder.« [Es war das Portemonnaie seiner Mutter, eine Schwester hat er nicht.]

Dennis ist es sehr unangenehm, über die Strafen und seine »Vergehen« zu reden. Die von ihm genannten Zeiträume für Stubenarrest sind die von dem Lebensgefährten der Mutter angekündigten. Durchgehalten werden diese Maßnahmen offenbar nicht länger als einige Tage. Jedenfalls kann sich Dennis an keinen Fall erinnern, bei dem er länger als eine Woche wirklich drinnen bleiben musste.

Einige Pflichten hat Dennis im Haushalt: Er ist für sein Zimmer verantwortlich, muss aufräumen und fegen. Auch beim Abwaschen der »Tellers« muss er helfen. Die meisten Regeln betreffen jedoch Dennis selbst. Wie erwähnt, steht hier mehrmals täglich das Eincremen seiner Haut und das Waschen im Vordergrund. Hier kommt es immer wieder zu Konflikten, da Dennis sich sehr ungern auf diese Dinge einlässt. Er wünscht sich diesbezüglich nichts mehr als eine »neue Haut, die mich nicht so ärgert«.

Andere Länder: ganz weit weg und ... anders

Auf die Frage, ob er denn andere Länder als Deutschland kenne, zählt Dennis gleich eine lange Liste auf: »Brasilien, Türkei, Spanien, London, Italien, Frankreich, Japan, Saudi-Arabien, Tunesien, Portugal, USA, Spanien.« Zu den Ländern sagen kann er jedoch nichts. Er ist sich sicher, dass es »anders, so anders, ja anders« ist, aber was genau da anders sein könnte? »Ich war da noch nicht, ich weiß es nicht.« Jedenfalls ist das alles weit weg, »so 100, 500 Millionen Kilometer«. Von Kontinenten wie Afrika hat er »noch nie gehört«. Gleiches gilt auch für die Welt der Nachrichten oder der Politik. Hier hat Dennis keinerlei Zugang.

Unheimliche Allmachtsfantasien: »Die Welt wär wütend.«

Entsprechend kann Dennis zunächst nur wenig mit der Frage anfangen, was er alles an der Welt verändern würde, wenn er allein bestimmen könnte, was passieren soll. Er gleitet schließlich ab in eine Schilderung, in der er, einem despotischen Herrscher gleich, King Kong als willfährigen Diener an seiner Seite, die restliche Welt drangsaliert. »Die Welt wär wütend«, so drückt er es aus. Ausgenommen wären natürlich seine Freunde, die mit ihm in einer schönen, in einer guten Stadt leben würden. Die anderen »leben in einer bösen Stadt«. Die Aggressionen gegenüber anderen, die sich auch schon früher im Interview gezeigt hatten (»Ich hab keinen gern manchmal«), blühen in dieser fantastischen Reise noch einmal richtig auf. Vermutlich aufgrund der anstrengenden Fragen wird am Ende der Interviewer als erstes Opfer für King Kong auserkoren: Er soll gefressen werden. Mit Haut und Haaren. Dennis selbst relativiert am Ende seine Aussage und sagt: »Ist ja nur so ein Spiel.«

Die Zukunft: Einmal bodenständig, einmal fantastisch

Auf etwas festeren Boden gelangt Dennis bei der Frage nach seinen Zukunftsvorstellungen. Hier weicht die Fantasie zumindest vorübergehend handfesten Überlegungen:

»*Was glaubst du, wie ist das dann, wenn du groß bist? Was machst du dann?*
Geh ich alleine weg. Geh ins Kino. Äh … [Geh] ich im Stadion. Geh inne Disko mit meine Freunde und meine Freundin.
Ja, okay. Was arbeitest du mal, wenn du groß bist?
Also ich will mal arbeiten im Krankenhaus arbeiten mal.
Aha. Okay, was machst du da im Krankenhaus?
Nee, ich wollt nicht, das wollt ich jetzt nicht Krankenhaus aber. Ich wollte arbeiten beim Flughafen.
Beim Flughafen. Ah ja, schön, was machst du denn da?
Äh, repariere Flugzeuge, gucken, ob alles stimmt. Ob die alle einsteigen und wann das Flugzeug losfliegt. Alles Mögliche.«

Alternativ nennt Dennis auch »Werkstatt arbeiten. Autos reparieren.« Um dies zu schaffen, da ist sich Dennis sicher, »muss man gut sein in der Schule«. Und das traut er sich auch zu (»Ja, ich schaff das schon.«). In welcher Welt seine Zukunft stattfindet, was sich da geändert haben wird? Dazu kann Dennis nichts sagen.

Viel mehr fällt ihm ein, als er beginnen darf zu träumen: Drei Wünsche verspricht ihm eine Fee, drei Wünsche, die er sich erfüllen darf. Dennis bleibt bei dieser Frage in der Zukunft: Er möchte Mittelstürmer sein bei Hertha BSC Berlin und dann »große, sportliche, schnelle Autos« haben (Ferrari und BMW). Es ist auf jeden Fall deutlich zu spüren, dass er weg möchte von den Verhältnissen, die er kennt. Er wünscht sich, »dass ich mal woanders wohne«, und hat auch den Wunsch nach einer heilen Familie mit drei Kindern und seiner Freundin: »Da hab ich schon eine Idee [wer das sein könnte].« Schnell schlagen solche Wünsche dann wieder in Fantasie um, wenn er von seinem »allerschönsten Tag« erzählt. Dann fährt er mit einer tollen Limousine durch eine schöne Stadt in Brasilien: »Fahr ich manchmal raus mit der Limousine und fahr Auto. Irgendwohin in die Disko, weg. Ansonsten gar nix mehr.« Befreit von allen lästigen Pflichten wie Schule, Arbeit und Aufgaben im Haushalt. Wie sehr Dennis all das herbeisehnt und wie groß seine Bedürftigkeit ist, wird deutlich, als er mit glänzenden Augen, ganz unvermittelt mit einer Mischung aus Hoffnung, Ungläubigkeit und der leisen Ahnung, dass wohl nur noch Wunder helfen können, fragt: »Gibt's die Fee?« – als könnten wir sie vielleicht doch herbeirufen.

Fatma 10 Jahre, 3. Klasse Grundschule

»Und das nächste Mal will ich Gold machen.«

Mai 2007

Fatma lebt mitten in Berlin. Eine kleine Nebenstraße, Kopfsteinpflaster, an der Straßenecke steht der Altbau, in dem sich die Wohnung ihrer Familie befindet. Die Bevölkerung hier ist bunt gemischt: Menschen mit verschiedenen Einkommen, verschiedenen ethnischen und verschiedenen Bildungshintergründen.

Die Wohnung ist etwas dunkel. Im Wohnzimmer läuft der Fernseher; eine Serie in arabischer Sprache. Beide Eltern wirken freundlich, eine Verständigung ist aber kaum möglich. Sie sprechen sehr gebrochen Deutsch, weshalb die Kinder häufig als Übersetzer aushelfen. Vor der Geburt der Kinder sind die Eltern nach Deutschland immigriert. Sie kommen aus dem Libanon.

Der Vater ist 42 und arbeitslos, ohne Schulabschluss. Genauso Fatmas Mutter (34). Sie arbeitet als Putzfrau in verschiedenen Haushalten. Neben Fatma haben sie noch fünf weitere Kinder, vier Jungen und ein Mädchen. Der Kleinste ist 2 Jahre alt, danach folgt schon Fatma. Der älteste Sohn ist 16. Fatma teilt sich ein Zimmer mit zwei ihrer älteren Brüder: »Ja, hier schlafen drei drinne.« Einer davon, Ali (12 Jahre), ist beinahe das gesamte Interview über anwesend. Neben seiner Neugier hält ihn offenbar die Aufgabe, auf Fatma achtzugeben.

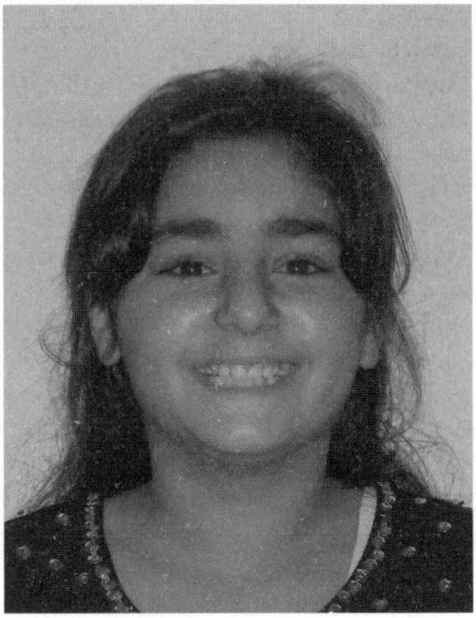

Schule: Unterricht und Freizeit unter einem Dach

Einen großen Teil der Wochentage verbringt Fatma in der Schule. »Ja, die Schule, die lieb ich!« Morgens beginnt der Unterricht zwischen acht und neun Uhr. Fatma geht gern zur Schule, auch wenn ihr einige Fächer schwerfallen.

»*Und im Unterricht, was magst du da am liebsten?*

Hm, da mach ich gerne im grünen Ordner.

Im grünen Ordner?

Na, da ist Kunst, mit Kunst.

Kunst. Das ist toll, ja?

Und Kunst mag ich auch gerne, am liebsten.

Und findest du die Schule schwer, oder kannst du das alles ganz gut?
Ja, ein bisschen schwer.
Ja? Was ist denn schwer?
Na manchmal Mathe, Deutsch und noch Sachkunde und Sprache.«

Deswegen ist sie auch froh, den Übergang in die vierte Klasse geschafft zu haben: »Hat meine Lehrerin gesagt, ich geh in der 4. Klasse nach den Ferien. Da hab ich mich gefreut.« Druck von den Eltern spürt Fatma in dieser Hinsicht keinen. Die Eltern und Brüder haben für Fatma als weiteren schulischen Werdegang ohnehin die Hauptschule im Visier.

Nachmittags besucht Fatma die Foto-AG und die Islam-AG in ihrer Schule. »Ich muss Koran auswendig kennen. Die Propheten. Sind 25.«

Nach den Hausaufgaben darf sie dort, unter der Aufsicht der Erzieherinnen, spielen: »Ich spiele gerne mit meine Freunde. Spiele Kicker, spiele Twister, spiele Mensch ärger dich nicht, spiele Mühle. Verschiedene Sachen. Oder da spiele ich gerne mit denen China«, das ist ein Spiel, bei dem es rund um die Tischtennisplatte geht.

Fast alle ihrer Freundinnen kennt sie aus der Schule (»Albülke, Melek, Simera, Anna Lynn, Celina, Charlotte und Claudia«) und trifft sie so fast jeden Tag. Regen Anteil nimmt Fatma auch am Leben ihrer Lehrerinnen:

»Sie [ihre bisherige Klassenlehrerin] kriegt bald ein Baby, und jeder freut sich. Danach kommt sie mit ihrem Baby besuchen, zum Besuch, danach freut sich meine Lehrer, meine Erzieherin, meine Sportlehrerin, die werden sich freuen. Meine ganzen Freunde, die Jungs alle. (…) Und Frau K. fragt, was sollen wir die nennen? Die Mädchen haben sich geeinigt: Lisa.«

Ab etwa vier Uhr, wenn Fatma von der Schule nach Hause geht, kann sie bis zum Abendessen über ihre Zeit frei verfügen. Fest eingeplante und regelmäßige Aktivitäten kennt sie außerhalb der Schule nicht. Meistens ist Fatma dann im Innenhof des Hauses und auf einem nahe gelegenen Spielplatz. Hier trifft sie noch einmal ihre Freundinnen aus der Schule, aber auch aus der sonstigen Nachbarschaft. Mit ihnen spielt sie dann »manchmal Fangen, manchmal Bulle oder ›1, 2, 3, die Schule brennt‹«. Langeweile kommt da nur »manchmal ganz wenig« auf.

Zwischen sechs und sieben muss Fatma nach Hause kommen, dann gibt es das gemeinsame Abendessen mit der ganzen Familie. Anschließend geht es recht bald ins Bett.

Am Wochenende geht Fatma ab und zu mit einer Freundin und deren Mutter zum Rummel in einem nahe gelegenen Park.

Jungs nerven

Mit Jungs hat Fatma nichts zu tun. Im Gegenteil:

»Manchmal find ich das nervig [meint die Schule].
Weshalb denn?
Wegen den Jungs, öh (stöhnt).
Was machen die?
Na, die sagen nun mal Ausdrücke und so. Ja, und die nerven immer beim Unterricht und danach sagt immer ein Junge in meiner Klasse …, er heißt Mahmut, er lügt fast immer meine Lehrerin an.
Aha.
Er sagt, ich arbeite nicht. Ja, hab ich gesagt, ich hab nichts zu arbeiten und Herr R. kontrolliert meine Bögen. Jetzt kann ich doch nicht arbeiten. Danach hat sie gesagt: Oh Entschuldigung, wusst ich nicht. Dann hat Mahmut Ärger bekommen.«

Ihr zwölfjähriger Bruder geht auf dieselbe Schule und ist so etwas wie Fatmas Beschützer, er begleitet sie und passt auf sie auf:

»Manchmal passt er auf mich auf. Manchmal sag ich, was die Jungs in meiner Klasse machen, danach sagt er meine Lehrer. Mein Lehrer sagt: Wenn ihr nicht aufhört, kommt ein Brief nach Hause. So einfach. Hehe.«

Er ist eine Ausnahme von Fatmas negativem Jungenbild. Mit ihm kann sie spielen, »der ist immer lustig, sag ich dir«. Und er benutzt, zumindest Fatma gegenüber, auch »gar nicht Ausdrücke«.

Fernseher und Spielkonsole

Fatma liest zwar recht gerne, allerdings nur in der Schule. Ein Handy besitzt sie nicht, und das Internet kennt sie nur aus der Foto-AG. Der Fernseher steht im Wohnzimmer und wird von der ganzen Familie benutzt. Manchmal guckt Fatma aber auch schon allein am Nachmittag ihre Lieblingsserien, von denen sie einzelne Episoden ausführlich nacherzählt.

»*Und danach guckst du manchmal Fernsehen, hast du gesagt.*
Bisschen.
Was guckst du denn da so ganz gern?
Manchmal es gibt's meine Lieblingsserie und Unfabulous und Spongebob.
Aha. Spongebob kenn ich, und was sind die anderen beiden? Was ist das?
Also das sind so Mädchen und gab's da so 'ne Folge, die war so lustig. Es gab's so 'ne Wette, wer ein Wort mit ›S‹ sagt, der muss ein Hula-Rock anziehen, einen BH und eine Mütze (lacht) …«

Fatma hat ein Nintendospiel zu Hause, und auch bei ihrer Tante darf sie ab und zu spielen.

»Bei meiner Tante … spielen wir manchmal Nintendo äh nicht Nintendo, X-Box.
Hast du so was auch hier zu Hause?
Ich hab Nintendo. Da spiel ich gern Donkey Kong 2. Da bin ich richtig weit.
Wie oft spielst du denn?
Heute hab ich noch nicht gespielt. Manchmal spiele ich nur.
Sagen deine Eltern manchmal, du spielst zu viel mit Nintendo oder du guckst zu viel Fernsehen?
Ja, manchmal sagt sie: Du guckst zu viel, du spielst zu viel. Dann sag ich: Okay, ich mach aus. Dann sag ich meiner Mutter: Darf ich zum Hof, bitte? Dann sagt sie, ja, mit meinem kleinen Bruder, danach sind wir zum Hof gegangen.«

Nervenkitzel auf dem Sprungturm

Fatmas große Leidenschaft ist allerdings das Schwimmen, das im Wesentlichen den Ferien und den Wochenenden vorbehalten ist. Hierhin begleitet sie wieder ihr Bruder Ali, und manchmal ist eine Freundin dabei:

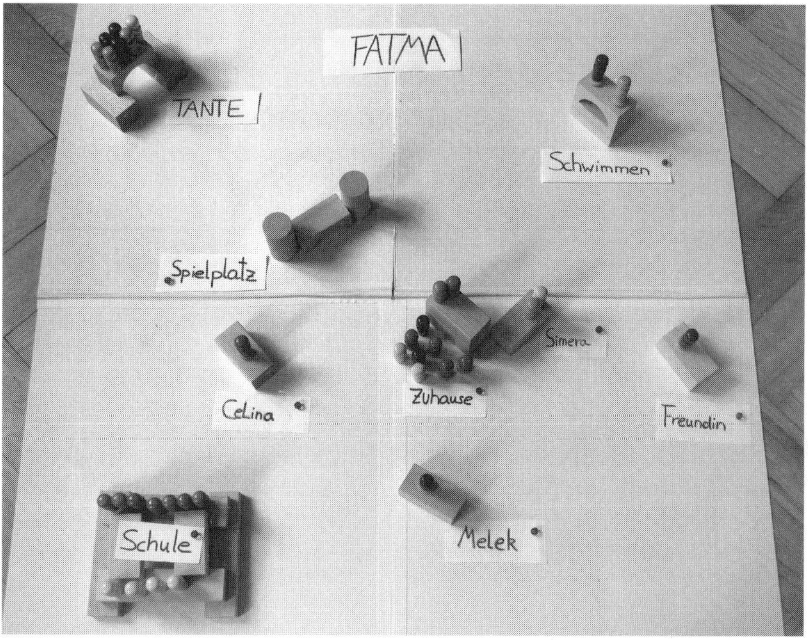

»*Wie hast du denn Schwimmen gelernt?*
Schwimmen hab ich gelernt von meinem Bruder Ali. Beim Babybecken. Da war ich noch ein bisschen kleiner.«

Besonders spannend ist natürlich das Springen, und dabei ist Fatma auch sehr mutig:

»Manchmal geh ich mit meinem Bruder Ali schwimmen und danach sagt er manchmal: Sollen wir Tiefe gehen? Und ich hab gesagt: Wenn du möchtest. Dann sind wir dahin gegangen. Dann hat er gesagt, wer sich traut, von dem Fünfer springen, der kriegt Seepferdchen. Dann bin ich gleich gesprungen, hab das Seepferdchen.«
»Manchmal, da war sie [ihre Freundin] auch schwimmen. Bin ich auch mit ihr. Ich wusste nicht, dass sie auch da war. Ja, und danach hat sie gesagt: ›Sollen wir zum Tiefe gehen?‹ Da war Einer offen. Sind wir von Einer gesprungen. Danach war der Einer wieder zu. Da sind wir zum Dreier. War offen und bin ich runtergesprungen. Da war Fünfer offen, bin ich von Fünfer gesprungen, da war Zehner offen, da traut ich mich nicht. Zu hoch. (…) Einmal früher hatte ich Angst vorm Fünfer und da hat Ali gesagt: Guck einfach nur geradeaus. Hab ich geguckt, dann hat mir Ali Hilfe gebracht. Hat mir gedrückt, bin ich einfach losgerannt. Hab geschlafen. Uh, so (Augen zu) gemacht.«

Beim Springen erwachen Fatmas Stolz und Ehrgeiz:

»Ich hab schon Bronze und Seepferdchen.
Super, ganz toll.
Und mein Bruder hat schon Silber. Und nächste Mal will ich auch mal Gold machen.«

Selbst erschlossene Welt?

Bei der Ankündigung, dass Fatma nun die Menschen aufstellen soll, zu denen sie an den jeweiligen Orten Kontakt hat, holt sie zunächst tief Luft. Doch sie ist beruhigt, als sie erfährt, dass es dabei nur um die wichtigsten Kontakte geht, und beginnt mit der Aufstellung ihres Wohnblocks. Noch vor der eigenen Familie denkt sie an eine Nachbarin mit ihrem kleinen Sohn. »Manchmal geh ich zu Leo und spiel ich gerne mit ihn. Mit meinem kleinen Bruder natürlich auch. (...) Leo hat's sehr gemütlich oben.« Es folgt ihre Familie (sieben Kontakte: Eltern und fünf Geschwister) sowie noch eine Freundin, die auf demselben Hof im Seitenflügel wohnt. Als Nächstes ist die Schule dran. Dort hat sie viele Kontakte zu Freundinnen (insgesamt acht). Platz finden auch vier ihrer Lehrerinnen und Erzieherinnen, die sie offensichtlich gern hat. Jungen kommen gar nicht aufs Brett (Brüder und Cousins ausgenommen).

Während des Aufbauens ist Fatma ständig im Fluss. Ihr fällt immer wieder jemand ein, der noch dazugehört. Zu den jeweiligen Orten erzählt sie häufig entsprechende Begebenheiten. Als Nächstes baut sie die Wohnhäuser von drei guten Freundinnen und ihren nahe gelegenen Spielplatz auf. Schließlich taucht auch wieder das Schwimmbad auf (zwei Kontakte).

Im Anschluss stellt sie die Wohnung ihrer Tante samt Familie auf das Spielfeld, die ebenfalls in Berlin wohnt (sieben Kontakte). Hier übernachtet Fatma regelmäßig, wenn sie mit ihrer Mutter oder einem Teil ihrer Geschwister zu ihr fährt.

Das gesamte Leben Fatmas spielt sich in einem relativ überschaubaren und leicht erreichbaren Rahmen, ihrem sogenannten Streifgebiet, ab. Das Haus ihrer Tante ist der einzige Ort in der Aufstellung, den sie nicht selbständig erreichen könnte. Ob sie jedoch tatsächlich selbständig die Gegend erkundet, ist fraglich, wird sie doch regelmäßig von ihrem Bruder zur Schule und zum Schwimmbad begleitet und von dem Zwölfjährigen »beschützt«. Ohne ihn darf sie im Innenhof des Mehrfamilienhauses und auf dem nahe gelegenen Spielplatz mit Freundinnen spielen.

Grenzen und Pflichten

Die Mutter setzt der Bewegungsfreiheit ebenfalls Grenzen, drohen doch ringsum die Gefahren einer Großstadt:

> »Ja, ähm, sie sagt, wo ich nicht darf. (...) Ich darf nicht Beispiel zu Holmer Platz oder so. Da darf ich gar nicht. Da verlaufe ich mich. Ich kenn mich hier noch nicht so richtig gut aus in Berlin. Ist das ja auch richtig groß der Berlin. (...) Ich darf nur hier in dieser Nähe bleiben.«

Als feste Familienregeln nennt Fatma noch das Abendessen und die Schlafenszeit. Fatma muss häufig ihren kleinen Bruder betreuen, was aber so sehr Normalität ist, dass es ihr als »Pflicht« nicht einfällt. Pflichten sind eher Aufräumen und Putzen:

> »*Sag mal, wie ist denn das, gibt's Sachen, die du zu Hause machen musst?*
> Nö. Also manchmal, muss ich nicht machen aber mach ich manchmal gerne, ich mach manchmal unseren Zimmer sauber oder die Küche und sogar die ganze Wohnung sauber.
> *Aha und das machst du gerne?*
> Mhmh (bejaht, lacht). Manchmal sagt sie: ›Wenn du möchtest, darfst du es machen‹ oder manchmal sagt sie ähm: ›Du sollst mal putzen.‹
> *Okay. Und denkst du, du musst mehr machen als deine Geschwister, oder machen die genauso viel?*

Die machen auch genauso viel.
Okay, gut. Wunderbar. Was glaubst du denn insgesamt: Darfst du mehr als andere Kinder oder nicht so viel? Z. B. Fernsehen oder andere Sachen?
Ich darf mehr. Mehr darf ich gerne mit meinem Bruder spielen.«

Ein besonders wichtiges Thema in der Familie scheint Sauberkeit zu sein; klar, wenn sechs Kinder zwischen 2 und 16 in der Wohnung herumwuseln.

»*Gibt es denn Sachen, die du nicht darfst, die verboten sind?*
Ja. Ich darf eigentlich nicht im Zimmer essen. (…) Aber manchmal mach ich das – heimlich.
Wenn deine Mama das merkt, was macht sie dann?
Hm, sie sagt: ›Mach das sauber, mach das sauber!‹ (lacht)«

Wer ist mir wichtig? Beste Freundinnen

Als Fatma die ihr besonders wichtigen Personen benennen soll, trifft sie relativ schnell ihre Entscheidung. Zunächst ist sie noch enttäuscht, dass sie nicht unbegrenzt Podeste unter den Figuren verteilen kann, denn »alle sind besonders«. Die Einschränkung hilft ihr aber, eine sinnvolle Auswahl zu treffen. Darunter fallen ihre Eltern sowie fünf ihrer Freundinnen.

»*Ja, wer ist denn deine beste Freundin?*
Also meine beste Freundin ist Nesrin, Kama und Ümran.
Was ist denn da wichtig an besten Freundinnen?
Hm. Man sollte sich teilen. Man sollte sich nicht streiten und man sollte nicht Ausdrücke sagen und nicht hauen. (…) Aber manchmal streiten wir uns aus Spaß.
Wer hilft dir denn, wenn du mal in Schwierigkeiten bist?
Meine Lehrerin. Lehrer oder Lehrerin.
Was machen die da?
Die helfen. Sagen Beispiel bei Mathe 70 geteilt durch 8 oder so.
Und wenn du Ärger mit anderen Kindern hast, wer hilft dir da?
Na, ich mach kein Ärger.«

Und wenn sie doch mal geärgert wird, dann: »Hm, ärger mich nicht. Ich hör gar nicht zu. (…) Hier rein, da raus.«

Andere Länder:
Was weiß Fatma von der Welt?

In ihrer eigenen kleinen Welt bewegt sich Fatma sicher, weiß, wo sie wen trifft und wo sie was tun kann. Was kennt sie außerhalb ihres Alltags?

Aus eigener Erfahrung kennt sie die Heimat ihrer Mutter, den Libanon. Ihre Oma wohnt dort (und kann deshalb auch nicht in die Aufstellung integriert werden, weil es »zu weit weg« ist).

»*Und hast du die schon mal besucht?*
Ja, oft. Wenn ich schulfrei habe natürlich.
Fahrt ihr denn immer in den Libanon, wenn ihr schulfrei habt?
Nein, nicht so immer. Nicht so oft. Ticket kostet doch so viel Geld. Deswegen.
Also wie oft hast du die denn schon gesehen?
Ähm, einmal mit meinem Vater. Einmal mit meine ganze Familie. Einmal mit, wieder mit meinem Vater und einmal wieder mit der Familie.
Wie fandest du es da im Libanon denn? War das da genau so wie hier, oder war das da anders?
Anders natürlich.
Ja, was ist da anders?
Na, also, beim Libanon hat man Einzelhaus. Und wir haben auch so ein Haus, aber wir wohnen zusammen drin im ganzen Haus.«

Abgesehen von einigen Ausstattungsmerkmalen der dortigen Wohnung weiß Fatma keine Unterschiede zu Deutschland zu berichten.

Ein weiteres »Land«, das sie selber mal gesehen hat, ist »Aurich«. Hier wohnt ihr Onkel, den sie schon mal besucht hat. Der Unterschied zwischen Aurich, wo es einen Hund und ein Pferd gab, und Berlin war wohl gar zu groß, als dass sie sich vorstellen kann, dass beides im gleichen Land ist.

Von vielen Ländern hat sie über ihre Freundinnen gehört. Deren Eltern kommen aus der Türkei, Saudi-Arabien, Serbien und einem Land, in dem die Sprache in den Ohren Fatmas ähnlich wie Arabisch klingt. So versteht sie mittlerweile selbst ein wenig Türkisch, lernt in der Schule aber auch schon Französisch und Englisch.

Über mögliche Unterschiede zu dem Leben hier in Berlin weiß sie wenig. An ein Detail kann sich Fatma allerdings erinnern: »Zum Beispiel Geld, Geld so aus Metall. 100 Euros sind bei uns so ein Schein. Und bei denen ist das so ein – wie heißt das? – Kleingeld wie bei 2 Euro. (…) Mhmh, Münzen. Find ich voll komisch. Sogar 1000 Euro.« Ansonsten ist es »ein bisschen anders« in der Türkei. Aber, »die haben auch nicht so viel erzählt«.

Wie sieht es aus mit dem Wissen, das Fatma in der Schule oder im Fernsehen vermittelt wird? Welches Bild bekommt Fatma von der »Welt da draußen?«

> »Na da [in der Schule] haben wir Platten für Englisch über Afrika und da haben die gesagt, dass es so heiß ist. Und da kann man sich verirren. Und da sind so viele, da sind so große Tiere, die töten so die Menschen von Afrika natürlich.
> *Aha, wegen den wilden Tieren.*
> Mhmh. Und noch bei Afrika, da gibt's so einen komischen Tisch. Müssen immer so 6 Leute sein. Stehen so, dann sind sie so rum und einer macht immer, da gibt's so ein Teil, einer geht immer so runter zu der Erde (beschreibt einen Tanz). Und danach kriegen die was zu trinken und essen.
> *Aha. Okay. Und wie leben die Menschen da? Wie geht's denen da?*
> Na: Gut.
> *Mhmh. Und den Kindern?*
> Auch.
> *Sind die Kinder da so wie hier, oder wie ist das, was machen die da?*
> Anders.
> *Ja, was ist da anders?*
> Na, die haben nicht so viel Essen und Trinken und nicht so viel Sachen. Nicht so viel Sachen, also Hosen, Unterhosen, Shirt. Das haben die nicht. Die haben ähnlich so Säckchen, so komische Sachen an.
> *Siehst du manchmal im Fernsehen so Nachrichten aus andern Ländern oder von hier auch?*
> Ja, manchmal.
> *Ja? Was hörst du denn da so manchmal?*
> Na manchmal gab's bei Asien oder so mal oder Afrika oder so, da gab's einmal Krieg. Da sterben manche Leute. Und find ich nicht nett.«

Generell findet Fatma Nachrichten allerdings blöd. Sie schaltet dann lieber weg und schaut eine ihrer Serien. Über Politik kann sie deshalb gar nichts sagen.

»Ha!? Eine Fee! Cool!«

Drei Wünsche hat Fatma frei. Für ihr eigenes Leben. Woran denkt sie zuerst, wenn sie sich etwas wünschen könnte? Zunächst sind ihre Ideen vor allem materiell geprägt:

> »Okay, da hat ich mir gewünscht, dass ich ein neues Fahrrad kriege. Hat ich mir gewünscht, dass mein Zimmer immer sauber wär. Hat ich mir gewünscht,

dass wir neue Sachen haben, alles neu, und dass wir ganz viel Geld haben. Dass ich ganz viel Taschengeld kriege.
Was wär denn dann anders, wenn ihr ganz viel Geld hättet?
Na, das wär schön. (…) Dann könntest ich mein ganzen Zimmer alles umsetzen. Also das raus in Müll. Dann nehm ich neue Schränke, neues Bett. Oh, wär schön.
Aber du würdest hier wohnen bleiben?
Mhmh (bejaht), hier ist es doch sehr schön und ruhig.«

Und was würde sie verändern an ihrem Leben, wenn die Fee kein Geld verschenken würde? »Ich würde das verändern, dass ich nie wieder putzen muss. Und nie, dass ich nie mehr Mathe und Deutsch machen muss. (…) Aber ich mag trotzdem putzen.« Und ganz zum Schluss des Interviews fällt ihr noch schnell ein: »Oh ja, stimmt. Ich wünsche mir noch, dass meine Klasse so schön wird und dass die Jungs nie Ausdrücke sagen. (…) Und dass ich in der Vierten komme natürlich noch.«

Alles in allem Wünsche, die ihr das Leben erleichtern, es aber nicht grundlegend verändern würden. Nur ihr Unterricht sähe wohl ziemlich anders aus. Ansonsten bleibt Fatma selbst in der Fantasie in der ihr bekannten Welt, verändert höchstens Details.

Allmacht und Zukunft

Ähnliches zeigt sich im Interview, als Fatma beschreiben soll, wie sie sich die Welt in hundert Jahren vorstellt. Ihr fallen nur wenige aussagekräftige Details ein:

»*Und jetzt stell dir vor, wir fahren 100 Jahre in die Zukunft.*
Oahhh (stöhnt). Dann bin ich schon tot.
Wie ist die Welt? Was hat sich da geändert, was glaubst du?
Ich glaube, da wird sich sehr viel ändern. Beispiel das Geld wird sich verändern. Oder die Häuser oder die Autos oder hm, was soll ich sagen, oder die Menschen.
Ja. Und wie ist denn das in Zukunft mit dem Geld? Was ist dann anders?
Ja, sieht anders aus, sag ich mal. Mh. Beispiel die Farbe. Vielleicht Lila, Rosa, Blau, Grün. Na, und es könnte kleine Autos geben, wie Dreiräder.
Was ist denn noch alles anders, wie leben die Leute in Zukunft?
Schwer zu denken.«

Auch als Bestimmerin über die ganze Welt fehlen ihr die Ideen. Zunächst ist sie begeistert (»Boah, das wär schön!«), und es fällt ihr spontan ein: »Hm, ich würde die Eltern verändern, wegen manche Eltern schlagen auch die Kinder. (…) Oder dass die Kinder und die Eltern nicht Ausdrücke sagen.«

Fatma bleibt also auch hier in einem konkreten Bezugsrahmen, den sie aus eigener Erfahrung und im Kontakt zu Gleichaltrigen kennt. Umfassendere gesellschaftliche Themen spricht Fatma nicht an.

Fatma als Erwachsene

Etwas ausführlicher schildert Fatma ihre eigene Zukunft. Ein Leben, das vor allem an ihren jetzigen kindlichen Bedürfnissen orientiert ist. Ihren Kindern möchte sie das ermöglichen, was ihr selbst so gefällt: das Schwimmen.

»*Ja, stell es dir einfach vor. Wir reisen jetzt mit der Zeitmaschine – hui – und gucken uns an, wie du wohnst. Wie wohnst du denn? In so einem Haus wie hier? In einem anderen Haus?*
Einzelhaus.
Und wer wohnt da alles mit dir zusammen?
Ich und meine Kinder.

Wie viele Kinder hast du denn dann?
Was soll ich sagen? Zwei reichen.
Und der Papa von den Kindern, wohnt der da mit dir auch?
Nö. Einzel.
Alleine willst du bleiben. Mit den Kindern?
Ja. Mhmh.
Und was machst du dann? Arbeitest du auch, wenn du groß bist?
Ja. Ich will Bademeisterin werden. Und meine Kinder können mitkommen und schwimmen. Aber die dürfen gar nicht Tiefe. Nur wenn die schwimmen können.
Was machst du, wenn du nicht arbeiten musst? Was machst du dann?
Dann, hm, geh ich mit meine Kinder irgendwohin.
Hast du denn auch Freunde?
Hm, ja, da geh ich zur Nesrin und Kama und Ümran [ihre Freundinnen aus der Schule].
Ja? Und was macht ihr dann zusammen?
Na, da gehen wir Beispiel vielleicht zusammen aus. Mit meine Kinder und mit ihren Kinder. Oder zum Spielplatz oder zum See. Das wird schön.«

Paul 10 Jahre, 4. Klasse Grundschule

»... weil Gott mich da irgendwie durchdeichselt.«

Mai 2007

Sachsen-Anhalt. Eine Kleinstadt mit schönem historischen Stadtkern. Es ist ruhig hier. Immer wieder sind Touristen anzutreffen. Nicht weit vom Zentrum entfernt liegt ein Wohngebiet mit Einfamilienhäusern. Das Haus von Pauls Familie liegt in einer Nebenstraße. Verkehr kann man die vereinzelt vorüberfahrenden Autos nicht nennen. Die Gegend ist grün, die Gärten gepflegt.

Der Empfang im Hause der Familie ist herzlich. Das Haus selbst ist geräumig und sehr wohnlich eingerichtet. Das Interview findet in einem großzügigen Wohnzimmer statt, das über die Veranda auf den schönen Garten hinausführt, in dem Blumen und Bäume genauso Platz haben wie die Kinder, wenn sie Fußball spielen wollen. Paul hat ein eigenes Zimmer zum Schlafen, Arbeiten und Spielen.

Seine Mutter (39 Jahre) arbeitet als Ärztin, sein Vater (45 Jahre) ist Staatsanwalt. Beide stehen voll im Berufsleben. Außerdem lebt hier noch der kleine Bruder (7 Jahre) von Paul.

Im Interview tritt Paul selbstsicher auf, was sich gut an seiner Schlussbemerkung zeigen lässt, als er auf die Frage, ob er noch etwas erzählen wolle, antwortet: »Nöö, ich bin eigentlich fertig, Sie haben mich jetzt zwei Stunden ausgequetscht, ich glaube, Sie kennen mich jetzt richtig gut.« Die Sicherheit in seinen Ausführungen ließ sich auch nicht durch eine Magenverstimmung trüben, die nur dazu führte, dass Paul nach eigener Aussage, »etwas weniger lebendig als sonst« gewesen sei.

Der Tag im Zeitraffer

»... so halb sieben weckt mich meine Mutter und bringt mir meistens einen Kakao mit, dann steh ich langsam auf, zieh mich an und geh dann langsam in die Schule, dann bin ich eben in der Schule, danach bekomme ich eben meistens noch solche Sonderkurse, also wie Mathe für Begabte, Fördern oder so was, ähm, und dann geh ich in den Hort bis vier Uhr oder so was meistens, und wenn ich dann zu Hause bin, mache ich alles Mögliche, manchmal noch mehr AGs, manchmal spiele ich dann eben Fußball, manchmal spiel ich Lego, dann guck ich vielleicht um sechs Uhr ein bisschen Fernsehen, und

»spiel vielleicht ein bisschen Computer, und dann geht es auch nach dem Abendessen ins Bett.«

Dann ist es gegen acht Uhr abends. Mehr als 13 Stunden sind vergangen, während deren Paul sich in verschiedenen Lebenswelten bewegt hat.

Der Schulunterricht geht »bis eins circa«, drei Tage die Woche folgen dann noch AGs, sodass er »so ab Viertel vor drei im Hort« ist. Hier macht er noch Hausaufgaben, »es sei denn, ich muss irgendwas auswendig lernen oder eine Sängerkontrolle üben [die Schüler müssen im Musikunterricht vorsingen, was Paul offenbar nicht so gerne macht] oder irgendwie so einen längeren Aufsatz schreiben, das mache ich dann meistens zu Hause«. Dorthin gelangt er vom Hort aus meistens gemeinsam mit seiner Mutter, die ihn nach ihrer Arbeit dort abholt.

Und was ist für ihn die schönste Zeit des Tages?

»Mhm (denkt lange nach), manchmal sehne ich mich danach, ins Bett zu gehen, und dann ist eben, wenn ich dann ins Bett falle, die schönste Zeit. Am meisten ist die schönste Zeit, wenn ich zu Hause bin, also vier, fünf Uhr circa.«

Pauls Lebenswelten in der räumlichen Aufstellung

Paul beginnt bei der Aufstellung mit dem eigenen Zuhause und seiner Familie: Mutter, Vater, Bruder und sich selbst. Zunächst geht er daran, auch die Nachbarschaft aufzubauen, doch dann zieht er das wieder zurück, weil sie keinen relevanten Ort für ihn darstellt. »Die haben alle überhaupt keine Kinder. In der Straße sind keine Kinder.« Daher folgt zunächst seine Schule und die ihr gegenüberliegende Nachbarschule, aus der Paul auch einige Kinder kennt. Als Nächstes kommen ihm der Fußballverein samt Trainer in den Sinn und ein paar der am Training teilnehmenden Kinder. Es folgt die Sporthalle, in der das Judotraining stattfindet. Dabei korrigiert Paul immer mal die Position der Gebäude, damit die räumliche Beziehung untereinander korrekt bleibt. Noch vor dem Hort stellt Paul das Haus von Max auf, seinem besten Freund: »Der wohnt hier in der Nachbarschaft, mit dem bin ich einfach befreundet. Kenne ich vom draußen Spielen.« Anschließend stellt Paul den Hort auf.

Nun folgen noch seine beiden Großelternpaare, die Paul aber nicht mehr räumlich einordnen kann, da er sie sonst zu weit weg stellen müsste. Sie wohnen beide in Niedersachsen. Er platziert sie jeweils in eine Ecke der Aufstellung. Dies sind die einzigen Orte, die er aufstellt und nicht selbständig erreichen kann. Die Orte seiner Alltagswelt liegen also alle in einem Bereich, den Paul selbst erschlossen hat. Er bewegt sich hier auch häufig alleine mit dem Fahrrad. Dennoch ist es so, dass im Alltag oft sein Vater oder seine Mutter den »Transport« übernehmen und ihn zu den verschiedenen Orten fahren.

Als besonders wichtige Menschen markiert Paul in der Aufstellung seine gesamte Familie, Großeltern mit eingeschlossen. Außerhalb der Familie kommen noch zwei Freunde hinzu. Zum einen Max, ein Junge aus der Nachbarschaft, und dann noch ein Freund aus dem Fußballtraining.

»*Also Max ist ein guter Freund von dir oder sogar dein bester?*

Also mein bester eigentlich.

Dein bester. Was ist denn wichtig an guten Freunden?

Naja, mit denen kann man eben quatschen … Und spielen … Und sonst wäre man ja ziemlich alleine.«

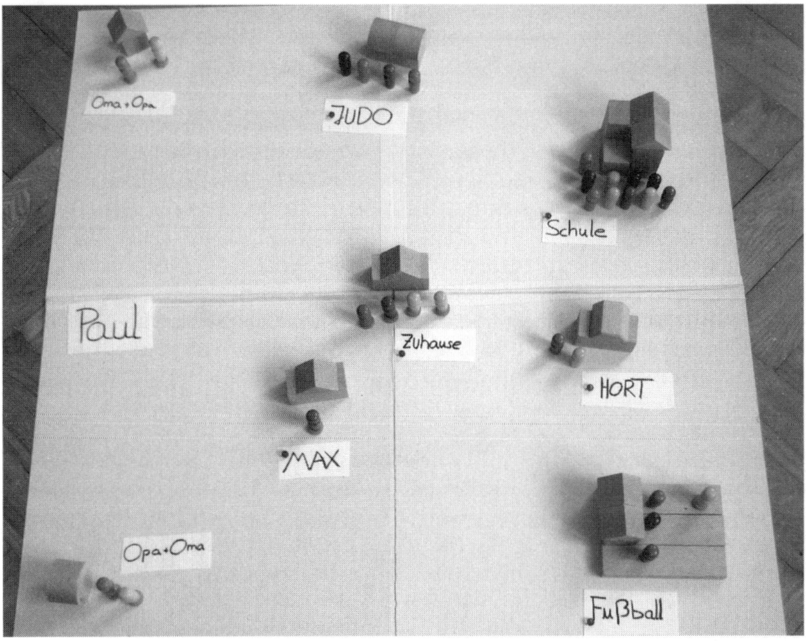

Schule: Unterricht und Förderung

Das Erste, was Paul von der Schule sagt, ist: »Also, ich bin sehr gut in Mathe.« Zusätzlich zum normalen Unterricht belegt er eine »Mathe-AG für Begabte, die heißt Mathe für Asse«. In dieser schulischen AG steht allerdings mehr der Spaß an Mathematik im Vordergrund. Pauls Begabung für Mathematik ist auch den Veranstaltern eines überregionalen Matheprogramms aufgefallen. Hier bekommen ausgewählte Schüler regelmäßig Knobelaufgaben zugeschickt, die sie dann gelöst wieder einreichen sollen. Außerdem wird Paul in den Ferien ein vom Land gefördertes »Mathecamp« besuchen.

Ob Paul generell als hochbegabt einzuschätzen ist, wurde bislang noch nicht untersucht. Begabt ist Paul, seine Eltern und Paul selbst stellen sich aber die Frage, wie es weitergehen wird: Wird er in dieser Begabung aufgehen, oder hat er am Ende doch gar nicht so großen Spaß an der Mathematik? Sicher ist einstweilen, dass Paul durchaus gerne an den Aufgaben arbeitet. Wie sollte er sonst so gute Leistungen erbringen, und außerdem sagt er selbst: »Wenn ich Lust habe, mach ich das ganz gerne.« Schon dieser Satz deutet auch darauf hin, dass Mathematik für Paul nicht das Einzige im Leben ist, er sich nicht übermäßig darauf spezialisiert, denn »manchmal ist [das] dann eben auch langweilig«. Der Unterricht in der Schule besteht auch noch aus anderen Fächern. Hier zeigt Paul durchgehend gute Leistungen. Was die Neigung zu bestimmten Fächern angeht, äußert er sich wie folgt:

»Sport mache ich sehr gerne, naja aber das machen eigentlich fast alle gerne und Kunst mache ich sehr gerne, ich kann sehr gut zeichnen und alles und darum mache ich eben auch gerne

> Kunst. (…) Geometrie find ich immer blöd irgendwo, und … mhm … manchmal Sachkunde, wenn's nicht so spannend ist.«

Ansonsten scheint Paul der Unterricht insgesamt ganz gut zu gefallen. Das liegt nicht zuletzt auch an den Lehrerinnen, die Paul positiv bewertet. Neben der bereits genannten Mathe-AG besucht Paul noch zwei weitere Angebote nach dem eigentlichen Unterricht. Einmal ist dies Schach und außerdem »Plastisches Gestalten. Da machen wir eben alles Mögliche, im Augenblick haben wir aus Gras ein Krokodil gebaut und das mit Pappmaché eingekleistert.«

Paul scheint somit vielseitig begabt und auch interessiert. Mühe bereitet ihm der Unterricht offensichtlich nicht. Dass er nach Ende des Schuljahres auf das Gymnasium wechseln wird, ist für ihn selbstverständlich. Da müsse er sich »keine Sorgen machen. Ich stehe ja in keinem Fach auf Kippe oder so.« Dass das für andere Kinder anders aussieht, ist ihm durchaus bewusst, auch wenn über den Schulwechsel »nicht so viel (…) geredet« wird. Auch wenn es ihm etwas traurig vorkommt, dass er einen Teil seiner Klasse nach dem Wechsel nicht mehr wiedersehen wird, so richtig fassen, was das bedeutet, kann er noch nicht.

Wie für die meisten Kinder besteht für Paul die Schule nicht nur aus Unterricht. Er hat in seiner Klasse viele Kontakte zu anderen Jungen: »Also in der Pause spiele ich meistens mit den anderen Jungs aus der Klasse Fußball oder irgend so was.« Hier wird deutlich, dass er eher einen Bezug zu der Gruppe insgesamt hat als zu einzelnen Kindern. Außerhalb des schulischen Rahmens trifft Paul seine Klassenkameraden nicht.

Nachmittagsbetreuung im Hort

Ähnliches gilt für Pauls Kontakte im Hort. Dieser ist nicht direkt an die Schule angebunden, und Paul findet hier eine komplett andere Gruppe vor als in der Schule. Er ist der Einzige aus seiner Klasse. Bei der Beschreibung seiner Kontakte sagt er selbst: »Naja, im Hort spiele ich eigentlich mit allen, aber das muss nicht heißen, dass ich mit denen groß befreundet bin.« Darum nennt er hier außer seinen Horterziehern keine individuellen Kontakte, sondern belässt es bei einer Beschreibung seiner Aktivitäten dort:

> »Wir haben da so Spiele und alles, und manchmal machen wir da auch so Ausflüge, wie ins Schwimmbad … aber meistens nur in den Ferien, und sonst sind eigentlich keine AGs, außer Gitarre, aber … ich spiele keine Gitarre und spiel auch kein Instrument, ich bin nicht so musikalisch, und dann mal ich eben meistens oder spiele mit diesen Bauklötzen, die die da haben oder mache irgendwas, leg mich einfach hin.«

Ein besonders wichtiges Element in seinem Leben scheint der Hort nicht zu sein. Paul handelt ihn eher am Rande ab und denkt an den Hort bei der Aufstellung der Orte, die in seinem Leben eine Rolle spielen, erst ganz am Ende.

»Montag Fußball, Freitag Judo« – und was noch?

Die verbleibende Zeit außerhalb der Schule wird zu einem Teil durch feste Freizeitaktivitäten bestimmt. Paul trainiert regelmäßig Fußball und Judo. In diesen Vereinen hat er ähnlich wie in Schule und Hort auch gute Kontakte, die wiederum auf die entsprechende Lebenswelt beschränkt sind. »Ja, und da mache ich Judo, und [damit] verbindet mich Werner, mein Trainer, Tim, mein Lieblingspartner, Bastian, mit dem ich nicht so gerne trainiere, weil er zu schwer für mich ist.« Die Ausnahme bildet ein Junge, den Paul beim Fußball trifft. Diesen sieht er als engeren Freund an und trifft ihn auch mal in anderen Kontexten. Und was tut Paul mit der Zeit, die ihm frei zur Verfügung steht?

»Ja, wie gesagt, Fußball, spielen, irgendwas, wenn meine Mutter frei hat, dann spiele ich gerne mit ihr so ein Spiel, Monopoly mag ich sehr gerne, aber das kann ich dann nach der Schule nach dem Hort nicht mehr spielen, weil es dauert zu lange
(…) Und ich höre CDs manchmal, und …
Was hörst du dann?
Ich höre Hörspiele meistens.
Was sind denn das für Hörspiele?
Harry Potter hör ich als Hörspiel, und Artemis Fowl.«

Vor allem das Wochenende vergeht mit Spielen: »Ach, meistens sind Freunde da, also ich schlafe aus, spiele mit Freunden, spiele Fußball, und mhm, was mach ich denn sonst am Wochenende? (…) Da haben wir halt auch Fußball gespielt, Fahrrad gefahren und so.«

Die Balance zwischen frei verfügbarer und fremdbestimmter Zeit scheint in Pauls Empfinden recht ausgeglichen zu sein. Er sieht zwar ein Übergewicht der »geplanten« Zeit, was allerdings durch andere Vorteile wieder aufgehoben wird:

»*Findest du, du hast auch viel Zeit, wo du ganz alleine frei bestimmen kannst, was du willst, wo nicht so ein Plan ist? Wo du selber dann überlegst, was du machst?*
Naja, doch, im Hort und zu Hause.
Findest du das gut so, oder hättest du gerne mehr?
Mir reicht's eigentlich mit diesen ganzen Sonderfächern, die ich habe.
Hättest du lieber mehr Freizeit? Wo du selber bestimmen kannst?
Naja, manchmal ja, aber manchmal habe ich auch Lust auf Mathematik oder Malen oder so was und dann gehe ich auch am liebsten zum Plastischen Gestalten, weil dann haben die ja dann da die Materialien, also ich kann ja nicht erwarten, also ich hab zu Hause ja keine Leinwand zum Beispiel, aber beim Plastischen Gestalten malen wir dann manchmal auf Leinwand.«

Fernsehen und Computer: freie Nutzung mit klaren Grenzen

»Ab sechs Uhr, sagt meine Mutter, ist Gameboy spielen und Computer spielen und Fernsehen gucken [erlaubt]. Das ist alles das Gleiche in ihren Augen. (…) Dann dürfen wir uns das selber einteilen: ob ich jetzt Lust habe, Fernsehen zu gucken oder Computer zu spielen. (…) Wenn ich Schule habe, ist das dann eben halb acht beendet, und wenn ich dann eben Wochenende habe, wenn ich dann drinne bin gerade im Spiel, kann ich dann auch mal bis halb neun.«

Paul schätzt, dass er in diesem Rahmen zwar nicht jeden Tag, aber doch »von sieben Tagen fünf, sechs« etwa eineinhalb Stunden lang Computer spielt oder fernsieht.

Dabei zieht er offenbar den Computer vor, weil er hier, wie er sagt, selber agiert. Hierzu berichtet er auch deutlich mehr. »Sims spiele ich immer, und früher habe ich Stronghold gespielt, das sind so beides Simulationsprogramme.« Bei den Sims geht es darum, das Leben eines virtuellen Menschen zu regeln. Stronghold ist eine Wirtschafts- und Kriegssimulation, die in einer mittelalterlichen Welt angesiedelt ist. Paul hat einen eigenen Rechner im Zimmer, fernsehen kann er nur am Familiengerät. Hier schaut er »alles, also nicht so diese Kinderfilme wie Toccolino oder so was, aber ich guck Trickfilmsender, wenn sie witzig sind, ich guck Gruselfilme, wenn sie gut sind, ich guck Fantasyfilme, ich guck eigentlich ziemlich alles, wenn's mir gefällt.« Spongebob ist die einzige konkrete Sendung, die ihm zur Zeit einfällt.

Wie sieht es da mit dem klassischen Medium Buch aus? Paul liest nach eigener Einschätzung eher weniger, am ehesten »so Zeitschriften oder irgend so was, ... aber nicht so groß Bücher oder so«. Und was sind das für Zeitschriften? »Geolino heißt das, so 'ne Wissenszeitschrift, oder so Wunder Wissen, oder irgendwelche Sondereditionen von Büchern. (...) Zum Beispiel von Artemis Fowl gibt es ›Die Akte‹, da sind zwei große Geschichten drinne. Eine lese ich gerade.« Auch wenn dies nicht Pauls Einschätzung entspricht, so fällt doch auf, dass der von ihm beschriebene Lesestoff umfangreicher und zum Teil anspruchsvoller ist, als wir ihn von anderen Kindern kennen.

Familie

Paul hat eine enge, sehr positive Bindung an seine Familie. Er ist gerne zu Hause und spielt gerne mit seinen Eltern und seinem Bruder oder beteiligt sich an gemeinsamen Unternehmungen. Auch seine Großeltern sieht er regelmäßig. Da diese aber weiter entfernt leben, hat er meist nur in den Ferien oder auch mal am Wochenende Kontakt zu ihnen.

Pauls Schilderungen nach ist zu Hause wie bei den meisten befragten Kindern seine Mutter die Hauptbezugsperson. Dies spiegelt sich allerdings nicht in der nüchternen Betrachtung der Zeit, die Vater und Mutter für die Versorgung der Kinder aufbringen, wider. Beide teilen sich die Aufgabe, Paul z. B. vom Hort abzuholen oder ihn zum Fußball oder Judo zu fahren. Mit seinem Bruder spielt Paul regelmäßig, meistens Fußball im Garten. Darüber hinaus scheinen die beiden ein recht inniges Verhältnis zu haben. So schlafen sie auch in Zeiten getrennter Zimmer noch häufig im selben Bett. Zu beiden Eltern hat Paul einen guten Kontakt, berichtet allerdings vor allem über gemeinsame Aktivitäten mit der Mutter. Wie auch Paul selbst erscheint die gesamte Familie viel beschäftigt:

> »*Wie viel Zeit haben denn deine Eltern für dich? Machst du viel mit denen, oder wie ist das?*
> Eigentlich nicht so viel.
> *Mhm, würdest du gerne mehr mit denen machen?*
> Ja.
> *Was würdest du denn gerne mit deiner Mama und deinem Papa noch machen?*
> Ach, zum Beispiel ein bisschen reden oder so, also langfristig, oder Brettspiele spielen oder Spiele spielen und so was.«

Am Wochenende ist dann mehr Zeit, und da »spielen wir manchmal noch Monopoly oder spielen was zusammen oder so was oder machen einen Ausflug«.

Insgesamt bewegt sich Paul innerhalb seines familiären Rahmens recht autonom. Unter anderem deswegen, weil er alle Orte in seiner unmittelbaren Lebensumwelt auch ohne Hilfe seiner Eltern erreichen kann. Seine Zeiteinteilung ist einigen wenigen klaren Regeln unterworfen. In deren Rahmen kann er selbst über seine Aktivitäten entscheiden, für Hausaufgaben ist er allein verantwortlich. Nur bei manchen Aufgaben, z. B. beim Auswendiglernen, lässt er sich von seiner Mutter kontrollieren. Von Pflichten im Haushalt berichtet er nicht, und zu seinen Freiheiten äußert er sich wie folgt:

»Findest du, du darfst nur wenig Sachen?
Nee, ich darf sehr vieles.
Du darfst vieles.
Ja.
Darfst du mehr Sachen machen als andere Kinder in deinem Alter?
Naja, manches ja, manches nein.
Was darfst du denn, was andere nicht so dürfen?
Mhm, ... ich darf zum Beispiel mehr Quatsch machen, wo andere Eltern sagen würden: ›Jetzt hör doch mal auf! Also Paul!‹«

An Gott glauben

Ein weiterer Bezugspunkt in Pauls Leben ist der Glaube. Das Thema selbst taucht etwas überraschend auf, als es darum geht, was für Änderungen sich Paul für die Welt wünscht. Er hofft auf eine größere Akzeptanz von Christen in der Welt. Daraus entwickelt sich dann folgendes Gespräch:

»Gehst du in die Kirche?
Also ich bin christlich und glaube an Gott, aber ich gehe nicht oft in die Kirche.
Und ist das wichtig hier bei euch in der Familie, christlich zu sein?
Naja, jeder bei uns in der Familie ist evangelisch.
Und betest du manchmal, oder ...
Sehr wenig.
Sehr wenig. Was machst du sozusagen, weil du ja an Gott glaubst, oder was glaubst du? (...)
Naja, wenn ich an Gott glaube, bin ich jedem gegenüber ganz ... mhm, bin ich gelassener, weil ich weiß, dass er mich da irgendwie durchdeichselt.
Also er passt irgendwie auf, ja?
Ja, und naja, ja.
Also das ist das Wichtigste, dass du glaubst, er passt schon irgendwie auf und dir wird schon nix passieren, ja?
Ja. (...) Natürlich muss ich auch selbständig sein ... weil ich kann nicht erwarten, dass ich nicht irgendwo ein Gedicht sage ... wenn ich was auswendig lerne und dann denke, der liebe Gott wird mich schon irgendwie durchbringen und dann wird die Lehrerin vergessen, dass ich da überhaupt noch was zu tun habe.«

Was Paul hier beschreibt, erscheint eher wie ein nicht an eine bestimmte Religion gebundener Glaube, obwohl er selbst sagt, christlich zu sein, seine Familie evangelisch ist und er auch die evangelische Grundschule besucht. Auch ist sein Glaube nicht sehr mit der Kirche verbunden. Weder er noch seine Familie gehen häufig in die Kirche, noch betet er. Paul scheint vielmehr ein »religiöses Gefühl« zu meinen, den Eindruck, dass es »da oben« noch eine vertrauenswürdige Instanz gibt. Und das vermittelt ihm Zutrauen in den guten Verlauf der Dinge. Gegen Ende des Zitats betont er, dass er dabei selbst verantwortlich für sein Handeln bleibt.

Der Blick nach außen

Die Welt von Paul ist zunächst mal eine sichere, geborgene Welt. Was bekommt er von der Welt mit, die um die seine herum existiert? Fernsehen oder genauer die Nachrichten spielen dabei eine Rolle:

»Wenn ich aufwache und mich anziehe, dann geh ich manchmal nochmal zu meiner Mutter ins Bett und guck dann so von Viertel vor, zwanzig vor halb guck ich dann so ein Morgenmagazin, das sind ja so Nachrichten.
Und wie findest du das?
Naja, es ist erschreckend, was es so gibt, aber es ist spannend.«

Unter anderem geht es da um Politik. Über die Aufgaben von Politikern kann Paul deswegen auch schon einiges sagen.

Naja, die regieren, man braucht ja irgendwie jemanden, der hier das Land regiert, und der sagt, wir sind eine Demokratie oder wie auch immer und Steuern gibt es soundso viele und wie, und wer denn Politiker wird, und sonst würde das ja in Schlachten enden, denk ich mir, und … Politiker, naja, regieren eben.

Tun die auch was für Kinder, Politiker?

Ja klar, es gibt ja diese Organisation so … mehr Geld für Kindergärten oder mehr Geld für Krippen, oder so was, das geht ja auch von den Politikern aus, meistens, wenn die dann eben, naja, merken, dass die Kinder nicht mehr gut gebildet sind, weil sie auf den falschen Kindergarten gegangen sind, und weil sie nicht spielen konnten und überhaupt nicht sich vorbereiten konnten …

Denkst du, die machen genug für Kinder, oder denkst du manchmal, Mensch, ich will aber, dass die mehr für Kinder machen.

Natürlich würde es mir gefallen, wenn die mehr für Kinder machen, denn dann würde ich viel Spaß haben, weil dann im Hort noch mehr Spielzeug stehen würde, und in der Schule, aber … genug machen sie eigentlich.

Gut, was könnten die noch mehr machen, was meinst du?

… Keinen Krieg führen, also mehr, keinen Krieg führen, und sie sollten … mhm … Naja, mehr spenden … in ärmere Länder.«

Andere Länder

Andere Länder, ärmere Länder. Paul kann schon so einiges aufzählen: »Ach, da gibt's Belgien und Türkei, Griechenland, Sölden, Deutschland, Tschechien, ach da war ich auch schon mal, Tschechien war ich auch schon mal, was gibt's denn noch? … Es gibt einfach 1000 Länder.« Und »Kontinente Asien, Südamerika, Amerika, Afrika, mhm, Asien, Europa«. Er weiß, die Welt ist groß. Es gibt unzählige Länder auf verschiedenen Kontinenten. So weit die Theorie, bei der er sich manchmal noch verheddert. So verwechselt er dann mal Afrika mit Amerika, ordnet die Kontinente später aber auch wieder richtig zu. Aus eigener Erfahrung kennt Paul vor allem europäische Länder. Neben Tschechien war er schon in »Gran Kanarien … ein Land einfach, wo ganz viel Sonne scheint«, in der Türkei und in Griechenland sowie vielleicht noch in dem einen oder anderen Land, da will Paul sich nicht so festlegen. Trotz der sprachlichen Barrieren konnte er sich hier zurechtfinden und auch Kontakt zu anderen Gleichaltrigen aufnehmen:

»In der Türkei, da war das ein deutsches Hotel, da wurde meistens deutsch gesprochen, aber da waren ein paar Kinder, da wollte ich mich gerade mit denen anfreunden, da merk ich, die sprechen irgendeine Sprache, die ich gar nicht kenne, weil da war zum Beispiel ein Junge, der hat … türkisch oder so was gesprochen.

Und wie war das dann?

Naja, haben wir eben was gespielt, aber ich konnte kein Wort von ihm verstehen und er eben auch keins von mir.«

Diese Erfahrungen haben bei Paul offensichtlich das Interesse für die Welt geweckt. Er möchte gerne mehr und auch noch fremdere Länder kennenlernen. Und zwar nicht nur, um dort Urlaub zu machen:

»Ich wollte eigentlich ganz gerne mal nach Afrika [er meint Amerika] als Austauschschüler hin.

Weshalb möchtest du gerne dahin?
Ach, es ist eigentlich Afrika oder Amerika? In einem von den beiden Ländern spricht man ja Englisch, und dann würde ich erstens mein Englisch festigen und zweitens würde es ja auch ein bisschen Spaß machen, in ein komplett anderes Land zu fahren.
Was fändest du denn da spannend in einem anderen Land?
Naja, also die Sprache ist anders, dann ist die Temperatur anders, es wachsen andere Pflanzen, Amerika ist ärmer als Deutschland, da würde ich nicht in so einem großen Haus leben, da würde ich vielleicht sogar in einem Haus leben, das ist so groß wie dieses Zimmer hier, wo sich dann die ganze Familie tummelt.«

Pauls Informationen über andere Länder und Kontinente setzen sich aus Erzählungen des Vaters und Sendungen im Fernsehen zusammen. Systematisch hat sich Paul aber noch nicht mit fremden Ländern befasst. Dennoch weiß er einiges zu berichten, auch wenn er die Informationen nicht immer exakt den Ländern zuordnen kann.

»*Was weißt du denn, wie die Menschen so leben in anderen Kontinenten oder Ländern?*
Also, in … Afrika, ist ja immer Wasser nicht genug da, also da können die ja manchmal überhaupt nichts trinken, das ist blöd, und andere sind eben auch ärmer, und in Brasilien zum Beispiel gibt es ja unglaublich reiche Leute und unglaublich arme Leute, und in Asien gibt es ja auch diese reichen Könige und eben sehr Arme, die da 16 Stunden in irgend so einer Fabrik arbeiten müssen, um sich eine Schale Reis kaufen zu können.
Woher weißt du das, wo hast du das gehört?
Allgemein.
So allgemein?
Also mein Vater erzählt das manchmal, oder ich gucke gerne solche Sender, also so Wissenssender, so über die Grabkammer des Pharaos, also so computeranimiert, dass man da mal reingucken kann und so, also so Terrakottaarmee, das guck ich ganz gerne im Fernsehen, und da nehme ich da und da alles so auf.«

Dass es Menschen in anderen Ländern schlechter geht als hier, ist Paul also durchaus bekannt. Er hat in der Schule auch schon bei einer weihnachtlichen Hilfsaktion mitgemacht und auch etwas Geld gespendet, das er dafür von seinen Eltern bekommen hat.

Vorsorglich denken

Paul selbst hingegen scheint ein von Sorgen im Wesentlichen freies Leben zu führen. Zumindest wirkt er zufrieden mit dem Leben, das er führt. Als er sich vorstellen soll, eine Fee würde ihm drei Wünsche erfüllen, so kommt ihm für die Gegenwart nur ein Hauptwunsch in den Sinn:

»Einmal, dass meine Mutter nicht so viel arbeiten würde und mehr Zeit mit mir verbringen könnte. (…)
Was würdest du denn gerne machen mit deiner Mutter?
Naja, spielen, Ausflüge, einfach der Gedanke, dass sie mehr Zeit für mich hat und ich jederzeit mit ihr spielen kann und dass jetzt die Mama nicht vorm Computer sitzt und irgendwie irgendwelche Röntgenschädel bearbeitet.«

Alle anderen Wünsche von Paul sind auf die Zukunft bezogen: »Einmal würde ich mir wünschen, dass mein größtes Problem weg wäre, ich weiß nicht, welches das dann später sein wird.« Als Möglichkeit nennt er hier einen unangenehmen

Chef oder rüpelhafte Nachbarn. Seine Wünsche zielen darauf ab, die potenziellen Störfaktoren im Vorfeld auszuschließen. Ebenfalls auf die Zukunft bezogen ist der Wunsch nach Geld, das Paul einerseits als Absicherung sieht und andererseits als Möglichkeit, sich angenehme Dinge zu leisten. Beides bezieht er jedoch auf die Zukunft: Er würde gerne ein großes Haus haben und sich dann versorgen können, ohne allzu viel arbeiten zu müssen. Auch hier wieder das Thema der Zeit, die Paul gerne für sich nutzen würde, anstatt zu viel arbeiten zu müssen. An konkrete Anschaffungen oder Luxusgüter denkt Paul beim Thema Geld nicht.

Ist es denn so, dass er mit Sorge in die Zukunft blickt, da er all seine Wünsche verwendet, um eventuell eintretende Unannehmlichkeiten aus dem Weg zu räumen?

Dies lässt sich nicht eindeutig beantworten. Persönlich erscheint Pauls Zukunftsperspektive seiner eigenen Einschätzung nach positiv, für die Welt insgesamt wartet er mit einer eher zwiespältigen Version auf.

Die eigene Zukunft: großes Haus, Kinder, schöner Garten, guter Beruf

»Ich wäre gerne Ingenieur«, sagt Paul auf die Frage, was er denn später einmal arbeiten werde. Wie er auf die Idee gekommen ist, weiß er auch nicht so recht. Mit seinen Eltern hat er jedenfalls noch nicht darüber gesprochen, was er mal werden will. Er weiß, dass Ingenieure »zum Beispiel Decken berechnen, wie dick die sein müssen, aus welchem Material, oder Brücken oder irgend so was«. Er sei schließlich gut in Mathe, und da sei ihm die Idee einfach mal gekommen.

Privat erhofft er sich »Glücklichsein« mit Kindern und einer Partnerin. Wer das sein könnte, weiß er selbstredend noch nicht: »Ich werde auf den anderen Schulen ganz viele kennenlernen und überall. Dann kann ich ja nicht sagen, die nehm ich, nur weil mir das jetzt in den Sinn kommt.« Auch Freunde sieht Paul in seiner Zukunft. Gemeinsame Urlaube sind genauso mit dabei wie »Kaffee trinken« und »Ausflüge mit den Kindern«. Alles in allem eine Lebenssituation, die seiner jetzigen stark ähnelt. Nur dass Paul jetzt die Rolle der Erwachsenen einnimmt, auf die er sich auch schon freut:

> »*Gibt es da was ganz Bestimmtes, auf das du dich freust?*
> (Gähnt) Hm, naja ich hätte endlich Autorität, und … naja ich könnte eben selber mein Haus einrichten, das alles so haben, wie ich das will, und könnte eben bestimmen.
> *Aha, und was könntest du machen, wenn du Autorität hättest, was könntest du dann machen, was jetzt nicht geht?*
> Ich könnte meinen Kindern sagen, räumt euer Zimmer auf, ich könnte mir Gruselfilme angucken, die ab 18 sind, ich könnte … ja, ziemlich viel.«

Autorität und Autonomie sind Themen, die bereits bei den Änderungswünschen von Paul für sein Leben auftauchen:

> »*Stell dir mal drei Sachen vor, die jetzt hier und heute anders werden sollen.*
> (…) Dann würde ich gerne ein Tuck älter sein und … mhm, siebte Klasse irgend so was, sechste …
> *Was wäre daran gut?*
> Na, dann wäre ich schon ein wenig älter und könnte auch schon mehr machen und so und könnte auf Parties gehen und so was. (…) Ja, naja, ich will einfach gerne wissen, wie es ist, älter zu sein, wie es als Siebtklässler ist, was man da denkt …«

Auf der privaten Seite sieht Paul der Zukunft also recht optimistisch entgegen.

Auch was das Sterben angeht, gibt er sich letztlich zuversichtlich:

»*Gibt es denn auch einige Dinge, vor denen du ein bisschen Angst hast oder die dir Sorgen machen, wenn du erwachsen bist, wenn du an später denkst?*
... naja, ans Sterben, aber ich denke eigentlich, dass ich, wenn ich sterbe, hoffentlich alt genug bin und alles gesehen habe, was ich sehen will ...«

Hier äußert Paul Gedanken, die sich auch Erwachsene machen könnten. Die Aussicht aufs Sterben als Mahnung, ein intensives und ausgefülltes Leben zu leben. Ob dies als Angst oder Sorge gesehen werden kann? Wohl eher nicht.

Zukunft allgemein:
Klimawandel und Minipizza

Sorgen tauchen bei Paul ganz offensichtlich auf, wenn es um den gesamtgesellschaftlichen Blick geht. Die allgemeine Zukunft erscheint weit problematischer als die persönliche. Im Vordergrund steht dabei der Klimawandel.

»Es würde viel schlimmer aussehen, weil ... mhm ... so Unwetter und so wegen Klima ... denk ich mir so, weil es ist ja jetzt schon so, dass irgendwo Wirbelstürme auftauchen und wo die Leute alle ihre Abgase frei in die Luft katapultieren, das wäre eben extremer ...«

Die Wetteränderungen und die daraus resultierenden Schwierigkeiten sieht Paul als großes Problem. Er befürchtet, dass bei heftigen Unwettern mehr Menschen zu Schaden kommen und dass es dadurch insgesamt »schwieriger [wird] für die Menschen, zu leben«. Einen Feen-Wunsch würde er auch deswegen gerne aufheben, um sich später wünschen zu können, »dass das Klima anders werden soll«. Das Thema des Klima- und Umweltschutzes drängt Pauls Sorgen über andere gesellschaftliche Probleme wie z. B. Kriege in den Hintergrund.

Die allgemeine Zukunftssicht von Paul ist jedoch nicht ausschließlich negativ. Eine positive Entwicklung erwartet er auf dem Gebiet der Technik. Er stellt sich vor, dass »alles technischer [wäre], alles auf einem viel höheren Stand, also es wäre jetzt nicht die Playstation 2, sondern es würde die Playstation 13 geben, und alles viel höher entwickelt, denk ich.«

So die grobe Einschätzung Pauls zur Zukunft der Technik. Aber was genau wäre anders? Kann er sich da etwas vorstellen? Paul meint, dass sich die bisherige Entwicklung fortsetzen würde. Kleinere und schnellere Geräte mit besserer Qualität, als wir es gewohnt sind:

»Wenn ich mich am Abend vor den Fernseher setze in der Zukunft, dann würde ich auf einmal merken, hey, irgendwie ist der viel kleiner als ein normaler Fernseher, mit einem viel größeren Bildschirm, der Ton ist besser und das Bild ist auch irgendwie besser.«

Doch damit nicht genug, auch Innovationen erwartet Paul. Paul denkt beispielsweise an Minipizzen, die in einem »hydrodynamischen Superherd« dann zu gewohnter Größe aufquellen.

Neben technischen Neuerungen erwähnt Paul auch die Mode. Die »wäre ganz anders, also wäre es vielleicht in, die Schnürsenkel offen zu haben, (...) oder vielleicht wäre es in, die Hosentaschen raushängen zu lassen oder so was.«

Was würde Paul ändern?

Einigen Sorgen, die Paul für die Zukunft äußert, würde er als Bestimmer der Welt begegnen wollen. Dazu zählt vor allem die Verhinderung oder in Zukunft dann die Umkehr des Klimawandels. Im Notfall mit Zauberei das Klima ändern, ist sicherlich nicht nur für Paul ein attraktiver Wunsch. Paul als Bestimmer und, wenn man so will, Zauberer zugleich würde neben dem Klima aber noch viele andere Dinge ändern. Hier eine Auswahl seiner Maßnahmen:

> »Ich würde die zu reichen Familien ärmer machen und die zu armen Familien reicher machen. Also wenn ungefähr der eine ein paar Millionen auf dem Konto hat und sich das teuerste Auto kauft, und der andere stirbt, weil er kein Wasser hat.
> Dann würde ich ändern, dass diese ganzen Abgase und so von Autos und so [weniger werden], damit das Klima nicht so gefährdet ist, weil das ist ja total blöd.
> *Was würdest du dann machen?*
> Dass [die] irgenwie so einen Schadstofffilter einbauen oder alle mit irgendwelchen Ölen fahren, die nicht umweltgefährdend sind. Damit allgemein nicht so viel in die Luft kommt, was die Atmosphäre verändert. Mhm, und der dritte Wunsch …
> Mhm naja, ich würde manche zu Christen machen, manche zu Katholiken. Und so, damit wir mit Gott zusammen sind, und mhm, das war's dann eigentlich.«

Dieser Wunsch beinhaltet auch Pauls Hoffnung, dass »nicht mehr so viele blöde Sachen gemacht« werden. Dazu zählt er »irgendwie Christen auslachen oder so was«. Ansonsten steht dahinter wohl am ehesten der Wunsch nach Zusammenhalt in einer Gruppe, wie er auch mit dem Schlusszitat deutlich wird.

Neben den oben genannten Hauptanliegen würde Paul »die Welt schöner werden lassen«. Das bezieht er vor allem auf die Gestaltung der Straßen und Parks. Da nimmt er jeden einzelnen in die Verantwortung:

> »Ja, es soll nicht in irgendwelchen Vierteln, wo schöne Häuser stehen und die Stadt sich so Mühe gibt, irgendwo ein blöder Typ wohnen, dem es … mhm … am Gesäß vorbeigeht, dass seine Wohnung so lange nicht gestrichen worden ist oder am Abbröckeln ist, solange er seinen Fernseher und sein Kühlschrank hat, also das ist ekelhaft, es soll alles schön aussehen.«

Verantwortung des Einzelnen schreibt Paul offenbar auch ansonsten groß. Ein Alleinherrscher wäre Paul daher mit Sicherheit nicht. Wichtig ist ihm eine aktive demokratische Gemeinschaft:

> »Man sollte mehr, mein ich jetzt … sich mal … an die Hand fassen eben und sagen, das verändern wir jetzt und wir sind ja eine Demokratie und wir sind eine Menge und wir finden unseren Chef blöd und der soll jetzt gefeuert werden, also, dass eben mehr [Menschen] den Mut haben, einfach zu sagen, wir sind eine Demokratie und ich finde das so, wer schließt sich mir an?«

Monique 11 Jahre, 5. Klasse Gymnasium

»Ich mag mehr Action, als so ruhig zu sitzen.«

Mai 2007

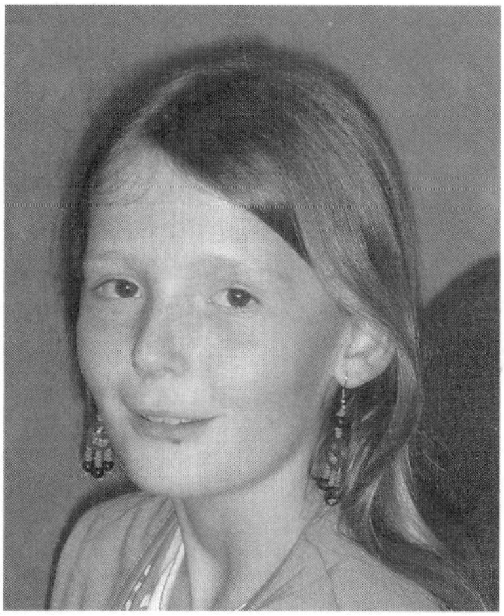

In einer Kleinstadt im nördlichen Münsterland lebt die Familie von Monique. Monique ist 11 Jahre alt und seit diesem Schuljahr auf dem Gymnasium. Ihre Mutter, eine ausgebildete Wirtschafterin, hat bei der Geburt des ersten Kindes, Moniques älterer Schwester, den Beruf aufgegeben. Sie ist seitdem Hausfrau, kümmert sich um die Kinder und hat sich intensiv im Rahmen der Elternpflegschaft der Grundschule engagiert. Sie ist 44 Jahre alt. Moniques Vater (42 Jahre) ist Facharbeiter und arbeitet als Schweißfachmann im Anlagenbau. Die 15-jährige Schwester von Monique besucht die Realschule.

Die Familie bewohnt ein kleines Einfamilienhaus, das in einer Sackgasse liegt. Das Wohngebiet ist ruhig, viel Grün, eine gemischte Bebauung. Im sorgfältig gepflegten Garten lädt die Familie erst einmal zu Kaffee und Kuchen ein. Zum Interview gehen wir in Moniques bestens aufgeräumtes Zimmer im ersten Stock des Hauses.

Immer in Bewegung

Moniques Tag beginnt sehr früh. Schon um 6 Uhr klingelt der Wecker. Da hat Monique noch gar keinen richtigen Appetit auf ein Frühstück. Zur Schule fährt sie erst einmal mit dem Fahrrad bis zur Bushaltestelle und dann mit dem Bus in den Nachbarort. Das Gymnasium wird von Kindern aus vielen umliegenden Gemeinden besucht. In Moniques Klasse allerdings kommen alle aus demselben Ort. Gut findet sie das, denn »da kennen wir uns auch schon aus der alten Schule«.

Wenn sie über einen normalen Tag berichten soll, wählt sie einen Tag mit »viel Action«, den Mittwoch. Da steht in der Schule Schwimmen auf dem Stundenplan, und damit besteht der Schulalltag nicht nur aus Herumsitzen, was nämlich nicht Moniques Sache ist. Sie bewegt sich einfach gern. »Ich bin jetzt nicht der Typ, der hier stundenlang sitzen kann und malt und liest.«

Am Nachmittag geht sie zum Tanzen. Vorher macht sie ihre Hausaufgaben, und manchmal bleibt noch Zeit zum Spielen mit den Freundinnen, die dann mit ihr zum Tanzen gehen. Außerdem nimmt

Monique an zwei Wochentagen am Leichtathletiktraining teil.

»Ich mach ja auch noch Leichtathletik, zweimal in der Woche. Und einmal in der Woche Tanzen. Das macht beides Spaß. Mit der Leichtathletik gehe ich auch manchmal so auf Wettkämpfe mit meinen Freunden, die da noch dabei sind. Und dann ist das manchmal so ein Erfolg. Dann ist man mal irgendwie Zweite oder so, und dann denkt man sich, das bringt ja was, dass man da mitmacht bei Leichtathletik. Aber es macht eigentlich auch so Spaß.«

Die Wettkämpfe bestimmen auch manchmal das Geschehen am Wochenende. »Da kommt Mama oder Papa mit oder beide.« Und was macht sie sonst am Wochenende?

»Samstags spiele ich meistens mit meinen Freunden oder treffe mich mit denen. Oder manchmal sind halt so im Dorf mal Kirmes, mal irgendein Markt. Oder halt den Weihnachtsmarkt. Dann gehen wir da oft hin. Oder manchmal gehe ich auch mit Mama und Papa und mach eine Fahrradtour am Sonntag oder irgendwie so was.«

Hat Monique auch freie Zeit? Ja. »Dienstags und freitags habe ich meine Hobbys gar nicht. Das nenn ich mal so freie Tage.« Und außerdem: »Hobbys sind ja eigentlich Freizeit und deswegen mach ich die auch gerne. Dann treffen wir uns oft [mit den Freundinnen] und machen das zusammen.«

Normalerweise endet der Tag relativ früh. Nach einer kleinen Fernsehsession am frühen Abend, meist mit ihrer Lieblingssendung »Alles, was zählt«, einer Telenovela, gibt es Abendessen für die Familie. Wenn Monique nach einem »bewegten Tag« ins Bett geht, ist sie meist zu müde, um noch zu lesen, und sowieso ist sie nicht »der Lesetyp«.

»Eigentlich bin ich nicht so der Lesetyp, weil meistens wenn ich im Bett bin, dann bin ich auch müde. Lesen tue ich eigentlich jetzt auch nicht so gern und nicht so viel. Ich mag mehr Action, als so ruhig zu sitzen.«

Messdienerin

Eine etwas ruhigere Aktivität von Monique ist das Ministrieren. In dieser Gegend des Münsterlandes sind ca. 80 % der Menschen katholisch, so auch Moniques Eltern. Monique hat sich in der dritten Klasse zum Messdienen gemeldet.

Sie schildert anschaulich die Gewänder, die man dabei trägt, und was genau die Messdiener zu tun haben. »Meistens sind das sechs Personen. Die stellen sich dann so in Zweierreihen. Wir fassen uns nicht so an die Hände, sondern stellen uns halt auf. Vorher haben wir vereinbart, wer was macht. Also einmal [gibt es] Gabenbereitung, dann Kerzen und Gong und Schelle. Da sind dann immer zwei.« Für die Kerzenträger gilt zum Beispiel: »Man kann sich aussuchen, ob man die Hand auf die Brust legt oder ob man die unter die Kerze nimmt, nicht dass dann einer auf die Brust und der andere unter die Kerze. Das muss man vorher vereinbaren.«

So beschreibt sie nach und nach den gesamten Ablauf einer Messe. Es geht dabei um die korrekte Abfolge von verschiedenen Handlungen, wenn man so will, eine bestimmte Choreografie, und mehr legt Monique auch nicht hinein.

Die Kinder, die sich zum Ministrieren treffen, bilden mit der Zeit eine kleine Gemeinschaft, und Monique nimmt hier auch an Gruppenfreizeiten während der Ferien teil. Dass diese Tätigkeit eigentlich ein »Ehrenamt« ist, ist ihr nicht bewusst.

»Das ist alles freiwillig, kriegt man

auch kein Geld oder gar nichts für. Das ist jetzt keine Ehre. Das ist halt normal.«

Monique weiß, dass Mädchen früher nicht ministrieren durften.

»Ja, mein Vater war auch Messdiener, und die Mama wollte das auch halt, und da durfte die das nicht. Deswegen kennt die das auch nicht. Wohl, was sie dann sieht in der Kirche. Ja, aber mehr weiß ich da auch nicht drüber, warum die das nicht durften. Ich glaub, weil es in der katholischen Gemeinde auch keine Pastorinnen gibt, und deswegen, denke ich, durften auch keine Mädchen Messe dienen.«

Zu diesem Thema hat sie bereits eine dezidierte Meinung. Hier ist ihr Gerechtigkeitsgefühl angesprochen. Wenn die Kirche Frauen nicht als Pastorinnen zulässt, dann findet Monique das »unfair«.

»Warum denn nicht? Die Geschlechter sind ja eigentlich jetzt nicht gleich, aber hat ja niemand was verbrochen, nichts gemacht oder so. Ich find das auch gar nicht toll, dass dann die Pastoren nicht heiraten dürfen, weil eigentlich ist das doch so katholisch, das ist doch gut, wenn man eine Familie hat. Deswegen finde ich das auch ein bisschen blöd, auch gemein. Da braucht man sich auch nicht wundern, wenn es dann irgendwann mal keine Pastoren mehr gibt, weil wenn man eine Familie haben will oder Pastor werden will, dann würde ich mich eher für eine Familie entscheiden, als dann Pastor zu werden.«

Der Wechsel aufs Gymnasium

Monique mag Action und Bewegung, was aber nicht heißt, dass sie etwa besonders unruhig wäre. Während unseres langen Interviews ist sie sehr konzentriert bei der Sache. In langen Erzählpassagen berichtet sie lebhaft über die Schule. Sie steht sehr unter dem Eindruck des Wechsels auf das Gymnasium, auch wenn das Schuljahr schon fortgeschritten und die Situation nicht mehr ganz neu ist. Das hat mehrere Gründe.

Zum einen ist dies für Monique und ihre Familie etwas Besonderes, denn sie ist die Erste in der Familie, die auf das Gymnasium geht. Zweitens bringt der Wechsel auf die andere Schule für Monique wie für viele andere mit sich, dass der Freundeskreis sich neu konstelliert. Auch wenn sich bei ihr einige Kontakte erhalten.

Und drittens hat Monique Schwierigkeiten damit, dass der Unterricht im Gymnasium so ganz anders gestaltet wird als in der Grundschule. Nüchterne Wissensvermittlung tritt an die Stelle eines didaktisch offenbar sehr ausgefeilten, auf die Bedürfnisse der Kinder ausgerichteten Unterrichtskonzepts.

Zunächst einmal war die Beziehung zu den Lehrern auf der Grundschule persönlicher. Es fehlte der Druck, und alles fiel ihr leichter. In ihren eigenen Worten:

»Also, ich fand es eigentlich auch schade, weil ich fand es eigentlich so in der Grundschule ein bisschen besser, weil das war so offener Unterricht und dann war das immer so: erstens, weil da waren die Lehrer auch ein bisschen anders. Also, da musste man nicht ›Sie‹ sagen, da durften wir ›Du‹ sagen. Da kannte man die irgendwie schon so von klein. Ich fand es auf der Grundschule eigentlich ein bisschen besser, und wo ich dann aufs Gymnasium gekommen bin, da war ja erst mal wieder alles neu ... Da ist irgendwie alles so grober eben. Weil auf der Grundschule fiel mir der Unterricht auch leichter. Da merkte man das gar nicht, wenn man so drei Arbeiten in jedem Fach in einem Halbjahr geschrieben hatte, da war dann halt wieder eine Arbeit. Ja okay, die hat man geschrieben, und gut war's. Jetzt ist das so: Och, schon wieder 'ne Arbeit. Ja, und früher auch immer so: (imitiert) hach, wann kriegen wir die Arbeit wieder? Ich will die gerne wissen, die Note. Und jetzt: oh hoffentlich kriegen wir die bloß jetzt noch nicht wieder …«

Sie ist, was die Noten angeht, ein bisschen abgefallen. Ihr Zeugnis zum Halbjahr war zwar gut (»zwei Dreien und der Rest waren Zweien«), aber in der Grundschule hatte sie lauter Einser im Zeugnis. Sie meint, schließlich habe sich ja auch »alles verändert«.

»Grober« kommt es ihr also auf dem Gymnasium vor. Dieses Wort wählt sie nicht von ungefähr, wie auch die weiteren Schilderungen deutlich machen. Was ihr offenbar vor allem fehlt, ist die abwechslungsreiche Gestaltung des Unterrichts, in dem auf die jeweilige Situation der Klasse oder des Einzelnen stärker eingegangen wird.

»In der Grundschule hatten wir auch immer so einen Stundenplan, da war nur so'n Kreuz und so, und da hatten wir dann eine Lehrerin, die hat dann einfach entschieden, ob wir jetzt Deutsch machen und dann Mathe und dann irgendwie Kunst. Oder erst Kunst, dann Mathe und dann Deutsch und das war dann irgendwie so ein bisschen freier. Und da hatten wir auch so einen Sitzkreis, in der Grundschule. Wir hatten sogar ein Hochbett in der Klasse. Und dann hatten wir so was, wie hieß das noch mal … einen Wochenplan. Wir hatten auch immer so Mathejogging, das war dann so ein Heft, da konnte man drin arbeiten. Dieser Wochenplan, da stand dann drauf, was wir in der Woche machen. Da konnte man sich auch mal so vergleichen, so messen, was man schon gemacht hatte. Und dann machten nicht immer alle das Gleiche. Dann machten die einen dieses Mathejogging und die anderen Deutschjogging. Das war dann immer ein bisschen unterschiedlich. Da konnte man sich mal mit dem zusammensetzen, mit dem anderen. Wir hatten schon feste Sitzplätze, aber wir konnten dann auch mal in den Sitzkreis gehen. Oder Gruppenarbeit, jetzt auch noch so ein bisschen für Referate, aber ist wieder so anders.«

Und dann die Gestaltung des Klassenzimmers … Im Vergleich zur Grundschule ein großer Unterschied! Monique hat für die Fokussierung der Klasse auf einen zentralen Punkt, die Tafel, eine treffende Formulierung: »Der grüne Fleck.« Immerhin ist er farbig.

»Und dann so die Tafel, da schrieb man dann so was an. Aber jetzt ist das so in der Klasse der Mittelpunkt. Der grüne Fleck, sag ich immer. Jetzt hängen da vielleicht ein paar Bilder, und die Wand ist einfach weiß. Und sonst in der Grundschule war die gelb mit Bildern dran. Da konnten wir bei Kunst so für malen und die dann aufhängen. Und an den Fenstern haben wir immer was gemacht. Und das ist jetzt nicht mehr so.«

Schließlich die Sitzordnung: Früher immer mal wieder anders, mal Gruppentische, mal im Hufeisen oder auch in Viererreihen, heute »hat jeder seinen Einzeltisch«, eine relativ traditionelle Sitzordnung in zwei Viererreihen mit einem Mittelgang.

Langweiliger ist es auf dem Gymnasium nicht, denn man muss aufpassen, »weil man dann die Arbeiten nicht versteht, wenn man im Unterricht nicht aufpasst«. In der Grundschule gab es aber auch mehr selbstorganisiertes Arbeiten: »Dann konnte man gucken, was man als Erstes macht, und das sollte dann in der Stunde fertig werden. Das haben wir dann gemacht, und das konnte man sich so mal aussuchen.« Auf dem Gymnasium dagegen »machen alle das Gleiche. Der Lehrer [oder ein Kind] schreibt was an die Tafel, da muss man mitschreiben.«

Orte und Kontakte im Überblick

Bei der Aufstellung der Orte und Menschen in ihrem Leben hat Monique keine Mühe, die wichtigen Kontakte zu identifizieren. Da ist ihr Zuhause mit Mama, Papa, der Schwester und den beiden Katzen, von denen eine ihr gehört und eine der Schwester. Es folgt gleich die beste Freundin, Sylvia, und deren Mutter. Denn auch die Mütter der beiden Mädchen sind »beste Freundinnen«.

Die Schule ist ein großes Gebäude; dort hat sie noch zwei gute Freundinnen aufgestellt und drei »so Mittelfreunde«. Die Lehrer am Gymnasium werden nicht aufgestellt. Das zeigt nicht mangelnde Sympathie, sondern dass Monique bei ihren Kontakten ganz klar zwischen – wenn man so will – »dienstlich« und privat unterscheidet (was den älteren unserer Befragten eben deutlich leichter fällt).

> »Also, ich finde Lehrer … vor denen kann man wohl Respekt haben, und die sind halt da, um einem was beizubringen. Und die machen ja eigentlich auch nur ihren Job. Und mit denen hab ich ja eigentlich, außer dass ich die dann was frage, wenn ich was nicht verstehe, nicht viel zu tun.«

Eine Grundschullehrerin wird allerdings aufgestellt. Zu Melanie hat die Familie jedoch auch einen guten persönlichen Kontakt.

In Moniques Leben ist der Sportplatz wichtig. Auch da hat sie Freundinnen; auch eine Freundin aus der alten Grundschulklasse, die heute auf die Realschule geht. Vier Freundinnen sind sie dort, gerade so viele, wie man für eine Staffel braucht.

Die Aufstellung erfolgt entlang von Moniques Aktivitäten. Als Nächstes wird das Gebäude aufgebaut, wo der Tanzunterricht stattfindet, dazu die beiden Mädchen, mit denen sie dort enger befreundet ist, und die Tanzlehrerin, denn »die ist auch sehr nett, sonst würde es ja auch keinen Spaß machen, wenn die nur sagen würde (lacht): du stellst dich dahin, du machst das und jetzt tanzen!« Anschließend wird die Kirche platziert. Hier sind die beiden Gruppenleiter der Ministranten wichtige Bezugspersonen und eine ihrer drei wichtigsten Freundinnen.

Jungen kommen bei Moniques Kontakten gar nicht vor. In der Grundschule haben sich alle aus der Klasse manchmal im Freibad verabredet, und das war »eigentlich ganz witzig«, aber zur Zeit ist sie nur mit Mädchen zusammen. Richtig schlau wird man in diesem Punkt nicht aus Moniques Aussagen, die doch sonst recht klar sind.

> »Es gibt schon nette Jungen, aber manchmal sind die auch ein bisschen blöd. Also ich find jetzt nicht alle toll und auch nicht alle nett halt, oder manche sind auch ein bisschen blöd oder doof.«

Schließlich denkt Monique noch an die verwandtschaftlichen Kontakte. Oma und Opa erhalten ihren Platz, und das Wäldchen, neben dem sie wohnen, wird angedeutet. Dann wird noch ein Cousin berücksichtigt, der weiter weg wohnt, der einzige Junge.

Podeste für die allerwichtigsten Menschen in ihrem Leben bekommen die Eltern, die Schwester und die eigene Katze Tapsi, Mama, Papa und die Schwes-

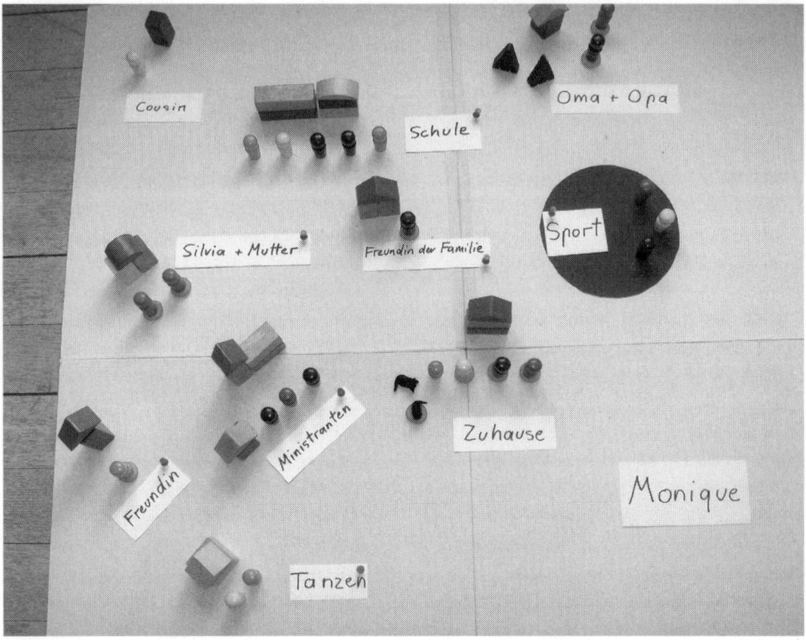

ter sogar ein doppeltes Podest, während Monique sich nicht auf ein Podest stellen mag. Auch die besondere Bedeutung von zwei Freundinnen und zwei Erwachsenen wird durch Vergabe eines Podestplatzes betont.

Monique hat bei der Aufstellung genau auf den richtigen räumlichen Bezug geachtet. Nahezu alle Orte und Kontakte sind in einem noch selbst erreichbaren Umfeld. Sie kann fast alle Anlaufstellen mit dem Fahrrad erreichen. Zur Schule muss sie zusätzlich mit dem Bus fahren, und zu Oma und Opa fährt sie mit den Eltern im Auto.

Insofern ist Moniques Welt mit eigener Beweglichkeit und Muskelkraft gut selbständig zu erreichen. Fahrradfahren ist im Münsterland sowieso sehr selbstverständlich, und Monique und auch ihre Eltern haben offenbar nicht allzu viel Angst vor den Gefahren des Autoverkehrs.

Die beste Freundin: Vertrauen und Vertrautheit

In Moniques Augen macht eine wirklich gute Freundschaft aus, dass man dem anderen vertrauen kann. Und dazu gehört, dass eine Freundin »nicht alles weitererzählt« und nicht lügen soll. Wenn sie bemerkt, dass sie angelogen wird, macht Monique kurzen Prozess.

»Was gehört eigentlich dazu, dass jemand eine wirklich gute Freundin ist? Was ist da wichtig für dich?

Ja, dass man der vertrauen kann und dass sie nicht alles weitererzählt. Das hatte ich nämlich schon mal. Das war auch eine gute Freundin von mir in der Grundschule und die hat dann immer alles weitererzählt und dauernd gelogen. Und dann waren wir halt keine Freundinnen mehr. Dann hab ich der gesagt, du kannst dich jetzt entscheiden und aufhören zu lügen oder

alles weiterzuerzählen, oder dann hat das jetzt eben ein Ende mit der Freundschaft. Und dann hat die nicht aufgehört, und da hab ich gesagt, Pech gehabt. Ich will das nicht mehr, und dann haben wir keine Freundschaft mehr gehabt. Aber sonst, die Sylvia ist ja meine beste Freundin. Wir kennen uns schon so lange, wissen uns in- und auswendig. Und dann versteht man auch, wenn ich das nicht kann oder nicht weiß, oder was ist, dann hilft sie mir oder so.
Also, man weiß auch, was der andere nicht so gut kann oder weiß?
Ja, und dann nicht gesagt wird – vor allen laut: du kannst das nicht, wie doof ist das denn oder so. Das wissen wir dann halt schon, seit wir drei sind oder so, und dann akzeptiert man das halt. Oder dass wir uns auch dann helfen gegenseitig und vertrauen halt, sehr wichtig, ja.
Dass man sich ganz gut kennt und sich hilft.
Ja. Wir machen dann auch viel zusammen und das ist dann halt auch gut für eine Freundschaft, finde ich.«

Bei der besten Freundin kommt zum Vertrauen noch die Vertrautheit hinzu. Dass man den anderen so gut kennt, verhilft dann dazu, nachsichtig mit dessen Fehlern zu sein, was man auch für sich selbst erhofft.

Dürfen und Müssen

Moniques Eltern pflegen einen partnerschaftlichen Erziehungsstil. Sie verhängen z. B. keine Strafen. Monique findet, dass sie es besser hat als andere. »Meine Freundin kriegt auch manchmal Hausarrest, aber das krieg ich nicht. Das find ich dann natürlich cool.« Auch bei schlechten Schulnoten tadeln ihre Eltern sie nicht.

»... Also, die waren beide auf der Hauptschule, und die finden das sogar halt schon gut, dass ich auf dem Gymnasium bin. Weil, wie kommt das, dass ich das so dann weiß alles oder halt gut bin in der Schule. (...) Auch mit der Vier, wenn ich wiederkomme, habe ich nicht irgendwie Hausarrest oder krieg ich sowieso nicht. Find ich gut. Dann sagen die vielleicht mal, hat dir nicht so gut gelegen das Thema, und dann ist die Sache erledigt. Es ist jetzt nicht so, dass die mich dann verkloppen so ungefähr (lacht), weil ich dann 'ne Vier geschrieben habe. Das ist ganz locker eigentlich.«

Taschengeld bekommt Monique nicht, dafür geht die Mama mal großzügig mit ihr shoppen, sodass Monique konstatiert: »Das rentiert sich sozusagen wieder.«

Monique hat den Eindruck, in ihrem Spielraum wenig reglementiert zu sein. »Raum« ist hier zunächst wörtlich zu nehmen: Sie durfte schon früh allein über die Ampel, mit dem Rad über eine größere Straße oder allein zur Schule fahren. Und sie macht schon seit langem selbständig Besorgungen »im Dorf«.

Wenn die Familie mit dem Wohnwagen in die großen Ferien fährt, darf Monique »auch immer mitentscheiden«. Dann wird ein Campingführer gewälzt und nach Anzahl der vergebenen Sterne beschlossen, wo man Urlaub macht.

Die Pflichten im Haushalt beschränken sich für Monique und ihre Schwester Ilona auf das Aufräumen des eigenen Zimmers und etwas Mithilfe bei der Hausarbeit, das »Auffalten der Wäsche« zum Beispiel. Ein ganz wichtiger Punkt ist das Füttern der Katzen, das in der Verantwortung der Schwestern liegt. »Wir wechseln uns ab, meistens ich morgens und sie abends oder umgekehrt.« Und notfalls machen die Katzen sich selbst bemerkbar.

»Kleine Waffeln backen«: eine Hilfsaktion

Es ist auch dem Zufall zu verdanken, dass die weite Welt in Moniques Leben Einzug gehalten hat. Ihre Grundschullehrerin hatte seit vielen Jahren Kontakt nach Brasilien und hat sich für das Schuljahr 2005/2006 beurlauben lassen, um dort in einem Hilfsprojekt für Straßenkinder mitzuarbeiten. Von dieser Arbeit hat sie in ihrem Heimatort berichtet und spontane Hilfsbereitschaft ausgelöst.

> »Also da ist immer so um Weihnachten rum, so Ende November, glaub ich … so ein Weihnachtsmarkt. Und da werden die dann halt alle verkauft, Sachen, und dann auch Waffeln, was wir dann auch gemacht haben. Da haben wir, glaub ich, 600 Euro sogar eingenommen für die Waffeln. Ja, und meine Mama und die Petra, ihre beste Freundin, die sind dann dahin [nach Brasilien] geflogen, haben das Geld da hingebracht. Und dann zu der Melanie. Die hat ihnen alles gezeigt. Und dann haben sie das Geld halt an die verschiedenen Projekte verteilt, auch so Kleinigkeiten, einen Fußball. Die haben sich riesig drüber gefreut. Ja, und dann haben die auch viele Fotos gemacht und dann kam diese Fußballmannschaft auch hier in die Zeitung …«

Die Idee, mit dem Verkauf von Waffeln Geld einzunehmen, stammt von den Kindern selbst, genauer gesagt von Monique und ihrer Freundin Sylvia.

> »Eigentlich hat sich das Ganze so entwickelt: Meine Freundin, die Sylvia und ich, wir haben bei denen auf dem Hof mal Waffeln gemacht. Da haben wir dann schon 20 Euro eingenommen. Und dann ist meiner Mutter und Sylvias Mutter eingefallen, dass wir das auch mal so groß machen könnten. Ja und wo denn? Ja, auf dem Weihnachtsmarkt …
> *Und dann kam der Zweck praktisch, dass es für die brasilianischen Kinder war, noch dazu.*
> Ja, weil wenn man das für sich selber macht, so was verkauft auf dem Markt, das würde dann die Hütte 75 Euro kosten oder 100 oder so, und sonst nur 25, wenn man das so für andere Projekte oder für arme Kinder oder so einsetzt. Und dieses, was ich und meine Freundin gemacht haben, hieß »Kleine Waffeln backen«. Da hatten wir auch schon 20 Euro, und das war auch schon dafür bestimmt. Und dann war das klar, dass wir das dann auch für die brasilianischen Kinder machen.
> *Also, das war eure Idee, auf dem Hof diese Waffeln zu backen, das war auch schon für die brasilianischen Kinder?*
> Ja, das war schon für die.
> *Und wie bist du denn damals auf die Idee gekommen zusammen mit der Sylvia?*
> Also, wir backen gerne, wir machen auch oft Kuchen, wenn wir zusammen uns treffen, Torten nicht so, aber Blechkuchen. (…)
> Und dann wollten wir backen, aber wir hatten gar keinen Hunger auf irgendwas. Dann ist uns aber eingefallen … wir wollten was verkaufen, dass wir auch Waffeln verkaufen können. Und dann ist uns eingefallen, das Geld, was wir dann einnehmen, können die Kinder dann kriegen. Da haben wir Plakate gemalt, aufgehangen ans Garagentor und so.«

Die Aktion hat sich also spielerisch entwickelt. Ausschlaggebend für die konkrete Idee einer Spende war also der direkte Kontakt ihrer Lehrerin nach Brasilien und das dadurch vorhandene Wissen über die dortigen Verhältnisse bzw. die Situation von Kindern in diesem Schwellenland.

Fernsehen, Computer, Handy

Monique hat nicht allzu viel Zeit zum Fernsehen. Aber Fernsehen ist dennoch nicht auf den späten Nachmittag oder Abend beschränkt. Wenn es mittags zeitlich hinkommt, schaut sie gern eine Sendung auf Pro 7 an. Die Sendung heißt »Sam« und berichtet vorwiegend aus der Welt der Prominenten, über kleine Missgeschicke und große Tragödien.

> »So Nachrichten über so Prominente, dass mal was Witziges passiert ist, was Schlimmes. (...) Da ist ein Modell auf dem Laufsteg hingefallen oder so, und das kommt dann darin vor. Oder auch mal, wenn ein schlimmer Unfall irgendwo war ...«

Ihre Lieblingssendung, eine Telenovela, läuft am frühen Abend, und manchmal schaut sie dann noch die populäre Wissenssendung »Galileo« an. Zu ihren Fernsehgewohnheiten steuert sie folgende Beobachtung bei:

> »Im Winter, ist mir mal aufgefallen, guck ich irgendwie mehr, weil man da draußen nicht so viel machen kann. Hobbys fährt man hin, so kalt, und dann will man sich aufwärmen. Im Wohnzimmer haben wir es schön warm, auch in den anderen Räumen. Im Winter ist es irgendwie so gemütlich im Wohnzimmer zu sitzen, dann guckt man eben ein bisschen mehr.«

Seit drei Monaten hat Monique einen eigenen Computer in ihrem Zimmer, »weil jetzt für die Schule, wenn ich mal einen brauche, kann ich jetzt schreiben, muss nicht immer nach oben«, wo der Computer der Eltern steht, »kann hier was speichern, brennen und so was«. Demnächst soll sie auch Internetanschluss bekommen. Sie wünscht sich ICQ (ein System, bei dem man online direkt Nachrichten austauscht):

> »Das finde ich eigentlich sonst gut, ICQ, da kann man sich so ohne, dass man sich trifft, verständigen und so. Da kann man sich da auch mal dransetzen, wenn einem langweilig ist, keinen zum Spielen hat ...«

Computerspiele hat sie praktisch nicht. Die spielt sie gelegentlich bei ihrer Freundin. Eine weitere Freundin hat eine Playstation. Moniques Einschätzung:

> »Also, ich finde das auch ganz gut, aber so, dass wir das haben, das will ich dann auch nicht. Dann ist da nichts Besonderes, sag ich mal. Dann kann man das manchmal spielen, wenn man da ist. Aber so toll finde ich das auch wieder nicht.«

Diese Zurückhaltung hat auch einen speziellen Grund. Moniques Heimatstadt liegt in der Nähe einer Ortschaft, in der 2006 ein 18-Jähriger seine ehemalige Realschule gestürmt und mehrere Menschen verletzt hatte, bevor er sich selbst erschoss. Der Junge war intensiver Nutzer von gewaltdarstellenden Computerspielen. Seitdem ist »Computersucht« ein Thema in der Region, um das sich auch die Schulen kümmern.

> »Ja, und in Politik in der Schule sprechen wir auch manchmal so darüber, weil unser Lehrer, der uns Politik gibt, der wohnt auch in diesem Ort. Ja, und wir sprechen im Moment in Politik über Fernsehen, und der hat dann wahrscheinlich schon zu viele Ballerspiele gespielt oder so. Und dann hat man das auch öfters, dass dann viele Kinder das machen. Nee, das ist nix für mich. Lieber mit Freunden irgendwie ein Spiel spielen, nach draußen gehen, backen, halt irgendwas machen. Jo.«

Was dann wieder ihrem Bewegungsdrang entgegenkommt und ihr daher auch eher liegt.

Monique besitzt ein Handy und nimmt es vor allem mit, »weil ich da eben mal schnell Mama erreichen kann … anrufen tut mich fast nie jemand«. Allerdings spielen die SMS eine größere Rolle, und schon deshalb ist das Handy ein Muss. Und für die Eltern ist es eine gute Rückversicherung.

> »Ja, also das Handy hab ich jetzt nicht nur gekriegt, damit ich anrufen kann, sondern ich wollte auch schon ein Handy haben, weil das haben dann die Freundinnen, da kann man sich schon mal eine SMS schreiben, zwar auch nicht so häufig, aber dann auch mal im Urlaub. Wenn man im Urlaub ist, kann man eine SMS schreiben und denen vom Urlaub berichten. Da muss man nicht so 'ne dicke Postkarte nehmen oder so. Aber ich hab's dann auch hauptsächlich gekriegt, damit meine Eltern mich erreichen können, wenn irgendwas ist oder so.«

Meinungen

Auf die Frage, ob sie gelegentlich oder häufiger die Nachrichten in Radio oder Fernsehen mitverfolge, reagiert Monique zurückhaltend. Eigentlich interessiere sie sich nicht allzu sehr für Nachrichten, wie sie z.B. in der Tagesschau kommen. Aber sie findet es dennoch wichtig, informiert zu sein. Schließlich möchte man ja auch mitreden können.

> »Weil ich finde, wenn man das nicht hört, dann weiß man nicht, was in der Welt so gerade passiert. Wenn man keinen Fernseher und kein Radio hätte, wäre man ja völlig sozusagen ausgeschlossen aus der Welt oder aus der Erde. (…)
> Weil, wenn einer gefragt wird: ›Finden Sie das denn schlimm, dass meinetwegen in dem und dem Land Krieg ist?‹ und dann (imitiert): ›Äh, ist da Krieg? Wusste ich ja gar nicht.‹ Dann macht man sich Sorgen, dass man das gar nicht wusste und so. Und deswegen finde ich das auch blöd, wenn dann irgendjemand keinen Fernseher hat oder Radio.
> *Also, das wäre schon ganz wichtig zu wissen, was los ist auf der Welt?*
> Ja. Dann kommt man morgens in die Schule und dann: ›Wusstet ihr schon, dass das und das passiert ist?‹ Dann sagt man ›ja, ja‹, weiß man gleich Bescheid, kann man mitreden und so und sich da drüber unterhalten. Aber wenn man das dann nicht weiß, dann ist das schon mal ein bisschen interessant auch, wenn die anderen das dann erzählen. Aber so, dann weiß man gleich Bescheid, worüber die reden und so.«

Von Politik meint sie, verstünde sie gar nichts, »… weil manches machen die Politiker, finde ich, auch komplizierter, als es überhaupt ist. Und eigentlich Politik ist gar nicht so mein Fall.«

Im weiteren Verlauf des Interviews wird allerdings deutlich, dass Monique zu einigen politischen Themen und zur Politik als solcher durchaus eine Meinung hat.

> »*Und jetzt tun wir mal so, als ob du auf der Welt bestimmen könntest. Stell dir mal vor, du könntest also das Leben auf der Welt ändern. Was würdest du dann verändern?*
> Also, dass die Politiker nicht alles so kompliziert machen, weil dann brauchen die wieder 'ne Konferenz nur um so zu bestimmen meinetwegen … warum die Leute zum Beispiel in Sydney oder so, jedenfalls mit ›S‹, da dürfen die ja keine Kaugummis auf die Straße spucken. Da brauchen die extra 'ne Konferenz für und müssen sich alle versammeln und so was. Das finde ich manchmal ein bisschen schwachsinnig. Und dass es dann tausend Gesetze gibt, was man braucht, damit man ein Kind

adoptieren darf. Und dann dauert das drei Jahre, bis man dann ein Kind adoptiert hat. Und dann will man vielleicht gar keins mehr adoptieren, weil man selber dann schon so alt geworden ist.
Und das würdest du gern ändern?
Ja, da würde ich zum Beispiel sagen mit dem Adoptieren, wenn dann jemand ein Kind adoptieren will, dass dann einmal geprüft wird, ob das alles okay ist. Dass das Zuhause für ein Kind gut ist. Dass die meinetwegen einen guten Job haben, um das ernähren zu können, und dann kriegen die halt ein Kind ...«

Sicher hat Monique vieles, was sie äußert, im Gespräch von Erwachsenen gehört. »Das kriegt man dann so mit«, meint sie. Die Dinge einfacher zu machen und ein bisschen »flotter«, bürokratische Abläufe zu verkürzen, entspricht aber ihrem an vielen Stellen aufscheinenden Pragmatismus.

Außerdem hat Monique einen ausgeprägten Gerechtigkeitssinn. Ein Beispiel dafür wurde bereits erwähnt: Sie empfindet es als ungerecht, dass Frauen nicht Priesterinnen werden dürfen. Folgendes Thema spricht sie von sich aus an:

»Oder zum Beispiel, dass man bei den Ärzten immer 10 Euro bezahlen muss. Dass nur noch Kinder bis 12 die Medikamente umsonst kriegen, obwohl man doch versichert ist, wenn man krank ist. Und dann muss man es doch wieder alles selbst bezahlen. Oder wenn welche behindert sind. Zum Beispiel von einer Freundin von mir ist der Bruder behindert, und die haben sich jetzt ein Tandem zugelegt. Das ist so ganz ausgestattet extra für Behinderte. Der kann sich wohl bewegen und so, aber der hat so ein Down-Syndrom, hat auch keine Bauchmuskeln und so. Der ist eigentlich so ganz fröhlich und nett. Und die haben da ein Tandem, und das wird auch nicht bezahlt von der Krankenkasse, obwohl der das gut gebrauchen kann, damit er fit bleibt und so was alles. Das finde ich dann manchmal ein bisschen fies, weil man bezahlt sein Leben lang da was für die Krankenkasse und dann bezahlen die einem noch nicht mal die Medikamente, die doch eigentlich dann auch lebenswichtig sind oder so.«

Sie bemängelt außerdem, dass Menschen aufgrund von Automatisierung ihren Arbeitsplatz verlieren. Als Beispiel nennt sie die Einführung eines neuen Kassiersystems bei Lidl, das die Kassiererinnen überflüssig machen würde.

Auf die Frage, ob die Meinungen, die sie äußert, nicht doch mit Politik zu tun haben, entspinnt sich folgender kurze Diskurs:

»Also, ich finde, dass du schon ganz schön viele Sachen mitbekommen hast, und meinst du nicht, dass das Politik ist?
Ja. Die stimmen ja alle.
Nur weil du zu Anfang gesagt hast, von Politik weißt du nicht so viel. Aber jetzt habe ich gemerkt, du weißt doch ganz viel.
Ja, schon, von den einzelnen Themen her. Aber ich weiß nicht, was die Politiker ... was es dann für ein bestimmtes Fach ist, weil es ja auch verschiedene gibt, die ein Thema behandeln sozusagen. Und ich kenn die auch alle gar nicht, und die will ich auch eigentlich gar nicht unbedingt wissen. Jedenfalls muss ich das in der Schule so oder so lernen.«

Monique kann einige Politiker mit Namen benennen. »Bundeskanzlerin Angela Merkel« fällt ihr ein, der Name Westerwelle und »der ehemalige Bundeskanzler Schröder«. Und dann sucht sie noch einen Namen:

»Welchen meinst du denn?
Der ist, glaub ich, etwas älter, hat, glaub ich, weiße Haare.

Oh, da sind viele.
Ja, die sind ja fast alle alt.«

Auch hierzu hat Monique eine Meinung. Sie findet: »Eigentlich könnten da mal junge Leute drunterkommen, find ich, weil die wissen dann auch mal ein bisschen mehr, was die jüngeren Leute machen.«

Sie hat ebenfalls schon mitbekommen, dass es immer mehr alte Menschen gibt und weniger Kinder geboren werden. »Schlecht« findet sie das, »weil ohne Kinder stirbt die Welt aus.«

Eigene Zukunft und Wünsche

Was möchte Monique einmal werden, wenn sie groß ist?

»Also, eine direkte Idee [habe ich] noch nicht, aber was ich überhaupt nicht machen will, ist irgendwie im Büro sitzen, weil man da wieder ruhig sitzen muss. Schon wohl irgendwas, was Gemischtes halt, wo man nicht jeden Tag den gleichen Ablauf hat, wo man immer was Unterschiedliches machen kann.«

Allerdings erscheinen ihr viele Berufe, die sie kennt, nicht allzu verlockend: »Polizei oder Krankenschwester oder Ärztin oder Feuerwehr oder so, das will ich nicht. Weil bei der Polizei, da kann einem immer irgendwas passieren, finde ich.« Und Krankenschwester oder Arzt, das ist ihr »zu blutig«.

Lehrerin oder Kindergärtnerin? Das geht schon eher in die richtige Richtung. Aber der Beruf der Lehrerin ist, wie sie aus eigener Anschauung weiß, sehr anforderungsreich.

»... ist zwar nicht immer das Gleiche jeden Tag. Aber dann ist man allein, muss fast 30 Kinder, sag ich mal, in Schach halten, dass keiner ... und wenn dann irgendjemand irgendwas hat, muss man sich mit einem beschäftigen und die anderen können dann Mist bauen oder so. Zum Beispiel im ersten Schuljahr, da weiß noch kein Kind genau, was es machen soll. Ich mein: jedem alles beibringen! Oder wenn dann mal schwierigere Kinder dabei sind, dann muss man sich um die einzeln kümmern und so. Ja, weiß nicht genau, vielleicht. Aber so in die Richtung so.«

Ausschließen möchte sie den Beruf also nicht, aber sie hofft für die Zukunft noch auf einen besseren Einfall. Und was könnte sie sich noch vorstellen? Hat sie Pläne für eine Sportlerkarriere?

»Also, eigentlich nicht. Weltmeisterin im Hochsprung oder so werden ist jetzt nicht so mein Traum. Es reicht mir, in einer kleinen Gruppe irgendwas zu machen. Aber so Pläne ... vielleicht mal irgendwie, wenn ich älter bin, dass ich dann Kinder haben will, so 'ne Familie ist doch ganz schön. Und na ja, dass man halt nicht alleine ist. Oder halt mal irgendwie so 'nen schönen Urlaub oder so. Aber so 'nen Wunsch, so 'nen richtig großen Traum habe ich eigentlich nicht so.«

Wenn aber nun doch eine gute Fee zu ihr kommen würde und sie drei Wünsche frei hätte, dann sind die ebenfalls vernünftig und »geerdet«. Wie fast alle Kinder gibt sie sich aber mit den drei Wünschen nicht zufrieden und versteht es geschickt, den Rahmen zu erweitern, um sozusagen für alle Fälle noch Wünsche in der Hinterhand zu haben. Man kann ja nie wissen.

»Ja, bei dem ersten würde ich wahrscheinlich sagen, dass es meiner Familie immer gutgeht und die gesund sind und so was alle. Bei dem zweiten, dass ich mal den guten Beruf krieg' und nicht auf der Straße wohne, so ungefähr. Wird wahrscheinlich nicht passieren, aber ... Bei dem dritten würde ich mir noch tausend Wünsche mehr wünschen, damit man immer einen Wunsch parat hat, wenn man irgendwas braucht.«

In 100 Jahren

Zum Schluss des Interviews soll Monique sich vorstellen, wie die Welt in 100 Jahren aussieht. Zunächst fallen ihr technische Neuerungen ein.

»Vielleicht, dass jeder irgendwie ein eigenes Flugzeug hätte oder dass es beim Auto kein Lenkrad mehr geben würde. Da würde man einfach die Straße und den Ort wie beim Navigationssystem sagen, und dann würde einen das Auto da automatisch hinfahren. Oder dass man gar kein Auto mehr hätte und mit dem Flugzeug überall hinfliegen würde. Und das Flugzeug irgendwie keine Startbahn mehr braucht, sondern einfach so hochgeht und einfach so wieder runter. Oder dass es vielleicht nicht mehr irgendwie Stromkabel gibt, sondern dass der Strom anders ist, keine Ahnung, irgendwie durch die Luft geht oder so. Dass jeder vielleicht irgendwie einen Roboter hat, der alles für einen macht, oder dass die Roboter sich am Ende selbst bauen, und dann gibt es mehr Roboter als Menschen. Und alles so was Verrücktes.

Und die Menschen? Was glaubst du, wie sind die in 100 Jahren?

Verändern sich, nur ich weiß nicht genau wie, vielleicht irgendwie von den Klamotten, dass die so wieder rumlaufen wie in der Steinzeit oder so, und dass es dann ganz anders irgendwie ist. Oder dass es vielleicht mit dem Klima, dass es keinen Schnee mehr gibt. Und dann laufen die das ganze Jahr im Rock rum oder haben so einen Rock oder eine Hose. Die haben die die ganze Zeit an, oder die brauchen keine Brille mehr, weil an den Augen irgendwas operiert wird, was die Ärzte dann schon rausgefunden haben, und dann braucht man keine Brille oder Kontaktlinsen mehr. Oder die haben irgendwas entwickelt, damit ein drittes Gebiss kommt oder irgendwie so.

Damit einem nochmal Zähne wachsen?

Ja. Oder wenn man schrumpfen will, dass die dann irgendwie so ein Schrumpfmittel haben. Oder wenn man zu klein ist, dass man sich dann größer machen lassen kann oder irgendwie so.«

Werden dann die Menschen auch anders sein? Monique gibt in einfachen Worten eine komplizierte Antwort. Die Menschen der Zukunft sind wohl anders, aber da alle anders sind, bemerkt man den Unterschied nicht. Wenn ein Außenstehender z. B. aus der Gegenwart hinzukommt, wird jedoch der Unterschied spürbar, er wäre ein Störfaktor. Menschliches Zusammenleben erscheint dabei als System, das in sich geschlossen ist und sich weiterentwickelt.

»Ja und glaubst du, dass die Menschen anders, z. B. netter, sind in 100 Jahren?
Also, ich denke, das ist irgendwie gleich, weil die Menschen sind dann ja anders wieder, und die sind ja alle dann anders, und dann können die sich untereinander wieder verstehen. Wenn ich dann dazukommen würde, dass die sich dann vielleicht nicht mehr verstehen oder ich mit diesen anderen Menschen, weil wir sind dann komplett anders, auch von der Lebenssituation. Und dann denke ich, ist das nicht anders wie hier.«

Kevin 11 Jahre, 5. Klasse Hauptschule

»Also reich wär ich gern.«

März 2007

Zusammen mit seiner Mutter und seinen beiden Brüdern lebt Kevin in einem städtischen Wohnviertel in München. Das Viertel ist mit mehrstöckigen Häusern in relativ lockerer Bauweise bebaut. Die Kinder treffen sich in den begrünten offenen Bereichen und in den Höfen zwischen den Wohnblöcken.

Die vier bewohnen eine Erdgeschosswohnung, drei Zimmer und eine Wohnküche, in einem Wohnblock. Die Wohnung wird von der Mutter sehr gut in Ordnung gehalten. Dabei müssen die Söhne helfen und gewisse Pflichten übernehmen. Das Interview findet in der Wohnküche statt, denn in Kevins Zimmer mit seinen vier Quadratmetern wäre es ein bisschen zu eng.

Kevins Brüder sind Zwillinge und 12 Jahre alt. Seine Eltern sind geschieden. Getrennt haben sie sich, als Kevin vier Jahre alt war. Der Vater wohnt im Nachbarhaus. Er ist häufig auf den Philippinen, wo er laut Kevin eine Freundin hat. Die Mutter stammt ebenfalls von den Philippinen, Kevins Vater hat sie dort während eines Urlaubs kennengelernt. Sie ist ihm später nach Deutschland gefolgt und lebt seit 15 Jahren in München. Sie ist 41 Jahre alt und arbeitet als Hilfskraft in der Küche eines Restaurants. Der Vater, ein 49 Jahre alter Elektromeister, ist Deutscher.

Mit den Freunden rumgehen

Kevins Tag ist im Wesentlichen durch die Schule strukturiert, die Nachmittage sind bis auf die Hausaufgaben frei.

»Dann rufe ich ein paar Freunde an, ob die Zeit haben, und dann gehe ich raus. Dann gehen wir halt rum, also, einfach hier rumgehen und so und über verschiedene Sachen reden, was zum Beispiel der eine jetzt gemacht hat oder einfach über ganz viele Sachen reden. Wenn wir Durst oder Hunger haben, kaufen wir uns was. Dann so um 6:30 Uhr, 7 Uhr bin ich wieder hier. Dann esse ich wieder was, und dann ziehe ich mich um, dann dusche ich mich meistens und dann gucke ich Fernsehen.«

Die Wochenenden verbringt er ähnlich wie die Nachmittage unter der Woche, aber das Fernsehen und das Computerspielen spielen dann eine größere Rolle. An manchen Wochenenden unternimmt der Vater etwas mit den Söhnen, »dann fahren wir meistens in den Westpark oder an einen See«.

Kevin spielt mit Freunden Fußball, ist aber in keinem Verein. Eine Anlaufstelle für ihn und seine Freunde ist das Jugendzentrum. Um dorthin zu kommen, benutzen sie den Bus.

> »Ja, das Jugendzentrum heißt Treibhaus, da kann man verschiedene Dinge machen. Da bin ich auch schon oft. (…) Da gibt es einen Tag, am Mittwoch, da sind verschiedene Ältere, die dort arbeiten, und mit denen kann man dann einmal in der Woche kochen. Und da kriegt man das Essen dann umsonst. Dann kann man sich was zu essen kaufen. Da gibt es noch einen PC, aber da darf man nur eine halbe Stunde, dann wird gewechselt, wenn einer an den PC will. Da kann man dann noch Kicker spielen, Tischtennis und da gibt es auch einen PC-Raum, da muss man sich anmelden. Da gibt es dann noch einen Proberaum, wo so Bands sind. Wenn mal nichts los ist, wenn keine Band drin ist, dann darf man da auch rein, Musik machen oder so. Oder mal versuchen, Musik zu machen.«

Man könnte hier auch Schlagzeug lernen, aber Kevin meint, er interessiere sich nicht für Instrumente. Was er dagegen besonders gern macht …

> »Mit meinen Freunden kochen. Das macht am meisten Spaß. Die Sachen, was es da alles gibt und so. Da gibt es auch eine Erzieherin, die spielt auch ganz oft. Da spielen wir zum Beispiel um eine Bionade oder so.«

Ansonsten streift er mit den Freunden herum. Die wichtigsten vier Freunde sind auch in seiner Klasse. Der eine oder andere schaut während des Interviews vorbei, ob Kevin denn immer noch nicht fertig ist und herauskommen kann. Das Interview hat allerdings auch einen gewissen Sensationswert für Kevin, seine Familie und seine Freunde.

Auf die Frage, was richtig gute Freunde ausmacht, sagt Kevin: »Also, dass man mit denen alles reden kann und dass man denen vertrauen kann. Dass man Sachen teilt und dass wir ab und zu bei denen übernachten oder so.« Die Freunde helfen Kevin auch, wenn er in Schwierigkeiten gerät:

> »*Sag mal: wer hilft dir, wenn du mal in Schwierigkeiten bist?*
> Meine Freunde. Und … was für Schwierigkeiten meinen Sie?
> *Ja, sag du mir mal, in was für Schwierigkeiten gerätst du denn manchmal?*
> Oh Mann, das ist ein bisschen peinlich. Soll ich das sagen?
> *Schwierigkeiten sind oft peinlich.*
> Eine Schlägerei. Aber das passiert ganz selten.
> *Aber es kommt schon vor, dass man sich rauft? Und mit wem raufst du dann?*
> Also, mit denen, die denken, die wären was Besseres, oder die einen einfach blöd anmachen. Die Mutter ins Spiel nehmen oder die Familie. »Drecksau« oder »du Hurensohn« oder so. »Schau mal deine Schuhe an.« Da streitet man sich, und dann kommt es halt dazu.
> *Und was sind das für Leute, die sich für was Besseres halten? (…)*
> Bei uns in der Schule welche, die bestimmte Markenklamotten tragen. (…) Bei uns in der Schule gibt es welche, wenn einer das nicht hat, dann machen die einen blöd an. Aber bei mir kommt das nicht vor. Da hab ich einen anderen Weg. (…)

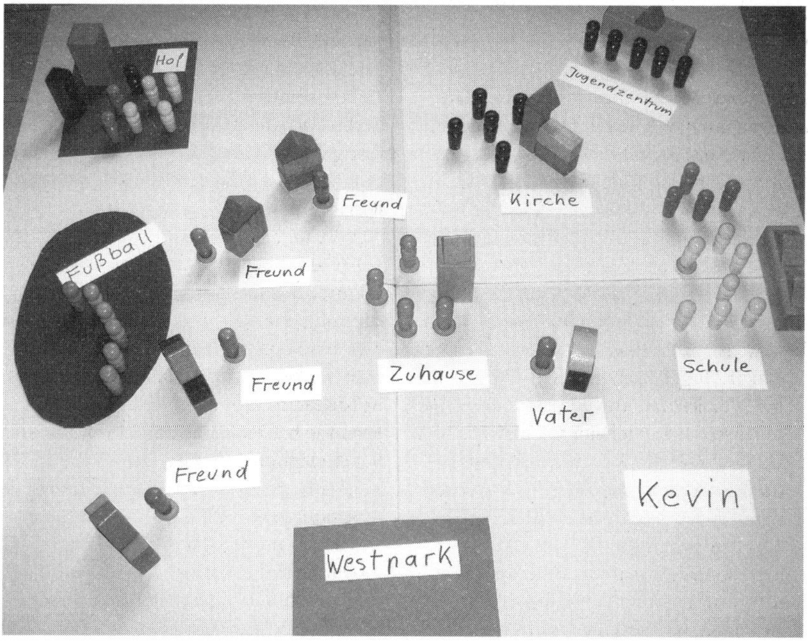

Und weswegen wirst du blöd angemacht? Keine Ahnung. Die sagen mal »Schlitzauge« oder (Pause). Was sagen die noch? Keine Ahnung, dass ich … die sagen einfach irgendwas Blödes, wo man sich richtig aufregt.«

Kevin wird also auch mit rassistischen Bemerkungen »angemacht« und wehrt sich nach Kräften, manchmal auch mit physischer Gewalt.

Allerdings ist Kevin nicht das typische Opfer. Er ist nicht nur bei seinen Freunden sehr angesehen, sondern auch in der Klasse wegen seines Witzes und Einfallsreichtums geschätzt, wie sein Lehrer in einem Gespräch mitgeteilt hat. Kevin wirkt in der Tat sehr pfiffig und wach, hat aber auch eine ruhigere Seite. Er malt sehr gern und zeigt am Ende des Interviews seine Bilder. Auch die Mutter ist stolz auf die Begabung des Sohnes.

Orte und Kontakte

In Kevins Leben gibt es außerhalb der Schule praktisch keine geregelten Aktivitäten, die ihn fördern und seine sportlichen, musikalischen oder gestalterischen Talente zum Tragen bringen würden. Das bedeutet andererseits, dass er große Freiräume hat. Sein Leben ist durch die Kontakte mit anderen Kindern und Jugendlichen bestimmt, Kontakte, die er frei wählt und mit denen er seine im Wortsinn »freie Zeit« verbringt. Dies macht auch die Aufstellung der Orte und Menschen, die in seinem Leben eine wichtige Rolle spielen, deutlich.

Begonnen wird mit der Familie. Kevin stellt seine Mutter und seine Brüder vor ein in der Mitte platziertes Haus, das sein Zuhause darstellt. Der Vater als einzelne Spielfigur steht vor dem Haus daneben.

Ungläubig reagiert Kevin auf die Bitte, er möge seine Freunde als Spielfiguren aufstellen. Es erscheinen ihm einfach zu viele. Aber relativ rasch hat er die wichtigsten identifiziert, denn »mit denen habe ich von meinen ganzen Freunden am meisten zu tun. Die anderen Freunde, mit denen rede ich nur manchmal in der Schule oder so.« Vier Freunde werden in relativer Nähe zu Kevins Familie aufgestellt, sie wohnen auch alle im gleichen Wohnviertel und gehen mit ihm zur Schule. Und eine Freundin gesellt sich noch dazu, über die Kevin allerdings nicht viel erzählen will.

Bei der nahe gelegenen Schule treten außer den Freunden die Brüder in Erscheinung, die anderen Klassenkameraden und der derzeitige Klassenlehrer. Herr S. ist Vertretungslehrer für ein Jahr und daher wird die Klassenlehrerin, die ein Jahr Erziehungsurlaub hat, ebenfalls aufgebaut. Kevin geht systematisch vor. Bei der Aufstellung der Spielfiguren differenzieren die meisten Kinder nicht nach Farben, Kevin dagegen verteilt die Farben nach Zugehörigkeit zu einem Bereich: Familie Rot, Freunde Blau, Schule ansonsten Gelb und dann in Grün die Kontakte beim Jugendzentrum etc.

Beim Jugendzentrum stellt Kevin die Betreuer auf, also diejenigen, »die dort arbeiten«. Dann gibt es in seinem Territorium noch einen Fußballplatz, wo er sich häufig mit Freunden zum Fußballspielen trifft, und schließlich noch einen Hof, in dem sich oft eine ganze Reihe von Kindern aufhalten, unter diesen auch Kevin und seine Freunde.

Außerdem wird noch der Westpark als Pappscheibe symbolisch ausgelegt, wo Kevins Vater mit den Söhnen manchmal hingeht.

Am Schluss, auf die Frage, ob auch nichts vergessen wurde, fällt Kevin noch die Kirche ein. »Ich war früher ministrieren. Da musste man hingehen.«

Den Bereich, den Kevin hier als sein Territorium durch verschiedene Orte symbolisch dargestellt hat, kann er frei erschließen. Mit seinen Freunden ist er zu Fuß unterwegs. Seit der vierten Grundschulklasse darf er auch alleine öffentliche Verkehrsmittel benutzen. Das Jugendhaus ist mit dem Bus zu erreichen, was für ihn und seine Freunde kein Problem darstellt.

Spielen und spielen lassen

Für Kevin gehört Fernsehen am Abend einfach dazu, am Wochenende läuft der Fernseher auch tagsüber viel. Die Playstation scheint allerdings eine wichtigere Rolle zu spielen.

Die Frage, ob Kevin »viel mit der Playstation macht«, wird mit starker Zustimmung beantwortet. Er hat sehr viele Spiele schon ausprobiert und spielt eine Reihe davon regelmäßig. Auf die Frage, wie oft er denn mit der Playstation spiele, wiegelt er allerdings ab.

> »Nur wenn mir langweilig ist, schlechtes Wetter ist, keiner hat Zeit …
> *Okay. Also, wenn man sich sowieso nicht mit anderen treffen kann.*
> Langeweile vertreiben.
> *Und wie lange spielst du das dann?*
> Ein, zwei Stunden. Aber wenn meine Freunde da sind, dann zeige ich es denen eine Stunde oder so. Aber es ist ganz selten. Nur wenn sie mal übernachten, dann spielen wir länger.«

Für die drei Brüder sind zwei Playstations vorhanden. Kevin erwähnt mehrere Arten von Spielen: Super-Mario, Airstrike, eine Hubschrauber-Kampfsimulation oder Global Storm, ein Ego-Shooter, Wrestling-Spiele und Simulationen von Autorennen. Er erzählt auch von »harmloseren« Spielen, z.B.:

> »Wir haben da noch ein Spiel, das ist ganz lustig. Da kann man selber Sport machen. Da stellt man die Kamera

auf und dann sieht man sich im Fernseher. Da kann man so Fußball spielen, zum Beispiel wenn ich jetzt so mache, dann kommt da so ein Ball angeflogen und den kann man dann so wegkicken, wegschlagen, so dass man Sport machen kann. Das macht auch Spaß. Da kann man auch boxen, in dem Spiel. ... bei FIFA Stream, da sind halt so welche, da kann man so Fußball spielen auf der Straße, und da kann man auch sich so selber Menschen machen mit einer eigenen Mannschaft.«

Gefragt, was ihm besonders gefalle, antwortet er strahlend: »Ballerspiele.« Die Mutter ist nicht begeistert von dieser Vorliebe, aber lässt die Söhne gewähren.

»*Und wie finden das deine Eltern?*

Ja, wie wir [meint sich und seine Brüder] das gekauft haben, haben die ein bisschen gemeckert. Aber so schlimm finden die das gar nicht.

Kennen die sich auch damit aus?

K. Hm, hm (verneint).

Waren die mal mit dabei, wenn du so Ballerspiele machst, dass sie das mal gesehen haben?

Nee. Meine Mutter macht nur manchmal die Tür auf und guckt, was wir da grad spielen und da sieht sie dann halt, dass wir da ballern.

Und was sagt sie dann?

Nix.

Findet sie das blöd – oder?

Ja, doch, am Anfang fand sie das schon blöd, dass wir das gekauft haben.«

Die Familie hat keinen Internetanschluss. Um zu chatten, geht Kevin ins Internetcafé. Dann schaut er, welche Freunde online sind, und chattet direkt mit ihnen. Über das Chatten mit Fremden in Kontakt zu treten gefällt ihm nicht, »mit irgendwelchen fremden Leuten, das ist langweilig«.

Selbständig sein und Pflichten haben

Im Hinblick auf die Welt der Computerspiele wächst Kevin sicher nicht in einem Schonraum auf. Aber auch in der physischen Welt hat er zweifellos einen großen Spielraum. Zum einen, was die Gestaltung seiner Nachmittage und Wochenenden angeht, und zum anderen, was seine räumliche Freiheit betrifft, die sich auf ein recht großes Gebiet erstreckt, in dem er »umherstreifen« kann.

Kevin bekommt 15 Euro Taschengeld im Monat, das ist in etwa das, was auch seine Freunde bekommen. Er hat ein Handy und telefoniert sehr viel. Als 11-Jähriger kennt er sich bestens aus mit Handyverträgen. Das Geld für sein Handy ist nicht im Taschengeld inbegriffen. Die Mutter will ihn auch über Handy erreichen können, um ein gewisses Maß an Kontrolle zu behalten und sich nicht zu sehr sorgen zu müssen, wenn er beispielsweise zu spät kommt.

Kevin hat klare Pflichten, z. B. im Haushalt. Beide Eltern sind in diesem Punkt wohl relativ streng oder – wie Kevin sagt – regen sich leicht auf.

»*Hast du hier zu Hause auch bestimmte Pflichten? Musst du irgendwas machen im Haus zum Beispiel?*

Ja. Eigentlich macht das meine Mutter immer. Aber wenn sie gerade mal keine Zeit hat oder keine Lust, dann müssen wir das machen. Da haben wir einen Plan hängen, wer spülen muss, wer staubsaugen muss. Das machen wir dann.

Ah ja, genau. Und hältst du dich da auch dran?

Ja, muss ich. Sonst krieg ich Ärger.

Sonst kriegst du Ärger, und wie sieht der Ärger aus?

Ja, dann diskutiert sie die ganze Zeit und so.

Aber schon eher so mit Reden, nicht mit Hauen?

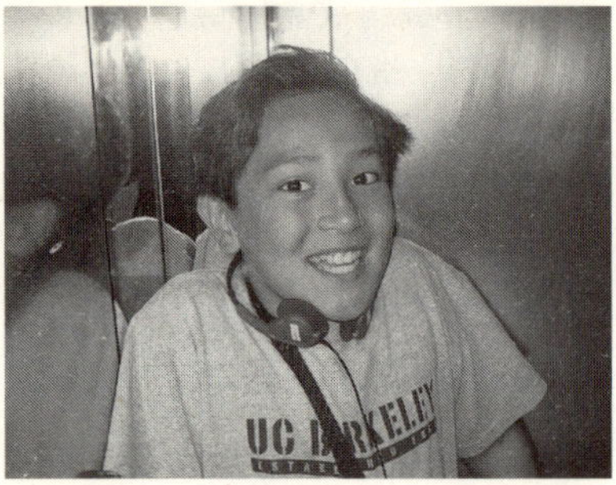

Nein. Und die regen sich auch ganz schnell darüber auf.

›Die‹ heißt beide Eltern oder deine Mutter?

Ja, beide.

Also, dein Vater hat da schon auch noch was zu sagen.

Bei dem ist es viel strenger mit dem Arbeiten.

Wenn du bei ihm bist oder?

Also, ab und zu übernachten wir auch bei ihm. Einmal, wo meine Mutter im Urlaub war, da mussten wir zu ihm. Da hat dann jeder seine eigenen Pflichten.

Okay. Und der ist ganz schön streng dann?

Ja, wenn es so um den Plan geht, schon.«

Hier setzen Kevins Eltern also ihre Prioritäten. Auch seine Pflichten in der Schule soll er ernst nehmen. Bei schlechten Noten droht im schlimmsten Fall Fernsehverbot. Generell gilt, dass Kevin eher etwas mehr »darf« als andere.

»Da sind meine Eltern nicht so streng dabei. Ich kenne manche, die dürfen nur Fernsehen gucken, wenn sie gute Noten haben oder so. Oder rausgehen, da müssen sie erst mit den Eltern reden. Aber hier ist es ganz locker. Ich sag, ich geh raus, und dann komm ich so um sechs, sieben wieder.«

Die Schule und ein besonderer Lehrer

»Jetzt reden wir noch mal ein bisschen über die Schule. Gehst du gern zur Schule oder weniger gern?

Also, in die Grundschule bin ich eigentlich nicht so gern gegangen, weil ich mich dort gelangweilt habe. Aber jetzt bin ich in einer neuen Schule, und das hier interessiert mich mehr. Da machen wir auch spannende Sachen.

Ja, was ist da spannend?

Zum Beispiel in GSE über Pharaos oder so.

GSE ist Geschichte, Sozial- und Erdkunde.

Dann Musik. Dann haben wir auch ein Theater. Das ist der Herr S., der ist ganz lustig. Und mit dem macht es auch voll Spaß, Unterricht zu machen. Mit dem kann man auch über alles reden.

Ja. Worüber zum Beispiel kann man mit dem reden?

Also, zum Beispiel bei der Schlägerei, da hilft er uns, wie das angefangen hat. Oder einmal, wo ich traurig zur Schule gekommen bin, hat er mich gefragt, ob da was los ist mit der Familie. Aber es war nix. Da habe ich halt, keine Ahnung, wieso ich da traurig war. Der hat gesagt, immer wenn einer, wenn ich oder die anderen Probleme haben, können wir sofort zu ihm kommen.

Und das macht ihr auch?

Hm (zustimmend).

Und er hat auch gleich gemerkt, dass du traurig warst?

Hm (anerkennend). Der merkt das sofort. Und wir verstehen uns auch gut. Wir machen auch im Unterricht manchmal Quatsch. Dass er so'n Stück Kreide auf mich wirft oder so (lacht). Also, mit dem kann man schon Quatsch machen, oder wenn man ihn mal verarscht, kann man sagen, dass das Spaß ist.«

Der Lehrer, Herr S., wird als so genannter »Springer« nach diesem Jahr an eine andere Schule versetzt. Das ist für Kevin sehr bedauerlich, denn er mag den Lehrer, wird von ihm motiviert und gefördert. Zwar mochte er auch seine Klassenlehrerin, aber für Kevin ist es möglicherweise besonders wichtig, eine männliche Bezugsperson als Lehrer zu haben.

Kevins Lehrer erklärt in einem Gespräch, dass er Kevin für einen begabten Schüler hält, der mit der entsprechenden Förderung die mittlere Reife schaffen könnte. Kevins Leistungsniveau ist schwankend und spiegelt nicht sein Potenzial; es mangelt an Konzentrationsvermögen. Kevin drückt es so aus:

»Einmal habe ich schlechte Noten. Dann gibt es so Zeiten, da schreibe ich monatelang gute Noten. Also, ich lasse mich auch schnell ablenken von den anderen, und deswegen komme ich nicht so schnell mit.«

Kevins Mutter spricht gebrochen Deutsch und kann bei den Hausaufgaben nicht helfen. Sie achtet aber auf die Zensuren, die Kevin heimbringt.

Hauptwunsch: Schlauer sein

So unbeschwert Kevin anfangs im Interview wirkt, so deutlich wird später, dass er sich auch Sorgen macht. Wenn er drei Wünsche frei hätte, wie er etwas in seinem Leben verändern könnte, dann fällt ihm zunächst nur eines ein:

»Was würdest du dir wünschen, so richtig wünschen?
Schlauer zu sein.
Schlauer zu sein? Ja und warum schlauer? Bist du nicht schlau genug?
Ne, also ich bin jetzt momentan in der Hauptschule. Da kann man ja nicht viel anfangen, wenn man groß ist.
Ah ja.
Das sieht man ja, wenn man zum Beispiel in die Realschule kommt. (Überlegt) Sonst nix. (…)
Warum? Erzähl mal!
Also, weil man mit einem Hauptschulabschluss eigentlich nicht viel anfangen kann. Ob ich da jetzt einen Job finde, und was dann so aus meinem Leben wird.«

Kevin ist skeptisch, ob er den M-Zweig, den Aufbauzweig für die mittlere Reife, schaffen kann. Er hält es für möglich, dass er für diesen Zweig ausgewählt wird, befürchtet aber, dass er ihn nicht erfolgreich zu Ende bringt. Bei seinen beiden Brüdern hat es schließlich auch nicht geklappt. Den M-Zweig zu schaffen ist zur Zeit Kevins größter Wunsch, und er ist sich über die Konsequenzen im Klaren.

»Und was wäre dann anders für dich später?
Dass ich schneller einen Job bekomme. Dass ich Geld verdiene. Dass ich mir Sachen leisten kann.
Hast du schon eine Vorstellung, was für Sachen?
Eine eigene Wohnung, ein eigenes Auto und keine Schulden oder so. Probleme mit verschiedenen Sachen.
Also Schulden … Hast du da öfter mal von gehört, dass jemand Schulden hat?«

Kevin erzählt auf diese Frage, dass seine Mutter sich krankheitsbedingt verschulden musste und es über die Zahlungen Streit zwischen den Eltern gibt. Schulden bedeuten Kummer, das hat er schon erlebt.

Die eigene Zukunft

Wenn man die Welt der Computerspiele auf das wirkliche Leben übertragen könnte, dann wären Schuldenprobleme natürlich rasch gelöst.

»Und wie ist das mit deinen wirklichen

Wünschen? … Also, hättest du im wirklichen Leben auch mal gern eine Limousine?
Also, reich wäre ich gerne.
Reich wärst du gern.
Da könnte ich mir alles kaufen. Weil im Spiel, wenn man da was eingibt, hat man auf einmal sehr viel Geld.«

Im wirklichen Leben ist das natürlich sehr viel schwerer, zumal mit Kevins Berufswunsch: Er möchte später Künstler werden, würde sich eine Zukunft als Maler wünschen. Malen macht ihm Spaß, zur Zeit malt und zeichnet er zu Hause und in der Schule. Er zeichnet Mangas und andere Zeichentrickfiguren und malt abstrakte kleine Ölbilder in kräftigen Farben.

Um Einfälle ist Kevin sowieso nie verlegen, das ist es ja wohl auch, was ihn bei den anderen Jungen so beliebt macht. Er hat auch schon verschiedene Raps gemacht. Hier ist Bushido sein Vorbild.

Wenn man 30 Jahre in die Zukunft reisen könnte, würde man Kevin vielleicht so sehen:

»Also, da habe ich dann Familie, ein kleines Auto und …
Und wo wohnst du?
In einem Einfamilienhaus. Und das Geld passt schon. Nicht dass ich Millionär bin oder so. Und ein Job.
Du hast dann einen Job. Und was ist das für ein Job?
Zeichnen.
Also, eben als Künstler, wie du meinst.
Am liebsten würde ich zu Hause zeichnen und dann meine Bilder verkaufen und so einen kleinen Nebenjob.«

Seine Zukunft stellt er sich in Deutschland vor. Auf den Philippinen, in der Heimat seiner Mutter, ist er schon gewesen, und das Leben dort hat ihm gefallen. Vor allem …

»… dass es dort warm ist. Alles ist ganz einfach.
Unkompliziert meinst du oder?
Ja, so unkompliziert. Und schön.
Und schön. Und die Leute, sind die freundlich?
Ja, wenn man da jetzt einen anspricht, dann sagt der nicht, das geht dich nichts an oder so.«

Was anders werden sollte:
Mehr Gleichheit, kein Krieg

Wenn es um das Leben im Allgemeinen geht, hat Kevin verschiedene Ideen, was anders sein sollte:

»*Und wenn du jetzt alles bestimmen könntest, was auf der Welt ist, was würdest du dann noch verändern wollen?*
Keine Polizei.
(Lachen)
Die Polizei wird abgeschafft, genau.
Keine blöden Menschen also, die welche umbringen oder so. Oder halt solche Attentäter, die sie immer fangen.
Die soll es auch nicht geben.
(Überlegt) Und was würd ich noch verändern? Also, dass alle die gleichen Bedürfnisse haben. Zum Beispiel, dass die Armen auch so ganz normal sind wie die normalen Menschen.
Was heißt ganz normal?
Ja, eigene Wohnung, eigenes Haus und ein schönes Leben.«

»Ganz normal leben« können, das wäre ein Leben ohne Sorgen. Und das wünscht Kevin sich und anderen.

»*Und gibt es sonst noch etwas, was man tun könnte …*
Ach so, noch was verändern?
Ja, noch was verändern.
(Überlegt) Dass es immer warm ist.
Das wär schön.
Und kein Krieg in anderen Ländern.
Also dass jeder ganz normal leben kann und sich um andere Sachen keine Sorgen zu machen. Ja, sonst nichts.«

Klaus Hurrelmann und Sabine Andresen

8 **Kinderpolitik: Das »ganze Dorf« wird gebraucht**

Die Ergebnisse der 1. World Vision Kinderstudie für Deutschland zeigen: Der jüngsten Generation geht es hierzulande recht gut, aber eine Besorgnis erregend große Minderheit klagt über Einschränkungen und Belastungen ihrer Lebenssituation und fühlt sich nach ihren eigenen Angaben im Wohlbefinden beeinträchtigt. Vor allem sind es die sozialen Unterschiede in der Gesellschaft der Bundesrepublik Deutschland, die sich in der Lebenswelt der Kinder besonders bemerkbar machen. Vielen, allzu vielen Kindern fehlt ein anregender Erfahrungsraum, in dem sie ihre Potenziale entwickeln können.

»Es braucht ein ganzes Dorf, um ein Kind stark zu machen.«

Ein altes afrikanisches Sprichwort, wahrscheinlich von den Ashanti aus dem heutigen Ghana, lautet in der übermittelten englischen Fassung: »It takes a whole village to raise a child.« In das Deutsche übersetzt könnte das Sprichwort lauten: »Es braucht ein ganzes Dorf, um ein Kind in seiner Entwicklung zu unterstützen und stark zu machen.« Ein schönes und anschauliches Bild, das wir als Ausgangspunkt unserer Überlegungen zur Verbesserung der Kinderpolitik in Deutschland nehmen.

Was ist mit dem Sprichwort gemeint? Es drückt die Alltagsweisheit aus, wonach ein neu in die Welt gekommener Mensch in seinen ersten Lebensjahren voll darauf angewiesen ist, Fürsorge, Zuwendung, Unterstützung, Anregung und Strukturierung für die körperliche, psychische und soziale Entwicklung zu erhalten. Mutter und Vater spielen hierbei die ganz entscheidende Rolle, aber sie sind ihrerseits auf die Akzeptanz und Anerkennung des sozialen Umfeldes, also der Verwandtschaft, der Nachbarschaft, der Kommune, ja der ganzen Gesellschaft angewiesen, wenn sie ihre elterliche Aufgabe erfüllen wollen. Das Elternhaus bildet auch nur einen Teil, wenn auch einen ganz zentralen, im Erfahrungsraum des Kindes, den es für seine weitere Entwicklung für sich nutzt. Dieser Erfahrungsraum muss, wie die Ergebnisse der 1. World Vision Kinderstudie deutlich demonstrieren, so anregend und reichhaltig wie möglich sein, vielfältige Impulse und Herausforderungen enthalten und insgesamt eine der jeweiligen Entwicklung angemessene Struktur haben. Kinder, die auf eine solche reichhaltige, zugleich aber auch verlässliche und verbindliche Umwelt treffen, an der letztlich die ganze Gemeinschaft, also das »ganze Dorf« beteiligt ist, haben die besten Voraussetzungen für ihre emotionalen, sozialen, psychischen und intellektuellen Fähigkeiten und Kompetenzen.

»Es braucht ein ganzes Dorf, um ein Kind stark zu machen« – dieses Sprichwort relativiert den Einfluss der Eltern, ohne ihn in irgendeiner Weise infrage zu stellen. Das Sprichwort macht deutlich, wie sehr die Verantwortung für das Aufwachsen und die Entwicklung eines Kindes eine öffentliche, eine gemeinschaftliche und nicht nur eine private von Vater und Mutter ist. Die gesamte Gesellschaft, so ist die Aussage dieses Bildes, hat sich um ihren Nachwuchs zu kümmern. Sie ist aufgefordert, Vater und Mutter als primäre Bezugspersonen für Kinder nach Kräften zu unterstützen. Für seine intellektuelle und soziale Entwicklung braucht ein Kind nun einmal zusätzlich zu den Impulsen der Eltern weitere Anregungen und Erfahrungen. Dazu gehören Herausforderungen aus Verwandtschaft und Nachbarschaft, Kontakte zu Freunden und Helfern, gezielte Erziehungs- und Bildungsimpulse durch Erzieher und Pädagogen, Alltagserfahrungen mit fremden und nicht vertrauten Menschen. Und natürlich gehört auch die intensive Konfrontation mit der natürlichen Umwelt dazu, um die körperliche und psychische Anpassungsfähigkeit zu stärken. Das Sprichwort bedeutet also auch: Eltern sind nicht allein für die Erziehung, für das gelingende Aufwachsen ihrer Kinder in die Verantwortung zu nehmen. Ihnen das zuzumuten, würde zu einer Überforderung führen (Hurrelmann/Unverzagt 2008).

Die vorliegenden Ergebnisse der 1. World Vision Kinderstudie lassen sich ganz im Sinne dieser Vorstellung interpretieren, weil sie deutlich demonstrieren, wie wichtig vielfältige Anregungen und verlässliche Umwelten für ein Kind sind. Das afrikanische Sprichwort gilt ganz offensichtlich uneingeschränkt auch für die heutigen hochentwickelten Gesellschaften mit ihrer ausgeprägten Spezialisierung und Ausdifferenzierung von sozialen Lebensbereichen. In ihnen wird die Erfahrung der Ganzheit des Dorfes schwierig, weil sich Familie, Verwandtschaft, Nachbarschaft, Stadtteil, Kindergarten, Schule, Freizeiteinrichtungen, Medien, Kommune und Wirtschaft zu jeweils sehr selbständigen Systemen entwickelt haben, die oft nur wenig miteinander verzahnt sind.

Viele Eltern brauchen Unterstützung

Wie die Ergebnisse unserer Studie zeigen, gelingt es der großen Mehrzahl der Kinder, sich den Herausforderungen dieser verschiedenen Lebensbereiche zu stellen und sich eigenaktiv die Anregungen aus all den Feldern zunutze zu machen. Ganz offensichtlich werden sie dabei von ihren Müttern und Vätern unterstützt, die als Koordinatoren und Interpreten der komplexen sozialen Umwelt tätig sind. Diese Eltern schaffen es, den Kindern einen sicheren sozialen Halt, einen psychischen »Heimathafen« zu geben, von dem aus sie die fremden Territorien in der Umwelt erschließen können. Diese Eltern können ihren Kindern aus einer sicheren Beziehung heraus Angebote machen, sich auch in andere Rollen als der des Sohnes oder der Tochter in der Welt zu erfahren.

Fast ein Drittel der Eltern aber ist aus verschiedenen Gründen nicht in der Lage, ihr Kind für das Leben stark zu machen. Dies ist zum Beispiel dann der Fall, wenn aufgrund von Armut die notwendigen Ressourcen fehlen und sich als Folge Überforderung einstellt. Diese Familien verschließen sich dann häufig gegenüber der Umwelt, und so ist es dem Kind nicht möglich, die elementar wichtigen Impulse des »ganzen Dorfes« aufzunehmen. Eltern blockieren ihre Kinder damit im Heimathafen und machen sie »seeuntauglich«, sprich inkompetent für das Leben in der großen Gemeinschaft.

Was bedeutet die Metapher vom »ganzen Dorf« für die Gestaltung einer modernen Kinderpolitik? Erstens wohl, dass die Verantwortung der gesamten

Gesellschaft für die Unterstützung und Entwicklung der neuen Gesellschaftsmitglieder sichergestellt wird. Dazu gehört die Unterstützung von Eltern und die Stärkung der Erziehungs- und Beziehungsfähigkeit von Familien ebenso wie die kindgerechte Gestaltung aller Lebensräume, die für die Entwicklung der Angehörigen der jüngsten Generation wichtig sind. Dazu gehören auch alle Ansätze des »Kinderschutzes«. In Kapitel 1 hatten wir bereits gezeigt, wie im Verlauf der historischen Entwicklung etwa durch das Verbot der Kinderarbeit in industriellen Fabriken gezielte politische Schritte in diese Richtung unternommen wurden.

Zum Zweiten werden die Rechte eines jeden einzelnen Kindes im Sinne von elementaren Menschenrechten angesprochen. Ob ein Kind sich die Potenziale des »ganzen Dorfes« ausreichend und angemessen zunutze machen kann, das hängt zwar von deren Beschaffenheit, aber auch davon ab, welche Ansprüche es stellen kann. Ist es in der Gesellschaft als selbständiges Subjekt anerkannt und mit eigenen Rechten auf Entfaltung der Persönlichkeit ausgestattet oder nicht? Das ist der zentrale Punkt, der darüber entscheidet, ob das Kind sich nach eigenen Bedürfnissen diejenigen Erfahrungsbereiche erschließen kann, die es für seine Entwicklung benötigt.

8.1 Die Verbesserung der rechtlichen Stellung von Kindern in Deutschland

Beginnen wir die Debatte zur Kinderpolitik an diesem zweiten Punkt! Die rechtliche Stellung des Kindes ist in der Verfassung, dem Grundgesetz der Bundesrepublik Deutschland, definiert. Das Grundgesetz kennt keine ausdrückliche Anerkennung des Kindes als eigenständige Persönlichkeit. Kinder werden im Artikel 6 des Grundgesetzes nur in Zusammenhang mit dem elterlichen Erziehungsrecht genannt. Danach ist die »Pflege und Erziehung der Kinder … das natürliche Recht der Eltern und die ihnen zuvörderst obliegende Pflicht. Über ihre Betätigung wacht die staatliche Gemeinschaft« (Art. 6.2 GG).

Dieses als unveräußerliches Grundrecht festgeschriebene Primat der elterlichen Sorge schützt Kinder in mehrfacher Hinsicht. Zum einen garantiert es dem Kind die für die Entfaltung einer stabilen eigenen Persönlichkeit elementare Möglichkeit, in einem privaten sozialen Netzwerk aufzuwachsen, das auf emotional gesteuerten, engen Bindungen zwischen Eltern und Kind beruht. Die Art der Gestaltung der persönlichen Lebensführung obliegt damit der Familie und ist gegenüber staatlich sanktionierten gesellschaftlichen Vorgaben grundsätzlich geschützt. Zum anderen wird auf diese Weise die individuelle Wohlfahrtsposition des Kindes untrennbar mit der realisierten Wohlfahrtsposition der Eltern verknüpft. Eltern sind, übrigens ganz unabhängig von ihrem Familienstand und der Art der Gestaltung des Sorgerechts, gegenüber ihren Kindern unterhaltspflichtig und haben deren Teilhabemöglichkeiten im Rahmen der eigenen wirtschaftlichen Spielräume zu gewährleisten. Die elterliche Sorge ist von daher ein Fürsorge- und Schutzverhältnis gegenüber ihren minderjährigen Kindern, über deren Einhaltung die staatliche Gemeinschaft, wie im Grundgesetz ebenfalls ausgeführt, entsprechend wacht.

Wie aus der Rechtssprechung des Bundesverfassungsgerichtes hervorgeht, steckt im Artikel 6 des Grundgesetzes auch indirekt die Anerkennung, ein Kind sei ein Wesen mit eigener Menschenwürde und einem eigenen Recht auf Entfaltung seiner Persönlichkeit. Nach Auffassung des Bundesverfassungsgerichtes ist das – juristisch gesehen noch unmündige – Kind ein Grundrechtsträger. Aber: Das Grundgesetz nimmt eine verfassungsrechtliche Verankerung der Kinderrechte nicht ausdrücklich vor. Vielmehr wurden, möglicherweise in Reaktion auf die Erfahrungen mit den totalitären Systemen des Nationalsozialismus und des Sowjetsozialismus, die Weichen vergleichsweise bewusst in Richtung einer vorrangig privaten Ausgestaltung der Bedingungen und Verhältnisse, auf die Kinder in ihrer Entwicklung angewiesen sind, gestellt. Der Staat hat sich demonstrativ weit aus der Kindererziehung zurückgezogen. Bis zum sechsten Lebensjahr sind es die Eltern, die die alleinige Verantwortung für die Bildung und Erziehung ihrer Kinder tragen. Vom sechsten Lebensjahr an kommt die Schule hinzu, aber nur als eine Vormittagsschule. Zum Mittagessen sollen die Kinder wieder in den Schoß der verantwortlichen Familien zurückgeführt werden. Da bleibt das »ganze Dorf« schnell außen vor.

Wir stoßen damit auf eine historisch gewachsene und durchaus verständliche, für eine gegenwartsorientierte Kinderpolitik aber unbefriedigende Ausgangslage, mit der das Elternrecht in Deutschland verfassungsmäßig sehr hoch verankert und das Kinderrecht quasi dem Elternrecht untergeordnet ist. Diese Ausgangslage führt dazu, dass Politik für Kinder eng und direkt mit der Politik für Eltern und für Familien verbunden ist. Diese »Elternbindung« der Kinderpolitik wird durch eine im internationalen Vergleich auffällig dichte Struktur von sozialen Sicherungssystemen und finanziellen Transferleistungen für Familien unterstrichen (Kränzl-Nagl/Mierendorff/Olk 2003). Der Staat sichert die Wohlfahrtsposition und die damit verbundenen Chancen der Kinder vorrangig, indem er Familien finanziell fördert, Nachteile möglichst kompensiert sowie das notwendige Existenzminimum der Kinder gewährleistet. Die Wirkungen dieser Transfers auf eine optimale Entfaltung der kindlichen Potenziale geraten hierbei allerdings aus dem Blickfeld. Es fehlt sowohl an entsprechenden Anreizen als auch nach wie vor an verlässlichen infrastrukturellen Hilfen, die auf den individuellen Bedarf von Eltern und Kindern möglichst passgenau abgestimmt sind, wie auch die Ergebnisse des 7. Familienberichts zeigen (BMFSFJ 2006).

Diese Ausgangslage ist für eine wirkungsvolle Kinderpolitik unbefriedigend. Im Sinne einer solchen Kinderpolitik ist die ausdrückliche Verankerung der Kinderrechte im Grundgesetz der Bundesrepublik Deutschland überfällig. Es passt nicht zur an und für sich sehr einfühlsamen Rechtspolitik in diesem Bereich, Kindern mit Verweis auf ihre noch in der Entwicklung befindlichen Persönlichkeit und ihre altersgemäß eingeschränkte kognitive und soziale Wahrnehmungs- und Leistungsfähigkeit eine eindeutige Festschreibung von Bürgerrechten vorzuenthalten.

In historischer Perspektive hat sich die Rechtsposition von Kindern seit dem ausgehenden 19. Jahrhundert in Deutschland bislang ständig verbessert. In der Bundesrepublik Deutschland knüpften die rechtlichen Regelungen nach dem Zusammenbruch des Nationalsozialismus an die durchaus fortschrittlichen Vorgaben zur Schulpflicht, zum Kinderarbeitsschutz, Kinder- und Jugendschutz sowie zur Jugendhilfe aus der Weimarer Republik an. 1991 festigte das modifizierte Kinder- und Jugendhilfegesetz die Rechtsposition von Kindern gegenüber dem Staat, aber auch gegenüber ihren Eltern. Das Kindschaftsrecht von 1998 regelte die Rechtsstellung von Kindern in ihren Familien und milderte die Ungleichbehandlung von ehelichen und nicht-ehelichen Kindern. Diese und andere Regelungen haben einige Kinderrechte gestärkt, aber im internationalen Vergleich nicht den entscheidenden Durchbruch gebracht. Die explizite verfassungsmäßige Verankerung der Kinderrechte fehlt.

Die Vorgaben der UN-Kinderrechtskonvention

International hat die rechtliche Absicherung des Status »Kind« 1989 durch die Konvention der Vereinten Nationen zum Schutz der Rechte der Kinder einen entscheidenden qualitativen Sprung genommen. Die »Kinderrechtskonvention« wurde von der Bundesregierung auch für die Bundesrepublik Deutschland übernommen. Seit dem 5. April 1992 ist diese Konvention geltendes Recht in Deutschland. Damit ist die Verpflichtung verbunden, »alle geeigneten Gesetzgebungs-, Verwaltungs- und sonstigen Maßnahmen zur Verwirklichung der in diesem Übereinkommen anerkannten Rechte« einzuleiten.

In einem entscheidenden Punkt ist das jedoch nicht geschehen. Alle Bundesregierungen haben sich bislang geweigert, den Empfehlungen des Ausschusses der Vereinten Nationen für die Rechte des Kindes zu folgen und die Rechte des Kindes im Sinne der UN-Kinderrechtskonvention in die Verfassung zu übernehmen. Diese Weigerung ist sowohl inhaltlich als auch formal problematisch. Denn mit Zustimmung Deutschlands wurden die Kinderrechte im Sinne der UN-Kinderrechtskonvention ausdrücklich in die am 7.12.2000 verabschiedete Charta der Grundrechte der Europäischen Union aufgenommen. Mit dieser Charta ergibt sich auch europarechtlich die Verantwortung Deutschlands, die Grundrechte von Kindern aktiv zu verankern und umzusetzen.

In der Kinderrechtskonvention werden die wichtigsten Orientierungsprinzipien für die Kinderpolitik in entwickelten Gesellschaften festgelegt. Dabei werden sowohl die Bereiche der Politik für Kinder als auch die der Politik von Kindern angesprochen. So ist ausdrücklich festgehalten, das Wohl von Kindern sei bei allen sie betreffenden Maßnahmen vorrangig zu berücksichtigen. Eltern werden aufgefordert, ihren Kindern dabei zu helfen und sie anzuleiten, sich im öffentlichen Leben mehr zu beteiligen. Die Konvention spricht zum Beispiel ausdrücklich vom Recht des Kindes, auch bei Trennung von einem der beiden Elternteile oder von beiden Elternteilen diese besuchen zu dürfen. Das Recht von Kindern auf freie Meinungsäußerung und Vertretung der eigenen Interessen wird ebenso wie das Recht auf Beteiligung und Mitbestimmung am öffentlichen Leben eingefordert. Wie dies umzusetzen ist, ob in Form von punktueller Partizipation, Kinderparlamenten, einer Wahlberechtigung der Kinder oder einer stellvertretenden Wahlstimme der Eltern für ihre Kinder, liegt in der Entscheidung jedes einzelnen Landes. In weiteren Artikeln spricht die UN-Konvention vom Recht jedes Kindes auf familiäre und außerfamiliäre Betreuung. Weitere Regelungen legen das Recht auf Schutz vor Ausbeutung und Misshandlung fest. Schließlich wird in der Konvention auch der Anspruch von Kindern auf ein Höchstmaß an Gesundheit festgelegt.

Als einheitliche Orientierung zieht sich durch die gesamte Konvention das Ziel, die Politik für Kinder strukturell so zu gestalten, dass damit die Möglichkeiten der individuellen Selbstbestimmung und der direkten Partizipation gesteigert werden. Damit wird eine interessante Doppelstrategie für die Kinderpolitik angesprochen: Eine Unterscheidung zwischen einer »Politik für Kinder« und einer »Politik von Kindern«.

Die »Politik für Kinder« wird im Wesentlichen von Erwachsenen gemacht, und diese bemühen sich darum, die Lebenswelt von Kindern so zu gestalten, dass sie deren Bedürfnissen entspricht. Politik für Kinder ist in diesem Sinne eine fürsorgliche und anwaltschaftliche Politik für Menschen, die auch in einer modernen Demokratie wegen ihres Entwicklungsstandes ihre eigenen Interessen noch nicht vollständig selbst vertreten können.

Die »Politik von Kindern« bezieht sich im Unterschied hierzu auf alle Entscheidungen für die Gestaltung der Lebenswelt von Kindern, die von ihnen selbst getroffen und möglichst auch umgesetzt werden. Sie ist mit dem ersten Ansatz auf das engste verbunden. Eine Politik von Kindern ist nur möglich, wenn sie durch eine intensive Politik für Kinder vorbereitet wird. Greifen wir noch einmal auf die Metapher vom »ganzen Dorf« zurück. Wenn die Gestaltung der gesamten Lebenswelt von Kindern so erfolgen soll, dass Kinder selbst deren Potenziale und Strukturen erschließen können, dann setzt das eine umfassende Beeinflussung der Gegebenheiten des »ganzen Dorfes« voraus, die im Wesentlichen von Erwachsenen vorgenommen werden kann. Gelingt dieses, dann ist aber zugleich die Voraussetzung dafür gegeben, dass sich Kinder mit ihrem jeweils erreichten Entwicklungsstand und den damit verbundenen Entscheidungs- und Handlungsmöglichkeiten in die politische Gestaltung ihrer Lebenswelt direkt mit einmischen.

Die Kinderrechtskonvention ist für die Weiterentwicklung der Kinderpolitik in Deutschland gerade wegen dieser flexiblen Ausrichtung von großem Wert. Sie gibt wichtige Hinweise sowohl für die Politik für Kinder und die ihr wissenschaftlich zuarbeitende (in Kapitel 1 so genannte) Kindheitsforschung als auch für die Politik von Kindern und die ihr zuarbeitende Kinderforschung. Die Konvention leugnet an keiner Stelle, wie wichtig der Schutz der Rechte und der Lebensräume von Kindern ist, aber sie betont zugleich auch nachdrücklich die eigenen Entscheidungsrechte der Angehörigen der jüngsten Generation. Kinderschutz und Kinderpartizipation gehören zusammen. Berücksichtigt wird dabei, dass Kinder Entscheidungsfreiheit erst im Laufe ihrer Entwicklung gewinnen und oft ohne Hilfe nicht ausüben können. Im Sinne der Konvention ist es wichtig, Kinder von klein auf in der Mitbestimmung zu üben und sie in demokratische Entscheidungsstrukturen hineinwachsen zu lassen. Je mehr Entscheidungsräume ihnen von früh an gewährt werden, desto eher werden sie fähig, diese auch gezielt und in ihrem eigenen Interesse zu nutzen. In diesem Sinne ist die Kinderrechtskonvention ein vorbildliches Dokument für die Ausrichtung der Kinderpolitik in beiden hier angesprochenen Ansätzen, nämlich der Politik für und der Politik von Kindern.

Übernahme der Kinderrechte in das Grundgesetz

Die »National Coalition für die Umsetzung der UN-Kinderrechtskonvention«, ein bundesweiter Zusammenschluss von mehr als 100 Organisationen unter Rechtsträgerschaft der Arbeitsgemeinschaft für Kinder- und Jugendhilfe, hat Anfang 2007 die Forderung erhoben, Kinderrechte in das Grundgesetz der Bundesrepublik Deutschland aufzunehmen und damit endlich die Konsequenz aus dem Beitritt zur Kinderrechtskonvention der Vereinten Nationen zu ziehen. Dieser Argumentation stimmen wir voll zu. An entscheidender Stelle heißt es: »Die Präambel der UN-Kinderrechtskonvention betrachtet Kinder als gleichwertige und gleichberechtigte Mitglieder der menschlichen Gemeinschaft mit der allen Menschen innewohnenden Würde und der Gleichheit und Unveräußerlichkeit ihrer Rechte. Aufgrund der Entwicklungstatsache wird Kindern zugleich ein Anspruch auf besondere Fürsorge und Unterstützung zuerkannt. Damit zielt die Konvention auf ein Bild des Kindes, dem die grundsätzliche Anerkennung als eigenständige Persönlichkeit mit eigener Würde und dem Anspruch auf Anerkennung seiner Individualität zugrunde liegt. Die Konvention erkennt damit eine Subjektstellung des Kindes an [...]. In der Subjektstellung des Kindes ist veranlagt, dass die Unverwechselbarkeit jedes jungen Menschen zu achten und ein eigenständiges Recht zur Entfaltung seiner Persönlichkeit zu gewährleisten ist. Dabei ist zu ergänzen, dass dies für den heranwachsenden Menschen als sich entwickelndes Wesen ein Recht auf Entwicklung bedeutet, das zunehmende Verantwortung für sich selbst einschließt« (National Coalition 2007).

Die »National Coalition« plädiert dafür, diese Rechtsauffassung auch in Deutschland umzusetzen, was am wirkungsvollsten und nachhaltigsten mit einer Aufnahme von Kinderrechten in die Verfassung der Bundesrepublik Deutschland gesichert wäre. Wie schon erwähnt, ist die verfassungsrechtliche Stellung des Kindes nach dem heutigen Wortlaut des Grundgesetzes nicht eindeutig. Eine Verankerung der Kinderrechte im Grundgesetz der Bundesrepublik Deutschland und damit eine Übernahme der Vorgaben der UN-Kinderrechtskonvention und der EU-Grundrechte-Charta in nationales Recht würde das allgemeine Bewusstsein für die Rechte von Kindern in Deutschland stärken und ihre Position sowohl gegenüber dem Staat als auch im Konfliktfall gegenüber den eigenen Eltern deutlich verbessern. Das verfassungsmäßig garantierte Elternrecht bliebe bestehen, würde aber weit klarer als bisher am Wohl und an den Rechten des Kindes bemessen.

Die Festschreibung von Kinderrechten in der Verfassung würde, hier ist der »National Coalition« zuzustimmen, die elterliche Verantwortung dafür stärken, die Rechte des Kindes tatsächlich zur Geltung zu bringen. Dies könnte ganz allgemein zu einer sensibleren Berücksichtigung von Kindesinteressen im politischen Raum führen als auch dabei helfen, dass die gesamte Öffentlichkeit noch mehr als bisher Verantwortung dafür übernimmt, dass Kinder gegenüber den auch in Deutschland auftretenden Formen von Vernachlässigung und Misshandlung geschützt werden.

Kinderrechte verschieben die generationalen Machtverhältnisse

Mit der Aufnahme von Kinderrechten in das Grundgesetz wäre der Vorrang des Kindeswohls bei allen Kinder betreffenden Entscheidungen ebenso wie die Verpflichtung des Staates verbunden, für kindgerechte Lebensbedingungen Sorge zu tragen. Auch das Recht des Kindes auf Schutz und Förderung und einen angemessenen Lebensstandard wäre gesichert. Bei diesen Punkten handelt es sich um Vorgaben für eine »Politik für Kinder«. Fest zum Bestandteil der Kinderrechte gehört aber das Recht des Kindes auf eine Stellung als eigenständige Persönlichkeit und das Recht des Kindes auf Entwicklung und Entfaltung. Auch das Recht auf Beteiligung, vor allem Berücksichtigung der Meinung entsprechend Alter und Reifegrad, wird ausdrücklich in den Katalog der Basiselemente der Kinderrechte aufgenommen. Hiermit sind verfassungsrechtliche Elemente für die Sicherung des Einflusses von Kindern selbst auf alle Entscheidungen angesprochen, welche die kindlichen Lebenswelten und Lebensbedingungen betreffen. So wäre eine »Politik von Kindern« möglich.

Werden die genannten Rechte von Kindern umgesetzt, kommt es unvermeidlich zu einer Verschiebung der Machtverhältnisse in der Gesellschaft von der älteren zur jüngeren Generation. Aus demokratischen Gründen spricht vieles dafür, denn in den hochentwickelten Gesellschaften vollziehen sich dramatische demografische Veränderungen im Aufbau der Bevölkerungsstruktur. Über die existierenden politischen Mechanismen der Interessenvertretung erhalten damit zwangsläufig die mittlere und die ältere Generation immer stärkeren Einfluss auf die Gestaltung gesellschaftlicher Verhältnisse.

Die Umsetzung der Prinzipien der Kinderrechtskonvention berührt insofern eine neue Machtfrage zwischen den Generationen, die für die Zukunft eines Landes von ausschlaggebender Bedeutung ist. Das »Einräumen« von Rechten für Kinder lässt sich als ein ethisches und humanitäres Thema diskutieren. Es berührt aber zugleich ganz elementar die Zukunftsfähigkeit einer ganzen Gesellschaft. Die Mitglieder einer jeden Gesellschaft sind im Hinblick auf die Fortführung und die künftige Existenz der Gesellschaft abhängig von der nachwachsenden Generation, also von den Kindern. Werden Kindern die ihrem Alter und ihrer Interessenlage entsprechenden Rechte auf Mitbestimmung und politische Gestaltung zugesprochen, werden sie in dieser Weise an Zukunftsentscheidungen solidarisch beteiligt, dann sichert sich eine Gesellschaft ihren Selbsterhalt. Die Partizipation von Kindern kommt in dieser Betrachtung nicht nur ihnen selbst unmittelbar zugute, weil sich ihre Lebensbedingungen besser auf ihre Wünsche und Bedürfnisse einrichten lassen, sondern sie ermöglicht die Zukunftsfähigkeit der gesamten Gesellschaft.

Der Nationale Aktionsplan für ein kindergerechtes Deutschland

Das Abschlussdokument des Weltkindergipfels der UN 2002 in New York »A World Fit for Children« enthält die Verpflichtung der Unterzeichner, einen nationalen Aktionsplan für Kindergerechtigkeit zu erstellen. Im Februar 2005 legte die Bundesregierung den »Nationalen Aktionsplan für ein kindergerechtes Deutschland 2005–2010« vor. Dieses Papier zielt auf eine nachhaltige Entwicklung für ein kindergerechtes Deutschland und benennt sechs Handlungsfelder. An der Erstellung dieses handlungsorientierten Programms waren neben der Kinderkommission des Deutschen Bundestages auch Kinder und Jugendliche selbst beteiligt. Mit ihnen wurde ein Partizipationsprojekt organisiert, und dessen Ergebnisse sind auch Teil des Programms. Insofern wird der Versuch deutlich, Kinder und Jugendliche stärker als bisher als gestaltungs- und meinungsstarke Mitbürgerinnen und Mitbürger anzuerkennen.

Die Handlungsfelder des Aktionsplans sind:

- **Chancengerechtigkeit durch Bildung:** In diesem Handlungsfeld geht es vor allem um die Reform des Elementarbereiches und der Schule, um eine frühe und individuelle Förderung der Kinder unabhängig von ihrer sozialen

Herkunft zu gewährleisten. Dabei sollen Bildung, Erziehung und Betreuung in allen Bereichen zur Förderung aller Kinder gestärkt und als Einheit verstanden werden.

- **Aufwachsen ohne Gewalt:** Im November 2000 wurde mit dem »Gesetz zur Ächtung von Gewalt in der Erziehung« ein wichtiger Schritt zur Kindergerechtigkeit und zur deutlichen Einschränkung des Machtbereichs von Erwachsenen getan. Im Nationalen Aktionsplan finden sich konkrete Vorschläge zur Umsetzung und Unterstützung einer gewaltfreien Erziehung vor allem in den Familien. Erarbeitet werden Schulungsprogramme für Eltern, aber auch Präventionsprogramme an Schulen. In diesem Zusammenhang geht es auch um Maßnahmen gegen die Vernachlässigung von Kindern im häuslichen Bereich.
- **Förderung eines gesunden Lebens und gesunder Umweltbedingungen:** Die bestmögliche Förderung der Gesundheit wird als zentrales Recht von Kindern bezeichnet. Ein Schwerpunkt liegt deshalb auf der Vermeidung neuer gesundheitlicher Risiken und der Stärkung von ganzheitlicher und interdisziplinärer Gesundheitsförderung.
- **Beteiligung von Kindern und Jugendlichen:** Im Nationalen Aktionsplan heißt es, dass Kinder und Jugendliche ein Recht auf Beteiligung hätten und die Möglichkeit haben müssten, ihre Interessen, Hoffnungen, Ängste, Wünsche einzubringen. Davon ausgehend, schlägt der Nationale Aktionsplan Instrumente zur effektiven Beteiligung von Kindern und Jugendlichen vor.
- **Entwicklung eines angemessenen Lebensstandards für alle Kinder:** Die Herstellung und Wahrung eines ausreichenden Lebensstandards für alle Kinder wird als gesamtgesellschaftliche Aufgabe bezeichnet. Das könnte ein dringend nötiges Umdenken verantwortlicher Kräfte initiieren. Gegen die sich deutlich ausbreitende Armut von Kindern sollen Maßnahmen in der Sozial-, Bildungs-, Gesundheits-, Arbeitsmarkt- und Wirtschaftspolitik umgesetzt werden.
- **Internationale Verpflichtungen:** Dieses Handlungsfeld ist auch für die 1. World Vision Kinderstudie wichtig, weil nach wie vor etwa ein Drittel aller Kinder und Jugendlichen auf der Welt in absoluter Armut leben. Die Bundesregierung verpflichtet sich hier, insbesondere zu einer signifikanten Reduzierung von Armut beizutragen und den besonderen Schutz von Kindern zu gewährleisten.

Für die Kinderpolitik sind alle Handlungsfelder von Bedeutung. Besonders interessant im Sinne einer »Politik von Kindern« ist natürlich der vierte Punkt zur Beteiligung mit seiner angestrebten Verankerung von Kinder- und Beteiligungsrechten in Lehrplänen und Ausbildungs- und Studienordnungen. Da von der Bundesregierung beabsichtigt ist, »die Umsetzung dieses Nationalen Aktionsplanes konzentriert zu steuern und den Plan in die bestehenden Strukturen und Instrumente der Kinderpolitik in Deutschland einzubinden«, ist das Papier als Dokument für die Neuausrichtung der Kinderpolitik in Deutschland bemerkenswert. Wahrscheinlich zum ersten Mal wird in einem Regierungsdokument davon gesprochen, die Beteiligungsrechte der jüngsten Generation »als selbstverständlichen Bestandteil der demokratischen Kultur unserer Gesellschaft zu akzeptieren«. Und noch auffälliger, es wird darauf hingewiesen, dieser Prozess müsse »mit entsprechenden Strukturen und mit einer neuen Austarierung von Machtverhältnissen zwischen den Generationen verbunden« sein.

So wichtig dieses Dokument in seiner konzeptionellen Ausrichtung ist, in der realen Politik einerseits und im konkreten Alltag vieler Kinder andererseits hat es bis heute kaum Spuren hinterlassen. Kinderrechte haben in Deutschland nach wie vor einen schweren Stand, und die Beteiligung von Kindern an Entscheidungsprozessen sei es in Familien oder in Schulen ist in der öffentlichen Meinungsbildung ein umstrittenes Thema. Nach wie vor gibt es zahlreiche Vertreter, die eher für eine Unterordnung der Kinder plädieren und überkommene Machtverhältnisse zwischen Kindern und Erwachsenen stärken wollen.

Hier ist demnach immer noch fachliche und politische Aufklärung nötig. Wenn es Kindern weiterhin verwehrt wird, sich als Gesellschaftsmitglieder zu verstehen und sich als selbstwirksam in Entscheidungsprozessen zu erfahren, bleibt ein kindergerechtes Deutschland eine Utopie. Wie die 1. World Vision Kinderstudie zeigt, nehmen die meisten Kinder ihre Lebenssituation sehr sensibel, äußerst wach und durchaus selbstbewusst wahr. Sie haben eigene Vorstellungen von dem, was in der durch Erwachsene beherrschten Politik getan werden sollte. Zugleich zeigen sie ein großes Bedürfnis nach der Mitgestaltung ihrer Lebenswelt. Sie trauen sich zu, auf ihre Weise selbst »Politik« zu machen. Wollen wir eine kindgerechte Gesellschaft, dann sollten wir unbedingt auf die Ideen und Wünsche der Jüngsten eingehen und sie in verschiedene Entscheidungsprozesse mehr als symbolisch integrieren.

8.2 Die Verantwortung des »ganzen Dorfes« aktivieren

Wie sieht eine Kinderpolitik aus, der es gelingt, im Sinne der Programmatik des oben zitierten Sprichwortes die Verantwortung des »ganzen Dorfes« für die Entwicklung von Kindern zu aktivieren? Wichtige Hinweise darauf gibt die international vergleichende Studie des Kinderhilfswerks der Vereinten Nationen (UNICEF) zur Situation der Kinder in Industrieländern (2007). Wie in Kapitel 1 schon dargestellt, wurde für diesen Bericht ein international vergleichbares Instrument für die Feststellung und Bewertung des Wohlbefindens von Kindern entwickelt, das mit den politischen Rahmenbedingungen eines Landes in Verbindung gebracht werden kann. Werden die Indikatoren aus diesem Kriterienkatalog angelegt, dann schneiden die Kinder in Deutschland, gemessen an ihrem Wohlbefinden, im internationalen Vergleich mit einem mittleren Platz recht bescheiden ab.

Ebenso wie bei den internationalen schulischen Leistungsvergleichen waren die meisten Expertinnen und Experten in Deutschland auch vom Ergebnis dieses kinderpolitischen Vergleichs überrascht und enttäuscht. Beide Studien sind sehr aussagekräftig. Denn in der UNICEF-Studie werden, ähnlich wie in den PISA-Untersuchungen, Äußerungen und Leistungen von Kindern als maßgebliches Kriterium für die Bewertung der jeweiligen Politik herangezogen – ein Maßstab, gegen den es keine vernünftigen Einwände geben kann. Die anfängliche Kritik an der methodischen Aussagekraft dieser Vergleichsstudien ist deshalb auch verstummt. Den Ergebnissen nach, daran ist nun einmal nicht zu rütteln, sind in Deutschland in den letzten Jahrzehnten sowohl in der Bildungspolitik als auch in der Kinderpolitik strukturell unzureichende Entscheidungen vorgenommen worden.

Wie für die vielen Akteure in der Bildungspolitik, so ist auch für die in der Kinderpolitik Akitven diese Entwicklung enttäuschend. Denn vom Engagement und Gesamteinsatz an Potenzialen und Ressourcen her brauchen wir uns im internationalen Vergleich wahrlich nicht zu verstecken. Wir verfügen über eine sehr lange Tradition der »Politik für Kinder«, bei der Erwachsene als Eltern, Erzieher, Pädagogen, Sozialarbeiter, Psychologen, Pflegekräfte, Ärzte, Vereinsvorsitzende und Politiker die Lebenswelt von Kindern so zu gestalten zu versuchen, dass sie nach ihrem Dafürhalten die Bedürfnisse der noch nicht Erwachsenen erfüllen. An einem breiten Einsatz für das fürsorgliche und anwaltschaftliche Handeln von Erwachsenen in einflussreichen und mächtigen Positionen fehlt es in Deutschland nicht. Wo aber möglicherweise das entscheidende Problem der strukturellen Ausrichtung der bisherigen Politik für Kinder liegt, das hat der Bericht der UNICEF in unzweideutiger Weise herausgearbeitet.

Der Autor der deutschen Hintergrundstudie, Hans Bertram, bringt die entsprechende Kritik auf den Punkt. Nach seinen Worten hat es Deutschland im Unterschied zu den Ländern, die bei der internationalen Vergleichsstudie zum Kindswohl deutlich besser abschneiden, versäumt, die Politik für Kinder als eine Aktivität anzulegen, die möglichst alle Institutionen und Bereiche der Gesellschaft einbezieht. Übertragen wir das Bild vom »ganzen Dorf« auf Deutschland, müssen wir sagen: Die politischen Strukturen bei uns unterstellen nach wie vor, dass es heute Müttern und Vätern gelingt, alle Entwicklungs- und Lernimpulse aus dem Umfeld der Familie so zu koordinieren und zu bündeln, dass dabei positive Effekte für das eigene Kind erzielt werden. Dabei wird übersehen, wie strukturell begrenzt die Möglichkeiten der heutigen Kleinfamilie sind, diese Vermittlungsaufgabe zu leisten: Die meisten Familien sind sehr klein geworden. Viele Eltern sind durch die schulischen Anforderungen ihrer Kinder überlastet. Immer mehr Eltern sind berufstätig. Viele Paarbeziehungen gehen auseinander. Ein weit verzweigtes verwandtschaftliches Netzwerk ist nicht mehr typisch.

Eine koordinierende Instanz, um die verschiedenen Entwicklungsimpulse von Kindern aufeinander abzustimmen, kann die Familie unter diesen Umständen alleine oft nicht mehr sein. Es gibt aber auch keine andere Instanz, die die Familien hierbei wirkungsvoll unterstützen kann. Vielmehr haben sich voneinander abgeschottete Institutionen gebildet, die jeweils ihrer Systemlogik folgend Teilaufgaben für die Förderung der Entwicklung von Kindern übernommen haben: Kindergarten und Schule, Einrichtungen der Kinder- und Jugendhilfe, des Gesundheitssystems, des Freizeitbereichs und der Stadtplanung. Diese könnten deutlich besser miteinander verzahnt werden. So würde das Kind umfassend in seiner individuellen Bildungsbiografie begleitet und Eltern könnten entlastet werden.

Oberstes Ziel der »Politik für Kinder« sollte demnach sein, an die Verantwortung der ganzen Gemeinschaft für das Wohlergehen ihres Nachwuchses zu appellieren (Hauwer/Brown/Prosser 1997; Lüscher 2001; Moore 1995; Qvortrup et al. 1994). In den Niederlanden und den skandinavischen Ländern, die bei der internationalen Vergleichsstudie von UNICEF besonders gut abschnitten, ist in den letzten Jahrzehnten besonders intensiv in diese bürgerschaftliche Infrastruktur investiert worden. Das zahlt sich für die Kinder aus, und es gibt auch den Familien – entgegen vielfältiger Befürchtungen traditioneller Kreise in Deutschland – einen sicheren Platz im Gesamtgefüge des Entwicklungsumfeldes für Kinder (Bertram 2006).

Nicht nur in Deutschland, sondern auch in den anderen im kinderpolitischen Vergleich schlecht positionierten Ländern, besonders in Großbritannien und den USA, ist es laut UNICEF nicht ausreichend gelungen, Familien vor der Abschottung, der Segregation in bestimmten gesellschaftlichen und räumlichen Bereichen der Kommune, zu bewahren.

Die Auswirkungen solcher Abschottungen sind für die Kinder verhängnisvoll. Wie die Ergebnisse der vorliegenden 1. World Vision Kinderstudie zeigen, gehören in Deutschland Kinder aus Familien mit niedrigem sozio-ökonomischen Status und dabei insbesondere Kinder aus Migrantenfamilien zu den besonders Benachteiligten. Ihre Familien schaffen es wegen ihrer begrenzten materiellen und immateriellen Ressourcen nicht, den Kindern das nötige Maß an Halt und Anregung zu geben. Und sie schaffen es wegen ihrer sozialen und kulturellen Isolation unglücklicherweise auch nicht, die Koordinationsleistungen des »ganzen Dorfes« abzurufen und für ihre Kinder zu erschließen. Aufgrund ihrer Bildungsferne und ihrer schwachen Einbindung sind die Kinder aus diesen Familien aber ganz besonders dringlich darauf angewiesen, auf eine ihren Bedürfnissen und Interessen entsprechende Lebensumwelt in Kindergarten, Schule, Freizeiteinrichtungen, Vereinen und Gesundheitssystem zugreifen zu können. Hier herrscht dringender Handlungsbedarf, weil die Zahl dieser Familien steigt und damit immer mehr Kinder an den Rand der Gesellschaft gedrängt werden.

Ausgehend von den Erkenntnissen aus der 1. World Vision Kinderstudie möchten wir deshalb die folgenden Felder für eine zukunftsorientierte »Politik für Kinder« in Deutschland besonders betonen: Kinderpolitik als Kampf gegen Armut, als Unterstützung von Familien, als Etablierung von Erziehungs- und Bildungspartnerschaften, als umfassende Bildungspolitik sowie als Freizeit- und Gesundheitspolitik.

Kinderpolitik als Kampf gegen Armut

Die vorliegende Studie dokumentiert die verheerende Wirkung der sozialen Geißel »Armut« für die Entwicklung von Kindern. In Deutschland sind heute fast mehr Kinder von relativer materieller und sozialer Benachteiligung betroffen als in den Aufbaujahren der Nachkriegszeit. Eine Politik für Kinder hat demnach in erster Linie die Aufgabe, Kinder vor Unterversorgung zu bewahren und sie mit denjenigen Ressourcen auszustatten, die in unserem Kulturkreis als zumindest durchschnittlich gelten.

Wie unsere Erhebung zeigt, leiden besonders die Kinder aus benachteiligten Haushalten unter der seit Jahrzehnten immer weiter auseinanderklaffenden Schere der Einkommensverhältnisse, die statistisch auch vom Bundesministerium für Arbeit und Soziales (2005) im Armuts- und Reichtumsbericht konstatiert wird. Trotz vielfältiger Transferzahlungen sind Familienhaushalte von der Wirtschaftskrise um die Jahrtausendwende extrem stark belastet. Im Unterschied zu Haushalten ohne Kinder sind vor allem Familien Alleinerziehender, solche mit mehr als zwei Kindern und solche mit einem Migrationshintergrund massenhaft in die relative Armut abgerutscht. Für ein reiches Land im Zentrum Europas ist das ein sowohl sozialpolitisches als auch familienpolitisches »Armutszeugnis« (Klocke/Hurrelmann 2001).

Armut von Eltern wirkt sich, wie unsere Studie schonungslos offenlegt, keineswegs nur auf die ökonomische Benachteiligung von Kindern aus, die sich auf Einschränkungen in der Kleidung, Verzicht bei der Freizeitgestaltung und dem Konsum und Verschlechterung von Nahrung und Lebensmitteln auswirkt. Von Armut gezeichnete Familienhaushalte sind vielmehr auch in ihrem Familienklima negativ betroffen, und zwar dann, wenn es Eltern nicht gelingt und sie nicht die Energie haben, sensibel auf die aus der Armutssituation resultierenden Probleme ihrer Kinder einzugehen. Stattdessen kommen zu den ökonomischen Problemlagen häufig zusätzliche Spannungen zwischen den Partnern hinzu.

Von Armut betroffene Kinder erfahren deshalb das geringere Anregungspotenzial in der familiären Erziehung. Dies wirkt sich besonders gravierend im Vergleich zu der Menge und Vielfalt der sprachlichen Anregung, der bildungsbezogenen Aktivitäten zusammen mit den Eltern und der stimulierenden Tätigkeiten und Handlungsspielräume der Kinder aus anderen Herkunftsmilieus aus. Frühe Deprivationserfahrungen scheinen, so lässt sich an unseren Untersuchungsbefunden ablesen, die kindliche Kompetenzentwicklung in einer entscheidenden Phase zu belasten. Sie setzen gleichzeitig auch eine ungünstige Familiendynamik in Gang, die zur Kumulation von negativen Erfahrungen und Entmutigungen der Kinder führt. »Fehlen stimulierende Erfahrungen im Kontext der Familie, so scheint dies vor allem dann ins Gewicht zu fallen, wenn keine Alternativressourcen durch qualitätsreiche Fremdbetreuung oder auch Anregungen seitens der Schule verfügbar sind« (Walper 2008, S. 243).

Wie die Ergebnisse unserer Studie insgesamt zeigen, bringt Armut für Kinder erhebliche Nachteile in vielen Entwicklungsbereichen. Im Wesentlichen fehlen ihnen Möglichkeiten, ihren Fähigkeiten und Interessen gemäße Entscheidungen zu treffen, etwa zwischen verschiedenen Freizeitaktivitäten. Außerdem ist ihr Alltag durch einen Mangel an Verwirklichungschancen gekennzeichnet (Volkert 2005). Insbesondere sind viele betroffene Kinder von der Beeinträchtigung ihrer Sprach- und Intelligenzentwicklung sowie ihrer kognitiven Leistungsfähigkeit betroffen (Beisenherz 2002; Butterwegge et al. 2004; Mansel/Neubauer 1998). Einschränkungen durch Armut wirken sich auch nach unseren Befunden drastisch auf den schulischen Erfolg aus. Schon die Ergebnisse der PISA-Studie belegten, dass der sozioökonomische Hintergrund der armen Familien entscheidenden Einfluss auf die niedrige schulische Kompetenzentwicklung der Kinder hat, und zwar im deutschen Schulsystem mehr noch als in anderen Ländern (Baumert/Schümer 2001). Die Kinder sind auch benachteiligt, wenn es um die Notengebung in der Grundschule und um die Übertrittsempfehlungen der Lehrerinnen und Lehrer am Ende der Grundschule geht (Ditton 2004).

Aus der Sicht von Kindern ist Armut demnach nicht nur eine Frage der materiellen Sicherung, sondern auch der liebevollen Zuwendung der Eltern, der sozialen Sicherheit, der Beständigkeit von Freundschaften, der Chancen im Bildungssystem und der verantwortlichen Unterstützung durch Professionelle. Armut lähmt die Kräfte, um die Unterstützung des »ganzen Dorfes« zu aktivieren. In der Folge kann es zu einem Mangel an Möglichkeiten und stimulierenden Anreizen für die Herausbildung eines stabilen Selbstbewusstseins und positiven Selbstbildes kommen, was sich wiederum nachteilig auf die Herausbildung und Weiterentwicklung von Fähigkeiten, Kompetenzen, Interessen und Neigungen niederschlagen kann (Chassee/Zander/Rasch 2005).

Kinderpolitik als Unterstützung der Familien

Familienpolitik für Kinder, so zeigen die hier herausgearbeiteten Befunde, muss in ein umfassendes Programm der Politik für Kinder einbezogen werden, auch und gerade im wichtigen und empfindlichen Sektor der Vermeidung materieller Defizite. Für eine kindgerechte Einschätzung der Auswirkungen von Armut ist nicht nur die materielle Lage des Haushaltes von Bedeutung, sondern vor allem die gesamte Lebenssituation des Kindes. Eine rein auf das Familieneinkommen bezogene Armutsdefinition geht ebenso an der Lebenswelt der Kinder vorbei wie eine nur auf finanziellen Transfer gerichtete Familienpolitik.

Um die Entwicklungs- und Teilhabechancen der benachteiligten Kinder wirklich zu verbessern, ist die Grundversorgung in den Bereichen Wohnung, Nahrung, Kleidung ebenso wichtig wie im Bereich der intellektuellen, sprachlichen und sozialen Entwicklung und Bildung; im sozialen Bereich der Kontakt zu Freunden, Gleichaltrigen und nachbarschaftlichen Netzwerken und im psychophysischen Bereich die Sicherung der körperlichen und seelischen Gesundheit. Die vorliegende Studie gehört zu den wenigen Ansätzen, welche die Perspektive der Kinder selbst auf diese Zusammenhänge nah am Kind erfassen. Wie sich besonders an einzelnen Porträts (Kapitel 7) zeigt, strahlt die materielle Benachteiligung nach Einschätzung der Kinder sehr deutlich auf ihre Selbsteinschätzung, ihr Selbstbild und ihr Wohlbefinden aus.

Aus unserer Sicht ist Kinderpolitik als Unterstützung des familiären Umfeldes mit folgenden Entscheidungen konfrontiert: Sie muss den Versuch unternehmen, die Eltern von den wachsenden Anforderungen des Berufslebens so abzuschirmen, dass ihnen Freiräume für Zeit und Kontinuität im Umgang mit den Kindern bleiben. Sie muss auf die Qualität in Betreuungs- und Bildungseinrichtungen achten, das Selbstverständnis für Beratung und Unterstützung deutlich machen, das Bewusstsein für Erziehungspartnerschaften wecken und entschiedene Maßnahmen gegen Gewalt und Vernachlässigung in der Familie einleiten.

Das Zuwendungsdefizit überwinden

Der UNICEF-Kinderbericht hat als zentrale Dimension der Familienpolitik für Kinder die Beeinflussung der Qualität der Beziehungen zwischen Eltern und Kindern hervorgehoben (UNICEF 2007). Dies ist für die Einschätzung der deutschen Ergebnisse wichtig, gibt es doch nach unserer Studie eine erschreckend große Gruppe von Kindern, die gerade die Qualität der Beziehung zu den Eltern problematisieren. Daraus ist Folgendes zu schließen: Ganz offensichtlich ergibt sich kein Vorteil für die Qualität der Eltern-Kind-Beziehung, wenn Eltern nur in einem sehr begrenzten Ausmaß bei der Erziehung und Betreuung ihrer Kinder durch öffentliche Einrichtungen unterstützt werden, wie es in Deutschland Tradition ist.

Wie unsere Studie zeigt, leiden 13 % der Kinder unter einem Zuwendungsdefizit. Sie geben an, ihre Beziehung zu den Eltern leide durch den Mangel an Zeit, Gesprächen und gemeinsamen Aktivitäten stark oder sogar sehr stark. Hierbei sind es bemerkenswerterweise vorrangig die Kinder, deren Eltern nicht hinreichend in den Arbeitsmarkt eingebunden sind, die hierüber klagen. Eine regelmäßige Erwerbstätigkeit der Eltern stabilisiert hingegen, auch im Kontext einer Nutzung von verlässlichen institutionellen Betreuungsangeboten, die Familie und fördert deren Möglichkeiten, die verfügbare gemeinsame Zeit sinnstiftend und persönlich befriedigend zu nutzen.

In Kapitel 1 hatten wir von einem Modernitätsrückstand der Familienpolitik in Deutschland gesprochen. Dafür gibt es zahlreiche Indizien: Erst seit zehn Jahren wird zaghaft darüber diskutiert, ob der Besuch eines Kindergartens vor dem Eintritt in die Pflichtschule nicht doch ein sinnvoller und verpflichtender Bestandteil eines modernen Erziehungssystems sein könnte. Erst seit 2001 gibt es einen Rechtsanspruch der 3- bis 6-jährigen Kinder auf einen Kindergartenplatz, wenn auch nur für drei Vormittagsstunden. Erst seit 2003 gibt es einen Vorstoß der Bundesregierung, zur Ergänzung des Vormittagsunterrichtes Nachmittagsangebote im deutschen Schulsystem zu verankern. Inzwischen sind durch das »Investitionsprogramm Zukunft für Bildung und Betreuung« immerhin etwa 6000 Ganztagsschulen aus- oder aufgebaut worden. Erst seit 2006 ist eine Diskussion darüber entstanden, ob es nicht im öffentlichen und im Interesse der Eltern und der Kinder läge, wenn auch die unter 3-Jährigen bei Bedarf ein hochwertiges Betreuungs- und Erziehungsangebot in Kinderkrippen erhielten.

Familien ergänzende Betreuung stärken!

Im internationalen Vergleich gehört Deutschland immer noch zu den Ländern mit einer sehr kleinen Quote von Kindern, die Kinderkrippen besuchen. Auch im Kindergartenbereich, für die 3- bis 5-Jährigen, werden bei uns nur relativ begrenzte Zeiten außerhalb der Familie verbracht. In dieser geringen Versorgung mit Betreuungs- und Erziehungsangeboten außerhalb der Familie drückt sich die bereits angesprochene Familienfixierung der Erziehungs- und Kinderpolitik aus. Inzwischen sind durch die Bundesregierung und die Landesregierungen die Weichen deutlich umgestellt worden, sodass in einigen Jahren sowohl im Vorschulbereich als auch im Schulbereich mit einem deutlich besseren Angebot an Betreuungsplätzen am Vormittag und am Nachmittag gerechnet werden kann.

Auf einen wichtigen Befund unserer Studie möchten wir an dieser Stelle aufmerksam machen: Die Qualität der Beziehungen ebenso wie die Qualität der gemeinsam verbrachten Zeit von Kindern und Eltern ist nicht durch eine außerfamiliale Ganztagsbetreuung von Kindern gefährdet. Es ist falsch, wenn behauptet wird, Kinder würden per se darunter leiden, wenn sie als Kleinkinder mehrere Stunden des Tages in Krippen, als Kindergartenkinder im Ganztagskindergarten oder als Grundschulkinder in der Ganztagsschule verbringen.

Die wichtigen Forschungsergebnisse dazu zeigen vielmehr Folgendes auf: Krippen benötigen einen hervorragenden Betreuungsschlüssel, damit Säuglinge und Kleinkinder in kleinen Gruppen und mit stabilen Betreuungspersonen ein sicheres und anregendes Umfeld erhalten. Sie benötigen Eltern, die sich die Zeit nehmen, den Übergang mit ihnen in Ruhe zu gestalten, und die ebenfalls die Zeit haben, die verbleibenden Stunden im häuslichen Umfeld intensiv mit ihrem Kind zu verbringen. Das heißt, Eltern sind ihrerseits auf Arbeitsverhältnisse angewiesen, die ihnen diese Zeit im Arbeitsalltag einräumen, sie benötigen Wohnungen, die ihnen den Alltag erleichtern, und sie brauchen Gelegenheit, ein stützendes Netzwerk vorzugsweise im Stadtteil aufzubauen (siehe auch NICHD 2005).

Auch für die Betreuung von Kindern im Kindergarten sowie für die Auswirkungen von Ganztagsschulen liegen klar interpretierbare Forschungsergebnisse vor, die für eine Ergänzung der Familienbetreuung durch öffentliche Einrichtungen sprechen. Sie sind zum Beispiel in den bereits erwähnten Nationalen Aktionsplan mit eingeflossen. Dort wird explizit auf das »Investitionsprogramm Zukunft Bildung und Betreuung« verwiesen, ebenso wie auf anstehende Reformen des Elementarbereichs.

Halten wir fest: Eine Orientierung an wissenschaftlichen Ergebnissen ist für eine moderne Kinderpolitik ebenso wie für die Familienpolitik notwendig, nicht zuletzt um ideologischen und populistischen Diskussionen entgegenzutreten und einfache Schuldzuweisungen abzulehnen. Die wissenschaftliche Absicherung ist auch anzuraten, um die Kinderpolitik als Querschnittsaufgabe zu etablieren. Nicht zu leugnen ist, dass eine individuelle Förderung von Kindern, die notwendige Vernetzung aller beteiligten Institutionen, der Ausbau von Ganztagseinrichtungen, die so wichtige Sicherung einer hohen Qualität der Ausbildung von Professionellen und die beste Qualität der Institutionen Krippe, Kindergarten, Schule, Kinder- und Jugendhilfe nicht kostenneutral zu erreichen sind. Eine Politik für Kinder muss auf diesem Sektor bereit sein, Geld in die Hand zu nehmen und damit in die Zukunft der ganzen Gesellschaft zu investieren. Ohne wissenschaftliche Ausgangsstudien und sorgfältige Evaluationen der Wirkungen einzelner Handlungsschritte macht das keinen Sinn.

Elternbildung und Elternberatung

Insgesamt benötigen Eltern, egal welcher sozialen Schicht sie entstammen, welchen Bildungshintergrund und welchen beruflichen Werdegang sie haben, an verschiedenen Punkten ihres Familienlebens Beratung. Viele Eltern haben zum Beispiel eine Unterstützung im Umgang mit dem Medienverhalten ihrer Kinder oder eine Bildungsberatung nötig. Diese Beratungsangebote müssen im Interesse einer Kinderpolitik niedrigschwellig, gut erreichbar, anspruchsvoll und orientiert an den verschiedenen Bedürfnissen sein. Häufig wird in diesem Zusammenhang symbolisch von einem »Elternführerschein« gesprochen – einem Zertifikat über die Vermittlung von Kenntnissen zur »Kinderführung« und zur Gestaltung der familiären Kommunikation nach Regeln, die dem Kinde zugute kommen. Die entsprechenden Angebote und Ausbildungen könnten von den bereits bestehenden Ehe- und Familienberatungsstellen und den Elternbildungsstellen durchgeführt werden. Sie sollten für jeden zugänglich und kostengünstig sein (Liegle 2006, S. 87). Die entsprechenden Beratungen und Fortbildungen für Eltern könnten auch mit dem Eintritt in den Kindergarten und dem Eintritt in die Grundschule verbunden werden. Auf diese Weise würden die Beratungs- und Unterstützungsangebote im Sinne einer »Erziehungspartnerschaft« gewertet werden können.

An der Erziehung von Kindern sind, wie das oben zitierte afrikanische Sprichwort sehr anschaulich untermalt, nicht nur die Eltern, sondern auch viele andere Personen beteiligt. In hochentwickelten Gesellschaften nimmt der Anteil von Bildungsprozessen zu, der aus dem Elternhaus verlagert und in spezielle Institutionen hineingetragen wird. Bei den stark benachteiligten Familien liegt hierin die Chance, ergänzende und ausgleichende Impulse zur Kompensation von möglichen Defiziten zu gewähren. Aber auch bei den gut funktionierenden Familien ist es heute in allen Ländern der Welt typisch, ein sehr hohes Ausmaß von Lern- und Entwicklungsimpulsen nicht nur durch die Eltern, sondern durch professionelle Erzieherinnen und Erzieher in Kindertagesstätten oder durch professionelle Pädagoginnen und Pädagogen in Grundschulen und weiterführenden Schulen durchführen zu lassen. Hierin drückt sich die Verantwortung der Gesellschaft, also der gesamten sozialen Gemeinschaft, insbesondere für die möglichst umfassende Bildung des gesellschaftlichen Nachwuchses aus.

Erziehungspartnerschaft als Bildungspartnerschaft

Kommt es zu der stärkeren Beteiligung von professionell geleiteten Erziehungs- und Bildungseinrichtungen, dann sind Erziehungsziel und Erziehungspraktiken von Eltern auf der einen und professionellen Erziehern und Pädagogen auf der anderen Seite auf das engste miteinander abzustimmen. Zwischen den Eltern und den Berufserziehern ist eine »Bildungs- und Erziehungspartnerschaft« einzuleiten. Es geht darum, private und öffentliche Verantwortung für die Betreuung und Erziehung von Kindern gemeinsam zum Wohl der Kinder wahrzunehmen (Liegle 2006, S. 135). Die unterschiedlichen Potenziale der an der Erziehung beteiligten Akteure müssen in ihren jeweiligen Stärken genutzt werden. Das ist nur möglich, wenn Erzieher und Eltern in einen regelmäßigen Dialog eintreten, um in einem abgestimmten Bündnis die Kinder gemeinsam in ihrer Entwicklung zu begleiten und zu unterstützen (Alt 2007; Bertelsmann-Stiftung 2006).

Erziehungspartnerschaften sind durch das Kinder- und Jugendhilfegesetz (§ 22,3) geregelt. Dort heißt es eindeutig, dass die in den Einrichtungen tätigen Fachkräfte und anderen Mitarbeiter mit den Erziehungsberechtigten zum Wohl der Kinder zusammenarbeiten sollen. In der Praxis aber sieht es hiermit noch nicht befriedigend aus. Das gilt auch für den Schulbereich. Von einer wirklichen Bildungs- und Erziehungspartnerschaft sind wir in Deutschland meilenweit entfernt. Die unterschiedlichen Rollen von Eltern und von Pädagogen oder von sonstigen pädagogisch tätigen Personen sind nicht miteinander vermittelt. Die Akzeptanz der jeweiligen Kompetenzen, das Wissen um die Lebens- und Arbeitsbedingungen, die gegenseitige Toleranz bei voneinander abweichenden Vorstellungen für Betreuung und Erziehung – alles dieses wird bisher zu wenig thematisiert und diskutiert. Ziel muss es sein, die Fachlichkeit der Erzieherinnen im Kindergarten und der Lehrer in der Schule so deutlich werden zu lassen, dass sie von den Eltern als Hilfe akzeptiert und im Sinne einer Chance zur besseren Entfaltung des Potenzials der Kinder auch aktiv genutzt wird. Dazu ist die Qualifizierung der Erzieherinnen und Lehrkräfte so zu verbessern, dass sie in Elternberatung und Elternarbeit eingeht. Die Fachkräfte müssen in der Lage sein, Eltern als »natürliche« Experten für die Erziehung ihrer Kinder anzuerkennen, die Eltern wiederum müssen dazu bereit sein, die fachliche Kompetenz der Erzieherinnen und Erzieher nicht infrage zu stellen (BMFSFJ 2006; Liegle 2006).

Das konzeptionelle Leitbild des »ganzen Dorfes« kann auch hier für die Weiterentwicklung hilfreich sein. Nicht nur die Kinder aus Elternhäusern, in denen wenige Bildungs- und Erfahrungsimpulse gegeben werden, können von einer Erweiterung ihres Umgangsfeldes und der entsprechenden sozialen Herausforderungen in einem öffentlichen Raum profitieren. Durch die Fixierung von Erziehungsprozessen auf den familiären Bereich werden gegenwärtig in Deutschland die Entwicklungsmöglichkeiten von allen Kindern nicht optimal genutzt.

Politik gegen Kindervernachlässigung

In den letzten Jahren häufen sich schreckliche Fälle von Kindesmisshandlung und tödlicher Vernachlässigung. Seit dem Tod des zweijährigen Kevin aus Bremen 2006 läuft eine öffentliche Debatte über die Möglichkeiten und Grenzen des Staates, das Elternrecht zu begrenzen, um das Wohl des Kindes zu sichern. Schon der 11. Kinder- und Jugendbericht von 2002 enthielt den Appell, das Aufwachsen von Kindern und Jugendlichen stärker als bisher in öffentliche Verantwortung zu übergeben. Manche Eltern benötigen mehr als Beratung, sie benötigen elementare Hilfen bei der Organisation ihres Alltags mit Kindern. Sie müssen über Ernährung, Bewegung oder Tagesgestaltung, andere über Umgangsformen und Leistungsförderung beraten werden. Wieder anderen Vätern oder Müttern ist deutlich zu machen, dass Gewalt gegen Kinder kein legitimes Erziehungsmittel ist. Hier setzen Fragen an, wie gewaltfreie familiäre Erziehungsstile zu vermitteln sind.

Eine kleine Gruppe von Eltern, vielleicht ein bis zwei Prozent insgesamt, ist so stark belastet und erziehungsunfähig, dass ihr Kontakt zum Kind eingeschränkt werden muss. Der Anteil dieser Eltern, die mit der Betreuung und Erziehung und der dafür grundlegend wichtigen Beziehungsgestaltung überfordert sind, wächst deutlich an – sei es im Zusammenhang mit wirtschaftlichen Schwierigkeiten, wegen Problemen in der Paarbeziehung, einem sehr geringen Bildungsgrad, Alkohol- und Drogenproblemen oder anderen seelischen und körperlichen Dauererkrankungen. Zu einer wirkungsvollen Familienpolitik für Kinder gehört, diesen Familien ein gezieltes Unterstützungsangebot zu unterbreiten, um ihre Kompetenzen der Beziehungsgestaltung so weit wie möglich zu verbessern oder zu stabilisieren, sie aber auch aus der Beziehung zu ihren Kindern herauszunehmen, wenn den Kindern Schaden zugefügt wird. Wichtig ist in diesem Zusammenhang auch der Ausbau der Beratung für werdende Mütter und Väter, die verbindlich mit den Vorsorgeuntersuchungen für Schwangere verknüpft werden sollten, und die verpflichtende Früherkennung von Störungen der Entwicklung im Rahmen der Kinderarzt-Untersuchungen. Hierzu haben einige Bundesländer schon wirkungsvolle Regeln eingeführt.

Bildungspolitik für Kinder

Zur Politik für Kinder gehört die Bildungs- und Schulpolitik. Deutschland gehört zu den Ländern, in denen nach den internationalen Vergleichsstudien die soziale Herkunft einen besonders großen Einfluss auf den Bildungserfolg in Schulen hat (Baumert/Schümer 2001). Entsprechend wichtig sind Bildungsimpulse, die unabhängig von den Elternhäusern gegeben werden. Je früher Kinder in altersangemessene Bildungsprozesse in möglichst vielen verschiedenen Lebensbereichen eingebunden werden, um so eher sind sie später in der Lage, ihr eigenes Leben zu gestalten und den gesellschaftlichen und beruflichen Entwicklungsanforderungen gerecht zu werden. Die Metapher des »ganzen Dorfes« passt auch hier.

Bildung ist eine Investition in die Zukunft der Gesellschaft, die über die Investition in die Kompetenzen der Kinder (Investition in »humanes Kapital«) erfolgt. Bildung ist dann erfolgreich, wenn sie zu einer intensiven Selbstbildung beiträgt, also jedes einzelne Kind in seinen Fähigkeiten unterstützt, sich mit den alltäglichen Lebensanforderungen auseinanderzusetzen, Entwicklungsproblemen gerecht zu werden und ein großes

Ausmaß von Selbständigkeit, Leistungsfähigkeit und sozialer Verantwortungsfähigkeit zu erreichen. Nicht zuletzt muss die Gesellschaft auch Interesse daran haben, Bildung mit dem Ziel zu betreiben, die Entwicklung von Fähigkeiten zu fördern, an demokratischen Prozessen teilzuhaben und sich für die gesellschaftliche Entwicklung zu engagieren.

Alle diese Fähigkeiten müssen im öffentlichen Bildungsbereich und dabei möglichst im Einvernehmen mit den Eltern entwickelt werden. Günstig ist eine enge Kooperation mit der Familie, aber es kann auch notwendig sein, Kinder jenseits der Wünsche und Vorstellungen, die im eigenen Elternhaus prägend sind, zu fördern. Hierzu ist eine genaue Kenntnis der Bedürfnisse, Perspektiven und Fähigkeiten von Kindern notwendig, sodass die Bildungsimpulse daran ansetzen können. Manche Familien trauen es sich nicht zu, ihren Kindern Bildungswege zu eröffnen, die sie selber aus welchen Gründen auch immer nicht in Anspruch nehmen konnten. Ohne es zu beabsichtigen, beeinträchtigen sie auf diese Weise die Entwicklungsmöglichkeiten ihrer eigenen Kinder. Unsere Studie führt zahlreiche Beispiele hierfür an. Hierzu gehört aber auch, dass das Schulsystem aufgrund fehlender Durchlässigkeit Kindern häufig auch selber potenzielle Bildungschancen nimmt. Vieles spricht dafür, dass der in den internationalen Schulstudien für Deutschland immer wieder festgestellte Zusammenhang zwischen niedriger Herkunftsschicht und ungünstiger Schulübergangsempfehlung vor allem auf eine zu frühe Selektion im Verbund mit fehlender Zeit zur Förderung zurückzuführen ist.

Ziel einer Schulpolitik für Kinder muss es deshalb sein, die soziale Selektivität der Bildungsprozesse deutlich zu reduzieren. Dazu gehört eine gezielte Förderung der individuellen Leistungsfähigkeit jedes einzelnen Schülers. Das Ziel kann besser erreicht werden, wenn durch geeignete Schritte die Eigenständigkeit jeder Schule gestärkt wird. Dadurch wird sie zu einer pädagogischen Dienstleistungseinrichtung gemacht, welche in erster Linie auf die intellektuelle und soziale Entwicklung der ihnen anvertrauten Schülerinnen und Schüler zu achten hat. Schulen sollten von ihrem Charakter her soziale Systeme mit der Aufgabe der Beeinflussung und Veränderung persönlicher Kompetenzen ihrer Klienten durch professionell beauftragte Fachleute sein (»People Processing Organizations«). Die Lehrkräfte sind für die kognitive und soziale Erziehung und Bildung der Persönlichkeit der Schülerinnen und Schüler angestellt. Sie können ihre pädagogische Professionalität aber nur entfalten, wenn die Arbeitsbedingungen im organisatorischen und inhaltlichen Bereich so viele Freiheiten gestatten, dass auch wirklich eine pädagogische Arbeit an der Persönlichkeit der Kinder möglich ist. Durch hierarchisch aufgebaute und bürokratisch fest verriegelte Strukturen lassen sich diese Kompetenzen nicht entfalten, dazu sind flexible und individuelle Diagnose- und Förderprogramme notwendig.

Neben der Verstärkung der »Dienstleistungsmentalität« der Bildungsinstitution Schule ist die zeitliche und inhaltliche Erweiterung des schulischen Angebotes dringend notwendig. Deutschland und Österreich sind die einzigen hochentwickelten Länder der Welt, bei denen die schulische Bildungsarbeit noch auf den Vormittag fixiert ist. Hierdurch entsteht ein viel zu knappes Zeitkontingent für die Förderung der Entwicklung von Kindern, zumal durch die Umstellung von Familienstrukturen und Arbeitsbedingungen nur in den wenigsten Elternhäusern am Nachmittag eine familiäre pädagogische Betreuung zur Verfügung steht. Die Organisationsform des Nachmittagsangebotes in der Schule hingegen ermöglicht es, einen in sich abgestimmten Tagesrhythmus für Lern- und Entwicklungsimpulse für die Schülerinnen und Schüler zu entwickeln.

Auf diesem Wege ist es möglich, im Sinne der Umsetzung des Konzeptes des »ganzen Dorfes« in die Schule Fachkräfte und Repräsentanten des Gemeinwesens hineinzuholen, die vielfältige Anregungen und Impulse geben. So können Elterninitiativen, Vereine, Selbsthilfegruppen, Jugendämter, Kirchen und Wohlfahrtsverbände ebenso wie Theatergruppen und Musikbands sowie andere Initiativen aus Kunst und Kultur in das schulische Umfeld einbezogen werden. Hierdurch kann der Erfahrungsraum für Schülerinnen und Schüler stark erweitert werden. Eine Pluralität von Bezugspersonen und Berufsrollen, die Zusammenarbeit verschiedenster Berufsgruppen wie Lehrer, Schulpsychologen und Sozialpädagogen garantieren eine abwechslungsreiche Schülerbetreuung.

Die Mitarbeit von den Eltern und Repräsentanten aus der Gemeinde erweitert die Kommunikationsmöglichkeiten und die Lernmöglichkeiten der Kinder. Die Lehrkräfte, also die an der Schule angestellten Lehrerinnen und Lehrer, können durch diese neue Konstellation stärker als Moderator und Koordinator von Unterrichts- und Sozialaktivitäten in der Schule tätig werden. Zur Förderung von intellektuellen und sozialen Kompetenzen von Kindern sind das Einfühlungsvermögen der Lehrkräfte und eine gute Gesamtatmosphäre notwendig, zusätzlich auch ausgeprägte Partizipationsmöglichkeiten.

Die Vermittlung von demokratischen Grundkompetenzen in der Schule geschieht vor allem über Erfahrungen, Empathie und Kompromissfähigkeit, und diese muss von den Lehrkräften vorgelebt und in der Gleichaltrigengruppe und der Gruppendynamik verankert sein. Das Bereitsein zu sozialem Engagement und das Interesse an politischen Inhalten hängen hiermit zusammen. Die Schulklasse kann als ein Raum verstanden werden, in dem durch den ständigen Diskurs die aktive Beteiligung an der demokratischen Gesellschaft vorbereitet wird. In diesem Sinne spiegelt die Schule im Idealfall viele der Konturen des »ganzen Dorfes« und ist selbst ein abwechslungsreicher und lebendiger Erfahrungsraum.

Freizeitpolitik für Kinder

Außerhalb der für Kinder wichtigen Institutionen Familie, Vorschuleinrichtungen und Schule machen sie auch im Freizeitbereich sehr wichtige Erfahrungen für ihre Persönlichkeitsentwicklung (Zeiher/Zeiher 1998). Die Beziehungen zu Freunden und Gleichaltrigen sind, wie unsere Studie zeigt, von großer Bedeutung für das Sozialverhalten. Entsprechend sollten Kinder Anregungen erhalten, wie sie diese Beziehungen gestalten können.

Wohl eines der wichtigsten und überraschenden Ergebnisse der vorliegenden 1. World Vision Kinderstudie ist die ungeheuer große Bedeutung, die dem Freizeitverhalten der Kinder für ihre Persönlichkeits- und vor allem auch ihre Leistungsentwicklung zukommt. Zum ersten Mal in dieser Eindrücklichkeit können wir zeigen, wie entscheidend die Vielfältigkeit und Reichhaltigkeit der Lern- und Sinneseindrücke ist, die sich aus dem Gesamtprofil der Freizeitbeschäftigungen ergibt. Hier, im vermeintlich bildungsfernen Bereich der Gestaltung der nicht strukturierten und geplanten Zeit, entscheidet sich in einem sehr hohen Maß, mit welchen Voraussetzungen und Kompetenzen Kinder in die organisierten Lernprozesse vor allem der Grundschule eintreten. In der Art und Weise, wie sie spielen und dabei sprechen und agieren, wie sie sich mit ihrem Körper, ihrer Psyche und ihrer sozialen und physischen Umwelt auseinandersetzen, liegt der Schlüssel für ihre Fähigkeit, Kontrolle über das eigene Leben zu erlangen und Vorstellungen von der Gestaltung der Zukunft zu entwickeln. Insofern kommt dem Freizeitverhalten eine direkte Bedeutung für das Bildungsverhalten zu, und umgekehrt hängt das Freizeitverhalten stark mit dem bereits erreichten Bildungsgrad der Kinder zusammen. Wie eng dieser wiederum mit dem Bildungsgrad der Eltern verbunden ist, haben wir ebenfalls in der vorliegenden Studie dokumentiert.

Unsere Studie bestätigt, wie hinderlich und störend passive, zu Konsum und Trägheit erziehende Freizeitaktivitäten sind. Diese Muster sind vor allem bei denjenigen Kindern anzutreffen, die in einem überdurchschnittlichen Ausmaß fernsehen. Es lässt sich geradezu als Formel fassen, dass ein täglicher Fernsehkonsum von über drei Stunden ein absolutes Risikosignal für die gesunde und anregende Weiterentwicklung von Kindern ist. Entsprechend bedeutsam für die Freizeitpolitik für Kinder ist es, so viele unterschiedlich geartete, alle Sinne ansprechende Anknüpfungspunkte für Aktivitäten und Herausforderungen zu geben wie nur irgend möglich. Gerade die bildungsschwachen Elternhäuser sind hierbei überfordert, sie benötigen die Unterstützung von außen und die intensive Kooperation mit Einrichtungen aus dem Vorschul- und dem Schulbereich. Außerdem zeigt sich, dass Jungen häufiger als Mädchen einen ausgeprägten Fernsehkonsum aufweisen und insgesamt Freizeitinteressen entwickeln, die sich eher negativ auf ihre schulische Leistungsfähigkeit auswirken.

Kinderpolitik muss sich heute mit den Wirkungen von Medien, mit Erkenntnissen der Medienforschung und Medienpädagogik befassen. Fernsehen, Video, Gameboy, Computer und andere technische Angebote sind für Kinder selbstverständlich in den Alltag einbezogen. Wie sie sie nutzen, das hängt von ihrem gesamten Freizeitverhalten und dem der Familie ab, sehr stark auch vom Bildungsgrad der Eltern und dem Familienklima. Medienbedürfnisse, Medieninteresse und Mediennutzung werden im Familienalltag entwickelt und stabilisiert. »Viele Familien fördern aus Unwissenheit und Inkompetenz solche Nutzungsmuster, bei denen Kinder auf sich allein gestellt sind und keine sozialen Anregungen und Anleitungen durch Gesprächspartner während des Gebrauchs der Medien erhalten. Deswegen sollten die Impulse der Medienerziehung für Eltern und Kinder verstärkt werden. Der konsequente Umgang mit Medien und ihre kritische Analyse können in Elternbildung, Vorschuleinrichtungen und Grundschule trainiert werden. Ziel ist Medienkompetenz der Kinder als bewusster und reflektierter Umgang mit Medien. Klare Regeln für den Medienschutz und öffentliche Empfehlungen und Warnungen gegenüber einzelnen Angeboten können dabei helfen (Hurrelmann/Bründel 2003, S. 206).

Wegen der sehr eingeschränkten Möglichkeiten von Kindern, sich in den heutigen hochtechnisierten und sehr mobilen Gesellschaften frei und ungefährdet zu bewegen, sollte ein weiterer Anspruch der Freizeitpolitik für Kinder darin liegen, ihnen mehr soziale und physikalische Räume zu eröffnen. Diese können sie dann nach eigenen Bedürfnissen aneignen, erschließen und gestalten. Im Idealfall sollte sich jedes Kind die Kombination aus erwachsenengesteuerter Anregung und selbstgestalteter Aktivität zusammenstellen können, die den persönlichen Interessen gerecht wird (Hurrelmann/Bründel 2003, S. 204). Es geht also um Freizeitangebote des »ganzen Dorfes«, die räumlich leicht erreichbar, attraktiv und vielfältig in ihren Angeboten und möglichst nicht kommerzialisiert sind und die dabei noch Spielräume für die Eigengestaltung lassen.

Der amerikanische Humanökologe Uri Bronfenbrenner (2005) hat das Zusammenspiel von kindlichen Handlungsräumen und der physisch-materiellen Umwelt betont. Diese Konzeption wurde in der Pädagogik aufgenommen und in die Kinder- und Jugendarbeit übertragen. Der physisch-materielle Raum wurde so als fördernde Umwelt für Kinder entdeckt. Die wichtigste Tätigkeit wird in der Ausweitung des Handlungsraumes gesehen. Es geht also darum, den Kindern Handlungs- und Bestätigungsräume zur Verfügung zu stellen, die sie sich aneignen können und die ihnen Gestaltungsmöglichkeiten erlauben. Ziel ist es, dass Kinder trotz der Durchstrukturierung und Versiegelung der Umwelt handeln und sich die Umwelt aneignen können und damit ihre altersspezifische Raumgestaltung durchführen können.

Kinder bewegen sich heute in einer Lebenswelt, die sehr stark auf die Bedürfnisse von Erwachsenen zugeschnitten ist. Sie erfahren dies tagtäglich im gefährlichen Straßenverkehr und in ihrer Wohnumwelt. Die speziell für sie eingerichteten Räume wie etwa Spielplätze sind oft wenig attraktiv. Sie benötigen freie, nicht durchgeplante und städtebaulich strukturierte Flächen, die sie für ihre Spielaktivitäten erobern können. Diese sollten möglichst in der Nähe ihres Wohngebietes liegen, damit sie direkt erreichbar sind. Kinder genießen Einrichtungen, die ihnen ein hohes Maß von Gestaltungsfreiheit einräumen. Ideal ist, wenn sie das Angebot in irgendeiner Weise selbst mitgestalten können. Besonders problematisch ist die kommerzielle Durchdringung vieler Freizeitangebote. Diese meist perfekt inszenierten Events ermöglichen oft nur geringe Gestaltungsspielräume, was besonders für sozial benachteiligte Kinder schädlich ist.

Kinderpolitik als Gesundheitspolitik

Krankheitsprävention und Gesundheitsförderung liegen in den ersten Lebensjahren des Kindes in den Händen der Eltern. Sie können eine gesundheitsförderliche Atmosphäre schaffen, für gute Ernährung und ausreichend Bewegung sorgen und den Tagesrhythmus mitgestalten. Gleichzeitig können sie auf die psychischen Bedürfnisse der Kinder nach Schutz, Sicherheit, Liebe und Zuwendung eingehen. Durch ihr eigenes Verhalten regen sie die Kinder auch an, mit zunehmendem Alter eigenverantwortlich für sich zu sorgen.

Eltern können aber schnell an die Grenzen ihrer Fähigkeit kommen und benötigen dann eine Bildungs- und Erziehungspartnerschaft, die für sie auch eine Unterstützungspartnerschaft ist. Sie benötigen die fachkundigen Dienstleistungen von Ärzten, Psychologen, Psychotherapeuten, Sozialarbeitern und anderen Professionellen aus den Sozial- und Gesundheitsberufen. Besonders günstig ist ein aufeinander abgestimmtes Angebot sozialer und gesundheitlicher Ausrichtung, das dort angeboten wird, wo sich die Kinder und vielleicht auch ihre Eltern bereits aufhalten. Das aufsuchende Prinzip für Hilfsangebote bei Sozial- und Gesundheitsproblemen könnte in Kindergärten und Grundschulen umgesetzt werden. Dies wäre beispielsweise durch gezielte Sprechstunden und offene Beratungsangebote möglich. Nur hierdurch lassen sich auch diejenigen Kinder und Eltern ansprechen, die Hemmungen und

Ängste gegenüber Arztpraxen und psychologischen Beratungsstellen haben. Kindergärten und Schulen können auf diesem Wege also wichtige Vermittler von Krankheitsprävention und Gesundheitsförderung für die Kinder direkt oder auf dem Wege über die Eltern sein.

Zur Gesundheitspolitik für Kinder gehört darüber hinaus der Ausbau von Beratungsstellen direkt und exklusiv für Kinder. Die Zugangsbarrieren zu den Beratungsstellen sollen so niedrig wie möglich sein, sodass Kinder die Möglichkeit haben, Beratung von sich aus in Anspruch zu nehmen. Anonymität und Vertrauenswürdigkeit sollten gesichert sein. Außerdem sollten sie Anlaufstellen für alle psychischen und gesundheitlichen Probleme sein und eng mit den niedergelassenen Ärzten, dem schulpsychologischen Dienst, anderen Hilfseinrichtungen und auch den Beratungslehrerinnen und Beratungslehrern an Schulen zusammenarbeiten (Hurrelmann/Bründel 2003, S. 209).

8.3 Kinder an der Gestaltung ihrer Lebenswelt beteiligen

Wie diese Überlegungen deutlich machen, sind die Ansätze für eine »Politik für Kinder« ein elementar wichtiger Bestandteil jeder Kinderpolitik. Wie diese Politik zu gestalten ist, das richtet sich zu einem großen Teil nach wissenschaftlichen Erkenntnissen und Befunden über die Entwicklung und die Lebensperspektive der Angehörigen der jüngsten Generation. Aus wissenschaftlichen Untersuchungen wie der hier vorliegenden Kinderstudie »Kinder 2007« lassen sich viele Erkenntnisse ableiten, die für alle Akteure von Bedeutung sind, welche sich an der Gestaltung der kindlichen Lebenswelt beteiligen.

»Politik für Kinder« wird – wie schon gesagt – nicht von Kindern gemacht, sondern von Erwachsenen. Im Sinne einer wirkungsvollen Kinderpolitik können wir uns mit einer solchen »anwaltschaftlichen« oder »fürsorgerischen« Politik nicht zufriedengeben, auch wenn sie nach bestem Wissen und Gewissen auf den Bedarf und die durch Studien ermittelten Bedürfnisse von Kindern eingeht. Eine nachhaltige Kinderpolitik muss vielmehr auch die direkte Beteiligung von Kindern an der Gestaltung ihrer Lebenswelt umfassen. Dieser Ansatz lässt sich als »Politik von Kindern« definieren. Er steht für alle Entscheidungen für die Gestaltung der kindlichen Lebenswelt, die von Kindern selbst getroffen und umgesetzt werden, für ihre Möglichkeiten, die Potenziale des »ganzen Dorfes« aus eigenem Antrieb zu erschließen und sie dadurch auch zu verändern.

Eine Politik, die von Kindern gemacht wird, setzt in einer Demokratie voraus, Einfluss- und Wahlmöglichkeiten zu besitzen. Deshalb muss die Diskussion über ein Stimmrecht für Kinder bei allgemeinen Wahlen angesprochen werden. Sie ist so alt wie die Idee der »Volksherrschaft«. Kinder gehören zum Volk, aber sie haben in der Regel erst ab 18 Jahren ein Wahlrecht. Immer wieder haben Kinderrechtler diese Festlegung kritisiert. Die radikalste Forderung ist hier ein Wahlrecht von Geburt an, wie es von einigen Bürgerinitiativen artikuliert wird. Ein solcher Schritt wäre aus unserer Sicht problematisch, nicht nur weil Kinder bis zu einem bestimmten Alter aus körperlichen, psychischen und intellektuellen Gründen vermutlich nicht in der Lage sind, den Wahlvorgang richtig einzuschätzen und das nötige Urteilsvermögen mitzubringen, um eine Wahlentscheidung zu treffen. Ein demokratisches Verständnis erschöpft sich nicht im Wahlmodus und ist mehr als parteipolitische Entscheidungen. Mit einem Stimmrecht von Geburt an kämen Eltern zwangsläufig in die Situation, stellvertretend für ihre Säuglinge und Kleinkinder die Stimme abzugeben. Ob eine solche Stellvertretung dazu dient, die Rechte der Kinder zu stärken, den richtigen Rahmen einer Politik von Kindern zu schaffen und dieser Politik auch Gehör zu verschaffen, das ist mehr als fragwürdig.

Das heutige Alter von 18 Jahren für die Einräumung des Wahlrechts ist als anderes Extrem aber ebenso wenig überzeugend (Hattenauer 1998). Das Urteilsvermögen, den Wahlvorgang einzuschätzen und zwischen verschiedenen zur Verfügung stehenden Alternativen von Parteien und politischen Vertretern zu entscheiden, ist schon deutlich früher gegeben. Hierzu müssten viel dezidierter als bisher die neueren Ergebnisse zur politischen Sozialisation herangezogen und möglicherweise ein abgestuftes System des Wahlrechts entwickelt werden. Eine lebendige Demokratie zeichnet sich – das zeigt ein Blick in die Geschichte – gerade durch neue und fundierte Überlegungen zum aktiven und passiven Wahlrecht und seiner Öffnung aus. Es wäre insofern genauer Analysen wert, zu erkunden, ob nicht Kinder auch schon im Grundschulalter, sobald sie lesen und schreiben können, erste Basisfähigkeiten für das Wahlrecht besitzen. Könnten sie sich früher und stärker als bisher an der Gestaltung ihrer Lebenswelt beteiligen, würde das »ganze Dorf« profitieren. Eine öffentliche Diskussion hierzu ist auch in Zukunft zu wünschen.

Kinder gestalten ihre Lebenswelt mit

Die zu Beginn dieses Kapitels erwähnte sozial- und bürgerrechtliche Benachteiligung von Kindern steht – wie die vorliegende Studie nachdrücklich zeigt – in einem Spannungsverhältnis zu ihrer tatsächlichen Kompetenz. Zwar haben Kinder naturgemäß immer nur eine ihrem Alter angemessene und noch unvollkommene Fähigkeit zur Bewältigung von inneren und äußeren Herausforderungen der Entwicklung, aber das bedeutet nicht, dass sie ihre Entwicklungsaufgaben schlechter als Menschen in anderen Lebensabschnitten lösen würden. In wichtigen Bereichen der täglichen Lebensführung, wie etwa in dem Umgang mit Medien, im Konsumverhalten, dem Abbau psychischer und sozialer Spannungen können sie je nach Situation sogar oft kompetenter als Erwachsene und alte Menschen auftreten (Bruner/Winklhofer/Zinser 2001).

Der Wissensvorsprung der mittleren und älteren Generation gegenüber der jüngsten ist in Zeiten eines schnellen sozialen und technischen Wandels stark geschrumpft, oft verkehrt er sich sogar in das Gegenteil. Konsequenz ist, dass die jüngste Generation nicht mehr einseitig nur der Empfänger von gezielten erzieherischen Impulsen ist und auf diese Weise ihre Persönlichkeitsentwicklung gestaltet, sondern ihrerseits wichtige Impulse für die Verhaltens- und Denkweisen von älteren Bevölkerungsgruppen in der Gesellschaft gibt (Hengst/Zeiher 2005; Zeiher/Büchner/Zinnecker 1996).

Die Verhaltens-, Gefühls- und Denkweisen der jüngsten Generation können den aktuellen Lebensbedingungen teilweise eher entsprechen als die der mittleren und älteren Generation, weil Kinder spontan und unbefangen, ohne Rückgriff auf früher erlernte Mechanismen und damit ohne starr traditionelle Wahrnehmungsschemata auf die reale Welt zugehen. Ob sie es wollen oder nicht: Schon Kinder befinden sich heute in der Situation, den eigenen Lebenslauf, also die ersten Stufen in die gesamte Lebensspanne hinein, in vielen Bereichen selbst gestalten zu können und zu müssen. Sie legen die ersten Bausteine für ihre Biografie und haben große Freiräume für individuelle Akzentsetzungen. Gleichzeitig aber sind sie – wie oben angesprochen – von den Lebensbedingungen abhängig, die sie über ihre Familie vorfinden. Dieser Widerspruch zwischen Selbstverantwortlichkeit und Abhängigkeit von Bedingungen, die individuell nicht zu verändern sind, schränkt die Möglichkeiten von Kindern ein, Politik für ihre eigenen Belange zu machen.

Bisherige Beteiligungsmodelle für Kinder

In einer kritischen Auseinandersetzung hat Liebel (2006) die bisherigen Ansätze der Beteiligungspolitik, also der Politik durch Kinder, in Deutschland resümiert. Er weist darauf hin, das seit Beginn der 1990er Jahre zahlreiche Partizipationsmodelle erprobt wurden, wobei meist zwischen parlamentarischen, offenen und projektorientierten Ansätzen unterschieden wird. »Sie finden sich in pädagogischen Einrichtungen, Schulen, Kindergärten und Jugendverbänden ebenso wie im öffentlichen Raum. Die Initiative geht fast immer von Erwachsenen aus und ist mit pädagogischen und politischen Absichten verbunden. Sie richten sich darauf, Probleme der Generation in den Griff zu bekommen, dem Vandalismus vorzubeugen, Schüler in das Schulgeschehen einzubinden oder politischen Nachwuchs zu gewinnen. Wenn unter politischer Partizipation die effektive Einflussnahme auf Strukturen und Entscheidungen verstanden werden soll, so muss konstatiert werden, dass kaum ein für Kinder entworfenes Partizipationsmodell diesem Kriterium entspricht« (Liebel 2006, S. 92).

Als Beleg weist Liebel auf Regelungen in den Schulen hin, die in den 1970er Jahren mit dem Konzept der Schülermitverwaltung begannen und bis heute meist Regelungen für das Schülerverhalten, die Konfliktmediation, Schulhofgestaltung, Schulfeste, den Zustand der sanitären Anlagen und gelegentlich auch die Entscheidung für die Einrichtung von Förderunterricht umfassen. Die Macht- und Kontrollbefugnisse der Lehrkräfte und der Schulleitungen werden aber, wie Liebel zu Recht feststellt, durch diese Ansätze nicht verändert und berührt. Im kommunalen Raum sind die bisherigen Partizipationsansätze ebenfalls meist darauf konzentriert, die Gestaltung von Spiel- und Freizeitflächen, von Freizeiteinrichtungen und Verkehrswegen zu beeinflussen. Aber auch in diesem Bereich sind »Verschiebungen der Machtverhältnisse«, wie sie im oben erwähnten »Nationalen Aktionsplan« der Bundesregierung genannt werden, nicht zu konstatieren. Nur in sehr wenigen Ausnahmen kommt es einmal zu Situationen, bei denen Kinder politischen Druck ausüben und etwas zu ihren Gunsten bewirken können.

Im vor einigen Jahren verabschiedeten »Nationalen Aktionsplan« der Bundesregierung ist zur Stärkung der Partizipation von Kindern das Ziel formuliert, Kinder für politische Themen interessieren zu wollen. Liebel kritisiert, hier werde letztlich nur darauf gesetzt, Kinder für die bestehenden politischen Institutionen und Parteien zu gewinnen, ohne infrage zu stellen, ob sich diese für Kinder interessieren und ihre Art der Interessenvertretung auch tatsächlich aufnehmen können. Trotz gut gemeinter Absichten besteht deshalb die Möglichkeit, dass Kinder im Sinne bestehender Strukturen und der in ihnen gespiegelten Machtverhältnisse instrumentalisiert werden. Auf dieses Problem ist auch im Zusammenhang mit den Initiativen in

Richtung von Kinderparlamenten und Kinderforen mehrfach hingewiesen worden. Bei diesen Einrichtungen besteht die Gefahr, die Partizipation in einem symbolischen Handeln ins Leere laufen zu lassen. Der viel beschworene »Einübungseffekt in Demokratie« ist sicherlich umsetzbar, aber eine politische Einflussnahme ist über Kinderparlamente bisher die absolute Ausnahme. Das politische Engagement der Kinder, die in diesen Parlamenten mitarbeiten, bleibt nach außen letztlich wirkungslos (Liebel 2006, S. 93).

Schaut man sich die im »Nationalen Aktionsplan« dokumentierten Ergebnisse der Kinderkonferenzen an, so fällt trotz der in der Forschung geäußerten Bedenken jedoch auf, wie dringend nötig die Sicht von Kindern ist, um die Chance zu haben, die eingefahrenen politischen Wege verlassen und eben doch über partei- und verbandspolitische Interessen hinwegsehen zu können. So problematisieren die Kinder im »Nationalen Aktionsplan« beispielsweise mit guten Gründen den Charakter von Schulzeugnissen und dessen Aussagewert für den Arbeitsmarkt, oder sie fordern die aus ihrer Sicht notwendige Weiterbildung von Lehrerinnen und Lehrern.

Im 11. Kinder- und Jugendbericht (BMFSFJ 2002) werden die Schwierigkeiten und Folgen solcher falsch verstandenen Partizipationsstrukturen für Kinder offen angesprochen. Fühlen sich Kinder instrumentalisiert, weil sie an das bestehende politische System herangeführt werden sollen, um ihre offensichtliche Distanz diesem System gegenüber zu überwinden, bleibt die ihnen eingeräumte formelle Mitbestimmung ohne Konsequenzen, dann reagieren sie mit Frustration und Rückzug. »Sie erheben zu Recht einen Anspruch darauf, dass ihre Formen gesellschaftlichen Engagements nicht lediglich aus einer Defizitperspektive betrachtet, sondern als ihr spezifischer Beitrag zur Gestaltung des Gemeinwesens anerkannt werden. Maßnahmen zur Stärkung der Beteiligung von Kindern und Jugendlichen dürfen sich deshalb nicht auf die symbolische Ebene beschränken. Sie entfalten nur dann Wirkung, wenn die Erwachsenen bereit sind, die wachsende Verantwortungsbereitschaft und -fähigkeit von Kindern und Jugendlichen zu fördern, ihnen Entscheidungsbefugnisse eröffnen und ihre berechtigten Interessen und Motive angemessen berücksichtigen. Um eine solche Beteiligung zu ermöglichen, ist es erforderlich, spezifische Strukturen herzustellen und Barrieren abzubauen« (BMFSFJ 2002, Zusammenfassung).

Wie kann wirkungsvolle Partizipation umgesetzt werden?

Um einen solchen Ansatz glaubwürdig in die Realität umzusetzen, sind öffentliche Foren der Auseinandersetzung über Ziele, Inhalte und Methoden der Entscheidungsfindung vor allem auf der kommunalen Ebene notwendig. Runde Tische, Begehungen und Anhörungen (Audits) ebenso wie freiwillige Tätigkeiten im öffentlichen Raum bis hin zu dauerhafter ehrenamtlicher Tätigkeit sind besonders sinnvoll. Eine frühzeitige, nach Alter und Zielgruppen differenzierte Beteiligung in den konkreten Lebenswelten Familie, Nachbarschaft, Gleichaltrigengruppe, Kindertageseinrichtungen, Schulen, Verbände und Freizeiteinrichtungen ist zu fordern. Die in diesen Einrichtungen tätigen professionellen Kräfte können die Impulse der Kinder nur dann aufnehmen, wenn sie auf eigene Zuständigkeiten verzichten und die Kompetenz der Kinder als Beitrag zur Professionalisierung ihrer fachlichen

Arbeit akzeptieren. Die bisherigen Erfahrungen zeigen, dass eine Mitbestimmung von Kindern bei Entscheidungen über Fragen der Gestaltung ihrer Lebenswelt zu einer Verbesserung führt (Farson 1975; Hartwig-Hellstern 1997).

Effizient und hilfreich ist die Beteiligung von Kindern an der Gestaltung von Kinderspielplätzen, die in der Regel dazu führt, eine höhere Akzeptanz bei Kindern und auch eine größere Sicherheit bei der Nutzung der Einrichtung zu gewährleisten. Wirkungsvoll sind solche Entscheidungsprozesse dann, wenn Kinder nicht zu scheinbar Gleichen gemacht werden, die über dieselben Kenntnisse von technischen, rechtlichen und organisatorischen Zusammenhängen verfügen wie die erwachsenen Professionellen, die an der Gestaltung eines Lebensbereiches beteiligt sind. Es lässt sich nicht vermeiden, dass Erwachsene in ihren Entscheidungsrollen Macht über Kinder haben, aber es lässt sich einrichten, dass sie diese Macht in einer verantwortungsvollen Weise so ausüben können, dass Kinder ihre Interessen und Bedürfnisse einbringen können und dass Erwachsene in der Pflicht sind, sich zu legitimieren. Dazu müssen Kinder ernst genommen, also ihre Sprache erlernt und verstanden, ihre Gesten und Verhaltensweisen einfühlsam aufgenommen und übersetzt werden.

Die Beteiligung von Kindern macht es möglich, ihre Kriterien und Standpunkte in Entscheidungsprozesse einzubeziehen. Die beteiligten Kinder werden bei Entscheidungen und Planungen nicht als überlegen oder besser eingestuft, sondern als »anders« als Erwachsene, weil sie ihrer Lebenslage und ihrem Alter angemessen entsprechend profilierte Wünsche und Interessen haben. Die Beteiligung, die ihnen eingeräumt wird, sollte auf ihre intellektuellen und sozialen Kompetenzen Rücksicht nehmen, sie sollte auch zeitlich und organisatorisch Kindern gerecht werden und anschaulich und transparent sein. Die Kinder sollten also eine echte Planungsbeteiligung erleben, in ganz konkreten, zur Umsetzung anstehenden Projekten mit überschaubaren Perspektiven für die Realisierung einbezogen sein und dabei mit einem für sie fest einschätzbaren Personenkreis zusammenarbeiten.

Aus bisherigen Projekten kann schon abgelesen werden, wie sich das Einbringen der Kinderperspektive auf bestimmte Planungen auswirkt. Ein Beispiel ist die Gestaltung der Gehwege und Radwege beim Schulweg, wo Kinder schon alleine durch ihre Körpergröße ganz anderen Gefahren ausgesetzt sind als Erwachsene und diese einem ihnen zugeordneten fachlichen Betreuer auch vermitteln können sollten. Und noch etwas lässt sich aus den bisherigen Ansätzen ablesen: Für jedes Projekt und jedes spezifische Vorhaben sind die Formen und Methoden der Mitbestimmung von Kindern neu festzulegen. Eine einheitliche Variante, die nur auf ein Kinderforum, eine Kindersprechstunde, eine Kinderversammlung oder ein Kinderparlament allein setzt, macht keinen Sinn. Entscheidend ist das Ziel des Projektes und das Wohlbefinden der Kinder, die an der Planung beteiligt sind. Gut gelingende Planungen bringen am Ende sogar wirtschaftliche Vorteile, reduzieren die Unfallgefahr und verbessern die sozialen Kontakte.

Wichtig ist die Erkenntnis: Kinderpolitik muss zu allererst die Perspektive der Kinder einnehmen und sich auf die Kinderwelten einlassen. Werden Kinder als vollwertige Mitglieder der Gesellschaft gesehen, wie es die UN-Kinderrechtskonvention vorgibt, dann erhalten sie auch mehr Mitbestimmungsrechte. Deshalb bleiben Kinder aber trotzdem Kinder mit einem Recht auf Kindheit, mit den Einstellungen und Bedürfnissen, die ihrem jeweiligen Alter und ihrer Entwicklung entsprechen.

Kinderpartizipation in einzelnen Lebensbereichen

Wie unsere Studie gezeigt hat, wollen Kinder in ihren relevanten Lebensbereichen gehört werden. Sie haben aber oft den Eindruck, ihre Meinung sei nicht wichtig, werde nicht mit einbezogen, und insofern erfahren sie sich und ihre Auffassung nicht als wirksam und wertvoll. Dies trifft im unterschiedlichen Maße auf Familie, Kindergarten und Schule zu.

In den Kinderkonferenzen zum »Nationalen Aktionsplan« haben die beteiligten Kinder darauf aufmerksam gemacht, dass Kinderrechte zum Beispiel fester und selbstverständlicher Bestandteil des Curriculums an Schulen sein sollten. Sie verweisen damit auf einen wichtigen Aspekt, denn Erwachsene müssen offenbar erst eine Haltung des Respekts gegenüber und des selbstverständlichen Interesses an der Meinung von Kindern entwickeln. Dies gehört sicherlich zu wichtigen Bereichen der Elternbildung sowie zu den zukünftigen Standards der Professionalisierung von Lehr- und pädagogischen Fachkräften.

Nicht nur Kinder, sondern vor allem Erwachsene müssen deshalb über Inhalt und Ziel der Kinderrechtskonvention aufgeklärt werden. Wir als Erwachsene müssen demnach lernen, welche Konsequenzen Kinderrechte für unser eigenes Selbst- und Berufsverständnis haben. Weiter oben haben wir auf den Widerspruch zwischen Selbstverantwortlichkeit und Abhängigkeit aufseiten des Kindes verwiesen. Erwachsene müssen mit eben diesem Widerspruch prinzipiell umgehen und ihn im Sinne der Kindergerechtigkeit in ihren Tätigkeitsfeldern alltagstauglich gemeinsam mit den Kindern übersetzen. Wie das in den in unserer Studie relevanten Bereichen geschehen kann, soll hier abschließend skizziert werden.

Partizipation in Familien

In ihren Familien, ihrem wichtigsten Lebensbereich, wollen Kinder mitbestimmen und Verantwortung übernehmen. Entsprechend wichtig ist es, Eltern anzuhalten, ihren Kindern Mitgestaltungsmöglichkeiten einzuräumen, damit sie sich auf das gemeinsame Leben vorbereiten können. Nach unserer Studie sind die meisten Eltern bereit, kindliche Wünsche und Bedürfnisse in die Gestaltung des Familienalltags mit einzubeziehen. Im Idealfall erhalten Kinder je nach Entwicklungsstand Einfluss auf die Gestaltung der Beziehungen. Viele Eltern räumen den Kindern auch schrittweise eine angemessene Eigenverantwortung ein. Das kann sich auf die Gestaltung des eigenen Zimmers einschließlich Aufräumen und Saubermachen, die Versorgung von Haustieren, die Arbeiten für die Schule, die Auswahl und Pflege der Kleidung und die Verabredung mit Freunden beziehen. Die ganz alltäglichen Themen und Probleme innerhalb der Familie sind die idealen Felder für die Übernahme von Verantwortung. Aber: Voraussetzung für eine Beteiligung der Kinder ist es, ihre Meinung auch wirklich ernst zu nehmen. Und daran hapert es leider nach unseren Befunden in allzu vielen Familien.

Partizipation in Vorschuleinrichtungen

In den vorschulischen Einrichtungen, den Kindertagesstätten, haben Kinder in der Regel recht gute Vorstellungen darüber, was ihnen dort besonders gut gefällt oder nicht. Entsprechend wichtig ist es, ihre Wünsche nach Spielzeug, Tagesablauf und Betreuerinnen ernst zu nehmen und so weit wie möglich in die Gestaltung einzubeziehen. Kinder müssen den Eindruck gewinnen, sie können ihren Aufenthaltsort mitgestalten (LBS-Initiative Junge Familie 2007). Dazu ist ein Klima der partnerschaftlichen Kommunikation mit den Erzieherinnen und Erziehern besonders hilfreich. Wenn Regeln des gemeinsamen Umgangs miteinander abgestimmt werden und auch Anregungen für die inhaltliche Arbeit, die Auswahl der Spiele und den Zeitablauf aufgenommen werden, erfahren Kinder Mitgestaltungsmöglichkeiten. Denkbar sind auch Diskussionsveranstaltungen im Sinne von Foren, auf denen wichtige Entscheidungen und Planungen im Plenum erörtert werden. Zu erwägen ist, schon im Kindergarten nach dem Modell von Klassensprecherinnen und Gruppensprechern Kindersprecher einzusetzen.

Partizipation in Schulen

Die Schule hat die wichtige Aufgabe, Kinder an ihren Bildungsprozessen verantwortlich zu beteiligen. Auf diesem Wege kann der Wunsch nach Erkenntnis und Wissen aufgeschlossen, Lernschwierigkeiten können aus eigener Kraft gemeistert werden. Je mehr die Kinder erfahren und erleben, dass sie selber wichtig sind, können sie Lernprozesse aktiv gestalten. Wichtig ist auch im schulischen Bereich, dass die Lehrkräfte die Meinung der Kinder abfragen und ernst nehmen. Die institutionalisierte Mitwirkung über die heutigen rechtlichen Vorgaben ist hilfreich, häufig aber zu steif und zu formalisiert. Noch immer ist es den Schülerinnen und Schülern nicht möglich, sich an der Lehrplanung und der Pausengestaltung, an der Gestaltung der Unterrichtsformen oder der Planung von Spielgelegenheiten auf dem Schulhof wirksam zu beteiligen. Klassenräte und Schülerkonferenzen, möglicherweise auch die Wahl von Klassensprecherinnen und Klassensprechern sollten schon im Grundschulbereich intensiver als bisher erprobt werden. Unsere Studie zeigt, wie groß der Wunsch von Schulkindern ist, sich an der Gestaltung der Schule zu beteiligen und vieles zu verändern. Die Gestaltung des Klassenlebens und des Unterrichts wirkt sich positiv auf das Wohlbefinden der Kinder und auf ihren Unterrichtserfolg aus. Schöne und einfache Formen sind die Beteiligung an Festen und der Gestaltung von Räumen, der Sitzordnung und der Vereinbarung von Regeln. Für Kinder ist ein Mindestmaß von formeller Mitbestimmung sinnvoll, damit eine feste Basis für ihre Einflussmöglichkeit besteht.

Partizipation im Freizeit- und Medienbereich

Im Freizeit- und Medienbereich lernen Kinder, was ihnen Spaß macht und ihnen wichtig ist. Hier müssen sie die Gelegenheit haben, Kontakt zueinander aufzunehmen, Verantwortung aufzubauen, Regeln und Vereinbarungen zu treffen, aber auch Konflikte auszutragen. Im Freizeitbereich kann vor allem das selbständige Planen, die Ausdauer bei der Umsetzung von Plänen und die Überwindung von Widerständen erfahren werden, vielleicht mehr als in der reglementierten schulischen Situation. Ähnlich der schulischen Mitbestimmung lassen sich Partizipationsmöglichkeiten von Kindern auch bei den Medien gestalten. Die Möglichkeiten für Kinder, in Medienanstalten Vertretungen zu erhalten, sollten sorgfältig geprüft werden. Sehr wichtig ist es, Kinder selbst an Sendungen in Radio und Fernsehen zu beteiligen, in Zeitungen und Illustrierten regelmäßig ihre Meinung zu dokumentieren und auch die Möglichkeiten über das Internet auszuschöpfen, sich aktiv zu beteiligen. Ein von den Schulen einer Kommune gewählter Kindermedienrat könnte regelmäßig Bewertungen von Programmen und Sendungen aussprechen.

Partizipation im kommunalen Raum

Im kommunalen Raum schließlich können viele der Überlegungen, die zu Beteiligung an Planungen von Projekten angestellt wurden, übertragen werden (Bukow/Spindler 2000; Bundesjugendkuratorium 2001). Bei der Entwicklung von Spielplätzen und Spielräumen ist die Beteiligung von Kindern ebenso wertvoll wie bei der Verkehrsplanung und Verkehrsgestaltung, der Wohnumfeldgestaltung und der Entwicklung von öffentlichen Einrichtungen. In den Kommunen sollten Überlegungen angestellt werden, wie die Kinderfreundlichkeit in allen Handlungsfeldern erhöht werden kann. Wie schon erwähnt wurde, sollten Kinder so viel wie möglich angehört und beteiligt werden, sie sollten Spielräume für ihr Engagement und für die Übernahme von Verantwortung erhalten. Kinderforen und -abstimmungen können hierbei wichtige Hilfe leisten. Die Erfahrungen mit regelrechten »Kinderparlamenten« sind hingegen gemischt. Wirksam sind sie nur, wenn ihre Entscheidungen auch tatsächlich in den kommunalen Raum übertragen werden. Hier sind weitere Modellversuche notwendig, die vor allem auch sozial benachteiligte Kinder und Kinder mit einem Migrationshintergrund einbeziehen sollten.

Ulrich Schneekloth und Ingo Leven

9 Die Methodik der 1. World Vision Kinderstudie

9.1 Gesamtanlage der Studie

Wie bereits in Kapitel 1 ausgeführt, orientiert sich die World Vision Kinderstudie von ihrem Studiendesign her an den Shell Jugendstudien. Durchgeführt wurde eine quantitative Erhebung bei einer repräsentativen Auswahl von Kindern im Alter von 8 bis 11 Jahren. Ergänzt wurde diese standardisierte Befragung durch eine qualitative Erhebung mit 12 Porträts von Kindern, die nach systematischen Gesichtspunkten ausgewählt wurden. Die quantitative Erhebung hat im Rahmen des Studiendesigns die Funktion, die Lebenslagen und Lebenswelten der Kinder in ihrer Breite darzustellen. Die qualitative Erhebung porträtiert ausgewählte Kinder und gibt auf diese Weise einen vertiefenden und lebendigen Eindruck von Kindern in ihren Lebenswelten. (Die methodischen Erläuterungen zum qualitativen Teil finden sich in Kapitel 7.1.)

Nach einer ersten grundsätzlichen Vordiskussion bei World Vision wurde die Studie im engeren Sinne in einem sehr knappen Zeitraum von Januar 2007 bis Juli 2007 erarbeitet. Wir haben uns dazu entschieden, die Studie als persönlich-mündliche Erhebung zu Hause bei den Kindern durchzuführen. Persönlich-mündliche Erhebungen bieten den Vorteil, das durch den Einsatz von gut geschulten und erfahrenen Interviewerinnen und Interviewern anhand von vollstandardisierten Fragebögen in der Regel deutlich mehr Informationen abgefragt werden können, als dies zum Beispiel bei Klassenzimmerbefragungen mit schriftlichen Selbstausfüllerbogen im Rahmen einer Schulstunde möglich ist. Hinzu kommt, dass wir eine Stichprobe realisieren wollten, die Deutschland insgesamt umfasst und nicht nur die Bundesländer, bei denen die zuständigen Schulaufsichtsbehörden ihre Zustimmung für eine Klassenzimmerbefragung zu gewähren bereit sind.

Grundgesamtheit der quantitativen Erhebung ist die Wohnbevölkerung in Deutschland im Alter von 8 bis 11 Jahren. Neben den Kindern mit deutscher Staatsangehörigkeit sind auch Kinder mit ausländischer Nationalität erfasst. Wir haben diese Altersabgrenzung gewählt, da es sich bei dieser Gruppe mehrheitlich um Schulkinder handelt, die die Klassenstufen 2 bis 6 besuchen (Tabelle 1) und die kognitiv meist ohne größere Schwierigkeiten in der Lage sind, sich an voll standardisierten Befragungen zu beteiligen. Hierzu liegen inzwischen auch für Deutschland hinreichend viele Referenzstudien vor, wie etwa das DJI-Kinderpanel (Alt 2005a, 2007), bei dem in der Ausgangswelle 8- bis 9-jährige Kinder persönlich-mündlich befragt wurden, sowie das auf Klassenzimmerbefragungen beruhende LBS-Kinderbarometer (4. bis 7. Klasse: LBS-Initiative Junge Familien 2005) oder die Dresdner-Kinderstudie (6. bis 9. Klasse: Lenz/Fücker 2005). In die qualitative Studie haben wir hingegen

Tab. 9.1 **Quantitatives Zielpersonendesign der 1. World Vision Kinderstudie**
Basis: Kinder im Alter von 8 bis 11 Jahren in Deutschland

Spalten in %	Alter gesamt	8 Jahre	9 Jahre	10 Jahre	11 Jahre
Klassenstufe:					
2. Klasse	21	74	8	1	0
3. Klasse	25	25	62	10	1
4. Klasse	23	1	30	53	7
5. Klasse	25	–	–	36	66
6. Klasse[1]	6	–	–	–	26

1 Inklusive 7. Klasse (Anteil unter 1 %)

World Vision Kinderstudie 2007 – TNS Infratest Sozialforschung<

Kinder im Alter von 6 bis 11 Jahren einbezogen.

Den von uns gewählten Zugang halten wir in Anbetracht der vorliegenden Erfahrungen inzwischen übrigens eher für konservativ. Aus unserer Sicht ist vor dem Hintergrund der vorliegenden Erfahrungen für die Zukunft anzustreben, auch jüngere Kinder zum Beispiel im Alter ab 6 Jahren in eine standardisierte Erhebung mit einzubeziehen.

Im Rahmen der 1. World Vision Kinderstudie wurde eine Stichprobe von 1592 Kindern im Alter von 8 bis 11 Jahren realisiert. Um in den neuen Bundesländern genügend Fälle für Auswertungen zur Verfügung zu haben, wurde die Stichprobe disproportional angelegt. Auf die alten Bundesländer entfielen 1097 und auf die neuen Bundesländer 495 Interviews. Diese bewusste Überrepräsentierung der Kinder aus den neuen Bundesländern wurde selbstverständlich bei der Datenauswertung berücksichtigt. Zu diesem Zweck wurde anhand der amtlichen Statistik ein Hochrechnungsrahmen erstellt, mit dem die Stichprobe auf die Wohnbevölkerung im Alter von 8 bis 11 Jahren in ihrem tatsächlichen Ost–West-Verhältnis, differenziert nach Geschlecht, hochgerechnet wurde. Die auf dieser Grundlage gewichtete Stichprobe entspricht in ihrer Struktur der tatsächlichen Verteilung der Wohnbevölkerung, so wie sie im Rahmen der amtlichen Statistik ausgewiesen wird.

Erhebungsinstrumente

Die Erhebung wurde mit zwei unterschiedlichen Instrumenten realisiert. Das Interview mit den Kindern wurde als persönlich-mündliche Befragung von gut geschulten Interviewerinnen und Interviewern auf Basis eines fest vorgegebenen, standardisierten Erhebungsinstruments durchgeführt. Die Befragung selber erfolgte computergestützt (Computer-Assisted-Personal-Interviewing). Hierbei werden die Antworten der Befragten direkt in einem vom Interviewer mitgeführten Laptop eingegeben. Hinzu kam ein kurzer schriftlicher Elternfragebogen, den ein Elternteil möglichst parallel zur Befragung des Kindes ausfüllen sollte. In diesem Elternbogen wurden soziodemografische Basisinformationen zum Familienhintergrund des Kindes erhoben.

Bei der Entwicklung des Kinderfragebogens wurden solche Instrumente eingesetzt, die sich bereits in anderen Umfragen mit Kindern bewährt hatten. Hierzu wurden Fragen aus dem DJI-Kinderpanel, dem LBS-Kinderbarometer und der Dresdner-Kinderstudie entnommen. Darüber hinaus wurde auf eine Vergleichbarkeit zu den Ergebnissen der Shell Jugendstudien geachtet. Bewertungsfragen, etwa zu den familiären Freiheiten, zum Bezug auf die Schule oder auch zum allgemeinen Wohlbefinden, wurden anhand einer 5-stufigen »Smiley-Liste« erhoben. Hierbei wurden, um mögliche methodische Artefakte zu vermeiden, alternierend zwei unterschiedliche Listenvorgaben eingesetzt. Per Zufallsauswahl wurde eine Hälfte der Interviews mit einer Liste, die mit einem fröhlichen Gesicht beginnt und die andere Hälfte mit einer Liste, die mit einem traurigen Gesicht beginnt, durchgeführt. Relevante Abweichungen im Antwortverhalten konnten hierbei allerdings nicht festgestellt werden. In einer Vorphase der Erhebung wurden die Instrumente im Rahmen eines kognitiven Pretests mit Kindern auf ihre Eignung hin überprüft und gegebenenfalls überarbeitet.

Nach Einschätzung der Interviewer kann für die 1. World Vision Kinderstudie festgehalten werden, dass diese Form der Befragung die Kinder angesprochen hat. Im Gegensatz zu einem schriftlichen Fragebogen, den die Kinder selber ohne Anleitung ausfüllen, war es so leichter, die Kinder »bei der Stange zu halten«. So schätzten die Interviewer die Bereitschaft der Kinder, die Fragen zu beantworten, in mehr als 90 % der Fälle als gut und bei 9 % als mittelmäßig ein. Nur bei acht Kindern (<1 %) wurde die Antwortbereitschaft als schlecht eingestuft und bei 13 Kindern (<1 %) als schwankend. Doch auch bei diesen Fällen bestand nach einer Einzelfallprüfung kein Anlass, diese aus dem Datensatz zu nehmen. Sowohl der Kinderfragebogen als auch der Elternbogen sind im Anhang dokumentiert.

9.2 Methodik der quantitativen Erhebung

Stichprobe

Die Erhebung »World Vision Kinderstudie 2007« wurde aus pragmatischen Gründen und in Anbetracht des relativ engen Zeitplanes auf Grundlage einer Quotenstichprobe (Quota-Sample) realisiert. Die diesjährige Erhebung knüpft damit an das Studiendesign der Shell Jugendstudien an. Im Rahmen einer Quotenstudie wird den eingesetzten Interviewern vorgegeben, eine exakt definierte Anzahl von Kindern aus bestimmten Untergruppen zu befragen. Vorgegeben wurden die folgenden Quotierungsmerkmale:

- Altersgruppen: 8 bis 9 Jahre, 10 bis 11 Jahre, differenziert nach dem Geschlecht
- Bundesländer und regionale Siedlungsstrukturtypen (9 BIK-Siedlungsstrukturtypen)
- Staatsangehörigkeit: deutsch, nichtdeutsch

Bei der Realisierung der Quoten-Stichprobe wurde auf das bewährte zweistufige Verfahren zurückgegriffen: In einer ersten Phase wurden die Interviewer gebeten, anhand der Quotierungsmerkmale zu melden, in welchen Quotenzellen ihnen Zielpersonen zur Verfügung stehen. Diese Meldungen der Interviewer wurden in der Einsatzleitung von TNS Infratest gesammelt.

Tab. 9.2 **Grundauszählung der Stichprobe**
Basis: Kinder im Alter von 8 bis 11 Jahren in Deutschland

	IST		SOLL	
Fallzahlen	Mädchen	Jungen	Mädchen	Jungen
alte Bundesländer				
8 Jahre	169	131	164	147
9 Jahre	139	124	154	138
10 Jahre	161	137	145	134
11 Jahre	152	137	154	141
Summe	621	529	617	560
neue Bundesländer				
8 Jahre	50	63	48	54
9 Jahre	42	59	52	58
10 Jahre	63	52	53	54
11 Jahre	53	60	46	48
Summe	208	234	199	214

World Vision Kinderstudie 2007 – TNS Infratest Sozialforschung

Im Rahmen der 1. World Vision Kinderstudie übertraf die Zahl der Meldungen die Zahl der benötigten Interviews deutlich, sodass es möglich war, anhand der Soll-Vorgaben aus der amtlichen Statistik eine Stichprobe aus den Interviewermeldungen zu ziehen, die den Soll-Vorgaben weitestgehend entsprach.

Da die Stichprobe, wie bereits dargestellt, disproportional zwischen alten und neuen Bundesländern angelegt war, wurden mögliche Abweichungen in der Realisierung der Interviews bezüglich der Altersgruppen und des Geschlechts im Übrigen auch anhand der durchgeführten Hochrechnung auf die Gesamtbevölkerung (Proportionalisierung) ausgeglichen. Standen im ungewichteten Datensatz noch 1150 Kinder im Westen (inklusive Berlin/West) 442 Kindern im Osten gegenüber, so ergibt sich nach Multiplikation der Stichprobe mit dem errechneten Gewichtungsfaktor für die alten Bundesländer eine gewichtete und damit jetzt auch proportionale Fallzahl von 1412 Kindern im Vergleich zu 182 Kindern in den neuen Bundesländern. Hochgerechnet repräsentiert die Stichprobe damit 3,19 Mio. Kinder im Alter von 8 bis 11 Jahren in Deutschland.

»Erwartungstreue«

Die Grundverteilung der realisierten Stichprobe zur 1. World Vision Kinderstudie ist in Tabelle 9.2 dargestellt. Die Abweichungen sind vergleichsweise geringfügig und tolerabel.

Bezüglich der realisierten Altersstruktur muss angemerkt werden, dass die Abgrenzung anhand der Altersangabe der Kinder gemacht wurde. Entgegen der in der empirischen Sozialforschung sonst üblichen Abfrage des Geburtsjahrgangs erwies sich die Frage nach dem Alter als

Tab. 9.3 **Verteilung der Stichprobe nach den Bundesländern**
Basis: Kinder im Alter von 8 bis 11 Jahren in Deutschland

%-Angaben	IST ungewichtet (disproportional)	SOLL	IST gewichtet (proportional)
Schleswig-Holstein	4	4	4
Hamburg	1	2	2
Niedersachsen	16	11	11
Bremen	0	1	1
Nordrhein-Westfalen	21	24	24
Hessen	12	8	8
Rheinland-Pfalz/Saarland	5	6	6
Baden-Württemberg	13	15	15
Bayern	15	17	16
Brandenburg	2	2	2
Mecklenburg-Vorpommern	2	1	1
Sachsen	3	3	3
Sachsen-Anhalt	2	2	2
Thüringen	2	2	2
Berlin	2	2	3

World Vision Kinderstudie 2007 – TNS Infratest Sozialforschung

Tab. 9.4 **Verteilung der Stichprobe nach BIK-Typ**
Basis: Kinder im Alter von 8 bis 11 Jahren in Deutschland

%-Angaben	IST ungewichtet (disproportional)	SOLL	IST gewichtet (proportional)
bis unter 5 000 Einwohner	7	6	6
5 000 bis unter 20 000 Einwohner	10	8	8
20 000 bis unter 50 000 Einwohner	13	13	13
50 000 bis unter 100 000 Einwohner	11	11	11
100 000 bis unter 500 000 Einwohner	32	33	33
500 000 Einwohner und mehr	27	29	29

World Vision Kinderstudie 2007 – TNS Infratest Sozialforschung

die für Kinder einfacher zu beantwortende.

Die Verteilung der Stichprobe nach Bundesländern entspricht, genauso wie übrigens auch die Verteilung nach den BIK–Siedlungsstrukturtypen, ebenfalls relativ gut den Soll-Vorgaben (Tab. 9.3 und 9.4).

Der Anteil ausländischer Kinder in der Stichprobe beträgt 7 %. Im Rahmen der Hochrechnung wird auch dieser Anteil auf den Soll-Wert von 11 % korrigiert. Weitere 13 % der deutschen Kinder haben Eltern oder Elternteile, die nicht in Deutschland geboren wurden. Dieser Anteilswert bleibt ungewichtet wie auch gewichtet gleich hoch ausgeprägt. Der Anteil der Kinder mit Migrationshintergrund beträgt dann zusammengenommen ungewichtet 20 % sowie gewichtet 24 % (zum Migrationshintergrund insgesamt vergleiche Kapitel 2).

Feldarbeit

Die Erhebung zur 1. World Vision Kinderstudie wurde im Zeitraum von Anfang März bis Mitte April 2007 durchgeführt. Zum Einsatz kamen 345 gut geschulte Infratest-Interviewerinnen und -Interviewer. Im Schnitt führte jeder Interviewer und jede Interviewerin vier bis fünf Befragungen durch. 53 % der Interviewerinnen und Interviewer waren männlich und 47 % weiblich. 24 % waren im Alter von 20 bis 39 Jahren, 39 % im Alter von 40 bis 49 Jahren, 25 % im Alter von 50 bis 59 Jahren und 12 % im Alter von 60 bis 69 Jahren. Die Alters- und Geschlechterverteilung entspricht in etwa der demografischen Struktur des Infratest-Interviewerstabes.

Die konkrete Auswahl der nach den genannten Kriterien per Quotenvorgabe zu befragenden Zielpersonen wurde den Interviewerinnen und Interviewern überlassen. Sie konnten diese in ihrem persönlichen Bekanntenkreis, im Rahmen von Institutionen oder innerhalb von typischen Orten, an denen Kinder angetroffen werden, anwerben und dann zu Hause befragen. Bei dieser Altersgruppe musste hierbei vorab das Einverständnis der Eltern eingeholt werden.

Die durchschnittliche Dauer der durchgeführten Interviews betrug 41,5 Minuten. Die Befragungen bei den 8- bis 9-jährigen Zielpersonen mit 43,1 Minuten waren dabei etwas länger als bei den 10- bis 11-jährigen Kindern mit 40,1 Minuten. Hier zeigte sich, dass die jüngeren Kinder etwas mehr Zeit für die Beantwortung einzelner Fragen brauchten.

Im Rahmen der Infratest-Interviewerkontrolle wurden alles in allem 10 % der befragten Zielpersonen, deren Adressen vom Interviewer notiert werden mussten, stichprobenartig überprüft. Hier wurde direkt bei den Eltern der Kinder entweder telefonisch oder mit Hilfe einer Postkarte nachgefragt, ob mit den Kindern tatsächlich ein Interview in der entsprechenden Länge und zu der genannten Thematik durchgeführt wurde. Weitere Qualitätskontrollen bezogen sich auf die realisierten Fragebögen, die auf interne Konsistenz und Widerspruchsfreiheit überprüft wurden. Hierbei wurden nur geringfügige nachträgliche Korrekturen vorgenommen. Offensichtliche fehlerhafte Angaben wurden ggf. auf »keine Angabe« gesetzt.

Nach Abschluss der Feldarbeit und der Qualitätskontrolle stand ein analysefähiger Datensatz zur Verfügung, der mit Hilfe des statistischen Software-Pakets SPSS 12.0 differenziert ausgewertet wurde. Die Ergebnisse sind in diesem Buch detailliert dargestellt.

Anhang

World Vision Kinderstudie 2007

Eltern-Fragebogen

Liebe Eltern,
vielen Dank, dass Sie zugestimmt haben, dass sich Ihr Kind an der 1. World Vision Kinderstudie beteiligt und von uns befragt werden darf. Wir möchten Sie mit dem folgenden Fragebogen noch um einige wenige Hintergrundinformationen zu Ihnen und zu Ihrer Familie bitten.

Selbstverständlich werden auch diese Angaben ausschließlich anonym ausgewertet und an keine sonstigen Dritten weitergegeben.

(Achtung Interviewer: Bitte vorab eintragen)

Vorname des befragten Kindes ______________________

Was trifft auf Sie zu?

1. Ich bin

- die Mutter des Kindes
- der Vater des Kindes

2. Ich bin

- verheiratet
- nicht verheiratet, betreue das Kind aber zusammen mit meinem Partner/meiner Partnerin.
- alleinerziehend

3a. Mein gegenwärtiges Alter

____ Jahre

4a. Mein (höchster) Schulabschluss

- Hauptschule (8.–9. Klasse)
- Realschule/mittlere Reife (10. Klasse)
- Fachhochschulreife
- Abitur
- habe keinen Abschluss
- gehe noch zur Schule

3b. *(Sofern verheiratet oder mit Partner lebend)* **Gegenwärtiges Alter meines Partners**

____ Jahre

4b. *(Sofern verheiratet oder mit Partner lebend)*
Der (höchste) Schulabschluss meines Partners

- Hauptschule (8.–9. Klasse)
- Realschule/mittlere Reife (10. Klasse)
- Fachhochschulreife
- Abitur
- hat keinen Abschluss
- geht noch zur Schule

5a. Ich bin derzeit

- vollzeit erwerbstätig (35 Stunden und mehr)
- teilzeit erwerbstätig (15 bis unter 35 Stunden)
- geringfügig beschäftigt (unter 15 Stunden)
- arbeitslos
- in Erziehungsurlaub oder in sonstiger Beurlaubung
- in Ausbildung
- Schüler oder Student
- Hausfrau oder Hausmann oder aus sonstigen Gründen nicht erwerbstätig

6a. *(Sofern erwerbstätig)* **Ich bin beschäftigt als**

- Arbeiter(in)
- Angestellter(e)
- Beamter(in)
- freiberuflicher(e) Akademiker(in) (z. B. Rechtsanwalt, Arzt ...)
- Selbständiger(e)

7a. Sind Sie in den letzten zwei Jahren für 3 Monate oder länger arbeitslos gewesen?

- ja
- nein
- trifft nicht zu, bin nicht erwerbstätig und habe keine Arbeit gesucht

5b. *(Sofern verheiratet oder mit Partner lebend)* **Mein Partner ist derzeit**

- vollzeit erwerbstätig (35 Stunden und mehr)
- teilzeit erwerbstätig (15 bis unter 35 Stunden)
- geringfügig beschäftigt (unter 15 Stunden)
- arbeitslos
- in Erziehungsurlaub oder in sonstiger Beurlaubung
- in Ausbildung
- Schüler oder Student
- Hausfrau oder Hausmann oder aus sonstigen Gründen nicht erwerbstätig

6b. *(Sofern verheiratet oder mit Partner lebend und sofern Partner erwerbstätig)*
Mein Partner ist beschäftigt als

- Arbeiter(in)
- Angestellter(e)
- Beamter(in)
- freiberuflicher(e) Akademiker(in) (z. B. Rechtsanwalt, Arzt ...)
- Selbständiger(e)

7b. *(Sofern verheiratet oder mit Partner lebend)*
Ist Ihr Partner in den letzten zwei Jahren für 3 Monate oder länger arbeitslos gewesen?

- ja
- nein
- trifft nicht zu, er/sie ist nicht erwerbstätig und hat keine Arbeit gesucht

8a. Ich bin geboren in/im

- Deutschland
- Türkei
- Griechenland
- Italien
- ehemaligen Jugoslawien
- der ehemaligen Sowjetunion
- sonstigem westeuropäischen Land
- sonstigem osteuropäischen Land
- einem arabischen Land
- Afrika
- einem sonstigen Land

9a. Meine gegenwärtige Staatsangehörigkeit

- deutsch
- türkisch
- griechisch
- italienisch
- ehemaliges Jugoslawien
- ehemalige Sowjetunion
- sonstiges westeuropäisches Land
- sonstiges osteuropäisches Land
- arabisches Land
- afrikanisches Land
- sonstiges Land

10a. Meine Religionsgemeinschaft

- katholisch
- evangelisch
- andere christliche Religion
- Islam
- andere nicht-christliche Religion
- keine Kirche oder Religionsgemeinschaft

8b. *(Sofern verheiratet oder mit Partner lebend)* **Mein Partner ist geboren in/im**

- Deutschland
- Türkei
- Griechenland
- Italien
- ehemaligen Jugoslawien
- der ehemaligen Sowjetunion
- sonstigem westeuropäischen Land
- sonstigem osteuropäischen Land
- einem arabischen Land
- Afrika
- einem sonstigen Land

9b. *(Sofern verheiratet oder mit Partner lebend)*
Gegenwärtige Staatsangehörigkeit meines Partners

- deutsch
- türkisch
- griechisch
- italienisch
- ehemaliges Jugoslawien
- ehemalige Sowjetunion
- sonstiges westeuropäisches Land
- sonstiges osteuropäisches Land
- arabisches Land
- afrikanisches Land
- sonstiges Land

10b. *(Sofern verheiratet oder mit Partner lebend)* **Religionsgemeinschaft meines Partners**

- katholisch
- evangelisch
- andere christliche Religion
- Islam
- andere nicht-christliche Religion
- keine Kirche oder Religionsgemeinschaft

11. Welche Staatsangehörigkeit hat Ihr Kind?

- deutsch
- nicht-deutsch
- doppelte Staatsangehörigkeit

12. Welche Schulform besucht Ihr Kind gegenwärtig?

- Grundschule
- Hauptschule
- Realschule
- Gymnasium
- Schule mit mehreren Bildungsgängen (Orientierungsstufe, Gesamtschule ...)
- Förderschule (Sonderschule)

13. Macht Ihr Kind außerhalb von Familie oder Schule irgendwo mit, in einem Verein, z. B. einem Sportverein, in einer Kindergruppe, in einer Musikgruppe, in der Kirche, beim Natur- oder Tierschutz oder Ähnlichem?

- Sportverein (Fußball, Schwimmverein, Reitverein, Tennis ...)
- Musikgruppe/Musikschule
- Tanzclub/Ballett
- Malgruppe/Zeichnen
- Theater- oder Kinogruppe
- Kirchengruppe
- Pfadfinder
- Natur- oder Tierschutz
- feste Gruppe in einem Kinder- oder Jugendtreff
- Trachtenverein/Brauchtumspflege
- sonstige Gruppe oder Verein (bitte eintragen) ______________________
- nein, mein Kind ist in keiner festen Gruppen und in keinem Verein

14. Wir wohnen

- in einem Einfamilienhaus (Reihenhaus oder freistehend)
- in einem kleineren Haus mit mehreren Wohnungen (bis zu 12 Wohnungen)
- in einem größeren Haus oder einem Wohnblock (mehr als 12 Wohnungen)

15. Wohnform

- Miete
- Eigentum

16. Wie kommen Sie in Ihrem Haushalt mit dem Geld zurecht, das Ihnen und Ihrer Familie monatlich zur Verfügung steht?

- sehr gut
- gut
- mittelmäßig
- eher schlecht
- sehr schlecht

Vielen Dank für Ihre Mitarbeit

World Vision Kinderstudie 2007
Dokumentation des CAPI-Fragebogens

Vielen Dank für Deine Bereitschaft, bei unserer Umfrage mitzumachen. Ich werde Dir jetzt einige Fragen stellen, die sich auf Dich beziehen oder zu denen Du mir Deine persönliche Meinung sagen kannst.

1a. Du bist die/der

Vorname des Kindes ______________________

1b. Kind ist

- weiblich
- männlich

Soziodemografie und Familie

2. Zuerst einmal würde ich gerne wissen, wie alt Du bist?

_______ Alter des Kindes *(8–11 Jahre)*

3. Wenn Du einmal alle zusammenzählst, mit denen Du zusammen wohnst, wie viele Personen seid Ihr dann bei Euch zu Hause?

Haushaltsgröße _______

- trifft nicht zu, ich wohne im Heim *(weiter mit Frage 5)*

4. Und um wen handelt es sich dabei? Bitte benenne mir anhand dieser Liste, welche Personen bei Dir zu Hause wohnen.

- ich selber
- Vater
- Mutter
- Stiefvater/Lebenspartner meiner Mutter
- Stiefmutter/Lebenspartnerin meines Vaters
- Bruder oder Brüder
- Schwester oder Schwestern
- Opa
- Oma
- andere Verwandte (Onkel oder Tante, Cousin oder Cousine …)
- sonstige Bekannte meiner Eltern

5. *(Bei keiner Nennung von Geschwistern)*
Hast Du Geschwister, auch solche, die vielleicht nicht mit Dir zusammen wohnen?

- ja
- nein, ich habe keine Geschwister

6. *(Bei Nennung von Geschwistern laut Frage 4 oder 5)*
Und wie viel jüngere oder ältere Brüder oder Schwestern hast Du genau?

____	jüngere(n) Bruder/Brüder	Trifft nicht zu
____	jüngere Schwester/Schwestern	Trifft nicht zu
____	ältere(n) Bruder/Brüder	Trifft nicht zu
____	ältere Schwester/Schwestern	Trifft nicht zu

7. Sind Deine Eltern in Deutschland geboren oder kommt einer von ihnen oder beide aus einem anderen Land?

- Eltern sind in Deutschland geboren
- ein Elternteil kommt aus einem anderen Land
- beide kommen aus einem anderen Land

8. *(Falls ein oder beide Eltern im Ausland geboren sind, sonst Frage 11)*
Und wo bist Du geboren?

- in Deutschland
- oder in einem anderen Land

9. In welcher Sprache redet Ihr hauptsächlich zu Hause

- eher in Deutsch
- oder eher in der Muttersprache Deiner Eltern (Deines nicht-deutschen Elternteils)?

10. Und in welcher Sprache redest Du hauptsächlich mit Deinen Freundinnen oder Freunden?

- eher in deutsch
- oder eher in der Muttersprache Deiner Eltern/Deines nicht-deutschen Elternteils?
- mal so, mal so

11a. Findest Du, dass Deine *(falls neue Lebenspartnerin laut Frage 4: Text: leibliche)* **Mutter ausreichend Zeit für Dich hat?**

- ja
- mal so, mal so
- nein
- trifft nicht zu, Mutter nicht vorhanden

11b. *(Falls Stiefmutter/neue Lebenspartnerin, laut Frage 4)* **Und findest Du, dass die neue Lebenspartnerin Deines Vaters ausreichend Zeit für Dich hat?**

- ja
- mal so, mal so
- nein

12. Wie ist das bei Deinem *(falls neuer Lebenspartner, laut Frage 4: leiblichen)* **Vater, hat der ausreichend Zeit für Dich?**

- ja
- mal so, mal so
- nein
- trifft nicht zu, Vater nicht vorhanden

12a. *(Falls Stiefvater/neuer Lebenspartner laut Frage 4)* **Und der neue Lebenspartner Deiner Mutter, hat der ausreichend Zeit für Dich?**

- ja
- mal so, mal so
- nein

13. *(Sofern Opa oder Oma laut Frage 4 nicht im Haushalt wohnen)*
Wohnen Deine Großeltern oder zumindest eine Oma oder ein Opa in Deiner Nähe?

- ja, in der näheren Nachbarschaft
- ja, in der gleichen Stadt
- nein, meine Großeltern wohnen in einer anderen Stadt
- trifft nicht zu, ich habe keine Großeltern mehr (weiter mit Frage 15)

14. Und wie häufig siehst Du Oma oder Opa?

- so gut wie täglich
- einmal oder mehrfach pro Woche
- ein- bis zweimal pro Monat
- ein paar Mal im Jahr
- noch seltener
- nie

15. Wie viel Bücher gibt es ungefähr bei Euch zu Hause?
Du kannst Deine Antwort anhand der folgenden Vorgabe abstufen.
Nenn mir einfach die zutreffende Zahl.

1	2	3	4	5
nur sehr wenige (bis 10 Bücher)	etwa ein Bücherbrett (11–24 Bücher)	etwa ein Regal (25–100 Bücher)	etwa zwei Regale (101–200 Bücher)	drei oder mehr Regale (mehr als 200 Bücher)

16. Wie zufrieden bist Du ganz allgemein mit den Freiheiten, die Dir Deine Eltern im Alltag gewähren? Bitte sage mir einfach, welches Gesicht auf dieser Liste am besten passt und nenne mir den zugehörigen Buchstaben.

A B C D E

17. Hast Du ein eigenes Kinderzimmer?

- ja, für mich allein
- ja, mit meinem(n) Geschwister(n) zusammen
- nein, ich habe kein eigenes Zimmer

17a. *(falls ›jüngere/s‹ und ›ältere/s Geschwister‹ laut Frage 6 und Frage 17 ›Ja, mit meinem (n) Geschwister(n) zusammen‹)*
Zusammen mit Deinem jüngeren oder mit Deinem älteren Geschwister?

- mit meinem/n jüngeren Geschwister/n
- mit meinem/n älteren Geschwister/n
- sowohl als auch

18. *(falls laut Frage 17 ›eigenes Zimmer‹ oder ›Zimmer mit Geschwister‹)*
Hast Du in Deinem *(bzw. laut Frage 17: Habt Ihr in Eurem)* **Kinderzimmer –**

Ja / Nein

- einen eigenen Fernseher
- einen eigenen Video- oder DVD-Player
- ein Radio
- einen CD-Player oder Kassettenrekorder
- einen eigenen Computer (ggf. Laptop)
- eine Spielkonsole/Playstation für Videospiele
- einen tragbaren Gameboy (tragbare Playstation/Nintendo)

19. Bist Du schon einmal außerhalb von Deutschland in einem anderen Land gewesen?

- ja
- nein

20. *(falls Frage 19 = ›Ja‹)* **Und wie war das?**
Warst Du in dem anderen Land *(Mehrfachnennungen)*

- im Urlaub
- zu Besuch bei Verwandten, die im Ausland leben
- bei Freunden oder Bekannten im Ausland
- sonstiges ______________________
- ich bin außerhalb von Deutschland geboren

(Frage 21 und 22 sind als Frage 33a und 33b hinter Frage 33 verschoben)

23. Bekommst Du von Deinen Eltern Taschengeld?

- ja, regelmäßig pro Woche
- falls ja: Und wie viel pro Woche ____ Euro
- ja, aber eher unregelmäßig
- nein

24. Bekommst Du *(falls mit Taschengeld laut Frage 23: darüber hinaus noch weitere)* **Geldgeschenke von Deinen Eltern oder von Verwandten oder Bekannten?**

- oft
- manchmal
- eigentlich nie oder so gut wie nie

25. Und bist Du mit der Höhe des Geldes zufrieden, das Du zu Deiner persönlichen Verfügung hast?

- sehr zufrieden
- eher zufrieden
- eher nicht zufrieden
- nicht zufrieden

26. Leihst Du Dir schon mal für längere Zeit von Deinen Freunden oder von Bekannten Geld?

- ja, häufig
- ja, aber nur selten
- so gut wie nie/nie

26a. *(falls Frage 26 = ›Ja, häufig‹ oder ›Ja, aber nur selten‹)* **Und wie viel Geld leihst Du Dir dann so?**

- mehr als Dein wöchentliches Taschengeld (Dein Geld, das Du wöchentlich zur Verfügung hast)
- eher weniger
- mal so, mal so

27. Nun zu einem anderen Thema. Wie wichtig ist bei Euch zu Hause Religion und an Gott zu glauben?

- sehr wichtig
- wichtig
- nicht so wichtig
- überhaupt nicht wichtig

28. Besuchst Du regelmäßig den Gottesdienst?

- ja, jede Woche
- ja, ab und an im Monat
- seltener
- nie oder so gut wie nie

29. Manchmal gibt es mit den Eltern ja auch mal Auseinandersetzungen. Wie ist das bei Dir? Gibt es bei Euch zu Hause oft, manchmal oder so gut wie nie Streit?

oft / manchmal / so gut wie nie

- ums Aufräumen
- um Dein Aussehen oder die Art der Kleidung, die Du trägst
- um die Schule oder die Hausaufgaben
- darum, wie lange Du aufbleiben darfst
- um Dinge, die Du gern kaufen oder gekauft haben möchtest
- um Fernsehen
- um Computerspiele, Handy oder Internet
- um zu laute Musik
- um Freunde, mit denen Deine Eltern nicht einverstanden sind

30. Wie reagieren Deine Eltern, wenn sie sauer auf Dich sind? Welche der folgenden Dinge treffen oft, welche manchmal und welche nie oder so gut wie nie zu?

oft / manchmal / nie oder so gut wie nie

- wenn meine Eltern sauer auf mich sind, reden sie in der Regel mit mir, ohne mich zu bestrafen
- sie schimpfen laut mit mir
- sie kürzen mir das Taschengeld
- sie sprechen dann nicht mehr mit mir
- sie erteilen mir Verbote, wie z. B. Fernsehverbot oder Ähnliches
- ich muss dann alleine in meinem Zimmer bleiben
- ich kriege eine Ohrfeige oder Ähnliches
- ich kriege eine Tracht Prügel

Schule/Institutionen

31. Nun geht es um die Schule. In welche Klasse gehst Du?

____ Klasse *(2.–7. Klasse)*

32. Wie gefällt es Dir in der Schule?
Nenne mir bitte wieder den entsprechenden Buchstaben.

A B C D E

33. Was würdest Du sagen, bist Du

- ein sehr guter
- ein guter
- ein mittelguter
- ein nicht so guter
- oder ein überhaupt nicht guter Schüler?

33a. Um wie viel Uhr gehst Du abends normalerweise, wenn Schule ist, ins Bett?

____ Uhr

33b. Und wann stehst Du morgens auf, wenn Schule ist?

____ Uhr

34. Wie kommst Du morgens normalerweise zur Schule?

- zu Fuß
- mit dem Fahrrad
- mit dem öffentlichen Bus oder der Straßenbahn
- mit einem gesonderten Schulbus
- per Auto (z. B. mit den Eltern)

35. Gehst Du auf eine Halbtagsschule, die normalerweise mittags zu Ende ist, oder besuchst Du eine Ganztagsschule mit regelmäßigem Unterricht und sonstigen Angeboten am Nachmittag?

- Halbtagsschule (weiter mit Frage 36a)
- Ganztagsschule (weiter mit Frage 36b)

36a. *(sofern Frage 35 = ›Halbtagsschule‹)*
Fändest Du es gut oder nicht so gut, wenn in der Schule künftig auch am Nachmittag folgende Dinge stattfinden würden

fände ich gut / fände ich nicht so gut / unentschieden

- Hausaufgabenbetreuung
- Sportangebote
- Kunst, Theater-AG
- Projektunterricht
- normaler Unterricht

36b. *(sofern Frage 35 = ›Ganztagsschule‹)*
Wärst Du lieber auf einer Schule, die mittags zu Ende ist?

- ja
- nein

37. Dürft Ihr in Eurer Schule

oft / manchmal / nie oder so gut wie nie

- mitbestimmen, wie Euer Klassenzimmer gestaltet ist
- mitreden, wohin die Schulausflüge gehen sollen (indem zum Beispiel verschiedene Ziele zur Auswahl gestellt werden)
- Vorschläge machen, was für Themen bei Projekten im Unterricht besprochen werden sollen
- mitreden, wie die Pausenregeln gestaltet werden, also was man in der Pause machen darf und was nicht
- Vorschläge machen, wie die Schulfeste gestaltet werden (was zum Beispiel an Programm stattfinden soll)?

38. *(sofern Frage 35 = ›Halbtagsschule‹)*
Besuchst Du nach der Schule regelmäßig eine der folgenden Betreuungseinrichtungen?

- eine an der Schule angebotene Mittagsbetreuung
- einen Hort
- eine sonstige Einrichtung oder Gruppe zur Nachmittagsbetreuung
- nein, nichts davon/ich gehe in keine Einrichtung (weiter mit Frage 39)

38a. *(falls laut Frage 38 ›Einrichtung‹)* **Wie gefällt es Dir dort?**
Nenn mir einfach wieder den zutreffenden Buchstaben

A B C D E

39. Hast Du schon mal die Schule geschwänzt?

- nein, noch nie
- einmal
- schon öfter
- regelmäßig mindestens einmal pro Monat

40. Wie lange machst Du nach dem Unterricht täglich etwas für die Schule, also Hausaufgaben, Üben oder Ähnliches?

- ungefähr eine halbe Stunde
- ungefähr eine Stunde
- ungefähr 1 und eine halbe Stunde
- ungefähr 2 Stunden
- ungefähr 3 Stunden
- mehr als 3 Stunden

41. Schauen sich Deine Eltern regelmäßig Deine Hausaufgaben an?

- ja, so gut wie immer
- ja, manchmal
- eher selten
- nie

42. Erhältst Du privaten Nachhilfeunterricht?

- nein
- ja, einmal in der Woche
- ja, mehrmals in der Woche

43a. *(laut Frage 31: 3.–4. Klasse)*
Auf welche weiterführende Schule möchtest Du später gerne gehen?

- auf die Hauptschule (Hauptschulabschluss),
- auf die Realschule (Realschulabschluss),
- oder auf das Gymnasium (Abitur)?
- weiß nicht/egal

43b. *(laut Frage 31: ab 5. Klasse)*
Welchen Schulabschluss möchtest Du später erreichen?

- den Hauptschulabschluss
- den Realschulabschluss
- oder das Abitur
- weiß nicht/egal

44. Wo isst Du in der Regel zu Mittag?

- zu Hause bei Deinen Eltern
- bei Oma oder Opa oder sonstigen Verwandten
- bei Freunden oder Bekannten
- in der Einrichtung, in der ich mich mittags oder nach der Schule immer aufhalte (Mittagsbetreuung, Hort, Ganztagsschule …)
- im Schnellimbiss (McDonalds, BurgerKing …)
- ich kaufe mir eine Kleinigkeit
- ich esse nicht richtig zu Mittag

Freundschaften, Peer und soziale Netzwerke

Nun zum Thema Freizeit und Freunde.

45. Welche von den Dingen, die ich Dir jetzt gleich vorlese, machst Du oft, welche manchmal und welche nie oder so gut wie nie in Deiner Freizeit?

oft / manchmal / nie oder so gut wie nie

- Sport treiben (Ballspiele, Schwimmen usw.)
- Inlineskate oder Skateboard fahren
- tanzen, Ballett oder Theatergruppe
- fernsehen
- mich mit Freundinnen oder Freunden treffen
- zu Hause mit meinen Spielzeug spielen
- ein Instrument spielen, Musik machen
- Playstation, Nintendo, Computerspiele
- Bücher oder Zeitschriften lesen
- Videos oder DVDs anschauen
- telefonieren, SMS schreiben
- basteln, malen oder zeichnen
- Musik hören
- draußen einfach nur rumhängen
- Briefe oder Tagebuch schreiben
- etwas mit der Familie unternehmen
- in einen Kinder- oder Jugendtreff oder ein Jugendzentrum gehen
- mich mit einem Tier oder mit Tieren beschäftigen

45a. Kommt es vor, dass Du Dich in Deiner Freizeit langweilst?

- ja, häufig
- ja, manchmal
- eher nur selten
- eigentlich nie

46. Wenn Du jetzt mal etwas genauer überlegst: An wie vielen Tagen pro Woche treibst Du normalerweise Sport oder strengst Dich für mindestens eine Stunde körperlich an?

____ Tage

- ich mache nur unregelmäßig oder gar keinen Sport

47. Kannst Du schwimmen?

- ja (weiter mit Frage 47a)
- nein (weiter mit Frage 48)

47a. *(sofern Frage 47 = ›ja‹)*
Hast Du ein Schwimmabzeichen erworben? Falls ja, welches hast Du zurzeit

- Seepferdchen/Frühschimmer
- bronzenes Schwimmabzeichen (Freischwimmer)
- silbernes Schwimmabzeichen (Fahrtenschwimmer)
- goldenes Schwimmabzeichen
- nein, ich habe kein Schwimmabzeichen

48. Wie häufig liest Du zu Hause länger in einem Buch oder in einer Zeitschrift (ohne Hausaufgaben)

- täglich
- mehrfach wöchentlich
- einmal pro Woche
- seltener
- so gut wie nie

49. Und wie lange schaust Du normalerweise am Tag Fernsehen?

- höchstens eine halbe Stunde
- eine halbe bis eine Stunde
- ein bis zwei Stunden
- zwei bis drei Stunden
- drei Stunden und mehr
- ich schaue so gut wie gar kein Fernsehen (weiter mit Frage 51)

50. *(sofern Frage 49 nicht = ›ich schaue so gut wie gar kein Fernsehen‹)* **Welche von den folgenden Sendungen schaust Du Dir dabei oft, welche manchmal und welche so gut wie nie oder nie an**

oft / manchmal / nie oder so gut wie nie

- Zeichentrickfilme
- sonstige Kinderfilme oder Serien für Kinder
- Sportsendungen
- Shows oder Serien für ältere Jugendliche oder für Erwachsene
- Actionfilme für ältere Jugendliche oder für Erwachsene
- Nachrichten für Kinder, z. B. Logo
- Nachrichten für Erwachsene
- Musiksendungen (The Dome, Top of the Pops)
- Wissenssendungen speziell für Kinder, z. B. Wissen macht Ah!, Löwenzahn
- sonstige Wissenssendungen (z. B. Galileo, Abenteuer Wildnis)
- (sofern laut Frage 7: ausländische/r Eltern/teil) Sendungen in der Muttersprache Deiner Eltern

51. Jetzt mal grob geschätzt: Wie viele Freundinnen oder Freunde hast Du in etwa?

- 1 (Frage 51x, dann Frage 52b, dann Frage 55a/b, dann Frage 57a/b)
- 2 bis 3
- 4 bis 5
- 6 bis 9
- 10 oder mehr
- gar keine (Frage 52a, dann Frage 55a/b, dann Frage 57a/b)

51x. *(nur falls Frage 51 = ›1‹, sonst überspringen)* **Handelt es sich dabei**

- um einen Jungen
- oder um ein Mädchen?

52a. *(nur falls Frage 51 = ›gar keine‹, sonst überspringen)* **Hättest Du gerne**

- mehrere Freundinnen oder Freunde
- nur (m) einen wirklich guten Hauptfreund / (w) eine wirklich gute Hauptfreundin
- oder ist es gerade recht so, wie es jetzt ist?

52b. *(nur falls Frage 51 = ›1‹, sonst überspringen)* **Hättest Du gerne**

- mehrere Freundinnen oder Freunde
- oder ist es gerade recht so, wie es jetzt ist?

53. *(nur falls Frage 51 = ›2 bis 10 und mehr Freunde‹, sonst überspringen)* **Hättest Du gerne**

- mehr Freundinnen oder Freunde
- eher weniger, dafür aber eine wirklich gute Hauptfreundin oder einen Hauptfreund
- oder ist es gerade recht so, wie es jetzt ist?

54a. *(nur Jungen laut Frage 1b)* **Gehören auch Mädchen zu Deinen Freunden?**

- ja, mehrere
- ja, aber nur ein oder vielleicht zwei
- nein, eigentlich nicht

55a. *(nur Jungen laut Frage 1b)* **Wenn Du jetzt mal an Deinen letzten Geburtstag zurückdenkst, wie viele Mädchen hattest Du da eingeladen?**

- mehrere
- eins
- gar keine
- ich lade keine Kinder zu meinem Geburtstag ein (Frage 57a und b überspringen)

54b. *(nur Mädchen laut Frage 1b)* **Gehören auch Jungs zu Deinen guten Freunden?**

- ja, mehrere
- ja, aber nur ein oder vielleicht zwei
- nein, eigentlich nicht

55b. *(nur Mädchen laut Frage 1b)* **Wenn Du jetzt mal an Deinen letzten Geburtstag zurückdenkst, wie viele Jungs hattest Du da eingeladen?**

- mehrere
- einen
- gar keine
- ich lade keine Kinder zu meinem Geburtstag ein (Frage 57a oder b überspringen)

56a. *(laut Frage 7 mit deutschen Eltern)* **Hast Du auch Freundinnen oder Freunde, deren Vater oder Mutter nicht aus Deutschland stammen?**

- ja, mehrere
- ja, einen oder eine
- nein, habe ich nicht

57a. *(laut Frage 7 mit deutschen Eltern, Frage 55a/b nicht ›Ich lade keine Kinder …‹)*
Und wie viele Kinder mit nicht-deutschen Eltern hattest Du zu Deinem letzten Geburtstag eingeladen?

- mehrere
- eins
- gar keine

56b. *(laut Frage 7 mit nicht-deutschem/n Elternteil/Eltern)*
Hast Du vorrangig deutsche oder vorrangig nicht-deutsche Freunde?

- vorrangig deutsche
- nur deutsche
- vorrangig nicht-deutsche
- nur nicht-deutsche
- teils, teils

57b. *(laut Frage 7 mit nicht-deutschem/n Elternteil/Eltern, Frage 55a/b nicht ›Ich lade keine Kinder …‹)* **Und wie viele deutsche Kinder hattest Du zu Deinem letzten Geburtstag eingeladen?**

- mehrere
- eins
- gar keine

58. Findest Du es eher leicht oder eher schwer, Freundschaften zu schließen?

- eher leicht
- eher schwer

59. Was denkst Du, welche Kinder oder Jugendliche sind bei anderen eher beliebt?

trifft (eher) zu / trifft (eher) nicht zu

Beliebt sind die,
- die gut in der Schule sind
- die anderen helfen
- die viel lachen und lustig sind
- die gut aussehen
- die gut in Sport sind
- die teure Klamotten tragen
- die sich nichts gefallen lassen
- die im Unterricht den Klassenclown spielen
- die immer zu ihren Freunden halten

60. Hast Du ein eigenes Handy?

- ja
- nein, ich habe kein eigenes Handy

60a. *(Frage 60 = ›ja‹)* **Mit Prepaid-Karte oder mit Vertrag?**

- Prepaid-Karte (muss aufgeladen werden, wenn sie verbraucht ist)
- Vertrag (kein Aufladen notwendig)

60b. *(Frage 60 = ›ja‹)* **Wer bezahlt die Gebühren für Dein Handy?**

- Du selber, z. B. von Deinem Taschengeld
- oder Deine Eltern?

61. Hast Du einen Zugang zum Internet (also die Möglichkeit, über einen Computer ins Internet zu gehen)?

- nein
- ja

61a. *(Frage 61 = ›ja‹)* **Bist Du selber regelmäßig pro Woche im Internet?**

- nein, nur unregelmäßig oder nie (weiter mit Frage 62)
- ja

61b. *(Frage 61a= ›ja‹)* **Und wie lange bist Du ungefähr pro Woche im Internet?**

- nicht mehr als eine halbe Stunde
- bis 1 Stunde
- bis 2 Stunden
- bis 3 Stunden
- bis 4 Stunden
- bis 5 Stunden
- mehr als 5 Stunden (weiter mit Nachfrage: 5 bis 10 Stunden, 10 bis 20 Stunden oder 20 Stunden und mehr)

61c. *(Frage 61b: ab ›bis 1 Stunde‹)* **Was machst Du hauptsächlich, wenn Du im Internet bist?**

oft / manchmal / nie oder so gut wie nie

- E-Mails verschicken
- gezielt nach etwas suchen
- chatten, also mich im Internet mit anderen unterhalten
- einfach drauflossurfen
- Computerspiele
- Videos anschauen oder herunterladen
- Musik herunterladen

62. Man kann sich in der Gegend, in der man wohnt, ja unterschiedlich wohl fühlen. Welche der folgenden Aussagen treffen bei Dir eher zu und welche eher nicht zu?

trifft (eher) zu / trifft (eher) nicht zu

- in meiner Gegend gibt es viel zu wenig Ampeln und Fußgängerüberwege, um die Straßen sicher überqueren zu können
- unsere Nachbarn schimpfen ständig, wenn wir draußen spielen
- in meiner Nachbarschaft wohnen genügend Spielfreundinnen oder -freunde
- in meiner Straße gibt es zu viel Autoverkehr
- ich fürchte mich vor Kinder- oder Jugendbanden aus der Nachbarschaft
- einen Spielplatz oder eine freie Wiese zum Spielen kann ich jederzeit zu Fuß erreichen

63. Sind Dir im letzten Jahr von anderen Kindern oder Jugendlichen

schon oft / manchmal / sehr selten / nie

- absichtlich Sachen kaputtgemacht worden
- bist Du gehänselt worden
- ist Dir gewaltsam etwas weggenommen worden
- oder bist Du bedroht oder geschlagen worden?

64. Und wie ist das umgekehrt: Hast Du im letzten Jahr mal fremden Kindern oder zum Beispiel auch Schulkameradinnen oder -kameraden

schon oft / manchmal / sehr selten / nie

- absichtlich Sachen kaputtgemacht
- hast Du sie gehänselt
- hast Du ihnen gewaltsam etwas weggenommen
- oder hast Du andere Kinder bedroht oder geschlagen?

65. Nun noch einige Fragen zu Dir selber. Und wie zufrieden bist Du mit Deinem Körpergewicht? Findest Du, dass Du

- viel zu dünn bist
- ein wenig zu dünn bist
- genau das richtige Gewicht hast
- ein wenig zu dick bist, oder
- viel zu dick bist?

Einstellungen und Ängste, Mitwirkung

66. Was glaubst Du, welche von den folgenden Personen legen eher viel und welche eher wenig Wert auf Deine eigene Meinung?

eher viel / mal so, mal so / eher wenig

- Deine Mutter (legt die eher viel oder eher wenig Wert auf Deine eigene Meinung?)
- Dein Vater
- Deine Freundinnen und Freunde
- Deine Klassenlehrerin/dein Klassenlehrer
- (sofern in einer Einrichtung laut Frage 37) die Betreuerinnen und Betreuer der Einrichtung, in der Du Dich nach der Schule aufhältst

67. Machen Dir folgende Dinge oft, manchmal oder so gut wie nie Angst?

oft / manchmal / nie oder so gut wie nie

- schlechte Noten und dass ich in der Schule nicht mehr mitkomme
- dass meine Eltern arbeitslos werden oder keine Arbeit finden
- dass ich bedroht oder geschlagen werden könnte
- die wachsende Umweltverschmutzung
- dass es bei uns immer mehr arme Menschen gibt
- dass bei uns plötzlich ein Krieg ausbricht
- dass immer mehr Ausländer nach Deutschland kommen

68. Hast Du selbst schon einmal eine der folgenden Aufgaben, die ich Dir jetzt vorlese, übernommen, oder hast Du da schon mal mitgemacht?

ja / nein / kenne ich nicht

- Klassensprecher, Hortsprecher
- Mitarbeit in der Schülervertretung
- Streitschlichter (z. B. in der Schule oder in einer Einrichtung)
- Mitarbeit in einem Natur- oder Tierschutzverein
- regelmäßige Arbeiten oder Aufgaben in einem Verein, in dem Du bist (z. B. Sportverein)
- Jugendsprecher in einem Verein, einer Gruppe, in der Du mitmachst
- Mitmachen bei einem Kinder- oder Jugendforum/Kinder- oder Jugendparlament
- Mitgestalten eines Jugendtreffpunkts, eines Jugendzentrums
- Mitmachen bei der Jugendfeuerwehr oder der Ausbildung zum Rettungsdienst
- Hilfsaktion oder Projekt für Kinder in anderen Ländern
- Hilfsaktion oder Projekt für Menschen, denen es schlecht geht (z. B. Katastrophenopfer oder auch Menschen hier am Ort)

69. Interessierst Du Dich für Politik? Würdest Du sagen, Du bist

- gar nicht interessiert
- wenig interessiert
- interessiert
- oder stark interessiert?

70. Wird bei Euch zu Hause über Politik geredet?

- oft
- manchmal
- eigentlich nie oder so gut wie nie

71. Was meinst Du: Ist der Umgang in Deutschland mit folgenden Gruppen gerecht, eher gerecht, eher ungerecht oder sehr ungerecht?

gerecht / eher gerecht / eher ungerecht / sehr ungerecht

- Der Umgang mit Kindern oder Jugendlichen
- mit alten Menschen
- mit Ausländern
- mit Behinderten?

72. Glaubst Du, dass Politiker auch viel an Kinder denken, also daran, was sie tun müssen, damit es Kindern gutgeht, oder glaubst Du das eher nicht?

- glaube ich
- glaube ich eher nicht
- unentschieden, kann ich nicht sagen

73. Und zum Abschluss: Was ist momentan Dein größter Wunsch, den Du gerne erfüllt haben möchtest?

- trifft nicht zu, kein Wunsch benannt

Vielen Dank für Deine Mitarbeit!

Vom Interviewer auszufüllen

74. Wie war die Bereitschaft des Kindes, die Fragen zu beantworten?

- gut
- mittelmäßig
- schlecht
- mal so, mal so

75. Wurde das Interview im Beisein weiterer Personen durchgeführt?

- nein
- ja

76. *(falls Frage 75 = ›ja‹)* **Welche Personen waren anwesend?**

- die Mutter
- der Vater
- Großeltern
- Geschwister
- sonstige Verwandte
- andere Kinder
- andere Erwachsene

77. *(falls Frage 75 = ›ja‹)* **Haben irgendwelche Personen in den Interviewverlauf eingegriffen (zum Beispiel Fragen umformuliert, Hinweise gegeben oder die Antwortrichtung beeinflusst)?**

- ja, sehr häufig
- ja, ab und an
- nein, eher nicht
- nein, überhaupt nicht

Literatur

Alanen, L. (1997): Soziologie der Kindheit als Projekt: Perspektiven für die Forschung. In: Zeitschrift für Soziologie der Erziehung und Sozialisation 17, S.162–177.

Alt, C. (2001): Kindheit in Ost und West. Wandel der familialen Lebensformen aus Kindersicht. Opladen: Leske und Budrich.

Alt, C. (Hrsg.) (2005 a): Kinderleben – Aufwachsen zwischen Familie, Freunden und Institutionen. Band 1: Aufwachsen in Familien. Wiesbaden: Verlag für Sozialwissenschaften.

Alt, C. (2005 b): Einführung. In: Alt, C. (Hrsg.): Kinderleben – Aufwachsen zwischen Familie, Freunden und Institutionen. Band 1: Aufwachsen in Familien. Wiesbaden: Verlag für Sozialwissenschaften, S.7–22.

Alt, C. (Hrsg.) (2007): Kinderleben – Start in die Grundschule. Band 3: Ergebnisse aus der zweiten Welle. Wiesbaden: Verlag für Sozialwissenschaften.

Alt, C. / Teubner, M. / Winklhofer, U. (2005): Familie und Schule – Übungsfelder der Demokratie. In: Aus Politik und Zeitgeschichte 41/2005, S.24–31.

Andersen, U. / Woyke, W. (Hrsg.) (2003): Handwörterbuch des politischen Systems der Bundesrepublik Deutschland. Opladen: Leske und Budrich (5. Auflage).

Andresen, S. (2003): Sozialpädagogische Kindheitskonzepte in der Weimarer Republik. In: Deutsche Gesellschaft für Erziehungswissenschaft (Hrsg.): Jahrbuch für historische Bildungsforschung. Band 9. Bad Heilbrunn, Obb.: Klinkhardt, S.249–268.

Andresen, S. (2005): Einführung in die Jugendforschung. Darmstadt: Wissenschaftliche Buchgesellschaft.

Andresen, S. (2006): Sozialistische Kindheitskonzepte. Politische Einflüsse auf die Erziehung. München/Basel: Reinhardt.

Andresen, S. / Bütow, E. / Gerarts, K. / Jautzus, J. / Rebbe, S. / Schick, J.-H. / Tournier, M. (2007): Kindern Gehör verschaffen. Interviews mit Fünfjährigen. Zwischenbericht. Bielefeld: MS Bielefeld.

Andresen, S. / Diehm, I. (Hrsg.) (2006): Kinder, Kindheiten, Konstruktionen. Erziehungswissenschaftliche Perspektiven und sozialpädagogische Verortungen. Wiesbaden: Verlag für Sozialwissenschaften.

Andresen, S. / Rendtorff, B. (Hrsg.) (2006): Geschlechtertypisierungen im Kontext von Familie und Schule. Band 2. Opladen/ Bloomfield Hills: Barbara Budrich.

Ariès, P. (1978): Geschichte der Kindheit. München: dtv.

Baacke, D. (1999): Die 6–12 Jährigen. Einführung in die Probleme des Kindesalters. Weinheim/Basel: Beltz (3. Auflage).

Baader, M. S. (1996): Die romantische Idee des Kindes und der Kindheit. Auf der Suche nach der verlorenen Unschuld. Neuwied/Kriftel/Berlin: Luchterhand.

Baader, M. S. (2007): Von der romantischen Anthropologie des Kindes zu einer modernen pädagogischen Anthropologie und einer zeitgemäßen Sicht des Kindes. In: Andresen, S. / Pinhard, I. / Weyers, S. (Hrsg.): Erziehung – Ethik – Erinnerung.

Pädagogische Aufklärung als intellektuelle Herausforderung. Micha Brumlik zum 60. Geburtstag. Weinheim/Basel: Beltz (im Druck).

Bacher, J. / *Satu*, M.-A. / *Nagl*, R. (1994): Die befragten Kinder. In: Wilk, L. / Bacher, J. (Hrsg.): Lebenswelten. Eine sozialwissenschaftliche Annäherung. Opladen: Leske und Budrich, S. 33–54.

Bacher, J. / *Winklhofer*, U. / *Teubner*, M. (2007): Partizipation von Kindern in der Grundschule. In: Alt, C. (Hrsg.): Kinderleben – Start in die Grundschule. Band 3: Ergebnisse aus der zweiten Welle. Wiesbaden: Verlag für Sozialwissenschaften, S. 137 bis 163.

Barthelmes, J. / *Sander*, E. (1994): Gewinn statt Gefährdung. Der Medienumgang von Jugendlichen als Ausdruck persönlicher Geschmackskulturen. In: Diskurs 1/1994.

Baumert, J. / *Artelt*, C. / *Klieme*, E. / *Neubrand*, M. / *Prenzel*, M. / *Schiefele*, U. / *Schneider*, W. / *Tillmann*, K. J. / *Weiß*, M. (Hrsg.) (2002): PISA 2000 – Die Länder der Bundesrepublik Deutschland im Vergleich. Opladen: Leske und Budrich.

Baumert, J. / *Klieme*, E. / *Neubrand*, M. / *Prenzel*, M. / *Schiefele*, U. / *Schneider*, W. / *Stanat*, P. / *Tillmann*, K.-J. / *Weiß*, M. (Hrsg.) (2001): PISA 2000: Basiskompetenzen von Schülerinnen und Schülern im internationalen Vergleich. Opladen: Leske und Budrich.

Baumert, J. / *Schümer*, G. (2001): Familiäre Lebensverhältnisse, Bildungsbenachteiligung und Kompetenzerwerb. In: Baumert, J. / Klieme, E. / Neubrand, M. / Prenzel, M. / Schiefele, U. / Schneider, W. / Stanat, P. / Tillmann, K.-J. / Weiß, M. (Hrsg.): PISA 2000. Basiskompetenzen von Schülerinnen und Schülern im internationalen Vergleich. Opladen: Leske und Budrich, S. 323–407.

Baumert, J. / *Schümer*, G. (2003): Familiäre Lebensverhältnisse, Bildungsbeteiligung und Kompetenzerwerb im nationalen Vergleich. In: Baumert, J. / Artelt, C. / Klieme, E. / Neubrand, M. / Prenzel, M. / Schiefele, U. / Schneider, W. / Tillmann, K. J. / Weiß, M. (Hrsg.): PISA 2000: Ein differenzierter Blick auf die Länder der Bundesrepublik Deutschland. Opladen: Leske und Budrich, S. 159–201.

Baumert, J. / *Stanat*, P. / *Watermann*, R. (2006): Herkunftsbedingte Disparitäten im Bildungswesen. Wiesbaden: Verlag für Sozialwissenschaften.

Baumert, J. / *Watermann*, R. / *Schümer*, G. (2003): Disparitäten der Bildungsbeteiligung und des Kompetenzerwerbs: Ein institutionelles und individuelles Mediationsmodell. In: Zeitschrift für Erziehungswissenschaft 6, S. 46–71.

Baumrind, D. (1967): Child care practices anteceding three patterns of preschool behavior. In: Genetic Psychology Monographs 75, 1, S. 43–88.

Beck, G. / *Scholz*, G. (2000): Teilnehmende Beobachtung von Grundschulkindern. In: Heinzel, F. (Hrsg.): Methoden der Kindheitsforschung. Ein Überblick über Forschungszugänge zur kindlichen Perspektive. Weinheim/München: Juventa, S. 147–170.

Beisenherz, H. G. (2002): Kinderarmut in der Wohlfahrtsgesellschaft. Das Kainsmal der Globalisierung. Opladen: Leske und Budrich.

Beisenherz, H. G. (2005): Wie wohl fühlst Du Dich? Kindliche Persönlichkeit und Umwelt als Quelle von Wohlbefinden und Unwohlsein bei Grundschulkindern. In: Alt, C. (Hrsg.): Kinderleben – Aufwachsen zwischen Familie, Freunden und Institutionen. Band 2: Aufwachsen zwischen Freunden und Institutionen. Wiesbaden: Verlag für Sozialwissenschaften.

Bergmann, W. (2007): Das Drama des modernen Kindes. Hyperaktivität, Magersucht, Selbstverletzung. Weinheim: Beltz.

Bernfeld, S. (1926): Sisyphos oder Die Grenzen der Erziehung. Wien: Internationaler Psychoanalytischer Verlag.

Bertelsmann Stiftung (2006): Qualität für Kinder unter drei in Kitas. Empfehlunen an Politik, Träger und Einrichtungen.

Gütersloh: Bertelsmann Stiftung. Internetlink: http://www.bertelsmann-stiftung.de/bst/de/media/xcms_bst_dms_16338__2.pdf (Stand: 23.7.2007).

Bertram, H. (Hrsg.) (1991): Die Familie in Westdeutschland. Stabilität und Wandel familialer Lebensformen. Opladen: Leske und Budrich.

Bertram, H. (2006): Zur Lage der Kinder in Deutschland: Politik für Kinder als Zukunftsgestaltung. Innocenti Working Paper 2006–02. Florenz: UNICEF Innocenti Research Centre.

Bertram, H. / Rösler, W. / Ehlert, N. (2005): Nachhaltige Familienpolitik. Zukunftssicherung durch einen Dreiklang von Zeitpolitik, finanzieller Transferpolitik und Infrastrukturpolitik. Berlin: Bundesministerium für Familie, Senioren, Frauen und Jugend.

Bien, W. / Marbach, J. (2003): Partnerschaft und Familiengründung. Ergebnisse der dritten Welle des Familien-Survey. Opladen: VS-Verlag.

Bien, W. / Schneider, F.-N. (Hrsg.) (1998): Kind ja, Ehe nein? Status und Wandel der Lebensverhältnisse von nichtehelichen Kindern und von Kindern in nichtehelichen Lebensgemeinschaften. Opladen: Leske und Budrich.

BIK Aschpurwis + Behrens GmbH (2001): BIK REGIONEN. Ballungsräume, Stadtregionen, Mittel-/Unterzentrengebiete. Methodenbeschreibung zur Aktualisierung 2000. Hamburg: BIK Aschpurwis + Behrens GmbH.

Birg, H. (2005): Die ausgefallene Generation. Was die Demographie über unsere Zukunft sagt. München: Beck.

Blank-Mathieu, M. (2004): Ich und die anderen. In: Fthenakis, W.E. / Textor, M.R. (Hrsg.): Knaurs Handbuch Familie. Alles, was Eltern wissen müssen. München: Knaur.

Boas, G. (1966): The Cult of Childhood. London: Warburg Institute, University of London.

Borgers, N. / de Leeuw, E. / Hox, J. (1999): Surveying Children. Cognitive Development and Response Quality in Questionnaire Research. Methodological Issues in Official Statistics. Stockholm: SCB.

Borgers, N. / Hox, J. (2001): Item nonresponse in questionnaire research with children. In: Journal of official statistics 17, S. 321–335.

Bos, W. / Lankes E.-M. / Prenzel, M. / Schwippert, K. / Walther, G. / Valtin, R. (Hrsg.) (2003): Erste Ergebnisse aus IGLU. Schülerleistungen am Ende der vierten Jahrgangsstufe im internationalen Vergleich. Münster/München: Waxmann.

Bos, W. / Lankes, E.-M. / Prenzel, M. / Schwippert, K. / Valtin, R. / Walther, G. (Hrsg.) (2004): IGLU. Einige Länder der Bundesrepublik Deutschland im nationalen und internationalen Vergleich. Münster/München: Waxmann.

Bos, W. / Lankes, E.-M. / Prenzel, M. / Schwippert, K. / Valtin, R. / Walther, G. (Hrsg.) (2005): IGLU – Vertiefende Analysen zu Leseverständnis, Rahmenbedingungen und Zusatzstudien. Münster/München: Waxmann.

Breidenstein, G. / Kelle, H. (1998): Geschlechteralltag in der Schulklasse. Ethnographische Studien zur Gleichaltrigenkultur. Weinheim/München: Juventa.

Breidenstein, G. / Prengel, A. (Hrsg.) (2005): Schulforschung und Kindheitsforschung – ein Gegensatz? Wiesbaden: Verlag für Sozialwissenschaften.

Brinkoff, K. / Sack, H. (1999): Sport und Gesundheit im Kindesalter. Der Sportverein im Bewegungsleben der Kinder. Weinheim/München: Juventa.

Bronfenbrenner, U. (2005): Making human beings human: Bioecological perspectives on human development. Thousand Oaks: Sage Publications.

Bruer, J. T. (2000): Der Mythos der ersten Jahre. Weinheim: Beltz.

Brumlik, M. (1992): Advokatorische Ethik. Zur Legitimation pädagogischer Eingriffe. Bielefeld: KT Verlag.

Bründel, H. / Hurrelmann, K. (1996): Einführung in die Kindheitsforschung. Weinheim/Basel: Beltz.

Bruner, C. F. / Winklhofer, U. / Zinser, C. (2001): Partizipation – ein Kinderspiel? Beteiligungsmodelle in Kindertagesstätten, Schulen, Kommunen und Verbänden. München: Deutsches Jugendinstitut.

Büchner, P. (2001): Kindliche Risikobiographien. Über die Kulturalisierung von sozialer Ungleichheit im Kinderalter. In: Rohrmann, E. (Hrsg.): Mehr Ungleichheit für alle. Fakten, Analysen und Berichte zur sozialen Lage der Republik am Anfang des 21. Jahrhunderts. Heidelberg: Winter, S. 97–114.

Bühler-Niederberger, D. / Sünker, H. (2006): Der Blick auf das Kind. Sozialisationsforschung, Kindheitssoziologie und die Frage nach der gesellschaftlich-generationalen Ordnung. In: Andresen, S. / Diehm, I. (Hrsg.): Kinder, Kindheiten, Konstruktionen. Erziehungswissenschaftliche Perspektiven und sozialpädagogische Verortungen. Wiesbaden: Verlag für Sozialwissenschaften, S. 25–52.

Bukow, W.-D. / Spindler, S. (2000): Die Demokratie entdeckt ihre Kinder. Politische Partizipation durch Kinder- und Jugendforen. Opladen: Leske und Budrich.

Bundesjugendkuratorium (2001): Direkte Beteiligung von Kindern und Jugendlichen. Forum Jugendhilfe 4, S. 22–26.

Bundesministerium für Arbeit und Sozialordnung (BMAS) (Hrsg.) (2001): Lebenslagen in Deutschland – Der 1. Armuts- und Reichtumsbericht der Bundesregierung. Berlin.

Bundesministerium für Arbeit und Soziales (BMAS) (Hrsg.) (2005): Lebenslagen in Deutschland – Der 2. Armuts- und Reichtumsbericht der Bundesregierung. Berlin.

Bundesministerium für Familie, Senioren, Frauen und Jugend (BMFSFJ) (1995): Bildungsbeteiligung der Kinder. In: BMFSFJ (Hrsg.): Fünfter Familienbericht – Familien und Familienpolitik im geeinten Deutschland – Zukunft des Humanvermögens. Bonn: Bonner Universitäts-Buchdruckerei, S. 223–232.

Bundesministerium für Familie, Senioren, Frauen und Jugend (BMFSFJ) (1998): Übergänge von Kindern in Betreuungs- und Bildungseinrichtungen. In: BMFSFJ (Hrsg.): Zehnter Kinder- und Jugendbericht – Bericht über die Lebenssituation von Kindern und die Leistungen der Kinderhilfen in Deutschland. Bonn: Bonner Universitäts-Buchdruckerei, S. 133–140.

Bundesministerium für Familie, Senioren, Frauen und Jugend (BMFSFJ) (Hrsg.) (2002): Elfter Kinder- und Jugendbericht – Bericht über die Lebenssituation junger Menschen und die Leistungen der Kinder- und Jugendhilfe in Deutschland. Berlin.

Bundesministerium für Familie, Senioren, Frauen und Jugend (BMFSFJ) (Hrsg.) (2005): Zwölfter Kinder- und Jugendbericht – Bericht über die Lebenssituation junger Menschen und die Leistungen der Kinder- und Jugendhilfe in Deutschland. Berlin.

Bundesministerium für Familie, Senioren, Frauen und Jugend (BMFSFJ) (Hrsg.) (2006): Siebter Familienbericht – Familie zwischen Flexibilität und Verlässlichkeit. Perspektiven für eine lebenslaufbezogene Familienpolitik. Berlin.

Bundesministerium für Familie, Senioren, Frauen und Jugend (BMFSFJ) (Hrsg.) (2007): Übereinkommen über die Rechte des Kindes. UN-Kinderrechtskonvention im Wortlaut mit Materialien. Berlin (Neuauflage: Stand von Mai 2007).

Butterwegge, C. / Holm, K. / Imholz, B. / Klundt, M. / Michels, C. (2004): Armut und Kindheit. Ein regionaler, nationaler und internationaler Vergleich. Wiesbaden: Verlag für Sozialwissenschaften.

Chassee, K. A. / Zander, M. / Rasch, K. (2005): Meine Familie ist arm. Wie Kinder im Grundschulalter Armut erleben und be-

wältigen. Wiesbaden: Verlag für Sozialwissenschaften (2. Auflage).
Claußen, B. / Geißler, R. (Hrsg.) (1996): Die Politisierung des Menschen. Instanzen der politischen Sozialisation. Ein Handbuch. Opladen: Leske und Budrich.
Claußen, B. / Wasmund, K. (Hrsg.) (1982): Handbuch der politischen Sozialisation. Braunschweig: Agentur für wissenschaftliche Literatur.
Coleman, J. (1988): Social capital and the creation of human capital. In: American Journal of Sociology 94, S. 95–120.
Corak, M. / Fertig, M. / Tamm, M. (2005): A Portrait Of Child Poverty In Germany. Innocenti Working Paper 2003–2005. Florenz: UNICEF Innocenti Research Centre.
Cremers, M. (2006): Neue Wege für Jungs?! Ein geschlechtsbezogener Blick auf die Situation von Jungen im Übergang Schule–Beruf. Bielefeld: Kompetenzzentrum Technik – Diversity – Chancengleichheit e. V.

Deinet, U. / Reutlinger, C. (2004): Aneignung als Bildungskonzept der Sozialpädagogik. Beiträge zur Pädagogik des Kindes- und Jugendalters in Zeiten entgrenzter Lernorte. Wiesbaden: Verlag für Sozialwissenschaften.
Delfos, M. (2004): Sag mir mal … Gesprächsführung mit Kindern. Weinheim/Basel: Beltz.
deMause, L. (Hrsg.) (2000): Hört ihr die Kinder weinen? Eine psychogenetische Geschichte der Kindheit. Frankfurt a. M.: Suhrkamp.
Deutsches Jugendinstitut (1992): Was tun Kinder am Nachmittag? Ergebnisse einer empirischen Studie zur mittleren Kindheit. Weinheim/München: Juventa.
Deutsches Jugendinstitut (2005): DJI-Kinderbetreuungsstudie 2005. Erste Ergebnisse. München. Internetquelle: http://www.bmfsfj.de/RedaktionBMFSFJ/Pressestelle/Pdf-Anlagen/dji-kinderbetreuung sstudie,property=pdf,bereich=,rwb=true .pdf (Stand 24.7.2007).
Deutsches Kinderhilfswerk e. V. (Hrsg.) (2004): Kinderreport Deutschland 2004. Daten, Fakten, Hintergründe. München: Kopaed.
Ditton, H. (2004): Der Beitrag von Schule und Lehrern zur Reproduktion von Bildungsungleichheit. In: Becker, R. / Lauterbach, W. (Hrsg.): Bildung als Privileg? Erklärungen und Befunde zu den Ursachen der Bildungsungleichheit. Opladen: Leske und Budrich, S. 251–281.
du Bois-Reymonds, M. (1994): Die moderne Familie als Verhandlungshaushalt. In: du Bois-Reymonds, M. / Büchner, P. / Krüger, H.-H. / Fuhs, B. (Hrsg.): Kinderleben. Modernisierung von Kindheit im internationalen Vergleich. Opladen: Leske und Budrich.
duBois, R. (2007): Kinderängste. Erkennen – verstehen – helfen. München: Beck (4., neu bearbeitete Auflage).
Duncker, L. / Scheunpflug, A. / Schultheis, K. (2004): Schulkindheit. Anthropologie des Lernens im Schulalter. Stuttgart: Kohlhammer.

Engstler, H. / Menning, J. (2003): Die Familie im Spiegel der amtlichen Statistik. Lebensformen, Familienstrukturen, wirtschaftliche Situation der Familien und familiendemographische Entwicklung in Deutschland. Berlin.

Farson, R. (1975): Menschenrechte für Kinder. Die letzte Minderheit. München: Desch.
Fatke, K. / Niklowitz, M. (2003): Den Kindern eine Stimme geben. Partizipation von Kindern und Jugendlichen in der Schweiz. Zürich: Pädagogisches Institut der Universität Zürich.
Fees, K. (2005): Die offene Ganztagsschule in Deutschland. Daten und Konzepte. In: Ladenthin, V. / Rekus, J. (Hrsg.): Die Ganztagsschule. Alltag, Reformen, Geschichte, Theorie.
Weinheim/München: Juventa, S. 125–161.
Feierabend, S. / Rathgeb, T. (2007): KIM-Studie 2006. Kinder und Medien. Computer und Internet. Basisuntersuchung zum

Medienumgang 6- bis 13-Jähriger. Stuttgart: Medienpädagogischer Forschungsverbund Südwest.
Fend, H. (1991): Identitätsentwicklung in der Adoleszenz. Lebensentwürfe, Selbstfindung und Weltaneignung in beruflichen, familiären und politisch-weltanschaulichen Bereichen. Bern/Stuttgart: Huber.
Fend, H. (2000): Entwicklungspsychologie des Jugendalters. Ein Lehrbuch für pädagogische und psychologische Berufe. Opladen: Leske und Budrich.
Fölling-Albers, M. (2000): Entscholarisierung von Schule und Scholarisierung von Freizeit? Überlegungen zu Formen der Entgrenzung von Schule und Kindheit. In: Zeitschrift für Soziologie der Erziehung und Sozialisation 20, S. 118–131.
Fritz, A. / *Klupsch-Sahlmann*, R. / *Ricken*, G. (Hrsg.) (2006): Handbuch Kindheit und Schule. Neue Kindheit, neues Lernen, neuer Unterricht. Weinheim/Basel: Beltz.
Fthenakis, W.-E. (1999): Engagierte Vaterschaft. Die sanfte Revolution der Familie. Hrsg.: LBS-Initiative Junge Familie. Opladen: Leske und Budrich.
Fuchs, M. (2004): Kinder und Jugendliche als Befragte. Feldexperimente zum Antwortverhalten Minderjähriger. In: ZUMA-Nachrichten 28, 54, S. 60–88.
Fuhs, B. (1996): Das außerschulische Kinderleben in Ost- und Westdeutschland. Vom kindlichen Spiel zur jugendlichen Freizeitgestaltung. In: Büchner, P. / Fuhs, B. / Krüger, H.-H. (Hrsg.): Vom Teddybär zum ersten Kuss. Wege aus der Kindheit in Ost- und Westdeutschland. Opladen: Leske und Budrich, S. 109–128.
Fuhs, B. (1999): Weibliche und männliche Kinderwelten. Die Kategorie Geschlecht in der Kindheitsforschung. In: Köhle-Hezinger, C. / Scharfe, M. / Brednich, R. (Hrsg.): Männlich. Weiblich. Zur Bedeutung der Kategorie Geschlecht in der Kultur. 31. Kongreß der Deutschen Gesellschaft für Volkskunde, Marburg 1997. Münster: Waxmann, S. 361–373.
Fuhs, B. (2000 a): Qualitative Interviews mit Kindern. Überlegungen zu einer schwierigen Methode. In: Heinzel, F. (Hrsg.): Methoden der Kindheitsforschung. Ein Überblick über Forschungszugänge zur kindlichen Perspektive. Weinheim: Juventa, S. 87–104.
Fuhs, B. (2000 b): Überlegungen zur Freizeit von Kindern. In: Meder, N. (Hrsg.): Spektrum Freizeit. Halbjahresschrift Freizeitwissenschaft I/2000, S. 38–54.
Fuhs, B. (2002): Kindheit, Freizeit, Medien. In: Krüger, H.-H. / Grunert, C. (Hrsg.): Handbuch Kindheits- und Jugendforschung. Opladen: Leske und Budrich, S. 637–651.

Garbarino, J. / *Stott*, F. M. (1992): What children can tell us: Eliciting, Interpreting, and Evaluating Information from Children. San Francisco: Jossey-Bass.
Gensicke, T. (2006): Jugend und Religiosität. In: Shell Deutschland Holding (Hrsg.): Jugend 2006 – Eine pragmatische Generation unter Druck. 15. Shell Jugendstudie. Frankfurt a. M.: Fischer, S. 203–239.
Gensicke, T. / *Picot*, S. / *Geiss*, S. (2006): Freiwilliges Engagement in Deutschland 1999–2004. Ergebnisse der repräsentativen Trenderhebung zu Ehrenamt, Freiwilligenarbeit und bürgerschaftlichem Engagement. Wiesbaden: Verlag für Sozialwissenschaften.
Gisdakis, B. (2007): Oh, wie wohl ist mir in der Schule … Schulisches Wohlbefinden – Veränderungen und Einflussfaktoren im Laufe der Grundschulzeit. In: Alt, C. (Hrsg.): Kinderleben – Start in die Grundschule. Ergebnisse aus der zweiten Welle. Wiesbaden: Verlag für Sozialwissenschaften, S. 107–137.
Göppel, R. (2007): Aufwachsen heute. Veränderungen der Kindheit – Probleme des Jugendalters. Stuttgart: Kohlhammer.
Graudenz, I. (1975): Probleme und Erfahrungen bei der Befragung 5–6-jähriger Vorschulkinder. In: Praxis der Kinderpsychologie und Kinderpsychiatrie 24, 2, S. 58–63.
Grunert, C. / *Krüger*, H.-H. (Hrsg.) (2006): Kindheit und Kindheitsforschung in

Deutschland. Forschungszugänge und Lebenslagen. Opladen/Bloomfield Hills: Barbara Budrich.

Harris, P.-L. (2000): Understanding Children's Worlds. The work of the imagination. Oxford: Blackwell Publishers.

Hartwig-Hellstern, F. (1997): Kinderbürger. Über die politische Beteiligung von Kindern. Bonn: Kid-Verlag.

Hattenbauer, H. (1998): Über das Minderjährigenwahlrecht. In: Palentien, C./Hurrelmann, K. (Hrsg.): Jugend und Politik. Ein Handbuch für Forschung, Lehre und Praxis. Neuwied: Luchterhand, S. 238–259.

Haunberger, S. (2007): Wenn Kinder antworten: Erfahrungen mit der standardisierten Befragung von 8- bis 9-Jährigen. In: Alt, C. (Hrsg.): Kinderpanel – Start in die Grundschule. Band 3: Ergebnisse aus der zweiten Welle. Wiesbaden: Verlag für Sozialwissenschaften, S. 325–344.

Haunberger, S. / *Teubner*, M. (2007): Familien und Schulstart. Zur Bedeutung intrafamilialer und struktureller Ressourcen für den Eintritt in die Grundschule. In: Alt, C. (Hrsg.): Kinderpanel – Start in die Grundschule. Band 3: Ergebnisse aus der zweiten Welle. Wiesbaden: Verlag für Sozialwissenschaften, S. 81 bis 106.

Hauwer, R.-M. / *Brown*, B.-V. / *Prosser*, W.-R. (Hrsg.) (1997): Indicators of children's well being. New York: Russel Sage.

Havighurst, R.-J. (1972): Developmential tasks and education. New York: McKay.

Heimlich, U. (2000): Kinderspiel und Spielbeobachtung. Spielerfahrungen als Mittler zwischen Bildungssystem und Lebenswelt. In: Heinzel, F. (Hrsg.): Methoden der Kindheitsforschung. Ein Überblick über Forschungszugänge zur kindlichen Perspektive. Weinheim: Juventa, S. 171 bis 184.

Heinzel, F. (2000): Methoden der Kindheitsforschung. Ein Überblick über Forschungszugänge zur kindlichen Perspektive. Weinheim: Juventa.

Heinzel, F. (2000a): Methoden und Zugänge der Kindheitsforschung im Überblick. In: Heinzel, F. (Hrsg.): Methoden der Kindheitsforschung. Ein Überblick über Forschungszugänge zur kindlichen Perspektive. Weinheim: Juventa, S. 21–26.

Heinzel, F. (2003a): Methoden der Kindheitsforschung – Probleme und Lösungsansätze. In: Prengel, A. (Hrsg.): Im Interesse von Kindern? Forschungs- und Handlungsperspektiven in Pädagogik und Kinderpolitik. Weinheim/München: Juventa, S. 123–135.

Heinzel, F. (2003b): Qualitative Interviews mit Kindern. In: Friebertshäuser B./Prengel, A. (Hrsg.): Handbuch Qualitative Forschungsmethoden in der Erziehungswissenschaft. Weinheim: Juventa.

Heitmeyer, W. / *Collmann*, B. / *Conrads*, J. (1998): Gewalt. Schattenseiten der Individualisierung bei Jugendlichen aus unterschiedlichen Milieus. Weinheim/München: Juventa (3. Auflage).

Hengst, H. / *Zeiher*, H. (Hrsg.) (2005): Kindheit soziologisch. Wiesbaden: Verlag für Sozialwissenschaften.

Hentig, H. v. (1978): Vorwort zu: Ariès, P.: Geschichte der Kindheit. München: dtv, S. 7–44.

Hill, P.-B. / *Kopp*, J. (2006): Familiensoziologie. Grundlagen und theoretische Perspektiven. Wiesbaden: Verlag für Sozialwissenschaften.

Hofer, M. (1992): Familienbeziehungen in der Entwicklung. In: Hofer, M./Klein-Allermann, E./Noack, P. (Hrsg.): Familienbeziehungen. Eltern und Kinder in der Entwicklung. Göttingen: Hogrefe, S. 3–26.

Holtappels, H.-G. (2004): Beteiligung von Kindern in der Schule. In: Deutsches Kinderhilfswerk e. V. (Hrsg.): Kinderreport Deutschland 2004. Daten, Fakten, Hintergründe. München: Kopaed, S. 259 bis 274.

Holtappels, H.-G. / *Klieme*, E. / *Rauschenbach*, T. / *Stecher*, L. (Hrsg.) (2007): Ganztagsschule in Deutschland. Ergebnisse der Ausgangserhebung der Studie zur Ent-

wicklung von Ganztagsschulen (StEG). Weinheim/München: Juventa.
Honig, M.-S. (1999): Entwurf einer Theorie der Kindheit. Frankfurt a. M.: Suhrkamp.
Honig, M.-S. (2006): An den Grenzen der Individualisierung. Die Vereinbarkeit von Familie und Beruf als sozialpädagogisches Thema. In: neue praxis. Zeitschrift für Sozialarbeit, Sozialpädagogik und Sozialpolitik 1, S. 25–36.
Honig, M.-S. / *Joos*, M. / *Schreiber*, N. (2004): Was ist ein guter Kindergarten? Theoretische und empirische Analysen zum Qualitätsbegriff in der Pädagogik. Weinheim/München: Juventa.
Honig, M.-S. / *Lange*, A. / *Leu*, A. (Hrsg.) (1999): Aus der Perspektive von Kindern? Zur Methodologie der Kindheitsforschung. Weinheim/München: Juventa.
Hoof, D. (1999): Opfer–Engel–Menschenkind. Bochum: Winkler.
Huhn, N. / *Dittrich*, G. / *Dörfler*, M. / *Schneider*, K. (2000): Videografieren als Beobachtungsmethode der Sozialforschung – Am Beispiel eines Forschungsprojekts zum Konfliktverhalten von Kindern. In: Heinzel, F. (Hrsg.): Methoden der Kindheitsforschung. Ein Überblick über Forschungszugänge zur kindlichen Perspektive. Weinheim: Juventa, S. 185 bis 204.
Hülst, D. (2000): Ist das wissenschaftlich kontrollierte Verstehen von Kindern möglich? In: Heinzel, F. (Hrsg.): Methoden der Kindheitsforschung. Ein Überblick über Forschungszusammenhänge zur kindlichen Perspektive. Weinheim: Juventa, S. 37–55.
Hurrelmann, K. (2007): Einführung in die Sozialisationstheorie. Weinheim/Basel: Beltz (9., vollständig überarbeitete Auflage).
Hurrelmann, K. / *Bründel*, H. (2003): Einführung in die Kindheitsforschung. Weinheim: Beltz (2., vollständig überarbeitete Auflage).
Hurrelmann, K. / *Grundmann*, M. / *Walper*, S. (Hrsg.) (2008): Handbuch der Sozialisationsforschung. Weinheim: Beltz.
Hurrelmann, K. / *Unverzagt*, G. (2008): Kinder stark machen für das Leben. Freiburg: Herder (Neuauflage).

James, A. / *Jenks*, C. / *Prout*, A. (1998): Theorizing Childhood. Cambridge: Polity Press.
Joos, M. (2001): Die soziale Lage der Kinder. Sozialberichterstattung zu den Lebenslagen von Kindern in Deutschland. Weinheim/München: Juventa.
Kaufmann, F.-X. (1995): Zukunft der Familie im vereinten Deutschland. Gesellschaftliche und politische Bedingungen. München: C. H. Beck.
Key, E. (1902): Das Jahrhundert des Kindes. Berlin: S. Fischer.
Klocke, A. / *Hurrelmann*, K. (Hrsg.) (2001): Kinder und Jugendliche in Armut. Opladen: Westdeutscher Verlag (2. Auflage).
Kohl, E.-M. (2000): Schreibspielräume für Kinder. In: Heinzel, F. (Hrsg.): Methoden der Kindheitsforschung. Ein Überblick über Forschungszugänge zur kindlichen Perspektive. Weinheim: Juventa, S. 217 bis 231.
Kolip, P. (1993): Freundschaften im Jugendalter. Der Beitrag sozialer Netzwerke zur Problembewältigung. München: Juventa.
Konrad, F.-M. (Hrsg.) (2001): Kindheit und Familie. Beiträge aus interdisziplinärer und kulturvergleichender Sicht. Münster/New York: Waxmann.
Konsortium Bildungsberichterstattung (Hrsg.) (2006): Bildung in Deutschland. Ein indikatorengestützter Bericht mit einer Analyse zu Bildung und Migration. Bielefeld: W. Bertelsmann Verlag.
Kränzl-Nagl, R. / *Mierendorf*, J. / *Olk*, T. (Hrsg.) (2003): Kindheit im Wohlfahrtsstaat. Frankfurt a. M.: Campus.
Krappmann, L. / *Oswald*, H. (1995): Alltag der Schulkinder. Beobachtungen und Analysen von Interaktionen und Sozialbeziehungen. Weinheim/München: Juventa.
Krens, I. / *Krens*, H. (2005): Grundlagen einer vorgeburtlichen Psychologie. Göttingen: Vandenhoeck & Ruprecht.

Krüger, H.-H. / Grunert, C. (Hrsg.) (2002): Handbuch Kindheits- und Jugendforschung. Opladen: Leske und Budrich.
Krüger, H.-H. / Kötters, C. (1998): Zum Wandel der Freizeitaktivitäten und kulturellen Orientierung von Heranwachsenden. In: Büchner, P. / du Bois-Reymond, M. / Ecarius, J. / Fuhs, B. / Krüger, H.-H. (Hrsg.): Teenie-Welten. Aufwachsen in drei europäischen Regionen. Opladen: Leske und Budrich, S. 201–212.

Lampert, T. / Mensink, G. B. M. / Rohman, N. / Woll, A. (2007): Körperlich-sportliche Aktivität von Kindern und Jugendlichen in Deutschland. Ergebnisse des Kinder- und Jugendgesundheitssurveys (KiGGS). In: Bundesgesundheitsblatt – Gesundheitsforschung – Gesundheitsschutz 5/6 2007, S. 634–642.
Langness, A. / Leven, I. / Hurrelmann, K. (2006): Jugendliche Lebenswelten: Familie, Schule, Freizeit. In: Shell Deutschland Holding (Hrsg.): Jugend 2006 – Eine pragmatische Generation unter Druck. 15. Shell Jugendstudie. Frankfurt a. M.: Fischer, S. 49–102.
Lareau, A. (2003): Unequal Childhoods. Class, Race, and Family Life. Berkeley: University of California Press.
LBS-Initiative Junge Familie (2005): LBS-Kinderbarometer NRW. Stimmungen, Meinungen, Trends von Kindern in Nordrhein-Westfalen. Ergebnisse der Erhebung im Schuljahr 2003/2004 (Institutsbericht zum siebten Erhebungsjahr). Münster: LBS-Initiative Junge Familie.
LBS-Initiative Junge Familie (Hrsg.) (2007): Das LBS-Kinderbarometer. Münster: LBS (in Druck).
Lenz, K., Fücker, M. (2005): Wie Kinder in Dresden leben. 2. Dresdner-Kinderstudie. http://www.kinderstudie.de (Stand: 23.7.2007).
Liebel, M. (2006): Vom Kinderschutz zur Partizipation? In: Zeitschrift für Sozialisation und Erziehung, 26, S. 86 bis 99.
Liebel, M. (2007): Bürgerschaft von unten. In: Diskurs. Kinder- und Jugendforschung 1, S. 83–99.
Liegle, L. (2006): Bildung und Erziehung in früherer Kindheit. Stuttgart: Kohlhammer.
Linssen, R. / Leven, I. / Hurrelmann, K. (2002): Wachsende Ungleichheit der Zukunftschancen? Familie, Schule, Freizeit als jugendliche Lebenswelten. In: Shell Deutschland Holding (Hrsg.): Jugend 2002. 14. Shell Jugendstudie. Frankfurt, a. M.: Fischer, S. 53–90.
Loftus, E. / Davies, G.-M. (1984): Distortions in the memory of children. In: Journal of Social Issues 40, S. 51–68.
Lohaus, A. (1986): Datenerhebung bei Vorschulkindern. Ein Vergleich von Rollenspiel, Puppenspiel und Interview. In: Psychologie, Erziehung, Unterricht 33, S. 196–204.
Löw, M. (2001): Raumsoziologie. Frankfurt a. M.: Suhrkamp.
Lüscher, K. (2001): Kinderpolitik – Der Perspektive der Kinder gerecht werden. In: Konrad, F. M. (Hrsg.): Kindheit und Familie. Münster: Waxmann, S. 85–109.

Mansel, J. / Neubauer, G. (Hrsg.) (1998): Armut und soziale Ungleichheit bei Kindern. Opladen: Leske und Budrich.
Marbach, J. (2005): Soziale Netzwerke von Acht- bis Neunjährigen. Die Rolle von Sozialkapital in der Sozialisation von Kindern im Grundschulalter. In: Alt, C. (Hrsg.): Kinderleben – Aufwachsen zwischen Familie, Freunden und Institutionen. Band 2: Aufwachsen zwischen Freunden und Institutionen. Wiesbaden: Verlag für Sozialwissenschaften.
Markefka, M. / Nauck, B. (1993): Handbuch der Kindheitsforschung. Neuwied/Frankfurt: Luchterhand.
Mayall, B. (1994): Children's Childhood. Observed and Experienced. London: The Falmer Press.
Melzer, W. / Lenz, K. / Ackermann, C. (2002): Gewalt in Familie und Schule. In: Krüger, H.-H. / Grunert, C. (Hrsg.): Handbuch

Kindheits- und Jugendforschung. Opladen: Leske und Budrich.
Moore, K. A. (Hrsg.) (1995): New social indicators of child well being. Wien: European Center for Social Welfare Policy and Research.
Morgan, D. (1996): Family Connections. An Introduction to Family Studies. Cambridge: Polity Press.
Muchow, M. / *Muchow*, H.-H. (1935/1998): Der Lebensraum des Großstadtkindes. Neuherausgabe mit biographischem Kalender und Bibliographie Martha Muchow. Hrsg. und eingel. von J. Zinnecker. Weinheim/München: Juventa.

National Coalition für die Umsetzung der UN-Kinderrechtskonvention (2007): Positionierung der National Coalition zur Aufnahme von Kinderrechten in die Verfassung. Berlin: National Coalition.
Nauck, B. (1995): Kinder als Gegenstand der Sozialberichterstattung. Konzepte, Methoden und Befunde im Überblick. In: Nauck, B. / Bertram, H. (Hrsg.): Kinder in Deutschland. Lebensverhältnisse von Kindern im Regionalvergleich. Opladen: Leske und Budrich, S. 11–87.
Nave-Herz, R. (1989): Gegenstandsbereich und historische Entwicklung der Familienforschung. In: Nave-Herz, R. / Markefka, M. (Hrsg.): Handbuch der Familien- und Jugendforschung. Band 1. Neuwied/Frankfurt a. M.: Luchterhand, S. 1–18.
Nave-Herz, R. (1994): Familie heute. Wandel der Familienstrukturen und Folgen für die Erziehung. Darmstadt: Wissenschaftliche Buchgesellschaft.
Nave-Herz, R. (Hrsg.) (2002): Kontinuität und Wandel der Familie in Deutschland. Stuttgart: Lucius und Lucius.
Newcomb, A. F. / *Bagwell*, C. L. (1996): The developmental significance of children's friendship relations. In: Bukowski, W. M. / Newcomb, A. F. / Hartup, W. W. (Hrsg.): The Company They Keep. Friendships in Childhood and Adolescence. New York: Cambridge University Press.
NICHD Early Child Care Research Network (Hrsg.) (2005): Child Care and Child Development. Results from the NICHD Study of Early Child Care and Youth Development. New York/London: The Guilford Press.
Nolen, S. (2007): 28 Stories über AIDS in Afrika. München: Piper.
Nurcombe, B. (1986): The child as Witness: Competency and Credibility. In: Journal of the American Academy of Child Psychiatry 25, 4, S. 473–490.

Oelkers, J. (1996): Reformpädagogik. Eine kritische Dogmengeschichte. Weinheim/München: Juventa.

Paetzold, B. (1988): Familie und Schulanfang. Eine Untersuchung des mütterlichen Erziehungsverhaltens. Bad Heilbrunn: Klinkhardt.
Pekrun, R. / *Helmke*, A. (1993): Schule und Kindheit. In: Markefka, M. / Nauck, B. (Hrsg.): Handbuch der Kindheitsforschung. Neuwied/Frankfurt: Luchterhand, S. 567–577.
Peuckert, R. (2002): Familienformen im sozialen Wandel. Opladen: Leske und Budrich.
Peuckert, R. (2004): Familienformen im sozialen Wandel. Wiesbaden: Verlag für Sozialwissenschaften (5., überarbeitete Auflage).
Pfeiffer, C. / *Wetzels*, P. / *Enzmann*, D. (1999): Innerfamiliäre Gewalt gegen Kinder und Jugendliche und ihre Auswirkungen. KFN Forschungsbericht Nr. 80. Hannover: Kriminologisches Forschungsinstitut Niedersachsen e. V.
Picot, S. (2006): Freiwilliges Engagement Jugendlicher im Zeitvergleich 1999 bis 2004. In: Gensicke, T. / Picot, S. / Geiss, S.: Freiwilliges Engagement in Deutschland 1999–2004. Ergebnisse der repräsentativen Trenderhebung zu Ehrenamt, Freiwilligenarbeit und bürgerschaftlichem Engagement. Wiesbaden: Verlag für Sozialwissenschaften, S. 202 bis 257.

Picot, S. / Willert, M. (2006): Jugend in einer alternden Gesellschaft – Die Qualitative Studie: Analyse und Portraits. In: Shell Deutschland Holding (Hrsg.): Jugend 2006 – Eine pragmatische Generation unter Druck. 15. Shell Jugendstudie. Frankfurt a. M.: Fischer, S. 241–442.

PISA-Konsortium Deutschland (Hrsg.) (2004): PISA 2003. Der Bildungsstand der Jugendlichen in Deutschland – Ergebnisse des zweiten internationalen Vergleichs. Münster/München: Waxmann.

Postman, N. (1982): Das Verschwinden der Kindheit. Frankfurt a. M.: Fischer.

Qyortrup, J. (1985): Placing children in the division of labour. In: Close, P. / Collins, R. (Hrsg.): Family and economy in modern society. London: Macmillan.

Qvortrup, J. / Bardy, M. / Sgritta, G. / Wintersberger, H. (1994): Childhood Matters. Social theory, practice and politics. Aldershut: Avebury.

Radisch, F. / Klieme, E. (2003): Wirkung ganztägiger Schulorganisation. Bilanzierung der Forschungslage. Literaturbericht im Rahmen von »Bildung Plus«. Frankfurt a. M.: Deutsches Institut für internationale Pädagogische Forschung.

Rittelmeyer, C. (2007): Kindheit in Bedrängnis. Zwischen Kulturindustrie und technokratischer Bildungsreform. Stuttgart: Kohlhammer.

Röhner, C. (2000): Freie Texte als Selbstzeugnisse des Kinderlebens. In: Heinzel, F. (Hrsg.): Methoden der Kindheitsforschung. Ein Überblick über Forschungszugänge zur kindlichen Perspektive. Weinheim: Juventa, S. 205–216.

Rousseau, J.-J. (1998): Émile oder Über die Erziehung. Ditzingen: Reclam.

Schlack, R. / Hölling, H. (2007): Gewalterfahrungen von Kindern und Jugendlichen im subjektiven Selbstbild. Erste Ergebnisse aus dem Kinder- und Jugendgesundheitssurvey (KiGGS). In: Bundesgesundheitsblatt – Gesundheitsforschung – Gesundheitsschutz 5/6 2007, S. 819–826.

Schneekloth, U. (2002): Demokratie, ja – Politik, nein? Einstellungen Jugendlicher zur Politik. In: Shell Deutschland Holding (Hrsg.): Jugend 2002. 14. Shell Jugendstudie. Frankfurt a. M.: Fischer, S. 91–137.

Schneekloth, U. (2006): Politik und Gesellschaft: Einstellungen, Engagement, Bewältigungsprobleme. In: Shell Deutschland Holding (Hrsg.): Jugend 2006 – Eine pragmatische Generation unter Druck. 15. Shell Jugendstudie. Frankfurt a. M.: Fischer, S. 103–144.

Schneewind, K.-A. (2002): Freiheit in Grenzen. Wege zu einer wachstumsorientierten Erziehung. In: Krüsselberg, H.-G. / Reichmann, H. (Hrsg.): Zukunftsperspektive Familie und Wirtschaft. Grafschaft: Vektor-Verlag, S. 213–262.

Schor, J.-B. (2005): Born to Buy. New York/London: Scribner.

Schultheiss, K. / Strobel-Eisele, G. / Fuhr, T. (Hrsg.) (2006): Kinder: Geschlecht männlich. Wiesbaden: Verlag für Sozialwissenschaften.

Schweizer, H. (2007): Verletzlicher Eigen-Sinn. Eine Einführung in die Soziologie der Kindheit. Wiesbaden: Verlag für Sozialwissenschaften.

Sekretariat der Ständigen Konferenz der Kultusminister der Länder in der Bundesrepublik Deutschland (KMK) (2007): Allgemein bildende Schulen in Ganztagsform in den Ländern in der Bundesrepublik Deutschland – Statistik 2002 bis 2005. Bonn.

Shell Deutschland Holding (Hrsg.) (2006): Jugend 2006 – Eine pragmatische Generation unter Druck. 15. Shell Jugendstudie. Konzeption und Koordination: K. Hurrelmann / M. Albert / TNS Infratest Sozialforschung. Frankfurt a. M.: Fischer.

Slater, L. (2005): Von Menschen und Ratten. Die berühmtesten Experimente der Psychologie. Weinheim/Basel: Beltz.

Statistisches Bundesamt (2006a): Kinder- und Jugendhilfe in Deutschland 2005. Wiesbaden.
Statistisches Bundesamt (2006b): Migration in Deutschland 2005. Fachserie 1, Reihe 2.2. Wiesbaden.
Statistisches Bundesamt (2007): Vereinbarkeit von Familie und Beruf – Mikrozensus 2005. Sonderheft 2. Wiesbaden, S. 8.
Steinberg, L. / Lamborn, S. D. / Darling, N. / Mounts, N. S. / Dornbusch, S. M. (1994): Overtime changes in adjustment and competence among adolescents from authoritative, authoritarian, indulgent, and neglectful families. In: Child Development 65, S. 754–770.
Steinberg, L. / Mounts, N. S. / Lamborn, S. D. / Dornbush, S. M. (1991): Authoritative parenting and adolescent adjustment across varied ecological niches. In: Journal of Research on Adolescence 1, S. 19–36.
Stern, E. (2005): Je früher desto besser? In: Glanzlichter der Wissenschaft. Ein Almanach. Saarwellingen: Lucius und Lucius, S. 123–129.
Straus, F. (2002): Netzwerkanalysen. Gemeindepsychologische Perspektiven für Forschung und Praxis. Wiesbaden: DVU.
Straus, M. A. (1990): The conflict tactics scales and its critics. Zit. n.: Melzer, W. / Lenz, K. / Ackermann, C. (2002): Gewalt in Familie und Schule. In: Krüger, H.-H. / Grunert C. (Hrsg.): Handbuch Kindheits- und Jugendforschung. Opladen: Leske und Budrich.
Strehmel, P. (2007): Der Einfluss vorschulischer Betreuung auf den Schulerfolg. In: Alt, C. (Hrsg.): Kinderleben – Start in die Grundschule. Band 3: Ergebnisse aus der zweiten Welle. Wiesbaden: Verlag für Sozialwissenschaften, S. 61–81.
Sullivan, H. (1980): Die interpersonale Theorie der Psychiatrie. Frankfurt a. M.: Fischer.

Teubner, M. J. (2005): Brüderchen komm tanz mit mir … Geschwister als Entwicklungsressource für Kinder? In: Alt, C. (Hrsg.): Kinderleben – Aufwachsen zwischen Familie, Freunden und Institutionen. Band 1: Aufwachsen in Familien. Wiesbaden: Verlag für Sozialwissenschaften.
Tillmann, K.-J. (1999): Gewalt an Schulen: Öffentliche Diskussion und erziehungswissenschaftliche Forschung. In: Holtappels, H. G. / Heitmeyer, W. / Melzer, W. / Tillmann, K.-J. (Hrsg.): Forschung über Gewalt an Schulen. Erscheinungsformen und Ursachen, Konzepte und Prävention. Weinheim/München: Juventa.
Traub, A. (2005): Ein Freund, ein guter Freund … Die Gleichaltrigenbeziehungen der 8- bis 9-Jährigen. In: Alt, C. (Hrsg.): Kinderleben – Aufwachsen zwischen Familie, Freunden und Institutionen. Band 2: Aufwachsen zwischen Freunden und Institutionen. Wiesbaden: Verlag für Sozialwissenschaften.

Ulich, M. / Oberhuemer, P. (1993): Images of family: on interviewing young children about their social concepts. In: International Journal of Early Years Education 1, 1, S. 13–21.
UNICEF (Hrsg.) (2007): Child poverty in perspective: An overview of child well-being in rich countries. Innocenti Report Card No. 7. Florenz: UNICEF Innocenti Research Centre.

van Deth, J. (2005): Kinder und Politik. In: Aus Politik und Zeitgeschichte 41/2005, S. 3–6.
van Deth, J. / Abendschön, S. / Rathke, J. / Vollmar, M. (2007): Kinder und Politik. Politische Einstellungen von jungen Kindern im ersten Grundschuljahr. Wiesbaden: Verlag für Sozialwissenschaften.
Volkert, J. (Hrsg.) (2005): Armut und Reichtum an Verwirklichungschancen. Amartya Sens Capability-Konzept als Grundlage der Armuts- und Reichtumsberichterstattung. Wiesbaden: Verlag für Sozialwissenschaften.
Vollmer, N. (2000): Bildschirmspiele als Teil einer Kinderkultur zwischen Eigensinn

und Vermarktungsinteressen. In: Spektrum Freizeit, I/2000, S. 55–67.

Vorheyer, C. (2005): Wer gehört zur Familie? Strukturelle Charakteristika der familialen Netzwerke von Kindern. In: Alt, C. (Hrsg.): Kinderleben – Aufwachsen zwischen Familie, Freunden und Institutionen. Wiesbaden: Verlag für Sozialwissenschaften.

Wahl, K. (1990): Studien über Gewalt in Familien. Weinheim/München: Juventa.

Weinert, F. (2000): Begabung und Lernen: Zur Entwicklung geistiger Leistungsunterschiede. In: Wagner, H. (Hrsg.): Begabung und Leistung in der Schule. Modelle der Begabtenförderung in Theorie und Praxis. Bad Honnef: Karl Heinrich Bock, S. 7–24 (2., überarbeitete und erweiterte Auflage).

Wetzels, P. (1997): Gewalterfahrung in der Kindheit. Sexueller Missbrauch, körperliche Misshandlung und deren langfristige Konsequenzen. Baden-Baden: Nomos.

Wild, E. (2001): Lebensraum Schule – Analysen zum Wohlbefinden von Schülern und ihren Einstellungen zu Schulen und Lernen. In: Deutsches Kinderhilfswerk e. V. (Hrsg.): Kinderreport Deutschland: Daten, Fakten, Hintergründe. München: Kopaed.

Wilk, L. / *Bacher*, J. (Hrsg.) (1994): Kindliche Lebenswelten. Opladen: Leske & Budrich.

Zeiher, H.-J. / *Zeiher*, H. (1998): Orte und Zeiten der Kinder. Weinheim: Juventa.

Zeiher, H. / *Büchner*, P. / *Zinnecker*, J. (Hrsg.) (1996): Kinder als Außenseiter? Umbrüche in der gesellschaftlichen Wahrnehmung von Kindern und Kindheit. München: Juventa.

Zelizer, V. A. (1985): Pricing the priceless child. The changing social value of children. New York: Basic Books.

Zerle, C. (2007): Wie verbringen Kinder ihre Freizeit? In: Alt, C. (Hrsg.): Kinderleben – Start in die Grundschule. Ergebnisse aus der zweiten Welle. Wiesbaden: Verlag für Sozialwissenschaften, S. 243 bis 270.

Zinnecker, J. (1996): Kindersurveys. Ein neues Kapitel Kindheit und Kindheitsforschung. In: Clausen, L. (Hrsg.): Gesellschaften im Umbruch. Verhandlungen des 27. Kongresses der Deutschen Gesellschaft für Soziologie in Halle a. d. S. 1995. Frankfurt a. M.: Campus, S. 783–795.

Zinnecker, J. (2000 a): Künftige Kindheitsforschung. Eine komplexe Wegbeschreibung. In: Zeitschrift für Soziologie der Erziehung und Sozialisation 20, 2, S. 203 bis 207.

Zinnecker, J. (2000 b): Kindheit und Jugend als pädagogische Moratorien. Zur Zivilisationsgeschichte der jüngeren Generation im 20. Jahrhundert. In: Zeitschrift für Pädagogik 42, Beiheft, S. 36–68.

Zinnecker, J. (2000 c): Soziale Welten von Schülern und Schülerinnen. Über populäre, pädagogische und szientifische Ethnographien. In: Zeitschrift für Pädagogik 46, 5, S. 667–690.

Zinnecker, J. / *Silbereisen*, R. (1996): Kindheit in Deutschland. Aktueller Survey über Kinder und ihre Eltern. Weinheim: Juventa.

Zitelmann, M. (2001): Kindeswohl und Kindeswille im Spannungsfeld von Pädagogik und Recht. Münster: Votum.

Jugend 2006 15. Shell Jugendstudie

Herausgegeben von der Shell Deutschland Holding
Band 17213

Jugend 2006

Die 15. Shell Jugendstudie

- widmet sich dem Themen-Schwerpunkt »Alt und Jung«: Wie sieht sich die junge Generation mit all ihren Erwartungen an die eigene Zukunft in einer zunehmend älter werdenden Gesellschaft?
- greift als neues Thema die religiöse Orientierung auf und erfragt die Einstellung der Jugend zu Religiosität und Glaube sowie zur Rolle der Kirchen und Religionsgemeinschaften
- setzt die Langzeit-Berichterstattung über die junge Generation in Deutschland seit 53 Jahren fort, indem jugendliche Lebenswelten, Rollenverständnis sowie Einstellungen zur Politik erfragt werden
- basiert auf den Ergebnissen einer aktuellen und repräsentativen Befragung Jugendlicher durch die renommierten Jugendforscher Prof. Dr. Klaus Hurrelmann und Prof. Dr. Mathias Albert in Zusammenarbeit mit einem Expertenteam von TNS Infratest Sozialforschung

»Was die Jugend denkt, wünscht,
hofft, fürchtet – hier steht es.«
Die Zeit

Fischer Taschenbuch Verlag

Der Fischer Weltalmanach für Kinder

Das logo!-Länderlexikon
Herausgegeben von Kristina Petersen
Band 17571

Die ganze Welt – kinderleicht erklärt

Wo liegt das kleine Königreich Bhutan? Wie viele Einwohner hat die Vatikanstadt? Welches ist der höchste Wasserfall der Welt? Wo leben die letzten Tiger? In welchem Land gibt es Schulunterricht aus der Luft? Was hat die Königin von England zu sagen? Und was macht eigentlich ein Parlament?

Mit diesem Lexikon kann man auf eine spannende Weltreise gehen, nahe und ferne Länder besuchen und beim Blättern und Lesen vieles über ihre Landschaft, Geschichte, Politik, Wirtschaft und die Menschen, die dort leben, erfahren.

- Alle Länder der Erde zum Nachschlagen
- Mit vielen farbigen Fotos, Flaggen und Karten
- Mit spannenden Infoboxen aus der Kindernachrichtensendung logo! (ZDF tivi)
- Mit verständlichen Erklärungen schwieriger Begriffe

Fischer Taschenbuch Verlag

Enja Riegel

Schule kann gelingen!

Wie unsere Kinder wirklich fürs Leben lernen
Band 16168

Schule kann gelingen – keiner zeigt das besser als Enja Riegel. Sie war Direktorin der Helene-Lange-Schule in Wiesbaden, die beim PISA-Test als eine der besten deutschen Schulen abgeschnitten hat. Mit innovativen Methoden, viel Kreativität und Disziplin hat Enja Riegel ein ungewöhnliches Modell für die Schule von morgen verwirklicht. Sie erzählt von ihren Erfahrungen und gibt konkrete Beispiele, die anschaulich illustrieren, wie sie es geschafft hat, dass ihre Schüler mit Spaß und Freude wirklich »für das Leben lernen«. Qualität von Schule und Bildung ist die Grundlage der Gesellschaft von morgen. Dieses Buch geht uns deshalb alle an.

»Schlau wie Koreaner und gut wie Finnen.«
die tageszeitung

»Jeden Tag Theater. Eine Reformschule macht fast alles anders als die meisten Lehranstalten – und stößt damit in die internationale Pisa-Spitze vor.«
Der Spiegel

»Wer viel Theater spielt, wird auch gut in Mathematik.«
Frankfurter Allgemeine Zeitung

Fischer Taschenbuch Verlag